表演与阐释

早期中国诗学研究

[美] 柯马丁 著
郭西安 编

生活·讀書·新知 三联书店

Simplified Chinese Copyright © 2023 by SDX Joint Publishing Company.
All Rights Reserved.
本作品简体中文版权由生活·读书·新知三联书店所有。
未经许可,不得翻印。

图书在版编目(CIP)数据

表演与阐释:早期中国诗学研究/(美)柯马丁著;郭西安编;
杨治宜等译.—北京:生活·读书·新知三联书店,2023.4
(文史新论)
ISBN 978-7-108-07415-7

Ⅰ.①表… Ⅱ.①柯… ②郭… ③杨… Ⅲ.①诗学-研究-中国
Ⅳ.① I207.2

中国版本图书馆 CIP 数据核字(2022)第 120905 号

责任编辑	宋林鞠
装帧设计	薛　宇
责任校对	常高峰
责任印制	李思佳
出版发行	生活·讀書·新知 三联书店
	(北京市东城区美术馆东街 22 号 100010)
网　　址	www.sdxjpc.com
图 字 号	01-2023-0663
经　　销	新华书店
印　　刷	山东新华印务有限公司
版　　次	2023 年 4 月北京第 1 版
	2023 年 4 月北京第 1 次印刷
开　　本	635 毫米 × 965 毫米 1/16 印张 35
字　　数	453 千字
印　　数	0,001-6,000 册
定　　价	88.00 元

(印装查询:01064002715;邮购查询:01084010542)

目 录

前 言 *1*

权威的颂歌
——西汉郊庙歌辞(1996) *1*

作为表演文本的诗
——以《小雅·楚茨》为个案(2000) *35*

出土文献与文化记忆
——《诗经》的早期历史(2003—2005) *99*

西汉美学与赋体的生成(2003) *138*

《司马相如列传》与《史记》中"赋"的问题(2003) *183*

汉史之诗
——《史记》《汉书》叙事中的诗歌功能(2004) *203*

作为记忆的诗
——《诗》及其早期阐释学(2005) *235*

出土文献与苏格拉底之悦
——《国风》解读的新挑战(2007) *248*

《毛诗》之外
——中古早期《诗经》接受研究(2007) *265*

来自群山的宣告
　　——秦始皇刻石碑文探论（2008）　279

说《诗》
　　——《孔子诗论》的文理与义理（2012）　302

《诗经》的形成（2017）　326

早期中国诗歌与文本研究诸问题
　　——从《蟋蟀》谈起（2019）　353

"文化记忆"与早期中国文学中的史诗
　　——以屈原和《离骚》为例（2021）　390

反思之一　**超越本土主义**
　　　　　　早期中国研究的方法与伦理　柯马丁　436

反思之二　**早期中国研究与比较古代学的挑战**
　　　　　　汉学和比较文学的对话　柯马丁　郭西安　459

编　后　记　**潜文本、参照系与对话项**
　　　　　　理解全球化时代汉学话语的一种进路　郭西安　492

参考文献　523
文章出处　548

前　言

本书收录了16篇讨论周、秦、汉代诗歌及诗学的文章，这些文章大多于1996至2022这27年间陆续发表于英语学界。它们基本上以时间排序陈示于诸君，反映了自1996年我在德国取得博士学位以来对早期中国诗学的思考演变。读者可能会发现，一些发表时间靠后的文章以不同方式建立在我早期发表的文章基础上。有时候，这是在新的语境下以新的书写方式去重思早期文章的观点和材料；更多时候，则是引入了尚未见于早期文章的新观点；甚而还有一些文章，揭示了时过境迁，我是如何推翻或修改了自己过去的观点。我认为这样的做法没有问题，相反，我认为除了那些实证的、学究气的"史实"合集，任何值得思考的东西都值得重访。在我关心的主要问题之中，没有一个能够概之以简单的"对"或"错"，特别是考虑到目前可获的有关上古的证据极其稀缺、偶然，并且与我们相隔千年。在这种情况下，我认为与其试图"证明"什么，不如去考量什么是似是而非的、什么是最为可能的，当下尤应如此。新的考古发现几乎每天都在浮出水面，在"历史的事实"方面，我们能够提供的只有假设，而非定论。一个新的考古发现，就可能改写传承百年的学术界定论。再则，有关上古的"事实"本身就极具选择性和偶然性，它们并非自在之物，而是视角和阐释的产物，它们呼唤智识主导下的积极探索和参与。我选择了和他人不同的阐释框架，这些框架本身也随着时间而有一定程度的变化。本着这种精神，这本文集所收录的文章反映了我不断发展的新的兴趣和新的思考方式。我们基本上让所有文章保持其首次发表时的样态，只有《权威的颂歌：西汉郊庙歌辞》和《作为表演文本的诗：以〈小雅·楚茨〉为个案》这两篇例外，因为二者有些地方需要更正。如果读者依序纵观文集整体，或许能够感受到我愈趋大胆：我最新的想法也是我与传统思考相去最远的想法。

然而，这些文章所体现的思考轨迹并不等于我的学术自传。近年来，我对古代中国诗歌中的"作者"权力和其自治性越来越持怀疑态度，也不会严称自己拥有此种权力和自治性。事实上，我个人的学术发展与欧洲及北美二十多年来早期中国研究领域的进程是密切交织在一起的。我文章中的许多主题与方法论视角实际上是我这一代学者共同关注的论争，这些论争在此前是不存在的，但在一代学者的共同努力下，它们变得越来越重要，而这些学者中有很多是我的挚友，是这一学术探索和学术交流的共同事业中与我意气相投的对话者。尽管本书中的一些话题和论争带有明显的"西方"色彩，但它们在中国也开始为人所知，如果说我的这些文章在西方确实有所言，那我希望它们对中国的同行和学生能同样有所述——当然，我很清楚，是以不同的方式；正如欧美同行并非完全赞同我那样，我的一些观点未必会得到中国学者的认同，对此我完全理解并有所期待。激烈的争论并没有错，我们需要的是基本的共识：哪些东西可以算作证据，什么才能称作严密的逻辑论证；其他的都可以再讨论。

文集中只有第一篇文章写于我仍在德国的时候，它是我讨论西汉《安世房中歌》和《郊祀歌》学位论文的结尾；其他文章都是我1997年来到美国之后的工作成果：我先后在华盛顿大学、哥伦比亚大学教书，最后在普林斯顿大学执教至今。因此，从某种意义上来说，我的学术身份是一名美国学者，即在北美学术语境中工作的学者。但这只是一个方面。我2013年获得美国国籍之后仍然保留了德国国籍，仍属于德国和欧洲的公民，我的思考与写作方式仍然扎根于欧洲教育体系。

我在科隆大学学习了汉学、德语文学、东亚研究及欧洲艺术史的相关知识，这些知识到今天仍然陪伴着我。在德国，我第一次学习到如何思考，认识到严谨而深刻的方法论在智识层面的必要和强大。我还学习到另一点：无论一个人研究何种文化传统，无论这种传统是自己的或是他者的，都不应该有任何民族主义或本土主义的思维限制。我仍然记得自己在科隆大学上课时，不管探讨对象是中国历史、德语文学还是中世纪欧洲艺术，我们都需要阅读多种不同语言的学术著作。学生时代，我从未上过任何一门只用德语进行学术讨论的课程，否则那实在是难以想象的。对于我的老师们而言，卓越学术的定义就是从世界各地汲取精华。这就是何以本文集收录的最后一篇文章并不是关于古代中国诗歌的讨论，而是对早期中国研究的伦理学和方法论的探讨。这篇文章最初是为了在中国发表而作，如今也已经在英语学界发表。它表达了我的一些主要信念，这些信念是我研究古代中国的智识和伦理基础，尤其在于我对人文研究中本土主义与民族主义的断然拒斥。

文集中的其他篇章从多种跨学科视角出发，讨论中国古代诗歌的发展、诗歌与仪式表演的互动，以及古代中国文化记忆与身份认同的形成。除此之外，还探讨了中国诗歌早期及中世的诠释传统，在近期出土新材料的对照下，这些传统变得全然可见。关于古代中国历史和更广义的早期中国文本的形成，我另有专书将要出版，也和这些主题有关。总而言之，我试图将早期中国的诗学文化置入宗教、政治、哲学思想及实践的大语境中。比起将写定的文本视为当然，认为它们是早期中国文化最为自然、不证自明之物，我更愿意去探讨这些文本如何在一个与当下完全不同的世界中运作：那不是一个由沉默的抄者和读者组成的世界，在那个世界中，无论是书面文本还是口头文本，都与由鲜活的宗教政治仪式、政治劝诫、教与学、道德修身等构成的表演传统相关。那是一个诗学文本绝非纯然以书面制品的形式而起作用的世界。

对于前帝国时期的《诗经》文本而言尤其如此。人们如果想理解战国时期抄本中对某首诗或某句诗的引用，就必须事先知道这首诗，且能够口头表达出来，否则，就需要老师之类的角色来指导自己。今天你我如此行事，古代的读者也同样如此。书写技术虽然在早期诗歌的编创、习得和传播过程中发挥了一定作用，但并没有任何前帝国时期的文献提到某人"写"了一首诗。一些动词表达了"制作"或"展示"诗歌之意，例如"为"、"作"或"赋"，但它们都不突出"写"，甚至完全没有涉及"写"这一行为；与此类似，也没有任何关于从书面文本中"读"一首诗的记载。考察传世文献及最新出土文献的相关证据，我们能够发现，在早期中国社会实践中，对于诗歌的存在和发挥作用而言，读和写这两种行为并非首要的，而是辅助性的。诗歌文本既不以独立作品的形态存在或传播，也没有被保存在书面档案中供读者查阅；诗歌文本的编创、习得和传播总是属于某种社会表演行为。在《诗经》的传播中，诗句最终被写定，这些行为服务于集体文化记忆的形成、稳定和流传，帮助建构与定义中国古代的文化身份。一般而言，一个文本越是对文化记忆及身份的形成和稳定有基础性意义，它就越会被内化于记忆、外化于仪式表演，而越少依赖书写和阅读。如果不把早期中国诗歌置于政治、仪式、教育和知识的社会表演与经验架构中来观察，我们就会极大地丧失对其本质、目的及意义的把握。这种文本的社会学视角引导着我的研究，也贯穿在我对不同议题的研究以及不同时期观点的变动发展之中。

如前所述，我的所有作品不仅属于我，还深深根植于过去几十年不断启发和丰富我思路的学者群体。此外，这部文集所收录的论文最初由许多中国学者和学生翻译过，我在普林斯顿大学的几位学生历年来对译文仔细修改,我对他们也一并致谢。数十年来,我所学到的许多东西都是从别人那里受教而来,我必须感谢世界各地的同事和学生们,这份名单长到我无法在此一一列出。

但如果我不向友人郭西安教授特地表达最诚挚的谢意,这篇简短的前言将是不完整的。多年以来,她一直是我的学术对话者和我作品最亲密的读者,而且是那种所有作者都梦寐以求的读者。这本书和即将出版的其他卷次,是我们紧密合作、思想碰撞的成果,我们在上海、北京、普林斯顿有太多的直接对话,还有无数次的远程对话。

我很清楚,我的思考和写作方式英德交织,它独特的节奏和复杂性使其很难翻译。郭西安教授一丝不苟且批判性地审校此前的翻译,由于她对我的观点有着异常深刻的理解,她发现了无数处需要修正和改进之处。尽管她自己的学术工作忙碌而成果显著,她还是决定逐字逐句校改甚至重译全文。每一篇文章,她都会校改后发给我,就具体表述上的疑问跟我深入讨论,如此往复,每篇文章都经历了多次校改,以确保译文的准确性——甚至这篇序都是如此!我至今仍然惊叹且敬重她为此贡献的大量时间精力,是她使得这些文章以中文表达出了它们用英文说的话。

本书最终所收录的论文经我审定,替换了此前的全部中译本。如果今天的中国读者能够通过译本最直观地了解到我的想法,完全且仅仅是因为郭西安教授的学术奉献精神和忠诚友谊,言辞无法表达我对她的感激,所以我就此打住。我知道,我们的智识之旅仍在继续。

柯马丁

(彭嘉一 译)

ps
权威的颂歌
西汉郊庙歌辞(1996)

一 引 言

以《诗经·周颂》为开端,国家祭祀颂诗构成了早期中国文学传统的重要部分。其重要性之一在于提供了有关当时宗教政治思想、机构组织以及祖先崇拜仪式的信息。同时,它们不仅证明了存在着古老且发达的诗性文化,也表明了这种文化与政治、宗教仪式活动的共生关系。

《诗经》的祭祀颂诗和帝国时代的颂诗一样,作为神圣或官方的书写代代相传。然而,在仪式行为本身的范围内,它们并非呈现为书面形式,而是与乐舞相结合被演唱,共同构成仪式表演的"多媒体事件"。[1]这种表演不仅包括文本,也包括音乐、舞蹈、祭品的外观和馨香,还有物质文化的多种纹饰。正是通过这种整体的复调表演,颂诗的信息才得以上达神听。然而这种交流乃是在多种层面、多个方向上进行的。一方面,在仪式外的政治语境里形成的文本被带入仪式;[2]另一方面,仪式也被整合进政治的意义空间,转化为政治典礼。同

---

[1] Lothar von Falkenhausen, *Ritual Music in Bronze Age China: An Archaeological Perspective*, Ph. D. diss., Harvard University 1988, p. 693.
[2] 有关青铜铭文在语义和形式层面上都近似于政治话语及表现的讨论,参见Lothar von Falkenhausen, *Ritual Music in Bronze Age China: An Archaeological Perspective* p. 663 及 Constance A. Cook, *Auspicious Metals and Southern Spirits: An Analysis of the Chu Bronze Inscriptions*, Ph. D. diss., University of Washington, 1990。

样,一方面文本被假定为面对神灵力量的致辞,另一方面它们也被传达至人类生活的共同体。但归根结底,颂诗究竟对仪式有何作用,而仪式行为又对颂诗传达的信息有何作用呢?

就颂诗而言,我们可以建立它们与其他政治话语文本之间共通且密切的互文依赖性;因为正是它们的意义和意识形态奠定了实际仪式的基础,并为仪式所颂扬。[3]实际的颂诗显得并非是独立、个体的作品,而更像是某个"更大的文本资料库"的某一特殊变体;这个"大文本"早已存在,具有统一力量,囊括了当时政治宗教语言之整体。仪式表演之隆重、排他性的情境具有如下特征:表达形式的庄严典则,仪式用具的珍贵专用,与神灵力量的接近,以及总体而言与日常现实之间的根本差异。所有这些特征之间的互动都传达了一种特殊的权威感,首先表现在各篇颂诗中,而后通过它们也传递给那些基础性的"更大的文本"。正如这些几乎不具备任何创作自由的颂诗附属于仪式之外的文本文化一样,[4]它们自身的规范性意义,以及仪式表演规范性意义的展开也具有同样的附属性。仪式行为展示、再现、肯定并更新着同时存在于其自身内外的秩序。仪式是一个信号,也就是说,它具有指示性。在同样的意义上,具有伦理和政治价值的法典通过政治典礼的仪式歌咏得以显明表达。倘若放弃这种指示功能,譬如

---

〔3〕 有关先秦仪式里某种具有排他性、有意形成的"有限语码"(restricted code)的现象,参见Emily Ahern, *Chinese Ritual and Politics*, Cambridge: Cambridge University Press, 1981, pp. 54-55; W. A. C. H. Dobson, *The Language of the Book of Songs*, Toronto: University of Toronto Press, 1968, pp. 247-255。杜百胜(Dobson)表明了《颂》是如何与作为朝堂歌诗的《大雅》密切交织,而与作为民间歌诗的《国风》之间泾渭分明的。这一观察对讨论西汉颂诗也有重要意义。颂诗的排他性的语言同时也帮助形成了它特征显著的互文性;它或许可以被称作人为造成的"贫乏语言",即"一种舍弃了语言全部层面上多种选择的语言,因此其形式、风格、词语和文法的选择都少于常规语言"。此一理论引自 Maurice Bloch, "Symbols, Song, Dance and Features of Articulation: Is Religion an Extreme Form of Traditional Authority?," *European Journal of Sociology* 15.1, 1974, p. 60。

〔4〕 参见 Maurice Bloch, "Symbols, Song, Dance and Features of Articulation: Is Religion an Extreme Form of Traditional Authority?," p. 70; Lothar von Falkenhausen, *Ritual Music in Bronze Age China: An Archaeological Perspective*, p. 663。

说转而赋予诗歌创作的自由,这就会导致礼仪陷入武断的阐释,并最终崩坏。

早期中国仪式唱颂的意义并不仅仅在于其指示功能及互文性;随着经学文献赋予了礼乐政治以重要性,仪式唱颂达到了一种高度复杂。《孝经·广要道》里归名于孔子的一句话自汉代以来被反复征引:"移风易俗,莫善于乐;安上治民,莫善于礼。"[5]依此而言,则礼乐乃是创造社会—政治秩序的最高手段,特别自汉代以降,其亦成为创造宇宙秩序的最高手段。礼乐不仅是权力的再现,它们就是权力本身。[6]这就带来了一个矛盾:一方面在于,倘若仪式在其表演性(比如说行为特征)之外,那么它事实上也具备某种指示性功能,指涉某种特定政治意识形态;另一方面则是,倘若这种意识形态反过来又提高了仪式及其音乐的地位,使它们成为政治行为的有力工具,如此一来,仪式的指示功能必然自我指涉性地指向仪式本身。这事实上正是西汉若干仪式颂诗的特征,并在《诗经》里已有体现,例如著名的《小雅·楚茨》。[7]仪式行为作为明确有力的政治行动而展现自身。

当然,仪式并不取代有效的政治军事行动,但是通过定义后者的意义视域,它给政治提供了某种特殊的合法性,这种合法性看似来自政治以外的更高层面。譬如说,唯其如是,暴力才能令人信服地被定义为具有宇宙哲学意义的必然需要。仪式乃是表达文化和政治之自我阐释的独特方式,它所传达的不亚于对现实具有规定性的定义,而文

---

[5] 《孝经》6.18b。通过儒家传统文本发展起来的涉及礼乐之社会—政治力量的相关思想,在帝制中国史书里的相关各章都无处不在。对于汉代音乐理论(包括相当篇幅的礼仪理论)的精审讨论,参见 Kenneth J. DeWoskin, *A Song for One or Two: Music and the Concept of Art in Early China*, Ann Arbor: University of Michigan Center for Chinese Studies, 1982;及其 "Early Chinese Music and the Origins of Aesthetic Terminology," in *Theories of the Arts in China*, ed. Susan Bush and Christian Murck, Princeton: Princeton University Press, 1983, pp. 187-214。

[6] 有趣的是,古代中国"礼仪即权力"的思想与当前对仪式和(政治)行为之仪式化的复杂理论之间颇多共鸣;对此具有高度建设性的论著可参 Catherine Bell, *Ritual Theory, Ritual Practice*, Oxford: Oxford University Press, 1992。

[7] 《毛诗正义》13/2.199c-202b。

本表演是实现这一目的的最重要手段。所有无言的仪式活动倘若不指涉任何先在观念，则其自身便将向任何可能阐释敞开，甚或成为不可理解之事。是语言主要通过颂诗构成仪式表演的组成部分，它创造了意图表达的意义，并同时定义了仪式行为内外的现实。最后，颂诗的功能不仅是作为叙事性、描述性或定义性的因素，而且本身就是某种行为。举例来说，神灵降临祭祀供品的过程并不是被描写出来的，而仅仅是通过语言再现才得以实现。[8]

总之，我们或许可以把仪式颂诗的功能意义描述为一种"交汇"，即体现了文化和政治价值的成文经典和仪式表演之间的交汇。作为文本的颂诗属于书面传统的一部分，而演唱它们则属于仪式表演的方式之一。仪式颂诗就成为一种临界之所，经由它们，经典的意义和庄重的表演的权威达到了协调一致，互相交融，形成共同面貌。同时，颂诗在形成别种现实（other reality）的过程中扮演了重要角色——在这种现实里，与神灵和宇宙力量的交流宣告成功。

上面勾勒的仪式颂诗的战略角色或许可以解释，为什么西汉君臣在决定统治方式和外交关系之变革时，其政治话语却是通过礼乐之争来展开的。这一争论或许也能使我们更好地理解这些颂诗的措辞，比如，就官方的仪式性陈词而言，它们是如何在特定历史时刻采用特定的内容和形式的，以及它们又何以时而引发严厉的批判。西汉的两大组颂诗乃是通过《汉书》得以记录，正如后世主要王朝的仪式歌诗都

---

[8] 参见 Wade T. Wheelock, "The Problem of Ritual Language: From Information to Situation," *The Journal of the American Academy of Religion* 50.1, 1982, pp. 63-64; Iwar Werlen, *Ritual und Sprache: Zum Verhältnis von Sprechen und Handeln in Ritualen*, Tübingen: Narr Verlag, 1984, pp. 208-210。语言是一种可被用作创造现实的行为，这一观念乃是从两条进路发展起来的：首先是通过"语言巫术"这一人类学概念，参见 Stanley Tambiah, "The Magical Power of Words," *MAN* n.s. 3.2, 1968, pp. 175-208；其次是通过"语言行为"（speech act）这一语言学理论，其奠基性的著作为 John Austin, *How to Do Things With Words*, Cambridge: Harvard University Press, 1962; 而发展这一观念的则是 John Searle, *Speech Acts*, Cambridge: Cambridge University Press, 1969, 及其后系列著作。

是通过官方史书传承一样,这种现象并非偶然。颂诗的文化地位也通过郭茂倩于1126年左右所编《乐府诗集》的排布而得以印证:这部共一百卷的诗集里,前十二卷都是郊庙歌辞。

二 西汉颂诗

自西汉以来,主要有两大组仪式颂诗传至《汉书》:[9]流传自汉高祖(前206—前195年在位)时代的《安世房中歌》(十七章),和流传自汉武帝(前141—前87年在位)时代的《郊祀歌》(十九章)。西汉国家祭祀的其他或多或少具有官方性质的歌诗则均已亡佚。[10]两组诗歌创作于王朝全然不同的阶段:第一组来自帝国草创之际,即政治上风雨飘摇的多艰岁月;第二组则来自武帝治下,即大汉帝国取得强大军力、文化辉煌和政治自信的极盛时期。[11]

---

[9] 其文本见《汉书·礼乐志》(22.1046-1070),北京:中华书局,1987。丘琼荪的《历代乐志律志校释》(页187—216)校订最为精审,并包括了相对完整的历代重要评论在内,北京:中华书局,1964。文字句读略有不同的版本,见逯钦立,《先秦汉魏晋南北朝诗》4.144-145,北京:中华书局,1984;和《乐府诗集》1.3-9, 8.109-111,北京:中华书局,1979。就我所知,继王先谦在《汉书补注》22.16a-33a里的笺注之后(北京:中华书局,1983),对两组诗里所有篇章所做的具有原创价值的近人评论唯有郑文《汉诗选笺》(页71—94, 98—104,上海:上海古籍出版社,1986)。施丁《汉书新注》2.736-749里的注释则并无惊人之论,西安:三秦出版社,1994。现代汉语翻译或可参见刘华清、李建南和刘翔飞《汉书全译》1.675-681,北京:北京广播学院出版社,1995。带有简单注释的日文全译本见小竹武夫译注,《漢書》页199—207, 526—528,东京:筑摩书房,1977—1979。狩野直祯和西胁常记译注的《漢書郊祀志》页219—248对第二组歌诗有较好的注释译本,东京:平凡社,1987。两组诗的用韵都包括在迄今仍是权威著作的罗常培、周祖谟《汉魏晋南北朝韵部演变研究》里,北京:科学出版社,1958。接下来我会尽量少用脚注;对全部西汉颂诗的注释与讨论,请参见拙著 *Die Hymnen der chinesischen Staatsopfer: Literatur und Ritual in der politischen Repräsentation von der Han-Zeit bis zu den Sechs Dynastien*, Stutgart: Franz Steiner Verlag, 1997。

[10] 《汉书·礼乐志》(22.1043-1044)事实上提到了另一组已佚的诗歌;参见陆侃如、冯沅君,《中国诗史》第一卷页170,北京:作家出版社,1956;同样已佚的还有《汉书·艺文志》(30.1753-1755)里额外提到的一些标题。

[11] 有关《安世房中歌》是否作于高祖时期,学者还偶有争论。如下文对颂诗的讨论将表明,汉高祖常被描绘成鄙夷学术之人,而这组郊庙歌辞却恰恰基于作为汉代儒经经典核心的文本,这两者之间不无矛盾。这种矛盾并非来自两种不同的文献资料或阐释传统,而是由《汉书》本身的记录所导致的。然而,基于若干理由,我相信这些颂诗的确来自高祖时期。首先,并无证据表明它们作于较晚的时期。其次,颂诗里所有实际或明显的历史指涉都和(转下页)

汉高祖《安世房中歌》十七章

这些歌诗曾奏于宗庙,也可能奏于筵宴,但历史文献却没有任何关于其制度性起源的记录。[12] 而与此对照的是,至少其音乐被归诸某位他处无传的嫔妃名下,这就令人怀疑王朝初年是否存在着制礼作乐

(接上页)高祖治下的事件相关。第三,《汉书》对高祖时期朝廷礼乐之始创的叙述(22.1043)不尽实录,以求与假定的(想象的)周王廷"古乐"相一致。我们在这一叙事里读到,所有歌诗皆"犹"已佚的古乐。第四,职掌音乐的叔孙通系出鲁之旧邦,即孔子之乡,见《汉书》43.2124 和《史记》99.2720-2721 本传,北京:中华书局,1987;而东周时期,西周王廷"古乐"也被认为存于鲁国,见《礼记正义》31.260c,《春秋左传注疏》39.304a-306b(襄公二十九年);此外,他召集了"鲁诸生三十余人"创立礼乐系统(《汉书·郦陆朱刘叔孙传》[43.2126],《史记·刘敬叔孙通列传》[99.2722])。第五,某些后世证据表明,叔孙通所设计的系统并非像《汉书》《史记》叙事里显现的那样是偶然性、片段性的产物,而这两本史书则给后来经学学者的鄙夷提供了基础。《后汉书》35.1203 提到——尽管依然带有强烈的贬低姿态——叔孙通所作的十二篇《汉仪》,北京:中华书局,1987。王充(27—约 100)《论衡》2.721 把一部十六篇的《仪品》归名其下,见北京大学历史系编,《论衡注释》,北京:中华书局,1979;这两部书可能是也可能不是同一著作。进一步讨论请参见黄以周,《读汉礼志》,载其《儆季杂著五种》,南京:江苏南菁讲舍刊本,1894,《史说略》2.13b-16a。最后,高祖自己也至少造访过鲁国孔庙一次,见《汉书》1b.76;而且也正是叔孙通制定的朝堂礼仪使其始知"为皇帝之贵",见《汉书·郦陆朱刘叔孙传》(43.2128),《史记·刘敬叔孙通列传》(99.2723)。简言之,有足够理由让我们考虑这种可能,即高祖时期存在着相当的动机,促使他们重新发明和仿效周朝高贵的礼乐{尽管它在汉初可能只是想象性地存于记忆之中)。此外,如下文讨论将显示的那样,我们可以把这些颂诗整合进对高祖统治时期及统治概念的意义连贯的阐释之中。

[12] 《史记》没有提到这组诗;《汉书·礼乐志》(22.1046)把现用标题冠于这组颂诗之前,但它很可能不是原题。《汉书·礼乐志》(22.1043)里,《房中祠乐》被介绍为模仿周朝"房中乐"所作,归诸别处无传的"唐山夫人"名下,后者因此被视为颂诗作者;参见罗根泽,《乐府文学史》页 27,北平:文化学社,1931;萧涤非,《汉魏六朝乐府文学史》页 33—34,北京:人民文学出版社,1984。然而,逯钦立《先秦汉魏晋南北朝诗》4.147 却注意到《汉书》只把音乐的创作归诸唐山夫人,而非诗歌文本。根据《汉书·礼乐志》(22.1043),公元前 194/193 年,汉惠帝(前 195—前 188 年在位)年间一次大型奏乐场合下,《房中祠乐》被重新命名为《安世乐》。或许较长的《安世房中歌》这个标题应该被理解为两个早期标题合并的结果;参见陆侃如、冯沅君,《中国诗史》第一卷页 170—172。"房中"一词,自东汉以来至今依然常被误解为"内寝"之意,但根据现在学者的共识,当解为宫内的祭祀之房;参见萧涤非,《汉魏六朝乐府文学史》页 33—35;他提出"房中乐"至少在周朝常被奏于宴会。梁启超把"房中"理解为宗庙之内某地,即供奉祖先灵牌之处,见《中国之美文及其历史》,载其《饮冰室合集专集》16.74.33,上海:中华书局,1941。十七篇文本的数字乃是难题所在;某些版本和注疏把这组诗分解成九、十、十二或十六章,见丘琼荪,《历代乐志律志校释》页 185—186;小竹武夫译注,《漢書》页 526,注 14,以及《乐府诗集》8.111 校注。同样,各篇系年也尚无定论;郑文《〈汉安世房中歌〉试论》试图辨认出某些诗歌内容与特定历史事件之间的直接联系,从而推论系年于公元前 201 至前 197 年之间,《社会科学》,1985 年第 2 期,页 97—103。

的制度性结构。尽管有证据表明秦朝时便已存在某个乐府[13]，但并无资料显示它在高祖年间的活动。此外，终西汉之世不断重新制作礼乐的记载没有显示任何汉初礼仪系统的迹象，取而代之的倒是一幅颇不规范、在程序上几乎是任意的图景，完全依赖秦博士叔孙通和他召集的一批学者所掌握的知识。这些创作暂时只能基于秦乐，尽管事实上是在试图仿效周朝诸王的高贵典范。[14]史书对《安世房中歌》的语言和形式规范都不置一词，唯一的例外就是《汉书》曰皇帝好"楚声"，《房中乐》也据说是依此而作。[15]这一特征描述及其内在逻辑也可能加强一种印象，似乎这些颂诗的创作相对自由，多少由皇帝本人的趣味所左右，而非依据任何官方标准。

然而这些颂诗本身并不支持上述这种印象。它们的措辞极端接近周代政治语言，尤其是儒家经典的表达方式。这乍见令人惊异，但略加思忖则不难理解。它令人惊异的原因在于，史家笔下的高祖出身卑微，几乎没有接受过教育，同时又极具个性；然而它也不难理解，因为汉家初创时期，政治军事局势都极为艰难，这似乎使得政府必须通过强大的意识形态纽带与某个权威性的思想系统相连，以求汲取古昔的高贵。在内容层面上，有三种主要因素特别体现于颂诗中：抽象伦理—政治准则的表达，仪式表演自我指涉性的呈现，以及对军事行动的颂扬。根据《左传》所述原则，"国之大事，在祀与戎"[16]，可见汉高祖的颂诗的确表达出周代王政的基石所在。[17]尽管这三种语义因素在整组颂诗里常常彼此交融，却又各自成为单篇颂诗里的主导因素。

---

[13] "乐府"一词出现在出土秦钟铭文，参见袁仲一，《秦代金文陶文杂考三则》，载《考古与文物》，1982年第4期，页92—94。
[14] 《汉书·礼乐志》(22.1043)，《汉书·郦陆朱刘叔孙传》(43.2126)，《史记·刘敬叔孙通列传》(99.2722)。有关叔孙通、其礼仪著作及其对周代典范的效仿，见上文注[11]。
[15] 《汉书·礼乐志》(22.1043)。这则评论通常被同刘邦的出生地联系起来。
[16] 《春秋左传正义》27.209b（成公十三年）。
[17] 有关周朝祭祀、军事和政治正统的联系，参见 Mark Edward Lewis, *Sanctioned Violence in Early China*, Albany: State University of New York Press, 1990。

因此，我们不妨把十七章分成"政治颂诗"（第三、四、六、七、八、九、十一、十四、十五、十六、十七章）、"庆典颂诗"（第一、二章）和"军事颂诗"（第五、十二章）。而第十、十三章颂诗既具有政治性的，也有庆典性的表达方式。

把整组文本默认划分为十七章单篇诗歌，如今已被普遍接受，这实际上是基于尾韵的重构。标准形式是一百三十五行诗里，隔行押韵，[18]但也在某些情况下，以四行为单元的段落里第一、二、四行押韵。在形式层面上，短篇文本（由四到十行组成）展现出相当简单的结构：一章之内并无格律变换；[19]十七章里有十三章都是用古典四言诗句构成，余下的四章则用三言句。仅有六首诗换韵，且每章仅换韵一次。用韵的不规则显然不当归诸诗歌自由，而似乎只不过是结构的不规则或不完美，例如因为重复整行诗句就造成了这种情况。全组占主导性的韵部为"职"部，出现在九章颂诗里。这个韵部里被重复使用的韵字如下："德"（九次），"则"和"福"（各四次），"极"和"翼"（各三次），"国"和"殖"（各两次）。这些字的音韵位置都受到了强调，可以把它们看作关键字，用来估量这组颂诗的思想视域，并把这组颂诗和经典传统里的某些文本相连。

对《安世房中歌》形式特征的讨论必须涉及《汉书》所描述的"楚声"。把它归为某种地域性音乐风格，这就指向其特定的文化背

---

[18] 除上文提及的著作外，另请参见陆侃如，《乐府古辞考》，载《陆侃如古典文学论文集》2.712-715，上海：上海古籍出版社，1987。毫无疑问，传世本的好几处都有残缺：例如，仅第十、十一章有简短标题；第六章的两个叠字似乎冗赘（见下注），而在第四章里显然有一行（根据用韵，可能是首行）缺佚。一百三十五的总数尚存争论，尤其是因为第六章的不确定性（译注：作者以为第六章"大海荡荡"至"所怀"当断为四句，即四/三/四/三结构；参见注[52]。就像对《郊祀歌》的讨论一样，这里把诗行划分为不规则的段落乃是根据每两行押韵的标准用韵模式。

[19] 第六章颂诗的引导诗行里有两处叠字（大海荡荡/水所归/高贤愉愉/民所怀），因而产生了不规则音步。某些学者建议每处叠字都应减一字，这将使全篇成为规则的三言句（我倾向于接受这一建议）；见吴仁杰（1178年前后），《两汉刊误补遗》，《知不足斋丛书》4.8a-b（百部丛书集成本）；近人著作亦见陆侃如，《乐府古辞考》页713；丘琼荪，《历代乐志律志校释》页189；徐仁甫，《古诗别解》页76—77，上海：上海古籍出版社，1984。

景。不乏学者努力界定"楚声"一词所指的文学和音乐传统。首先,"楚声"的所指还不明朗。倘若不接受此词指的是文本和音乐的整体,而坚持认为它必然有效地指向某种实际的声音模式,那么其中只有部分可以通过书面文本重构,如段落和格律型构、拟声词和用韵,这些可能都有方言的差异。除了这些特征,"声"可能还指在文本里毫无踪迹的具体音乐现象:对乐器的选择和调音、音高、节奏、旋律等,还有音乐演奏的所有可能特征。我们所讨论的这组诗只有三处明显指涉音乐表演,两处在我所谓的"庆典颂诗"(第一、二章)里,一处在"军事颂诗"(第五章)里。所有三处使用的术语都没有表示特殊"南方"现象的意思,而是相反,表示了周朝古典(不管是多么理想化的)音乐的中心特征。第一章提到"高张四县",即这些乐器的支架安排得犹如房间四边,此系周王专用之礼。[20] 第二章开篇所谓"七始"颇为罕见,意义不明(因此也聚讼纷纭)。《汉书·律历志》引《今文尚书》,舜曰:"予欲闻六律、五声、八音、七始咏。"[21] 因此,尽管后世对"七始"有诸多解释(例如以之为音乐标题),[22] 但此词似乎是传统音乐系统的一部分。在第五章的描绘里,军事战役释放出了《箫》《勺》之乐的文化影响,而这两篇音乐是与舜和周初诸王直接联

---

[20] 《汉书》颜师古(581—645)注释"县"为"悬"(《汉书·礼乐志》[22.1046])。这种设置又称"宫悬",周王用于郊庙祭祀;见《周礼注疏》23.157a-b;杜佑(735—812),《通典》144.3684, 147.3742-3744,北京:中华书局,1988;Martin Gimm, *Das Yüeh-fu tsa-lu des Tuan An-chieh: Studien zur Geschichte von Musik, Schauspiel und Tanz in der T'ang-Dynastie*, Wiesbaden: Harrassowitz, 1966, pp. 106-122。

[21] 《汉书·律历志上》(21A.972);另见《尚书大传》1B.15b-16a(四部丛刊本)。此段与后世《古文尚书》(见《尚书正义》5.30a)和《史记·夏本纪》(2.79)都有不同;全面的讨论参见 Bernhard Karlgren, "Glosses on the Book of Documents I," *Bulletin of the Museum of Far Eastern Antiquities* 20, 1948, pp. 125-127。最近出土的东汉石经《尚书》残篇充分肯定了高本汉(Bernhard Karlgren)通过语言学得出的结论,参见饶宗颐、曾宪通,《楚地出土文献三种研究》页63—64,北京:中华书局,1993。

[22] 参见孟康(约180—260)注《汉书·礼乐志》(22.1046);栗原圭介,《中国古代楽論の研究》页267,东京:大东文化大学东洋研究所,1978;以及饶宗颐、曾宪通,《楚地出土文献三种研究》页64,其中也把"七始"界定为七级音阶的标准音调(七律)。

系在一起的。[23]

总而言之，"四张""七始""箫勺"都不指涉某种楚地音乐，而是把汉高祖的仪式表演直接上附周王、舜帝的高贵典范。此外，考古证据也否定了楚声文化独立于周王廷的观念。[24]或许还有某些楚声特征可以通过文学文献而厘定，[25]而且《楚辞》前期文本的诗歌结构里也多少可以清晰辨认出其身影。然而正如我将要进行的文本分析显示的那样，我们现在讨论的这组诗最多只和《九歌》这样的文本有表面的共通性，例如第六到九章的三言句，上述第一、二、四行的押韵框架以及某些单独的语言因子。但是，这些偶然、分散的特征不足以展示整体上有意达成的美学面貌。铃木修次承认，和《诗经》相比，《安世房中歌》的意象有时显得更加密集简练，并引下文将述及的第一章颂诗为例，他也意识到，《安世房中歌》与《楚辞》诗歌技巧之间的直接联系依然是反常的特例。[26]归根结底，把《安世房中歌》的音乐称为"楚声"难成定论。

---

[23] 有关《箫》（常用作"箫韶"或"韶／招"）、《勺》之乐与舜及周初诸王的联系，参见《乐纬》，载《初学记》15.366，北京：中华书局，1989；和《汉书》22.1038。类似段落出现在数部东汉著作里，包括《风俗通义》《白虎通》《独断》。"xiao zhao"也可能读为"xiao shao"，即与舜相连的音乐；见李嘉言，《〈诗〉"以雅""以南""以龠""不僭"解》，载《李嘉言古典文学论文集》页35—37，上海：上海古籍出版社，1987。另一个问题是这种音乐究竟是在战役进行时演奏呢（早期《汉书》注者晋灼［约275年前后］的看法，为颜师古所征引，见《汉书·礼乐志》[22.1048]），还是在战役结束后奏于宗庙，见朱干，《乐府正义》2.3b-4a，1789年刊本，重印于京都：同朋舍，1980。不论哪种情况，我们都没有必要接受王先谦所引李光地（1642—1718）的观点，即把"箫韶"读为"销铄"的同音假借字。

[24] 有关考古证据，参见Lothar von Falkenhausen, "Chu Ritual Music," in *New Perspectives on Chu Culture During the Eastern Zhou Period*, ed. Thomas Lawton, Princeton: Princeton University Press, 1991, pp. 47-106；吴剑，《也谈"楚声"的调式问题》，载《文艺研究》，1980年第2期，页76—85。传统强调楚之旧邦在周之天下范围内拥有文化独特性，但近年来不乏学者从其他角度也提出了挑战，见Heather A. Peters, *The Role of the State of Chu in Eastern Zhou Period China: A Study of Interaction and Exchange in the South*, Ph. D. diss., Yale University 1983; Constance A. Cook, *Auspicious Metals and Southern Spirits: An Analysis of the Chu Bronze Inscriptions*。

[25] 参见吴崇厚，《"楚声"初探》，载《中南民族学院学报（哲学社会科学版）》，1990年第4期，页55—60，78。

[26] 铃木修次，《漢魏詩の研究》页6—7，东京：大修馆书店，1967。方祖燊《汉诗研究》（页132）则以为高祖颂诗系《楚辞》旁系，仅因为近年文学史家的误读才以为源出《诗经》——但这只是无根之论，台北：正中书局，1969。事实上，方祖燊根本忽略了几位重要明清注家的意见，他们摒弃"楚声"，以将《安世房中歌》上溯《诗经》雅颂；例如参见徐献忠（1493—1569），《乐府原》1.1b-2a（1609刊本）；朱嘉征（1642年前后），（转下页）

另一方面，对雅乐的明显指涉可能更多是一种意识形态，而非事实。周王廷雅乐被看作文化的最高表达，具有协调自然和政治宇宙的力量；但实际上，根据所有文学和考古证据，在汉肇始之际，周乐便被认为已佚。[27]《史记》《汉书》的相关章节暗示，汉高祖时期的仪式音乐系自出机杼，[28]尽管任何文献都没有对之有详细描述，而且不论是被称作周乐还是"楚声"，我们都不可能用具体的词汇来描述其形态。

我们不妨以几首颂诗为例，来展现《安世房中歌》的思想和形式范围，以及我所提议的归类方式。就"政治颂诗"，我选择了四篇文本（包括第六章三言诗）来表明其固定语汇库的狭隘和可互换性。

第一章（庆典颂诗）

大孝备矣，休德昭清。高张四县，乐充宫庭。芬树羽林，云景杳冥，金支秀华，庶旄翠旌。

第五章（军事颂诗）

海内有奸，纷乱东北。诏抚成师，武臣承德。行乐交逆，《箫》《勺》群慝。肃为济哉，盖定燕国。[29]

（接上页）《乐府广序》23.8b（康熙年间刊本，1676？）；陈本礼（1739—1818），《安世房中歌》1b（载《汉乐府三歌笺注》，陈氏丛书刊本，1810）。然而，郑文《〈汉安世房中歌〉试论》（页100—101）试图证明它与《楚辞》的部分一致性，因此他加入了一些语气词"兮"字，以求重构他所假定的颂诗原貌。考虑到《楚辞》的形式多样性，这类手法显得相当武断，除非另有推论或更多耦合，否则它们是难以被接受的。方祖燊和郑文的失误恰在于此。我们除了这些文本本身之外别无可靠证据；而文本本身在形式结构、语汇和表达的思想系统上，都并非依附《楚辞》，而是依附《诗经》成立。

[27] 见《汉书·礼乐志》（22.1043）；Lothar von Falkenhausen, *Ritual Music in Bronze Age China: An Archaeological Perspective*, pp. 110-116.

[28] 《史记·刘敬叔孙通列传》（99.2722），《汉书·礼乐志》（22.1043、1044），《汉书·郦陆朱刘叔孙传》（43.2126）。

[29] 王先谦《汉书补注》及郑文《〈汉安世房中歌〉试论》（页98）均引沈钦韩（1775—1831），将这章颂诗和前202年平燕王臧荼之乱（《史记·高祖本纪》[8.381]，《汉书》1b.58）的事件联系起来。陈直《文史考古论丛》页44（天津：天津古籍出版社，1988）则把它和前195年征伐燕王卢绾（《史记·高祖本纪》[8.391]，《汉书》1b.77）的战役相联系。

第六章（政治颂诗）

大海荡（荡），水所归，高贤愉（愉），民所怀。大山崔，百卉殖。民何贵？贵有德。

第十四章（政治颂诗）

皇皇鸿明，荡侯休德。嘉承天和，伊乐厥福。在乐不荒，惟民之则。

第十五章（政治颂诗）

浚则师德，下民咸殖。令问在旧，孔容翼翼。

第十六章（政治颂诗）

孔容之常，承帝之明。下民之乐，子孙保光。承顺温良，受帝之光。嘉荐令芳，寿考不忘。

这些组诗里的代表性篇章展现出两点特征：大量复古的语汇和概念，把文本与一系列古典文本的政治语言相连，包括《诗经》、《尚书》、周青铜铭文以及后世《仪礼》这样代表正统的文本；此外，还有一种通过抽象且有限的语汇带来的基本单调性，它主导了上面所有高度形式化的"政治颂诗"。这些文本仅倚赖范围狭窄、界限清楚的一小部分文化传统，并且似乎彼此类似，以至于可以互换。"政治颂诗"显得不像是彼此独立的个体诗歌的结集，而更像是某一篇文本的许多变体。[30] 或许正是因为这一现象才导致了对文本确切数目和彼此之间界限经久不衰的争论。在这组诗里，我们似乎应该暂时撇开具有内在

---

[30] 对周青铜铭文的类似描述，见 Lothar von Falkenhausen, "Issues in Western Zhou Studies: A Review Article," *Early China* 18, 1993, p. 164。

价值的单篇文本观念。从上述引诗出发，并再次参考上文提及的押韵字，我们就可能界定几个周代政治/礼仪的关键词，而《安世房中歌》正是围绕它们建构的。在共一百三十五行诗中，它们占居八十五行之多，下面的九类词（或者说是语义群）出现了一百二十次以上，其中，君主不仅对神灵，而且对先祖都负有经纶"天下"的职责。

——）孝；
——）德；
——）四极；
——）幸福、乐、仁、恕、赐福之表达；
——）准则、规范、典范、标准之表达；
——）和平、安抚、平定之表达；
——）光明意象之表达；
——）尊敬、虔敬之表达；
——）长寿、永恒之表达。

通过这些语汇，周王朝设计了一个政治思想系统，周王在其中有责任为上帝和先祖经纶天下，其中，君王不仅对神灵，而且对祖先都负有经纶"天下"的职责。这一观念及其术语的特征在这组诗里也有体现，亦即，其组成概念总是在两个方向上展开，作为轴心点的君王介乎上天的力量与下界的亿民之间，后者包括他的子孙。凭借他的仪式和政治行为，君王接受并同时仿效了祖先的懿德，从而自己也成为后世的模范祖先。君王从其上的神灵和其前的祖先那接受祝福，并向他们致以敬意；反过来，亦向其下的百姓和其后的子孙施加仁惠，并接受他们的敬意。[31] 因此，用光明意象表达的道德力量便在等级和时间两条轴线上都具有

---

[31] 由于这种始终以同样语汇表达的双向关系，有时我们可以从两个方向上理解所引诗句的主语。

延续性。通过《安世房中歌》，汉高祖把自己展现为道丧五百年之后，理想政治与文化秩序的继承者和重建者。[32]这组颂诗具体到细节上都是亦步亦趋地效仿过去的神圣言辞，我们可以用如下例子说明。

第十三章结尾的两句是"承保天休，令问不忘"，关键词"天休"系《诗经》和《尚书》的主题（topos）之一，仅用来指三代的始祖或振兴者：传说中的舜、商汤、武王，及至最后洛邑新都的建立者周公。[33]在《尚书》里，不论今文还是古文，此词主要用于各篇"诰"。当汉高祖赞颂"天休"时，他也宣布了自己跻身历代圣王的行列。

第四章首句所用"秉德"一语系西周政治—仪式修辞之常备程式语，[34]暗示"德"是某种被传授并牢牢掌握之物。同样，《安世房中歌》里丰富的光明意象乃是仿效儒家经典和周青铜铭文，这些意象所用的词有：照、清、景、显、明、昭、皇、耀、日月光、烛、光。[35]第十四章第四句、第十七章第四句的"厥福"一语，由于使用代词"厥"而显得高度古奥。纵西周之世，它虽然还属于标准用法，但已渐渐为"其"所取代；事实上，某些东周铭文就明显是出于复古目的而用它了。[36]

---

[32] 扬·阿斯曼（Jan Assmann）论述道："在他们的文化传统里，一个共同体逐渐轮廓清晰：面对自身，也面对他者。这个共同体需要做出抉择，让传统的哪一部分昭然可见，并从它用以界定自我身份的价值视角里浮出水面，这种抉择宣告了它的身份和它的目标。"参见 Jan Assmann, "Kollektives Gedächtnis und kulturelle Identität," in *Kultur und Gedächtnis*, ed. Jan Assmann and Tonio Hölscher, Frankfurt: Suhrkamp, 1988, p. 16。

[33]《诗·商颂·长发》,《尚书正义》5.9c, 8.50b, 11.73a-b, 88a, 15.102c, 16.113b。直到《春秋左传》21.116b（宣公三年）, 38.297b（襄公二十八年）, 60.475b（哀公十六年），"天休"才用于更加广泛的意义。然而，目前的这组颂诗与《左传》之间的关联极小；无疑，它们的参考系乃是《诗经》和《尚书》。

[34] 有关其较长的措辞"秉明德"，参见 Jao Tsung-yi, "The Character te in Bronze Inscriptions," in *The Proceedings of a Symposium on Scientific Methods of Research in the Study of Ancient Chinese Bronzes and Southeast Asian Metal and Other Archaeological Artifacts*, ed. Noël Barnard, Melbourne: N. Barnard, 1976, pp. 148-150。

[35] 参见 Constance A. Cook, *Auspicious Metals and Southern Spirits: An Analysis of the Chu Bronze Inscriptions*, pp. 218-229, 237。

[36] 参见 W. A. C. H. Dobson, *The Language of the Book of Songs*, pp. 35, 127; Constance A. Cook, *Auspicious Metals and Southern Spirits: An Analysis of the Chu Bronze Inscriptions*, p. 242。

或许颇具启发意义的是，我们注意到，《楚辞》早期文本所用的大量罕见、难懂的联绵词（多数为双声叠韵），在前二世纪的赋里被发展成诗歌表达的关键因素之一，[37]但在这组诗里却几乎无影无踪。或许唯一出现的当时来自南方的联绵词就是第一章第六行的"杳冥"，并在第十一章第七行以叠字形式使用（"杳杳冥冥"）。[38]除了这两组颂诗的诗歌以外，这个联绵词不见于想象或实际上出自汉代的歌诗，却大量用于汉赋，并六次用于《楚辞》；在《楚辞》里，它优先出现在游仙、遇仙的语境里。[39]在这组诗里，这一联绵词以及其他几处形式结构和少数词语表明，当时南方文学的确存在于高祖宫廷。尽管在这组诗里这些分散的音符不足以湮没权威的周朝典礼无处不在的声音，它们的存在本身或许便足以证明，《九歌》一类文本的特性并非不为汉朝始祖的典礼颂诗作者所知，[40]但却被有意规避了。

相形之下，《诗经》和青铜铭文所常见的叠字联绵词[41]却在《安世房中歌》里比比皆是。有十五处叠字，包括"冥冥"两次，而"翼翼"则甚至出现三次。十五处叠字里，三处可以追溯到《诗经·颂》，两处出自《大雅》，《小雅》和《国风》则各一处。意味深长的是，正

---

[37] 参见 David R. Knechtges, "Problems of Translating Descriptive Binomes in the *Fu*," *Tamkang Review* XV, 1984—1985, pp. 329-347。
[38] 有关两个同义词组成的这个联绵词，见姜亮夫，《楚辞通故》4.466-469, 630-631, 济南：齐鲁社，1985。《说文》以象形的方式解说"杳"为"日在木下"，即黄昏之光，并将它定义为"冥也"，而"冥"则定义为"幽也"。
[39] 两次用为"杳冥"，见《惜誓》和《七谏·自悲》；三次用为"杳杳冥冥"，见《九歌·东君》、《九歌·山鬼》和《九叹·怨思》；一次用为"杳以冥冥"，见《九章·涉江》。参见洪兴祖，《楚辞补注》11.228, 13.249, 2.6, 80, 16.292, 4.130, 北京：中华书局，1986。根据竹治贞夫《楚辞研究》所尝试建立的系年（东京：风间书房，1978），以及 David Hawkes, *The Songs of the South: An Ancient Chinese Anthology of Poems by Qu Yuan and Other Poets*, Harmondsworth: Penguin, 1985, 这些文本里的五篇（除了《九叹》）的成形都仅仅在汉朝创立以前，或者可能在公元前二世纪。
[40] 参见 David Hawkes, "The Quest of the Goddess," *Asia Major* n.s. 13, 1967, pp. 71-94；其中讨论了《九歌》内容和语言都展示了的巫术和感官特征，这是与神灵交接的重要因素。
[41] 参见 Chou Fa-kao, "Reduplicatives in the *Book of Odes*," *Bulletin of the Institute of History and Philology, Academia Sinica* 34, 1962—1963, pp. 661-698。

如《诗经》的许多歌诗里一样，这些叠字优先出现在开端的诗行里，这一特征或许折射出缓慢、风格神圣的韵律，具有音乐性甚至巫术性的意义。

对长寿和永恒的表述在周朝政治典礼的意识形态领域里具有至高意义。高祖颂诗在如下诗行中有相应表述：

> 章八行七、八：长莫长，被无极！（末句）
> 章九行九、十：德施大，世曼寿。（末句）
> 章十行九、十：孝道随世，我署文章。（末句）
> 章十一行三、四：吾易久远，烛明四极。
> 章十一行七、八：杳杳冥冥，克绰永福。（末句）
> 章十三行七、八：承保天休，令问不忘。（末句）
> 章十五行三、四：令问在旧，孔容翼翼。（末句）
> 章十六行三、四：下民之乐，子孙保光。
> 章十六行七、八：嘉荐令芳，寿考不忘。（末句）
> 章十七行七、八：下民安乐，受福无疆。（末句）

引人瞩目的是，强调永恒观念的十个对句里，八个系诗尾。换言之，十七章颂诗里的八章都是以永恒或长寿的主题结尾的。根据《尚书·无逸》篇，只有行王道之君才得以享"寿"。长寿观念（或作"眉寿"）是周代祖祭的核心，出现在百分之八十的青铜铭文里，并且似乎是"仪式举办者的主要关怀所在"[42]。在《诗经》里，"寿"主要在《雅》《颂》的庄重篇章里被赞颂或祈求，因此具有政治和宗教语言主题的特征：《国风》三次用此字，《小雅》十四次，《大雅》三次，

---

[42] Lothar von Falkenhausen, *Ritual Music in Bronze Age China: An Archaeological Perspective*, p. 683; 亦见 Ying-shih Yü, "Life and Immortality in the Mind of Han China," *Harvard Journal of Asiatic Studies* 25, 1964—1965, p. 87.

《颂》十一次。《安世房中歌》第十六、十七章的末行都是对《诗经》的逐字引用。[43]

认识以下差异是至关紧要的：一种是祈求到的长寿能通过"德"传达，并能泽被个人一身之外，绵延至子子孙孙；[44]另一种是个人的不朽，止乎一身。[45]汉高祖所祈求的是周王式的长寿，它通过政治和仪式手段得以确保，并总是指向政治和王朝的永恒；这超乎一己之身，却也不能逾越人类命运的自然界限。《安世房中歌》里出现的永恒主题同样也具有这种明显的非个人性质：两次指向"令问"，一次指向王朝的疆界，三次指向子子孙孙。

汉武帝《郊祀歌》十九章

在《汉书·礼乐志》某段简略章节里，把《郊祀歌》十九章的创作[46]直接联系到前114—前113年的帝国祭祀改革，并且和乐府职司的转向有关：

---

[43] 见《秦风·终南》《小雅·蓼萧》《大雅·假乐》。第十六章第七、八行也是对《仪礼》的逐字引用，见《仪礼注疏》3.13c。
[44] 见《大雅·皇矣》。周代长寿的非个人性与"德"的观念密切相连："'德'并非私人所有。它属于宗族，可以传及子孙。" Vassily Kryukov, "Symbols of Power and Communication in Pre-Confucian China (On the Anthropology of *De*): Preliminary Assumptions," in *Bulletin of the School of Oriental and African Studies* 58.2, 1995, p. 315.
[45] 另见 Ying-shih Yü, "Life and Immortality in the Mind of Han China," pp. 87-88。
[46] 这组诗的各篇文本清楚地彼此隔开，因为它们都有编号的标题，由诗歌的前两三字组成，置于各篇末尾。此外，在某些标题之后还有简述，把此诗与具体历史事件联系，从而加以系年，尽管这和《史记》《汉书》的其他篇章不无龃龉。在《天马》这一标题下有两章歌诗，分别系年于公元前113年和前101年，因而事实上把"十九章"扩展为二十章。《史记·乐书》（24.1177）不仅提及"今上"（武帝）所作十九章，而且事实上包括了两章《天马》的较短的异文（24.1178）。然而，学者已证明此书残缺；参见余嘉锡，《太史公书亡篇考》，载《余嘉锡论学杂著》1.38-49，北京：中华书局，1963；丘琼荪，《历代乐志律志校释》页2—9；也可参见 Martin Kern, "A Note on the Authenticity and Ideology of *Shih-chi* 24, 'The Book on Music'," *Journal of the American Oriental Society* 119.4, 1999, pp. 673-677. 具体到各篇，作者未详；根据某些文本的明显系年和其他文本试探性的重构，《汉书》22.1045 所谓"司马相如等数十人……作十九章之歌"，此语不能被理解为指一次性创作过程。各诗最早（不一定可靠）的系年是前123/122年（第十七章，《汉书·礼乐志》[22.1068]），最晚的是公元前94/93年（第十八章，《汉书》22.1069）。需要再次指出的是，我们尚不清楚创作时间有前有后的颂诗究竟是在仪式表演上历时积累而成，还是次第取代之前所用颂诗。

> 至武帝定郊祀之礼，祠太一于甘泉，就乾位也；祭后土于汾阴，泽中方丘也。乃立乐府，采诗夜诵，有赵、代、秦、楚之讴。以李延年为协律都尉，多举司马相如等数十人造为诗赋，略论律吕，以合八音之调，作十九章之歌。以正月上辛用事甘泉圆丘，使童男女七十人俱歌，昏祠至明。[47]

《郊祀志》把礼乐改革系年于前111年春，即灭南越之后；是时，武帝得知"民间祠有鼓舞乐，今郊祀而无乐"。[48]《汉书》把仪式颂诗的音乐设置（注意：而非文本的创作）看成宫廷音乐机构化过程的组成部分，尽管武帝可能并非始创乐府，而只是更张了它的功能和职责。[49]与某一机构性框架相结合，这正是在概念层面上使《郊祀歌》区别于更早期的《安世房中歌》的特征之一。此外，《郊祀歌》主要用于郊祀，因此致辞对象乃是宇宙神明；另外还有可靠证据表明，若干庆贺祥瑞的颂诗也同样奏于宗庙。[50]然而，自武帝之世以降，我们便再没有任何颂诗庆赞先祖或主要用于庙祭了。

二十章《郊祀歌》里的六章，即章十（甲）、十（乙）、十二、十三、十七、十八，末尾系有简短叙述，点明其创作情境，同时也用

---

[47]《汉书·礼乐志》（22.1045）。
[48]《汉书·郊祀志》（25A.1232）；《史记》相应段落为12.72，28.1396。
[49] 除上文提及的秦钟外（见注[13]，还有其他证据表明乐府存在于武帝之前；参见《汉书·礼乐志》（22.1043），《史记·乐书》（24.1177），贾谊（前200—前168）《新书》4.4b（四部丛刊本）。对乐府以及上文所引段落可疑之处的全面讨论，见张永鑫，《汉乐府研究》页45—54，南京：江苏古籍出版社，1992；Anne Birrell, "Mythmaking and Yüeh-fu: Popular Songs and Ballads of Early Imperial China," in *Journal of the American Oriental Society* 109.2, 1989, pp. 223-235。乐府设立的可靠系年依然悬而未决。张永鑫、桀溺（Jean-Pierre Diény, *Aux origines de la poésie classique en Chine: Étude sur la Poésie lyrique à l'époque des Han*, Leiden: Brill, 1968, p. 84）以及铃木修次（《汉魏诗の研究》页91—92）都认为乐府在前111年有一次根本改革和转向。此后乐府历史的研究，请进一步参见增田清秀，《楽府の歴史の研究》，东京：创文社，1975；Michael Loewe, *Crisis and Conflict in Han China, 104 BC to AD 9*, London: George Allen & Unwin, 1974, pp. 193-210。
[50] 见 Martin Kern, *Die Hymnen der chinesischen Staatsopfer: Literatur und Ritual in der politischen Repräsentation von der Han-Zeit bis zu den Sechs Dynastien*, pp. 174-175。

作系年，这些系年有时并不可靠。章三至六被称作"邹子乐"。而且在章七和八正文后，《汉书》包括了匡衡（前36—前30年任丞相）对每首歌诗的修正，第一次修正于前32年进行。对文本附加部分的考察表明，这些颂诗显示的思想界域极不同于早期的《安世房中歌》，广而言之，武帝时期国家祭祀的整体亦是如此。与事件、时间的联系不仅展现了假定跨越三十余年的创作时间，而且也显示出仪式表演里的新戏剧因素：仪式表演不再是传统和记忆的舞台，这种舞台一度使"过去黄金时代"的因素能够被自由利用，服务于当前政治权威的需要；如今，仪式表演更像是提供了一种场所，以某些意识形态化的姿态，把宇宙秩序的系统向当地及当前转化。于是，国家仪式成为当前自身得以神圣化之所：对当前事件的指涉建立起政治行为，其宇宙论意义上之合法性，与其仪式性庆典这三者之间的同步性。武帝身后，他的颂诗在政治争论里遭受了严厉的批判，其生前或许也早有批判的声音。后文将在这一后世批判的语境下，对《郊祀歌》形式和语义特点进行分析，试图解读早期中国文化里这一罕见现象。

正如早期的组诗一样，《郊祀歌》可以从语义上归类，不同类别展现出不同模式：除了如今数目增多的"庆典颂诗"（第一、八、十一、十五、十六、十九章），还增加了两种新的类型，我尝试性地称之为"季节颂诗"（第二到六章）和"祥瑞颂诗"（第十〔甲〕、十〔乙〕、十二、十三、十七、十八章）。上文所引介的"政治颂诗"和"军事颂诗"已无法辨别。第七章杂以各种因素，难以归类；第九章可能是一首太阳颂诗，系用无韵无格的口语散体，显得有点异乎侪类。

《郊祀歌》共四百三十三行，[51]包括若干长篇歌诗，均属"庆典颂诗"：第一章（四十八行）、第八章（四十行）、第十一章（四十二行）、第十五章（三十八行）、第十六章（二十行）、第十九章

---

[51] 得出这个数目的逻辑原则，见注〔18〕。

（二十八行）。三首"祥瑞颂诗"也具有类似格式：第十二章（三十六行）、第十章下（二十四行）、第十七章（二十行），还有第七章（二十四行）。诗歌形式的结构丰富性表明它们是有意识的美学塑造的结果。所有文本（除第九章外）都有换韵，规律是每四行换一韵，从而把文本分割成较短的段落。此外，第一章、第十章下、第十五章、第十九章都使用重复的表达程式，因此显示出同样紧凑的诗节结构。三章（八、十一、十二）包括了格律的变换，此外还有一种特殊对句结构，由一个四言句、一个三言句组成，[52]带来生动的效果。整体而言，组诗的主要成分是三言句，有八章完全三言，有三章部分三言。

由于组诗的复杂性，也因为它们需要更加周详的讨论，下文将就不同语义类型的代表诗章分论之。

第二章（季节颂诗）帝临

帝临中坛，四方承宇，绳绳意变，备得其所。清和六合，制数以五。海内安宁，兴文匽武。后土富媪，昭明三光。穆穆优游，嘉服上黄。

第三章（季节颂诗）青阳

青阳开动，根荄以遂，膏润并爱，跂行毕逮。霆声发荣，壧处顷听，枯槁复产，乃成厥命。众庶熙熙，施及夭胎，群生啿啿，惟春之祺。

第三章通过"邹子乐"这一附注，和同样有此附注的下面三章（《朱

---

[52] 同样的格律模式偶见《楚辞》各篇，甚至构成了两篇巫术性的"招"（《大招》《招魂》）的形式。对我来说，是把诗行划分成4—3结构，隔行押韵，还是把它界定为七言，逐行押韵，这纯属阐释角度问题。我个人偏向更加戏剧化的4—3模式，因为它与上下文格律统一的诗行能保持一致：其他诗行都是隔行押韵，并且它们快速的韵律转换和简短的诗节单元都传达出一种断奏式节奏。

明》《西颢》《玄冥》）有了某种联系。这些歌诗同第二章《帝临》都具有形式统一性：每章都有十二个四言句，隔行押韵。略有一点或许无关紧要的差异，即在于所用韵数（第三章是三部，其他是两部）和换韵的位置（在四行或八行诗句后）。

《后汉书·祭祀志》记录了一段后世的叙述，当时，郊祀地点已经迁至东都洛阳：

> 立春之日，迎春于东郊，祭青帝句芒。车旗服饰皆青。歌青阳，八佾舞云翘之舞。[53]

接下来有格式相同的记述，涉及迎接其他季节的祭祀活动，所变换的只有成套的相关现象，包括季节、方向、主神、佐神、颜色、颂诗、舞蹈等。和"五行"系统一致，《郊祀歌》第二章（常被误解为以后土为对象[54]）的确切地位是作为（新发明的）"中央"之季（先立秋

---

[53]《续汉书·祭祀志中》（8.3181）。
[54] 对此问题的讨论，见王念孙（1744—1832），《读书杂志》4-4.17b-18a，"汉书补注"条，台北：台湾商务印书馆，1963；杨树达，《汉书窥管》1.132，上海：上海古籍出版社，1984。正如吴仁杰已经认识到，并为王先谦、郑文、增田清秀等所赞同的，这篇歌诗乃是面对中央黄帝。常见的误解乃是由后土在武帝祭祀系统里的双重功能造成的：在天地的二元对立里，后土代表地，与太一相对；然而在五行系统里，后土又是襄助黄帝之佐神，后者系中央之主，并同样也与土德相联。对相关文本的考察，见 Wolfram Eberhard, "Beiträge zur kosmologischen Spekulation Chinas in der Hanzeit," *Baessler-Archiv* 16, 1933, pp. 1-100；也载于 Eberhard, *Sternkunde und Weltbild im alten China: Gesammelte Aufsätze von Wolfram Eberhard*, Taipei: Chinese Materials and Research Aids Service Center, 1970, pp. 49-51。武帝自前134年起祀五帝于雍，自前113年起祀五帝于甘泉，这已经有可靠证据（《史记·封禅书》[28.1384]，《汉书·郊祀志上》[25A.1216]）。在甘泉，他们的祭坛与各自的方位对应，聚于高出地面的"太一"坛周围。由于中央祭坛被太一所占据，黄帝就被放在了西南（《史记·孝武本纪》[12.469]，《史记·封禅书》[28.1394]，《汉书·郊祀志上》[25A.1230]），即在南方的夏神赤帝和西方的秋神白帝之间。汾阴后土的祭祀则始创于前114年十二月（《史记·孝武本纪》[12.461]，《史记·封禅书》[28.1389]，《汉书·武帝纪》[6.183]，《汉书·郊祀志上》[25A.1221-1222]）。此外，在新建的泰山明堂西南，自前106年起后土便受祠于下房，五帝及太一则祠于上坐（《史记·封禅书》[28.1401]，《汉书·郊祀志中》[25B.1243]）。

十八日）的颂诗，面向中央之神黄帝。[55]

在武帝的颂诗里，只有这五篇具有朴素、古典的四言格式，它们独立于个别历史事件之外，其宇宙性思想框架历经东汉成为后世王朝《五帝歌》的典范。根据五行宇宙理论，五首颂歌反映的正是宇宙秩序的五个阶段。在这一语境中，正文后的附注"邹子乐"就展现出它的意义所在，即把文本与当时的政治宇宙论的起源相联系：邹子并非如某些论者所以为的指汉代学者邹阳（约前206—约前129），[56]而是指周代哲学家邹衍（前305—前240），他被认为是五行理论的创立者。[57]然而，附注很有可能并不是武帝时期流传下来的原文，而是后世某时添加进去的。无论如何，正如下文将论及，在后来意识形态化的争论里，这条对邹衍的指涉可能有助于把这四章或五章诗界定成单独的一组，把它们和当时的其他歌诗区别开来，而那些歌诗在武帝身后不久便被看作离经叛道之作，遭到抛弃，但这组诗却因此得以被确保继续使用。

增田清秀推论以为，缺乏附注"邹子乐"的第二章可能作于前104年，以求形成一组当时完整存留的"季节颂诗"，因为当时王朝正式决定从土德。[58]这一理论由五章颂诗本身得到了充分支持：第三至六章颂

---

[55]《续汉书·礼仪志中》（5.3123）；在《祭祀志中》（5.3182），"朱明"被错误地系于这一"季节"。同样，郑玄（127—200）注《周礼》19.128a"兆五帝于四郊"句，也以黄帝祀于南郊的赤帝祭坛。这一变体似乎也被上面提及的明堂祭祀所选用。内里的矛盾折射出上古四时、四方观念和后世五行观念之间难以解决的矛盾，后者需要第五个季节和方向。例如，就现可追溯的来看，在汉代占卜的"式"上，两种系统似乎共存了相当长的时间；见李零，《"式"与中国古代的宇宙模式》，载《中国文化》，1991年第4期，页10—23。对此问题更综合的讨论，见 Angus C. Graham, *Yin-Yang and the Nature of Correlative Thinking*, Singapore: Institute of East Asian Philosophies, 1986, pp. 42-66; John B. Henderson, *The Development and Decline of Chinese Cosmology*, New York: Columbia University Press, 1984, pp. 10-11.

[56] 参见梁启超，《中国之美文及其历史》页37；罗根泽，《乐府文学史》页29；陆侃如、冯沅君，《中国诗史》第一卷页174；以及丘琼荪，《历代乐志律志校释》页198。

[57] 见增田清秀，《楽府の歴史の研究》页32—46。在《汉书·艺文志》（30.1733）里，班固自己称"邹子"为邹衍；此外，《史记》28.1368-1369,74.2344-2345里，邹衍也被称作"邹子"。

[58] 增田清秀，《楽府の歴史の研究》页39。有关汉从土德，见《史记·孝武本纪》（12.483），《汉书·武帝纪》（6.199），《汉书·郊祀志下》（25B.1245）。关于这一象征性政治（转下页）

诗具有丰富的自然意象，具体到细节都遵从了《月令》里古老的思想系统，《月令》首先见于《吕氏春秋》，被认为后本于此，复见于《礼记》和《淮南子》。[59]《吕氏春秋》和《礼记》里如出一辙的版本显示了关于四时的古老观念，以及相应时节中，自然界和统治者所施相关行为的不同特征。这里，"中央"之季的抽象特征很显然是后世的窜入，被人为附加在季夏的"令"文下方。[60] 而另一方面，《淮南子》则展示出更加晚近的五行系统思想，把夏季的最后一个月"季夏"整个定义为"中央"之季。[61] 若加以细看，则显示出为了定义这个新的"季节"，有所改变的只有其宇宙意义的抽象特征（色、数、方位等）。然而，是月所有自然现象和人类行为的描述都和《吕氏春秋》及《礼记》一模一样。"中央"之季并无任何独特的自然界现实，然而使得第三至六章颂诗区别于第二章的正在于如下差异：究竟是一组和某个抽象观念相连的具体特征，还是仅仅存在一个抽象观念？如上文所引，《青阳》第二、五至六和十句几乎逐字援引了《月令》里对春季的描述。第四至六章的形态也受到同类用典的影响，尽管它们援引的不仅有各个季节的自然现象，也有相应社会、政治和军事活动的要素。只有第二章显得特别抽象，把宇宙论的推理因素（中央、数五、尚黄）和政治修辞套话相结合，这种套话强烈提醒我们想到《安世房中歌》里类似的句子。事实上，第三句

（接上页）行为的特殊意义，参见 Michael Loewe, *Crisis and Conflict in Han China, 104 BC to AD 9*, pp. 29-32, 及 "Water, Earth and Fire: the Symbols of the Han Dynasty," in *Nachrichten der Gesellschaft für Natur- und Völkerkunde Ostasiens* 125，1979，pp. 63-68. 与宣布前104年为"太初"这一新时代的开始相应，庇护汉朝的宇宙元素也从水变成了土，后者根据五行理论与中央这一"方向"或地域相联系，色上黄，数用五（即政治机构等一切可计算之物都以"五"为秩序标准）。

[59] 见《吕氏春秋》，第一至十二章；《礼记正义·月令》(14.124a-17.160b)；《淮南子·时则训》。对《月令》系统及其在若干著作里踪迹的考察，见 John Major, *Heaven and Earth in Early Han Thought: Chapters Three, Four, and Five of the Huainanzi*, Albany: State University of New York Press, 1993, pp. 217-224.

[60] 《吕氏春秋·季夏》6.3a-b（四部丛刊本）；《礼记正义·月令》(16.143c-144b)。理雅各译《礼记》(James Legge, *The Li Ki*, Oxford: Oxford University Press, 1885, vol. 1, p. 281) 把这段定为"附加段落"，"全然显示了后世思想的痕迹，透露出编者迷信的想象"。

[61] 《淮南子·时则训》5.6b-7a（四部丛刊本）。

里的"绳绳"和第十一句里的"穆穆"这两处叠字都可以直接追溯到《诗经》中的《大雅》和《颂》；[62]此外，在这组高度同质的四言歌诗里，这也是叠字出现在诗行开头的唯一例子。

根据所有这些证据，第二章作为整组颂诗里表面上最"政治化"的文本（在高祖"政治颂诗"的意义上讲），似乎是纯属古典主义的造物：既具备宇宙论的新理念，又有诗歌语言的拟古风格。这首颂诗赞美新近采用的土德，因此冠于其他"季节颂诗"之首，倘若按照"自然界"顺序，它本应是第三首。整组"季节颂诗"仪式性地呈现了完整的宇宙循环；《帝临》作为组诗之首，使得土德具有首要地位，与王朝在政治循环（作为宇宙循环之组成部分）里的位置一样。文献资料都没有谈到这首诗的系年；增田清秀赞同的前104年显然是最可靠的。根据《史记》《汉书》记载，之前两次（分别在前180年和前166年）试图让王朝正式采用土德的努力都似乎失败了。[63]

另一方面，《汉书》将《郊祀歌》第十七章系年早至前123年：

第十七章（祥瑞颂诗）朝陇首

朝陇首，[64]览西垠。雷电尞，获白麟。[65]爰五止，显黄德。图匈虐，熏鬻殛。辟流离，抑不详。[66]宾百僚，山河饫。掩回

---

[62] "绳绳"见于《大雅·抑》；"穆穆"见于《大雅·文王》《大雅·假乐》《鲁颂·雝》《周颂·泮水》《商颂·那》。

[63] 前180年的相关记述，见《史记·屈原贾生列传》(84.2492)，《汉书·贾谊传》(48.2222)；前166年的相关记述，见《史记·孝文本纪》(10.429)，《史记·张丞相列传》(96.2681-2682)，《汉书·郊祀志上》(25A.1212-13)，《汉书·张周赵任申屠传》(42.2099)。

[64] 据颜师古注，陇首者，陇坻之首也；陇即陇山，长安西北约180公里左右的一座山峦。陇关标识出汉心腹重地关中地区的西部边界。

[65] 根据《史记·孝武本纪》(12.457-458)，《史记·封禅书》(28.1387)，《汉书·郊祀志上》(25A.1219)，所获之麟在当时礼仪中心雍宫的五畤祭坛"燎"以祭献。通过上升的烟雾，所燎牺牲得以上达天享。然而，另一道前95年的诏书则"获白麟以馈宗庙"；见《汉书·武帝纪》(6.206)。

[66] 我对这两句的读解是：诡诈之徒已被放逐，灾难已然平定。依据是王念孙《读书杂志》4-4.19a-b 及周寿昌（1814—1884）《汉书注校补》15.7b，广雅书局史学丛书本，1882；百部丛书集成重印，1891。

辕，骖长驰。腾雨师，洒路陂。[67] 流星陨，感惟风。[68] 籋归云，抚怀心。

"爰五止，显黄德"句自然只能解释为与土德相关，可这怎能系于前123年的十一、十二月呢？[69] 尽管我们可以猜测，除了公元前180年和前165年的两次提案以外，还有其他场合讨论过五德问题，但显然更合理的一种设想是——与《汉书》的陈述相反——把这首诗看作是回溯性的颂歌，尽管很可能仍然作于武帝年间。[70]

自东周以来，麒麟就是儒家政治神话里的一个现象，在东汉则上升为代表王道的最重要祥瑞之一。仅公元76至88年间，史家便记载了不少于五十一次的麒麟出现。[71] 政治维度上的"麟"出现在《春秋》的卒句里："十有四年（前481），春，西狩获麟。"[72] 武帝年间具有权威性的《公羊传》解释道："麟者，仁兽也。有王者则至，无王者则不至。"[73] 从汉代以前的文献里显然可以看出，早在武帝以前，麒麟便

---

[67] 据《周礼》18.119a，"雨师"被描绘为当通过焚烧祭品来祭祀的天神。《楚辞·远游》也同样对他有所提及，见《楚辞补注》5.171。根据《史记·封禅书》（28.1375）、《汉书·郊祀志上》（25A.1206-1207），秦已经在雍为他专门立庙。据《韩非子》（四部丛刊本，3.3a），当黄帝合鬼神于泰山之上、作清角之乐时，雨师为之洒道。

[68] 所有列举的大气现象（雷、电、雨、流星、风）都被宣布为满意的神灵用以作答的祥瑞，因此代表了仪式成功；类似表达方式也可以在第一、八、十一、十二和十五（见下文）章找到。应当记住，这些频繁的宣告并非描述性的，而是表演性的：因为这些颂诗都是事前预备的，所谓的神仙回复都不是在礼仪事件当中经验的，而是以权威的声音来宣告的。

[69] 和《汉书·礼乐志》（22.1068）此诗的附注相比，对此更精确的系年见《汉书·武帝纪》（6.174）。司马相如《封禅文》（《史记·司马相如列传》[117.3071]、《汉书·司马相如传下》[57B.2608]、《文选》[48.8a]）、《史记·孝武本纪》（12.457-458）和《汉书·郊祀志上》（25A.1219）也提及了这一事件。

[70] 对《郊祀歌》各章的系年，参见 Martin Kern, *Die Hymnen der chinesischen Staatsopfer: Literatur und Ritual in der politischen Repräsentation von der Han-Zeit bis zu den Sechs Dynastien*, pp. 179-185。许多情况下，《汉书·礼乐志》的系年显然是错误的；在我的重构中，我认为所有诗歌都创作于公元前113至公元前94年间。

[71] 参见 Wu Hung, *The Wu Liang Shrine: The Ideology of Early Chinese Pictorial Art*, Stanford: Stanford University Press, 1989, p. 91.

[72] 《春秋左传》59.470b-471a（哀公十四年）。

[73] 《春秋公羊传注疏》28.158c-159a。

已经被确立为政治祥瑞了，但武帝时它被发展为更强大的意象。撇开其真伪不论，当《春秋繁露》四次提及麒麟时，它和武帝时期的时代精神是完全一致的。《淮南子》七次提到麒麟的至或不至，总是作为宇宙—政治和谐还是动荡的表现。早在前134年，武帝本人在著名的《诏贤良》里，就提到了麒麟：

  周之成康，刑错不用，德及鸟兽，教通四海。……麟凤在郊薮，河洛出图书。[74]

《春秋》纪事提及麒麟是在"西狩"时被捕获的，意为地点在鲁国。后世读者大约不会对这一点附加特别的象征意义，而且后来有关这种传说中神兽出现的报告也没有再次提及这一点。在目前所探讨的颂诗之文本（和语境）出现之前，并无任何资料提及"西"方，甚至公元前123年十一、十二月的事件，不论其真实性如何，都不是发生在陇山，而是在它和长安的半道上，即雍宫这一继承自秦朝的旧祭祀中心（今陕西省宝鸡市凤翔区以南）。此外，把汉代宇宙符号学里象征西方的白色和麒麟相联系，这种做法似乎首见于目前这首颂诗。

  前138年，汉使者张骞（前113年卒）西出陇关，出使西域，以求盟好，共击汉朝的腹心之患匈奴。尽管任务没有完成，但他在前126年带回的信息却第一次传达了有关西域的具体知识，为"汉代中国随后开始的西部扩张之成功"[75]提供了前提。自前124年起，武帝果断地开展了与匈奴（又称熏鬻）的战役，并多次调动十万人以上的

---

[74]《汉书·武帝纪》(6.160)。同样，所有汉代的主要颂词作者，主要是在赋里，都进一步采用了麒麟的意象，使之流行并成为汉代政治修辞的核心主题。根据司马相如的《上林赋》(《史记·司马相如列传》[117.3025]、《汉书·司马相如传上》[57A.2556]；《文选》[8.7a]），麒麟就栖息在武帝的苑囿里。《三辅黄图》2.3a（四部丛刊本）提到武帝未央宫里有一座麒麟阁。

[75] Ying-shih Yü, "Han Foreign Relations," in *The Cambridge History of China*, vol. 1, Cambridge: Cambridge University Press, 1986, p. 407.

大军。[76]倘若一首仪式颂诗叙述了前123年的历史时刻,采用古老高贵的政治母题"麟"为王道祥瑞,把它和陇山这一具有高度象征意义的地点相联系,歌唱西域风光,庆贺(或预言)平定匈奴,并歌颂神灵的赞许,那么显然,这首通常称作《白麟之歌》[77]的作品乃是服务于政治权威的强大仪式性表达。《春秋》经的纪事以及它对西方的偶然指涉被天才地转化为新的意义,服务于当代政治之需。以类似某种预表模式(typological pattern)的呈现,武帝之获麟发生在帝国的祭祀中心,这是意义重大的,仿佛公元前481年的事件注定实现。

武帝求取长生、效仿传说中黄帝登仙的愿望、进用方士,这些都成为了史书里的主题,在《史记》的记述和"太史公曰"里,相关内容屡见不鲜,即便是在封禅典礼上达到巅峰的国家祭祀,也似乎为自称通晓升仙之路的方士所左右。[78]《郊祀歌》里的某些句子反映出当时的这种思想框架,最明显表现在第九章卒句("訾黄其何不徕下!"[79])和第十八章卒句("登蓬莱,结无极!")。同样,通过公元前101年"终大汉之世发起的最昂贵的战役"[80]获得的大宛"天马",也被解释为部分满足了武帝祈求获得神物、载以升天的欲望。[81]这些颂美之词,不仅是通过第十章颂诗的上下篇文本,也是通过精巧的叙事手段,与某种水中龙马的意象交融起来;这些颂诗不仅涉及汉代宇宙观念,也指涉了大汉对中亚诸国的政治控制。

"祥瑞颂诗"常常被放置在武帝追求长生的视野下讨论。和某些

---

[76] 参见 Michael Loewe, "The Campaigns of Han Wu-ti," in *Chinese Ways in Warfare*, ed. Frank A. Kierman, Jr. and John K. Fairbank, Cambridge: Harvard University Press, 1974, pp. 112-113。
[77] 见《汉书·武帝纪》(6.174)及班固《两都赋序》(《文选》1.2a)。
[78] 就这些问题的相关论述,参见 Ying-shih Yü, "Life and Immortality in the Mind of Han China"。
[79] 据注疏,"訾黄"或"黄"乃是一种混合形态的神兽,黄帝据说曾乘以升天,《山海经》曰"乘黄"(郝懿行,《山海经笺疏》7.5b,成都:巴蜀书社,1985),《淮南子》曰"飞黄"(6.6b)。
[80] Ying-shih Yü, "Han Foreign Relations," p. 410. 有关征大宛,见《汉书》61及96A,或《史记·大宛列传》(尽管显然是后人所作)。
[81] 见 Arthur Waley, "The Heavenly Horses of Ferghana: A New View," *History Today* 5, 1955, pp. 95-103; Ying-shih Yü, "Life and Immortality in the Mind of Han China," pp. 97-98。

起源不明，但假定系于汉代的诗歌一起，这些颂诗被冠以"道家"或"游仙诗"的标签。[82]然而，需要注意的是，《郊祀歌》和那些无名氏诗歌之间几乎毫无相通之处，特别是在语汇层面，反而或许更加接近西汉宫廷文学之代表文类——赋。原因无疑可以解释为仪式颂诗的特定地位和功能，而且也正是其高度的官方地位不允许我们设想这些文本多少表达了个人思想，即便是皇帝的思想。上引祥瑞颂诗清楚地表达出比追求个人长生更加广阔、复杂的政治性和宇宙论思想。我们或许应当在更宽广的象征性政治行为这一视野里，重新思考帝王所谓好方术的个人癖好。

武帝的颂诗，尤其是在"季节颂诗"和"祥瑞颂诗"中，展示出一种新的政治合法性观念，迥异于《安世房中歌》所表述的周朝典范。《春秋繁露》里所谓"郊重于宗庙，天尊于人"[83]，把"天"定义为"天子"的最高祖先，从而为武帝的宗教实践提供了简洁的解释。在高祖颂诗的多篇卒句里占主导地位的王朝延续及永恒观念，在武帝的仪式颂诗里却几乎荡然无存。同时，多数政治伦理的抽象表述（孝、德、典则等）都无影无踪；唯一重要例外就是上引第二章。无论如何，"统治需要起源"[84]这一精辟观察也适用于武帝，他在仪式里也创造了一种构成政治合法性的独特因素，其说服力恰恰在于，这种起源来自政治行为之外的领域，一个"异类"因而无限制的领域。在高祖那里，他实施的是这种与现实之间的区别，即在时间轴上把他本

---

[82] 参见日本学者的一系列研究：釜谷武志，《漢武帝楽府創設の目的》，載《東方学》84，1992，頁52—66，以及《遊仙詩の成立と展開》，載吉川忠夫編，《中國古道教史研究》頁323—362，京都：同朋社，1992；澤口剛雄，《漢の楽府における神仙道家の思想》，載《東方宗教》27，1966，頁1—22，以及《漢魏楽府における老莊道家の思想（下）》，載《東方宗教》44，1974，頁14—32；小西升，《漢代楽府詩と神仙思想》，載《中國学論集：目加田誠博士還暦記念》頁137—160，東京：大安出版社，1964；玉田継雄，《漢代における楽府の神僊歌辞と鏡銘》，載《立命館文学》頁46—72，1981。

[83] 苏舆，《春秋繁露义证》卷十五，"郊事对第七十一"条，页414，北京：中华书局，1992。

[84] "Herrschaft braucht Herkunft"，见 Jan Assmann, *Das kulturelle Gedächtnis: Schrift, Erinnerung und politische Identität in frühen Hochkulturen*, München: C. H. Beck, 1992, p. 71。

人展示为"往昔"的孝子贤孙,对之承担义务,尽管富有讽刺意味的是,他事实上是新王朝的创建者;而武帝这里,则用统治的宇宙哲学基础来取代这类王朝合法性,将之戏剧性地呈现为祥瑞降临。在这一视角里,他对长生的追求或许就不仅是个人的渴望了:正如高祖效仿周代模式尊崇祖先,把自己展现为仁德之主,可供后代尊崇、效仿那样,武帝也试图比肩黄帝,以求成为得到宇宙神灵庇护的新式君王。[85]武帝治下,《郊祀歌》,连同国家祭祀的整个系统的建构一起,都通过假想的黄帝举措而获得合法性,这或许表明,我们应当把对个人升仙的追求看成具有宇宙哲学意义上有关统治的政治表述,从而超乎个体欲望。

第十五章(庆典颂诗)华烨烨

华烨烨[86],固灵根。神之斿,过天门[87],车千乘,敦昆仑[88]。

---

[85] 黄帝作为圣君的形象,可以追溯到战国著作《庄子》和《管子》;见 Jan Yün-hua, "The Change of Images: The Yellow Emperor in Ancient Chinese Literature," in *Journal of Oriental Studies* 19.2, 1981, pp. 117-137.

[86] "烨烨"出自《小雅·十日之交》,其中"烨烨"指震电之威力。

[87] 参见类似的颂诗第一章第五至六句:"九重开 / 灵之斿";以类似的方式,第十一章开篇为神灵浩浩荡荡穿过天门。《九歌·大司命》开篇曰:"广开兮天门,纷吾乘兮玄云。"(《楚辞补注》2.68)《淮南子》1.4a-b,据许慎、高诱注,释"天门"为天帝所居之紫薇宫。紫薇是"围绕天柱的十五颗星所组成的屏障之名……它以天帝之宫殿而知名;理论上汉宫系其仿造"。见 David R. Knechtges, *Wen xuan or Selections of Refined Literature*, vol. 1, Princeton: Princeton University Press, 1982-1996, pp. 116-118; 详细讨论见同书,p. 120。

[88] 自前四世纪开始,昆仑山复杂的宇宙论、宗教和政治意义就已经在年轻的南方文学传统的文本里发展起来了,而后者又是《郊祀歌》庆典颂诗之语言和思想观念的组成部分。除了早期《楚辞》文本,如《离骚》、《天问》、《九歌》和《九章》,此词还出现在《山海经》、《淮南子》和《穆天子传》等作品中。此外,《吕氏春秋》也多次提及此山。昆仑山地理上位于遥远的西部,被想象成大地之轴:这座山(与天相应)有九门(《山海经笺疏》11.3b),是天帝之下都(《山海经笺疏》2.21a, 11.3a)。此处系若干异色水流之所出(《山海经笺疏》2.22b, 11.3b-5a;《淮南子》4.2b-3a),包括黄河——这是武帝本人案阅"古图书"后亲自宣布的(《汉书·张周赵任申屠传》[61.696],《史记·大宛列传》[123.3173]);昆仑山共有三级,第一级"登之而不死",第二级"登之乃灵,能使风雨",第三级终于"登之乃神,是谓太帝之居"(《淮南子》4.3a)。自伊利亚德(Mircea Eliade)的研究以来,我们知道这类处于世界中心的具有宇宙意义的山峰乃是人类文化的普遍现象,它总是某种转化发生的神圣的"阈界"(liminal stage)。当武帝把环绕明堂的复道命名为"昆仑"时(《汉书·郊祀志中》[25B.1243]、《史记·孝武本纪》[12.480-481]、《史记·封禅书》[28.1401]),他显然意识到了这(转下页)

神之出，排玉房，周流杂，拔兰堂[89]。神之行，旌容容[90]，骑沓沓，般纵纵。神之徕，泛翊翊，甘露降，庆云集[91]。神之揄，临坛宇，九疑宾[92]，夔龙舞[93]。神安坐，翔吉时，共翊翊，合所思[94]。神嘉虞，申貳觞，福滂洋[95]，迈延长。沛施祐，汾之阿[96]，扬金光，横泰河，莽若云，增阳波。遍胪欢，腾天歌。

表面上，这首颂歌的政治内容仅限于对仪式成功及其祥瑞，还有其中政治神话学主题的自我指涉性赞扬。这一神话学的不同因素都是经过精心选择和重新定型的：宇宙神山昆仑（如今已被整合入新的祭祀中心）；神话性的大舜（如今作为祖先得以被尊崇）；作为王道象征的宝

（接上页）一点。"通过宇宙神山昆仑，与上帝的交流得以建立。穿过昆仑道的效果和登上昆仑山是一样的：得造其巅者获得长生。因此，明堂在宗教意义上乃是立于世界中心，是登天的桥梁。"参见 Howard Wechsler, *Offerings of Jade and Silk: Ritual and Symbol in the Legitimation of the T'ang Dynasty*, New Haven and London: Yale University Press, 1985, p. 201.

[89] 后世诗文里常见的"玉房""兰堂"，此处似属新造词。
[90] "容容"注曰"飞扬之貌"，可以追溯到南方文学传统，如《九歌》、《山鬼》（《楚辞补注》2.80）、《九章》、《悲回风》（《楚辞补注》4.160）。
[91] "甘露"（同见第七章颂诗）降、"庆云"集，都是象征宇宙／政治和谐的祥瑞；有关早期提到的"甘露"，见《礼记》22.199b，《淮南子》8.1b，东方朔（前154—前93）《非有先生论》，载《文选》51.10b。"庆云"在《汉书·天文志》里被描述为异乎寻常的大气现象。《宋书》29.836（北京：中华书局，1983）列举的符瑞里，五色庆云是太平之兆。如《史记》《汉书》的若干篇章里显示，异样大气和光线现象被理解成神灵对祭祀的反应，表达其赞许。
[92] "九疑"（"嶷"之异体）是湖南南部山岳之名，传为舜之葬所。正如秦始皇在前211年的做法一样（《史记·秦始皇本纪》[6.260]），武帝在前107/106年亲临祭祀了大舜（《汉书·武帝纪》[6.196]）。我把"宾"读作"缤"，这是因为《楚辞》有类似的表达方式：《离骚》"百神翳其备降兮／九疑缤其并迎"（《楚辞补注》1.37）；《九歌》"九嶷缤兮并迎／灵之来兮如云"（《楚辞补注》2.68）。
[93] "龙"或读作"笼"。据战国秦汉政治神话学，舜曾令夔奏乐、龙（笼）纳言；见《尚书·大禹谟》（3.19b-20a）、《史记·五帝本纪》（1.39）、《汉书·百官公卿表上》（19A.721-722）；关于夔，亦见《史记·夏本纪》（2.81）、《史记·乐书》（24.1197）、《汉书·礼乐志》（22.1038）。
[94] 正如此诗第十七、十八行一样，这句也是对仪式表演成功的自我指涉性宣言。
[95] 无法把这个叠韵的联绵词"滂洋"追溯到其他文本，除了托名宋玉（约前290—约前233）的《高唐赋》里有"滂洋洋"。
[96] 前114年武帝在汾阴丘上立后土祭坛。次年就在这个地点，宝鼎现，这在东周以来的政治神话里是君王权威的绝对象征；见《春秋左传》21.166b-c（宣公三年）、《汉书·武帝纪》（6.184）、《汉书·郊祀志上》（25A.1225）、《史记·孝武本纪》（12.464-465）、《史记·封禅书》（28.1392）。获宝鼎是第十二章颂诗所庆贺的。下一行的"金光"很可能就是指这宝鼎的神光。

鼎，宝鼎原本系于肇自大禹的仪式性宇宙起源论，[97]但现在则和黄帝联系起来。[98]通过这些指涉，武帝把政权呈现在自我定义的世系里，这一世系在宇宙论和神话学的两个维度上延伸。

在这首颂诗里，"祖先"选自一脉神话的，因而也是超越世俗时间的世系，而非来自远古的典范。如舜廷起舞的大臣所示，其与宝鼎这一尊贵象征和政治祥瑞一道出场。当宝鼎的金光照射到自然界，使得汾河变成"泰河"，在董仲舒等汉代学者发展起来的论述那里，这代表的是宇宙在政治和神话学上的符号化。在这篇包含了当时南方宇宙哲学的颂诗结尾处，并没有展现一个如《诗经》中颂诗或《安世房中歌》那样的缅怀姿态，而是一幅戏剧化的图景。

在《华烨烨》里，对仪式行为独有的语义性戏剧化和语言表达的时代更化密切关联。[99]从文学史的角度来看，快速换韵的三言句式（诗中共有七种韵）最直接地和《九歌》相连。[100]模块式的四言诗总是由"xx—xx"的平衡结构组成，可能代表了古代仪式乐器（钟、鼓、磬）所可以形成的旋律，[101]而快速换韵、诗节短小的三言诗（如常出现的"神xx"）暗示了一种断奏式节奏。[102]三字句内部的"x—xx"划分（而非 xx—x 划分）格式主导了《九歌》诗篇的84%，这同样加快了节奏。[103]即便在这点形式细节上，《郊祀歌》里的三言诗也和《九

---

[97] 见《春秋左传》21.166b-c（宣公三年）和《墨子》里的用例（孙诒让，《墨子间诂》11.388-389，北京：中华书局，1986；《吕氏春秋》23.1b 和《淮南子》2.5b、2.12b）。就仪式性重复创造（文明的）世界这一普遍现象，见 Mircea Eliade, *Das Heilige und das Profane*, Frankfurt.: Suhrkamp, 1985, pp. 23-60。

[98] 见《史记·武帝本纪》（12.464-468）、《史记·封禅书》（28.1392-1394）、《汉书·郊祀志上》（25A.1225-1228）

[99] 有关仪式语言之形式结构的图像性和劝说性特征，见 Stanley Tambiah, "A Performative Approach to Ritual," in *Proceedings of the British Academy* 65, 1979, pp. 134-140。

[100] 参见竹治贞夫，《楚辞研究》页 547—549。

[101] 就这一主题的讨论，见高华平，《古乐的沉浮与诗体的变迁》，载《中国社会科学》，1991年第5期，页 210—211。

[102] 竹治贞夫，《楚辞研究》页 573。

[103] 同前引书页 578。

歌》如出一辙。最后，和形式、思想观念的因素一起，这首颂诗所用词汇也把它牢牢定位在了当时南方文学的语境里。在所有文学复合词里，包括叠字，唯一可以追溯到《诗经》（而且只是首《小雅》）的是第一句里的"烨烨"。另一方面，它不仅有若干与《楚辞》篇章几乎字字耦合之处，还有大量在文学传统的其他著作里所不见的语汇。当然，我们手里能够掌握的只有早期诗歌文学的分散片段；然而，读者一定会有一种印象，即这首歌诗里的许多表达方式倘若不是自铸伟辞的话，也未免过于罕见了。"玉房""兰堂"这样的感官性造语无疑反映了因《九歌》而著称的特殊文学意象。其他此处未引颂诗在语言上与相如赋颇多巧合，这也显露了南方诗歌语言的强烈倾向。

三 初步结论

倘若总结一下高祖《安世房中歌》和武帝《郊祀歌》的各种特征，有一点证据是非常显著的：与传统对汉初百年间官方儒学发展轨迹的理解相对比，[104] 两组颂诗各自的创作原则和暗含的思想界域却显示了恰恰相反的过程。早在武帝正式承认《诗》《书》等儒家经典以前，《安世房中歌》就已经大量援引，对之进行引用，而在前136年汉廷置五经博士[105]之后创作的《郊祀歌》里，这些经典却几乎无影无踪。倘若说为了建立权威和合法性，最通常的仪式策略是诉诸传统，特别是大量运用"神圣"的古奥语言，[106]那么值得注意的便是，汉武帝很大程度上成为了这一最强大的政治修辞选择的先行者。

---

[104] 对此全面的考查参见 Robert P. Kramers, "The Development of the Confucian Schools," in *The Cambridge History of China*, vol. 1, pp. 747-765.

[105] 连同前124年的进一步机构化，参见《汉书·武帝纪》(6.159, 6.171-172)、《汉书·百官公卿表上》(19A.726)、《汉书·儒林传》(88.3593-3594)。

[106] 见 Maurice Bloch, "Symbols, Song, Dance and Features of Articulation: Is Religion an Extreme Form of Traditional Authority"; Stanley Tambiah, "A Performative Approach to Ritual," pp. 121-123 等处，及 "The Magical Power of Words," p. 182; Catherine Bell, *Ritual Theory, Ritual Practice*, pp. 120, 138 等处。

然而，在《郊祀歌》里我们却不难辨认出一种"一切为当前服务"的范式，这是鲁惟一（Michael Loewe）在解释武帝政治、军事行动时定义的所谓"现代主义"。仪式颂诗与当代的扩张主义政治完全一致，显示了强大的信心，超越了任何经典准则，也超越了面对想象中作为黄金时代之过去而感到匮乏的体验。在这一自信且有序的自我阐释框架内，第八章颂诗自我指涉地赞颂了国家祭祀之"新音"的创作。桀溺（Jean-Pierre Diény）指出，"据我们所知，这是第一次天子敢于在官方场合提倡新声，而且更重要的，是引进宗教典礼……武帝解放了音乐。诗歌也将受益于此"。[107] 并且，"为了装饰灌输了其无畏精神的新式典礼，武帝希望有一种能够娱神娱人的音乐。他无疑给畏惧古代音乐权威的追随者鼓舞了信心"。[108] 现代文学史家的这种评价有意识地和中国传统对武帝仪式音乐的判断针锋相对。或许，武帝当时便不乏有人对离经叛道的仪式音乐和语言持有全盘的批评，[109] 两代之后这种批评便羽翼丰满，为踵武周朝的"新古典主义"铺平了道路。

据《史记》《汉书》所述，"新声"的创作与乐府的协律都尉李延年相关。[110] 但是把"新声"一词放进典礼音乐本身则是勇气可嘉的冒险作为，因为它已经被牢牢树立为古代祭祀所用正统"古乐"或"雅乐"（以《大雅》《小雅》为代表）的反面典型。显然，具有贬义的"新声"在东周文本里就已出现，如《国语》《晏子春秋》；在《韩非子》里，"新声"甚至有"亡国之声"的恶名。[111] 桀溺用大量证据表明，在例如《乐记》这样的古典著作里，贬义的"新声""郑卫之

---

[107] Jean-Pierre Diény, *Aux origines de la poésie classique en Chine: Étude sur la poésie lyrique à l'époque des Han*, p. 40.
[108] Ibid.
[109] 参见《史记》24.1178 里的相关段落，尽管这些段落尚有存疑处。
[110] 《史记·佞幸列传》（125.3195）、《汉书·佞幸列传》（93.3725）、《汉书·外戚传上》（97A.3951）。
[111] 《韩非子·难言》（3.2b）。这段话以其有所缺损的形态被引用在了《史记·乐书》的结尾（24.1235）。

声""淫声"等是如何被全然用作同义词的。[112]宫廷"新声"尤其被看作激发了感官欲望,导致道德沦丧,径使国家走向沦亡;因此根据《礼记》,其作者应处以极刑。[113]在这一思想框架内,我们就不难理解,当后代的经学家们被迫见证"新声"有玷于隆重的国家典礼时,他们是相当不满的。《汉书》在《郊祀歌》文本后的评论把武帝的音乐彻底黜为"郑声",[114]从而把这些颂诗置以永恒的谴责:这些评断几乎被所有后世的正统乐论所采用。

对武帝仪式音乐和颂诗的讨论属于对国家礼仪之整体形态的广泛讨论的一部分,这一讨论肇自匡衡于公元前32年的奏疏,最终在公元前7年导致乐府的废置。[115]所谓的异端"新声"或许是具体指当时的南方音乐,或许是指最新引介的中亚音乐,但不论如何都是指地理、文化边缘的特殊音乐。[116]"古乐"观念总是指周朝王廷音乐,但它只不过是头"想象的怪兽":所有的考古和文献证据都表明,周朝的仪式音乐在高祖时便沦亡已久。对历史想象的调动、就相关争论的激辩,还有最说明问题的,史家给予这类争论的重要地位,这些都充分表明这个话题的真实状况,亦即仪式颂诗的意义之所在:至关重要的不在于音乐或诗歌,而在于政治行为的意识形态视野。

(杨治宜 译,郭西安 校)

---

[112] Jean-Pierre Diény, *Aux origines de la poésie classique en Chine: Étude sur la poésie lyrique à l'époque des Han*, pp. 17-40.
[113] 《礼记正义》13.116a。
[114] 《汉书·礼乐志》(22.1071)。
[115] 整体讨论参见 Michael Loewe, *Crisis and Conflict in Han China, 104 BC to AD 9*, pp. 154-192。
[116] 事实上还不清楚什么因素主导了李延年的新创。然而,《郊祀歌》显露出与当代南方文学的直接联系。除了桀溺的研究之外,整体讨论另可请参见萧亢达,《汉代乐舞百戏艺术研究》页14—36,北京:文物出版社,1991;朱谦之,《中国音乐文学史》页138—151,北京:北京大学出版社,1989;铃木修次,《漢魏詩の研究》页72—89;萧涤非,《汉魏六朝乐府文学史》页27—47。我个人认为,学者常论的民间音乐对仪式颂诗的影响似无真实证据。

作为表演文本的诗
以《小雅·楚茨》为个案（2000）

对《诗经》部分《雅》《颂》诗作的研究揭示了这些文本的一种根本属性，我们可以称之为表演属性。[1] 即使在追缅重大历史事件之时，这些诗也不仅仅是被诵读，而是能够在舞蹈中被仪式性地演出，模仿性地再现那些不当被遗忘者。最著名的例子是舞蹈《大武》，王国维及其之后的研究者已把它与《诗经》的一组六首仪式性颂诗相联系，认为它们作为整体或许表现了周克殷商这一事件。[2] 王国维之后仅数年，马伯乐（Henri Maspero）撰文全面论述了《诗经》颂诗。他不仅把舞蹈和音乐的特殊节奏需要看作是"这些颂诗的诗歌价值不是很高"

---

[1] 见王国维，《观堂集林》2.15a-24b，台北：世界书局，1975；周策纵，《古巫对乐舞及诗歌发展的贡献》，载《清华学报》，1981年第13卷第1、2期合刊，页1—25；王靖献（C. H. Wang），*From Ritual to Allegory: Seven Essays in Early Chinese Poetry*, Hong Kong: The Chinese University Press, 1988, pp.1-51。又见陈世骧（Shih-hsiang Ch'en），"The *Shih-ching*: Its Generic Significance in Chinese Literary History and Poetics,"《"中研院"历史语言研究所集刊》，1969年第39期，页371—413（重印于 *Studies in Chinese Literary Genres*, ed. Cyril Birch, Berkeley: University of California Press, 1974, pp. 8-41）。除了《雅》和《颂》中的宗教颂诗和宴会歌诗之外，《国风》诸篇也曾被当作表演诗歌讨论。葛兰言（Marcel Granet）曾从人类学和社会学视角出发推想《国风》中包含的民间礼仪（*Fêtes et chansons anciennes de la Chine*, Paris: E. Leroux, 1919）；王靖献则试图把罗德-帕里（Lord-Parry）有关史诗口述创作的假说运用于《诗经》整体（*The Bell and the Drum: Shih ching as Formulaic Poetry in an Oral Tradition*, Berkeley: University of California Press, 1974）。这两种研究都为自己设定了严格的理论框架，它们是其时代的产物，也随着它们以之作为基础的方法论假设而一同老化。

[2] 王国维，《观堂集林》2.15b-17b；孙作云，《诗经与周代社会研究》页239—272，北京：中华书局，1966；Edward L. Shaughnessy, "From Liturgy to Literature: The Ritual Contexts of the Earliest Poems in the *Book of Poetry*",载《汉学研究》，1994年第13卷第1期，页133—164。至于更持怀疑态度的评价，见白川静，《诗经研究》页339—348，京都：朋友书店，1981。

的原因，[3]还把《尚书》的许多章节理解成"舞剧剧本"（pantomime libretti），为这种仪式性舞蹈提供确切的描述。[4]《诗经》中的很多祭祀颂诗和同时期的青铜器铭文一样，都按例采用通常在诗歌尾声处出现的所谓"嘏辞"，向先祖求祈祝福和长寿。[5]汉代注家毛、郑建立的传统解读认为，《诗》中的诗歌实际上会在政治—宗教性的周朝庙祭仪式上表演出来，这一点是很明确的。对"颂"的著名定义是《大序》的倒数第二句"颂者，美盛德之形容，以其成功告于神明者也"，这很有可能关涉舞蹈表演。[6]此类仪式性颂诗与乐、舞相联，就成了罗泰（Lothar von Falkenhausen）所谓"多媒体事件"[7]的一部分，而且通过歌者的声音、舞者的动作，参与到周朝庙祭仪式的总体美学结构之中。颂诗所面向的既是祖灵，同时也是被严格限定的皇家或贵族表演的政治性受众；颂诗文本效应不仅是通过词句的意义，也是通过这些文本的表演来达成，后者乃是作为乐舞表演整体的有机部分而呈现。

另一方面，即使传世本《诗经》是"穿着汉朝外衣的周代文本"[8]，

---

[3] Henri Maspero, *China in Antiquity*, trans. Frank A. Kierman, Jr., Amherst: University of Massachusetts Press, 1978, p. 272.

[4] Henri Maspero, *China in Antiquity*, pp. 274-276.

[5] 专有名词"嘏辞"在后来的解释作品中很常见，在《礼记·礼运》中已经出现两次；见《礼记正义》21.190a，22.197b。在"嘏辞"阐释方面的最佳论文仍然是徐中舒的《金文嘏辞释例》，载《中研院历史语言研究所集刊》，1936年第6卷第1期，页1—44；并请参见Lothar von Falkenhausen, "Issues in Western Zhou Studies: A Review Article," pp. 151-155, 166。

[6] 《毛诗正义》1/1.4c。阮元《揅经室集》1068.249b-250a（载《皇清经解》，上海：上海古籍出版社，1988）已提出"颂"和"容"的可交换性。我对于周代汉语的语音学推想以白一平（William H. Baxter）的研究为准，见其 *A Handbook of Old Chinese Phonology*, Berlin and New York: Mouton de Gruyter, 1992。倘若《大序》果然作于公元一世纪，则阮元被广泛接受的假定的确根据确凿；参见 Bernhard Karlgren, *Loan Characters in Pre-Han Texts*, Göteborg: Elanders Boktryckeri Aktiebolag, 1968, nos. 542 and 140。"颂"与"容"字可以互换的早期例证如湖北郭店出土的前四世纪竹简《性自命出》的第二十一与六十六简所示，"颂"大约应该读作"容"；参见荆门市博物馆，《郭店楚墓竹简》页179、181，北京：文物出版社，1998。其他对"颂"字的解释，参见刘毓庆，《颂诗新说：颂为原始宗教诵辞考》，载《晋阳学刊》1987年第6期，页76—83；白川静，《诗经研究》页421—431。

[7] Lothar von Falkenhausen, *Ritual Music in Bronze Age China: An Archaeological Perspective*.

[8] William H. Baxter, "Zhou and Han Phonology in the *Shijing*," in *Studies in the Historical Phonology of Asian Languages*, ed. William G. Boltz and Michael C. Shapiro, Amsterdam and Philadelphia: J. Benjamins, 1991, p. 30.

其中的很多礼仪篇章也不只是从早期祖先祭祀直接流传下来的话语。这些篇章也或多或少为这些仪式提供了整体性说明，或者提到与其相应的场景情境，或者叙述了一个仪式的理想原型。它们提供的内容似乎是从外部观察而得来的描述性叙事，因此很容易被理解成关于早期祭祀和宴会场景的纪念性或规定性描述；如果我们把整体的《诗》看作是给后代提供一个自周王朝早期数世纪以来的独特的文化记忆库，这确实可能是它们最初的目的之一。通常认为，孔子说过学《诗》者可获得社交性言说能力并多识"鸟兽草木之名"[9]，这就显示《诗经》具有作为知识和典范的百科宝库的功能。[10]这一点也得到了毛传郑笺和各篇《小序》的佐证，下文我们即会讨论其中一个典型例子，表明对祭祀活动的精细描述如何被解读为对上古的缅怀。[11]

或许有人会试图这样来划分《诗经》的传世诗作：这组诗篇实际上用于早期表演；那组诗篇则超出了个人表演层面，属于对仪式行为的纪念或规定。然而，在下面的个案研究中，我将试着提出这二者未必是互相排斥的；这些仪式行为本身可能是一个场域，使得既存言辞和行为的规定模式同时得以持存、实施和加强。并且这些仪式颂诗确实体现了原始仪式剧的真实记述，这种仪式剧由多重的声音和动作构成。如果这样来理解，单个的表演尽管是稍纵即逝的，但通过文本的持续性存在则变成了永恒，文本亦最终超越了任何一种特定场合。[12]有关早期仪式颂诗

---

[9]《论语注疏》17.69b。
[10] 已有学者对于《荷马史诗》持相同的观点，见 Jan Assmann, *Das kulturelle Gedächtnis: Schrift, Erinnerung und politische Identität in frühen Hochkulturen*, p. 276。
[11] 关于《小序》及其相关的早期解经传统的结构，参看 Steven Van Zoeren, *Poetry and Personality: Reading, Exegesis, and Hermeneutics in Traditional China*, Stanford: Stanford University Press, 1991, pp. 80-115。
[12] 关于永久文本与短暂表演之间的对抗，见 Edward L. Shieffelin, "Problematizing Performance," in *Ritual, Performance, Media*, ed. Felicia Hughes-Freeland, London and New York: Routledge, 1998, pp. 198-199。正如下文将表明的，对诗歌的这种研究视角不同于那种假设《诗经》颂诗中存在礼拜仪式类文本向文学文本的历史发展的观点；关于后者，见 Edward L. Shaughnessy, "From Liturgy to Literature: The Ritual Contexts of the Earliest Poems in the *Book of Poetry*"。

的多重属性的假设，是直接由文本自身以及文本理解中的问题引起的：在许多显然是描述性/规定性的章节中，我们发现它们不仅呈现出缩减和断章性，而且错杂着戏剧性的言辞结构，无法与简明的叙述融为一体。如此一来，就一首仪式颂诗而言，其假定的内容要多于其实际指涉之事：它体现了真实且可仿效的言辞和行为范式，而并非给出一个详细设计的礼仪表演脚本，就像后来出现在《仪礼》中的那样。

仪式颂诗中最为复杂的情形是，它既是一个描述性/规定性的叙述，又是一个在祖先祭祀中被表演的文本，这种情形典型体现在《楚茨》[13]这一诗篇中。《楚茨》一诗共六章，每章十二句，是周代祖先祭祀中最丰富、最生动，因此也是被引用最多的诗篇之一。这篇在《小雅》中的颂诗，首先叙述了祭祀中准备黍稷肉酒等祭品的过程，遂至表演本身的各种步骤，最后以宴会场景结束。虽然《雅》《颂》部分包含了十余篇在祖庙和筵席上表演的礼仪诗歌，但就所述周代祖庙祭祀活动之详细程度而言，此篇无出其右。正如孔颖达（574—648）已经指出，[14]在《毛诗》本中，这篇颂诗看起来与紧随其后的三篇诗歌，即《信南山》、《甫田》和《大田》直接相关，而它们都与农业和祭祀有关；[15]然而，与《楚茨》不同，它们更多是在详细描述为祭祀所进行的农业方面的准备，而相应简略了对仪式行为自身的描述。就像下文我在翻译《楚茨》时所给出的注释中指出的那样，这三首诗在简单描述祭祀表演的时候，许多程式化套语都与《楚茨》相类似。

同其他许多诗歌的小序部分一样，这四首诗的小序也批评了幽王的堕落统治。[16]《楚茨》小序曰：

---

[13]《毛诗正义》13/2.199b-200b。
[14]《毛诗正义》13/2.199b。
[15]《毛诗正义》13/2.202b-14/1.210c。关于整个组合，见白川静，《詩經研究》页310—319，617—620；松本雅明，《詩経諸篇の成立に関する研究》页792—805，东京：开明书院，1981—1982。
[16] 关于西周系年，我采用的是夏含夷的意见。参见 Edward L. Shaughnessy, *Sources of Western Zhou History: Inscribed Bronze Vessels*, Berkeley: University of California Press, 1991, p. xix.

> 《楚茨》，刺幽王也。政烦赋重，田莱多荒，饥馑降丧，民卒流亡，祭祀不飨，故君子思古焉。[17]

根据小序，《楚茨》中的详细描述乃是对过去理想世界的追忆，那时，农业和祭祀都秩序井然，特别是在《信南山》的小序中明确提到的成王（前1042/1035—前1006年在位）统治之下。[18]我们当然无须亦步亦趋地遵循这种阐释，然而它已通过传统注疏和颂诗本身融为一体。当代对周朝祖先祭祀的描述忽视了这种早期的读解导向，而仅以《楚茨》来说明早期祭祀表演的具体方面。[19]更具有分析力度也更重要的一种读解来自罗泰，他通过细读注意到文本表演结构的许多方面，并多次提醒我们，在三部传统礼学经典（《仪礼》《周礼》《礼记》）中，曾系统化地描述了祖先祭祀，《楚茨》在很大程度上可能是此种系统描述所参考的前文本；[20]清代学者如姚际恒（1647—约1715）和方玉润（1811—1883）等都已经明确指出，《仪礼》尤为体现了对这首诗中信息的采纳。[21]最值得注意的是，这首诗虽然按时间顺序叙述，但是包含许多祭祀仪式表演中的参与者的真实言辞，亦包括神与人，

---

[17]《毛诗正义》13/2.199b-c。
[18]《毛诗正义》13/2.202b。
[19] 在英文学术界，这一点尤其体现在对早期中国文化进行的宽泛式或比较性研究里，例见 Benjamin I. Schwartz, *The World of Thought in Ancient China*, Cambridge: Harvard University Press, 1985, p. 49; 或者 Jordan Paper, *The Spirits are Drunk: Comparative Approaches to Chinese Religion*, Albany: State University of New York Press, 1995. 注意, 此书主标题是《楚茨》第五章第五句（"神具醉止"）的简化翻译。
[20] Lothar von Falkenhausen, "Reflections on the Political Role of Spirit Mediums in Early China: The Wu Officials in the *Zhou Li*," *Early China* 20, 1995, p. 297; 又见其 "Issues in Western Zhou Studies: A Review Article," pp. 148-150; 及 *Suspended Music: Chime-Bells in the Culture of Bronze Age China*, Berkeley: University of California Press, 1993, pp. 25-32. 马има乐对典型祖祭仪式的重构也是以这篇颂诗为基础，并借用三礼 "诸篇的支持来让它血肉丰满"，见其 *China in Antiquity*, pp. 150-154, 428-429, n. 46. 他明显没有意识到自己的做法与这些礼书的编者并无二致——用其他资料来源来让《楚茨》"血肉丰满"。
[21] 姚际恒，《诗经通论》页231，北京：中华书局，1958；方玉润，《诗经原始》页431，北京：中华书局，1986。

这一点在此前诸译本中均未能被充分认识到。[22]就此而言,《楚茨》和自它衍生出来的仪式汇编著作里那种系统化的记述非常不同,因为它是来自祭祀活动内部的声音。这首诗既是仪式本身的一部分,又是对仪式规范程序的描述;因而,我们不应该轻率地摒弃《毛诗》小序中曾提及的共缅维度。它的双重结构使得《楚茨》的读解问题重重,也因此成为很有分析价值的一篇作品,它有大量形式上的语言标记,让我们可以深入观察早期表演文本的性质和结构,而这是那些没有那么复杂的单一层次作品所无法提供的。

需要说明的是,自本文英文稿初次发表以来已近二十年,我收到了多方面的宝贵意见,尤其是2007年4月在复旦大学和南京大学报告论文时,我从两校学生的建议中受益匪浅。同时,我也继续思索着表演与共缅之间的关系,并对周朝礼仪和文本文化进行了更加深入的研究。因此,现下我对《楚茨》的观察视角已较原稿稍加复杂,也更为清晰。我如今认为,这篇文本是历时性的文本制品,其中结合了时期不一的材料。具体说来,我认为这篇诗歌包含了上古(或许甚至是西周时期)祭仪所真实采用的诗歌,虽然它也经过了后人的编辑,并通过后人的视角给这部分原始诗歌设定了框架。我猜想,这个半叙事性的框架大约成型于东周某时,当时旧的祭仪还保存在记忆当中,却不再以原始形态表演。换言之,我接受了小序的观点,即认为此诗是对早期理想礼仪秩序的共缅,但我并不认同小序对其政治意图的阐释。我以为,与其说这篇颂诗是"刺幽王",不如把它理解为用模仿的形式重现对过去记忆的一次尝试:对古代表演的记忆如今被灌注进一个新的模型里,从而成为一篇新的、且很大程度是理想化了的表

---

[22] 我们可从各学者的相关英译中观察到这一点,如理雅各(James Legge), *The Chinese Classics IV: The She King*, repr. Taipei: Southern Materials Center, 1985, pp. 368-373;阿瑟·韦利(Arthur Waley), *The Book of Songs*, New York: Grove Weidenfeld, 1988, pp. 209-211;以及高本汉,"The Book of Odes, Kuo feng and Siao ya," *Bulletin of the Museum of Far Eastern Antiquities* 16, 1944, pp. 246-247,还有受众广泛的现代日文和中文版本。

演文本。原先，是古代祭祀包含了诗歌，并通过不绝如缕的表演之链使之永恒；如今，在西周覆亡之后不知几世，其上古仪式秩序已然湮灭，又反过来是诗歌包含了对古代西周祖祭表演的记忆，使之永恒。

通过这种解读，《楚茨》成了第二义的表演文本，在东周共缅文化的语境下出现。很有可能，这种表演不再从属于实际的祖先祭祀，而是属于某种世俗性的仪式，它可能在如下情境中上演——或是在权力大大削弱的周王廷，或是在据信保存了周先人礼仪的鲁国宫廷，抑或是在追随孔子典范和教义的儒者之仪式。《楚茨》以这种形式对有关过去的记忆进行了系统化，同时依然以模仿的方式歌颂了古代共缅仪式的特有形式。相形之下，其后的礼仪经典（特别是《仪礼》）则是提供了更加系统化的叙述，同时将这种实际表演的姿态彻底摒弃。

我的解读可以从《楚茨》自身形式获得支持。首先，如本文原稿所论，《楚茨》这样的《诗经》文本具有完善的韵律，这必然代表了西周之后的发展。没有哪篇早期青铜铭文显示出同样的复杂用韵。我相信原始的诗歌必然经过了相当程度的编辑，可能是经过东周擅长礼仪和文本的儒者之手，也就是孔子的追随者们。其次，我所变更的一点解读是，有关这篇颂诗在第四、五、六章包含的几个短段落，我现在认为它们是设置叙事框架的手段。

如下文所论，我把《楚茨》解读为复调的表演文本，包含了众多仪式参与者的声音。按我旧作中的设想，这一仪式场景是有某个"赞礼者"的，或者可以说是仪式主持人，他伴随仪式行为给出特定指令，这些指令既是描述性也是规定性的。在下文的分析中，这些指令是第四章的第三、四句，第五章的第三、四、七到十句，和第六章的第一、二句。这种阐释依然可能成立，但如今，我不再把这些章句解读成祭祖仪式本身的一部分了。相反，我认为颂诗的编创者是在援引古代祭仪诗句的同时，加入了这些叙事性和描述性的评论，以使得诗歌在原初的祭祀表演已荡然无存之际，仍然保持表达的脉络清晰、意义晓畅。不过，即便诗歌里有这些简短的叙事性评论，我依然坚持认为《楚茨》是一篇表演文本，而不仅仅是有关过去的文本叙述，或许可以说是儒者们的表演文本，就像墨子语带讥讽所言，他们"诵诗三百，弦诗三百，歌诗三百，舞诗三百"。[23]

旧文对《楚茨》的解读为我如今的这种修正留出了充分空间，因此并不需要彻底改写。故而，我仅仅修改了自己对上文所述第四、五、六章特定句段的界定方式；同时，我对这些诗行的分析亦略作调整。除此以外，现有的中文本和2000年发表的原英文本并无二致。

一 文本的表演维度

形式的意义

把《楚茨》称为一个"表演文本"，这立即涉及"仪式语言"的概念，并意味着一套解读文本的特定理论假设、方法论问题和具体实践。首先，我们必须认识到，这个文本的形式特点对其效果而言同样是有重要意义的。在仪式表演中，形式（包括语言形式）并非可以被仪式表演者省略或是被仪式观众忽视的任意装点，而表演者与观众在原初的表演活动中有相当程度的重叠。[24] 形式本身便体现意，并具有修辞性能量：这就是为什么战国时期和帝国早期关于"雅/正"和"淫"（或"新"）乐之高度意识形态化的讨论，并不是关于诗歌的措

---

[23] 孙诒让，《墨子间诂》12.418。
[24] 仪式理论中被广泛接受的"社会凝聚理论"（social solidarity thesis）暗示，礼仪表演者也是它的同步观察者；参见 Catherine Bell, *Ritual Theory, Ritual Practice*, pp. 171-172 等处。瓦尔特·伯克特（Walter Burkert）也认为："某些系统获得了长时段里的相对稳定性，并因此被称为某独特'文明'；它们的成功及个体身份的稳定当归功于仪式加强的群体凝聚性。"参见其 *Structure and History in Greek Mythology and Ritual*, Berkeley: University of California Press, 1982, p. 49. 埃德蒙·利奇（Edmund R. Leach）亦曾一针见血地指出："我们参加礼仪是为了向自己传送集体信息。"见其 *Culture and Communication*, Cambridge: Cambridge University Press, 1976, p. 45.

辞，而是完全集中在音调、旋律和节奏上；[25]这也同样解释了《诗》在东周外交活动中作为形式化、程序化的言辞，何以具有崇高地位的主要原因。[26]此外，按照苏珊·朗格（Suzanne Langer）的观点，当"言辞和音乐共同出现时……音乐吞没了言辞；不仅仅是纯粹的词语和文句，而且连文学的言语结构和诗都被吞没了"；这里音乐是"主导形式"，而言辞"不再是散文或诗"，而是"音乐的元素"，因为"诗歌即音乐"[27]。这是古代中国的一个普遍现象，它似乎也解释了为何《诗》最初主要是作为音乐篇章被接受的。[28]在其他文章中，我曾尝试详细阐明，在东周时期关于文化再现的话语中，礼仪形式和行为举止的重要性凌驾于文本主张之上。[29]

在周朝的祖先祭祀中，仪式美学的所有多样化的元素，包括青铜器皿和钟的纹饰、织物图案、音乐声响、舞者的队列和动作、祭品的馨香等，即使它们提出的"命题意义"（propositional meaning）并不明显，但都促进了贡布里希（Ernst H. Gombrich）所谓的"秩序感"，明确显现出具有强烈表现力的装饰性结构。[30]正是这种存在使得多种

---

[25] 对于早期音乐论述最广泛的说明，可参栗原圭介，《中国古代樂論の研究》。此外，参见 Lothar von Falkenhausen, *Suspended Music*, pp. 23-66, 310-324; Kenneth DeWoskin, *A Song for One or Two: Music and the Concept of Art in Early China*, pp. 29-98; DeWoskin, "Early Chinese Music and Origins of Aesthetic Terminology," pp. 187-214; 及 Martin Kern, *Die Hymnen der chinesischen Staatsopfer: Literatur und Ritual in der politischen Repräsentation von der Han-Zeit bis zu den Sechs Dynastien*, pp. 23-50。

[26] 对于《诗》之早期用法的精彩说明，参见 Mark Edward Lewis, *Writing and Authority in Early China*, Albany: State University of New York Press, 1999, pp. 155-176; 亦见 Steren Van Zoeren, *Poetry and Personality: Reading, Exegesis, and Hermeneutics in Traditional China*, pp. 38-44。对《诗》在《左传》的使用情况的最全面的研究，见曾勤良，《左传引诗赋诗之诗教研究》，台北：文津出版社，1993。

[27] 苏珊·朗格语，转引自 Stanley Tambiah, "A Performative Approach to Ritual," p. 164。

[28] 见 Steven Van Zoeren, *Poetry and Personality: Reading, Exegesis, and Hermeneutics in Traditional China*, pp. 28-51。

[29] 见 Martin Kern, "Ritual, Text and the Formation of the Canon: Historical Transitions of *Wen* in Early China," *T'oung Pao* LXXXVII, pp. 43-91。

[30] Ernst H. Gombrich, *The Sense of Order: A Study in the Psychology of Decorative Art*, Ithaca: Cornell University Press, 1984。

感知模式得以组织起来,并构成了在命题意义的流通过程中无法被抵除的美学意义。几位早期中国艺术史学家也曾对礼仪装饰(例如在青铜器上的纹饰)提出类似理论,认为装饰并不纯然是装饰,而是作为标志物象征着对经济和技术资源的控制,尤其是在奢品控制原则的语境下,无论这种原则经过了何种人为的理想化。[31]作为绝对权力的一种"指示功能"(indexical function),[32]装饰具有压倒性甚至威吓性的力量。在一个更加根本的自我指涉层面上,装饰也是一种姿态,突显强烈的惯例化、仪式化,并因此具有权威的表达本身;在这个意义上,它宣告对文化(尤其是宗教传统)的控制。因此意义寓于形式,而不限于"命题"(propositions)和"意向"(references)的语义交流层面。罗森(Jessica Rawson)论商代青铜器曰,"装饰之主要目的似乎是作为礼器的表征"。[33]我把这条论点理解为,装饰标志着某物已脱离了日常用品的世界。在讨论商朝青铜器时,贝格利(Robert Bagley)注意到,装饰"是一件标示出物品重要性的可见信号,同时也是这件物品的所有者之显要性的可见信号"。[34]如果对于部分饰以动物或神

---

[31] 见 Jessica Rawson, *Chinese Ornament: The Lotus and the Dragon*, London: British Museum Publications, 1984; Martin Powers, "The Figure in the Carpet: Reflections on the Discourse of Ornament in Zhou China," *Monumenta Serica* 43, 1995, pp. 211-233; Joseph Leo Koerner, "The Fate of the Thing: Ornament and Vessel in Chou Bronze Interlacery," *Res* 10, 1985, pp. 28-46. 此外,集中关注这一问题的还有会议论文集 *The Problem of Meaning in Early Chinese Ritual Bronzes*, ed. Roderick Whitfield, London: University of London, 1993. 尤其需要注意,艾兰(Sarah Allan)提出了与主流相反的意见,她认为装饰(尤其是商代青铜器上的装饰)可以并应当被解释为首先是指涉性的(referential);见其 "Art and Meaning," in *The Problem of Meaning in Early Chinese Ritual Bronzes*, pp. 9-33, 以及 "Epilogue," ibid., pp. 161-176. 同样参见我本人对此问题的讨论,*Die Hymnen der chinesischen Staatsopfer: Literatur und Ritual in der politischen Repräsentation von der Han-Zeit bis zu den Sechs Dynastien*, pp. 11-22。

[32] 我遵循皮尔士(Charles Sanders Peirce)的定义,在通常的符号学意义上使用"指示性"这一术语:能指和所指之间的关系不是建立在惯例或相似之处上,而是在经验基础上通过因果联想建立起来的。

[33] Jessica Rawson, "Late Shang Bronze Design: Meaning and Purpose," in *The Problem of Meaning in Early Chinese Ritual Bronzes*, p. 92.

[34] Robert W. Bagley, "Meaning and Explanation," in *The Problem of Meaning in Early Chinese Ritual Bronzes,* pp. 44-45.

人图案的商代像似图案而言是如此，那么就那些经过了西周中期礼制改革的西周晚期和东周青铜器上的抽象图案来说，这一论点就更具有说服力了。[35]

人类学者坦拜亚（Stanley Tambiah）曾提出，"有一种理解意义（meaning）的方式不是从'信息'的角度，而是从**对图案的辨认，对构形的察知**角度"，它们存在于多种媒介中，如"诗歌、绘画、舞蹈、音乐、陶器等"，需要某些补充性过程，如"通过节制信息量来减少偶然性"和精心编排运用"羡余、递归式嵌套结构（recursive loop）"。[36] 在下文有关仪式语言的讨论中，我将回到这一点；这里，我们只需指出艺术的原则一方面与诗的原则高度一致，另一方面又与仪式表演的原则高度一致。

早期中国礼仪的自我指涉

基于这些总体观察，我将从两个彼此密切相关的视角思考仪式颂诗的表演维度：其一是仪式表演的概念，其二是在这类表演中被使用的仪式语言的概念。"作为一种沟通形式，礼仪也是一种语言。因而，作为人类最有效沟通方式的口头语言自然亦与礼仪相关。"[37] 此

---

[35] 据罗森所论，公元前九世纪早期发生了一次仪礼实践的根本性改造，甚至可以说礼仪革命，且很可能关乎基本的信仰体系，这可以从几个方面推断出来：酒器大部分被禁止，而同时食器不仅器型增大，数量也大大增加，陈设时一系列里的件数增多；这些器皿上的装饰图案不再限于微小的细部，而是采用更大的图案，这样从远处就能完全识别；青铜钟开始出现在仪式用品之列，为典礼增加音乐成分。这些证据显示，祖祭似从私人转向了更加公共的形式，涉及更多的参与者，他们可能站在一定距离之外。参见 Jessica Rawson, "Statesmen or Barbarians: The Western Zhou as Seen Through their Bronzes," *Proceedings of the British Academy* 75, 1989, pp. 87-93; and *Western Zhou Ritual Bronzes in the Arthur M. Sackler Collections*, Cambridge: Harvard University Press, 1990, vol. 1, pp. 102-110 等；又见罗泰，《有关西周晚期礼制改革及庄白微青铜器年代的新假设：从世系铭文说起》，载臧振华编，《中国考古学与历史学之整合研究》页 651—676，台北："中研院"史语所，1997。因此，如果祖庙的青铜器皿制造是为了使其陈设在更大的仪式公众场合，很可能同时也是外交性的场合，那么青铜器作为地位和财富象征的意义就可能显著增加。

[36] Stanley Tambiah, "A Performative Approach to Ritual," p. 134.

[37] Walter Burkert, *Homo Necans: The Anthropology of Ancient Greek Sacrificial Ritual and Myth*, trans. Peter Bing, Berkeley: University of California Press, 1983, p. 29.

处，伯克特在论神话与仪式的一章中即援用了仪式研究中的常识：就其结构和功能本身而言，仪式的运作方式与人类语言构成的文本别无二致。[38] 反过来，并且是必然的，利奇把言语称为"一种仪式形式"，提出"说话本身就是一种仪式"。[39] 这一点当且仅当从逻辑上反推时是成立的。我对祭祀颂诗《楚茨》的研究，并不沿袭"仪式是种语言形式"的论点，因为它不能充分说明**存在于仪式行为内部的文本**有何特殊意义。相反，我遵循了杜亨（Jean-Louis Durand）提供的启发：

> 仪式本身，如同图像，是一种无声的空间，在这种空间中，被规则地组织起来的行为按若干组序列展开，其组织模式比日常行为更加严格，后者的行为程序要开放得多。正是这类程序性限制（programmatic constraint）使我们能够区别什么是仪式，什么不是仪式。如果我们不知道行为和序列的命名，我们就不可能理解仪式：语言是这一现实的首要解释者。[40]

换言之，表演文本，当然，首先是作为在仪式行为中被表演的文本，具有根本上的自我指涉性，它位于仪式行为的内部，与仪式本身共时地存在，被用以命名表演现实；因此，它也在语言层面上复制了仪式行为。文本给动作赋予了声音，揭示出一个在任何表演里都挥之不去的潜在问题："我们在这里做什么？"并非偶然的是，一些周朝

---

[38] 关于一些与之类似的重要陈述和对它的批评，见 Catherine Bell, *Ritual Theory, Ritual Practice*, pp. 43-46, 110-114。

[39] 参见 Edmund R. Leach, "Ritualization in Man in Relation to Conceptual and Social Development," *Philosophical Transactions of the Royal Society*, B, 251, 1966, pp. 404, 407。通过指出言说的社会功能，伯克特似乎也表明了利奇所述的这一反向论点："许多情况下，日常生活中说了什么似乎不如说话的事实本身重要。相对无言的状态几乎是难以忍受的。"参见 Burkert, *Homo Necans*, p. 29。

[40] Jean-Louis Durand, "Ritual as Instrumentality," in *The Cuisine of Sacrifice among the Greeks*, ed. Marcel Detienne and Jean-Pierre Vernant, trans. Paula Wissing, Chicago: The University of Chicago Press, 1989, p. 120.

的仪式颂诗有意识地明确提出了这一问题,自我指涉式地道说出仪式行为的同时,也消除了对仪式实践的怀疑。《楚茨》第三诗行曰:"自昔何为?"[41]《生民》也同样问道:"诞我祀如何?"[42] 这两个问题均引导出下文琅琅上口的程式化表达,描述为献祭而进行的秩序井然的农业准备;随之引向对献祭自身的陈述,亦即文本自身所处的情境。正如下文将要论及,这两篇颂诗都通过援引神话式的过去来肯定当下,表演出共缅的姿态。正如表演那样,颂诗中的过去和当下、神话叙事和仪式实践被融合并加以表达。仪式的自我指涉是众多文化传统的共同特征,并为以仪式来维持的"社会凝聚性"提供了基础;它也是周朝青铜铭文的一个显著特点,而按照"移风易俗,莫善于乐;安上治民,莫善于礼"的说法,这也是早期中国礼仪意识形态的一个基本方面。[43] 在这幅图景里,礼、乐都被视为文"化"(cultural transformation)的表现及其力量;作为一项自足的行为,仪式表演成了尊贵王权具象表现的基础。此外,通过表演文本的文字,礼仪最终达到了自我完满并进行自我诠释,从而使祭祀的合法性无可置疑。按照《楚茨》这类颂诗来看,神灵的反应事实上是被预先规定的,他们所说的即是他们应说的。[44]

在《楚茨》和其他颂诗中,文本间接地再现了仪式。它不仅为行

---

[41]《毛诗正义》13/2.199c。
[42]《毛诗正义》17/1.263b;这个短语出现在这首颂诗的倒数第二章。
[43]《孝经注疏》6.18b;这一习语是汉代文献里的一种普遍用法。参见 Martin Kern, *The Stele Inscriptions of Ch'in Shih-huang: Text and Ritual in Early Chinese Imperial Representation*, New Haven: American Oriental Society, 2000, pp. 140-147。
[44] 吉德炜曾注意到,对神灵可能的反应方式的严格控制在商代占卜里就已经是显著的特色,参见 David N. Keightley, "Late Shang Divination: The Magico-Religious Legacy," in *Explorations in Early Chinese Cosmology*, ed. Henry Rosemont, Jr., *Journal of the American Academy of Religion Studies* 50.2, 1984, pp. 13-14. 有关周朝和帝国早期的情况,参见 Martin Kern, *Die Hymnen der chinesischen Staatsopfer: Literatur und Ritual in der politischen Repräsentation von der Han-Zeit bis zu den Sechs Dynastien*, pp. 17-22, 及 *The Stele Inscription of Ch'in Shih-huang*, pp. 140-147。在青铜器铭文上,自我指涉姿态在罗泰所谓的"目的陈述"(statement of purpose)里最为明显,参见 Lothar von Falkenhausen, "Issues in Western Zhou Studies: A RevieloArticle," p. 154。

动注入意义，构建了仪式的各个步骤和总体序列并使之语义化，而且参与到了表演经验中。这恰恰是《楚茨》等诗歌文本和《仪礼》的散文叙述之间的差异，即使后者有时也可能包括指定的对话，或者两种文本似乎呈现了类似的信息。[45] 撇开命题层面，祭祀颂诗的组织体现为内在的美学结构，这种结构嵌入多媒介表演的整体通感体验之中，并发挥了自身的作用。在仪式的语境里，诸如节奏、格律、韵律、分节、拟声词运用（尤其是叠韵和双声的联绵词及叠字）等形式特征，构成了一种装饰性文式（在上述"有力的装饰"的意义上），它能够对任何命题表达的感知加以有效建构。这些语言学现象和音乐一起提供的听觉享受，正如舞蹈的人物姿态、青铜装饰提供的视觉享受一样，赋予文本自身以感官物质性。坦拜亚所谓"对整体融合体验的感知"是由于仪式语言的相互作用而产生的，其中，"如押韵、格律、类韵、头韵等诗歌手段带来某种全方位的整体感，并模糊了语法的界限"。[46] 他"对仪式的操作性定义"说明了仪式行为、仪式文本以及它们之间的相互作用：

> 仪式是一种文化建构起来的符号交流体系。它由模式化、序列化的语言和动作构成，通常由多种媒介表达，在不同的程度上，其内容与组织的特点在于形式（惯例）、陈规（刻板）、浓缩（融合）与羡余（重复）。[47]

所有这些特征都应当理解为根本上是自我指涉的；在礼仪行为中，它

---

[45] 韦洛克认为："仪式语言不仅是一种表达思想的手段，更被直接用于达成仪式运作的目标之中。这一基本事实赋予了仪式语言一系列使其区别于神话和神学语言的特征。"参见 Wade T. Wheelock, "The Problem of Ritual Language: From Information to Situation," p. 50。

[46] Stanley Tambiah, "A Performative Approach to Ritual," p. 164.

[47] Ibid., p. 119. 本文所使用的语言学专业术语，如无特殊说明，皆遵国内语言学的一般译法。
——校者

们不仅仅是单纯被动的、静态的消费品，而且服务于仪式化的动态过程。它们有助于积极地营造仪式情境，并把仪式同日常事务区别开来。装饰对仪式效果起到了积极的作用，同理，谭比安将仪式视为"戏剧化的实现过程，其特征性结构包括陈规和羡余（redundancy），而这都有助于产生某种升华、强化、融汇的交流感"。[48]这些观察与早期中国的礼乐观十分接近，即认为二者不光是表达方式，也具有教化的力量：

> 根据不同的文化定义，这些媒介（如咏、歌、舞、乐、言语程式、物质礼物）可能被视为对鬼神来说是"热烈"、"有感染力"、"强大"或"愉悦"的；同时，这些媒介也可能在一定程度上影响了同时发出并接受着信息的祭官和参与者。[49]

然而，对于早期中国的仪式化过程来说，仪式语言的命题性角色也同样有效。在周朝的宗庙中，人类语言是神灵用来表达自己的媒介。这种情境乍看起来与早期帝国时代的宇宙性祭祀形成了对比；尤其是汉武帝时期，根据史料记载和用于祭祀的颂诗文本来看，成功的祭祀总是伴随着天象祥瑞。[50]根据文献描述，大部分祥瑞都是对祭祀成功的即时确认：皇帝进行了一场祭祀，而天地神灵立刻或稍后便给予了回应，通常都表现为吉光祥云。但细究之下我们发现，这些描述根本上也是自我指涉的现象：虽然祭祀颂诗赞美着同时出现的祥瑞，但它们当然不是即兴的创作，而是经过了审慎的预先撰构；《汉书》的《郊祀志》和《礼乐志》所载祥瑞，能够被直接追溯到掌管武帝祭

---

[48] Ibid., p. 140.
[49] Ibid., p. 141.
[50] 关于这些颂诗，参见拙作 *Die Hymnen der chinesischen Staatsopfer: Literatur und Ritual in der politischen Repräsentation von der Han-Zeit bis zu den Sechs Dynastien*, pp. 174-303。

祀系统官员（即主要来自齐地的"方士"）的报告和阐释里。[51]现存武帝时期的《郊祀歌》浓墨重彩地渲染了祭祀本身，并在郊祀仪式上被表演，并且不只是在一次特定的场合，而是为后继帝王的祭祀所沿用。[52]因此，早期帝国时代的这些现象为我们提供了与《诗》中仪式颂诗相比较的价值。

仪式现实的文本建构

武帝郊祀的证据更从另一角度显示表演文本的重要性：通过构成仪式行为，它们创造了自己的语境——"文本和语境是同时呈现的"[53]。这个观察的背后是由奥斯丁（John Austin）提出[54]、塞尔（John Searle）进一步发展的语言行为理论，[55]这一理论使用了大量来自典礼行为的例子，又反过来在仪式语言的研究中牢牢占据了一席之地。[56]几位学者都注意到仪式语言的信息价值十分微弱；华莱斯（Anthony Wallace）提出，礼仪"或许可以被最简洁地归类为无信息的交流：也就是说，每个仪式都是特定的信号序列，它一旦被宣布，就不允许非确定性，不允许选择，因此，在信息理论的统计学意义上，

---

[51] 笔者曾分析见诸史书的所有汉武帝时期的征兆，指出《汉书》包括了多种层面上对武帝时期征兆的记载和阐释：祥瑞由方士立刻上报，而不祥之兆则多数是相当长时间之后追溯性的阐释。值得注意的是，许多最初被当作祥瑞而庆贺的征兆，在汉武帝统治的数十年之后，则被重新定性为高度不祥的凶兆，与重大政治灾难联系起来；这些批评的回溯性阐释主要保存在《汉书·五行志》(27)里。参见Martin Kern, "Religious Anxiety and Political Interest in Western Han Omen Interpretation: The Case of the Han Wudi Period（141-87 B. C.），"载（日本）《中国史学》，2000年第10期，页1—31。

[52] 对此的有力证据来自匡衡在公元前32年主动提议更改两首颂诗中的措词，见于《汉书》22.1057-1058。颂诗与仪式结构维系在一起，尤其是汉武帝时期的太一祭坛，见Martin Kern, "Ritual, Text and the Formation of the Canon: Historical Transitions of *Wen* in Early China"。

[53] Wade T. Wheelock, "The Problem of Ritual Language: From Information to Situation," p. 58.

[54] John Austin, *How To Do Things With Words*.

[55] John Searle, *Speech Acts*; and "A Taxonomy of Illocutionary Acts," in *Language, Mind, and Knowledge*, ed. Keith Gunderson, Minneapolis: University of Minnesota Press, 1975, pp. 344-369.

[56] 必须提及有关仪式言语行为的一部重要著作，Iwar Werlen, *Ritual und Sprache: Zum Verhältnis von Sprechen und Handeln in Ritualen*。

发出者并未向接收者传达什么信息"。[57]坦拜亚也表示："从定义上而言，交流双方必须彼此理解。在仪式中，语言的使用则似乎违背了交流的功能。"[58]这尤其适用于神圣语言（即从日常语言标准来看是难以理解的语言）和隐秘语言。而隐秘语言的问题使我们想到了汉武帝在公元前110年首次封禅泰山的情境：他把一块秘密刻写的玉版埋入了地下。[59]

布洛赫（Maurice Bloch）曾提出，宗教典礼的仪式语言是"受限语码"或是用于施加权威的人为"贫化"语言。[60]据布洛赫所言：

> 传统权威的语言是形式化的语言，其多重语言层次上大量选择的可能性都被摒弃了，包括形式、风格、词汇和句法的选择都少于日常语言……因此，言语的形式化大大限制了能够被言说的内容，使得此类言语行为要么都很类似，要么就属于同一种；如果采用这种交流模式，那么所说的内容几乎就没有什么**选择余地**了。[61]

布洛赫认为，"宗教运用的沟通形式没有命题的力量"，歌曲中也"没有可供交流的论证或推理……**你无法和一首歌争辩**"。[62]类似地，韦

---

[57] Anthony Wallace, *Religion: An Anthropological View*, New York: Random House, 1966, p. 233.
[58] Stanley Tambiah, "The Magical Power of Words," p. 179. 另请参见其"A Performative Approach to Ritual," pp. 132-133. 文中指出："新信息从一个人传达至另一个人，这只是社会交流的一个方面。我们已经看到，仪式是形式化、可预见的，信息传达方面就或许退居次要，并且可有可无……仪式是一种特殊的社会交流；其中有很多特色或许都与传播新信息无关，而是和人际协调合作、社会的凝聚力与延续性息息相关。"
[59] 《史记·孝武本纪》（12.475）、《史记·封禅书》（28.1398）；《汉书·郊祀志上》（25A.1235）。
[60] Maurice Bloch, "Symbols, Song, Dance and Features of Articulation: Is Religion an Extreme Form of Traditional Authority?," pp. 55-81; and "Introduction," in *Political Language and Oratory in Traditional Society*, ed. Maurice Bloch, London: Academic Press, 1975, pp. 1-28.
[61] Maurice Bloch, "Symbols, Song, Dance and Features of Articulation: Is Religion an Extreme Form of Traditional Authority?," pp. 60-61.
[62] Ibid., p. 71.

洛克也注意到：

> 仪式语言往往是固定、已知的文本，在每次表演时都被逐字复述；仪式现场的布置通常是标准化的，在祭祀语言中常常被提及，因而为参加者所熟知，无须其他的口头说明。故而，从日常会话原则的视角来看，仪式中的语言表达实际上是一种羡余。[63]

这些观察都表明一个问题：仪式语言是用于给已知之事背书的；此外，它被用来建构（通常是重构）社会秩序和交流的情景语境。在这样的环境里，言语和行为一样，都是被事先规定、井然有序的，通过规范化的仪式表达来再现和确证社会等级。众所周知，早期中国祖先祭祀具有中央化、层级化的社会秩序，通过控制奢品原则协调上下，其理论主张见诸《荀子》《礼记》等文本；[64]这里，我仅想指出，这些现象不仅与仪式行为的表演有关，而且和仪式言语行为的表演之间存在着联系。仪式语言，尤其是古代中国的仪式语言，根本上是以身份定位的：就像《诗经》和《仪礼》中的许多例子表明的那样，它所注意的是身份，而不是个人。[65]就中国而言，具有严格身份和地位界定的祖先、其合法后裔及宾客，共同构成了祖先祭祀的基础。因此，我们听到的是等级和职能，而不是个人的名字。[66]《楚茨》没有提及任何

---

[63] Wade T. Wheelock, "The Problem of Ritual Language: From Information to Situation," p. 56.
[64] 《仪礼》通过对特定礼仪行为繁缛（且冗长）的描述，反映了角色和身份的中心地位；而《礼记》则更多沿袭《荀子》传统，将礼仪这种基本意识形态呈现为社会阶层的分化。
[65] 比较坦拜亚所论："一方面是本体论和经验论的约束，通过有关宇宙论原型的表演带来形式化和拟古主义；另一方面是一种社会约束，根据人们等级化的地位及'凝聚性权力'的关系，分配给他们彼此有别的权利，使其各得其所地涉足并参与社会中的主要礼仪，并享受不同的利益。"参见 Stanley Tambiah, "A Performative Approach to Ritual," p. 153。
[66] 明确颂扬某个特定的祖先的颂诗是少见的，即使有，也是以庙号称之，而非祖先自己的名字。庙号概括和体现了祖先的各种美德，是死后追加的封号。参见《逸周书》中《谥法解》一章，即正本第六章，例见卢文弨（1717—1796）整理校勘的抱经堂丛书本，1786。

一个仪式参与者的名字。相反,相关人物的出现总是与其扮演的角色、职能和地位一致,并为后者所规定。在这个意义上,仪式制度既空洞又刚性:其空洞在于要用具体的个人来填充和实施,而其刚性则体现于个人被指派到特定的位置。阅读一首祭祀颂诗,我们必须注意这种仪式参与者的形式规定是极为严肃的。在形式和语义层面上同时运作的形式规定值得最密切的关注,对它的理解是重构并理解仪式行为及其文本的先决条件。如下文所论,把形式规定的每一部分都融合到整体解释之中的努力,乃是在形式上分析表演文本的关键所在。

在仪式行为中用语言表达仪式参与者的身份,这就相当于在神圣与官方的层面上构建他们的社会地位:"仅仅是被道说出来这一事实本身,就使得表达所描述的事态被实现了。"[67]在讨论他所谓的"构境言语"(situating speech)时,韦洛克进一步追问,如果说仪式语言是在"创造并允许人们参与某情境,而非传达信息"[68]的话,其实际力量和必要性何在呢?信息是为人所知、所学者,故而是可以被概括的,也会在单调的重复中丧失力量。仪式情境则不同,"因为它也表现**存在**或**行动**,而不仅仅是知识,因此必须且能够在每次重复时被具体地实现"。这样看来,仪式语言的形式化、重复和羡余结构并不是随意选择的:它忠实地体现了古老、尊崇的表达模式,保存并加强了宗教及社会传统的稳定性和延续性。传统的(以及传统化的)语言有时甚至是古奥的,而这种语言乃是仪式语境中的不二之选。

在早期中国这样的文化中,尽管仪式融贯性定位着读写能力,[69]但不断重复相同的礼仪是使传统甚至文明自身永存的最重要方法之一,而且,这种持存的力量不仅把当下的仪式行为与以前的连接起

---

[67] Wade T. Wheelock, "The Problem of Ritual Language: From Information to Situation," p. 61.
[68] Ibid., p. 63.
[69] "仪式融贯性"("ritual coherence")这个术语借用自埃及学家扬·阿斯曼(Jan Assmann, *Das kulturelle Gedächtnis: Schrift, Erinnerung und Politische Identität in frühen Hochkulturen*, pp. 87-89 等处),他认为礼仪是带来文化延续性的关键因素。

来，也为个体的仪式行为提供结构。按照定义，仪式表演必须恒常一致，也需要展示它的重复属性。[70]在命题性层面上，这种需要是通过上文引用的那种诗句（"自昔何为？"或者"诞我祀如何？"）来达成的；但更根本的是，仪式表达的语言形式，在它显眼的重复节奏中，传递了同一种信号：以程式化的方式来说就意味着为传统立言。这就使我们想到了早期中国祖先祭祀和它们自我指涉的姿态里所包含的意识形态。祭祀颂诗不仅构成了仪式情境，歌颂了宗族绵延这一核心意识形态，而且通过语言结构本身，也表现了这种仪式融贯性和延续性。青铜铭文的常见结束祝语"子子孙孙永宝用"，便是这种指导性意识形态原则的简略反映；如果转而移至仪式颂诗这一媒介，就意味着传递如下含蓄的信息："吾子吾孙，继续颂唱此歌，以之象征吾族身份与存在绵延无穷。"仪式的古典主义把周代的政治和宗教意识形态移置为表演结构。在对《楚茨》的分析中，我试图说明，作为文本之形式创作中的指导力量，这种意识形态纲领是如何直接支配诗歌语言的。

二 文化记忆

共缅与指令

为什么用于仪式表演的文本通常无微不至地描述自己的仪式语境？上一节已触及这个问题的部分答案，即语言和表演的联系。即便是完全描述性、诗性结构的，仪式文本也不同于单纯的舞台剧本或者礼仪手册。作为表演文本，它们的说明不只是描述性或规定性

---

[70] 这一点甚至也适用于有关礼仪的多次改革。譬如，在汉武帝时期，方士也曾自称能根据传自黄帝的著述和历表设计新的礼仪。参见 Martin Kern, "Ritual, Text and the Formation of the Canon: Historical Transitions of *Wen* in Early China"。

的，而更多是构建性的，这体现在其具有如下功能：（一）生成了自己参与表演的情境本身，并使之语义化；（二）通过指派给仪式参与者以恰如其分的角色来加强社会等级秩序；（三）在仪式共同体内传播集体信息；（四）有助于表演本身的感官效果；（五）象征性地表达了对传统的权威控制；（六）对仪式的成功予以即时确证。所有这些（在语言学意义上）实用的功能都说明了一种语言模式，在结构上具有诸如形式化、陈规化、浓缩和羡余这些特征。坦拜亚曾把这些特点归于仪式表演之整体。仪式语境将其规范施加于文本，而文本又反过来定义了仪式。某些仪式理论家曾提出，"仪式语言"在实用层面上基本被耗尽了，我认为应当超越这种意见。我主要的论点是：除了实用功能之外，表演文本生产出了规范性的文化记忆，并使之持存而不朽。

我采用的"文化记忆"概念是由扬·阿斯曼所提出："文化记忆与在群体中作为意义流传之物高度一致。"[71]从这个意义上，文化记忆是一种社会建构，它由那些对当前社会具有重要意义的历史部分构成，并完全依靠制度化的交流机制。保留在文化记忆里的并非过去本身，而是某些选择性的事件，它们被重新建构和组织过，在当下与未来都将被铭记。这样的文化记忆在两个方向上起作用：对过去而言是选择性的，对将来而言是规范化的。就此阿斯曼论述道：

---

[71] 原文见 "Das kulturelle Gedächtnis deckt sich weitestgehend mit dem, was innerhalb der Gruppe an Sinn zirkuliert," Jan Assmann, *Das kulturelle Gedächtnis: Schrift, Erinnerung und Politische Identität in frühen Hochkulturen*, pp. 22-23。以下讨论意在介绍阿斯曼理论的主要方面，因为它们也可能被应用于古代中国礼仪文化的研究。阿斯曼的理论绝不能与荣格的"集体无意识"相混淆；文化记忆既非生理性遗传，也不是无意识的。阿斯曼发展了哈布瓦赫（Maurice Halbwachs）著作中的观点。哈布瓦赫是法国的社会学家，他在二十世纪的上半世纪提出了"集体记忆"（mémoire collective），认为记忆乃是社会现象。哈布瓦赫自1944年担任法兰西学院教授，1945年3月16日在魏玛附近的布痕瓦尔德（Buchenwald）集中营被杀害；仅一天之后，马伯乐也在同一集中营去世。我们不能不暂时止笔沉思，这两位学者在同处布痕瓦尔德的数月期间，是否可能互相补充了彼此的存在，抑或，他们如何得以维持这短暂的存在。

> 过去凝结成象征性的修辞喻像，而记忆附着其上……神话也是记忆的修辞喻像：神话与历史的差别在此便无效了。对文化记忆而言，有效的并非事实性的历史，而是记忆中的历史。我们也可以说，在文化记忆中，历史事实转化为被记忆的历史，由此成为了神话。神话是关乎奠基的故事，讲述这个故事就是以起源来阐明现在……通过记忆，历史变成神话。这并不意味着它是虚幻的，而是相反，只有这样，它作为持续性的规范和塑型力量才变成了现实。[72]

在这一语境下，事实与虚构的区分当暂时悬搁；因为对于一个具有奠基性和规范性意义的故事（即神话）而言，这一区分乃是无关宏旨的。一些关乎奠基神话的例子为上述观察提供了支持，比如逾越节所纪念的以色列人出埃及。阿斯曼推断，记忆的修辞喻像具有真正的宗教含义，而对它们的共缅（即化古为今的当下化行为，Vergegenwärtigung）则通常具有庆典的特色，在庆典中，共缅群体的身份认同通过以过去为参照系得以建立。这样庄严的集体身份认同超越了日常惯例，它们是在仪式场合被传达的，在那里，记忆"凝结成文本、舞蹈、意象和仪式"。[73] 文化记忆并不是自然而然地传播，而是需要有意识地照管，并且在制度框架中运行，如此才能被受人尊敬的记忆专家重建、培育和传达。"记忆专家"通常也是宗教实践的专家，在早期中国亦是如此——相形之下，"历史学家"（historian）这一称号要平淡得多，而且有时代误置之嫌。[74]

---

[72] Jan Assmann, *Das kulturelle Gedächtnis: Schrift, Erinnerung und Politische Identität in frühen Hochkulturen*, p. 52, 同时参见 pp. 75-78.
[73] Ibid., p. 53.
[74] 罗泰的论文结合早期中国的情况对阿斯曼的这一观点做出了概括，并吸收了相关的学术论点，参见 Lothar von Falkenhausen, "Issues in Western Zhou Studies: A Review Article," pp. 161-167.

记忆的仪式空间

作为对过去的社会建构，文化记忆存在于何处呢？在以文本为中心的文化里，它可能被保存在诸如战国晚期或汉代逐渐形成的那种书面经典中。[75]然而在更早的时期，无论精英阶层文学能力如何，似乎很难识别出一种创造社会统一性和身份认同的规范性文本实体。容易产生的误解是，只要存在着较大数量的文本，就足以将该文化定义为文本中心的文化。古希腊与古埃及都是书写文化的经典范例，它们在长达数个世纪里都关注仪式实践，与之相伴的是对书面文本的制造、传播、接受和保存。[76]说到以文本为中心的文化，问题不在于书面文本是否存在，更重要的是：（一）文本被认为在地位上优于其他文化表现形式；（二）发展出了阐释学传统，即自觉围绕一级文本形成二级文本，并创造出有关文本的话语。至于周代的中国，尽管文本量是充足的，但要确证上述两个条件中的任何一个存在都很勉强；相反，其文明核心的经典表述依然是："国之大事，在祀与戎。"[77]

---

[75] Martin Kern, "Ritual, Text and the Formation of the Canon: Historical Transitions of *Wen* in Early China".
[76] 有大量学术研究涉及古希腊之"口头"与"书写"这一高度复杂的问题。其中一部富有洞察力的著作是 Rosalind Thomas, *Literacy and Orality in Ancient Greece*, Cambridge: Cambridge University Press, 1995。关于古埃及的相关问题，参见 Jan Assmann, *Das kulturelle Gedächtnis: Schrift, Erinnerung und Politische Identität in frühen Hochkulturen*, pp. 167-195 等处。我之所以强调书面文本相较于仪式表演的地位问题，是希望明确一点，即我并非认为《诗》所载诗歌本质上是口头创作的，王靖献在《钟与鼓》(*The Bell and the Drum*) 中表达的是后一种论断，而我并不赞同。我们无法将有关口头创作的帕里-洛德假说从斯拉夫吟游诗人传统转向移植到早期中国文本上。在中国东周时代（或者古埃及和古希腊），文字化程度已经很高，口头创作必须区别于口头表演和口头传承。这一区别也有助于警惕在口头和书写之间过于简单的划分。参见 Ruth Finnegan, *Oral Poetry: Its Nature, Significance, and Social Context*, Bloomington and Indianapolis: Indiana University Press, 1992, pp. 16-24。
[77] 《春秋左传正义》27.209b（成公十三年）。我把"在祀与戎"理解并翻译成"在于宗庙祭祀与军事祭祀"（"…reside in the temple sacrifices and in the war sacrifices"），是参照了夏含夷富有见地的翻译（Edward L. Shaughnessy, "Military Histories of Early China: A Review Article," *Early China* 21, 1996, p. 159）；相对于过去通常翻译为"在于祭祀和战争"（"…reside in sacrifice and war"），夏含夷的修正是极为重要的。

若论能够体现早期中国文化记忆的文集,《诗经》可谓首当其选;据现有证据,它们的流传并非作为一部书被阅读,而是作为资源库以供引用和表演。毫无疑问,《诗》当时已经作为一种文本实体而存在;然而,今本《诗经》里的作品(可能是从更大的资源库中选编而成)是否是以书面形式保留下来的边界分明之经典,对此我们还缺乏汉代之前的明确证据,即便我们假设答案是肯定的,我们仍然看到,这些诗歌主要用于特殊的语境,多数是外交、祭祀等仪式性场合。

最近发布的郭店一号墓楚简表明,在公元前四世纪晚期,《诗》和《书》皆是作为文化记忆的资源库而存在,显然与传世本《诗》《书》并不完全相符。《语丛一》第三十八、三十九简曰:

诗所以会古含〔今〕之恃〔志?〕也者。[78]

虽然此处释"恃"为"志"是尝试性的,[79]但这个句子明显反映了《诗》把当前与奠基性的过去相联系的观念。[80]因此《诗》堪比《春秋》的历史记录,同篇第四十、四十一简曰:

春秋所以会古含〔今〕之事也。[81]

这些语句表达方式都一样,第三十六、三十七简曰:

---

[78] 参见荆门市博物馆,《郭店楚墓竹简》页194。
[79] 裘锡圭提出这个有疑义的字可以被解读为"志"或"诗";参见荆门市博物馆,《郭店楚墓竹简》页200,注6。我怀疑读作"诗"是否有意义。我选择"志"这解释,并译作"志向"(aspiration),这当然和最早见于《尚书·尧典》的"诗言志"相关;参见《尚书正义》3.19c(或见古文《尚书》之《舜典》)。
[80] 王安国(Jeffrey Riegel)把对"诗"的早期理解概括为"用诗歌讲述的历史"。见其"Eros, Introversion, and the Beginnings of *Shijing* Commentary," *Harvard Journal of Asiatic Studies* 57, 1997, p. 171。
[81] 荆门市博物馆,《郭店楚墓竹简》页195。

易所以会天道人道也。[82]

这些句子的语言结构相同意味着，这里的"易"、"诗"和"春秋"的确指各自独立的文本汇编。

此外，其他郭店简也显示了相关迹象，表明作为"六艺"（即《诗》《书》《礼》《乐》《易》《春秋》）的传世资源在公元前四世纪晚期已经得到承认：《六德》篇里第二十四、二十五简提到了全部六个名词，而《性自命出》篇第十五、十六简列举了"诗""书""礼""乐"。[83]六个名词是否即指"六经"（包括被认为已亡佚的《乐经》）的实际文本，这还不清楚；但是，简本《缁衣》篇（在《礼记》中有传世本）大量征引《诗》《书》，《成之闻之》篇三次引《书》，而《五行》篇（在马王堆帛书里有平行文本）七次引《诗》。[84]由于对《书》的征引是以它们的章节标题引介出来的，而部分引《诗》文本则显示分属"小雅"或"大雅"，因此我们有理由推测，这些章节已经以传世本的祖本形式被经典化了。

不过，我们不应该过分夸大一种理解，即认为"六艺"在东周是作为文本而与仪式行为明确分离的。《易》主要是占卜手册；异常简洁的《春秋》看起来更像礼仪记录，而非用于纪实目的；从引《诗》模式可见，被征引的主要是用于祭祀和宴会场合的礼仪篇章；[85]《书》主要包括君王的仪式演说；虽然我们不能确定《礼》和《乐》在东周

---

[82] 同前引书页 194。
[83] 同前引书页 188，179。
[84] 同前引书页 129—131，149—151，167—168。
[85] 《缁衣》手抄本中有二十三处引《诗》，九处来自《小雅》，九处出自《大雅》，两处出自《曹风·鸣鸠》，两处出自《周南》，还有一处出自某篇佚诗。这种征引方式和《礼记》里《中庸》《大学》等章节引《诗》的模式是一致的：《中庸》两处征引《小雅》，八处征引《大雅》，三次引《周颂》，一处引《商颂》，一处引《国风》，还有一处引文难以确定来源。《大学》四次征引《小雅》，三次引《大雅》，一次引《周颂》，一次引《商颂》，还有三次引自《国风》。

时代的内容,但它们肯定也涉及礼乐实践的问题。因此,郭店楚简征引《诗》《书》文本并提及"六艺",这并不妨碍当时存在其他对《诗》的经验方式,例如社交场合的诵《诗》行为;也不能证明《诗》的书写和阅读相比口头表演基本上已经更为重要。如果提出文化记忆主要通过书面文献传播保存,就不得不假设在周朝境内有大量生产和发行的竹、帛及木简文献,但这种假设没有考古证据的支持。在数千例先秦墓葬里,只有少数包含文本葬品。此外,如果这些文本已达车载斗量的体量,历史资料何以对其制作与传播表现出惊人的沉默?从语言学层面而言,新近的出土文献不仅包括大量字形异文(graphic variants),而且与相应的传世文献有高度的语音一致性,我认为这表明此类文本广泛且首要的传播方式仍是口头传播,同时伴随着相对有限、彼此独立、数量增长缓慢的书面写本。[86]至于最负盛名的《诗》或《书》文集,我们也必须注意到,迄今为止尚未在先秦墓葬中发现它们的完整写本。《诗》《书》的部分内容虽出现在郭店简中,但也仅是被吉光片羽地引用,嵌入论述之中,作为权威引据支撑其论点;在传世文献中也有这类情况,还有《左传》里的外交辞令反映出的"断章取义"手法。[87]尤其是后一种即兴引诵的行为表明,引《诗》者无须手边具备抄本,很可能他根本就没有任何抄本。

我们可以推断,在东周的数百年间,像《诗》《书》这样的早期文本逐渐脱离了它们最初的仪式语境,直至最终不仅以书面形式相授受,而且成为独立作品。在长期的文化过程中,地位崇高的诗歌和讲演被逐渐固化保存到日显古奥的习语里,同时被剥离了其原初语境,故而,这些文本原本"自然而然"具有的可知性必定已经极大地损耗。倘若某个文明社会决心维持这些书面文献来承载它的文化记忆,

---

[86] 有关战国及西汉出土文献引《诗》的研究,参见本书所收《出土文献与文化记忆》一文。
[87] "断章"是指脱离《诗》的上下文,只根据自己的需要孤立地取其中一段或一句。参见《春秋左传正义》38.298a(襄公二十八年)。

就一定会在某个时候开始生产新的注疏性文本,以跨越早期文本和后代读者之间的鸿沟。早期帝国时代正是如此,彼时注疏家如毛公、郑玄,试图将《诗》三百零五篇中每首诗都加以再历史化和再语境化。在郭店墓葬时代,则没有证据表明有这一过程存在。《缁衣》和《五行》篇以直截了当的方式引据《诗》,这极可能说明当时流通着某种口头资源库,同时为言语和写作提供素材。总之,郭店简并没有显示令人信服的证据,无法说明在公元前四世纪晚期,《诗》的写本相对其口传和表演更为主导或优先。

《诗》《书》这样的文本在早期是文化记忆的具象体现,逐渐获得了崇高的威望。那么,我们该如何想象它们所扮演的角色呢?这种记忆在前注疏时代如何保持鲜活并得以理解?个人在什么场合可以参与社会的文化记忆,将之内化并加以传承呢?一个可能的答案是:通过亲身参与各种仪式表演。这并非仅适用于中国特有的现象,而是为所有由仪式延续性定义的早期文化所共享,亦即现代"神话与仪式"理论的核心观念。阿斯曼的文化记忆观代表了此种理论的一步重要突破,澄清了"神话"究系何物:神话是转化成规范性、塑形性记忆的"过去"。在仪式中被建构和持存的不仅是"神话"(曾被错误地当成"历史"的反义词)[88],也是关于过去的记忆,归根结底,就是"过去"本身,更准确地说,是过去的某些部分,作为"我们想铭记什么来奠定将来的基础"这个问题的答案。《诗》中歌诗和《书》中辞令之高

---

[88] 如阿斯曼所论(Jan Assmann, *Das kulturelle Gedächtnis: Schrift, Erinnerung und Politische Identität in frühen Hochkulturen*, p. 75),"虚构"(神话)/"现实"(历史)的对立"早已被瓦解"。海登·怀特也表达了同样的观点:"我们不再被迫……像后浪漫主义时代的史学家们那样,相信虚构是事实的对立面(如同迷信或魔术是科学的对立面),也不再相信我们可以不借助某些推动性、并基本是虚构性的模型,就可以把事实与事实联系起来。"参见 Hayden White, *Tropics of Discourse: Essays in Cultural Criticism*, Baltimore and London: Johns Hopkins University Press, 1985, p. 126. 有关这一观点的相关讨论,另参见 *Tropics of Discourse*, esp. pp. 51-134; *The Content of the Form: Narrative Discourse and Historical Representation*, Baltimore and London: Johns Hopkins University Press, 1990, esp. pp. 1-57, 142-184; *Metahistory: The Historical Imagination in Nineteenth-Century Europe*, Baltimore and London: Johns Hopkins University Press, 1975。

度形式化的特性并非仅仅出自早期中国之偶然，而是反映了传统文化传播的规范本身。如阿斯曼所说：

> 诗性形式最初主要是用于记忆术，目的是使巩固身份认同的知识具备持久保存的形式，这可以说是常识。我们现在同样熟悉一个事实，即这种知识通常以多媒介展现的形式来表演，把语言文本有机地嵌入声音、肢体、模仿、手势、舞蹈、节奏和仪式动作……通过定期重复，节庆和仪式保障了这种巩固身份认同的知识可被传授和传播，并由此对文化身份进行再生产。仪式重复保障了群体在空间和时间上的融贯性。[89]

这一点有助于我们理解，根据前述坦拜亚的形式、陈规、浓缩和羡余等标准，文本和仪式何以结构一致且相互作用。《诗》的神话维度在那些赞美周朝文化起源的颂诗里表现得尤为昭晰。若以系列阅读之，一组五首《大雅》颂诗赞美了理想化的周代历史，肇自始祖后稷，下迄克商，构建出的文本乃是"通过记载创始者的足迹来为周朝建立永恒习俗（nomos）和伦常（ethos）"。[90] 这种对周朝起源的神话叙述具有共缅性质，它们并非平铺直叙的故事，而是一整套诗，亦即，是用经过美学强化过的语言模式来颂扬周的统治。我认为这五首颂诗的诗性形式极为重要，类似的示例还有本文开头提及的舞蹈组曲"大武"，

---

[89] Jan Assmann, *Das kulturelle Gedächtnis: Schrift, Erinnerung und Politische Identität in frühen Hochkulturen*, pp. 56-57; 也可参见 pp. 143-144。对同一观点加以拓展的另一部出色研究著作是 Paul Connerton, *How Societies Remember*, Cambridge: Cambridge University Press, 1989。

[90] C. H. Wang, *From Ritual to Allegory: Seven Essays in Early Chinese Poetry*, p. 75。这些颂诗按照《毛诗》的顺序排列，分别为 236（《大明》）、237（《绵》）、241（《皇矣》）、245（《生民》）、250（《公刘》）。王靖献试图重构出一部他所谓的"文王史诗"（*Weniad*），提出上述颂诗的逻辑顺序应当是 245、250、237、241 和 236（参见 *From Ritual to Allegory*, p. 74）。本文开头已提及，一些学者采用了类似的逻辑试图重构《大武》。把传世《诗经》里并不连贯的文本重新排列组合，这显示出现代学者们一个有趣的假设，亦即，如果说他们理由充分的重排的确恢复了颂诗的"原始顺序"，那么这就表示《毛诗》的编者忽视了这些颂诗原始的连续性和意义。

形式本身有助于把被讲述的神话故事转化为被歌颂的神话事件，后者由乐、歌、舞共同表演出来。为了适合仪式表演，文化记忆的神话故事吁求诗性形式的崇高美感；相应地，这种形式也表明文本不会被当作平常叙述来阅读。过去对于五首《大雅》神话颂诗的学术讨论，聚焦于恢复其大概的原初顺序和解释这种线性的内容；但倘若我们进行细致的语言分析，便可以注意到它们的某些表演面向，从而有助于认识到，颂诗的创作乃是为了在仪式情境中被表演，隆重庄严地传达共缅情怀。这一点正是下文的《楚茨》分析所要表明的。

整个五首《大雅》系列还显示了文化记忆的另一个要素：在"统治和记忆的联合"中，统治由此"使自身过去合法、未来永恒"，因为"统治需要起源"（Herrschaft braucht Herkunft）。[91] 正如夏含夷提醒我们的，在五十余件西周青铜器的铭文中，没有一件在提及战争时是"纪念战败"的。[92] 这一观察是发人深省的：统治绝不会纪念战败，除非战败本身被改造成极其不同的事件。在统治和记忆的联合中，战败被系统性地遗忘。[93] 正如颂诗与青铜铭文所表现出的那样，不论是在回溯还是前瞻的意义上，早期中国仪式表演中创造的记忆都明显体现了权威对历史的控制。[94]

让我们回到《楚茨》来重新思考，这样的诗是如何体现对仪式行为的丰富描述性和/或规定性叙述的呢？在《楚茨》中，这一叙述由两个时间参照构成：（一）在第三句诗，面向过去（"自昔何

---

[91] Jan Assmann, *Das kulturelle Gedächtnis: Schrift, Erinnerung und Politische Identität in frühen Hochkulturen*, p. 71.
[92] Edward L. Shaughnessy, *Sources of Western Zhou History: Inscribed Bronze Vessels*, pp. 176-177.
[93] 这种情况也很典型。阿斯曼也提及了"统治与遗忘的联合"和试图消除记忆的独裁恐怖统治，在后种情况下，记忆不再服务于控制，而是抵抗的工具。见其 *Das kulturelle Gedächtnis: Schrift, Erinnerung und Politische Identität in frühen Hochkulturen*, pp. 71-72, 83-86。
[94] 基于上述对物质性装饰和仪式语言实用层面的讨论，我将铭文也理解为礼仪表演文本。即使我们可能无法证明铭文的内容是否是典礼上吟诵的，但是它们仍然体现了上文概述的所有实用主义特征。

为"）；（二）末两句，面向将来（"子子孙孙，勿替引之"）。周代仪式颂诗并不是为单一的场合而作，这非常接近其他文明传统中的宗教诗歌，它们代表了日积月累的资源库的一部分，只要其内容对当前的时代依然有意义，也就是说，只要共同体继续珍视其所继承的文化记忆，便能代代相传。当代学者注意到，后来的礼仪手册，尤其是《仪礼》，其中的描述可能基于《楚茨》，这一观察为以下的推测提供了基础：颂诗提供的描述的确被当成了规范性的说明，指导理想的祭祀活动如何进行。结合《小序》中的解释，这些描写是缅怀农业和祭祀活动处在完美秩序中的黄金时代，那么，这首颂诗既表达了与优越过去相比照而深感缺憾的态度，[95] 又在规定性的意义上给将来的仪式行为提供了最完美的模式。缅怀与规定、回顾与预期的姿态，是同一思想活动互为补充的两面：所铭记的范本将变成未来的蓝图。礼仪的融贯性依靠重复和对变化的严格控制；如果缺乏重复或者至少是亦步亦趋的模仿，仪式传承便将崩坏，而文化记忆亦将连带失落。论及西周衰落的时期，东周和早期帝国时代的作者们一再表达出对崩坏的恐惧：

> 王者之迹熄，而诗亡。[96]

又云：

> 昔成康没而颂声寝，王泽竭而诗不作。[97]

---

[95] 关于文化记忆这方面的论述，参见 Jan Assmann, *Das kulturelle Gedächtnis: Schrift, Erinnerung und Politische Identität in frühen Hochkulturen*, pp. 79-80。

[96] 《孟子注疏》8A.63c。这里的"诗"可以当作是一般性范畴，指皇家仪式颂诗，而非特指《诗经》所录颂诗。

[97] 班固《两都赋》序；参见六臣注《文选》1.1b（四部丛刊本）。成王和康王在《执竞》里被共同歌颂，见《毛诗正义》19/2.321c。

正如我们从考古学记录以及早期帝国时代的史料所知，仪式行为在战国时代再次瓦解，原因大概是旧贵族秩序的衰败和新形式宇宙观的兴起。[98] 在这种文化失落的背景下，《楚茨》细致的礼仪描述，被看作不仅是在衰世忠实地保存古代的理想，更提供了一种通过采用颂诗中展现的模式而回归古之理想的选择。这种模式，无论何其简略，依然包含着不可湮灭之物，即体现在祭祀秩序之中的文化秩序。对仪式行为高度形式化的描述被灌注于仪式颂诗的形式之中，它不仅仅是表演自我指涉的因素，还由于其切实地体现了典范性的言辞和行为，为所有此类仪式行为提供了规范性参考。因此，像《楚茨》这样的文本，一方面超越了任何个别的祭祀，成为所有祭祀的蓝图；另一方面，只有通过在每次仪式交流的祭祀行为中实际使用颂诗，这一蓝图才能一次又一次地成为现实。

三 《楚茨》译释

《楚茨》由七十二个四言诗句构成，一般分为长度相等的六章。这种分法在一定程度上以韵脚变化为依据：除第五章外，每章换韵，第四、五、六章有额外的韵脚变化。[99] 下面所示文本中，我以方括号注出韵脚在上古汉语语音重构中的所属韵类。根据换韵，同韵的几行，我在其开始处以圆括号标出我尝试重构出的"发言人"。这种安排体现了我的基本假设，即换韵显示了仪式交流中参与者声音的真实转换，或者是其发言的朝向或视角的转换。例如，"祝"这一角色可以朝向献祭的后裔（即祀主）致辞，或是朝向神灵的扮演者演

---

[98] Henri Maspero, "Le Ming-t'ang et la crise religieuse avant les Han," *Mélanges chinois et bouddhiques* 9, 1951, pp. 1-171.
[99] 我大体遵循白一平考定的韵脚，但请注意，在为数不多但十分重要的几处，我有不同意见。参见 William H. Baxter, *A Handbook of Old Chinese Phonology*, Appendix B, pp. 584-743；有关《楚茨》，见其 pp. 679-681。

说。翻译之后，我对文本的形式分析将集中关注某些结构，并结合分析另外两个关乎《楚茨》被重构为表演文本的语言特征，即人称代词和提及的参与者身份。这两类词我以下划线来强调。我的译释是建立在早期注家（包括毛公、郑玄、孔颖达）、清代语文学和高本汉的注释成果基础上。[100] 不过，有别于传统学术之处在于，在重构这首颂诗时，我将表明它不仅描述了仪式的序列，也体现了不同发言的序列。我的目的是重构出真实的表演和其中的对话交流。尽管试图通过应用语言学方法和仪式理论的原理来超越早期注疏的成果，但我的基本方法还是非常传统的。早期注家认为，诗中每一条信息都严密指涉着仪式表演的细节，他们坚持不懈地致力于辨识这些信息，我的研究旨在对之形成补充而非挑战。这些注家的典型方法是广泛征引礼仪经典，不仅用于阐明字词，也说明表演情境；在这些集注中，诗里具有多义性的字词常常以精确而具体的面貌出现。然而，正如上文指出，像《楚茨》这样的文本先于礼仪经书"三礼"而存在，并很可能在很多细节上为它们提供了蓝图；完全有可能的是，礼仪经书里对可能含义宽泛的术语所做的严格技术用法的定义，实际上是要限制像《楚茨》这样的文本具有意义多样性，以使其和《诗经》中的其他诗一道为正统礼仪传统提供标准。[101] 早期学术似乎把经书作为独立的参照系，我们可能会倾向于质疑这一预设的合法性，不过，汉唐注疏仍然代表了对《诗经》精义最早的解释和说

---

[100] 除了阮元校订版《十三经注疏》，我还参考了下列清代语言学家的主要著作：姚际恒，《诗经通论》页229—231；马瑞辰，《毛诗传笺通释》21.698-70，北京：中华书局，1989；陈奂，《诗毛氏传疏》20.26a-32b，北京：中国书店，1984；方玉润，《诗经原始》页430—433；王先谦，《诗三家义集疏》页749—755，北京：中华书局，1987。除了清朝的来源，我也参考了最重要的宋朝的注解，即朱熹，《诗集传》13.6b-11a（四部丛刊本）。现代学人屈万里的研究也提供了有用的注解，参见其《诗经诠释》页403—406，《屈万里先生全集》卷五，台北：联经出版社，1984。此外，亦参看高亨，《诗经今注》页321—325，上海：上海古籍出版社，1987。高本汉的研究，参看其《〈小雅〉注解》，《远东古物博物馆刊》，1944年第16期，页132—138。

[101] 我由衷感谢夏德安（Donald Harper）提醒我在解读《楚茨》时把这个问题当作关键来看。

明。如果没有礼仪经书和早期注疏作为参考，理解《楚茨》这样的文本将是极其困难的；即使这些参考不能被视为完全独立的材料，对植根于《楚茨》之类作品的礼仪传统而言，它们依然是极其宝贵的见证。从《诗经》阐释传统来看，我认为礼仪经书代表了第一层解经文本，而毛、郑已经是建立在这种礼仪经解之上的第二层义疏。为了论证这种对毛、郑以及三礼的同情之理解，也为了确证它们所暗示的假设，即《楚茨》在高度具体的意义上展现了一场表演，语言学证据是至关重要的，尤其是关于押韵问题。出于方法和概念的原因，这类证据处于早期注疏传统的视野之外，而成为某种独立的数据。目前，我们也没掌握任何迹象显示汉唐学者已经能够重建周代汉语的韵类。而我相信下面的观察能够支持白一平通过纯粹技术性的数据分析总结提炼出来的韵类，我们会看到，采用表演假说来解读《楚茨》与用韵是协调对应的。

楚　茨

第一章[102]

（祝代表孝孙向尸致辞）

---

[102] 自第一节便反复出现的第一人称代词"我"，指的是"主人"，即负责献祭的嫡系后裔，而且广义上也指他所代表的仪式共同体。本章郑玄注曰，"祝以主人之辞劝之，所以助孝子受大福也"。我把"孝子"译为献祭之子；"孝"当"献祭"讲，见下。孔颖达赞同这一解释，认为"主人及尸之言，皆祝之所传"（《毛诗正义》13/2.22a）。这个注释通过《周礼》的"大祝"和"小祝"的功能描述得到了论证，即"尸"是由诸礼官迎进家庙，并安放其位，而非由主人亲自行事；参见孙诒让，《周礼正义》49.2021-2023（大祝），北京：中华书局，1987；50.2034-2035（小祝）。也见于《仪礼注疏》45.239c-240a（特牲馈食礼），48.257b（少牢馈食礼）；或参见《礼记正义》26.229c（郊特牲）。陈奂（《诗毛氏传疏》20.26b）认为此节末行系祖灵之辞，由祝转致主人；我不赞同此论，我的解读是：此节是向祖灵的祷告之辞，祷告在次章末尾得到了回应。祷告与应答之间这样一种阴阳合符式的对应，是嘏辞的结构性特征。认识到这一点是很重要的，它预先消除了对孝子努力之有效性的任何怀疑。参见徐中舒，《金文嘏辞释例》页9。

楚楚者茨[103] "Thorny, thorny is the caltrop

1.2　言[104] 抽其棘 [-ək] so [we] remove its prickles.

自昔何为[105] Since times of old, what have [we] done?

---

[103] 茨，即刺蒺藜（Tribulus terrestris, L.）；参见 Bernard E. Read, *Chinese Medicinal Plants from the Pen Ts'ao Kang Mu A. D. 1596: 3rd Edition of a Botanical, Chemical and Pharmacological Reference List*（repr. Taipei: Southern Materials Center, 1982），no. 364。把"楚楚"译成"多刺、多刺"（thorny, thorny）是有问题的。我的译文依照毛传。高本汉反驳了这种读法，其根据是《诗》里别处用了"楚楚"的仅有例证，即《曹风·蜉蝣》里的"衣裳楚楚"，此处，《毛传》曰："楚楚，鲜明貌。"把汉语的叠字翻译成重复的英文词，这种做法也值得考量。参见 Bernhard Karlgren, "Glosses on the Kuo Feng Odes," *Bulletin of the Museum of Far Eastern Antiquities* 14, 1942, p. 228, no. 360。重叠是东周铭文和《诗经》歌诗里都常见的语言技巧，是主要出现在以诗歌为形式结构的文本里的特殊现象。有关《诗经》，参见周法高，《中国古代语法：构词编》，特别是页 114—128, 154—160，台北："中研院"史语所，1962；或其 "Reduplicatives in the Book of Odes," pp. 661-698。关于《楚辞》，参见 Martha Wangliwen Gallagher, *A Study of Reduplicatives in the "Chu Ci"*, Ph. D. diss., Yale University, 1993。在青铜钟铭文里，叠字通常是拟声词，在语言层面上表现钟鸣之音；不少《诗经》歌诗里，叠字也具备拟声功能。金守拙（George A. Kennedy）认为，叠字的构建并非通过重复一个普通的词，而是本身便是第一义的词，其构建通常基于某个相当罕见或者特殊的词之上；参见其 "A Note on Ode 220, " in *Studia Serica Bernhard Karlgren Dedicata. Sinological Studies Dedicated to Bernhard Karlgren on his Seventieth Birthday*, ed. Søren Egerod and Else Glahn, Copenhagen: E. Munksgaard, 1959, pp. 190-198。金守拙的观察解答了注释和翻译这些词语时的一些困惑。像中国古代文学中的双声叠韵词一样，叠字并无可以带入文本的固定意义；相反，它们乃是根据语境获取意义。同时参见 David R. Knechtges, *Wen xuan, or Selections of Refined Literature*, vol. 2, pp. 3-12；及 Martin Kern, *Die Hymnen der chinesischen Staatsopfer: Literatur und Ritual in der politischen Repräsentation von der Han-Zeit bis zu den Sechs Dynastien*, p. 194。从这个角度来看，高本汉的论证似乎就失去了力度，他试图通过征引《诗》中他处用"楚楚"的唯一例子来合力阐释。即使某些叠字表面上传达了其单字之义，我也倾向认为大多数叠字的功能主要还是在文本的美学层面，尤其是音韵层面。前引康达维已经证明，对叠字里单字的阐释可能带来不少问题。幸运的是，我们能看到司马相如某些赋作的若干不同版本，这提供了强有力的证据，表明：（一）这些词的书写形式在西汉并不固定；（二）它们主要被看作可诵（即表演）文本里的表音字；参见釜谷武志，《赋に難解な字が多いのはなぜか：前漢における賦の讀まれかた》，载《日本中國學會報》，1996 年第 48 期，页 16—30。从这一表演维度着眼，我把叠字译成了重复的英文字，尽管两种语言对声音的表现原则颇为不同。我的译文的现有面貌可以说是混合形态：它既尝试捕捉上下语境里派生的意义，也尝试展现声音重叠的模式（康达维译《文选》时对双声叠韵词采用了类似手法）。假如不顾叠音，而一味追求更加"自然"的读解的做法则会牺牲太多。

[104] 我把"言"字理解为"乃"，参见裴学海，《古书虚字集释》1: 434-435，北京：中华书局，1982。

[105] 与此诗《小序》一致，郑玄把这一行理解为歌颂古代圣君；然而从第四行开头便反复出现的第一人称代词"我"，似乎不能支持这种注释观点。

1.4　我艺黍稷 [-ək]^[106] We plant the panicled millet, the glutinous millet:

　　我黍与与 our panicled millet is abundant, abundant,

1.6　我稷翼翼 [-ək] our glutinous millet is orderly, orderly.

　　我仓既盈 Our granaries being full,

1.8　我庾维亿 [-ək]^[107] our sheaves are in hundreds of thousands.

　　以为酒食 [-ək] With them, [we] make ale and food:

1.10　以享以祀 [-ək] to offer, to sacrifice,

　　以妥以侑 [-ək]^[108] to assuage, to provision,

1.12　以介景福 [-ək]^[109] to pray for radiant blessings!"

---

[106]　黍，即"黏性粟米"（P. miliaceum, L. var. glutinosa, Bretsch）；稷，即"圆锥形粟米"（Panicum miliaceum, L.）。参见 Read, *Chinese Medicinal Plants*, nos. 751, 752。作为献祭的肉类的补充物，这两个品种都是周代宗庙祭祀里的主要祭品（其余还有酒类）；参见《信南山》《甫田》《大田》等祭祀颂诗，还有《仪礼》中与祭祀有关的章节，如"少牢馈食礼"和"特牲馈食礼"，见《仪礼注疏》45.239c-240c, 48.256c-257a, 257c, 259c。

[107]　毛传释"亿"为"万万"；郑玄释为十万，今从其说。二者皆虚指满数；见王先谦，《诗三家义集疏》页750；及马瑞辰，《毛诗传笺通释》21.700-701。

[108]　毛传释"妥"为"安坐"，"侑"为"劝"；这类注释中，可能含义相当宽泛的词语被赋予了极其具体的所指。在此基础之上，郑玄和孔颖达将这些动作的实施对象视为先祖及其"尸"，所谓"既又迎尸，使处神坐"；这种解释得到了"三礼"多处描述的支持（见本篇介绍性注释中提到的段落，注［102］）。

[109]　"介"，常释为"大"，此处用作动词，可理解为"增大"。郑玄此处释义为"助"；然而，据徐中舒（《金文嘏辞释例》页6），"介"可以和"匄/丐/匃"（祈祷）互换（并基本同音）；这两个字在祭祀先祖的祷文中是常见的。"介"之"祈祷"义（郑注为"祝"）可见《甫田》："琴瑟击鼓／以御田祖／以祈甘雨／以介我稷黍／以谷我士女"。郑玄释"景"为大，但是我倾向于维持此词主要义项中暗含的光线之隐喻义，故译为"光明的"（radiant）。在周代仪式语言中，有关光线的隐喻义常与先祖及其祝福有关；以铭文为例的讨论，见 Constance A. Cook, *Auspicious Metals and Southern Spirits: An Analysis of the Chu Bronze Inscriptions*, pp. 218-237。依据传统解释，全章由三部分组成：介绍部分（以第三行的设问句作结）；对为祭祀进行的农业准备的理想化叙述（第四至八行），以及这些准备的最终目的（第九至十二行）。这种语义结构通过形式特征得到加强：中间部分的所有诗句都以第一人称代词"我"开始，而最后部分的所有诗句都以"以"开始。在中间部分，第五、六行的句式相同，第七、八行也是如此。最后部分，第十、十一行句式相同，而第九、十二行的结构极其相似。最后部分几乎全由嘏辞（在《诗经》的《雅》《颂》的其他诗篇里也同样出现过）组成：第九行的"以为酒食"出现在《信南山》；末行"以介景福"出现在《大田》《旱麓》《行苇》《潜》等四诗。《旱麓》里，这句套语出现在第四章结尾，即在六章之中唯一涉及祭祀的一章；其他三首诗里，"以介景福"都是全诗的末句。此外，在《旱麓》和《周颂·潜》里，这句套语都跟在"以享以祀"之后，这后一句也正是《楚茨》第一章第十行的套语。

第二章[110]

（祝向孝孙致辞）

济济跄跄［-ang］"Dignified, dignified, processional, processional—

2.2　絜尔牛羊［-ang］［you］purify your oxen and sheep,

以往烝尝［-ang］[111] proceeding to the winter sacrifice, the autumn sacrifice.

2.4　或剥或亨［-ang］Some flay, some boil,

或肆或将［-ang］[112] some arrange, some present.

2.6　祝祭于祊［-ang］[113] The invocator sacrifices inside the temple gate,

祀事孔明［-ang］[114] the sacrificial service is greatly shining.

2.8　先祖是皇［-ang］[115] The ancestor, him［you］make to

---

[110] 此章的视角主要依靠对第二行、第十至十二行的理解。我同意孔颖达，他将"絜"（即"洁"）看作完全动词，"尔"看作人称代词"你"，并且将"牛羊"看作"絜"的直接宾语；见《毛诗正义》13/2.200b："乃鲜絜尔王者所祀之牛羊。"这里的"你"指上句所描写的显贵。将"尔"译作"你"需要将文本（或许是整章）转换成直接致辞，而非叙述性描写。理雅各将"尔"解读作情态助词，前述的"絜"译作"洁净的是"，因为"'尔'用作代词的话，我以为此句将断成两截"（James Legge, *The She King*, p. 369）。如果此章系概述为祭祀所做准备的直接致辞，则发言人似乎是典礼官员；在诗句的最后他向子孙致"嘏辞"，因此很可能是祝之一。亦见上文注［102］所引孔疏，即主人与尸之间的交流总是由祝传达。孔颖达认为"尔"指主人（即属于庆辞的第十行里的孝孙），而非指出席仪式的显贵，我不赞同此一解读。注意这行诗里"徂赉孝孙"与《閟宫》某句相同，显然以献祭的后裔为对象（亦据后文代词"尔"的用法）。

[111] 注释家以为，烝（"冬祭"）和尝（"秋祭"）是祭祀祖先的标准术语；亦见《周礼正义》33.1330（大宗伯）；张鹤泉，《周代祭祀研究》页148—153，台北：文津出版社，1993。该行时间顺序的颠倒也许是为了押"阳"韵的需要。

[112] 诗句描述的牲肉准备工序代表了中国早期礼仪体系里的秩序和分工观念，即每项任务分派给特定的专家。据《周礼》，内饔（宫庭厨师）掌管祭祖中的宰杀和烹饪（《周礼正义》8.274）；亨人（炉头）负责在内饔监督下烹饪（《周礼正义》8.282）。

[113] 据郑玄，祖灵被认为在宗庙大门之内游荡；孝孙则令祝在门内献牲以求之。

[114] 这行和下行诗句也出现在《信南山》中。在《楚茨》中，郑玄释"明"为"备"（完全）；如第一章第十行一样，我更愿意保留光线的隐喻，释为"光明"。

[115] 为了展示该行的动态力量（亦见第九行、第三章第十行），我的翻译保存了"是"（转下页）

return,

  神保是飨［-ang］[116] the divine protector, him [you] feast.

2.10 孝孙有庆［-ang］[117] The offering descendant shall have benison！

  报以介福[118]［He will be］requited with great blessings—

（接上页）的严格语法性，即作为指示代词，指前置宾语，见 Edwin G. Pulleyblank, *Outline of Classical Chinese Grammar*, Vancouver: University of British Columbia Press, 1996, p. 70. 我把主语重建为"你"（孝孙）；这似乎也是第十行里庆辞的对象。"先祖"的精确含义难以界定。若相对"皇祖"而言，它并非敬称，但仍能被用于叙述和对祖灵的直接致辞时；后一种用法见《云汉》。"先祖"似乎更普通一些，且能和"祖考"互换；两词皆不见于《尔雅》亲属称谓的名称系统中，见《尔雅注疏》4.26b-27c. "先祖"也许不是指某一祖先，而是泛指，既可以是单数也可以是复数。在《礼记》里，有一处"祖考"被界定为七庙里最早、地位最崇高者，接受天子所献祭品，见《礼记正义》46.361a（祭法），但是此处的术语却与《礼记》另一处相悖，见《礼记正义》12.107a（王制）；亦见郭嵩焘（1818—1891），《礼记质疑》页 563—565，长沙：岳麓书社，1992。"皇"，毛氏释作"大"，郑玄读作"暀"；"暀"需读作"往"（归往）的假借字；见马瑞辰，《毛诗传笺通释》21.702-703. 尽管郑玄的解读被广泛接受，却也为牟庭（1759—1832）和高本汉所不取。参见牟庭，《诗切》3: 1567，济南：齐鲁书社，1983；Bernhard Karlgren, "Glosses on the Kuo Feng Odes," p. 134, no. 661.

[116] "神保"（神圣的庇护者）一词始终令人迷惑。在整个儒家经典中，这个词只出现在此诗中。尽管早期注家如毛郑辈将"保"视为动词，意为"安"，朱熹（《诗集传》13.8a）和时代更近的王国维（《宋元戏曲考》，见《王国维遗书》15.2a-b，上海：上海古籍出版社，1983）、钱锺书（《管锥编》1: 156-158，北京：中华书局，1986）却将"神保"视为对"尸"的敬称。高亨（《诗经今注》页 323）和屈万里（《诗经诠释》页 404）认为"神保"泛指神灵（最臆测的解释是牟庭《诗切》[3.1567]将"保"解读为灵车上的"羽葆"）。所有这些假设都缺乏早期相关篇章的支持（尽管王氏和钱氏试图将"神保"读作同《楚辞》用过的"灵保"），并且其中一些读法（朱、王、钱）显然和全诗整体相悖。解决这个问题最富成效的方法似乎来自孔颖达（《毛诗正义》13/2.200c），及后来的姚际恒（《诗经通论》3）和马瑞辰（《毛诗传笺通释》21.703）。据这些注释家，"神保"指神灵，但是意义相当特别：尽管"先祖""祖考"等词指出祖先已经去世，"神保"却表明他们的本质乃是在天的祖先之灵，马瑞辰还对此提供了文本支持。根据这种解释，我把"神保"理解成被召唤进入"尸"的祖灵。这出现在文中的"神圣的庇护者"乃是面对孝孙们的祖灵。正如前一行里的"先祖"一样，我无法确定"神保"是单数还是复数。

[117] 如上所注，这一行逐字出现在《閟宫》中。在先于儒家时代的文献里，没有理由将"孝孙"读作"孝顺的子孙"；相反，我们有充足的证据表明"孝"在周代早期文献中意指"向自己的祖先供奉"，后来该词意转变为对活着父母的"孝顺"，这表现了由礼仪实践向社会意识形态的发展。对此问题的近期评论之一来自南恺时，他认为孝在早期也可能指对某人尚健在的父母进行一些具体的物质性赡养，但不同于后来宽泛的孝顺之义。参见 Keith N. Knapp, "The Ru Reinterpretation of Xiao," *Early China* 20, 1995, pp. 195-222. 同见下文对第四章第五行的注[131]。

[118] 另一种可能的读法是："（祖灵）将报（汝）之祈福。"（"介"读为动词）然而，我们不妨采用传统注疏的观点，把"介"读为"大"。

2.12 万寿无疆［-ang］[119]ten thousand years longevity without limit."

第三章[120]

（祝向孝孙致辞）

执爨[121]踖踖［-ak］"The furnace managers are attentive, attentive,
3.2 为俎孔硕［-ak］[122] making the sacrificial stands grand and magnificent;
或燔或炙［-ak］[123] some [meat] is roasted, some is broiled.
3.4 君妇莫莫［-ak］[124] The noble wives are solemn, solemn,

---

[119] 与第一、三章相似的是，第二章的收尾乃是典型的"嘏辞"程式。在第二章里，王先谦（《诗三家义疏》18.752）注意到最后三行诗是"祝"代表"尸"向主人传达的祝福之辞（陈焕《诗毛氏传笺》20.28a 与之意见类似）。我同意这种解读，尽管我认为整章实际上都是祝的言辞。如第一章，只有最后部分，尤其是最后两句是高度程式化的，即这些诗行的大多数可以在《诗经》的其他地方找到。结尾对句同见《信南山》和《甫田》。第二章卒行也见于《七月》《天保》《南山有台》。请注意，除了《七月》之外，与《楚茨》诗行完全逐字对应的都在《雅》《颂》部分。

[120] 并无有力证据可以明确第三章里的发言者。由于结尾嘏辞几乎与第二章相同，而第四章以孝孙的陈辞开始，如果它真的是直接发言的话，我假定本章言辞很可能以第二章里的孝孙为对象。理解第二、三章之间关系的关键，或许在于此处提到的对不同典礼执事人员的比较。在两章中，神保都必然是最终嘏辞的主语，但考虑到其他仪式参与者，这两章或许代表了仪式里所扮演角色的不同团体（而非实际个人的不同团体）：第二章里，我们看到了祝、先祖和孝孙；相形之下，第三章则提到了执爨、君妇和宾客。这两章彼此补充，展现了祭祀共同体为完成祖祭仪式的合心合力：第二章显然代表了参与到神灵交流里的主要阶层（包括祖灵本身；所缺席的只有尸）；第三章则奉献给了较低地位的辅助性角色。就本身而言，若说第三章延续了第二章的言辞，这并非全无可能，两章结尾几乎雷同，这似乎重复，但可以被视为典礼行为节奏感强烈的典型特征。

[121] 我把"执爨"读为职事人员，系从孔疏。

[122] 此行与下文第五行精确对仗。在两例中，"为"都应理解为"准备"；"孔"，我译作"盛大"，指祭品之美（"硕"）和丰盛（"庶"），但也可以被看作表强调的"非常"。

[123] 相同的诗句，见《大雅·行苇》。

[124] 根据《仪礼》祭祀篇章中的若干节，在祭祖时，主妇带领宗妇（和一群女性助祭人员）献上谷物、肉类（后来也有酒类）；见《仪礼注疏》44.239b（特牲馈食礼）和 48.256c-257a（少牢馈食礼）。关于贵族女性在祭祀时准备和撤除祭品的角色，亦见《周礼正义》14.554（九嫔）和《礼记正义》47.365a（祭义）。在全部儒家经典中，"君妇"一词仅见此诗（亦见第五章）。

为豆孔庶 [-ak]〔125〕making the plates grand and numerous.

3.6　为宾为客 [-ak]〔126〕With those who are guests, with those who are visitors,

　　　献酬交错 [-ak]〔127〕presentations and toasts are exchanged.

3.8　礼仪卒度 [-ak] Rites and ceremony are perfectly to the rule;

　　　笑语卒获 [-ak] laughter and talk are perfectly measured.

3.10　神保是格 [-ak] The divine protector, he is led to arrive,

　　　报以介福 he will requite [you] with great blessings—

3.12　万寿攸酢 [-ak] ten thousand years longevity will be [your] reward!"

第四章〔128〕

（宗裔）

我孔熯矣 [-an] "We are greatly reverential,

4.2　式礼莫愆 [-an] form and rites are without transgression."

（叙评）

---

〔125〕郑玄释"庶"为"胨"（肥肉），并且解释到，在献祭的时候，最肥美的肉必须拣给神灵和客人。据朱熹（《诗集传》13.8b），"庶"读作"多"，即祭品当预备丰盛。马瑞辰和高本汉明确反对郑玄，而赞同"众多，许多"的常用意，见马瑞辰，《毛诗传笺通释》21.704；Bernhard Karlgren, "Glosses on the Siao Ya Odes," p. 134, no. 663. 现代注释家屈万里（《诗经诠释》页405）和高亨（《诗经今注》页323）也接受这种解读。

〔126〕"宾"和"客"也许是两种不同的参与者范畴，然而注家并没有区分他们。根据毛氏简洁的注释，主人"宾尸及宾客"（主人以宾礼款待尸、客）；然而，这或许并不意味着毛氏认为二者都出现在这行诗里，即像后来某些笺疏者那样，认为包括"如宾"的"尸"，参见黄焯《诗疏平议》页379，上海：上海古籍出版社，1985。

〔127〕关于主人、尸、祝、主妇和宾客之间复杂的互相敬酒典礼，见《仪礼注疏》45.240c-247b（特牲馈食礼）和48.258b-259b（少牢馈食礼）。

〔128〕郑玄已经注意到第四章的复调性。他将前两行界定为孝孙的陈辞，而第五到第十二行界定为嘏辞，其中，祝回答孝孙，召唤尸并传达给主人。郑玄将第一人称代词"我"看作指孝孙；如第一章，我认为他的声音乃是代表仪式共同体，面对祖灵的致辞。第四、五章结构的整体讨论，见下文注释的分析。

<u>工祝致告</u>〔129〕 The officiating invocator invokes the [spirits'] announcement,

4.4　<u>徂赉孝孙</u>〔130〕 he goes and presents it to the offering descendant: (祝代表祖灵向孝孙致词）

<u>苾芬孝祀</u>［-ək］〔131〕 "[You] have made fragrant and aromatic the offering sacrifice,

4.6　<u>神嗜饮食</u>［-ək］ the spirits enjoy the drink and food;

<u>卜尔百福</u>［-ək］ [they] predict for you a hundred blessings.

4.8　<u>如几如式</u>［-ək］〔132〕 According to the [proper] quantities,

---

〔129〕尽管从语法上讲，这行诗也可读作"祝传达神灵的告示"；因为"致"（使达到）的施动方向在词汇意义上是不定的，而必须从上下文得出。因为告示将在下文得到"展示"，我认为它首先要被"召唤"。在第五章相同诗行中我则再次根据上下文将"致"理解为"传达"。施动方向的差别只在翻译中明晰，而在原文中却难以分辨。"致"的"召唤"义，在孔疏里是清楚的（《毛诗正义》13/2.202a）："祝先致尸意告主人乃更致主人之意以告尸。"亦见下文第五章第四行注〔136〕。

〔130〕下文系祖灵赐福的"嘏辞"；言辞的视角是非常清晰的，从第三、第四行的引文和第七、第十一行里使用的人称代词"尔"可以见出。在对这段话的长篇注释中，孔颖达注意到第四章和《仪礼》相关段落的类似，见《仪礼注疏》48.258c（少牢馈食礼）及下文。然而孔颖达也追随毛、郑，相信《楚茨》曾奏于周王廷，以纪念先世的理想秩序；他因此得出结论，"嘏辞"在此章被缩简了，因为在王廷里，它们应当长于《仪礼》所载贵族嘏辞。但尽管有《小序》之早期意见，并无证据表明《楚茨》确属王室颂诗。它很可能也在东周贵族的仪式上表演；因此当孔颖达试图把此颂诗重建为代表皇家祭祀典礼而不同于贵族祭仪之时，读者亦步亦趋。

〔131〕如上注〔117〕，"孝"并非后世儒家意义上的"孝顺"，而是在祭祖中意指"献祭"的专门术语；亦见黄焯，《毛诗郑笺平议》6.253，上海：上海古籍出版社，1985；马瑞辰，《毛诗传笺通释》21.706。合成词"孝祀"大概等同于"享祀"（如第一章第十行"以享以祀"），也许可以解释为"献祭"；见陈奂，《诗毛氏传疏》20.30b。《尔雅》（《尔雅注疏》2.11a）定义"享，孝也"。青铜器铭文经常包括合成词"孝享"；见周法高等编，《金文诂林》10.5289-5292，香港：香港中文大学出版社，1975。甚至《论语·泰伯》（8.21）也使用了"孝"的这个意项，与"献祭"乃至"饮食"并置："禹，吾无间然矣。菲饮食，而致孝乎鬼神。"见《论语注疏》8.32a-b。至于研究先儒时代"孝"的意义和用法，见池泽优，《中國古代の「孝」思想の思想的意味——孝の宗教學，その五》，《社会文化史学》，1993年第31期，页12—26；野村茂夫，《儒教的「孝」の成立以前：尚書を手がかりとして》，《愛知教育大學研究報告（人文社會）》，1974年第23卷第1期，页17—28；查昌国，《西周孝义试探》，《中国史研究》1993年第2期，页143—151。

〔132〕很难确定第八行所谓"如"（根据）是指前一行还是后一行；我译作"根据（恰当的）数量，根据（恰当的）规则"系接受高本汉的观点，其意见与毛氏以及其他注家相反；见Bernhard Karlgren, "Glosses on the Siao Ya Odes," p. 136, no. 668。

according to the [proper] rules,

既齐既稷 [-ək]^[133] [you] have brought sacrificial grain, [you] have brought glutinous millet,

4.10　既匡既敕 [-ək] [you] have put them in baskets, [you] have arranged them.

永锡尔极 [-ək] Forever [the spirits] bestow on you the utmost,

4.12　时万时亿 [-ək] this ten-thousandfold, this hundred-thousandfold！"

第五章^[134]
（可能是宗裔）

礼仪既备 [-ək]^[135] "Rites and ceremony are completed,

5.2　钟鼓既戒 [-ək] bells and drums have given their warning."

（叙评）

孝孙徂位 The offering descendant goes to his place,

5.4　工祝致告^[136] the officiating invocator delivers the announcement:

---

[133] 根据高本汉，我把"齐"读作"斋"（祭祀用的谷物），见 Bernhard Karlgren, "Glosses on the Siao Ya Odes," pp. 136-137, no. 669。下行译作"汝置之于筐，汝安排其序"亦据 Bernhard Karlgren, "Glosses on the Siao Ya Odes," p. 137, no. 670。

[134] 在第五章的前四行中，我重建了两种不同视角，与前一章平行。并无线索可以确定前两行的发言者；不过请注意，第三、四行再一次是不用韵的。

[135] 该句也用于冠礼，见《仪礼注疏》3.13c（士冠礼）。

[136] 郑玄将下面的告示理解为向尸的陈辞。第六行敬词"皇尸"强有力地暗示了这种读法；郑玄和孔颖达都将"皇"读作像"君"一样的敬辞，如下文指出，孔颖达把后者界定为直接致辞。孔颖达进一步提出"于是致孝子之意告尸以利成也"；《仪礼》描述特定仪式情境的相关段落里（46.246c［特牲馈食礼］，孔颖达疏中也给出了与《仪礼》类似的平行文本："主人出，立于户外西南。祝东面，告利成。尸谡祝前。主人降。"参见《仪礼》48.259c（少牢馈食礼）。

（祝代表孝孙向尸致辞）

5.6　神具醉止 [-ə]〔137〕 "The spirits are all drunk—
　　皇尸载起 [-ə] the august impersonator may now rise！"

（叙评）

　　鼓钟送尸 Drums and bells escort the impersonator away;
5.8　神保聿归 [-əj]〔138〕 and so the divine protector returns back.
　　诸宰君妇 The many attendants and the noble wives
5.10 废彻不迟 [-əj]〔139〕 clear and remove [the dishes] without delay.
　　诸父兄弟 The many fathers and the brothers
5.12 备言燕私 [-əj]〔140〕 all together banquet among themselves.

第六章〔141〕

（叙评）

---

〔137〕郑玄认为"具"（等于"俱"）即"皆"，意指整个神灵群体。陈奂《诗毛诗传疏》20.30b 将此与天子七庙的传统观念联系起来；参见《礼记正义》12.107b（王制）、23.203c（礼器）。我把"止"作为完成时态的常用冠词，相当于"矣"，见裴学海，《古书虚字集释》2.778。在祝的宣词中，"止"似乎强调神灵已经达到适当的醺状；因此，尸完成了代替神灵饮酒的职责，此时可以离开（有关尸的饮酒，见《礼记正义》49.377b [祭统]; Jordan Paper, *The Spirits are Drunk*, pp. 113-114）。根据白一平，"止"在许多情况下是韵律模式的一部分，即便它只是句尾介词，当然也不尽是如此。参见 Baxter, *A Handbook of Old Chinese Phonology*, p. 809. 高岛谦一明确提出，在《诗经》里，"我们……的能够在押韵的位置找到语法介词和指示代词；在许多用'矣'和'之'的例子里，这一点是显而易见的"。参见 Ken-ichi Takashima, "The So-called 'Third'-Person Possessive Pronoun *Jue* 氒（= 厥）in Classical Chinese," *Journal of the American Oriental Society* 119.3, 1999, p. 418.
〔138〕牺牲完成之际，神保（祖灵）归天，尸被带领出厅堂；见孔疏。
〔139〕菜肴的撤除是祭祖过程中另一固定要素。根据《周礼》和《仪礼》，一旦完成牺牲，祝就命令撤除菜肴，见《周礼正义》49.2024（大祝）；《仪礼注疏》46.246c、247b（特牲馈食礼），48.259c（少牢馈食礼）。有关参与的女性和官僚，亦见《周礼正义》7.251（膳夫）、14.538（内外臣）、14.554（九嫔）、35.1408（大宗伯）和41.1692（外宗）。
〔140〕我把这里的"言"理解为副律标记，与"备"构成一个成分；见裴学海，《古书虚字集释》1.433。根据郑玄，其他客人离开后，同姓的男性参加者留下来参加私宴。
〔141〕第六章暗示地点转移，从宗庙大堂转向内寝，但仍然在宗庙建筑内，私宴也在那里举行；见此章孔疏及《巧言》注疏（《毛诗正义》12/3.186b）。并无决定性证据表明言辞（转下页）

　　　　乐具入奏［-ok］The musicians all come in to perform,
6.2　以绥后禄［-ok］^{〔142〕} to secure the subsequent fortune.
（可能是祝向孝孙致辞）
　　　　尔肴既将［-ang］^{〔143〕}"Your viands have been set forth,
6.4　莫怨具庆［-ang］without resentment, all are happy！"
（男性宗族成员向孝孙致辞）
　　　　既醉既饱［-u］^{〔144〕}"［We］are drunk,［we］are satiated
6.6　小大稽首［-u］young and old,［we］bow［our］heads,
　　　　神嗜饮食 The spirits have enjoyed the drink and food,
6.8　使君寿考［-u］^{〔145〕} they cause you, the lord to live long！"
（祝向孝孙致辞）
　　　　孔惠孔时 "Greatly compliant, greatly timely
6.10　维其尽之［-in］^{〔146〕} is how you complete［the rites］！
　　　　子子孙孙 Sons and sons, grandsons and grandsons,
6.12　勿替引之［-in］^{〔147〕} let them not fail to continue these［rites］！"

　　（接上页）视角的多样性，但此章用了四种韵，比前章更加生动。第三、四行的言辞用了人称代词"尔"，这可能指后裔，也可能指祖灵。随后第五至八行的言辞用了直接敬称"君"。结尾言辞多少和《仪礼》里祝的嘏辞相似；参见《仪礼注疏》46.247a-c（特牲馈食礼）。基于这种相似，我推测第六章末尾也是祝的声音。注意，祝出席宴会，发言并给出指令。总体而言，卒章似乎包涵了一系列的嘏辞（终极来源为祖灵）和"庆辞"（由亲族提供）。

〔142〕据孔颖达，"后禄"是由成功的祭祀而带来的持续不断的好运。首席宾客乃致"庆辞"曰："神乃歆嗜君之饮食，使君寿旦考。""庆辞"一语见郑玄《仪礼注疏》48.260a（少牢馈食礼）。
〔143〕此语同见《既醉》，系祭祀牺牲之后举办的宴会上向主人的致辞。
〔144〕此语同见《执竞》，据郑玄注，同系宾客之语。
〔145〕据郑玄，此系宾客"庆辞"；参见注〔141〕。
〔146〕郑注曰，"维君德能尽之"，这也是我翻译和理解的出发点。我认为这里的"其"是第二人称物主代词，故全句译为"［……］是你尽礼的方式"。高岛谦一认为，"其"相对于"之"或"厥"，关系上显得更疏离，参见 Ken-ichi Takashima, "The So-called 'Third'-Person Possessive Pronoun Jue 氒（=厥）in Classical Chinese," pp. 426-427. 据郑玄对"君"的注疏，"其"似乎与此敬称相得益彰：从心理学的基本功能而言，敬称是产生距离感的形式手段；下文将同样论及这一点。感谢高岛谦一先生在与我的个人交流中澄清了关于此句的这些问题。
〔147〕末句与《仪礼注疏》48.258c（少牢馈食礼）的嘏辞段落结语完全相同，且皆由祝发布。

四　分　析

《诗经》的形式融贯性

从美学上而言，不少形式结构特点使《楚茨》有别于描述早期中国祖先祭祀的散文。按照传统读法，文本由六章构成，每章十二句。实际上，第一、二、三、四章末尾的总结式嘏辞套语强烈显示，有规律的章节划分乃是这个文本结构的原貌。用韵相当密集：在七十二句中有五十六句是押韵的。美学结构上的其他特色还包括使用反复、重复的句型和人称代词。这些特色并非与《国风》不同，为仪式颂诗所独有。正如《左传》所载，早期《诗》常用于仪式场合，而形式化的言辞是其中所有引《诗》文本的特征，因此把仪式性与非仪式性语言之界限，作为区分《雅》《颂》与《国风》的标准，[148]这是不准确的。或是出于在外交和其他礼仪场合被使用，或是出于具有作为知识和典范资源库的功能，《国风》的文本同样使用形式化的语言，而与日常语言不同。

因此，所有的诗都显示了常规美学结构，且非关文本宏旨。这种结构并不传达什么平实的信息，那么反过来说，它们就必然是为了达及平实信息所无法达及的意图。就语言风貌而言，就连《国风》也是仪式化的言辞；就用途而言，这种结构有助于某个具有宗教和/或社会意义的情景语境达成仪式化。这并不是说《诗》中所有的诗歌都同样用于相同类型的礼仪，但王公贵族向神灵的陈词与社会较低阶层的公共情境中各类社会及宗教仪式的陈词，二者的有效因素之间有着明显的联系。[149]此外，本文使用的仪式语言概念并非针对某种特别的

---

〔148〕 自东周以来，《雅》《颂》同归一类，这得到了充分的文本支持，因为"雅颂"盖成套语。例见《论语注疏》9.35a；王先谦，《荀子集解》14.252。

〔149〕 同时，我们也可以想象皇家和贵族的诗歌作为书面文本，可能已经成为《国风》创作效仿的对象。无论如何，鉴于东汉对传世文本的改写（见 William H. Baxter, "Zhou and （转下页）

礼仪，而是基于某些主要由语言学家和人类学家的理念发展而来，综合了跨学科、跨文化的视角；它解释的是言语的特征和功能，这本身是可以跨越极其不同的语境而以形式相似的方法运作的。因此，就诸如固定的格律结构、密集用韵、叠字、拟声等形式特征而言，《国风》与《雅》《颂》并无不同，认识到这一点是很重要的；[150]进而，《国风》的这些因素不能归结于这些诗歌的"民间"性质，亦不能归结于其基本不识字环境中的口头创作模式。我认为《国风》与《雅》《颂》的主要区别不在于诗歌形式，而在于主题的范围和动机不同，以及由此而造成的词汇差异，这些要素是最少受到早期帝国编辑过程影响的。[151]因此，我们才有可能识别祭祀颂诗《楚茨》中那些属于仪式语言的要素，和其所具有的语言特点。这些尽管不是《国风》的全部语言特点，但需要承认它们也存在于《国风》，同时也不能混淆仪式言语截然不同的情境。[152]

重构《楚茨》的发言声音与言辞视角

在《楚茨》六章中，用韵是一个强大而持续的形式要素。我的假设是，某章内的韵部变化显示了声音或视角的转换。这个假设既基于韵部，更是基于与换韵同时发生的人称代词和礼仪参与者正式称呼的

（接上页）Han Phonology in the *Shijing*"），不免令人怀疑，试图判定《诗经》不同部分里文本层次和时间的努力似乎是徒劳的；即便是那些最严谨的尝试性意见之间也充满了抵牾，这表明目前的证据完全不足以得出结论。例如，不妨可以比较松本雅明，《詩経諸篇の成立に関する研究》页471—638 和陈世骧，"The Shih-ching: Its Generic Significance in Chinese Literary History and Poetics," p. 16; 后者的意见是约定俗成的框架，即《周颂》年代最早，其次是《雅》(也包括《鲁颂》和《商颂》)，最晚是《国风》。

[150] 请注意，其中部分特点在《周颂》里相当不成熟，尤其是用韵、诗节结构和格律，因此《周颂》可能不仅是祭祀颂诗，也是整部《诗经》里最古老的文本层。王国维把这种形式的欠缺解释为意在"声缓"，见《观堂集林》2.19a-20a。

[151] 关于用词，见 W. A. C. H. Dobson, *The Language of the Book of Songs*; 向熹，《诗经语言研究》页 228—244, 成都：四川人民出版社，1987。

[152] 关于仪式颂诗和《国风》相比所独有的某种区分性形式特征，参见后文"仪式言辞的句法模式"的讨论。这也将有助于对所谓《诗》中仪式语言共享的一般"规则"做出限定。

使用。从我对声音和视角的基本假设来看，这些要素大量出现且无自相抵牾的情况。在某些地方，我的假设为一种整体一致性的意义解读提供了户钥，这种解读的融贯性也有力地支持我在其余文本处做相同的分析，如果不采用这种解读，这些文本也可能按不同的方式被重构。复杂的换韵与形式化言辞其他要素的使用融贯一致，表明架构文本时用韵的自觉性。不过，由于我们不能确定《诗经》用韵被统一化的准确时间，故而也不能确定颂诗最初创作时，用韵是否属于最初的架构手段。一些证据表明，传世本《诗经》的用韵模式并不全部属于作品最初的形成时期，而在很多情况下是后人可能在较早的、较不规范的用韵基础上编辑而成。这些后来的编辑可能晚于原始的《诗》数世纪之久；[153]这个事实直接关涉当我们把《楚茨》重构为表演文本时，韵脚所扮演的角色。我认为没有必要假设最初的发言声音或视角必须以不同的韵脚为标记，因为礼仪参与者显然能够识别并区分他们实际听到的不同声音。可以设想的是，在《诗经》作为承载了文化记

---

[153] 参见 Martin Kern, *Die Hymnen der chinesischen Staatsopfer: Literatur und Ritual in der politischen Repräsentation von der Han-Zeit bis zu den Sechs Dynastien*, pp. 112-113, 161-168; *The Stele Inscriptions of Ch'in Shih-huang: Text and Ritual in Early Chinese Imperial Representation*, pp. 126-129。我论证了即便是我们今天看来不规则的《诗经》用韵，也高度符合秦皇石刻以及汉初高祖宗庙祭祀的十七首颂诗用韵情形。请注意，韵部（而非单字）之间的不规则性表明了当时存在着活的传统。我相信这不是对崇高典范的单纯模仿：秦汉时期，还不能达到用抽象韵部把旧有押韵系统概念化，甚至能够考虑各种"出韵"的程度。与《诗经》的用韵一致性现象在西汉时期逐渐衰退，至东汉尤其如此，这就提出了一个问题：倘若在时间跨度相对较短的西汉两百年内，且在国家和皇廷相对集权化、天下较稳定的情况下，语音变化和地域差异仍然带来了日渐分歧的用韵实践，那么我们如何能假定，历经公元前十世纪至前二世纪这八百年来的政治和文化多样化现实，《诗经》用韵还能保持完全不变？同样，尽管周朝青铜铭文显示，《诗经》韵部的可靠性某种程度上可以追溯到西周，但这些铭文的用韵显然不如传世本《诗经》规整一致，即使是来自东周晚期的铭文也如此。有关青铜铭文用韵，参见 Wolfgang Behr, *Reimende Bronzeinschriften und die Entstehung der chinesischen Endreimdichtung*, Ph. D. diss., Johann Wolfgang Goethe-Universität Frankfurt, 1996。对《诗经》用韵实际产生年代的怀疑论点，参见 Paul Serruys, *The Chinese Dialects of Han Time According to Fang Yen*, Berkeley: University of California Press, 1959, pp. 21-22, 53-54; Noel Barnard, *The Chu Silk Manuscript: Translation and Commentary*, Canberra: Australian National University Press, 1973, p. 213; 以及 Galal LeRoy Walker, *Towards a Formal History of the Chuci*, Ph. D. diss., Cornell University, 1982, p. 412 等处。

忆的经典被编辑**写定**时，严格意义上的韵脚可能会被加诸其上，尽管彼时有关实际典礼的残存记忆或者至少是生动想象尚未磨灭。或许是共缅的文本模式使得额外增加发言和视角的标记成为必要，目的是把仪式实践转换为文本实践。这个问题无法被确知，而且根本上也不需要被确知；同样也有可能的是，包括押韵等在内的形式标记的确是原文的一部分。

前三章每章各押一韵。没有证据显示这几章内发言声音或视角的转换。第一章疑问最少，我认为频繁出现的第一人称代词"我"是指主人：正如"尸"代表祖灵，主人也代表了他的宗族和礼仪共同体。根据郑注、孔疏，这一章是召唤亡灵的祝向尸致辞，而祝也就相当于主人与尸之间的中介。这种在宗族和祖灵之间通过媒介进行交流的结构本身就是一种仪式性的控制手段：生者与亡灵始终被审慎地分离开。礼仪形式造成了距离，也可能为生者与幽冥交涉时提供某种安全感。[154]

在九至十二句中多次使用虚词"以"，这在句法和语义两方面都把最后一段与先前的描述联系起来。在展现过对祖先来临的悉心准备之后，主人的"目的陈述"[155]最后转为"以介景福"的祷告。这一类嘏辞程式有意识地表达了向神灵的献祭与期待回馈之间的互惠关系。在周代青铜铭文里，目的陈述和结束祷词，无论它们出现在哪里（常见形式如"作此景钟/……以求……"），总是形成了文本的收尾。第一章出现了罗泰确定为周代青铜铭文标准结构的"过去—现在—将来"三重模式，这颇易辨认，也或许并非巧合：[156]本章以共缅的姿态开篇，随后赞扬孝孙在农业和礼仪上的努力，因此他们祷求未来的

---

[154] 所谓夫子有言，"敬鬼神而远之"；见《论语注疏》6.23b。
[155] 这个术语借自罗泰对周朝青铜铭文结构的讨论，参见 Lothar von Falkenhausen, "Issues in Western Zhou Studies: A Review Article," p. 154。
[156] Lothar von Falkenhausen, "Issues in Western Zhou Studies: A Review Article," pp. 152-156.

祝福也就合情合理。本章一韵到底，相当自洽，应当可以确定是出自同一个声音。

我把第二、三章重建为祝的声音在对主人致辞，这是尝试性的，因为这里几乎完全缺乏致辞的直接形式。即使在第二章第二句我们同意把"尔"读成第二人称代词，仍然不能确定这是否为直接面对宗裔的言辞；也可以假定"尔"是在称呼祖灵。这种情况下，第二、三章依然是广泛清点祭祀的妥善之举，只是说此处面向祖灵。这样的话，这两章当以祷告结束，而不是允诺。这种用例比起"尔"指宗裔而言是较少见的，但在《诗经》颂诗中也存在。[157]湖北九店第五十六号楚墓出土的日书文献（约断为公元前四世纪晚期）中，也用代词"尔"来称呼神灵。[158]而孔颖达以为"尔"指显贵宾客。目前还没有确凿证据来确定此诗第二、三章的情况，[159]我决定选择祝向孝孙致辞的视角是基于如下事实：（一）在《诗经》颂诗的大多数例子中，"尔"明显都用于此种交流关系；（二）第三章第十句和另一首颂诗《閟宫》的一句相同，后者随即采用了"尔"明确用来称呼孝孙。[160]无论如何，文本的模糊性也并不太成问题，我们可以考虑到，祝可能向孝孙致辞，但听众并不仅仅限于此；相反，通过公开宣布和承认后裔、亲属、祭官的努力与成就，祝表演出一场宣言性讲演，借此，自祖灵以降的整个礼仪共同体都会被告知一切井然有序、得其所哉。在此意义上，祝的言辞同时面对祖灵及其后裔，这是对恰切礼仪情境性的陈述，或者说，实际上构成了仪式情境。因此，若更深入考虑，这种言辞并非代表祖灵，而是祝本人以主持仪式的权威而

---

〔157〕 见《周颂》部分的三首颂《思文》、《武》和《酌》。
〔158〕 见湖北省文物考古研究所，《江陵九店东周墓》页508，北京：科学出版社，1995；Donald Harper, "A Warring States Prayer for Men Who Die by Weapons"（未发表手稿），p. 3.
〔159〕 我还不知道是否有任何注疏将"尔"理解为祖灵。
〔160〕 参见上文注〔110〕。

发出的。祖灵对后裔的回应完全限于后章，介绍性的对句明显使之与其他言辞相区分。我们可以进一步假设，强大的祖灵不能在典礼中随时随意开口或喋喋不休，其庄严的辞令构成的是一场成功祭祀活动的高潮。

我把第二、三章读解为对第一章的回应，祝赞扬孝孙的努力，确认了祖灵受到良好的款待，最后，用典型的嘏辞程式向孝孙担保其所期许，以回应第一章的祷告。这种问答结构在《诗经》颂诗中并不罕见，甚至曾有解读认为，有的颂诗其整首诗都是对其他颂诗的回应。[161]如果我的假设可以站得住脚的话，亦即，在一章中，连续的韵表示不变的声音，那么在交流方向上，第二、三章都各自内部连贯。[162]其叙述结构提示出不同的礼仪参与者，每人各安其位。这两章代表了第一章祷告和第四章祖灵回答之间的间奏。

随着第四章出场，颂诗变成更加生动和明显复调的文本；仪式行为逐渐增加的强度和紧迫性此时表现为声音和视角的快速变化。开头两句，正如郑玄已指出，声音又转回献祭之宗裔，以其强调性的"我（们）"为标记，并有其特定的韵脚。下两句则不押韵；我猜测此处不用韵表示一种非形式化的叙述以引起下文。不用韵不可能纯属偶然，因为整首颂诗中仅有两章包含不用韵的连续诗行，而这两章的结构和功能明显相似：它们分别是第四、五章中的第三、四句。[163]很有可

---

[161] 朱熹以为（《诗集传》9.13a、17.9a），《天保》系对之前五首颂诗的回应，而《行苇》则是对《既醉》的回应。
[162] 在第二、三章之间的换韵或许无关于言辞的声音和视角，因为各章结尾的嘏辞程式已然清楚划分出了相对自足的文本单元。在我看来，只有一章之内的换韵才是重要的。
[163] 与白一平（Willian H. Baxter, *A Handbook of Old Chinese Phonology*, p. 680）相比，我所提议的本章用韵构架较为简化。白一平认为，第四行尾字的"孙"（-un）和第一、二行的尾字"烓""愆"（-an）构成了合韵。然而，只有当整体韵律模式需要包括进某些出韵字时，我们才不得不考虑"合韵"。按照定义，"合韵"意味着特例或违背规则的情况，因此除非不得已，应当慎用。然而第四章（与第五章构成了有趣的相似）在语义和形式上都有着充分独立的依据，足以消除第四行"合韵"的必要，第三、四行不用押韵。显然，移除某个惹麻烦的"合韵"只会让白一平的严格系统显得更加可靠。

能，这几行的"叙评"属于仪式表演里某个发言的角色；然而，如上文所论，我把第三、四句理解成叙事框架，它起到了如下作用：（一）描述了仪式行为；（二）清楚标识出从宗裔到祝的声音转换。按此理解，这几行并非原始仪式里的言辞，而是被加入文本的，以使得当原始仪式只存留在记忆中，却不再被直接经验之际，对它的描述还可以明白通晓。下文言辞的视角则是明确的：除了两句介绍性信息之外，随后的诗行通过每句所押的新韵部形成连贯统一的序列，并在第七、十一句使用人称代词"尔"。发言人是祝，他向孝孙转达通过中介性的"尸"从祖灵处获得的信息。他的言辞就是"嘏辞"本身，标志着祭祀活动的高潮。在《仪礼》中，有两个祭祀章节某种程度上似乎模仿了《楚茨》，其中之一就包含了对仪式这一步骤的生动描述，以散文发端，以四言韵句结束：

以嘏于主人曰：皇尸命工祝承致多福无疆于女孝孙来女孝孙使女

受禄于天　[-in]
宜稼于田　[-in]
眉寿万年　[-in]
勿替引之　[-in]〔164〕

与此陈述完全一致的是，《楚茨》中，祝在第四章里通过诗句"卜尔百福"和"永锡尔极，时万时亿"，确定了祖灵对后裔的祝福。《楚茨》和《仪礼》的语言都是用了第二人称代词（《楚茨》用"尔"，《仪礼》用"女"）来称呼宗裔，这不仅是明确清晰的，并且还具有仪式性言语行为的神圣力量。祝传达的不仅仅是信息：他宣称自己是在"皇尸"

---

〔164〕《仪礼注疏》48.258c（少牢馈食礼）。尾句押韵在倒数第二个字"引"上。

（用《仪礼》中的称谓）的命令下行动，从而对宗裔进行正式召唤，而且，通过顿挫押韵的言辞，庄严而权威地把祖灵的祝福传达给献祭的后裔。人称代词"尔"恰被用于赐福的诗句（七、十一），这可能并非巧合。

在神灵赐福的高潮之后，第五章呈现各参与者的收尾姿态。第五章前两句押韵，第四章前两句亦押韵，我认为它们可被重建为同一声音来源。正如上文所述，在《仪礼》冠礼上主人向儿子的致辞同样使用了第五章首句"礼仪既备"。对第四、五章这种类同的认定虽然看似单薄，但这显明了仪式语言的融贯性，并有助于确定第五章首句的发言者：程式化套语的使用并非局限于特定仪式，而是能适用于不同的典礼。就像礼乐上所显示的，甚至在帝国时代礼仪形式大量滋生之后，礼仪制度在历时与共时维度上都仍被理解为，或者说被理想化为融贯一致的：历时维度上通过历史延续性；共时维度上通过不同仪式之间的严格一致，特别是就参与者的社会地位和扮演的礼仪角色而言。[165]这些不同礼仪形式间的"横向"渗透性，必然意味着贵族社会秩序的"纵向"稳定性，这种秩序作用于所有这些礼仪，又被后者所加强。最终，只有作为把亡灵转化成先祖的同一套仪式与意识形态系统的一部分，标志成年的冠礼才能够获取意义。甚至冠礼和祭祖仪式上的庆辞和嘏辞本质也是相同的。[166]基于对这种一致性的理解，我们可以尝试性地认为《仪礼》这句诗的主语亦适用于《楚茨》第五章首句。

---

[165] 有关早期仪式音乐（无论其如何被理想化了）的融贯性，见《周礼正义》43.1781（大司乐）。这一文献记录了周朝祭祀和宴会的音乐节目，即所谓"大飨不入牲，其他皆如祭祀"，且规定不表演入牲礼所用的"昭夏"之乐。《周礼正义·钟师》亦曰："凡祭祀、飨食，奏燕乐。"参见 Lothar von Falkenhausen, *Suspended Music*, p. 29。有关后来帝国时期的情况，参见拙作 *Die Hymnen der chinesischen Staatsopfer: Literatur und Ritual in der politischen Repräsentation von der Han-Zeit bis zu den Sechs Dynastien*, pp. 77-95。

[166] 有关冠礼庆辞，见《仪礼注疏》3.13b-c。

第五章三、四句的无韵叙述几乎和前一章相同，"工祝"的表演也用同样话语描述。[167]这一叙述后面跟随仅为两句的押韵序列，再后面又以押他韵的六句结束。按照文本换韵标志着声音的转换这个假设，我推想第五章五、六句是祝从宗裔的角度向"尸"传达信息。我在两处关键细节的解读与多数传统和现代的学术观点不同。首先，就致辞的方向，我遵循郑玄的解读，后者亦为孔颖达所接受，即"尸"是致辞的接收者，而与此意见相反的是，朱熹和多数后代学者认为这条信息系祖灵所授，由"尸"传达给宗裔；第二，可能同是肇自朱熹，注家仅仅把第五句"神具醉止"确定为实际的宣告，而把第六句归于下文的叙述，这个解释普遍为现代学术采用。

然而，上述两个在传统和现代被普遍接受的结论并不成立，有两条独立的形式证据表明这一点。首先是前文已经提过的押韵的证据，这一条还有以下事实的进一步支持，亦即，它能够应用于第四、五章所有其他的发言声音变化。其次是"尸"的形式指称，在第六句，"尸"被称为"皇尸"，但在第七句却仅被叫作"尸"。倘若把这两句连读为同一叙述层次，就成了"皇尸载起，鼓钟送尸"，这将不仅是一个笨拙累赘的表述，而且更重要的是，它违反了礼仪语言最基本的规则之一，即仪式行为中涉及参与者须用正式礼仪指称。我在前文已经简单概括过这一原则，运用到此处具体的例子里，则可看到：在此仪式表演中，称"皇尸"的声音很可能与称"尸"的声音不同；"皇尸"是敬称，"尸"则更中性。[168]

考虑到此处的用韵及正式指称的一致性，从仪式语言的原则视角出发，那么，仅将第五行视为告语的常规读解就不足为信了。毋宁

---

[167] 略同于第四章的是，白一平认为第四行（-uk；告）和第一、二行（-ək；备、戒）尾字属"合韵"，见氏著 *A Handbook of Old Chinese Phonology*, p. 680. 我移除了这个不规则的合韵，理由同注[163]。
[168] 请比较上引《仪礼》段落，其中尸被敬称为"皇尸"，发言者在其命令下行动。

认为，第五、六句共同组成了告语，首先报告祖灵的状态，然后向"尸"致敬辞，感谢其已尽其职，现在当离其位了。一般性的叙述从第七句才开始，采用中性的称呼"尸"。或有人认为这一叙述的发言者仍然是祝，但即便如此，这时他应当已从祖灵的声音转换成自己作为主祭官的声音。[169] 又或许有人会把第七至第十行（如前面的第三、四行一样）看作另一段叙评，为不同的言辞提供语境。不过，我们既没有证据也没有必要解决这个问题；重要的是将五至六句与七至十二句相区分。不仅区分性的用韵和尸的正式指称表明第五、六句应当被理解为同一次讲话，并且采用"皇尸"一词也显示了讲话的方向：我再次遵循早期注疏家郑玄和孔颖达的观点，他们把此词理解为直接致辞时的敬称。同别处一样，此处也显示，与宋代以降身处文本传统之中的学者相比，郑玄看起来更倾向于认可《诗》中戏剧表演的语言结构。[170]

根据注疏，第六章的转换意味着从祭祀殿堂向宗庙内部的移动，在那里男性宗族成员将举行收尾性的庆宴。卒章由四组押韵序列组成，因此我把它分成四节。尽管构成第一节的对句中，发言声音和其面朝的直接对象（如果有的话）都无法确定，但下面的三节可以明确是直接朝向正在举办宴会的宗裔们发言。因此，我把开头两行当作另一段叙评，目的是介绍下文言辞的情境。第二节第三句有第二人称代词"尔"，第三节第八句有敬语"君"，而最后一节第十二句有用在直接对话中表示禁止的否定词"勿"。此外还有第十句的"维其尽

---

[169] 如果熟悉罗马天主教弥撒，便不难辨认出仪式言辞里这种视角变换的可能性，天主教礼拜中，有一核心转折点就是，神父以耶稣之声宣布施行圣餐之际，又用叙事性语调说明进入最后的晚餐这一共缅时刻。

[170] 郑注的特色尽管从帝国时代晚期以降在朱熹《诗集传》的影响下黯然失色，同时因现代学者们提倡把《诗》从汉代政治化阐释的束缚下解放出来，更被普遍弃用，但我推测郑注对表演性的这种认可与其早期中国仪式的切身知识直接相关，这也体现在了他对"三礼"具有决定性意义的权威注疏中。

之",倘若我们根据郑玄注读作"维君德能尽之",把"其"理解为敬语"君"的同义词,则它的功能亦是人称代词。把这三节的内容分配给特定的声音缺乏稳妥的内在证据,但我们可以辨认出如下几个细节:最后的发言以训告结束,这也出现在上文所引用的《仪礼》章节中,属经典的嘏辞陈述;更有趣的是,这句套语"子子孙孙"实际上普遍出现在周代青铜铭文的倒数第二句中,但在《诗经》里仅出现这一次,在《尚书》里也只出现过一次。[171] 参考青铜铭文和《仪礼》中的相关段落,我推断最后四句最有可能由祝发表。第五句到用敬语"君"称呼主人的第八句,可以分配给宾客;此外,还有一个可帮助判断的事实,即第五句同样出现在《诗经》其他地方和同样的语境里。第三、四句的声音难以确定;类似的句子在颂诗《既醉》中,也是指向宾客的,但我并不倾向于认为用敬语"君"称呼主人的宾客也会使用较非正式的代词"尔"。一个可能的解释是,两次讲话由不同亲属团体发表,即第三章第六句提到的"宾"和"客",我这里尝试性地把他们区分为"客人"和"来访者"。在这个例子中,用"尔"和"君"称呼主人的差别可以反映亲属地位和关系的不同,社会地位较高的(或关系较近的)"宾"用"尔",较低的(或关系较远的)"客"用"君"。但是我们不需要解决这一不确定性,因为即使缺乏明确参考和文本证据,使得一些问题悬而未决,我们仍然能够通过形式手段的标志来辨识出不同的直接致辞。整体而言,可以确定的是,第六章里充满多样的庆贺与祝福声音,而其中都回响着同一个信息:每件事情都如其所是地妥善完成了,祖灵和亲属都感到满意。

代词的问题

在上文的论述中,我利用代词的分布来辨识仪式中的不同声音。

---

[171] 见《尚书正义》14.97a(梓材)。

虽然这使得我们可以重构出一个复调文本，所有代词和正式指称都在文本整体中有其自身的位置和功能，但这个过程颇有赖于早期的礼仪经典和注疏，这并非毫无问题。然而，正如韦洛克所指出，使用人称代词具有"仪式性"意义，这一观点支持了我的重构：

> 宗教仪式表达中，引人注目的首先就是大量使用代词、副词、省略用法等，它们与说话者的直接环境息息相关，并且依赖这一语境而获取意义。比如，第一人称代词"我（们）"、第二人称代词"你（们）"都被普遍使用在仪式话语中，无须介绍或解释具体指示对象，因为他们就是仪式参与者，讲话者发言时他们也同样在场。[172]

换句话说，缺乏铺垫引介的人称代词突然出现，恰恰是仪式表演语言的特征，因为这里的文本不是自足的，而是被镶嵌在行为框架里。仪式行为既被文本语义化，也为文本提供含义：《楚茨》第一章的"我（们）"在且仅在表演里是自明的。

正如我们在《楚茨》中所见，使用无确定指向的代词使真正的表演文本有别于纯粹的仪式脚本：在语言学上，《诗经》颂诗中的"我（们）"与《仪礼》中的"某"不同，"我（们）"是一个指示词，即要么指向另一种文本因素，要么指向某种情景语境中的非语言现象。从严格意义上的信息理论而言，第一章中第四到第八句重复地以第一人称代词"我"开头，这些句子如果不在确定所指者的语境里表演，将无法产生意义。在解释文本过程中，重构所指者就成了问题，而这也恰恰可以被视为文本表演性质的强烈标记。即使如《楚茨》中几例那样，由于缺乏确凿的证据，我们完全不能确认像"君"这样直接称谓

---

[172] Wade T. Wheelock, "The Problem of Ritual Language: From Information to Situation," p. 50.

的代词和名词所指为谁，但是，它们作为指示词出现，却没有在同一文本中指明对象，这一事实本身就需要我们假设存在着一个真实的仪式表演语境，使得这些语言特点通过与实际的人物及活动相关联而变得可被理解。因此，无明确所指的代词正是仪式语言的要素。

嘏辞的程式性

回到仪式语言的问题。我们应当特别注意的是，除第五章外，其余数章皆有"嘏"辞和"庆"辞。正如上文所引《仪礼》，这些直接发言一律都是言语行为，将仪式语境构建为现实：祷词与宗裔的想法无关，但构成了其作为先祖之合法后裔的声明。出于同样原因，随后作为祷词回应的祝福也并非描写或叙述，而是一种宣授：在仪式行为中，其存在仅仅在于被道说出来。此外，庄严的宣授方式不仅赐予宗裔以**未来**的祝福，而且首先和最重要的是，在双重意义上承认主人祭祀和祝祷的**当下**合法性：他是合法的后裔，[173]并且具备道德力量。[174]这一点似乎使宗庙祷辞根本区别于东周晚期出土日书文献里的祷辞，如约公元前316年的九店墓葬[175]和约公元前217年睡虎地墓葬[176]中发掘的文献，也不同于公元前313/312年的《诅楚文》，[177]《楚辞·九

---

[173] 请注意《左传》的两个著名片段，据此可知，祖灵只接受他们合法后裔的祭祀；见《春秋左传正义》13.99c（僖公十年），17.130a（僖公三十一年）。

[174] 《春秋左传正义》12.93c（僖公五年）引《书》来阐明，归根结底，祖灵所回应的并非祭品，而是孝孙的明德。《书》的传世本里，此句见"君陈"（《尚书正义》18.125a），即伪"古文"篇。

[175] 参见上注[158]。

[176] 参见睡虎地秦墓竹简整理小组编，《睡虎地秦墓竹简》页179—255，北京：文物出版社，1990。睡虎地墓葬里有两种类型的祷文：一种诵于保护马匹的仪式，另一种是祛除梦魇的符咒；同时参见 Roel Sterckx, "An Ancient Chinese Horse Ritual," *Early China* 21, 1996, pp. 47-79; Donald Harper, "Wang Yen-shou's Nightmare Poem," *Harvard Journal of Asiatic Studies* 47, 1997, pp. 270-271; Harper, "A Note on Nightmare Magic in Ancient and Medieval China," *T'ang Studies* 6, 1988, pp. 72-75。

[177] 此文最早的两个传世本据信是根据宋代尚见于世的原始石刻翻刻的。参见容庚，《古石刻零拾》，北平：私人出版，1934；郭沫若，《诅楚文考释》，收入其《天地玄黄》页606—625，上海：大孚出版社，1947；Édouard Chavannes, "Les inscriptions des Ts'in," *Journal* （转下页）

歌》中的咒语，[178]或者汉代帝王的"郊祀歌"[179]等。祖先祭祀的文本不仅向神灵提出了请求，与此同时也严格地传导并规限着神灵的反应。正如上文所述，这种自我指涉的面向不是祭祀行为的内在特征，而应当延伸至对仪式行为的描述；只有通过附加的嘏辞，把此前的描写或叙述转化成表演性言辞，仪式行为的自我指涉才能达成。[180]嘏辞在两种意义上是"总结性程式套语"：（一）它们构成了一篇或一章的结束句，并且把本篇或本章转变成自我指涉且相对独立的言辞单元，对所祈之事予以核准；（二）嘏辞是即时和明确的"成功陈述"，这是周代礼仪表达的显著特色。不论从哪个角度而言，它都是规定性的：假定像《楚茨》这样的颂诗撰于祭祀行为之前，那么显然就没有留给祖灵和宾客的角色多少选择，其感激和认可的信息都是可预知的，或者说，是逐字预撰的。如同祭祀颂诗和青铜铭文的语言所构建的那样，祖先祭祀乃是一场预先保证的成功，最重要的是，正是经由这样的语言，祭祀不求必应，马到功成。

不论青铜铭文还是《诗经》颂诗，嘏辞达到了语言程式化的最高程度，这并不奇怪。如徐中舒所论，追求长寿和永久在青铜铭文的结句中占压倒性的70%—80%。[181]这一核心关注遍布于《诗经》祭祀

(接上页) *Asiatique, Neuvième Série* 1, 1893, pp. 475-482；以及 Chavannes, *Les mémoires historiques de Se-ma Ts'ien*, Paris: Ernest Leroux, 1895-1905, pp. 544-549。

[178] 前提是如果我们遵循霍克思（David Hawkes）及此前学者的传统，接受这些咒语是针对个别神灵的观点的话。参见 David Hawkes, *The Songs of the South: An Ancient Chinese Anthology of Poems by Qu Yuan and Other Poets*, Harmondsworth: Penguin, 1985, pp. 95-101 等处；以及 David Hawkes, "The Quest of the Goddess," in *Studies in Chinese Literary Genres*, pp. 42-68。

[179] 如上文提及，这些颂诗也记录了来自宇宙神灵的回应。与周代祖先颂诗不同的是，此类回应采取的形式并非言辞，而是祥瑞。

[180] 罗泰曾提出，周朝青铜铭文里嘏辞是被附加在既有档案文本之上，当时这些既有文本"从竹简木牍转而铸诸青铜"。参见 Lothar von Falkenhausen, "Issues in Western Zhou Studies: A Review Article," p. 166。

[181] 徐中舒，《金文嘏辞释例》页43。长寿与永恒，这是两个既相异又相关的问题：祈求长寿乃是为了孝孙，祈求永恒则是为了其宗族的生存与仪式延续性。在《楚茨》里，第二、三章的"万寿"是指前一种目的，而最后的恳切陈情则是为了后一种。

和宴会颂诗、秦代石刻和西汉早期的宗庙颂诗。[182] 涉及长寿和永恒的程式化套语普遍存在，而所用术语范围狭窄，这导致了相同的短语和句子大量重复出现。在这些祈福和赐福中，我们发现了仪式语言和文化记忆的相互作用：从结构而言，它们呈现为形式化、陈规化和羡余，满足坦拜亚所谓仪式表演特征四要素中的三条；从语义而言，它们代表了对超越任何个体文本的文化规范的参与和贡献。在这两种意义上，通过嘏辞，一篇颂诗或铭文融合到具有共同价值观念的文化语境及其语言表达中。此外，正是宗族绵延的意识形态本身，使后裔和祖灵之间给予和索取的互惠变成了"前瞻性共缅"（prospectively commemorative）——假如没有更好的措辞称之的话。这意味着当后人侍奉先祖，并得到作为报偿的护佑时，他也将自己呈现为未来后人的模范祖先，同样亦向后人传达自己面朝未来的训告。[183]

《楚茨》中的具体证据充分地支持了以上推测。第一、二、三、六章的后部，很多地方都与《雅》《颂》或其他仪式文本中的句子相同，包括第一章最后四句中的三句；第二章后六句中的五句（且第十一句和第三章相应句相同）；第三章最后五句中的三句；第六章十句嘏辞或庆辞中的五句。与之对比，除了第三章第三句外，这些章节的剩余部分在《诗经》他处几乎没有相似的整句程式表达。第四章仅有第三句和第六句两例在《楚茨》别处出现：叙述性短语"工祝致告"在第五章再次出现，"神嗜饮食"在第六章重复。大部分为叙述性语句的第五章描述了从祭祀到宴会的转换，但除"工祝致告"之外，只有一句诗能在《仪礼》的一处发言里找到类似句子。总之，从

---

[182] 见 Martin Kern, *The Stele Inscriptions of Ch'in Shih-huang: Text and Ritual in Early Chinese Imperial Representation* 第四章，及 *Die Hymnen der chinesischen Staatsopfer: Literatur und Ritual in der politischen Repräsentation von der Han-Zeit bis zu den Sechs Dynastien*, pp. 151-152。

[183] 同样的延续性观念可见论鼎铭功能的著名《礼记》章节（《礼记正义》49.378c-379a [祭统]）；此文运用了"铭"和"名"的双关语：通过纪念和铭刻先祖的业绩，后裔为自己创造了一个名字；通过铭文，其子子孙孙又将辨认并赞扬包括他自己在内的祖先。

数量上看，作为嘏辞的共享语句远远超过其他类共享语句。这种共享语句分布导向的结论是不言而喻的：嘏辞部分汇聚了大量程式化言辞的段落，而这些程式化套语又来自普遍共用的仪式语言资源库，这类资源与别种表达明显相区分。还需要强调的是，除了一例之外，《楚茨》没有和《国风》共享任何一个句子。[184]嘏辞部分的互文性既密集又受到了严格限制，这和早期对《雅》《颂》语言的研究基本一致。[185]《楚茨》作为颂诗，其与《尚书》《仪礼》中的仪式言辞所共享的语句，程度远胜任何一首《国风》诗章。

仪式言辞的句法模式

《楚茨》与《诗经》其他颂诗整句相同的情况几乎只出现于嘏辞部分，这并不意味着《楚茨》剩余部分就不含有可以看作仪式言辞要素的语言模式。有两种句法结构值得注意，它们皆有助于形成节奏，即叠字和重叠构式。《楚茨》包括下列叠字：楚楚，与与，翼翼（第一章）；济济，跄跄（第二章）；踖踖，莫莫（第三章）；子子，孙孙（第六章）。第六章中的叠字，如同已指出的那样，共同组成了典型嘏辞程式表达的常见要素。第二、三章的叠字都提到仪式参与者恰当的举止。在第一章，第一处叠字出现在颂诗的开头，而下面两处则描写了献祭的谷物。《诗经》对叠字使用没有限制；它们遍布整个诗集，在歌诗的开篇尤其突出。然而，应该指出的是，在《楚茨》中除了开头的叠字"楚楚"和结尾的"子子孙孙"这一嘏辞程式，所有的叠字都用于描写祭品或仪式参与者。依照我重构的文本，它们都在由祝传达的直接发言里出现。没有一处出现在第四章或第五章。

---

[184] 如上注[119]所论，第二章卒句是唯一和《国风》共有的一句。然而，请注意这一句不仅出现在许多青铜铭文中，也见于《诗经》另两篇颂诗。显然这个例子表明《国风》借用了祭祖仪式的用语，而非反之。

[185] 参见 W. A. C. H. Dobson, *The Language of the Book of Songs*, pp. 247-255；陆侃如、冯沅君，《中国诗史》第一卷页 45—46；向熹，《诗经语言研究》页 228—244。

第二个带来语言特殊节奏的要素是语法虚词在句中第一个字和第三个字处重复。我们有下列例子：

> 第一章：以享以祀；以妥以侑
> 第二章：或剥或亨；或肆或将
> 第三章：或燔或炙；为宾为客
> 第四章：如几如式；既齐既稷；既匡既敕；时万时亿
> 第六章：既醉既饱；孔惠孔时

表1 《楚茨》中的"A/X/A/Y"构式和其他《诗经》篇章中的类似句子[186]

模式	国风	雅颂	《毛诗》篇号
以……以……	1	14	26, 190（2）, 208, 209, 211, 212, 239, 246（2）, 255, 281, 283, 291, 302
哉……哉……	0	15	180, 190, 195（3）, 209（3）, 211, 214, 220, 245（2）, 246（2）
为……为……	1	8	2, 173, 192, 199, 209, 257, 264, 279, 290
如……如……	9	21	35, 47, 55（4）, 132（3）, 166（2）, 177, 178, 209, 211（2）, 223, 252, 254（3）, 255（2）, 257, 258, 263（4）, 300
既……既……	1	15	35, 180, 191, 203, 209（3）, 210（2）, 212（2）, 250（2）, 263, 274, 302
时……时……[a]	0（1）	1（15）	2, 161, 164, 209, 210（2）, 241（4）, 245（2）, 257, 300（3）, 305
孔……孔……[b]	1	1	10, 209

[a] 这个特殊结构只出现在当前的颂诗。但是，我把它作为等置于"是……是……"；括号里的数字表明后者的示例，如第四栏所示。

[b] 严格上讲，"孔"在这里不是一个虚词而是副词。我把它列入表内，因为它构成同样节奏的样式。

---

[186] 据陈宏天、吕岚编，《诗经索引》，北京：书目文献出版社，1984。若相同的模式在不止一篇里出现，则于《毛诗》篇号后用括号标出重复次数。

纵观整部《诗经》中的这些句法结构，可以看到一种非常融贯的分布模式。如表1所示，重叠构式"A/X/A/Y"的使用可以看作是《雅》和《颂》语言的典型要素。同时，它在《国风》中相对少见。用此结构验以他处，结果相同（见表2）。这一重叠构式固然并不局限于祖先祭祀和宴会所奏仪式颂诗，但是，该结构在仪式颂诗中使用频率更高，起到加强言辞节奏的作用；它带来形式化和羡余的效果，将这种效果与仪式音乐的特殊节奏相联系，恐怕并非过分的推测。重叠构式增强了《楚茨》中言辞所特具的尊严，其分布情况是符合这一观察的：在第一章嘏辞中出现两次，在第四章祖灵致辞中出现四次。重叠构式在第四章被密集使用，这也是为何此处缺乏叠字：在单独一句中，两种节奏模式是互斥的，而且显然二者也避免接连交替出现。和所有其他章节形成鲜明对比的是，由平实叙述结构主导的第五章没有使用两种模式，这一点呼应了此章几乎没有和其他文本相同的整行程式现象。第五章上承第四章的祭祀高潮，下引第六章的庆辞和嘏辞，所起的是过渡作用，基本上是平铺直叙。

表2 《诗经》中的"A/X/A/Y"句法模式的其他例子[187]

模式	国风	雅颂	《毛诗》篇号
有……有……	3	23	35, 130（2），177, 192, 220, 252（2），260, 261（2），280, 281, 284（2），297（8），298, 300（2）
不……不……	7	23	66, 112（6），166, 190, 192（2），193, 212, 215, 245, 249, 256, 263（2），264, 266, 292, 299, 300（2），304（4），305
载……载……	5	20	39, 54, 58, 128, 154, 162（2），163（3），167（2），183（3），196, 204, 220, 222, 245（4），290, 299
匪……匪……	0	11	169, 204（2），218, 234, 250, 262（3），263, 264

---

［187］ 据《诗经索引》。

续表

模式	国风	雅颂	《毛诗》篇号
弗……弗……	4	4	115（4），191（2），194，257
乃/乃……乃/乃……	0	7	189，237（4），250（2）
侯……侯……	0	6	192，204，255，290（3）
于……于……	0	5	236，245，250，259，262
爰……爰……	1	4	31，189，237，241，250
来……来……	0	5	248，252，262，276，302
无……无……	3	11	136（2），154，189，193，198（2），235，249，255（2），299，300（2）
靡……靡……	0	4	167，255（2），258

五　结　论

"谁在说话？以什么角色说话？"这是仪式表演中的基本问题之一。我对《楚茨》的研究表明，认识到这一问题对于分析这篇颂诗以及其他类似作品也是至关重要的。自郑注以来，《楚茨》已被公认为一篇浓缩了早期中国文化记忆的精华之作，服务于共缅仪式和规范性指示的双重目的，体现了对周代祖先祭祀最完整可信的描述。正如清代学者早已指明，罗泰最近亦再次提出，《楚茨》很可能是后来说明周代祖祭的"三礼"（尤其是《仪礼》祭祀章节）的潜文本（hypotext）。但是，除了作为后世礼仪描述之来源外，一连串缺乏文本内在指涉的指示性表达、羡余、陈规化、形式化言辞等节奏要素，以及不同声音无可置疑的存在，这些事实都指向同一个问题：《楚茨》具有作为真实表演文本的属性。理解这种内嵌于文本中的表演是有困难的，主要就是由指示词所造成，为了重构这些词的意思，必须做到以下几点：（一）在仪式行为的情景语境中确定其文本外的指示对象；（二）使指示对象和这个文本中的整个指示词系列协调相融。这篇颂诗把一个完整典礼上的辞令与行为压缩进七十二个句子中,可能在很多地方呈现为片段式,但绝不会自相矛盾。在处理指示词问题上未能做到协调融贯,这正是通行的西语译文,以及现代日语、中文译本的缺陷所在。[188]

如我在当前的研究中所表明,要解决诗中的指示问题,应当基于跨学科、跨文化的视角,采纳人类学、语言学的仪式语言相关理论。这种具有理论背景的分析不能被限定在单独的文本上。虽然《楚茨》具有独特的文化核心性和语言复杂性,但与其视之为个案,毋宁将其看作典范。这篇颂诗中指示表达呈现一种融贯的体系,此外,用韵变化标示着发言声音和视角的转换也具有规律性,这足以使得我们假设存在着某种可能为其他文本所用的潜在创作原则。考虑到仪式表演的标准和严格,尤其是周代祖先祭祀的庄重程度,我们有足够理由相信,对形式化语言手段的运用是有着精准意图的。《楚茨》的用韵密度,节奏性"A/X/A/Y"模式亦相对显著,嘏辞程式语言的融贯运用,这些都表明文本创作由对形式模式的自觉选择所主导,而这些模式与日常用法的层次判然有别;前者是酣畅悦耳的,因此是用以向神灵和仪式公众致辞的特别有效的语言。[189]在释译文本前,我已做出了历史与概念性的思考,按照前文提出的标准,不仅是通过内容和祷辞程式可判定,更是就其听觉模式和视角转换的结构而言,《楚茨》明显是一个表演文本。

依照我们从《楚茨》中所辨识出的仪式语言原则,对其他可能的表演文本进行分析时,我们还必须承认,《诗经》颂诗还存在很多变化的情况,尤其是在代词和正式指称的使用方面。形式标记帮助我们划分《楚茨》的结构,并将它重构为表演文本,但实际表演无须这种

---

[188] 高本汉对第四章的翻译可说明这一问题(译文从略),参见 Bernhard Karlgren, "The Book of Odes, Kuo feng and Siao ya," pp. 246-247。高氏译文完全模糊了原文结构,其主要缺陷也显而易见:由于他没有辨认出两次直接致辞,致使文中"我们"和"你们"的关系悬宕不清。

[189] 重要的是,我的文本分析为白一平重构的《诗经》用韵体系提供了独立的支持,由此也强调了历史音韵学对周朝文献研究的重要性。

形式标记：对于礼仪参与者来说，不同声音的身份是显而易见且直截了当的。只有被人为地从原初表演语境中剥离出来后，文本才变得不透明；当《楚茨》与其他具有相似性质的颂诗个案一道被汇编进《诗经》里，就进入了它的第二语境，而这一语境所能提供的信息只能是有限补偿性的。在原始的表演语境中，指示性因素表示特定所指者，一旦这个连接被切断，仅从字面看就无法产生意义。这些指示词如同散落在看似平淡描述中的"拦路石"，抗拒融入直截了当的、平铺直叙的读解。然而，语言里常有的情况是，表面上是理解的拦路石，实际却是发现更复杂文本结构的金钥匙，在《楚茨》这一案例中，文本可以被重构为一篇复调的表演颂诗。若把表演文本的假设用于其他《诗经》颂诗，一个基本的问题就是，我们很容易设想，即便有的颂诗最初创作方式与《楚茨》完全一致，也可能仅仅用到这些指示词中的一部分，甚或完全用不到。例如，若用古汉语甚或更早的语言表达仪式性赐福，其高度简洁和缺省式的措辞就无须第二人称代词。因此，我们应当允许存在一些令人煎熬的存疑之处，亦即，有可能某些表面平铺直叙、意义清晰的仪式文本，其并不透明的表面下暗藏着复调的实质。不过，在开始思忖那些最麻烦的案例之前，让我们在《诗经》颂诗和青铜铭文中仔细寻找所谓的文本"拦路石"，并由衷感激每一个"拦路石"带给我们的宝贵信息和思考。

（陈亮、郭西安 译）

出土文献与文化记忆
《诗经》的早期历史（2003—2005）

一 引 言

两千多年来，我们对于《诗》的认识受限于传世文本。这一文学传统自东汉末年以来，主要以郑玄（127—200）的《毛诗传笺》为代表。过去三十年来中国考古学的发展，尤其是出土文献的大量问世，不仅极大地促进了我们对于中国古代文化的理解，而且使我们可以重新评估有关《诗》的早期传播及诠释的问题，探讨古代文献与文化记忆的关系。

近年出土简帛所见有关《诗》的材料，主要包括马王堆、双古堆、郭店和新近公布的上海博物馆（下称"上博"）所藏的战国楚简。马王堆帛书《五行》及郭店楚简《五行》《缁衣》中，都有引《诗》的内容；而出土时残损严重的双古堆一号汉墓《诗》简，也许代表了《诗》的另一种传本；上博所藏楚简《缁衣》和被整理者称作《孔子诗论》的楚竹书则内容更为重要，后者包括二十九枚竹简上残存的约一千个汉字，虽明显有阙文，但很有价值，是目前所见有关传《诗》、论《诗》的最早文献。

与今本《毛诗》相比，马王堆、双古堆（安徽阜阳）、郭店以及上海博物馆出土文献中所见《诗》含有为数不少的文本异文，这使我们可以对某些诗歌的传统解读提出挑战。双古堆所出《诗》简，在数量上远远大于其他考古地点的发现,已经受到学者们的关注。[1]毋庸置疑,新文献的发现会进一步改进本文提出的初步意见,因为无论在传世文献还是在出土文献中,《诗》都是最常被引用的。我们完全可以相信,今后的出土文献中会出现更多引《诗》的材料。

我认为,这些战国晚期及秦至汉初的文献所含《诗》的材料给了我们两种显然矛盾的结论:它不仅令我们信服今本《诗经》基本是可靠的,同时也令人不安地质疑了我们对其早期接受、传播与诠释史的现有理解。在我看来,已经出土的《诗》的材料,有助于我们回过头来省思过去有关《诗》的传播的某些假想,其中最主要的一个观点就是:到公元前二世纪初,在文化精英中存在一个多多少少已经定型了的《诗》的写本。如果这个观点不能成立的话,那就更不用讨论公元前四世纪末的情况了。[2]

二 简帛引《诗》的分布与意义

马王堆、双古堆、郭店和上海博物馆的有关简帛中,引《诗》材料的分布情况可概述如下。

(一)双古堆一百七十余枚残简上,共有六十五首诗可以和《毛诗·国风》里的诗对应,四首和《毛诗·小雅》里的诗对应。[3]十五《国风》除《桧风》以外都在写本中得以呈现,且诗篇名和诗所属部分的名称皆与传世《毛诗》一致。然而,据众多文本异文及歌诗明显

---

[1] 双古堆异文完整的讨论详见胡平生、韩自强,《阜阳汉简诗经研究》,上海:上海古籍出版社,1988。
[2] 相同的结论见吴万钟,《从诗到经:论毛诗解释的渊源及其特色》页132—137,北京:中华书局,2001。
[3] 双古堆的片断,我依据《阜阳汉简诗经研究》。

的排序差异,双古堆的《诗》似不属任何已知的西汉四家《诗》。[4]它可能代表一个前所不知的《诗》说系统。[5]

(二)马王堆帛书《五行》(有时也叫《德行》),引有七首《诗》的断章。在《毛诗》中,四首见于《国风》,两首见于《大雅》,一首在《商颂》。[6]从结构上讲,如所周知,马王堆《五行》分为"经""说"两个部分。这也解释了帛书《五行》中引《诗》重复的原因。(在某一些地方,马王堆"说"里的阐释与《毛诗》的解释极不一致)郭店楚简《五行》只有马王堆帛书中"经"那一部分的内容,偶有较短的《诗》引文,而没有"说"的部分,因而没有重复引文,也没有《关雎》的引文——后者只见于马王堆帛书《五行》中"说"的部分。[7]

(三)郭店竹简《缁衣》包括了十六首诗的片断,三首见于《国风》(共四处引文),八首见于《小雅》(共九处引文),五首见于《大雅》(共九处引文),另外一个在《毛诗》中无对应的则应该看作是逸诗。《缁衣》的另一变本见于上海博物馆藏战国楚简,此篇和郭店《缁衣》一致,包括了后者所见的所有引诗。

(四)上博所藏竹简里,整理者题作《孔子诗论》的一篇残损

---

[4] 海陶玮(James Robert Hightower)在"The Han-shih wai-chuan and the San chia shih," Harvard Journal of Asiatic Studies 11, 1948, p. 245 曾注意到《毛诗》和《韩诗外传》次序的不同。

[5] 依据《阜阳汉简诗经研究》页28—38里的讨论。胡平生、韩自强用来证明双古堆《诗》里诗歌安排次序不同的证据,是考古发现的奇妙细节之一:由于原先连接竹简的绳线都已腐烂,也因为每一简或者一对简上所包括的诗文从来没超过一节,所以现在我们不可能判定单个章节的总体次序,更不用说诗篇或整个《国风》部分的次序了。然而,由于邻近竹简在墓中彼此积压严重,有十处(在六组简中)出现一支竹简的背面印有另一支竹简的诗文的情况,从而建立了这些竹简的次序,表明了双古堆《诗》和《毛诗》诗序的不同。

[6] 关于马王堆《五行》篇我依据的是池田知久,《馬王堆漢墓帛書五行篇研究》,东京:汲古书院,1993。其他对郭店和马王堆《五行》的释文及对比,见魏启鹏,《简帛〈五行〉笺释》,台北:万卷楼,2000;庞朴,《竹帛五行篇校注及研究》和刘信芳《简帛五行解诂》,台北:艺文印书馆,2000。本文所引章节,系以池田为据。

[7] 郭店文献据荆门市博物馆,《郭店楚墓竹简》。郭店《五行》的一个较好的英文研究和翻译,见顾史考(Scott Cook), "Consummate Artistry and Moral Virtuosity: the 'Wu xing 五行' Essay and its Aesthetic Implications," in Chinese Literature: Essays, Reviews and Articles 22, 2000, pp. 113-146。

严重的文献，内容为对《诗》的讨论。此文直接引用或论及了今本《诗》中的五十二首，外加七首不见于今本的诗题。[8]从《孔子诗论》对一些单篇诗歌的集中讨论可以见出，尽管这些诗歌也见于《毛诗》，但它们出现的次序却是迥异的。

这种分布状况和我们所论文献的不同性质有关：《孔子诗论》致力于对《诗》的讨论，并暗示似存在一个接近今本《诗》的较为固定的书面或口头传本。双古堆本无疑是《诗》的别本或节本，它包括关于单篇歌诗字数以及《国风》各个部分字数的记录。与双谷堆写本不同的是，郭店、马王堆和上博的《五行》《缁衣》篇都是以引文的形式，把引《诗》镶嵌在一个完整的文本框架之中。在这些文献中，《诗》不是独立存在的，相反，它们被用来支持所处文本所要说明的某种观点，显然，这跟它们已被灌注了某种传统权威观念有关。这样的征引习惯和先秦两汉流传下来的文献是相同的。

虽然《诗》的断章出现在三种不同类型的文本里，我认为仍然可以将它们放在一起讨论，因为：（一）它们有着相同的文献背景，同出于代表某种学术传统的社会精英墓葬；（二）上博竹简里，有两种类型是同时出现的；（三）《诗》本身（如双古堆《诗》）和那些引《诗》的文献都不是随机的写作，而是具有一定传播历史的文献的书写实例（这在《缁衣》篇里保存了下来，但在《五行》篇当中则没有）。因此我假定这些写本是在类似的环境下生产出来的，所有的文献里的引《诗》都展示了同种类型和同样分布的文本差异。

不同写本里的引《诗》分布状况可见下表（括号中的数字表示传世《毛诗》中的编号）。

---

[8] 上博《缁衣》和《孔子诗论》，见马承源主编，《上海博物馆藏战国楚竹书（一）》，上海：上海古籍出版社，2001。

表1 郭店、上海博物馆、马王堆简帛文献引《诗》统计 *

	郭店、上海博物馆《缁衣》	郭店《五行》	马王堆《五行》	上海博物馆《孔子诗论》
周南	关雎（1）		关雎（1）	
	葛覃（2）			
召南		草虫（14）	草虫（14）	
国风		燕燕（28）	燕燕（28）；两次	
				猗嗟（106）
				宛丘（136）
	鸤鸠（152）；两次	鸤鸠（152）	鸤鸠（152）	鸤鸠（152）
小雅	鹿鸣（161）			
	车攻（179）			
	节南山（191）；两次			
	正月（192）			
	小旻（195）			
	巧言（198）			
	小明（207）			
	都人士（225）			
大雅	文王（235）	文王（235）	文王（235）；三次	文王（235）
		大明（236）；两次	大明（236）；四次	大明（236）
				皇矣（241）
	下武（243）			
	既醉（247）			
	板（254）			
	抑（256）；四次			
周颂				清庙（266）；两次
				烈文（269）
				昊天有成命（271）
商颂		长发（304）	长发（304）；两次	
		（逸诗）		

* 表中序号据传世本《毛诗》。

在马王堆帛书、郭店楚简和上博藏简中,总的说来,共见二十七首诗的五十三则引文,[9]其中二十六首可在今本《诗》里找到对应。虽然字形异文很多,但从遣词造句来看,除了一句以外[10]的所有句段,都和《毛诗》高度一致。在两种《五行》中,《国风》(包括《二南》)引文和《雅》《颂》引文比重相当,而郭店和上博《缁衣》却高度集中于《小雅》《大雅》的诗篇。所有郭店《五行》的引文都包含在马王堆相同篇名的文本里。从另一个角度来说,马王堆《五行》除增加《关雎》的引文之外,也较大程度地扩展了几处郭店竹简的引文,并在额外的讨论中重复了其中的几句引诗:《草虫》,马王堆帛书引了五句(郭店竹简只有最后三句);《鸤鸠》,马王堆帛书有四句(郭店只有最后两句);《燕燕》,马王堆帛书有六句(郭店竹简只有最后一句)。这些例子说明了《国风》部分的引文情况。至于《雅》《颂》部分,两个本子的《五行》都只引了对句。[11]同样,郭店《缁衣》的引文中只有一次是三句(《节南山》),两次四句(《抑》《正月》),其余均为对句。

郭店和上博《缁衣》仅引出自《二南》及《国风》的三则,其中两则也见于马王堆《五行》。今本先秦两汉文本引诗,通常侧重于《小雅》和《大雅》,而《国风》中的《关雎》和《鸤鸠》可能享有比其他诗篇更高的地位,至少其中的某几句是这样的。对于《关雎》这并不足为奇,因为在《论语》里我们已经可以看出对它地位的提升。[12]但是,《鸤鸠》何以也被赋予特殊地位呢?它见于所有的简帛材料之中,不论是以引文的形式(马王堆帛书、郭店及上博竹简),

---

[9] 我把郭店和上博的引文数算作一个,因为明显是同一文本。
[10] 郭店《缁衣》所引《都人士》含有与今本完全不同的一句。
[11] 马王堆文献的《说》的部分也从《关雎》中引用了三个对句,只是各自用简短的评论分开。参见池田知久,《馬王堆漢墓帛書五行篇研究》页533。按:本文所言"对句"都是广义的,包括了出句。
[12] 《论语注疏》3.12a,8.31c。根据《论语》时代分层的理论,这两段都属于此书中较郭店文献为早的部分。参阅 Steven Van Zoeren, *Poetry and Personality: Reading, Exegesis, and Hermeneutics in Traditional China*; E. Bruce Brooks and A. Taeko Brooks, *The Original Analects: Sayings of Confucius and His Successors*, New York: Columbia University Press, 1998, pp. 84-127。

或是在《诗》的某一传本中（双古堆竹简），或是见于某一诗论（上博竹简）。此外，在传世早期儒家文献中，《鸤鸠》是最常引用的《国风》诗篇，见诸如《礼记》的《缁衣》、《大学》和《经解》，《荀子》的《劝学》、《富国》、《议兵》和《君子》，以及《韩诗外传》和《孝经》等。[13]所有对《鸤鸠》的征引都仅限于三个不同的对句，只有马王堆《五行》又引有他句。这些引《诗》看上去好像是应用途径广泛的口号："淑人君子，其仪一兮"，"淑人君子，其仪不忒"，或者"其仪不忒，正是四国"等，都宽泛得足以适用于各种语境。

这种对于特定诗篇的偏好也体现在《雅》《颂》部分。古代文献中，《雅》《颂》部分总体来说要比《国风》更为广泛地得到征引，且其中某些诗篇出现的频率尤高。举例来说，郭店竹简、马王堆帛书中引及的十五首《雅》《颂》，只有三首未被《韩诗外传》征引；在《颂》部分，《板》、《抑》和《长发》是四首最常被引用诗篇中的三首，分别出现了十一、十二和十七次。另外《巧言》、《小明》和《文王》分别被引用了七次、五次和六次。总而言之，郭店、上博和马王堆《缁衣》《五行》诸篇对《诗》的征引，代表了早期传世文献中常被引用的部分。这一发现在将这些出土文献置入主流传统的同时，也反过来验证了这一传统的可靠性。而另一方面，上博的《孔子诗论》可能对传世及出土文献里所体现的《诗》的分布方式构成了一个明显的例外。它只直接引用《周颂》的《清庙》《烈文》《昊天有成命》，《大雅》的《皇矣》《大明》《文王》，及《国风》的《宛丘》《猗嗟》和《鸤鸠》。这些诗歌中，只有《文王》、《大明》、《皇矣》（也就是《大雅》的诗篇）和《鸤鸠》出现在《韩诗外传》里。同时，《孔子诗论》提到了更多的诗篇名，包括上面提到的三篇《周颂》、五篇《大

---

[13]《鸤鸠》在不同文本里的不同解释，可见吴万钟，《从诗到经：论毛诗解释的渊源及其特色》页19—30。

雅》、二十二篇《小雅》、二十二篇《国风》以及七篇别处都未出现过的篇名。[14] 其中，有四篇《大雅》、十三篇《小雅》，以及仅仅四篇《国风》在《韩诗外传》中出现。这些统计数据的问题在于现存《孔子诗论》是残缺不全的。我猜想，目前我们所见的《孔子诗论》，其原本内容当更为丰富。[15] 即使我们不知道它原来论及了多少《雅》诗，但它所提到的《国风》诗篇，已足以引人注目，这包括了《关雎》、《燕燕》和《鸤鸠》。两本《缁衣》引用的《小雅》之《鹿鸣》《节南山》《小旻》《巧言》《小明》，也在《孔子诗论》中有所提及。

马王堆帛书《五行》较之郭店本的对应部分包含了更多且重复的引诗，这一现象是和上文所提到的，其整体有"经""说"之分的结构有关的。尤其是在马王堆本中"说"的部分不见于郭店竹书，我们发现了一些关于诗歌的最有意思的评论，反映了一个不同于我们所熟知的西汉四家《诗》的诠释传统。[16] 考虑到郭店、马王堆两个本子内容高度连贯，其年代间隔不当超过一世纪，而且，两者地理位置接近，前者与后者的直接渊源关系应该是很清楚的。这意味着有两种可能：（一）马王堆帛书本包括了一套新的解释，它源于某个郭店楚简本之后发展起来的学派；或者，（二）郭店简本只注重经文，而撇开

---

[14] 此从马承源主编，《上海博物馆藏战国楚竹书（一）》页160—161。他提供了一个方便的概览，列出现在文献的篇目和现传本中篇目（字符上通常不一样）的对应。此中几个对应还只是尝试性的。

[15] 我的这个结论主要是基于两点观察：（一）大部分竹简都不是逐简相接的，不管我们怎么安排，总是在内容上有明显的差距（其结果是，现在竹简的次序不过是上博编辑们的推测。李学勤、姜广辉等都分别对简序加以重想，参见《国际简帛研究通讯》2002年第2卷第2、3、4期）；（二）文献的大部分都是以重现性的、程式化的结构组成的，这样对不同诗歌的讨论都采用了相同的节奏。有几首诗歌的讨论模式是在几个层面上展开的，开始是很简短的注释，进而展开论述。但是，大部分情况下，我们只能看到这种模式的一部分。由于这些部分紧密地和其他诗歌较长的讨论部分相对应，我认为它们不可能是完整的。反而，突出的程式性意味着特定的诗被组织在一起，在这样的组织中每一首诗都以相同的长度被讨论（这一点明显见于第十至第十六简对七首《风》诗的讨论）。

[16] 参见 Jeffrey Riegel, "Eros, Introversion, and the Beginnings of *Shijing* Commentary," pp. 143-177; Scott Cook, "Consummate Artistry and Moral Virtuosity: the 'Wu xing 五行' Essay and its Aesthetic Implications"。

了当时既存的解说。

两种《五行》写本的另一个差别在于引《诗》的方式：郭店简中没有注明它们是引《诗》；马王堆帛书则通常用固定的方式将其引入，即注明"《诗曰》"，因此清楚地确认了对《诗》的征引。[17]然而，在"经"的部分正式区分出《诗》，与出现一种如同相应"说"部分那样的特定解释模式，这二者是否一定有关联呢？我们应该注意到，郭店《缁衣》也很清晰地注明对《诗》的征引：大部分情况下是"《诗》曰"，两次是"《小雅》曰"，两次是"《大雅》曰"。同样，被上博整理者们认为是《孔子诗论》导论的部分，第二及第三简提及并简单地描述了《毛诗》中可知的四个主要部分，只是次序倒转而已，这四部分即《颂》、《大雅》、《小雅》和《邦风》（没有提到《国风》的《南》）。[18]也就是说，郭店竹书时期，明确注明引《诗》的体例已经确立，这种体例可能是仅在此后才沿用于《五行》，或许只是由于一些我们当前不解的特殊原因，才不见于郭店《五行》篇这种早期版本。此外，在公元前四世纪末就出现对《诗》四个主体部分的指认，这给我们提供了进一步的证据，表明《诗》在早期已立为经典，并已经具有这种独特结构。

三 简帛引《诗》文本异文的统计学、古文字学、音韵学考察

从统计学、古文字学、音韵学的角度对出土简帛所见引《诗》材

---

[17] 参阅池田知久，《馬王堆漢墓帛書五行篇研究》页187、364、419、546（这里是"设曰"的形式）。
[18] 如所周知，《邦风》当为原名，后世避高祖刘邦讳改为《国风》。四部分当中，只有《小雅》没有在简二和简三上明确提到，但是毫无疑问原本此二简之间有另外一简。简二首先讨论《颂》，然后部分地讨论《大雅》，而简三在转而讨论《邦风》之前，已经开始讨论《小雅》。论《大雅》的后半部分和论《小雅》的前半部分都佚失了。

料进行分析,是一项重要的工作。[19]以下我们将从有关文本异文材料的统计分析入手,进而探讨其异文的意义。

双古堆简《诗》的正文部分共820字,其中220字(占26.8%)为文本异文。[20]真正的异文字数当远过于此,因为在有相当残损的竹简上,820字中有212字不能完全辨认,其中63字残存的部分,有清晰的证据表明是异文(只有这样的字我才包括在总数220之中)。从理论上说,剩下的149个残字同样可能包括异文。为精确起见,我们应该标明,与《毛诗》相比较,820字中有220(26.8%)到369字(45%)的异文。相反,《韩诗》《齐诗》《鲁诗》就其在其他传世文献里的引文而言,相同的部分含有不超过18处(2.2%)异文。[21]

对马王堆《五行》、郭店《五行》《缁衣》、上博《缁衣》及《孔子诗论》的异文,可做类似的统计分析,结果如下(我们所定义的异文是以今本《毛诗》为参照的):

表 2 出土简帛引《诗》异文表

	字数	异文数	异文百分比	三家异文百分比
双古堆《诗经》	820	220—369	26.8—45.0	2.2
马王堆《五行》	158	50	31.6	3.2
郭店《五行》	50	18	36.0	4.0
郭店《缁衣》	193	70	36.3	6.2
上博《缁衣》	157	67	42.7	7.6
上博《孔子诗论》	64	26	40.6	3.1

---

[19] 这方面的工作,详见拙作 "The Odes in Excavated Manuscripts" (*Text and Ritual in Early China*, ed. Martin Kern, Seattle and London: University of Washington Press, 2005) 和《方法论反思:早期中国文本异文之分析和写本文献产生之模式》。
[20] 我把叠字数为两个字;另一方面我不把"亓"写作"其"这一常规做法当作异文。
[21] 三家本,我依据王先谦《诗三家义集疏》里提供的注释。参见王先谦,《诗三家义集疏》。

三家《诗》今已不全，其片断和出土文献对比而得的数据到底有多大的意义，尚难定夺。清代学者将某句引《诗》判属三家之一，多是出于博学的推断，并无真凭实据。[22] 正如我们总是不能确定某一异文是否的确反映了三家《诗》中的某一种，我们也不能认为这些残缺不全的证据含括了这些文献中所有的异文。尽管此中存疑的问题尚多，我们还是可以提出以下几点认识。

首先，虽然把双古堆中只可部分识别的文字确定为有关的异文似乎不太合理，但是，把它们视作和《毛诗》完全一致的非异文，也同样不太正常。异文比约在 26.8% 和 45% 之间，正好与马王堆帛书和郭店竹简引《诗》的异文比相当。

其次，所有这些文献的片断，无论它们是公元前四世纪还是前二世纪的，从字形的角度看都与《毛诗》、三家《诗》，以及彼此之间，差不多有同样的差距（只有一个重要的例外[23]）。班固所谓"凡三百五篇遭秦而全者，以其讽诵，不独在竹帛故也"，[24] 似乎就不太适切于这一语境。后来学者们在把汉代四家《诗》之间的文本差异解释为西汉早期《诗》口传所留下的影响时，都会提到班固的这句话。[25]

---

[22] 对陈乔枞所运用的相当武断的方法的批评，参阅 James Robert Hightower, "The Han-shih wai-chuan and the San chia shih," pp. 252-253。
[23] 郭店和上博《缁衣》之间的关系是个例外：上博文献的 67 处异文中的 28 处都正好和郭店的对应文相吻合。这样一种特殊的已知文献之间的偶合和这两种《缁衣》总体上的相似是一致的：虽然上博竹简时有残缺，这两个文献共有一种字形上的特别性（因而实现了两者之间较低比率的异文），以及完全相同的长度、内容和内部的文本次序（因而和现行《礼记·缁衣》的区别是一致的）。所有这一切在独立发现的文献之间或者文献和传本之间都是空前的，它强有力地证明了一个怀疑 [《上海博物馆藏战国楚竹书（一）》页 2]：1993 年年底郭店文献出土后的几个月内开始在香港古玩市场出现的上博竹简，可能确实是来自我们知道的郭店一带。郭店《性自命出》和上博的《性情论》之间能观察到同程度的一致性，进一步支持了这样的怀疑。有鉴于此，我未把郭店本和上博本视作彼此独立。
[24] 《汉书·艺文志》30.1708。
[25] 例如，海陶玮指出："从提到每一家的征引当中，我们可以清楚地看到的都是一些差异不大的异文，常常只是同样一个词的不同写法。这正是不同人根据记忆书写同一个文本会达到的效果。"("The Han-shih wai-chuan and the San chia shih," p. 265.)

白一平甚至将此论据推及双古堆竹书。[26]而我认为，下一部出土的先秦引《诗》的文献，其《诗》当又会和郭店、上博的情形大不相同。也就是说，《诗》的写本在秦焚书之前和之后的短时间内，都是不稳定的。由于焚书的目的在于收集并焚烧在皇廷之外[27]流传的"诗书百家语"，[28]这明显意味着当时有《诗》的多种本子，也许更精确地说，是多种授《诗》的传统。

其三，出土简帛总体上与《毛诗》相比较的文本异文率，基本上要十倍于三家《诗》对应部分异文的总和。公元前四世纪末和前二世纪中叶（也就是焚书前后），出土文献的证据向我们显示出《诗》在书写形式上会有多么巨大的差异。根据这一证据，我们再也不能赞成传统的观点，即三家《诗》所流传下来的片段代表了相互独立的口头传统之原有形态。此外，即使有三种相互独立的口头传统，考虑到《诗》的上古语言以及上古汉语里大量的同音字，三家《诗》之间较少的异文也不足以表征三种传统产生的所有差异。因此，我们只剩下两种可能的情形：已知的异文仅是原先差别很大的文本的残存；或者，毛、鲁、齐、韩四家《诗》起先没有相互独立，而是都依据于某一标准，可能是早期的官本。事实上，这两种可能性相互并不排斥：即使世传的西汉《毛诗》和三家《诗》大体代表了一个统一的官本，出土文献的证据也使我们不得不假想，先秦两汉文献对《诗》的大量征引，是否经过了一种全面的、回溯性的标准化过程。这里唯一的问题是应该将此标准化追溯到西汉，还是追溯到《毛诗》已经最终确立主导地位的东汉以后？[29]

其四，郭店《五行》和马王堆《五行》里引《诗》相应之处的差异很大，双古堆的残本有两处和马王堆的引文又有不同，说明这些

---

[26] William H. Baxter, *A Handbook of Old Chinese Phonology*, pp. 355-366.
[27] 官学博士所研修的本子都免于禁令。关于焚书的历史和意义，见 Martin Kern, *The Stele Inscriptions of Ch'in Shih-huang: Text and Ritual in Early Chinese Imperial Representation*, pp. 183-196。
[28] 《史记·秦始皇本纪》(6.254-255)、《史记·李斯列传》(87.2546)。
[29] 当然，这样的思考直接和前引海陶玮的结论相抵触。

《诗》的引文不能反映出它们有一个共同依据的书写传本。鉴于这些文献在时间、空间和内容上的近似度，这一点非常重要：一方面，马王堆《五行》明显较郭店《五行》详尽，马王堆、郭店和双古堆的墓址又同属于南方楚文化的区域；另一方面，马王堆墓和双古堆墓在时间上不过几年之差，前者为公元前168年，后者为前165年。我们虽不清楚上博竹简的具体来历，但毫无疑问它们也来自楚地，大概和郭店竹简的时代相近、地域相同。如果我们推测郭店和上博的《缁衣》实际上出自同一地域，未必彼此独立无关，那我们必须避免过度解释这两个写本的同异之处。

我对郭店和上博两种本子中《缁衣》引《诗》的异文研究，可略概述如下。[30] 即使从严格意义上的同一谐声系列之外来看，郭店《缁衣》的26字异文中，[31] 有19字有语音上的联系，故可互换；[32] 剩下的7字中，"国"/"方"二字明显地有语义上的联系；"慎"和"誓"（出现两次）可能也有；"矣"/"也"；"兮"/"也"可能主要是出于节奏需要的虚词；"躬"/"允"尚待进一步的研究，但极可能也有基于语音的联系。只有"砧"/"石"可以解释为书写者的错误，但"石"此处毫无疑问是用来代表"砧"，而"砧"又和"砧"属同一谐声系列。没有一例是属于必须把文本异文看作直接从某一个写本抄写过来的错误的情形。上博《缁衣》除了谐声系列以外有23个异文，[33] 其

---

[30] 以下述及的每一例字的详细讨论，见拙文 "The Odes in Excavated Manuscripts"。
[31] 我把叠字数为一个异文。另一方面，同一异文的每次出现我数为一例。除了以上讨论的异文，郭店《缁衣》对《诗》的征引，在《巧言》里有一例字的取代，在《都人士》里有一行完全不同，在今本《诗经》里有一段没有得到印证。所有这些都是文本异文，但不是单字意义上的。最后，《都人士》里有一个不能辨认的字，这里没有计入。这种计数不影响《出土简帛引〈诗〉异文表》中所总结的异文总数统计。
[32] 这里我不讨论谐声异文，因其可以视作假借。此外，在决定一处异文是否可能是假借时，我遵循了高本汉的两个原则，即在《诗经》中属同一韵部以及声符相同；见 Bernhard Karlgren, *Loan Characters in Pre-Han Texts*, pp. 1-18。
[33] 在此没有计入的文本差异包括：《都人士》里一行完全不同的两个残字；《文王》的一行，佚失一字；《抑》的四行中有两行，缺少语助词，把四字一行的节奏变成了三字一行。因为此处每一段的竹简都完好，所以出土竹书确实原来没有这些语助词。

中15个都有语音的关联。剩下的是联绵字"几义"代替"缉熙"（算两个异文），虚字"也"/"兮"和"也"/"矣"，字义可能有联系的"靳"/"慎"，叠字"戠戠"/"仇仇"，也包括"壄"/"展"和"墊"/"迷"（我这里的阐释依上博本选字）。

我对上博《孔子诗论》的引《诗》异文，做了同样的研究，包括6处非谐声字异文。[34] 其中，3处可以从语音的角度来分析。此外，"兮"/"也"属助词异文；代词由"予"变为"尔"，同时有一个句法上的变化；"无"/"乍"的异文可以认为是字形错误。

我对《五行》的研究，也是如此。郭店本引《诗》包括了11处不能用谐声字来解释的异文（与《毛诗》相比）。其中，8处代表了可以作为假借字使用的例子。有1处，《大明》的"虞虞"是叠字，同样的叠字以及它在今本中对应的"赫赫"也出现在郭店《缁衣》对《节南山》的征引中；在上博《缁衣》中，这组叠字相应写作"虩虩"。除了语音有联系的字形异文之外，郭店《五行》还包括了其他三种情况："而"代替"天"的情形要么是书写上的错误，要么是没有得到我们正确的隶定；"贤"代替"临"，可能要么是书写错误，要么就是词语异文；"也"和"兮"代表了一种不能从语音角度来解释的句尾助词的改变。马王堆《五行》的引《诗》，除了谐声字以外包括24处异文，其中21处是假借字，包括3例叠字现象，还有2例出现两次（繇才繇才）。有3处异文不可能从语音的角度来解释："涕"作"沸"多半是书写错误，"貳"作"澶"则可能代表词语异文，"竟"作"勮"有语义关联，但二者在语音和字形上都没有联系。

郭店、上博和马王堆引《诗》的异文中，大多可认定为字形异文。它们代表的不同汉字在某种情况下很可能书写的是同一个词。应

---

[34] 我没有计入《宛丘》和《猗嗟》里的4处语助词被省略的诗行，它们都是以"兮"结尾的四音节行；在文献中这些诗行都是三音节的。

该指出，这一假设最终更适用于谐声字系列。这些谐声字系列在数目上要远远超过所有其他情况的总和。只有少数情况下，我们不能确定其中有通常意味着假借字的语音关联，假如其并非书写错误或词汇异文的话。虽然在极个别的情况下，词汇异文有可能为假借字所掩藏，但我认为有充分的理由相信，在多数情况下，它们代表的就是假借字。词汇异文不必是同音或近音字，要是它们出现到一定的频率，相应的语音差别也会显现出来，但实际情况并非如此，故在此没有特别的理由去讨论这个多半是纯粹猜测性的问题。

仔细考察一下，这种情况特别出现在字与词关系松散的两类词之间，即虚词和叠韵字（或叠字）。举例来说，叠字"赫赫"在郭店、上博和马王堆文献对《节南山》和《大明》的征引中写为各种不同的形式如："虩虩""㝬㝬""虢虢""虡虡""嚳嚳"，或者"赤赤"。《正月》的叠字"仇仇"在郭店里是"㦶㦶"，上博《缁衣》里是"翗翗"。类似的是，"燕燕"（《毛诗·燕燕》）写作"嬰嬰"（马王堆）、"䁥䁥"（双古堆）、"鰋鰋"（上博）。对《草虫》的征引，"惙惙"也写作"殳殳"，而"忡忡"写作"佟佟"、"憃憃"或者"冲冲"。有《关雎》里著名的叠韵字"窈窕"，在《月出》里其异文为"窈纠"已得到证明，在马王堆里又写为"茭芍"。上博《缁衣》中，近乎叠韵的字"缉熙"在今本里写作"几乂"。这些以及其他来自出土文献的证据，和我们从具有较高表演性质的早期文献（譬如西汉赋）当中所看到的情形是一致的。[35] 双声、叠韵和重叠联绵字在字形上具有高度不稳定性，这意味着它们的书写形式基本上不怎么重要，只要它们大概地代表了特定的听觉值就可以了。[36]

---

[35] 参阅釜谷武志，《賦に難解な字が多いのはなぜか：前漢における賦の讀まれかた》，页16—30；以及本书《西汉美学与赋体的生成》。
[36] 这一结论支持了早先对今本中的一些发现，参见 George A. Kennedy, "A Note on Ode 220," pp. 190-198; David R. Knechtges, *Wen xuan, or Selections of Refined Literature*, vol. 2, pp. 3-12.

第二种类型是频繁地以不同形式书写的语法助词。它们在多数（但并非所有）情况下，都有语音上的联系："氐"和"是"，"斯"和"此"，"也"和"矣"，"止"和"之"，"氐"和"兮"或"也"，"在"和"才"，"哉"和"才"。它们通常是所在诗行里的非重音，甚至即便它们出现在句末，也常常不是韵字。[37]许多情况下，它们主要是通过节奏来帮助达到诗歌的谐音美感。语助词可以无语音联系地互换，进一步表明了它们的字符并不一定指向相同的一个词。这似乎表明《诗》里虚词的使用要比战国时期散文里的情况松散。此外，上博《缁衣》和《孔子诗论》的几处句末的"兮"字干脆被删除，造成了三音节句，而不是通常的四音节句。

《诗》中虚词和联绵词的换用情形都并不严格地遵循其他字所遵循的语音原则，因为这些字符所代表的词的具体语义不像实词那样强。而在拟声的重叠字和谐音悦耳的叠韵字情形中，声音的存在比细小的语义差别重要，这种语义差别在其他的假借字的字符里就会被认为有着重要的作用，因为此时关键问题在于不同的书写形式是否仍然代表相同的词。同样，在诗文里，虚词可以有不同的声音，只要它们能够以一定的节奏来组构语句。

这是我对马王堆、郭店、上博简帛中引《诗》异文研究的总结性概述。重要的是，我们知道出土文献引《诗》中异文的绝对数目，但还要注意，这些异文绝大部分都是假借字现象，它们要表达的词和传世《诗经》里的词实际上是一致的（不管我们是否正确理解字符后的词）。[38]这样我们可以确定地得出结论，即传世《毛诗》是相当忠实

---

[37] 文献的引《诗》包括以下一句最后位置上的异文："之"/"止"（《草虫》），"兮"/"也"/"氐"（《鸤鸠》）和"才"/"哉"（《关雎》）。所有这些似乎都不入韵，见 Baxter, *A Handbook of Old Chinese Phonology*, pp. 583, 587, 641。然《诗经》有其他这样的语助词可以押韵的情形，见 Baxter, *A Handbook of Old Chinese Phonology*, p. 809; Ken-ichi Takashima, "The So-called 'Third'-Person Possessive Pronoun *Jue* 氒 (= 厥) in Classical Chinese," p. 418。

[38] 这一事实已在早期经学家对大量假借字的注释中得以充分地反映。

可信的。文献的引诗几乎完全出现在传世本里，而且这样的征引是作为支持某些具体哲学观点的佐证文本。毫无疑问，《诗》早在公元前四世纪就以高度稳定的形态传播，它被公认为有威望的经典，它的声音带有上古的权威，并且也如此地被援引。上文讨论的郭店《缁衣》、双古堆的残篇和上博简，分别以不同的方式提到《诗》不同部分（《颂》《大雅》《小雅》《国风》），这进一步证明了这种看法，说明当时的《诗》有着同样的结构。同时，即使两种文献同出自楚地，内容大致相同，它们对《诗》的援引也充满了文本差异。郭店和马王堆的《五行》就是一例。对于先秦两汉时期的经典文献，我们可以见出这种双重现象：经典文本在语句上的稳定性和书写上的不稳定性。这种稳定与不稳定之间的张力提出了一个或者一系列基本的问题：我们究竟应该如何想象明显地以不同方式书写的《诗》在古代的文化地位、传播及诠释呢？

四 经典文献的早期传授与书写

我们从《汉书·艺文志》[39]和其他古代文献[40]里得知的二十九种《诗》传的每一种，都和传统上已知的四家《诗》传统相联系。虽然所有这些著作除了《毛传》和《韩诗外传》以外都佚失了，但它们原本的存在反映了早期传《诗》过程中释经的重要性。这和《史记》《汉书》里所记载的汉初"五经"通过不同的学派而被传播和授受是一致的。比如《史记》中西汉早期以治《诗》闻名的申培（约前220—约前135）本传所载，他只口授《诗》，而没有传下自己说《诗》

---

[39] 《汉书·艺文志》（30.1707-1708）；顾实，《汉书艺文志讲疏》页35—39，上海：上海古籍出版社，1987；陈国庆，《汉书艺文志注释汇编》页34—40，北京：中华书局，1983；张舜徽，《汉书艺文志通释》页33—40，武汉：湖北教育出版社，1990。

[40] James Robert Hightower, "The *Han-shih wai-chuan* and the *San chia shih*," pp. 254-259.

的书面文字。[41]

大量的《史记》《汉书》记载表明，和先秦时期一样，整个西汉时期，"经"都得以口头"论"、"言"、"习"、"说"、"讲"和"诵"；最后一种方式表现了他们的"治"，亦即精习。[42]考虑到《左传》里频繁的仪式性诵诗，孔子所谓"诵诗三百"，[43]以及墨子所提及的"诵诗三百，弦诗三百，歌诗三百，舞诗三百"者，可见这种传授和表演实践自古相传。[44]

六艺（包括未知是否形诸文字的《乐》）或五经[45]并非以孤立的经文流传，而总是在某个诠释传统之中。这一事实进一步反映了文本的口头应用。诠释传统的必要性在于将古奥而具有诠释开放性的文本

---

[41]《史记·儒林列传》(121.3120-3122)；《汉书·儒林传》(88.3608)；James Robert Hightower, "The *Han-shih wai-chuan* and the *San chia shih*," p. 269。

[42] 诵经的著名例子有：贾谊以能诵《诗》《书》而著称（《史记·屈原贾生列传》[84.2491]，《汉书·贾谊传》[48.2221]）。公孙弘上书推荐通经的学者时，他建议先用"诵多者"（《史记·儒林列传》[121.3119]，《汉书·儒林传》[88.3594]）。《书》博士伏胜传说在游乐时也会携带经书，每逢休息便会背诵（《史记·儒林列传》[121.3125]）。倪宽也有同样的传说。治《春秋》的董仲舒据说在帷后讲经，由于学生众多，很多人一次也没见过他（《史记·儒林列传》[121.3127]，《汉书·董仲舒传》[56.2495]）。在《答客难》里，熟谙《诗》《书》的东方朔对其他学者的提问，一一做出解答（《史记·滑稽列传》[126.3206]，《汉书·东方朔传》[65.2864]）。根据《汉书·东方朔传》(65.2841)，他十六岁学《诗》《书》，诵经传二十二万言。司马迁在自传中说自己十岁诵"古文"（《史记·太史公自序》[130.3293]，《汉书·司马迁传》[62.2714]）。公元前 9 年，汉成帝令定陶王（后来的哀帝）诵《诗》，中山王诵《书》（《汉书·哀帝纪》[11.333]）。刘向"昼诵书传夜观星宿"（《汉书·楚元王传》[36.1963]）。晁错上书陈述他对太子教育的担忧时，说一个人可以"多诵而不知其说"（《汉书·袁盎晁错传》[49.2277]）。昌邑王刘贺的老师王式被告不禁止刘贺的行淫，王式抗辩曰："臣以《诗》三百五篇朝夕授王，至于忠臣孝子之篇，未尝不为王反复诵之也。"（《汉书·儒林传》[88.3610]）刘贺随从中的另一个经学家龚遂试图"请选郎通经术有行义者与王起居，坐则诵诗书，立则习礼容"（《汉书·循吏传》[89.3638]）。扬雄的《酒箴》是一篇谐谑机智的用来谴责成帝的文章，其中"诵经书"是严肃人品的象征（《汉书·游侠传》[92.3713]）。成帝最宠幸的妃子之一班婕妤因诵《诗》有德之篇而著称（《汉书·外戚传下》[97b.3984]）。班固在王莽的赞中述及王莽"诵六艺以文奸言"（《汉书·王莽传下》[99b.4194]）。

[43]《论语注疏》13.51a。

[44] 参阅孙诒让，《墨子间诂》48.418。

[45] 西汉时期"六艺"有两个定义：一个包括礼、乐、射、御、书、数（《周礼注疏》14.93b），另一个最早也许见于《史记》，指经典的《易》《书》《诗》《礼》《乐》《春秋》。我提到的第二个定义，郭店竹简里已有，但没包括"六艺"一词。

转化为与现实持续相关的历史范例的资源库。因为经可以给当下的社会实践提供一种衡量和指导的最终标准，对经的释授不仅巩固了经的崇高地位，而且也构架了进入经的必要桥梁。这一点对于《诗》、《书》和《易》来说尤其重要，恐怕对于同时代某些也有一定地位的其他文献，即那些将要被传承的文献亦是如此。上面列举的动词反映了经的教学和传承里口头因素的重要性。尽管不排除书面文本的使用，但如果现有资料没有误导我们的话，这些书面文本既非首要目的，亦非主要手段。因此，写本证据可能阐明两点：其一是写本的存在，其二是书写融入口头传承的实践之中。[46]

《汉书·艺文志》和后期资料里所列举的释经著作可能成于西汉早期，但是它们不太可能以书本的方式独立于传授者而流传。没有任何证据表明某个人可以自学《诗》，或者可以随意获得这样的文本。相反，历史资料勾画的是经如何以不绝如缕的师承授受来获得传承。[47]从这个角度来看，经术（或曰儒术）可与医术相类观[48]："即使文本是在强调卫生学或处理疾病形成之前的小恙，其着眼点仍然是医生而非病人。文本是用来教医生的，而不是用来散发或自我治疗的。"[49]

另一方面，尽管通常有人说秦朝对传统学术毁灭殆尽，继而西汉使之辉煌复兴，但令人多少有点吃惊的是，我们并没有充分的文献来确知那些被焚之书是在什么样的条件和情况下被重建的。[50]六经（如

---

[46] 参见 Baxter, *A Handbook of Old Chinese Phonology*, pp. 355-366。
[47] 正如曾珠森（Tjan Tjoe Som）所论；见其 *Po Hu T'ung: The Comprehensive Discussions in the White Tiger Hall*, Leiden: Brill, 1949-1952, vol. 1, pp. 2-89。
[48] David A. Keegan, *The "Huang-ti nei-ching": The Structure of the Compilation; the Significance of the Structure*, Ph. D. diss., University of California, Berkeley, 1988, pp. 219-247.
[49] Ibid., p. 231.
[50] 唯一明确指出在流传过程中没有中断的文本是作为占卜之书的《易》，因而免于秦的禁令，见《汉书·艺文志》(30.1704)。很多先秦诸子的文本都存在于汉代的事实，使王充在他的《论衡》里得出这样的结论："秦虽无道，不燔诸子。"见黄晖，《论衡校释》页1159，北京：中华书局，1990。

果我们像班固在《艺文志》里那样包括《乐》)当中,只有《书》从秦到汉的传播得以被较详细地记叙,也因此吸引了大量的传统及现代学术研究。[51]有必要回顾下汉文帝时期(前180—前157),晁错(前154去世)从当时唯一的治《书》权威伏胜(前260生)那里获得传《书》的故事,其中一些细节会对我们有启发。当文帝寻找治《书》专家时,秦博士伏胜年已九十余,不能应诏进宫,因此,晁错被遣去"受"《书》。回到宫里,晁错呈上了伏胜对《书》的解说。[52]卫宏(前一世纪中期)在已佚的"《古文尚书》序"[53]里进一步踵事增华:由于伏胜年事已高,"不能正言,言不可晓,使其女传言教错。齐人语多与颍川异,错所不知者十二三,略以其意属读而已也"。[54]孔安国"《伪古文尚书》序"又提出伏胜已遗失他的经书,所以口传其所记忆。[55]这一点令人怀疑,要是伏胜已经把《书》背了下来并且还能够传授之的话,他为什么不将《书》本身和他教授的内容一起默诵下来,让别人写录?[56]然而,它对口头传授作为诵读及理解经书之前

---

[51] 参见 Paul Pelliot, "Le *Chou-king* caractères anciens et le *Chang Chou che wen*," *Mémoires concernant l'Asie orientale* 2, 1916, pp. 123-177 及图版;陈梦家,《尚书通论》,北京:中华书局,1985;蒋善国,《尚书综述》,上海:上海古籍出版社,1988;Michael Nylan, "The *Chin Wen/Ku Wen* Controversy in Han Times", in *T'oung Pao* 80, 1994, pp. 83-145;刘起釪,《尚书源流及传本考》,沈阳:辽宁大学出版社,1997。
[52] 《史记·袁盎晁错列传》(101.2745),《史记·儒林列传》(121.3124);《汉书》88.3603,30.2706,49.2277。
[53] 卫宏所指的古文《尚书》可能和伏胜的文本一样。关于汉代《古文尚书》,参见 Michael Nylan, "The *Ku Wen* Documents in Han Times", *T'oung Pao* 81, 1995, pp. 25-50。
[54] 《史记》和《汉书》的唐代注释里,这个序言以不同的长度被部分地征引。《史记》101.2746的注释是张守节的,《汉书》88.3603 的注释是颜师古的。
[55] 《尚书正义》1.2a。
[56] 关于《书》的佚失和重现的传统叙述还有别的问题。首先,伏胜作为皇家博士,所藏应免于秦火,自然也无理由要将他的《书》藏匿起来。第二,直到公元一世纪,卫宏显然是指出儒生是秦"坑儒"的实际受害者的唯一一人(参阅更早的古文《尚书》的序言,《后汉书》66.2167 注)。第三,伪孔序是最早可以找到的著名但史学证据不足的"焚书坑儒"一语的文本,此时已在坑焚六百多年之后。正如我在别处所论,只要我们不在秦廷所聘一流儒家学者中寻找这些措施的受害者,就有很好的理由去接受秦朝的焚书和对学者的镇压,见 Martin Kern, *The Stele Inscriptions of Ch'in Shih-huang: Text and Ritual in Early Chinese Imperial Representation*, pp. 183-196;萧公权,《中国政治思想史》(我参考的系英译本:*A History of Chinese Political Thought*, trans. Frederic W. Mote, Princeton: Princeton University Press, 1979, p. 470);(转下页)

提的强调,确实是对过去的一个真实写照。卫宏较复杂的叙述也强调了这一点。晁错回宫之后,他进呈的不仅是《经》,而且还有伏胜的"说"。或者,他上呈的《书》并非经而只是伏胜的解说。

同样的情况显然也适用于《诗》的早期传播:"凡三百五篇,遭秦而全者,以其讽诵,不独在竹帛故也。"[57] 然而,对秦暴政和公元前213年以后古典学术毁灭的意识形态化叙述,并没有得到出土文献的证据支持。有学者主张,与焚书后的几十年相比,《诗》在焚书前有一个较为稳定的书面传播时期,但这种论点必定要落入一个陷阱,即认为传世的先秦文献(包括后来的《毛诗》)和郭店《缁衣》《五行》等出土文献里的引《诗》,只有一类反映了《诗》的原貌。然而事实上两类文献的大量引《诗》基本内容一致,所以偏袒任何一类,都无法解释两者的相似。

在我们对战国晚期至秦汉早期《诗》的传播和授受做出结论之前,具体考察一下同期的《五行》的传播会有所帮助,因为我们可以有两种独立的写本来考察。(我不太愿意把郭店和上博《缁衣》当作彼此独立的写本,故不会依此例讨论它们)在这里,我的兴趣在于,马王堆"经"的部分是怎样和郭店的相应部分关联的?《诗》的引文表明了什么?这和其上下文的《五行》哲学文本本身又有怎样的联系?通过对两个写本引《诗》异文的比较,我们认识到这两个写本不仅和毛本不同,彼此之间也不相同。这就意味着在对《诗》的征引中,这两个写本没有使用一个相同的《诗》的写定版本。除了字形差

(接上页)陈盘,《旧学旧史说丛》页949—954,台北编译馆,1993;金谷治,《秦汉思想史研究》(修订本)页230—257,京都:平乐寺书店,1992;Jens Østergård Petersen, "Which Books Did the First Emperor of Ch'in Burn? On the Meaning of *Pai Chia* in Early Chinese Sources," *Monumenta Serica* 43, 1995, pp. 1-52;越智重明,《战国秦汉史研究》页576—595,福冈:中国书店,1988—1997;马非白,《秦集史》页893—898,北京:中华书局,1982。相反,迫害似乎是以在皇帝允许和控制之外传播学术的竞争对手为目标的。伪孔安国序作为最晚,也是最意识形态化的记录,当然是用来为据说是从孔壁发现的古文《尚书》服务的,以证明其优于伏胜口授的"今文"。刘歆宣称古文本比今文本更可靠,因为它来自写本而非口传(《汉书·楚元王传》[36.1968-1971])。

[57]《汉书·艺文志》(30.1708)。

异以外，这两种《五行》在它们对《诗》的处理上有两处不同，上文都已提到：马王堆文本中有四次以"《诗》曰"来引《诗》，并且它的引《诗》相对郭店《五行》要长得多。

　　如将两份《五行》写本作为整体，把其字形异文的程度和两套引《诗》的异文程度比较，我们会发现有比例较低，但还是有一定量的非谐声字系列的异文。这很可能要归结为《诗》的古奥措辞和公元前四至前二世纪哲学话语之间的差异，后者的大量最基本词语不倾向于以不同的方式书写。除了字形异文以外，这两个写本偶尔会在以下方面有所不同：（一）虚词的存在与否；（二）某些段落（主要是马王堆文献里）不见于另一写本；（三）总体的文本次序。学者们辨别出来的总共二十八段的第一段，只能看出内部结构很细小的变化，但后来整段都以不同的次序安排。马王堆"经"的二十八个段落，在郭店竹简里按以下顺序排列：一至九，十三，十至十二，十七至十九，十四至十六，二十至二十三，二十五，二十四，二十六至二十八。这两种写本次序上的区别被解释为反映了两种不同的哲学论述；两个写本中至少有一个改变了原来的次序，不管原来的次序可能是什么样的（也许另有所本）。[58] 在哲学取向和用《诗》方式上，《五行》明显地和公元前四到前三世纪的儒学话语有较强的联系，也许前者本身就对后者产生了影响。[59] 因此要是在今后的考古中发现更多《五行》写本，我们不应该感到惊讶。与之类似，郭店、上博《缁衣》与今本相比，有相当数量的字形差异和章序差异。其他有传世本的相应文献也是如此，如郭店《老子》、马王堆《易》[60] 或双古堆《诗》。

---

[58] 参见邢文，《楚简〈五行〉试论》，载《文物》，1998年第10期，页57—61；庞朴，《竹帛〈五行〉篇校注及研究》页92，台北：万卷楼，2000。

[59] 《五行》的重要性可以从两个角度来看：一方面，此篇的两个本子相隔一个世纪左右先后出现，这意味着它在相当长的时间内得以传播。另一方面，第二个本子含有《传》，表明了此文的重要性。

[60] 参见 Edward L. Shaughnessy, *I Ching: The Classic of Changes*, New York: Ballantine Books, 1996。

我们怎样才能更好地解释同一文本不同写文之间的实际关系呢？马王堆《五行》写本是否根据某个近似于郭店的本子传抄而来？马王堆写本的书写者以什么为参照？还是他根本没有参照任何本子？我们所讨论的写本制作过程至少有三种可能的情形：（一）书写者依据另一写本进行抄写；（二）有人把某个写本念出来，让书写者记录；（三）书写者凭借记忆默写或者口头诵读听写下来。[61]

第一种情形理想上将导致旧本和新本之间极少或毫无差异。事实显然不是这样。两种《五行》之间，郭店、上博《缁衣》和今本《礼记》的相应部分之间，文献引《诗》和今本《诗》之间，异文是大量且重要的。但如果抄写者粗心甚或能力不够，则将如何？从汉字的特点，我们可以预料会出现字形相似的字符，但这些字符将不但代表不同的词，而且是发音相当不同的词。然而，我们现在讨论的文献里呈现的是相反的现象：极其不同的字符代表了相同或近似的发音，大多可以满足假借字的严格条件。要是依据一个与郭店文献有联系的原本，马王堆的书写者无论如何也不会如此高程度地达成这种类型的异文。此外，这些写本中那些语音上没有联系的大部分异文在字形上如此不同，也无法用抄写者的粗心来解释。另一方面，即使在这种情况可能发生的那些罕例里，异文可视为书写错误，但这在任何情况下都可能发生，不管有没有原本用来对照。也就是说，"书写错误"并不一定是"抄写错误"。

第二种情形可以较好地解释实际的证据。然而在这个情况下，我们仍会得出这样的结论：较早的和较晚的本子里，也没有特别注意字形的一致。而这种情形下可以轻易实施某种质量控制的措施，立刻对

---

[61] 感谢何莫邪（Christoph Harbsmeier）和席文（Nathan Sivin）提示我上述第二种情形。参见 Nathan Sivin, "Text and Experience in Classical Chinese Medicine," in *Knowledge and the Scholarly Medical Traditions*, ed. Don Bates, Cambridge: Cambridge University Press, 1995, pp. 177-204。由一人读，另一人或几人来写某个文本的例子，在古希腊罗马文学中并非罕事。参见 Gregory Nagy, *Poetry as Performance: Homer and Beyond*, Cambridge: Cambridge University Press, 1996, pp. 149-150。

两个写本进行比对,其结果应该是在后一个写本里有一定数量的修正痕迹,但事实是几乎看不到这类痕迹。[62]因此,尽管可能有某种用来控制文本的较早的书写范本,但它并没有提供书写的标准。虽说这些写本字形上独立于它们可能的较早范本,[63]它们在外观上仍然显露了对形式美的一定关注:马王堆的宝贵丝绸,郭店和上博的娴熟书法。然而,这种关注没有用在字形的"正确性"上(如果当时有这种概念的话),而是在于文本作为可供展示的精美物品这一方面。

第三种情形同样能很好地吻合实际证据:一个文本如果通过记忆默写下来或听写下来,这一个新的写本并没有什么范本可以用来对照。不仅如此,这个本子还代表着一时一地的单次书写行为,与任何其他此类行为无涉。

基于我们目前的文本,似乎无法在第二、第三个选项间抉择。也许没有必要做出这种选择,因为两种情形都有一个基本相同的暗示:不管手头上有没有用来参照的范本,我们不能看出任何为达到书写一致性而做出努力的痕迹。相反,书写文字除作为公共展示的物品外,只服务于其最基本的功能,即代表一种语言的声音。问题是很多中国古代的同音字,书写形式每每迥异。假借字的异文,比如"州"和"舟"、"居"和"车"、"骚"和"埽",这里仅举双古堆《诗》的几例。[64]这带来了一种挑战:即便是一个受过教育的读者知道这些字符(character)代表相同(或几乎相同)的发音,他所阅读的文本表面也未必可以自明地指向其真正代表的特定字词(word)。要正确判断出这一字词,事实上他需要已经知道这一文献的意思,或需要有人加以

---

[62] 关于对郭店和上博文献的几个修正,参见本书《方法论反思:早期中国文本异文之分析和写本文献产生之模式》。
[63] 以它们不是文本的第一个本子为前提的话,这对于郭店竹简来说可能是正确的。
[64] 简三十五、四十五、四十九、五十、五十三、一百十四、一百四十二;见《阜阳汉简〈诗经〉研究》页5—7,14,18。

解释。[65]

　　这样的知识从何而来？怎样来掌握一个字面意义模糊的文本呢？这些问题最好的答案可能正好是传统的解释：通过师承授受而习得。诚然，如同我们在出土文献中所能看到的，书写系统中可能的通假字数量之大，使得教授和记忆不但是受经、传经的首要条件，而且也是必要条件。对《五行》这样当时的散文作品来说是这样的，对《诗》这样的诗歌作品更是这样，因为《诗》措辞古奥、晦涩，且一般来说缺少虚词。书写文本固然会起到它的作用，但只能是在直接的口传授受框架中。从写本证据来看，很多古代中国的哲学文本都是以师生对话为框架的，这种对话不只是修辞手法，而且反映了当时的现实。《诗》通过老师、哲人和政客的记忆，可以传之四方，但是诗文自身不太可能以写本的方式四处传播。把《诗》纳入这样一种古代对经的传授语境，引《诗》中大量的异文现象则不足为奇。同时，从现有证据来看，我们只能推断已知所有写本，包括《毛诗》，没有一种可以被认为是原本；[66]相反，我认为任何这样的写本都是辅助的、次要的传《诗》的途径。

　　像上文关于申培这样的情况，或者西汉早期传经的一般情况，都要置于这样一种视域下来看，这是从孔子和其他战国诸子传承而来的师承传统。经的一个权威版本并不等于经本身，也不等于任何特定书写形式的经，而是嵌入了口头传授当中，被解释、被传播。在每一个地方的场景当中，这种传授可能利用了当地的《诗》写本，它无涉于其他类似的特定《诗》写本；没有任何一个写本占据支配地位，因而也谈不上歪曲了记忆中的经文实质。

---

[65] 类似的是，Andrew Ford 注意到古希腊诗歌的文献缺乏"阅读的方便性，没有标准的书写。总的来说，古代诗歌的文本对于一个没有听过这首诗的人来说基本没用"。见其"From Letters to Literature: Reading the 'Song Culture' of Classical Greece," in *Written Texts and the Rise of Literate Culture in Ancient Greece*, ed. Harvey Yunis, Cambridge: Cambridge University Press, 2003, p. 21。

[66] 参见李家树，《〈诗经〉的历史公案》页205—222，台北：大安出版社，1990。

出土文献里的证据表明，战国时期没有一个标准的《诗》的写本。我们过去是在文献传统所知的基础上有这样的一个大略印象的，但出土文献给我们展示了早期《诗》写本之间的差别真正有多大，它提醒我们，所有先秦流传下来的文本都经过了汉代或后代编辑之手。那些多多少少征引了《诗》的著作，如《左传》《荀子》《礼记》《国语》《论语》《孟子》《墨子》《晏子春秋》《战国策》《吕氏春秋》《管子》《韩非子》《孝经》等，今本都无法追溯到其第一个宋代的印刷本出现之前。三家《诗》的异文较少；与此类似，这些著作中的引《诗》在字符上的一致性，说明了在汉或汉以后，有一个根据《毛诗》来对这些文本进行标准化的过程。

行政、经济、法律、占卜、历法、医药以及大量其他实际事务中都运用了书写，出土文献表明它们都被档案化了。显然，书写作为一种有力且重要的技术而被广泛运用。而这种技术最早实际见于商甲骨文，我们已经知道那时就存在具有专业书写技能的人。及至西周时期，在持存于耐用材质的档案基础上构成了青铜铭文，这一点也被广泛证实。很有可能涉及了专业的抄工，很多实例表明，青铜铭文中提及了像"史"或"作册"这样的功能甚或具体人名，这些很可能就指向此类机构的存在。

在我看来，传统及现代初期的学术界似乎时常夸大写本本身的重要性，而忽略了其他形式的文化实践，尤其是文本的表演。[67]如果古代中国人有意于批量生产这些公元前四世纪末显然已被认为是经典的早期文献，他们是有办法完成这一任务的，正如他们有能力在地方上

---

[67] 关于古代中国写作地位之合理怀疑，参见 Michael Nylan, "Textual Authority in Pre-Han and Han," *Early China* 25, 2000, pp. 205-258. 本人对于过于提高书面文字地位的讨论，可见 *The Stele Inscriptions of Chin Shih-huang: Text and Ritual in Early Chinese Imperial Representation*, pp. 94-104, 143-144; "Feature Article: Mark Edward Lewis, *Writing and Authority in Early China*," in *China Review International* 7.2, 2000, pp. 336-376; 以及本书《作为表演文本的诗：以〈小雅·楚茨〉为个案》《西汉美学与赋体的生成》，和 Martin Kern, "Ritual, Text, and the Formation of the Canon: Historical Transitions of *Wen* in Early China".

批量生产各种武器、工具、礼器和行政文书那样。[68]但到目前为止，我们还在寻找能表明这种文本批量生产的线索。

在某种程度上，除了《墨子》和《庄子·外篇》的某些句子以外，先秦文献很少强调书面文献的文化地位。例如，没有关于满载竹书来往于周天子王畿内的史籍描述，没有关于文本抄写过程的记录，没有像上呈礼器或者诵《诗》（用上呈青铜器、武器、服饰或者表演《诗》的方式）那样地上呈文本，也没有文本被假造、偷盗、遗失、买卖、交换、争夺或者任何其他相关状况的记录等。甚至迟至东汉时期，对阅读书本的描绘与呈现都是非常罕见的。当然，有一些情况是明确的，包括某些文本的经典地位及其广泛流通，精英的识字程度，或是在大量本土境遇下对书写的运用。经典的文献以及大量其他文献被书写下来是有据可考的，甲骨文及青铜铭文（如曾侯乙编钟上的镂金文字）也证实了写作被用作一种文化表现的形式。但是，如果认为在汉代以前，书写是首要且最具权威的呈经及传经方式，这种观点则是值得怀疑的。恰恰相反，如我在下文所要讨论的，有关《诗》的口头和书面传播以及二者之间的关系，是在两汉时期发生根本的改变；而且，与此紧密相连的，是同样意义深远的释经的转变。

五 从接受到制作的美学：文化记忆与早期《诗》学

战国时期儒家文本在表现对文化的掌握时，总是将它描述为对得体礼仪的掌握，并且文本的使用只是礼仪传统的一个方面的表达。[69]

---

[68] 参见 Lothar Ledderose, *Ten Thousand Things: Module and Mass Production in Chinese Art*, Princeton: Princeton University Press, 2000; Anthony Barbieri-Low, *The Organization of Imperial Workshops During the Han Dynasty*, Ph. D. diss., Princeton University, 2001。
[69] 正如史嘉柏（David Schaberg）在他的杰作 *A Patterned Past: Form and Thought in Early Chinese Historiography* (Cambridge: Harvard University Asia Center, 2001) 里指出的，整部《左传》都是围绕着"得体的礼仪"这一概念而建立的。

在早期资料的记载中，君王、贵族、学者、哲人总是记忆、表演、传授经典，尤其是《诗》。他们是文献大师，也是礼仪大师。正如孔子所说的那样，诵《诗》三百，"使于四方，不能专对，虽多，亦奚以为"？[70]《左传》里提到的任何一个古代的贵族，当被要求诵《诗》时，岂能托辞而去紧张地翻阅他的竹简？孔子为了不至于"无以言""正墙面而立"，是否需要临时查阅？我认为，正是这种对文献的精确掌握，通过记忆而内化，通过表演而外化，确保了经典在传统中稳固下来。

和《五行》《缁衣》的哲理论述相比，引《诗》表现了更高比例的异文，或许是因为相对《诗》的古奥诗性措辞而言，这些文献的地方书写者对当时哲学用语的掌握要更熟练一些。《诗》的写作形式可能要比同时代的哲学文献次要一些，另一方面，其古奥措辞显然是某种通用语，为全国各地受过教育的精英文化人士所使用。这种通用语要比方言优越，并在经典中得到保存和传播。这可以解释《诗》和《楚辞》早期部分押韵上的一致性，[71]也可以解释为什么各地的贵族没有任何困难去理解彼此所诵的诗。因此，我推测这个通用语就是孔子专用以《诗》、《书》、执礼的"雅言"。[72]这里，"雅言"包括三层含义："雅"（和俗相对），"标准"或者"正"（如《诗·大序》所定义），"夏"（"雅"假借作"夏"的用法，论者已众）。"雅言"可理解为某种语言理想：一种优雅而标准的习语，将其使用者与庶众及华夏文明区域以外的人区别开来。当一个有文化风度的人用"雅言"来诵读《诗》时，他既表演了中华的文化记忆，也以其独特的形式将之传播。

"雅言"的这种定义似乎是适合《诗》语言的，因为这个诗集假定包含了东周列国的诗歌，却没有体现相当的方言区别。它也符合地

---

[70]《论语注疏》13.51a。

[71] 参阅 Bernhard Karlgren, "On the Script of the Chou Dynasty," *Bulletin of the Museum of Far Eastern Antiquities* 8, 1936, pp. 155-178; Galal LeRoy Walker, *Towards a Formal History of the Chuci*, Ph. D. Diss., Cornell University, 1982。

[72]《论语注疏》7.26c。

方化书写和跨地方化记忆之间的差别：在南方发现的对《诗》的征引，是用楚文字书写的，但这并不代表楚方言（可能也不代表战国晚期或秦汉早期的任何一种方言）。从词汇、发音、语法、风格的角度来说，它和普通的方言使用很不一样；"雅言"是古奥和诗性的。显然，这种措辞一定会在《诗》和引《诗》的文本间产生一种可见的距离，但这无损于《诗》作为论据的功能。[73] 尤其是在辞令中，诗歌作为论据的表演效果必然一度相当明显；这种用法当然是起源于东周的口头论述，然后被移用于哲学论述。[74] 我们甚至可以认为，古诗语言的特质本身就可以强化其论述内容的真理性，其意义恰似其他文化宗教礼仪的习语，这些习语是相当古老的，如果不是在礼仪中保存下来则早已被弃之不用了："在前文字和有文字的社会，神圣的语言包含了一种古老的成分，不管其形式是一种完全不同的语言，还是部分保存下来的另一种习语；只要礼仪回溯性地指涉了过去的启示，并坚持认为被口头或书面恰当流传下来的真实文本具有权威性，这种古老的成分就会一直保持下来。"[75] 这里我们应记住，在古代中国，《诗》作为唯一从世俗和宗教的角度涵盖世人境况的文献，占有一个近乎其他文化里的圣典的地位。与古希腊的诗歌一样，[76] 古代中国的诗歌的语言是有关记忆、眼界和真理的语言。它被主要保存和流传在宗教、占卜和政治表演之中。[77] 这种对《诗》的理解反映在对《诗》各种各样

---

[73] 对引《诗》为据的最好处理，请参见 Mark Edward Lewis, *Writing and Authority in Early China*, chapter 4。

[74] 诗韵语言的表演力从战国以后常常得到使用，甚至取代了引《诗》。典型的例子有：苏秦对秦惠王演讲的关键部分使用了四言节奏，每两行换韵。参见诸祖耿，《战国策集注汇考》页118—120，南京：江苏古籍出版社，1985。《礼记·乐记》里，子夏使用四言句，为魏文侯讲音乐的古正新淫，在古乐部分使用单一的和有规律的韵，在新乐部分使用杂乱的不规则的韵（《礼记》38.310b、39.312b）。类似的是，汉赋通常以对话组构，这也可以被看作是这种修辞的延伸，参见本书《西汉美学与赋体的生成》。

[75] Paul Connerton, *How Societies Remember*, p. 67.

[76] Marcel Detienne, *The Masters of Truth in Archaic Greece*, trans. Janet Lloyd, New York: Zone Books, 1996.

[77] 参见本书《作为表演文本的诗：以〈小雅·楚茨〉为个案》。

的运用和诠释上。

《诗》的章句被有选择地应用在具体语境中。一首诗的意义在相当程度上是由情境来决定的，而非限于其字面的标准义。其意义只有通过探索词句喻示的潜能时才会浮现。换言之，一首"诗"不会被削减为任何单一的意义，而是代表了典范性的表达、美德模范的代码、优雅的辞藻、规范的行为，即"文"在战国时期的意义。[78]凡此种种均可根据特定场景有选择性地援引，或是为了涵盖一系列广泛的政治、道德或哲学论述，或是仅仅为表明发言者是有"文"的君子。因此，《诗》的普遍重要性和崇高地位，不在于字面上独断的、机械的解释正统，而在于它在不同场合下对不同的人有不同的意义。[79]这种实践仍存于《韩诗外传》的诠释中。而这也正是我们从上博《孔子诗论》那里学到的。

这种诠释和应用的灵活性，是建立在《诗》既全面再现世人境况，也可以指导世人的行为这样一个共同的理解之上的。王安国在他对马王堆《五行》所引《关雎》、《鸤鸠》和《燕燕》的注释和研究中，发现了与西汉四家《诗》相当不同的解读。就《关雎》来说，《五行》篇"说"评论到，这首诗的男主人公急切地表达了对异性的渴求："如此其甚也，交诸父母之侧，为诸，则有死弗为之矣。交诸兄弟之侧，亦弗为也。交［诸］邦人之侧，亦弗为也。［畏］父兄，其杀畏人，礼也。由色喻于礼，进也。"[80]然而，这首诗最终所"谕"，则是对性的"小好"如何应该为"大好"所控制和克服，以求达成妥当的社会行为。如王安国指出的，这样的解读正好符合《荀子·大

---

[78] Martin Kern, "Ritual, Text, and the Formation of the Canon: Historical Transitions of *Wen* in Early China."
[79] 吴万钟的《从诗到经：论毛诗解释的渊源及其特色》页16—43提供了一系列这种做法的精彩的例子。
[80] 池田知久，《馬王堆漢墓帛書五行篇研究》页533；Jeffrey Riegel, "Eros, Introversion, and the Beginnings of *Shijing* Commentary".

略》里的话:"《国风》之好色也,传曰:'盈其欲而不愆其止;其诚可比于金石,其声可内于宗庙。'"[81]

类似的是,《史记·屈原贾生列传》使用刘安《离骚传》的一个段落陈述道:"《国风》好色而不淫。"[82]荀子和刘安的话大概本自《论语·八佾》:"《关雎》乐而不淫,哀而不伤。"这些解释都对《诗》表达的情感给予承认,同时又认为诗本身鼓励了对这些情感的控制。对《关雎》理解的一个历史性转变,可在三家的诠释里找到,它们指出:"好色伐性短年",并且好色最终会加速并标志着统治阶级的衰落。[83]三家传统都和《毛诗》的解释不同。它们把《关雎》当作刺而非颂诗,其中被司马迁接受的《鲁诗》明确将此诗跟"德缺于房"的周康王联系在一起。[84]以这种读解方式来看,尽管《关雎》所表现的是道德正确的理想婚姻关系,其创作目的却是通过诗里歌颂的理想图景为对照,间接讥刺周康王无度的色欲。

最重要的是,这个对《关雎》的古代理解,现在得到上博《孔子诗论》的支持。其中,对这首诗的讨论延伸入四个断章。第十号简说,此诗"以色喻于礼",第十一号简又加道:"关雎之改,则其思益矣。"[85]第十二号简设问:"反纳于礼,不亦能改乎。"第十四号简最后又加道:"其四章则愉矣,以琴瑟之悦,嬉好色之忧,以钟鼓之乐……"[86]这种诠释和《毛诗》所说《关雎》,后妃之德也"(后来注疏家又进而具体到周文王的后妃)的解释不同,但也不同于把《关

---

[81]《荀子集解》19.336。
[82]《史记·屈原贾生列传》(84.2484)。又见洪兴祖,《楚辞补注》1.49。
[83] 王先谦,《诗三家义集疏》页4。
[84]《史记·十二诸侯年表》(14.5090)。
[85] 此处及下文的征引中,我有两处不同于上博整理者的释文。他们写作"怡"的地方,邢文未发表的手稿《说〈关雎〉之改》已力辩为"改"。我把此字理解为"改变的力量"或者是"转化"。关于"瞖"读为"益",我同意李学勤(《上海博物馆藏战国楚竹书〈诗论〉分章释文》,载《国际简帛研究通讯》,2002年第2卷第2期,2002,页1)和姜广辉(《三读古〈诗序〉》,载《国际简帛研究通讯》,2002年第2卷第4期,页4)的看法。
[86] 马承源主编,《上海博物馆藏战国楚竹书(一)》页139—144。

雎》读成单纯而得体的婚礼颂诗这种现代诠释。

我们不能不把《五行》对《关雎》的解读和《郑风》里臭名昭著的《将仲子》（亦为《孔子诗论》第十七简所论及）联系起来。诗中的女主人公敦促她那显然是急不可耐的情人不要越墙过来，因担心遭父母、兄弟和邻里闲言。郑樵定《将仲子》为"淫奔者之辞"，为朱熹所赞同并引用。[87] 如此，朱熹一方面承认了某些《诗》公开的情爱主题，尤其是《郑风》和《卫风》中的几首；另一方面，他强调这些诗事实上是用来警告放荡行为的。[88] 这和扬雄哀叹西汉赋失败时的观点是一致的：扬雄认为，赋的目的在于通过"推类而言"进行"讽"，然而不幸的是，它不但没有起到节制效果，反而只是鼓励了不正当的行为，所以应将赋放弃。[89] 用扬雄的话来说，"诗人之赋丽以则，辞人之赋丽以淫"。[90]

通常让人联想到性的"淫"字，常见于这些早期中国诗论。不仅如此，这些诗论只在一定程度上谈到诗和赋的内容，而重点则在于此类诗赋对听众的影响。换句话说，朱熹的诠释回到了《五行》、《孔子诗论》、《荀子》、刘安和扬雄注里提到的《诗》的效应。诗的最终意义不仅是由它本身的词句所生成的，而且是在它被接受的过程中实现的。因此，我认为，上引《论语·八佾》语中，主要动词都应该读为使役动词："《关雎》好色而**不导致**淫，它表达了哀伤而**不造成**伤害。"《论语》《荀子》，和刘安的话，如果孤立起来读，在这一点上可能模棱两可；但是《五行》之"说"、《孔子诗论》的片断，和扬雄、朱熹的论述，都稳固地建立在这种以表演和接受为中心的方式上来解读古代诗歌。

---

[87] 朱熹，《诗集传》4.13（四部丛刊三编）。
[88] Wong Siu-kit & Lee Kar-shui, "Poems of Depravity: A Twelfth Century Dispute on the Moral Character of the *Book of Songs*," *T'oung Pao* 75, 1989, pp. 214-215.
[89] 《汉书·扬雄传下》（87B.3575）；汪荣宝，《法言义疏》3.45，北京：中华书局，1987。
[90] 汪荣宝《法言义疏》3.49。比较《汉书·艺文志》（30.1756）；David R. Knechtges, *The Han Rhapsody: A Study of the Fu of Yang Hsiung (53B.C.-A.D.18)*, Cambridge: Cambridge University Press, 1976, pp. 89-97; Franklin M. Doeringer, *Yang Hsiung and His Formulation of a Classicism*, Ph. D. diss., Columbia University, 1971, pp. 119-179；以及本书《西汉美学与赋体的生成》。

把《诗》看作表演性的文献,[91]意味着不仅要注意它的内容,而且还要注意它具有模式化表现力度的美学特征。当孔子用"雅言"诵读和传授诗歌时,仪式化表演的力量很容易控制"好色"的字面表达,同时给听众一种庄严和举止得体的印象。《五行》之"说"和朱熹论《诗》强调了听众的接受,也相应地暗示了对于表演的强调。相应的,《孔子诗论》,尤其是整理者认为是导言的部分,给《诗》的表演以及《诗》与人类感情趋向的关系以相同的关注。如一号简:"子曰:'诗亡隐志,乐亡隐情,文亡隐言。'"[92]类似的三号简:"邦风其纳物也,博览人俗焉,大敛材焉,其言文,其声善。"无论是乐与情之间的关系(早期乐论的核心主题),还是《邦风》或《国风》让我们观察人情世俗的陈述(早期《诗》论的重要话题),还是"言"之必"文"以求有效与持久(见《左传》襄公二十五年),皆非新论,但《孔子诗论》却比任何其他古代文献更明晰地将这些因素彼此联系在一起。

对表演和接受的双重强调,把我们带回到上面有关文本异文讨论过的一个问题,即对《诗》以书面形式传播的怀疑。设若没有指导,文本光从字面上看可能在阅读时会产生一些问题,使得文义模棱两可。诵读或是传授正确的词,给出贴切的解释(所谓贴切指可以灵活地应用到各种场合),这些都需要老师。这一点尤其适用于高度模棱两可的《邦风》(或曰《国风》)。《五行》和《孔子诗论》对《关雎》的解释,显然不来自诗文本身;它代表了一种特定的、不容置辩的解释进路,必须以教授和表演传统为支撑。正如陆威仪(Mark Edward Lewis)指出的,引《诗》不仅是要支撑一种哲学、政治或历史文本所主张的真理,同时,这些文本通过把引用穿插进论证的方式暗示读者应当如何理解

---

[91] 参见本书《作为表演文本的诗:以〈小雅·楚茨〉为个案》。
[92] 此处,我和上博整理者的释文有所不同。我按照裘锡圭的《关于〈孔子诗论〉》页1—2,将每一句的第三个字解释为"隐";裘文见《国际简帛研究通讯》,2002年第2卷第3期。

这些诗文，从而反过来消除了《诗》潜在的模糊性。[93]

以《鸤鸠》和《燕燕》为例，《五行》对《诗》解释的另一个因素是王安国所说的"内省性"（introversion）：根据郭店和马王堆《五行》，二诗都表达了"君子慎其独"，[94]这在马王堆"说"的部分得以继续详述。对内省的类似强调已经出现在郭店竹简对《草虫》的讨论当中，此处，这首诗被用以"说明自修本质的经典范例"。[95]这样的解释和以朱熹为代表的宋代道学思想惊人地相似。这一点在上博的《孔子诗论》里也很明显，它和朱熹著名的教化哲学是相符的。[96]

从诠释学的角度来看，对"中心"（即内心）的关注显现了向普遍人性的转折。把一切具体的解释都抛开，它和上文提到的《鸤鸠》那句在先秦两汉最常被引用的话相对应。这样的诠释意味着怎么引《诗》都不会错到哪儿去。当然，庄子尖刻的讽刺——儒者盗墓而诵诗见义——最生动地说明了这点。[97]比起任何一行诗的用词，更重要的恐怕是引《诗》本身，古老的、语码式、礼仪化的语言所具有的普遍权威。"断章取义"这种无视上下文而成句、成对、成章地援引《诗》的习惯，显示了一种诠释方法，即对一首诗整体所具有的任何内在、稳定、客观的意义不置一顾。事实上，意义不是"取"来的，而是生成的；也不仅来自于诗本身，更来自引用和接受它的不断变化的表演情境。正是这种诠释的开放性，标识出《诗》乃是根本上人性的，因此具有普遍文学价值的文集，即所谓"人类心灵和人类思想的经典"，[98]同时也使它和任何其他古代中国文献相区别。不论这些诗最

---

[93] Mark Edward Lewis, *Writing and Authority in Early China*, p. 168.
[94] Jeffrey Riegel, "Eros, Introversion, and the Beginnings of *Shijing* Commentary," p. 174.
[95] Scott Cook, "Consummate Artistry and Moral Virtuosity: the 'Wu xing 五行' Essay and its Aesthetic Implications," p. 124.
[96] 范佐伦（Steven Van Zoeren, *Poetry and Personality: Reading, Exegesis, and Hermeneutics in Traditional China*）提供了对于作为朱熹总体哲学一部分的《诗》学诠释的精彩讨论。
[97] 郭庆藩，《庄子集释》页927—928，北京：中华书局，1985。
[98] Stephen Owen, "Foreword," in *The Book of Songs: The Ancient Chinese Classic of Poetry*, ed. Joseph R. Allen, New York: Grove Press, 1996, p. 15.

初的创作环境如何，相较其适用场合的重要性而言，相较引《诗》作为礼仪性表演而言，其原义是无足轻重的。

西汉历史语境主义的解《诗》法，使得这种表演性和场景性的意义层面大多消失了。在一定程度上，三家《诗》（如《关雎》）把"取义"的重点从《诗》的接受转移到《诗》的生成上了，而《毛诗》尤其如此。在试图捕捉几乎每首诗的意义时，为了达到一种综合的历史诠释，西汉解经家武断、绝对地界定了诗的至少三个不同侧面：（一）创作情境；（二）为谁而作；（三）诗的作者（不管答案多么模糊）。现在我们应该思索的是，不但在每首诗本身中，而且在大量的先秦引《诗》和诠释里，在我们西汉早期文献和《韩诗外传》里，以上这三方面的信息都是不存在的。

六 结 论

以上我简略地讨论了出土简帛中引《诗》的异文现象、经典文献的早期教授与传播，以及早期释《诗》的变化。这些问题的展开有一种显著的同步性：对《诗》中每首诗歌严格的历史性读解及对其语境化，这种方法在《毛诗》中达到极致；而《毛诗》恰巧又是这样一种文本，它通过对单个字符和词的训诂，显露出对当时还于古无征的正字法的强调，这也就意味着向一种固定化、规范化的写本转移，这种写本主要不是用于礼仪场合的表演，而是供学者研究。换句话说，对一首意义模糊的诗，通过假定重建其创作场景而生成的固定化诠释，是和秦汉书写形式的标准化同步发展起来的，这就是范佐伦所谓《诗》的"强本"（strong text）之所以产生的两面。[99] 这样一个"强

---

[99] Steven Van Zoeren, *Poetry and Personality: Reading, Exegesis, and Hermeneutics in Traditional China*, pp. 25, 50.

本"变得既具形又便携,它成了一部可供书面研究的经典。通过开始在官学学者当中流传并进行书面注疏,这部经典的地位被固定下来;和其他文化一样,[100]这样的书面注疏不仅征用了释经的权威,事实上也有助于把经典定义为研习和尊崇的对象,使它远离日常生活,也高于日常生活。

当早先《诗》的表演实践(如《左传》里普遍采用的外交手段)消失之际,当秦和西汉官学博士掌管经籍的研究和传授之际,当书籍和学说依照圣意被收集和编目,或被销毁和审查之际,当太学和秘府变成官僚精英接受教育和铨选的中心之际,传统经典的书写形式一定被赋予了前所未有的重要性。刘歆是第一个主张写本要优于口传的人。他论述的语境是《左传》的经典化,这在平帝时期与《毛诗》的经典化同步。《左传》提供的历史的事件,相比其他文本更能有助于《毛诗》重新构建以创作为中心的《诗》的历史。反讽的是,也正是《左传》一直给我们提供了最佳证据,表明春秋时代《诗》的应用是以接受为中心的、非历史性的诠释。

在西汉时期,皇室常常同时赞助不同家学,所以没有很狭义的正统被强加在经籍之上。[101]显然,我们所知道的西汉四家授《诗》传统,至少在一定程度上存在文本和诠释的差异。这些差异一直持续到东汉时期。然而,在西汉的史料中,也记载了有人动议建立可靠的版本,任汉成帝内中总校书的刘向就是其一。成帝也曾颁诏把全国的书籍集中起来进行校勘。西汉后期的皇家学者越来越重视写本,这骤然减少了可能危及特定文本"意义",进而危及文本研习和保存原则的

---

[100] John B. Henderson, *Scripture, Canon, and Commentary: A Comparison of Confucian and Western Exegesis*, Princeton: Princeton University Press, 1991; Jan Assmann, *Das kulturelle Gedächtnis*; ed. Jan Assman and Aleida Assamann, *Kanon und Zensur*, Munich: Wilhelm Fink, 1987.

[101] Michael Nylan, "A Problematic Model: The Han 'Orthodox Synthesis,' Then and Now," in *Imagining Boundaries: Changing Confucian Doctrines, Texts, and Hermeneutics*, ed. John B. Henderson et al., Albany: State University of New York Press, 1999, pp. 17-56.

异文的存在空间。

在这样的语境中,尽管多家官学并存表明意识形态上相对的宽容,但"强本"仍是可以控制的文本。像西汉的四家《诗》那样,以牺牲所有其他的诠释为代价,把特权赋予有限的某几种文本,朝中学者有效地限制了进一步诠释的可能性(汉代这一事业的成功从一个事实上就可以明显地看出来:直到一千多年后的宋代,汉代对《诗》的解读才遭到挑战,且最终并没有被弃)。一方面,书面注疏出现并为国家所采纳、赞助和保护;另一方面,皇权控制、垄断经籍的诠释,尤其是《诗》的诠释,两者恰好相辅相成。君主对经籍诠释的控制欲,既可以从秦始皇公元前213年打压宫廷以外对《诗》的诠释这一历史事实看出来,[102]也可以从汉武帝公元前136年任命太学博士的举动中得知。跟通常的看法相反,汉代(也许还包括秦代)君主对经籍写本的支持不仅仅是为了提升其地位,而且也是为了控制儒家意识形态及其核心文献。[103]

在追溯传统和历史先例的过程中,汉帝国文化与过去密切关联起来。在历史里寻求意义,并视之为内在于历史本身,即不指涉任何终极的形而上真理,这样一来,《诗》的彻底历史化诠释可能就成了最合逻辑的选择。为了构建一个历史性的特定意义,这样的诠释必须基本上摒弃《诗》先前的开放性和意义上的多元化,解决文本字面问题、限制解释的范域,这必须被当作前提来看待。如上所论,《诗》早期的交流是受口头表演主导的,所以这些问题大概没有被认识到,比如不同的听众偶尔可能会因为老师和表演场景的不同,把同一个音

---

[102] 我不同意认定秦试图清除《诗》的主张,并相信公元前213年的迫害不是以《诗》本身为目的,而是以《诗》的各种诠释为目的,这一点现在应该很清楚了。注意李斯在向秦始皇建议收集并销毁在皇室外流传的"《诗》"和其他文本时(《史记》6.255,87.2546-2547),警告的不是文本本身,而是他们被用来"以古非今"。

[103] Martin Kern, *The Stele Inscriptions of Ch'in Shih-huang: Text and Ritual in Early Chinese Imperial Representaion*, pp. 183-196.

理解为不同的词。早期《诗》的书写或诠释都并未被某种机构所控,来自官方学术机构的掌控是秦汉以后的事,因此没有任何一个早期《诗》的本子比其他的本子要更真实。

皇家官方对《诗》的控制需要具有限定意义的限定版本。书写形式和诗歌意义现在都被认为存在于一个理想化的古老的"原"本中。《诗》从具有诠释开放性的表演文本,转化为具有固定意义的自持读法、无涉于特定情境场合的文本,这揭示了古代中国文化历史的一个根本转折。以前,引《诗》作为真理和成就的模范表达,可以完美地融入一系列广泛的当下情境。汉代的历史诠释则相反,《诗》被看作是对特定历史场景的反映和记录,可以而且应该回顾性地识别出来。[104] 早先,来自过去的话语可以直接用来谈论当下;如今,这些话语被用来讲解过去。早先,过去可以持续地被讲述,是流动并在场的,就像祖先可以一直参与子孙的事务当中;如今,过去被书写、捕捉,成为过往,并只有通过类推和历史反思才对当前产生意义。随着先秦社会、道德和礼仪秩序的崩溃,随着取而代之的官僚政治及其统一化、标准化的需求,过去和现在之间的鸿沟变得真实可见。古老表达的表演和模式消失了,取而代之的是写本及其学术注疏缓慢而稳步的进驻。

总而言之,我们至少可以认识到以经为中心的"书面文本文化"所需满足的五点要求。第一,古代礼仪文化及诸侯国外交的消失,而在那样的文化里,一个人如果在特定的场合不会诵《诗》,他就会"无以言""正墙面而立"。第二,为通过经典化的方式来控制历史上的重要文献,官僚帝国必须明确固定的写本。第三,新的政治秩序尤其需要真理和道德的历史典范与先例,且不再只是适用于某种当下特

---

[104] 这个转变是一种更大的、超越《诗》的发展;见 Martin Kern, "Ritual, Text, and the Formation of the Canon: Historical Transitions of *Wen* in Early China"。

定情境，更是在绝对和统一的意义上有效。第四，官僚机构选才授官的标准越来越取决于他们对共同经典的掌握程度，至少要掌握其中之一。第五，经典文化自身的重建大大有助于汉室在历史、文化和政治上的合法化。事实上没有历史根基的汉室，试图求助于周代的经典文化，把介于其间的秦代描述成一个破坏传统的暴政，秦政对旧制深恶之，其短暂但暴虐的存在使经典遗产尽乎灭绝。以上每一种需要，从总体上来说，都很好地通过对《诗》的官方诠释，尤其是《毛诗》来达成。

那么，为什么与哲学的、诗学的以及技术的相关文本会时而随礼器一同下葬呢？其真实原因不得而知。在此，我不妨提出一个猜测：墓主可能是学术的赞助者或保护人，这些往往是兼容并包的文献选择，在一定程度上反映了墓主对特定的哲学、宗教和技术事务的赞助人身份。从多个层面来说，出土文献里的引《诗》都仍向我们闪露着古代文化的微光：它们不稳定的字形显示了口传的重要地位；它们的诠释以听众接受为中心，同时也暗示着师承授受的意义。在墓葬礼仪的语境下，其昂贵的物质性（马王堆帛书）和精美的书法（郭店、上博竹简），显示了礼仪用品具有代表意义的价值。字形"正确"与否的问题，完全不在考虑之内，写本是用来悦目的。在幽暗华贵的墓室之中，写本为它增添了墓葬品的物质光辉。在世间，这些文献标志着主人的社会地位、入世程度与"鼓之舞之"的文化表演；入尘土，它们随逝者一同安息。生前，古人对于诗歌和哲学论述的真正掌握的终极表现在于口头的文化表演，精美的写本也许正是与此相当的视觉形式；身后，写本成了仅有的遗存。它们的文本表演也许已经沉寂，但依然是一场表演。

(王平、邢文 译，郭西安 校)

西汉美学与赋体的生成(2003)

几乎所有历史记录都表明,汉代文学是"赋"的天下。[1]两汉四百年间,并无其他已知文类能与之争锋。历史上第一部关于文艺源流的书目《汉书·艺文志》"诗赋略"中,著录"赋"一千零五篇,"歌诗"三百十四篇。这不仅意味着赋三倍于诗:如果我们考虑到,西汉歌谣往往长不过十几行,而单独一篇赋就可能有数百行,两种文类篇幅之悬殊就变得更加明显了。更何况,正如卫德明(Hellmut Wilhelm)近六十年前在一篇不长但影响甚广的文章中所指出的,《汉书·艺文志》并没有著录所有的"赋"。[2]它不仅没有提及邹阳的文学作品,并且班固(32—92)自己也说到,枚皋(活跃于前130—前110)的作品里除了一百二十篇可读之作,另有"尤嫚戏不可读者"数十篇。这条注脚出现在枚皋本传,并可与《艺文志》中枚皋名下著

---

[1] 例如,康达维认为,"赋堪称与汉代关系最密切的文体,就许多方面来看它都是汉代文学的精髓,并对整个中国文学传统产生深刻的影响"。参见其"Introduction," in 龚克昌, *Studies on the Han Fu*, New Haven: American Oriental Society, 1997, p. 1。龚克昌认为,赋"是汉代文学的象征,这种文体的活力和实绩能够真实地再现汉帝国的性格,传达汉代的精神"(Ibid., p. 52)。龚克昌的著作以英文出版的 *Studies on the Han Fu* 为代表,这本书在许多方面都超越了他早先的《汉赋研究》(济南:山东文艺出版社,1990)。叶幼明在《辞赋通论》一书中,就赋学从汉代起到二十世纪晚期的发展做了翔实的整理回顾(页166—281,长沙:湖南教育出版社,1991)。徐志啸《历代赋论辑要》一书提供了1920—1988年间的中文赋学著作书目(页146—173,上海:复旦大学出版社,1991)。最近的赋学介绍见何新文撰《近二十年大陆赋学文献整理的新进展》一文,收入南京大学中文系编,《辞赋文学论集》页750—768,南京:江苏教育出版社,1999;以及简宗梧《1991—1995年中外赋学研究述评》,同书页769—790。

[2] Hellmut Wilhelm, "The Scholar's Frustration: Notes on a Type of Fu," in *Chinese Thought and Institutions*, ed. John K. Fairbank, Chicago: Chicago University Press, 1957, pp. 310-319, 398-403.

录的赋一百二十篇相佐证；显然，皇家书目的最早编者刘向（前79—前8）、刘歆（23年卒）父子曾努力禁绝过"嫚戏"之作，不予著录。[3]

《艺文志》目录乃刘歆《七略》删省而成，而《七略》又是刘向《别录》的浓缩版。《别录》是最早的皇家书目，始纂于汉成帝（前33—前7年在位）河平三年（前26）下诏征求并校列天下郡国遗书之后。[4]《艺文志》中对"赋"这一文类之来龙去脉的一段简要勾勒主要出自刘歆手笔。在此之上，班固添入了若干自己的评论和征自扬雄（前53—18）的引语，后者系西汉后期最重要的文学家，新莽（9—23）时期曾受命校书天禄阁。[5]《汉书》中这段关于汉代文学的论述，在传统或当代讨论"赋"的时候都具有不可动摇的地位；现在看来，显然它直接来源于西汉后期的材料。

二十世纪大多数情况下，学界对赋怀着极度轻视的态度，这种态度可以追溯到扬雄，该立场不仅主导着赋学研究领域，而且在很大程度上使得后者停滞不前。赋被贬低为空洞的形式主义，无谓的冗繁辞藻，还因其与精英主义的宫廷文化及帝国象征之间的密切关系而饱受责难，被斥为忽略了恳切的真情实感的表达。这样，赋在现代文学批评里是为其深恶痛绝的。[6] 使情况更加恶化的，是共和国建立之初的

---

[3] 班固的说法见《汉书·枚乘传附枚皋传》（51.2367）。枚皋赋作目录见《汉书·艺文志》（30.1748）。
[4] 关于书籍的搜集与刘向校中秘书的工作，见《汉书》10.310，30.1701。另参看 Piet van der Loon, "On the transmission of *Kuan-tzu*," *T'oung Pao* 41, 1952, pp. 358-366。
[5] 扬雄事见《汉书·扬雄传下》（87B.3584）。另参看 Franklin M. Doeringer, *Yang Hsiung and his Formulation of a Classicism*, Ph. D. diss., Columbia University, 1971, pp. 198-201；以及 David R. Knechtges, *The Hanshu Biography of Yang Xiong（53 B.C.-A.D.18）*, Tempe: Arizona State University Press, 1981, p. 60。扬雄在经典上的造诣与受尊崇的地位可从他作为两部字典的编纂者一事中见出。其一为字书《苍颉训纂》，显然是对早先李斯（前208年卒）《苍颉》一书的补充，另一部是方言词汇手册《方言》，见《隋书·经籍志》（32.937）。关于后者，可参看 Paul Serruys, *The Chinese Dialects of Han Time According to Fang Yen*; David R. Knechtges, "The Liu Hsin/Yang Hsiung Correspondence on the *Fang Yen*," *Monumenta Serica* 33, 1977/1978, pp. 309-325。《苍颉训纂》在后来的文献中不多见，最迟到宋代就亡佚了。
[6] David R. Knechtges, *The Han Rhapsody: A Study of the Fu of Yang Hsiung (53 B. C. -A. D. 18)*, pp. 109-110.

三十年内对这些五四运动带来的价值判断及理念加以政治发挥，使得中国学者根本不可能致力于这种似乎集文学传统劣根性于一身的诗学体裁了。与任何其他主要的中国古典诗学体裁相比，赋所遭到的摒弃更加彻底，人们声称，它既不能表达自我，也不能反映社会现实。直到七十年代后期，中国学者才敢给这种文类恢复名誉，使自己的研究工作名正言顺。[7]

此后，大陆与台湾的赋学研究都发展迅速。然而，即便学界的意识形态压力在二十世纪最后二十年中减轻，旧成见的核心观念依然滞留不去。马积高，一位重要的赋史专家，指出汉赋中的美与刺之间的紧张未能纾解，辞藻的过度铺排没有增强，反倒是削弱了部分篇章的文学价值。[8]姜书阁坚持认为，以司马相如（前179—前117）、扬雄等人所作鸿篇巨制为代表的汉大赋，长于摹形写物，而短于抒情言志。[9]龚克昌在称赞司马相如的艺术造诣的同时认为："司马相如赋作的主要问题包括：它们对社会与人生的反映狭隘，思想性不高；描述时目录式堆砌的辞藻；以及语言的佶屈和雕饰。"[10]类似的判断在许多别的著作中都能找到。他们根据某一套文学评价标准来衡量赋，并以此认为它是有欠缺的。立场鲜明的反面论调则相形甚少。[11]

---

[7] 马积高《赋史》（上海：上海古籍出版社，1987）页10指出，过去三十年中曾经仔细讨论过赋的是1962年出版的刘大杰《中国文学发展史》。刘著用了三十多页的篇幅来讨论文体（页128—160，上海：上海古籍出版社，1982），其中大多数都在谈汉赋，此外又用近八页篇幅来讲晚期的赋。
[8] 马积高，《赋史》页138—141。
[9] 姜书阁，《汉赋通义》页291，济南：齐鲁书社，1989。
[10] 龚克昌，*Studies on the Han Fu*, p. 162。有趣的是，龚克昌对司马相如的评介在某种程度上像是继承讽教传统而来，后者正是他用以批评扬雄以及其他汉代经学家的理由，见同书 pp. 78-92。
[11] 郭维森、许结所著《中国辞赋发展史》（南京：江苏教育出版社，1996）一书算是个值得注意的特例，他们坚持认为应该用当时的标准来衡量赋，而不是用假定在古《诗》中占统治地位的教化与政治意图的标准来苛责它（页34）。

尽管同"五四"以来的文学观念一致，龚克昌等学者表述的观点也可以追溯到扬雄。问题倒不是扬雄评论之古远令人肃然起敬，而在于其最初的语境。无论在政治上还是文化上，西汉的最后五十年都是一个充满意识形态争论与变革的时代，其影响之大，笼罩了整个帝国礼仪、文学及政治的各种再现领域。[12] 尤其是在大约公元前 30 年左右的时期，正是构成早期与中古中国文化史区分的重要时刻之一，此时，整个国家礼仪体系的价值、目的和表达方式都经历着彻底的批评和重新界定；根据文学史描述，自汉武帝以来赋就已经占据了宫廷文学文化的主导地位，而扬雄在此时挑战的恰是这一文类的正统性。从这个角度来看，扬雄的批评意见影响了《汉书》叙述以及现代对西汉赋的学术讨论，这一问题并非不值得重新探讨。[13] 这一批评处理的是当时处于主导地位的宫廷文学体裁，而且乃是出自文化巨变时投身帝国文化批评及变革的重要人物之一。因此，我们理应想到，扬雄的判断不仅是描述性的，更是规定性的；他并非在提供一份客观中立、无偏见的记录，而是从事一种有明确诉求的积极干预，以图促成当时某些根本性的文化变革。从这个角度出发，我试图表明：现有的西汉赋史及其评价，即使不是完全扭曲的，也可能是相当程度上受其他因素影响的妥协的结果。因此，我们需要反思这个事实，唯其如此，有关

---

[12] 参见 Michael Loewe, *Crisis and Conflict in Han China, 104 BC to AD 9*, vol. 5-9; Michael Loewe, *Divination, Mythology and Monarchy in Han China*, Cambridge: Cambridge University Press, 1994, pp. 267-299; Martin Kern, "Ritual, Text and the Formation of the Canon: Historical Transitions of *Wen* in Early China," pp. 43-91; Martin Kern, "Religious Anxiety and Political Interest in Western Han Omen Interpretation: The Case of the Han Wudi Period (141-87 B.C.)," pp.1-31。

[13] 班固对文学的看法无疑也建立在同样的经学理念之上，其中包含了古《诗》作为范本的定位，这也恰恰是扬雄的评判依据。班固和扬雄一样都是精研传统经学，例如他曾受汉章帝之命，在公元 79—90 年间记录并整理儒生论五经同异，成《白虎通义》。他以不合古典的理由对西汉的乐以及一般的文艺抱有与扬雄类似的贬损之情。他论屈原（公元前四世纪）品德与文才的矛盾立场也与扬雄一致。最重要的是，他全盘引用了扬雄对赋的看法。有关班固的文学观念的简练论述可参看蒋凡，《班固的文学思想》，《中国古代·近代文学研究》（复印报刊资料），1985 年第 9 期，页 67—75。

这一文类的新的形象,尤其是较少受制于其西汉后期批评的形象,才是有可能的。

接下来,我将试图把扬雄的观点放入历史语境中,并与我们手中现有的论述西汉赋体之性质与功能的其他文献相比较。首先,我将重新检讨现行的赋论,从而引出美学表达与道德宣示之间根本而未决的紧张关系,这一紧张很大程度上主导了传统乃至今天的赋学研究。究竟在何种程度上,这种紧张是赋本身的特质,而非史笔评论的产物?这个问题引导我们思考一种具有两面性的现象:一方面,西汉赋的多种形式和功能抵制着文学史家对这一文类做出统一描述和稳定分类的努力;另一方面,司马迁(约前145—约前86)的《史记》恰恰成文于赋体地位上升的历史时期,不能从中去寻求扬雄、刘歆、班固等人对西汉早、中期赋的历史叙述印证。从这一考虑出发,本文将提出有关"赋"的一种新观点,将它表现为一种集修辞、娱悦以及道德劝谕于一身的表演性文类。由于赋以压倒性的优势代表着西汉的文学文化,这种讨论将探索公元前三到前二世纪美学与修辞话语的核心议题,包括其在近期出土文献中的一些表现。通过把赋及其内在冲突嵌入当时的语境,它和早期帝国文化史的联系将逐渐清晰。

一 美学与道德的张力

尽管西汉赋曾经盛极一时,但我们对其真实状况的了解却相当有限且颇不可靠,例如它的形式与内容,还有它的创作与接受模式等。在《汉书·艺文志》中著录的一千零五篇赋,传世者不过数十篇。在分析实际的文学作品时,我们手头就只剩下这份最早书目里提到的约百分之二三的篇什,且莫说书目本身所录也不完备。此外,扬雄评价赋的本质与功能也只简短数行,传世文献中几乎不见其他佐证数据。虽说很难想象在西汉的知识阶层曾对诗学与修辞学有某种一贯的论述话语，但即便假设曾经存在，那也基本失传了。[14]因此，考虑到传世文献极其有限，扬雄、刘歆，以及后来班固等人的见解当然就占有一席特殊之地。这些见解被拔高并传承下来，而不仅被看作是限于一时一地的文学讨论。另一种可能性是，班固在编辑《汉书》的过程中对原有的材料做了深入和系统的审查删汰，但我对这一假设更持保留意见。

与其前辈司马相如一样，扬雄也来自西南古蜀之地，二人都被认为是西汉赋家的首要代表。仅就作品数量而言，他们谁都不能算是当时最多产的作家；但如我们所知，他们又都被认为奠定和提炼了"大赋"的美学风格。扬雄对这一文体的矛盾心理从他对司马相如态度的转变中可以见出：他最初是将司马相如的作品当作最重要的典范来效仿，[15]后来却又把这位前辈的作品作为主要例证来说明赋体的诸多不足以及最终的失败。扬雄对赋的代表性批评见于两处：《汉书》中所收的《扬雄传》，[16]以及效仿《论语》所作的哲学语录《法言》。[17]扬雄对赋的说法为研究汉代文学的学人所熟知，此处仅简略概括突出的几点：据他所称，赋的目的是"风"；然而，通过"推类"法，用

---

[14] 在这个方面，中国上古文化中充斥着政治论争与诗化的表达，与地中海的古典时代截然不同。在先秦或秦汉时代没有人写过哪怕稍微类似于亚里士多德（Aristotle）的《修辞学》（Technē rhētorikē）与《诗学》（Peri Poiētikēs），西塞罗（Cicero）的《论发明》（De inventione）与《论演说家》（De oratore），贺拉斯（Horace）的《诗艺》（Ars Poetica），昆体良（Quintilian）的《演说家的培养》（Institutio oratoria），或是无名氏的《致赫伦尼乌斯的修辞学》（Rhetorica ad Herennium）这样的著作。至今只有几篇短论传世，如《韩非子·说难》或《吕氏春秋·顺说》。上古文献中之所以没有谈修辞、语法、诗艺等方面的话题，一种说法是早期中国没有将学者—教师职业化与体制化，而在这方面，古希腊古罗马无论就专业训练或公共舞台而言都发展得很成熟。有一部常被认为与修辞学起源有关的文献是《鬼谷子》，传统上鬼谷子被认定为公元前四世纪的苏秦和张仪这两个雄辩术大师的老师，这个看法并不一定可靠，而且此书很可能出自汉代以后。可参看 Michael Robert Broschat, "Guiguzi": A Textual Study and Translation, Ph. D. diss., University of Washington, 1985。
[15] 见《汉书·扬雄传》（87B.3515）。
[16] 见《汉书·扬雄传》（87A-B.3513-3587）。
[17] 扬雄对"文"的论述主要见于《吾子》卷，可参看汪荣宝《法言义疏》3.45-83，亦可参 Franklin M. Doeringer, Yang Hsiung and His Formulation of a Classicism, pp. 119-179。

"极靡丽之辞"，铺张其主题，赋最终走到了相反的方向——其读者将陷溺于文辞之美感而错过道德之教义。因此，随着华辞的力量胜过主题，"赋劝而不止明矣"；由于徒具娱人之表，不存德谕之实，遂与宫廷俳优无异。扬雄至此结笔曰，他将不再作赋，而赋之美也被他贬斥为"女工之蠹矣"，"壮夫不为"。[18] 在将作为新进文体的"赋"与作为古《诗》讽谏手法之一的"赋"相对比的过程中，这种批判达到了极致：

> 曰："诗人之赋丽以则，辞人之赋丽以淫。[19] 如孔氏之门用赋也，则贾谊升堂，相如入室矣。如其不用何？"[20]

班固赞同这一结论，并在《艺文志》中把它和其他一些段落添进了刘歆关于赋的历史论述里。总而言之，刘歆与班固之言援引扬雄来表明究竟哪些因素被看成赋体的内在张力之处。[21] 刘歆通过引用匿名的"传"开始勾勒赋的历史，将作为文体的赋与上古"赋《诗》"之举联系起来：

> 传曰："不歌而诵谓之赋，登高能赋可以为大夫。"[22]

---

[18] 见《汉书·扬雄传》；汪荣宝《法言义疏》3.45、3.60。
[19] "淫"，即指"过分"，也有"放荡"之意。下文将进一步说明，我们何以认为此处使用"淫"这个责诸品性的词不仅仅是指文学风格，可能更主要指这种风格对人心世道的影响。
[20] 见汪荣宝《法言义疏》3.49-50。"升堂"和"入室"出自《论语·先进》（11.14），都是指内在修养的不同阶段。
[21] 见《汉书·艺文志》。
[22] 这句话可能是故意讲得模棱两可。"登高"亦可喻指能致庙堂高位，可参《韩诗外传》7.15b （《四部丛刊》本），孔子说"君子登高必赋"。复可参考郑玄《墉风·定之方中》笺，《毛诗正义》3/1.48b。类似地，当秦始皇东巡时，官员在刻石纪功之前要先诵读一番，参看拙著 *The Stele Inscriptions of Ch'in Shih-huang: Text and Ritual in Early Chinese Imperial Representation*, pp. 143-144。同音字"诵"与"颂"显然是同源字，与赋所具有的"敷""铺""布"都有关联，详见下文。

作为诵诗活动的赋在《左传》与《国语》中都累有记载，[23]其主要功能并非政治讽谏，而是文化精英在外交或其他场合交流目的、要求、预言、警告等想法的委婉方式。刘歆认为，拥有这种才能智识并通晓"微言"的人方可胜任国事；然而春秋之际周室衰微，这一高雅的交际话语传统亦随之凋敝。结果就是"学诗之士逸在布衣"，而"贤人失志之赋作矣"。刘歆的论点可能有失史实，其修辞优雅却是显然的。一方面，刘歆区别开了两种"赋"，一种赋是作为共有诗歌资源库的诗学表现手法，另一种是具有自身主题和美学特征的独特诗学文类。另一方面，他把这种差别描述成历史变迁的结果。新文类的出现乃是**因为**旧的文学交流活动的消失。饱学之士不再援引所习得的诗篇，而是自创新辞以抒愤懑。随着这一转变，文学作者的身影及其个人动机也展现出来：

> 大儒孙卿及楚臣屈原离谗忧国，皆作赋以风，咸有恻隐古诗之义。[24]

刘歆在此时笔锋陡转，从而和扬雄所谓赋丽有余而道谕不足的结论相一致。他虽首先称颂屈原、荀卿为这一新文类的先驱，[25]但随后

---

[23] 参看曾勤良，《左传引诗赋诗之诗教研究》；Mark Edward Lewis, *Writing and Authority in Early China*, pp. 155-176; Steven Van Zoeren, *Poetry and Personality: Reading, Exegesis, and Hermeneutics in Traditional China*, pp. 38-44。

[24] 见《汉书·艺文志》。因为"恻隐"是就"不易察知的痛苦"而言（可以对比孟子所说的"不忍人之心"，见《孟子注疏》3.27a），参考刘向的《九叹·忧苦》，收入洪兴祖《楚辞补注》16.300。显然这里提到的屈原与孙卿（荀况）并不是在怜悯他人，而是正困惑于自己的遭际。

[25] 《荀子·赋》篇，含有五个诗谜，参看 David R. Knechtges, "Riddles as Poetry: The Fu Chapter of Hsun-tzu", 载周策纵主编，《文林》第2辑，页1—31，香港：香港中文大学出版社，1987。"赋"一词在《荀子·赋》篇除了作为标题外再没有出现，也因刘向行使了校书之职，可参看 John Knoblock, *Xunzi: A Translation and Study of the Complete Works*, Stanford: Stanford University Press, 1988-1994, vol. 1, pp. 105-110。不过，其中的诗谜与被系于屈原或其他西汉赋家的作品有共通之处：韵律和节奏，声辞的愉悦感，对话式结构——尽管这种结构是很简单的，以及"是非颠倒的浊世"这一文学主题。也许正因为此，尤其是基于最后一点，刘歆把荀卿与屈原并提。

提出，屈原的追随者宋玉、唐勒（均活跃于前三世纪），以及其后的西汉赋家们"竞为侈丽宏衍之词"而"没其风谕之义"。时隔两代之后，班固作为一时赋颂之领袖，[26]在他的《两都赋序》中对赋另作了一番高度称扬的评价：将赋定义为"古诗之流也"，并把它在西汉的发展和武帝之世的郊庙歌辞联系起来。班固颂美了皇家藏书书目及其著录的千余篇赋作，以为汉代文化之盛"炳焉与三代同风"。他提到的辞赋家不仅包括武帝之世以降杰出的诗人，也包括一群高级官员：

>　　或以抒下情而通讽谕，或以宣上德而尽忠孝，雍容揄扬，著于后嗣，抑亦雅颂之亚也。[27]

从扬雄、刘歆、班固若干有关赋的论述中可以明显地见出，他们理解的赋有一种悬而未决的紧张感，即有着赞颂与讽谏、娱乐与政教、文学审美与道德规范之间的张力。在某种程度上，这些紧张来自西汉后期使用"赋"一词时三种不同意义的微妙的合流，分别是：西汉诗学文类；如面向特定听众表演等早期的诵《诗》实践；以及早期论《诗》时所谈及的赋、比、兴三手法之一，表"敷陈其事"[28]。上述三种意义密切关联。尽管"不歌而诵谓之赋"主要是指《诗》的表演化诵读，东汉注家却以"敷陈其事"来界定作为文类的赋，并从这种思路出发，把"赋"训为同音或音近的"敷""铺""布"等，[29]所

---

[26] David R. Knechtges, "To Praise the Han: The Eastern Capital *Fu* of Pan Ku and His Contemporaries," in *Thought and Law in Qin and Han China: Studies Dedicated to Anthony Hulsewé on the Occasion of His Eightieth Birthday*, ed. Wilt L. Idema and Erik Zurcher, Leiden: Brill, 1990, pp. 118-139.
[27] 见《六臣注文选》1.3a。
[28] 关于最后一点可参看《周礼注疏》23.158a；《诗大序》，见《毛诗正义》1/1.3a。
[29] 参见 W. South Coblin, *A Handbook of Eastern Han Sound Glosses*, 香港：香港中文大学出版社，1983。

有这些字都具有"铺陈""展开"的意思。[30]如此理解之下，作为文类的赋就由其典型的壮阔铺张的描绘手法来定义了。换句话说，赋的所指既包括其表演性的外在观感，也包括就指定的话题铺陈恣纵的内在模式。[31]当扬雄说"诗人之赋丽以则，辞人之赋丽以淫"时，他将运用于古《诗》的符合道德规范的"敷陈"与西汉作家笔下不加节制的铺张区别开来。所以，当讲到古《诗》与近"赋"之间的源流关系时，扬雄总是极力强调两者在根本上的分歧。

后来的批评家步刘歆、扬雄与班固之后尘，从自身的文学意识形态出发，总是强调这一文类或褒或贬的某一面。曹丕（187—226）《典论·论文》云："诗赋欲丽。"[32]陆机（261—303）《文赋》云："赋体物而浏亮。"[33]挚虞（逝于331年）在他的《文章流别论》中，以"赋"等同于"敷"为起点进行了更为详尽的讨论，在他的时代，这个观念已经很牢固了。他援引班固认为赋是"古诗之流"的看法，却不像班固《两都赋序》中那样对这种西汉文类进行正面评价，而是复述《艺文志》的意见，把孙卿、屈原的作品视为赋的典范，而之后的赋体渐有丽靡之弊，与真情相悖。[34]他又引扬雄对汉赋"丽以淫"的

---

[30] 参见詹锳，《文心雕龙义证》8.270-271，上海：上海古籍出版社，1989；欧天发，《赋之名实考论：赋之风比兴义说》页8—14，收入《辞赋文学论集》；David R. Knechtges, *The Han Rhapsody: A Study of the Fu of Yang Hsiung*（53 B.C.-A.D.18），pp. 12-13。带有"敷陈""散布"等意思的"赋"仍然被用在《诗经》中，见《大雅·烝民》(《毛诗正义》18/3.300b-c)。此外，在1993年的尹湾六号汉墓（江苏连云港，时代约为公元前10年）出土的西汉后期的竹简本《神乌赋》中，"赋"被写作"傅"，很可能是取"専"之形，以假借作"敷"，可参看裘锡圭《〈神乌（傅）赋〉初探》，收入连云港市博物馆、中国文物研究所主编，《尹湾汉墓简牍综论》页7，北京：科学出版社，1999。周代早期"赋"还有另一个意义，即征税，我认为这是一个特殊用法，并不是"赋"的原意。

[31] 关于赋的多面性以及它与歌之间的关系有很精彩的讨论，见曹道衡，《汉魏六朝辞赋》页1—16，上海：上海古籍出版社，1989。

[32] 见《六臣注文选》52.9a。我将"诗"译作"poems"，以区别于《诗经》里的歌诗（songs）。

[33] 见《六臣注文选》17.6a。

[34] 挚虞的文论原本是成系统的，现在只有片段还留存于《北堂书钞》(七世纪前期）、《艺文类聚》(624)、《太平御览》(984)等唐宋类书之中，若要综合地参考这些片段，比较便捷的方式是参看郭绍虞，《中国历代文论选》第一册页190—204，上海：上海古籍出版社，1988。

指责，并联系《史记·司马相如列传》中的一段，将之读解为：司马迁称司马相如因文辞过于浮靡不可信，而削删去了《天子游猎赋》的大部分文字。[35] 与之相反，刘勰（约467—522）在《文心雕龙》中提出了一种较不保守的判断。他承认西汉的作品是赋作的杰出代表，并认为其标志性的华丽语言正是出自真情流露，而非与之相悖。因此，赋在"丽词"和"雅义"、"文"和"质"、"色"和"本"之间保持着完美的平衡。仅在正式"赞"词之前的最后一段，刘勰才稍稍重提了扬雄的结论，承认也有"繁华损枝，膏腴害骨"的情况。[36]

二　作为文学史上一个问题的西汉赋

上述那些早期的争论经由后来的文学批评而流传至今。后世批评家已经清楚地表明，汉赋不能被简化为某种单纯的意向或某套狭隘的内容。显然，从扬雄之后，所谓的"失志之赋"便格外引人注意。卫德明据此断定这些才是赋体的核心，因为"几乎所有的赋都有政治意图，而且几乎所有的赋都涉及君臣关系"。[37] 但是这个说法与班固所欣赏并实践的以赋为颂一事不太相合。此外，它也没有触及赋的娱乐性，而这种功能非常显要，从删汰去枚皋所谓过于轻浮的赋作一事里，

---

[35] 见《史记·司马相如列传》（117.3043）；复见《汉书·司马相如传下》（57B.2575）。司马贞（八世纪）《史记索隐》引颜师古叔父颜游秦（即大颜，活跃于六七世纪之交）的看法同于挚虞。这段模棱两可的话中棘手的问题是"删取其要"指的是什么。根据给《史记》《汉书》做注疏的唐人（包括颜师古）的看法，"删取其要"不是指司马相如传的作者从司马相如的赋中删去几段。虽然没有什么确切的证据，我暂且认为这里说的是司马相如自己，经过一番虚幻的描述之后，在作品的篇末删减繁芜，以见义理。《史记·司马相如列传》（117.3002）和《汉书·司马相如传上》（57A.2533）中使用了"天子游猎赋"之名，可参考《文选》中被拆分开来的《子虚赋》和《上林赋》。后文仍将继续使用"天子游猎赋"一名，它是否是司马相如赋的最初题目，此处暂且存疑。

[36] 见詹锳，《文心雕龙义证》8.269-311。刘勰在描述"赋"时用了"丽辞"这个词，是根据前代对赋的评论中出现的"丽"的意思，而不是狭窄化的"骈俪"之义，见《文心雕龙》卷三十五《丽辞》。

[37] Hellmut Wilhelm, "The Scholar's Frustration: Notes on a Type of Fu," p. 311.

其"过"可见一斑。因此，正如康达维所说，"赋之为赋，多少有点难以把捉，因其存在形式非常多样，并在整个前汉时期不断变化。职是之故，几乎不可能对这种文类下一个适用于所有赋之实例的简洁定义"。[38]康达维认为："赋的概念在汉代十分宽泛，几乎任何长篇押韵之作都能被称作赋。"[39]但他也指出，在司马相如手里，"赋演变成一种成熟的、高度精巧复杂的文类，具备了可以清晰界定的规范"。[40]

至少在某种程度上，赋表面的多义性与其说是历史的问题，毋宁说是历史编纂和回溯性文学判断的问题。与扬雄重视赋的政治含义形成鲜明对比的是，司马迁在《史记》中对赋几乎只字不提；同样对比鲜明的还有《汉书》中对汉武宫廷文学活动的详细记载。据《汉书》所载，汉武帝登基（前141）之后的三十年正是赋体在西汉宫廷中成为主要文学形式的时期。当司马迁秉承父亲司马谈（前110年卒）的遗愿来完成著史之业时，汉武时代的赋家领袖大都正在或即将进入鼎盛期。我们是从《汉书》，而非《史记》了解到这些情况的，包括有关西汉赋的文学及学术传统的几乎所有知识。可以说，只有通过传达了西汉晚期观念的东汉材料，我们才能阅读西汉前期、中期的赋作。因此，最重要的批评意见仍然要数扬雄。当提及司马相如的作品时，扬雄对其生年读到的武帝时代遗篇念念不忘。

问题是《史记》中只有在两章里提到了作为文类的赋：卷八十四《屈原贾生列传》和卷一百一十七《司马相如列传》。[41]卷八十四是多种材料的杂糅，文字记载大有问题；而卷一百一十七则几乎肯定是后

---

[38] David R. Knechtges, *The Han Rhapsody: A Study of the Fu of Yang Hsiung (53 B.C.-A.D. 18)*, p. 14.
[39] Ibid., p. 28.
[40] Ibid., p. 29.
[41] 在严格意义上的叙事之外，司马迁对《史记》进行总括时曾用过一次有文学作品创作之义的"赋"，见《史记·太史公自序》（130.3317），其中"大人赋说"一句指的是司马相如，"赋说"严格意义上并不是一种文类，但似是用来指代司马相如关于"大人"一篇的表演性本质。最后，"赋"也多次被用作发布、收税之义，不过并不涉及文体。

人窜入《史记》的——很可能是基于《汉书》的记叙,并覆盖了此处已有的传记,其原有内容和形式都无从得知了。[42]《汉书》中所载数十篇赋作的西汉中期作者里,除了司马相如之外,无一人在《史记》里以文学作者身份出现。[43] 的确,《史记》提到了他们中的很多人,某些甚至得以立传。我们得知的乃是他们的宦途与学问,例如枚乘(前141年卒)和庄忌(约前188—前105,《汉书》又称严忌),他们被称作"游说之士",即口才卓著者,但他们都不曾因为擅长某文类而被称颂为才子或作者。而在后来的《汉书》中,他们却成了最活跃的作者,广泛创作着赋这一武帝宫廷里人望最高、流行最广的文类。

在《史记》的司马相如及屈原、贾谊列传里,对赋在道德和政治层面上包含两大诉求,即抒发愤懑和委婉讽喻。根据东汉文献这可以说是赋的定义,然而其中任何一条在《史记》其他部分都不曾述及。有关卷八十四和卷一百一十七的文字完整性和可信度原本就有不少疑问,而这一根本矛盾使之更加可疑;因此我们用到这两章的时候须得万分小心。然而在追寻早期的"赋"时,我们也不应该因为同时期《史记》的沉默,而简单地用《汉书》的追溯性和充满意识形态的长篇大论来取而代之;恰恰相反,"赋"在《史记》整体里的缺席本身就涉及一个根本问题:作为文类的"赋"在武帝一朝,即司马迁和司马相如的时期,到底有多么清晰的定义?

整个西汉时代,赋的文类特性随着每一单独篇什而有所不同。即便是充满疑点的《史记》相关记载中的零星赋作也是一组相当多样化的文本,更不用说从后世文献得知的许多篇目:《怀沙》是一首归于

---

[42] 见本书《〈司马相如列传〉与〈史记〉中"赋"的问题》。
[43] 见《汉书·艺文志》(30.1747-1749)。关于武帝朝的文学风气以及活跃的作家,可以参看 David R. Knechtges, "The Emperor and Literature: Emperor Wu of the Han," in *Imperial Rulership and Cultural Change in Traditional China*, ed. Frederick P. Brandauer and Chun-chieh Huang, Seattle: University of Washington Press, 1994, pp. 51-76。

屈原名下的诗,《史记》以为赋,[44]另外还有贾谊的《鹏鸟赋》、司马相如的《天子游猎赋》,它们究竟共有哪些文学特质,从而可都被称作"赋"?[45]同时,整个西汉时期,"赋""辞""辞赋""颂""赋颂"这些词也基本可以混用。不唯"辞""赋"与"辞赋"被随意使用,[46]即便"颂"或"歌"与"赋"之间的界限也不甚严格。[47]在《史记》中,一度被称作是司马相如"大人赋"的作品又名为"大人之颂"或"大人赋说"。[48]类似地,《文选》里王褒(约公元前84—前53)的《洞箫赋》,在《汉书》里题为"洞箫颂"。[49]《大人赋》的例子尤其有趣,因为扬雄正是以此为证,说明司马相如当"上好仙"之时,未能成功讽谏。[50]也正是因为《大人赋》的缘故,武帝被公开嘲笑未能领会其主旨,反而沉迷于唯我独尊的幻象,"飘飘有陵云气游天地之间意"。[51]

除了赋、颂的混用外,还有若干种文类从形式特征来看也与司马相如和扬雄所擅之赋难分难辨:"设论"或"对问",[52]"七","骚",以及"吊文"。这些名称在西汉未必已经开始使用,但在六朝则相当

---

[44] 见《史记·屈原贾生列传》(84.2486)。
[45] 康达维认为:"如果不留意《鹏鸟赋》是一篇赋,可能会像对待蒲伯(Pope)的《论人》(*Essay on Man*)一样,将它归入关于哲学的韵文随笔……《鹏鸟赋》代表了中国文学中比较罕见的一种吟唱形式,差不多是孤例。"见 David R. Knechtges, *The Han Rhapsody: A Study of the Fu of Yang Hsiung*(*53 B.C.-A.D.18*), p. 28.
[46] 例如屈原的作品在《史记》的本传中被称为"赋",而在《史记·太史公自序》中被称为"辞"(130.3314)。
[47] 关于赋体概念的复杂性与汉代作品的联系,可以参考徐宗文《辞、赋、颂辨异》一文,载《江海学刊》,1984年第6期,页132—136;万光治《汉代颂赞铭箴与赋同体异用》,载《社会科学研究》,1986年第4期,页97—102。
[48] 见《史记·司马相如列传》(117.3056,3063);《史记·太史公自序》(130.3317)。
[49] 见《六臣注文选》17.15a;《汉书·王褒传下》(64B.2829)。
[50] 见《汉书·扬雄传下》(87B.3575)。
[51] 见《史记·司马相如列传》(117.3056,3063);《汉书·司马相如传下》(57B.2592,2600),《汉书·扬雄传下》(87B.3575)。关于这两篇传记的比较,可参看本书《司马相如列传》与〈史记〉中"赋"的问题》。
[52] "设论"一类出自《文选》,"对问"一类出自《文心雕龙》。

常见。《史记》称贾谊"为赋以吊屈原",[53] 而《文选》则将之系于最末卷六十的"吊文"之下,而非一开始的"赋"类。屈原的《离骚》,《史记》中称"赋",而《文选》卷三十二和《文心雕龙》卷五皆系之于"骚"。枚乘的《七发》系西汉"大赋"发展史上的影响深远之作,前述扬雄议论的对象也有可能包括它,但它不仅被《文选》系于卷三十四"七"之下,而且早在东汉时就已经激发了一系列由七个单元组成的赋。[54] 收入《文选》卷四十五的东方朔《答客难》和扬雄《解嘲》是"设论"的代表,[55] 然而它们与"七"体一样拥有赋的几个要素:对话场景,韵散交错,以及语言中充满了联绵词和同义词。

由于所有这些作品都能被冠以"赋"或其他名称,而且早在汉朝某些作品就已经以这些冠名出现,显而易见,在西汉时期,"赋"一词并不意味着一种明确、稳定的文类,而是可以用来指代任何一种长篇铺排的语言"展现"(presentation),此即"赋"的表演含义,它以独特的诗歌形式与直白的言辞或散文相区别。这种文类最基本的要素包括:韵律、节拍、一定的篇幅,以及华缛的辞藻,这一切使得人们不仅关注它所讨论的内容,也关注其运用的语言本身。"赋"的概念极其宽泛,这也许可以解释《史记》为何对作为单独文类的赋几乎不置一词:不是因为没有赋,恰恰相反,因为任何或多或少颇算可观的诗歌作品都在形式上具有作为"展现"的"赋"的标记。据我们所知,文类的观念,亦即根据形式上及/或功能上的特性,对文学作品进行或多或少描述性或规定性的分类系统这一理念,在汉代早、中期可能尚未发展出来。在汉代的史料中,唯一与"赋"并举的文类是

---

[53] 见《史记·屈原贾生列传》(84.2492)。
[54] 东汉到六朝的"七"体发展可参看公元624年欧阳询《艺文类聚》57.1020-1035。东汉大约留存有13篇"七"体作品,参看费振刚、胡双宝、宗明华主编,《全汉赋》页5—15,北京:北京大学出版社,1993。
[55] 《文心雕龙》中"七"和"对问"都归入卷十四《杂文》篇。

"歌"(或"歌诗",见《艺文志》),[56]意即短篇歌辞。然而,"歌"作为一种诗类形式只是由两个方面决定:它相对较短,并诉诸吟唱。刘歆把赋定义为"不歌而诵谓之赋",这只注重了它的表演性方面,而没有从任何其他方面来规限赋的整体观念。

宽泛意义上表演性的赋可以既包括在某个场合展现某一议论,也包括以一篇正式的文章来再现某一议论。不妨用两个著名的例子来说明这种合流。第一个例子是收入传世《楚辞》中的《渔父》,简短的对话体,部分押韵,传统归于屈原名下。它也被收入《史记》卷八十四《屈原列传》,但文字稍有不同。[57]和《楚辞》的版本相比,其开头的散体介绍部分措辞略异,最后的"歌"与其十二个字的散体介绍都不见了,全篇也有大量字形和词语的不同。然而,最重要的区别还是在于,《史记》中的这一段并没有在形式上被界定为独立的文学作品,而紧随其后的《怀沙》却得以界定。相反,这段诗化的对话被融入叙述之中,成为屈原南游整体叙述的一个片断。上述《史记》和《楚辞》对《渔父》的不同呈现方式可以从两个方面解释:要么是《史记》的作者想把现存文学作品羼入传记中,借以增强故事的戏剧化和可信度;要么是有人将这段故事的对话部分改写成今人所见《楚辞》文本中的面貌。我倾向于前一种解释,因为这一段的文字合辙押韵,相当精妙。[58]不论《屈原列传》的编纂者是谁,他似乎发现自己有可能,也有理由把一篇文学作品改编为现实情境的再现。

第二个例子为前述东方朔的《答客难》。《史记》中关于东方朔的简短记载,是由褚少孙(约前105—约前30)所辑,收入《滑稽列传》中。[59]后世文献里呈现为文学作品的《答客难》,大部分录入《史

---

[56] 见《汉书·艺文志》(30.1753-1755)。
[57] 见《史记·屈原贾生列传》(84.2486)。
[58] 当然,这也意味着我们所知道的关于屈原被放逐的细节只是来自一篇后人伤其遭际的伪托之作。
[59] 见《史记·滑稽列传》(126.3203),褚少孙于此表明自己的作者身份。

记》，表现为东方朔与"宫下博士诸生"之间一场实际的辩论。[60] 相比之下，《汉书》卷六十五《东方朔传》收录的《答客难》篇幅更长，并且和上下文的叙述相区别，显得是自成一体的文学文本。正式引出这段对话文本的是这样一句标注：

> （东方）朔因著论，设客难己，用位卑以自慰谕。其辞曰：……[61]

可见在班固《汉书》里，《答客难》被正式标记出与上下文叙事的界限，乃是被"著"而成之"论"。《汉书》所录《答客难》比《史记》所录篇幅稍长，且有个别异文，尽管如此，《史记》中有些段落也并不见于《汉书》。两个版本之间的差异与《渔父》的情况相类似，甚至某种程度上更加明显。从《答客难》中，我们获知的是创作的行为，创作的目的，以及文本的文学性质："谕"这个修辞学术语表示举例或比较。[62] 换言之，《答客难》就此可以被辨识为文学性的作品。于是，这篇文本被归入《文选》的"设论"类，《文心雕龙》也将它作为"对问"的例子有所提及。[63] 我不打算质疑《汉书》收录的那篇较长的文本的可信度。正如《渔父》的例子一样，我猜想作品是本来就有的，然后被用来增强传记故事的戏剧性。不过，《史记》以史笔来再现文学文本，将之作为"现实生活"的修辞性表演，这一点不无启发意义，因为这种编纂方式是诗歌创作过程的反转。诸如《答

---

[60] 见《史记·滑稽列传》（126.3206-3207）。
[61] 见《汉书·东方朔传》（65.2864）。
[62] 这个意义的"谕"见于马王堆出土的西汉文献《五行》篇，用以讨论《关雎》，可参看 Jeffrey Riegel, "Eros, Introversion, and the Beginnings of *Shijing* Commentary," pp. 150-151, 164。此外，"谕"在出土的竹简本《孔子诗论》（约前 300 年）中也出现达十次之多，参考马承源主编，《上海博物馆藏战国楚竹书（一）》页 139。
[63] 后文将更多地使用"设论"一词。

客难》《渔父》以及事实上多数的西汉赋作，它们都采用对话体结构，夸饰地模仿了口头修辞性问答。这些文本的文学虚构性通常很明显，尤其是运用一些古怪的名字，如子虚、乌有先生、无是公等，[64]这种修辞趣味在《庄子》里最为常见，即便如此，它们也复现并夸张了口头辩论及舌战表演的情景和惯例。

当班固把《答客难》并入《汉书》时，他把这篇文本确认为文学作品，也赋予了它一项特殊的使命。正如戴麟（Dominik Declercq）所阐明的，对东方朔作品的这种认识可以直接追溯到扬雄的解读。[65]扬雄创作了一篇题为《解嘲》的作品，借以效仿早期的东方朔之作：在这两篇作品中，作者都面对着不担任高官显职或没有为政治事务殚精竭诚的诘责，而为自己辩护。通过以早期作品为模本，扬雄用自己的方式对东方朔的最初用意进行了极其不同的解释。褚少孙的叙述突出了表演性的语境，或许这也的确是催生创作的真实语境；而脱离这一语境之后，《答客难》就变成了一篇独立的"失志之赋"，传递着政治含义。对扬雄来说，这篇文本并非真实辩论的文学再现，而是东方朔构筑出来的作品，表达了位卑的失意，并且几乎不加掩饰地批评了君主汉武帝。后人几乎都是按照扬雄的思路来理解《答客难》。然而，《答客难》与赋的区别不在于形式，而是因为它有一套特殊的内容；它很有可能只在六朝时代被归纳为"设论"或"对问"。扬雄是否认为它是一种独立文类尚有疑问，尽管他模仿了《答客难》而创作了《解嘲》，后人把它当作是东方朔所创制的这种文类的第二篇范例。其后，与扬雄对《答客难》的看法完全一致的是，不少东汉和晋代作者（包括班固在内）继续按照通过《解嘲》所牢牢确立的惯例，来创

---

[64] 俱见司马相如《天子游猎赋》。
[65] 参看 Dominik Declercq, *Writing Against the State: Political Rhetoric in Third and Fourth Century China*, Leiden: Brill, 1998, pp. 73-76. 同书另有关于东方朔与扬雄所著设论的探讨，并附有翻译与注释，见 pp. 20-59。

作这种铺排恣意的自我辩护。[66]

西汉赋另一个需要注意的方面是它娱乐帝王的功能。当扬雄将作赋比喻成宫廷俳优行为的时候，已经涉及了这一因素。更直白的是班固对枚皋的评论："不通经术，诙笑类俳倡，为赋颂，好嫚戏。"[67]枚皋本人也曾痛悔仅仅被视如俳优，[68]至于班固用来与枚皋相比拟的东方朔，据说也是沉溺于怪诞甚或酷虐的笑话。[69]这样的描述补充了班固《两都赋序》中以为赋乃高官廷臣文类的论断。[70]没有证据表明西汉曾有赋作家因为文学才华而被正式承认有王佐之才，[71]我们也不知道有哪位赋家由于他在议政讽谏方面的文学才能而得任高官。这并不是说朝廷高官不创作此类至少在西汉后期被看作"赋"的文学作品，与《两都赋序》所言一致，《艺文志》著录有高级官员如御史大夫倪宽（前102年卒）、太常官孔臧（约前201—前123）等的赋作，甚至还有两篇归入汉武帝本人名下。然而，文学表演和言辞雄辩固然会增加一个人在朝廷中的名望，却不被视作出任官职的充分资格。事实上，武帝一朝绝大多数后来被认为是"赋"的言辞表演都是出于娱乐目的。[72]

---

[66] 戴麟的 *Writing Against the State* 一书切实探讨了设论这一早期文学传统，它大约在晋以后便消失了。

[67] 见《汉书·枚皋传》（51.2366）。《汉书·严助传》（64A.2775）亦载："（东方）朔、（枚）皋不能持论，上颇俳优畜之。"

[68] 见《汉书·枚皋传》（51.2367）。

[69] 东方朔诙谐的著例之一见《汉书·东方朔传》（65.2843），东方朔起先在朝堂上告诉侏儒们，皇帝因为他们没有用处而打算将其诛杀之。不明就里的皇帝面对侏儒们的恐慌，最终得知这是东方朔的恶作剧时，东方朔回答："朱儒长三尺余，奉一囊粟，钱二百四十。臣朔长九尺余，亦奉一囊粟，钱二百四十。朱儒饱欲死，臣朔饥欲死。臣言可用，幸异其礼；不可用，罢之，无令但索长安米。"皇帝因此而褒奖了他。

[70] 刘勰再次重复了枚皋、东方朔被视为俳优一说，见詹锳，《文心雕龙义证》15.531。

[71] 参看万光治，《汉赋通论》页126—134，成都：巴蜀书社，1989。

[72] 参看 David R. Knechtges, "The Emperor and Literature: Emperor Wu of the Han," pp. 57-59；龚克昌，*Studies on the Han Fu*, pp. 72-74；曹明纲，《也谈"赋出于俳辞"》，收入《辞赋文学论集》，页57—62；冯沅君《汉赋与古优》，收入《冯沅君古典文学论文集》页78—94，济南：山东人民出版社，1980。对赋的分析是冯沅君就滑稽文化的整理以及这种文化如何孳生出多种文类的综合研究的一部分，可参看同书页3—123。

综合前述诸多问题来看，显然，与传统叙述带来的当然之想象不同，西汉赋更多构成了文学史上的问题。当扬雄通过"丽以则"和"丽以淫"来区别"诗人之赋"和"辞人之赋"时，他暗示了一段道德和美学衰退的历史。这段评论其实建立在双重假设的基础上：首先，赋的作者是受政治与道德目的驱使的官员，希望委婉地批评讽谏君王；其次，赋的文学创作也主要服务于讽劝目的。对扬雄来说，司马相如的创作之所以是失败的，不是因为缺乏道德意图，而是因为这个意图被淹没在作品的特殊表达形式下。像对待东方朔的《答客难》那样，扬雄视司马相如的修辞艺术为政治批评讽谏之举的前辈。不论这种回溯式的借用对后世赋评家形成了多大的影响，都多少有点时代误置，提供的不仅是早期赋的定义，更是一种重新定义。它有意无意地忽略掉了一个世纪间发生的文学审美及理念之间的基本分歧，而正是这些分歧把西汉中期与晚期区别开来。

三 修辞、愉悦和道德教化的表演美学

除了扬雄、刘歆、班固一脉的思路外，现存文献给我们提供的关于西汉赋的记载十分有限。无疑，至少在西汉后期刘向编纂第一部皇家书目时，许多文学作品就已被称作"赋"。已有或已知的赋作之多样，首先使我们认识到西汉时期韵文的丰富，也质疑了那种只看到政治美刺的狭窄视角。《艺文志》最后列出的"赋"还提供了另外一点信息：这部分著录了二百三十三篇佚名作品，可能全都亡佚了，[73] 称为"杂赋"。他处通常列出的作者及篇目信息，在这里变成了相同主

---

[73] 一些在后来的文献例如六朝的《西京杂记》或者宋代的《古文苑》等处出现的篇目，虽然有些可疑，但都被暂时认定是《艺文志》中著录的原作，参看顾实，《汉书艺文志讲疏》页181—183。在对《西京杂记》所录赋作的研究中，康达维认为它们不是西汉的作品而是后人伪托，见 David R. Knechtges, "The Fu in the *Xijing Zaji*," *Xinya Shuyuan jikan* 13, 1994, pp.433-452。

题的作品与数量的介绍:

    1. 客主赋十八篇。

    2. 杂行出及颂德赋二十四篇。

    3. 杂四夷及兵赋二十篇。

    4. 杂中贤失意赋十二篇。[74]

    5. 杂思慕悲哀死赋十六篇。

    6. 杂鼓琴剑戏赋十三篇。[75]

    7. 杂山陵水泡云气雨旱赋十六篇。[76]

    8. 杂禽兽六畜昆虫赋十八篇。

    9. 杂器械草木赋三十三篇。[77]

    10. 大(？)杂赋三十四篇。[78]

    11. 成相杂辞十一篇。[79]

    12. 隐书十八篇。[80]

---

[74] 王先谦《汉书补注》30.56a 释"中"为"忠",从其说。
[75] 此篇有歧义,"鼓琴剑戏"可能理解为"鼓与琴,剑与游戏"。
[76] 颜师古注曰:"泡,水上浮沤也。"此处存疑。
[77] "器械"一词可能是指两种不同的事物。《周礼注疏》7.44a"司书"条,唐代贾公彦(活跃于627—656年间)疏曰:"器谓礼乐之器,械谓兵器,弓矢戈殳戟矛"。
[78] 我不知道这个标题的含义。《汉书》个别版本作"文杂赋",见王先谦《汉书补注》30.56a。我感觉它是个不完整的标题,"大/文"之后有脱漏的一个字。这一条与后面一条有类似之处。
[79] 标题旨意不明。俞樾(1821—1907)《诸子平议》页 289(上海:上海书店,1988)结合《荀子·成相》和《汉书·艺文志》推测"成相"可能是指"盖古人于劳役之事,必为歌讴以相劝勉,亦举大木者呼邪许之比"。又可参考王先谦《汉书补注》13.56a;顾实,《汉书艺文志讲疏》页 183。这种十九世纪后期的解释可能正确,可是例证不够充分。因为《荀子》所录《成相辞》集中于君主和大臣之间的行为规范,我认为"成相"即是"已完成"的"相助(君主)",或者说"相而使之成"。不排除双关语的可能,因为"相"本有"赞礼"和"辅佐"两个意思。比较其他篇目,只有这一篇和之前的一篇将篇首的"杂"字放到倒数第二的位置。所以,我认为这里的"成相",以及前一项中可能有脱文的"大",都不是指作品的主题,而是其匿名的作者。所以,"成相杂辞"也许是指"成相"之人所作的"杂辞"。
[80] 颜师古注引刘向《别录》曰:"隐书者,疑其言以相问,对者以虑思之,可以无不谕。"(《汉书·艺文志》[30.1753])类似谜语;复见顾实,《汉书艺文志讲疏》页 183。本文依从刘勰《文心雕龙》第十五《谐隐》之说:"讔者,隐也;遁辞以隐意,谲譬以指事也。"见詹锳,《文心雕龙义证》页 539。

这份简单的目录几乎占全部《艺文志》所录赋作的四分之一，体现了西汉时代文学作品的宽泛程度。此外，其广阔的多样性更与许多后代文献中所记载的西汉赋作的篇名或残章相一致。[81] 关于汉赋的最综合的记载提供了二百九十四篇的文本片段、篇名，分属八十三位作家名下。[82] 其中大约一百篇得以全部或大体留存下来，虽然有些被看成伪作。[83] 在那些归于刘向（包括三篇遗文和六篇存目）和扬雄名下的作品时代之前，除了《史记》《汉书》《文选》传述下来的经典之作外，已知的归属于十七位作者的四十篇作品，主题涵盖树木、虫鸟、走兽、屏风、乐器和美酒等。光从标题和遗句来判断作品的性质与目的可能有点草率；实际上，任何主题都能够用来娱乐或揭示道德原则，后者在扬雄看来即为讽劝。尽管如此，根据传世篇章甚或仅仅标题来判断，不论它们是否可能有严肃的道德或政治目的，各类西汉赋产生的灵感都可能来自对语言艺术的追求，韵文带来的感官愉悦，以及口诵（亦即赋）的表演性质。

"不歌而诵谓之赋"，当我们试图将西汉赋想象成一种表演文本时，就会陷入一种捉襟见肘的境遇。我们只能见到那个时期实际生产的文学作品之鳞爪，并且在更深层面上挫败我们的是，赋在宫廷里如何表演的原始语境已经不可挽回地失落了，只留下我们作为沉默的读者面对无声的文本，我们已不能作为听众去觉知那种雄辩滔滔的言辞艺术。[84] 形成鲜明对比的是，根据扬雄对司马相如《大人赋》的阐释，文字却能遮蔽其道德意图，使武帝错失对讽劝的领悟，沉湎于得意与狂喜。与扬雄对赋之可疑本质的看法相一致，这种叙述似在宣称武帝被纯粹的审美力量所征服，因此完全错过了真实的主旨。

---

[81] 顾实《汉书艺文志讲疏》将有些篇目与《艺文志》所录联系起来，见页 181—183。
[82] 见费振刚、胡双宝、宗明华主编，《全汉赋》。
[83] 例如那些只见于《西京杂记》或《古文苑》等材料来源不明的篇目就不能肯定。
[84] 郭维森、许结曾经切实地讨论过这个问题，见《中国辞赋发展史》页 123。

显然，扬雄的教化主义在西汉后期并非个别现象。其时正值汉平帝（前1—6年在位）时期，强调道德和政治的《毛诗》地位提升，得到了朝廷认可，并成为后来王逸（89—158）作《楚辞章句》的基础。[85] 扬雄的看法正是从属于这样一个经学文化。《诗经》和《楚辞》中的这种教化主义倾向日趋严格，该倾向主要通过郑玄的《毛诗传笺》在东汉后期成为正统。赋随之就被理所当然地整合进了同样一套道德和政治范式里，从而使整个早期诗歌传统呈现出如此这般的面貌。及至后世，这种解读诗歌文本的思路被贴上"儒家"的标签，并与西汉"儒学的胜利"扯上关系。姑且不论近来的研究已经渐渐开始质疑这所谓"胜利"的真实性，也不论用"儒学"和"儒家"这些术语来描述帝国早期文化本身就有时代错置和误导之嫌，[86] 扬雄对赋的评论绝不仅仅是"汉代儒学"之枯燥教化主义的一个例子，它首先认识到了美的观念以及精致文辞所激起的审美愉悦。对扬雄而言，愉悦的确存在，并且就是问题所在。[87]

西汉时代，这种愉悦很可能不仅来自文本本身，而且还来自文本的诵读，即诗的表演。对表演和接受的强调从"不歌而诵谓之赋"这句话里可见一斑。这一点定义了西汉时代所理解的"赋"之核心，即赋是某种诗歌形式，同时也是一门文本表演的特殊艺术。显然，在那些代表作中，尤其是从司马相如到扬雄，再到班固等人的"展示性"（epideictic）大赋里，存在着可以辨别的共通的形式要素。但是这些要

---

[85]《楚辞》的说教式的解读和《毛传》一样也始于西汉早期，这从《楚辞》中几篇公元前二到前一世纪的作品中可以见出，虽然传统上认为它们是屈原所作，却是风格类似的伪托之作。所以，这些伪作中的教化主义也可以（不一定完全是）理解为早期的《离骚》评注所具有的特点。

[86] 参看 Michael Nylan, "A Problematic Model: The Han 'Orthodox Synthesis,' Then and Now," pp. 17-56; Michael Nylan, *The Five "Confucian" Classics*, New Haven: Yale University Press, 2001, pp. 36-39; Martin Kern, "Ritual, Text and the Formation of the Canon: Historical Transitions of *Wen* in Early China," pp. 43-91。

[87] 清水茂曾指出汉代宫廷中确实存在剧场式的赋诵表演，见《辞赋与戏剧》这篇富有新意的文章，收入《辞赋文学论集》页52—56。

素未必代表一种抽象的、规定性的诗体概念,这种概念即便在西汉晚期也未必已经完全成型;相反,它们代表的是一套文学惯例,这套惯例来自于表演性的、以接受者为导向的修辞美学,最终可以追溯到前帝国时代的宗教祝辞和政治诰令。故此,展示性赋的定义要素是:对话的背景设定(通常是一段散体的简介),旨在模仿式(mimetically)地再现一场实际的辩论;骈散交错的笔法,使语言生动、摇曳生姿;从头至尾长篇铺排,务必穷极草木、鸟兽、物产之列举,不仅竭尽主题,也使听众极尽宣泄之能事;大量使用僻词、夸饰、换韵,以及双声、叠韵、重迭的联绵词。

这些结构特征主要加强的是作品的听觉效果,[88]形成一种切实可感的肌理,焕发着感官的辉煌。正如阿瑟·韦利对司马相如作品的评价那样,"这样耀目的词句洪流之前还从没有在世界上任何一位作家的笔端倾泻过。与他一比,尤弗伊斯(Euphues)显得畏缩,阿普列乌斯(Apuleius)有点冷漠。他和语言的嬉戏,就像海豚和大海的嬉戏。"[89]进而,韦利提出,赋起着语言巫术的作用。[90]步其后尘,一些学者已经扩展了有关语言巫术与早期至中古中国巫祝之辞的讨论,尤其是在赋学领域。[91]某些文学作品早就被当作巫祝之辞来读,例

---

[88] 参看釜谷武志,《賦に難解な字が多いのはなぜか:前漢における賦の讀まれかた》,页16—30;郭维森、许结,《中国辞赋发展史》页123。类似的,欧天发最近在《赋之名实考论:赋之风比兴义说》一文中也强调了赋的口头化、表演化的性质,见《辞赋文学论集》页17。

[89] 参 Arthur Waley, *The Temple and Other Poems*, London: George Allen & Unwin, 1923, pp. 43-44.

[90] 韦利指出:"在纯粹的巫术这一方面,巫祝通过祝诵颂歌使得天神降临并显灵,赋也由此衍生出来。屈原的《九歌》就是这种性质的作品,也是比较短的一种赋。另一方面,它又是献给人间的神祇,即帝王的颂词,诗人只能诱使帝王参与到一项特殊的崇拜活动中,不是通过辩论乃至修辞,而是通过字句与音韵造成的感官的陶醉。……诗人又一次利用语言巫术,来影响帝王在现实事务方面的决策。" 见 Arthur Waley, *The Temple and Other Poems*, p. 17.

[91] 例见 Hans H. Frankel, *The Flowering Plum and the Palace Lady: Interpretations of Chinese Poetry*, New Haven: Yale University Press, 1976, pp. 186-211; Donald Harper, "Wang Yen-shou's Nightmare Poem," pp. 239-283; Donald Harper, "A Chinese Demonography of the Third Century B. C.," *Harvard Journal of Asiatic Studies* 45, 1985, pp. 459-498; Donald Harper, "A Note on Medieval Nightmare Magic in Ancient and Medieval China," pp. 69-76; David Hawkes, "The Quest of the Goddess," in *Studies in Chinese Literary Genres*, pp. 42-68; David Hawkes, *The Songs of* (转下页)

如为了治愈君主的疾病，或者"召唤"他离去的灵魂。《楚辞》中的《大招》《招魂》和枚乘的《七发》这些与汉赋关系密切的篇章就常常被这样理解，《楚辞》中的《九歌》也是如此。然而，韦利对修辞与"感官狂喜"之别的论述，还没有让我完全信服。即使那些神秘艺术在赋体用语的形成中发生过作用，它在西汉前期也几乎已经退隐到了背景之中，而发展出了某种或许可以称作巫祝语言的诗化及修辞化再现，它囊括了各种类型的表达方式，包括政治修辞、失意文人的怨辞、对帝国的颂扬，以及娱乐。根据文献记载，《七发》作者枚乘之子枚皋是武帝一朝作者中最多产者，他当然不是巫师；作品留存至今的几位主要西汉文学家，如东方朔、司马相如，或者王褒等，当然也不是巫师。但这些人都是具有非凡才能者，可以创造和控制他们自己时代的语言，并且对他们的诗歌修辞术富有自信和自觉。

　　就西汉时代而言，从最初可能具有宗教性意味的文字巫术到对这种巫术和雄辩术的再现，其间的转化过程或可从我们手里作品的结构本身一窥端倪。司马相如的《天子游猎赋》是从"子虚"、"乌有先生"和"亡是公"之间的对话敷衍而来，刻意展示了这场争论的戏剧性。同样的，枚乘《七发》的结构形式是"楚太子"与"吴客"之间的对话，一开头便是关于楚太子因久耽安乐而身心欠佳的大段对话。开场白的结尾是吴客提出太子的病用药石针灸不能奏效，应该用"要言妙道"来把病"说"去。在太子同意之后，吴客列举了七种"发"：前五种是关于王侯生涯的人间愉悦，尽情铺叙演乐、嘉会、车

（接上页）*the South: An Ancient Chinese Anthology of Poems by Qu Yuan and Other Poets*, pp. 95-101 等。夏德安在霍克思（David Hawkes）和傅汉思（Hans H. Frankel）论述的基础上来讨论王延寿（一世纪中至二世纪）的《梦赋》，比之前的学者更有说服力地讨论了这个问题。他指出，《楚辞》这个文集标题也许应该解作"楚祝"（"Chu Spells"），而"天子游猎"一类赋作（读者不难想到司马相如）就是"语言的辟邪灵符"；参见 "Wang Yen-shou's Nightmare Poem," pp. 277-282。与之相反，郭维森提出《梦赋》是梦境的文学再现，可能有政治讽谏的用意，我觉得这种说法更可靠，参见郭维森，《王延寿及其〈梦赋〉》，收入《辞赋文学论集》196—212。

驾、胜游、校猎之盛。这种展示性的美学风格在第六发，即对观潮的令人眩目的描绘中达到顶峰。在多为四言的约八十行诗句里，文本如洪流湍泻，挟裹着重言描绘、汹涌音节，迸溅着双声、叠韵、重迭的联绵词；结果，观潮的壮丽场面变成语言的模仿性再现（mimetic representation）。例如下面这段：

> 纯驰浩蜕，前后骆驿。
> 颙颙卬卬，椐椐强强，
> 莘莘将将。壁垒重坚，
> 杳杂似军行。訇隐匈磕，
> 轧盘涌裔，原不可当。[92]

在这段对怒潮的描写中，各类"发"的语言艺术达到极致，然而它仍然未能起太子于病榻。只有最后，也是最简略的一"发"才奇迹般地令太子霍然病已。令人窒息、漩涡般的词句在这里戛然而止：联绵词、四言韵、重言法，确切说来是整个的描绘模式都不见了，行文变得节制而冷静：

> 客曰："将为太子奏方术之士有资略者，若庄周、魏牟、杨朱、墨翟、便蜎、詹何之伦。使之论天下之释微，理万物之是非。孔老览观，孟子持筹而筭之，万不失一。此亦天下要言妙道也，太子岂欲闻之乎？"于是太子据几而起曰："涣乎若一听圣人辩士之言。"涊然汗出，霍然病已。[93]

---

[92] 见《六臣注文选》34.15a。对《七发》的翻译和研究，可参看 David R. Knechtges and Jerry Swanson, "Seven Stimuli for the Prince: The Ch'i-Fa of Mei Ch'eng," *Monumenta Serica* 29, 1970-1971, pp. 99-116。

[93] 见《六臣注文选》34.17a-b。

很可能，枚乘也意识到了文字的治疗功效，但是他的《七发》并非以这种方式运用语言。它摹仿性地以文学作品的形式再现了文字巫术，从其文学场景的设定来看，这种再现性也是显而易见的。这正是王逸对《九歌》的判断，他认为这些歌诗是屈原亲历过南方的民间宗教典礼，观赏过他们的舞蹈，听过他们"鄙陋"的音乐之后创作的。据王逸所言，则屈原作《九歌》显然是对他见到的祭祀颂歌的摹仿，不仅仅是为了敬神，也是为了抒发自己的个人苦闷。[94] 结合这些线索来看《七发》，我很难想象它被实际用于治疗任何人，或者服务于巫咒的目的；相反，其主要目的必然是将美学快感和道德劝诫通过修辞融为一体。类似的还有《汉书·王褒传》里的一段，它被广泛征引为赋具有巫咒式治疗效果的案例。[95] 这段文本告诉我们，当太子为某种未知的身体和精神的不适所苦时，皇帝命王褒等人"虞侍"太子，[96] 通过诵读"奇文"和他们自己的作品来提供娱乐。过些时候，太子平复，并命令"后宫贵人左右"为他诵读王褒之作。人们也许会把这段材料当作"虚辞造说以治病"[97] 的一个例子；但是原文提到的乃是娱乐，让身体不适的病人提起精神的一项文雅的活动，而不一定是某种巫术。

为了更好地理解西汉赋，我们需要对早期汉语修辞学的复杂性做更深入的探讨。[98] 自战国游士（或游说、游谈之士等）的时代以来，语言切实的感官性和动人之美就成了一种有力的修辞元素，也因

---

[94] 见洪兴祖《楚辞补注》2.55。我不同意霍克思认为"王逸以讽喻来解《九歌》多有荒诞不通处，不能取信于人"的说法，见 David Hawkes, *The Songs of the South: An Ancient Chinese Anthology of Poems by Qu Yuan and Other Poets*, p. 96。王逸的思路完全契合汉代对《诗经》和汉赋的注疏思路，同时，我也怀疑那些对汉代批注轻易揶揄的现代学者是否尽然正确理解了经典解释的精妙细致。我认为王逸对修辞艺术的强调比现代学术对所谓文字巫术的坚持更高明，尽管我们不一定需要认同王逸批注中的那些历史细节。

[95] 《汉书·王褒传下》（64B.2829）。

[96] "虞侍"一词复见于《汉书·元后传》（98.4015），而行为的对象还是太子，在这里，颜师古注曰："此虞与娱同。"再次强调"娱乐"之意。

[97] 参看 Hans H. Frankel, *The Flowering Plum and the Palace Lady: Interpretations of Chinese Poetry*, p. 203。

[98] 例如康达维等（David R. Knechtges and Swanson, "Seven Stimuli for the Prince: The Ch'i-Fa of Mei Ch'eng," p. 103）提及韦利"混淆了辞令与巫术"。

此被目为虚言伪说，备受鄙夷。一个典型的例子是《论语·卫灵公》及《阳货》中，孔子把"利口"辩士带来的危险与臭名昭著的"郑声"引发的后果相等同。这里，与肃穆"古乐"相对的"郑声"（又作"郑卫之声"、"新声"、"淫声"或"亡国之声"）被认为能以错巧挑逗的旋律使听者逾矩，造成社会动乱。[99]

以《论语》为代表，中国早期传统对修辞抱有深刻的怀疑。雕饰动人的语言被看作是弄人君于指掌的利器，因此要为战国时代的政治混乱负相当的责任。汉代文献断然将"巧"与"信"对峙，此外更将与汉赋有极大关系的南方楚地修辞传统引为例证。[100]《论语》及所有这些探讨中，即便不说是开门见山，也是全然明确地认识到，"恶紫之夺朱也，恶郑声之乱雅乐也，恶利口之覆邦家者"。(《论语·阳货》) 这正是因为它们既可以提供审美愉悦、激发强烈情感，也有惑乱掌控人的潜能。言辞的艺术，以及推而广之的文学创作，在道德方面最多是无关无涉或模棱两可的；而据扬雄看来，即便初衷是好的，它也很容易因为淹没本旨而导致失败。

在中国传统中，汉赋体现着修辞学与诗歌相合流，[101] 而这在西方早期诗学传统里则是普遍接受的事实，其"说服力与推理相关联，能够带来愉悦，并且最重要的是能够诱发情感反应"。[102] 贺拉斯《诗艺》

---

[99] 参看 Martin Kern, *Die Hymnen der chinesischen Staatsopfer: Literatur und Ritual in der politischen Repräsentation von der Han-Zeit bis zu den Sechs Dynastien*, pp. 33-35; Jean-Pierre Diény, *Aux origines de la poésie classique en Chine: Étude sur la poésie lyrique à l'époque des Han*, pp. 17-40。

[100] 见《史记·货殖列传》(129.3268)、《汉书·地理志下》(28B.1668)。《老子》第八十一章也有这样的著名格言："信言不美，美言不信"。

[101] 关于辞令传统及其对赋的影响方面最值得注意的研究是：中岛千秋，《赋の成立と展开》页95—279，291—307，松山：关洋纸店，1963。同样的，康达维在他的博士论文里广泛讨论了汉赋及其战国的前身，并将它们作为一种普遍的修辞传统的一部分，见 *Yang Shyong, The Fuh, and Hann Rhetoric*, Ph. D. diss., University of Washington, 1968, pp. 164-187, 239-251 等处。比较简单地表达了类似意见的还有 Hellmut Wilhelm, "The Scholar's Frustration: Notes on a Type of Fu"。对汉赋修辞本质的个案研究有 David R. Knechtges and Swanson, "Seven Stimuli for the Prince: The Ch'i-Fa of Mei Ch'eng"。

[102] D. A. Russell and M. Winterbottom, *Ancient Literary Criticism: The Principal Texts in New Translations*, Oxford: Oxford University Press, 1972, p. xv.

（*Ars Poetica*）的不朽名言曰："诗人的目的或是益人，或是说出既可愉悦又可裨益人生的言辞。"[103]这提示我们，扬雄对赋的讨论中存在着疏漏：他一直在提"益人"，而几乎不曾涉笔于"娱人"。确实，对雄辩修辞和活泼乐调产生了如此激烈的反应，这似乎在否认丰富的审美展示这一观念本身，也否认了它提供的愉悦。然而，经学家的反对恰恰是人们普遍享受着这种愉悦的最好证明。《战国策》精彩地表述出了对修辞术的否弃，尽管这部西汉晚期刘向编辑成书的大作本身正是早期操纵性语言的绝佳宝库。在一段几乎肯定是虚构的记载里，著名的说客苏秦试图说服秦惠公（前337—前311年在位）以武力对抗与秦为敌的联盟。为此，他历数了因武力不济和横议泛滥导致的诸多政权衰落之鉴。为了说明这一点，修辞大师苏秦做了一个令人惊叹的自我指涉的逆转，以滔滔滚流的雄辩力量征服了秦王。这一篇宏论音声急促，反复陈词，三言、四言交错，两句一转韵，曰：

> 科条既备，民多伪态。
> 书策稠浊，百姓不足。
> 上下相愁，民无所聊。
> 明言章理，兵甲愈起。
> 辩言伟服，战攻不息。
> 繁称文辞，天下不治。
> 舌弊耳聋，不见成功。
> ……
> 今之嗣主，忽于至道，皆：
> 惛于教，乱于治，

---

[103] "Aut prodesse volunt et delectare poetae aut simul et iucunda et idonea dicere vitae"，出自贺拉斯《诗艺》；见 Horace, *Satires, Epistles and Ars Poetic*, trans. H. Rushton Fairclouth, Cambridge: Harvard University Press, 1955, p. 479。注意，《诗艺》和陆机的《文赋》一样，本身就是一首长诗。

迷于言，惑于语，
沈于辩，溺于辞。[104]

这样华丽的言辞展现与其说是为了传达命题性的信息（propositional message），不如说，通过自我表现为语言的艺术品，使自身形成切实可感的现实，它融入了现实世界，而非仅仅描绘了那个世界。相形之下，题旨反倒被遮黯了。苏秦的语言创造了并变成了它意图描述的现实本身。让我们暂且回到前述巫术和咒辞的问题上：这种自我指涉、创造现实的语言运用正是典型的早期中国礼仪文化所运用的表演性言辞，其范围涵盖从商周甲骨卜辞、青铜铭文到《诗》，从战国策士的神鬼之说到帝国时期的石刻碑文、祭祀颂歌。[105] 然而，它同时也是诗歌语言的典型，这种语言只是部分与宗教表达重合。表演性的、自我指涉的言说原则超越了任何单一的目的或语境。最晚从战国以来，这类言辞最初可能具有的宗教意义功能就是平行并独立于它的其他功能——比如政治讽喻、美学愉悦、道德寓言等。宗教、道德、娱乐和政治性的表达方式都彼此相关，并分享了表演性言辞的某些特质；然而，真正的巫咒与其文学再现（如《七发》）之间，或者一场真实的辩论和它向文本表演的转化（如《答客难》）之间的差异，恰可以区分直接性的政治宗教行为与自觉的美学创作。文学的表演仍然是表演，但从语用论的角度来说，它是在截然不同的层面上运作。正是通过朝再现的转向，文学的理论与实践方告出场，审美形式自身才开始成为一种诉求，而诗性的模糊才不再被极力避免，而是被有意建构。

---

[104] 参看诸祖耿，《战国策集注汇考》页118—119，南京：江苏古籍出版社，1985；David R. Knechtges, "Yang Shyong, The *Fuh*, and Hann Rhetoric," pp. 182-184。
[105] 参看 Martin Kern, *The Stele Inscriptions of Ch'in Shih-huang: Text and Ritual in Early Chinese Imperial Representation*, pp. 140-147, 以及本书《作为表演文本的诗：以〈小雅·楚茨〉为个案》。

四　修辞与教化

扬雄之后，评价赋的最大困难在于，人们觉察到它包含着内在冲突的信息，正如那些最卓越的西汉代表作品所传递的道德模糊性。这个问题的核心是一种特殊的修辞结构，枚乘《七发》、司马相如《天子游猎赋》都存在这种情况：首先，作品以说明性对话开场，模拟并表演性地再现了欢乐场景。所描述的奇观被置换为精湛修辞，亦即描述本身，这是一种艺术语言的自我再现，它描述且又创造了审美愉悦，在语言层面上复制了这个世界具有感官刺激的、切实可触的壮观异景。这一部分既是作品的核心，也是作品最长的段落，随即陡然中止，转为有意用朴素措辞来表达的道德教训。为了全面地理解赋，我们需要理解这一转变的实质，即从对奇观和欢愉的模拟再现转为对此的道德反省，并最终与前者分道扬镳。如前述《七发》那样，文本末尾部分不仅否弃了对欢愉的着力描述，也否弃了把这种欢愉作为纯粹审美对象再创造出来的感官性语言本身。在《天子游猎赋》中，出猎的天子在结束了一场搜罗天地的大屠杀之后，陷溺于音乐之愉（包括恶名昭著的"郑卫之声"），沉迷于色欲之欢，身边围绕着绝色舞姬，但这一切只导向突然的自省：

> 于是酒中乐酣，天子芒然而思，似若有亡，曰："嗟乎，此大奢侈！朕以览听余闲，无事弃日，顺天道以杀伐，时休息于此，恐后叶靡丽，遂往而不返，非所以为继嗣创业垂统也。"[106]

于是天子结束盛筵，庄严陈词，颂扬了善政之德、自我克制，以及无

---

[106] 见《六臣注文选》8.17a。最后一句借用了《孟子·梁惠王下》（1B.14），复见《孟子注疏·梁惠王下》（2B.17a）。

私为民。叙事继续按照经典的贤君典范形象描写天子：游艺典籍、节制尚德，即使出猎也无伤百姓与自然。最后又回到《天子游猎赋》一贯的对话体结构：各自代表齐楚两国的乌有先生和子虚痛悔于他们的侈辞，并折服于亡是公这位天子的代言人。

《七发》和《天子游猎赋》的结尾有各种不同的解读方式。针对枚乘的作品，华兹生（Burton Watson）认为，"最后一部分显得敷衍潦草，君主自省也过于轻易迅速，似乎表明此刻诗人只是急于遵循一下教化主义的惯例，然后草草收笔"。[107] 但是，首先要问的是：为什么枚乘会写这篇作品？接受《七发》的君主不是吴王就是梁王，枚乘曾给他们做过文学侍从，他们为什么要褒奖这么明显的因循惯例行为呢？扬雄认定司马相如的赋传达了讽喻的信息，《史记》《汉书》的司马相如本传里也是这样评论《天子游猎赋》的末尾部分的。[108] 然而，在扬雄对这一文类的总体评论中，他认为赋"既归之于正，然览者已过矣"。[109] 换句话说，天子作为赋本来呈献的对象，来不及等到文末的讽谏就已经沉溺于过分的铺排描述了。[110] 在龚克昌看来，《天子游猎赋》不仅仅要求天子节制，也抨击了诸王的穷奢极欲。按照这种思路，司马相如"希望继续打击诸王，削减他们的权力；他也希望提高天子的地位，巩

---

[107] Burton Watson, *Early Chinese Literature*, New York: Columbia University Press, 1962, p. 268.
[108] 对《天子游猎赋》的介绍中提到：作品"卒章归之于节俭，因以讽谏"，有可能是对相如赋"奏之天子，天子大乐"的一种反讽式注释，见《史记·司马相如列传》（117.3002）、《汉书·司马相如传上》（57A.2533）。
[109] 见《汉书·扬雄传下》（87B.3575）。"览者"一词在这里也许别有意义。秦汉时"览"意指"全面观察"，在文学和象征的层面上看通常是站在一个高的位置。例如秦代的石刻文中就出现过若干这样的义项（见《史记·秦始皇本纪》[6.243、250、261]）。"览"又常常与"观"并举。"阅读"在后来才成为览的主要义项，司马迁并无此意。与此相反，褚少孙在关于《史记》的补充中仍然有时候将览作为阅读之义（见《史记·三王世家》[60.2114-2115]、《史记·滑稽列传》[126.3203]），我们可以推测扬雄也知道这种用法。所以，扬雄的"览者"很可以反映他对赋的看法，即一种形诸文字，以供（例如皇帝等）阅读的文类，而不是通过表演化的吟诵，诉诸听觉的文类。这样的看法与扬雄对东方朔《答客难》的理解相当吻合。
[110] 在做这个判断之前，扬雄曾经仿照《天子游猎赋》作《羽猎赋》，在序文中开门见山地表明讽谏的意图。

固中央朝廷的统治"。[111]确实，司马相如在赋的最后一部分尤其触及的当前政策问题，恰是年轻的汉武帝想要实行的。[112]所以，显然我们不能把《天子游猎赋》读解成对帝王的批评或讽谏；它是"一篇献给汉王朝及天子的颂歌"，而其劝诫之意次要于"鼓吹和美化制度与皇帝本人"。[113]不过，司马相如这里提供的政治建议并不是整体赋作的关键之处。如果要投皇帝所好，还有其他更不费力，更少含糊，因而也更加有效的方法。况且，纯粹的政治化解读将难以涵盖《天子游猎赋》中创造的艺术奇观，这种奇观有其自身的价值及意义。

我认为，如果不考虑自我指涉的语言艺术这种主导性因素，以及与之相关的娱乐和快感效果，不可能成功（即自圆其说）地分析作品。如果文献材料无误的话，欢愉效果正是西汉赋的主要目的所在，而其精于文学表演这一点也是显然得到朝廷重视和认可的。[114]据《汉书》，宣帝（前74—前49年在位）感到不得不为当时的辞赋辩护，坚持认为它们兼有古《诗》之义，包含了美德、讽劝等因素，所以它们远优于百戏和俳优的表演。[115]这里的参考系很清楚：一边是古《诗》，另一边是当时的多种娱乐方式。

但是娱乐并非是"纯娱乐"。从宗教咒语和政治劝诫到对这类表演的文学化再现，仅一步之遥。对话背景的设置显然提示我们，西汉的诗化修辞继承了能对神灵和君主施加魔力的雄辩传统。同时，因其对美学形式的自觉，这种令人愉悦的修辞也采取了一种欢庆和颂扬的

---

[111] 见龚克昌，*Studies on the Han Fu*, p. 142. 某种程度上，《史记·司马相如列传》（117.3043）和《汉书·司马相如传上》（57A.2575）中介绍《天子游猎赋》时曾有类似的猜测。
[112] 类似地，被认为是司马相如最后一篇作品的《封禅书》就是稍晚些的一个例证，它预示了始于公元前114年的封禅仪式的改革，原文见《史记·司马相如列传》（117.3063-3072）。在登基伊始，年轻的汉武帝受到祖母窦太后（前135年薨）的限制，没有政治自主权。
[113] 参看 David R. Knechtges, "The Emperor and Literature: Emperor Wu of the Han," p. 57.
[114] 见《汉书·王褒传》（64A.2791, 64B.2821）。其中称"楚辞"或"楚词"是指来自楚地的一种文学样式，与后来王逸所谓作为文集的《楚辞》概念不同。"辞"在这里可能是"赋"的同义词，指的不仅是词汇、语句，也包括它们的表演特质。
[115] 见《汉书·王褒传下》（64B.2829）。

模式。尽管司马相如的诸多创作明显不同于古《诗》，但周代文学创作观已经预示了这条自我指涉法则，亦即，展示自己的美学艺术和技巧本身就是成就。一个著例是《礼记》中记载的三足鼎铭文，其特征是既要颂扬先祖之功烈，也要体现出鼎铭主人通过颂扬先祖而适当展示了他自己的德行。[116]毫无疑问，《天子游猎赋》更多地是一篇政治颂歌，赞美天子和其作为天下缩影的苑囿。[117]然而通过无穷无尽的列举和排山倒海的音节，赋的修辞语法营造出的是一连串令人眩晕的感官印象，而非某种具体命题的信息。《天子游猎赋》的基本原则是在语言的层面仿真、重现皇家文化的强盛和壮丽。犹如早期的周代宗庙颂辞和礼器铭文，它构建、表演和再现了想要赞颂的文化辉煌本身。司马相如对帝王荣耀的宏侈描述既是自成一体的夸饰美学结构，也是它所颂扬的文化辉煌之有机部分。西汉时代赋、颂并称，也确认了这一点：说司马相如的赋就是颂，这几乎是同义反复。

汉代的作者意识到了这种修辞法则。当班固描述汉代的都城长安和洛阳时，对比前者的豪奢与后者的克制有序，他的文风也由长安部分的溢美夸张变为洛阳部分的古典简约。[118]我认为枚乘《七发》和司马相如《天子游猎赋》的末尾部分也是一样：正如它们在之前的叙述里模仿性地再现了诸侯（《七发》）或天子（《天子游猎赋》）的宫廷文化的辉煌一样，两篇的结尾都通过一个戏剧化的美学转变，不仅表达，而且表演了理性和节制的理念。确实，类似的模式在宗教表述与雄辩美学相结合的作品《大招》中也能看到，它有可能是西汉赋的直接源头。[119]这三篇作品的结尾处，僻词和悦耳的联绵词都戛然而止；枚乘、

---

[116] 见《礼记正义》49.378c-379a，关于自我指涉的问题也可参考这一部分。
[117] 参看 Lothar Ledderose, "The Earthly Paradise: Religious Elements in Chinese Landscape Art," in *Theories of the Arts in China*, ed. Susan Bush and Christian Murck, pp. 165-183. 该文认为汉武帝那包罗万象的园林应该放在天人合一的政治宗教传统中来理解。
[118] 参考龚克昌，*Studies on the Han Fu*, pp. 264-265。
[119] 见洪兴祖，《楚辞补注》10.216-226。

司马相如还有《大招》的无名作者在穷尽了世间奇观,也用尽了描绘它们的语言学手段之后,却在具有庄严王者气象的末章合唱里,将君主和他们自己都塑造成了经学的楷模。每篇作品里,作者都的确在给君王歌功颂德,但同时也是为自己的文学多才多艺树碑立传。

然而,一篇作品如何将这样截然不同的两部分连接起来呢?读者是否做好了准备,在作者华丽转身的时候还能跟上节奏?扬雄的答案是否定的:在那个时候,初衷甚好的作者已经让他的听众,也就是君主,迷失在了美感的沉溺、自我放纵和欢愉的力量之中。为了充分理解扬雄究竟反对什么,我们需要考虑到,根据某些流传至今的战国后期和西汉时期的话语,那些用令人兴奋的语言描述世间欢愉的作品,的确不仅仅是为了提供欢乐,更是为了通过对这种欢乐的接受来进行道德引导。能够说明这种阐释学思路的最佳证据莫过于两种新的出土文献,即马王堆《五行》篇和上博《孔子诗论》,它们都是对传世《诗经·国风》首章《关雎》的早期解读。与通过郑玄《毛诗传笺》流传下来的《毛诗》读解,或者重构的西汉三家诗脉络相比,这种解读完全不同。[120] 在马王堆的《五行》帛书上,这首诗被解释为传达了男主人公的急切情欲。不过,它总结这首诗最终表明("谕")了对性的"小好"如何得到控制,臣服于合乎社会行为规范的"大好"。[121] 同样的阐释思路也体现在另一份抄本《孔子诗论》里,其时间大约是公元前四世纪末至前三世纪初,现藏于上海博物馆。[122] 该抄本也认为《关雎》是"以色喻于礼",而对"礼"的复归导致"改"。[123] 对《国风》整体的类似判断见于《荀

---

[120] 关于汉代对《关雎》的四种释读,参看王先谦《诗三家义集疏》页4—16;以及 Jeffrey Riegel, "Eros, Introversion, and the Beginnings of *Shijing* Commentary," pp. 155-159。
[121] 参看池田知久,《馬王堆漢墓帛書五行篇研究》页 533—545。
[122] 《孔子诗论》的篇名得自现代的整理者。窃以为将疑义尚存的文献冠以"孔子"之名是有问题的。
[123] 参看马承源主编,《上海博物馆藏战国楚竹书(一)》页 139—144。对《关雎》的讨论见第十一、十二、十四号简。

子》[124]和刘安的《离骚传》,[125]它们都可以追溯到《论语·八佾》:"关雎乐而不淫,哀而不伤。"按照司马迁所采用的鲁诗解释,[126]这首诗讲的是色欲,即"好色伐性短年"。[127]这些谈到《国风》(以《关雎》为首要例证)的地方都表明,早期曾经存在一种解读,但在汉代,尤其是随着《毛诗》的正典化,这种解读逐渐被彻底遮蔽,并被剔除出早期文本传统。马王堆帛书和上博简有力证明了这种阐释曾经一度确立并广为流传,并且至少在公元前四世纪后期至前二世纪后期的两个世纪里都可能被记录在案。[128]正是在这个时期,我们如今称作"赋"的诗歌表现手法彻底发展成熟。相应地,理解这段时期的《关雎》阐释学不仅有助于我们质疑扬雄对赋的态度,更有助于我们实实在在地重访赋这一文类本身的源头和早期发展。"以色喻于礼"是什么意思?循着这个问题,我们终于要接触到扬雄觉得有问题的西汉美学的核心了。

对《关雎》与《国风》的早期阐释显示出一种复杂的释读思路,远较那种狭窄的、政治化的、历史化的注释有趣,然而在西汉晚期,后者渐渐取代了前者,并成为扬雄观点的核心。《荀子》、刘安和出土文献的作者们共同采用了一种两步解读法:第一步,他们承认《关雎》及《国风》其他诗篇包含的愉悦和欲望之情;第二步,他们认为尽管这些诗歌表达并提供愉悦,它们最终还是要引导读者归于礼仪,亦即对上述情感的把握和控制。[129]换句话说,这种释读将文本的文

---

[124] 见王先谦,《荀子集解》19.336。
[125] 见《史记·屈原贾生列传》(84.248)。刘安的论述被班固引用于《离骚序》中,刘论赖此得以保存并被列在刘安名下,班固的文章存于王逸《离骚》注,参考洪兴祖,《楚辞补注》1.49。
[126] 见《史记·十二诸侯年表》(14.509)。
[127] 见王先谦,《诗三家义集疏》页4。又可参考 Mark Laurent Asselin, "The Lu-School Reading of 'Guanju' as Preserved in an Eastern Han *Fu*," *Journal of the American Oriental Society* 117, 1997, pp. 427-443。
[128] 详见本书《出土文献与文化记忆:〈诗经〉的早期历史》。
[129] 关于人欲和道德之间的冲突,及其在《诗经》中的反映,以及早期哲学文本中对此的看法,可参考吴万钟,《从诗到经:论毛诗解释的渊源及其特色》页61—87。

字意义（言内行为意义，locutionary meaning）与它们通过语言在读者身上产生的实际效果（言后行为效果，perlocutionary effects）区分开来。[130] 有争议的不是《国风》诗歌本身的意义，而是这些诗歌在从中得到欢愉的读者身上产生的效果。所以，《关雎》可能表达了急切的情欲，却没有诱人放荡。[131] 决定性的因素并非文本说些什么，而是聪明、敏锐的听众如何被其表演所影响。[132]

为什么要通过读者被诱导产生的情感，而非文本的表面意义来思考《国风》？还有另一个理由：早期歌诗、诵诗的人对自己发出的词句当然不是无知的，他们只是没有把注意力限定在这上面；相反地，早期叙述一再提醒我们《诗》作为音乐表演的重要性，且没有证据表明前述《论语》对《关雎》的看法仅仅涉及歌词。范佐伦认为这段话更重视《关雎》的音乐表演性质，很可能的确如此。《孔子诗论》的发掘为我们提供了另一个重要证据，[133] 它相当关注《诗》的表演方面。我们还知道，即使在前一世纪中叶，王褒的一部分作品还被认为是"依《鹿鸣》之声习而歌之"。[134] 同样的，《诗大序》依据早期乐论而建立这一点也反映了古代中国美学论述中表演的核心地位。[135] 当扬雄

---

[130] 在东汉后期，这种注解的策略被精密化的《毛诗》遮蔽了，再度出现的时候已经是在朱熹（1130—1200）以及其他宋代学者对《诗经》的阐释中。参看本书《出土文献与文化记忆：〈诗经〉的早期历史》；Wong Siu-kit and Lee Karshui, "Poems of Depravity: A Twelfth Century Dispute on the Moral Character of the *Book of Songs*," pp. 209-225。

[131] 范佐伦已指出，"中国注疏学的核心问题不在于如何理解文本，而在于怎样受到它的影响"。见 Steven Van Zoeren, *Poetry and Personality: Reading, Exegesis, and Hermeneutics in Traditional China*, p. 112。

[132] 因此，名声不太好的《郑风》中的《将仲子》篇可以用于外交场合，使囚犯得以释放，原诗见《毛诗正义》4-2.69a-b；它的应用见杨伯峻《春秋左传注》页1117（襄公二十六年），北京：中华书局，1993。

[133] 更多的讨论见 Steven Van Zoeren, *Poetry and Personality: Reading, Exegesis, and Hermeneutics in Traditional China*, pp. 28-51；本书《出土文献与文化记忆：〈诗经〉的早期历史》。

[134] 见《小雅·鹿鸣》，复见《汉书·王褒传下》（64B.2821）。

[135] 参 Steven Van Zoeren, *Poetry and Personality: Reading, Exegesis, and Hermeneutics in Traditional China*, pp. 17-115; Stephen Owen, *Readings in Chinese Literary Thought*, Cambridge: Harvard University, 1992, pp. 37-56。

因其过度夸饰而主张摒弃赋的时候，他抵制的是一种原本基于表演效力而成的诗歌语言；对于毫无疑问将自己看作一个读者而非听众的扬雄来说，这些文本如今阻碍了道德讯息。在他看来，审美愉悦的体验将最终导向合乎礼仪的行为这种观点已经不再成立。

"以色喻于礼"在公元前三到前二世纪间显然是广为人知的套话，我想指出的是，这种观念应该也扩展用于"赋"，特别是因为"色"一词除了"性"之外，语义还要宽泛得多，涵盖广义的感官吸引、欲望、欢愉，包括被认为合法、恰当的那些欢愉。在这种更宽泛的意义上，由于《大招》、《七发》和《天子游猎赋》最后都从泛滥的感官性突转为节制和道德，它们正是"以色喻于礼"的体现和自我指涉的表演。就文本的内在文学层面而言，当且仅当经历过最奢侈的愉悦之后，君主才掉过头来，彻底转变，显示自己乃是礼与义并重的圣王。这里，赋的真正意义正在它的表演性本质中：当它赞颂并穷尽帝国的文化盛况，把这种盛况用精湛的语言加以展示之后，它不仅描述了其听众（即君主）的转变，而且还表演并实现了他们的转变。所以，《天子游猎赋》的最后一章并不是任何简单直接意义上的讽谏。当赋中所写的天子转变为圣人的时候，接受这篇文本奏呈的天子也是一样，他面对的是自己的诗性分身。现场的天子被裹挟在理想化的、完全歌颂式的表演修辞之中。

正如毕万忱所论，《七发》中描述巨大快感的极具感官性的六"发"，并不是为了让太子更深地沉溺在逾矩放纵中，恰恰相反，是为了极述王者理应享有的那些快乐，但前提是在享受的同时保持自我克制。[136]《大招》和《招魂》中描写的诱惑也可作如是观。在这种关于合乎体统、道德上被容许的"乐"的讨论里，美刺之间的对立被大大地消解掉了。枚乘和司马相如仍然是要"致君尧舜"，然而他们的劝

---

[136] 参看毕万忱，《试论枚乘的〈七发〉》，载《文史哲》，1990年第5期，页32—34。

谏却是通过颂词来表达。正如《荀子》对《国风》的定性那样，他们作品带来的美学愉悦"盈其欲而不愆其止"。[137]在满足人欲和遵循礼仪两极之间，《荀子》总体来说是提出一种平衡互动关系的重要哲学文本。它的《礼论》《乐论》《性恶》三章合起来，[138]是早期中国就人性、礼仪、审美展示等问题进行论述的最具一致性的哲学理论。按照这种理论，人对快乐的欲望不可否认，但它需要且能够通过礼仪的滋养和教化力量来控制与规范。不仅如此，因为对快乐的欲望是人类生存的基本且不可否认的一面，所以它既会带来道德、社会衰微的危险，但也会滋生出对良好秩序的需求，而实现秩序的手段就是制定合乎尺度的规则，即"礼"。[139]最终，美学展示，特别是适合君主的精致复杂的展示，正是意味着将享受快乐包含在礼仪实践中，这乃是滋养培植对声、色、气、味的感觉的手段。[140]在这一语境中，不论是《关雎》、《大招》、汉赋，还是有关《诗》的整个资源库，文学作品的表演[141]都受到礼仪规范的引导，因而能够同时提供愉悦和教导。所以，如果说《诗》中的《雅》（尤其是《大雅》）和《颂》体现并展示了已有的礼乐秩序，那么《国风》（特别以《关雎》为范例）则拥有引导其受众达到

---

[137] 见王先谦，《荀子集解》19.336。
[138] 据传统三十二篇本的第十九、二十、二十三篇（王先谦的《荀子集解》中为第十三、十四，部分十七篇）。在目前所知最早的杨倞（九世纪）注本为人所知之前，《荀子》似乎并没有引起多少学术关注。更有甚者，在宋代，由于其持人性本恶的立场，《荀子》从正统的儒家经典之中被剔除。尽管如此，郭店和马王堆的出土文献，以及上博竹简，都充分地证明了《荀子》中的思想学说在公元前三到前二世纪曾得到普遍接受。参看 Paul Rakita Goldin, "Xunzi in the Light of the Guodian Manuscripts," *Early China* 25, 2000, pp. 113-146。
[139] 关于这一点，参看王先谦，《荀子集解》13.231, 17.294。
[140] 见王先谦，《荀子集解》13.231-232。荀子曾列举多种情况，巧妙、恰当地描述了象征美政的感官展示与愉悦，例如《荀子集解》6.116-117、121, 7.137、141。
[141] 关于后者的最著名的例子就是公元前544年（襄公二十九年）吴公子季札出使鲁国受到盛大招待一事。就每套乐舞，吴公子都盛赞"美哉"，显然是兼指那些古诗如何表达它们的道德劝教，以及这些教训怎样在表演中充分展示，参考杨伯峻《春秋左传注》页1161—1165；以及 David Schaberg, *A Patterned Past: Form and Thought in Early Chinese Historiography*, pp. 86-95。史嘉柏指出，这种表演"提供直接的艺术快感（很华丽的）"，"却必须遵从调和政治秩序的惯例，那些令人欣赏的言辞只是媒介"（p. 93）。

这一秩序的教化力量。[142]根据马王堆帛书《五行》篇，《关雎》证明了一个人即使是在情欲炽烈的时候，也不愿意逾越礼制。

五 结 论

到了西汉末期，扬雄和刘歆已不再笃信前三到前二世纪的作品显示了愉悦和道德的融合。相反，他们认为赋注定不能实现本旨，因而在道德上是暧昧的。这种论述的差异标志着早期中国美学和文化理念的思想体系里一项深广的转变。西汉后期，新出现的古典主义横扫整个皇家展演的文化，从宫廷资助的文学到宗庙祭典；在这一背景下，对赋的排斥也就可以理解了。这种古典主义的形成乃是对汉武帝一朝奢华之风的公开反对，其余泽犹足以浸淫扬雄及其君主。把汉武帝描绘成沉迷于轻浮仪式、被文学饰词蒙蔽的帝王，这绝不仅仅是就讨论司马相如的作品而言；它事实上是批判整个帝国礼仪系统的一部分，这个系统包括穷奢极侈的耗费、炫人耳目的展示、令人兴奋的音乐以及一套颂词体系，其内容一方面接近《九歌》，另一方面又类似于相如赋。[143]正是在这样一个总体语境中，才有人提倡节制简朴的礼仪表演，倾向于前帝国时代的古典文化，并反对被描述为道德文化堕落的汉武一朝，而扬雄无疑是这种声音中最卓越的代表之一。[144]简言

---

[142] 有一种解释似乎是显而易见的，即把这种对《诗》的解读与《诗大序》提出的"正风、正雅"和"变风、变雅"之间的区别结合起来，但我对此持一定的保留意见。根据《诗大序》，"正"的礼制沦亡后，"正"的雅、颂作品也随之湮没无闻，而变雅、变风兴起。传统的学者从郑玄开始便就此生发出若干种解释，但都没有全面地揭示"变"的意义。我认为，很可能《诗大序》此处是按照早期的记载将《国风》当作具有"讽而化之"作用的文本，而"变"应该与《孔子诗论》中的"改"之义平行。不过，关于这个问题还需要更多的证据才能得出结论。

[143] 参看 Martin Kern, *Die Hymnen der chinesischen Staatsopfer: Literatur und Ritual in der politischen Repräsentation von der Han-Zeit bis zu den Sechs Dynastien*, pp. 174-303; 以及 David Hawkes, "The Quest of the Goddess"。

[144] 扬雄在他的《羽猎赋序》中表达了对皇帝节俭克制的期待，见《汉书·扬雄传上》（87A.3534-3535）；还可参看《六臣注文选》8.20a-22a。

之,从司马相如到扬雄,赋的写作与评价密切跟随着西汉文化史的总体演变脉络而发展。[145]有关礼制和文学的各种问题在西汉晚期至东汉早期的思想者心目中是怎样彼此纠结的呢?这充分表露在一则有趣的史学细节里:在《汉书》中,司马相如作为汉武帝宗庙颂歌《郊祀歌》[146]的作者之一被提到两次;司马相如去世于公元前117年,然而所有证据都表明,这些歌辞的创作都晚于前113年。[147]《汉书·礼乐志》还具体提到这些典礼歌辞是"司马相如等数十人造为诗赋,然后配乐而成"。[148]这些作品被归于司马相如名下很可能只是个错误,但却并非毫无来由。《郊祀歌》的许多段落都非常类似相如赋体,下面是二十章中首章的最后三节;它们尤其类似于《大招》的铺排,[149]通过展示生动的感官愉悦来娱人娱神:

众嫭并,绰奇丽,颜如荼,[150]兆逐靡。
被华文,厕雾縠,曳阿锡,佩珠玉。
侠嘉夜,荃兰芳,澹容与,献嘉觞。[151]

这类戏剧化、密丽的句子弥散于汉武郊庙音乐中;大约创作于公

---

[145] 参看 Martin Kern, "Ritual, Text and the Formation of the Canon: Historical Transitions of *Wen* in Early China," pp. 43-91。
[146] 见《汉书·礼乐志》(22.1045)、《汉书·佞幸传》(93.3725)。
[147] 参看 Martin Kern, *Die Hymnen der chinesischen Staatsopfer: Literatur und Ritual in der politischen Repräsentation von der Han-Zeit bis zu den Sechs Dynastien*, pp. 59-61, 179-185。
[148] 见《汉书·礼乐志》(22.1045)。
[149] 见洪兴祖,《楚辞补注》10.221-223。
[150] 可以参考《郑风·出其东门》。其中,"有女如荼"一句,郑玄将"荼"解作"物之轻者,飞行无常",见《毛诗正义》4-4.78a。之后,这句批注就被用于说明这一篇"淫"诗中关于女性美的想象。
[151] 见《汉书·礼乐志》(22.1052)。复可参看 Martin Kern, *Die Hymnen der chinesischen Staatsopfer: Literatur und Ritual in der politischen Repräsentation von der Han-Zeit bis zu den Sechs Dynastien*, pp. 187-198。汉武帝的二十章《郊祀歌》包括一整套这样庆祝和欢乐的篇章,见第七、八、十一、十二、十五、十六、十九章(见《汉书·礼乐志》[22.1057-1058, 1061-1063, 1066-1067, 1069-1070];复见 Martin Kern, *Die Hymnen der chinesischen Staatsopfer*, pp. 210-223, 241-258, 263-271, 280-284)。

元前32到前7年，后来人们斥之为"郑声"。[152]其中描绘的段落（如对女性魅力的描写）和司马相如作品的类似部分简直难以区分，使得扬雄和班固公然把赋和据说侈放无节的武帝朝音乐相联。[153]从上引材料来看，至少有三处描绘性的联绵词——"雾縠""阿锡""容与"，它们也出现在司马相如的《天子游猎赋》中。公元前32年，那个时代可能最有影响力的经学家匡衡提出废弃过去《郊祀歌》的演出场所，即装饰精美的甘泉泰畤紫坛，更要求修改《郊祀歌》中的两篇。[154]这些倡议提供了一种真实的观察角度，使我们了解到西汉后期经学支配下的意识形态主张与知识阶层的氛围。同时，它们也表明武帝礼乐文章的遗泽依然鲜活存在于扬雄时代，扬雄对前朝赋的批评并非一种距离遥远、中立客观的行为，而是对当时政治辩论的有力介入。其攻击的靶子是武帝时代设计的整个展示和表演的西汉文化，包括赋以及朝廷的礼仪制度。《郊祀歌》的作者们还敢于自豪地宣称自己的作品乃是"兹新音"，[155]但到了西汉后期，像匡衡那样的经学家就会指出汉武帝用于供奉太一神的紫坛之上复杂的装饰"不能得其象于古"。[156]与其一脉相承的是，扬雄要将系于古《诗》作者的庄严之"赋"与汉武词臣的作品区别开来，一言以蔽之，后者的写作只是文辞藻饰的卖弄。

---

[152] 见《汉书·礼乐志》（22.1071）。这一段反映了西汉后期的看法，不过肯定在公元前7年之前，因为它提到了该年即被废除的乐府机构。
[153] 见《史记·司马相如列传》（117.3073）、《汉书·司马相如传下》（57B.2609）。
[154] 关于匡衡废除甘泉泰畤，尤其是太一神坛的记载，见《汉书·郊祀志下》（25B.1256）。Martin Kern, "Ritual, Text and the Formation of the Canon: Historical Transitions of *Wen* in Early China" 中有简要分析。关于匡衡更改《郊祀歌》的建议，见《汉书·礼乐志》（22.1057-1058），复可参考前引拙文。关于匡衡的祭礼改革的评价，可参看 Michael Loewe, *Crisis and Conflict in Han China, 104 B C to AD 9*, pp. 154-192。
[155] 收入《郊祀歌》第八，见《汉书·礼乐志》（22.1057-1058）；Martin Kern, *Die Hymnen der chinesischen Staatsopfer: Literatur und Ritual in der politischen Repräsentation von der Han-Zeit bis zu den Sechs Dynastien*, pp. 216-223。
[156] 见《汉书·郊祀志》；复可参看 Martin Kern, "Ritual, Text and the Formation of the Canon: Historical Transitions of *Wen* in Early China," pp. 43-91。

本文的结论是，在刘向、刘歆提出并编纂的皇家目录里，对于文本所做的制度化分类与扬雄对赋的批评密切相关。早期，赋可以指宫廷演出的所有韵文作品。扬雄对文类定义的强调显示了一种在制度和艺术上都已经达到相当完善程度的文学文化：文类概念是基于不同文类及其正宗形式与功能之间的区别而形成的。同时，这种逐渐浮现的文类观与对书面（与表演、记忆的文字相对而言）文字的日益强调相关，后者包括书面文本数量的激增，对它们的采集、校勘和制度化分类，皇家图书馆目录的编纂，传统经典及其解释传统的固定化，帝国官僚制度的发展，以及相对具有统一性的新学者阶层的形成——他们开始把自己看作文学作者。[157] 在这些发展之前，西汉的诗性美学包括了前帝国时代的政治修辞与宗教巫咒所构成的核心要素，并把二者都转化成了文学的再现。这些再现本质上是明确自我指涉的，使得注意力不仅投向主题，还投向它们自身的诗学技巧；就此而言，它们事实上表演并形成了所描写的对象。这种表演是立足于宫廷，并以君主为核心的：在汉武帝之前多是在郡国王宫，而公元前141年之后则主要是在长安的中央朝廷。当赋的作者与表演者由于其技艺而受到赏识时，这种技艺本身却并不能让他们超越于宫廷俳优的地位而被授予实权。

在西汉，展示性大赋主要是庆祝和颂扬性的，其强有力的娱乐因素也服务于道德宣教。然而，它并不是像扬雄以及后世作者（包括《史记》司马相如本传的作者）根据自身的文学实践而认定的那样，只是狭隘意义上政治批评讽谏的表达方式。[158] 大赋以其富丽堂皇表达了汉武时代礼乐文章强大、自信的美学。这种表演、展示、愉悦的

---

[157] 关于这些问题，可参看 Martin Kern, "Ritual, Text and the Formation of the Canon: Historical Transitions of *Wen* in Early China," pp. 43-91；本书《出土文献与文化记忆：〈诗经〉的早期历史》。

[158] 司马相如没有一篇赋是受命而作，而扬雄的所有赋都受到官方的委托，从这一事实中也能看到司马相如与扬雄之间的历史变化。它证明了这一文类被日趋制度化，并进一步提醒我们不要把两个不同时代作品的本质与功用混淆。

文化乃是建立在兼有装饰和说服力量的修辞美学之基础上，之所以可以发挥如此效力，是因其假定，对欢愉的描绘、展示、召唤和享受最终会引导人们领悟、转向道德。这条美学原则不仅支配了展示性大赋，也支配了同时代对《诗》的阐释。

作为一种表演性的文类，西汉赋的初衷不是被阅读，而是被聆听。《史记》和《汉书》均多次提到人们诵读各式各样的文本，包括传统经典著作。终西汉之世，口头诵读的文化定义了文本的呈现和接受。[159] 从战国后期到西汉之间的出土与传世文献都提供了丰富的证据，说明这段时期书写的规范化要求很低，这一点尤其表现在诗文本上，但也不局限于此。例如，我们知道，今日所见的司马相如赋作以相当规范化的文字形态出现，这已经是东汉之后的时期了，甚至可能是东汉后的若干世纪。[160] 任何纠缠于这些作品中某个字（相较词而言），或者关于赋在武帝时期作为书写文本的整体状况的争执，无疑是根本错误、不着边际的。在赋的早期发展中，书写扮演了怎样的角色，我们没有完全了解，可能它很大程度上局限于档案保存功能，又或许是朗诵者的记忆手段。由是看来，虽然肯定是在皇家图书馆目录的编纂时期，大量的赋作已经具有了书写形式，并以这种形式被分类收录进书目，但是，很可能只有快到西汉末年的时候，比如在扬雄那里，对赋作的"阅读"才开始变成常规的接受方式。扬雄之世，皇家图书馆（天禄阁）的组建和书目编纂一定强烈影响了这种新风气。确实，朝廷希望有一个文本的秩序，这与其说是描述性地存档，倒不如说是针对庞杂文本的规定性系统组织。

总而言之，西汉后期以降的传统看法对赋的理解既是不足的，又

---

[159] 甚至扬雄作的铭文还曾被吟诵给汉成帝，参见钱绎，《方言笺疏》13.53a，上海：上海古籍出版社，1984。
[160] 我在多处涉及对这个问题的讨论，可参看本书《出土文献与文化记忆：〈诗经〉的早期历史》以及《〈司马相如列传〉与〈史记〉中"赋"的问题》。

有其附会溢出之处：它并非一种定义明确的文类，亦非直接介入政治的一个重要媒介，它的作者更算不上有影响力的政治谏言者。同时，它是西汉宫廷文化中最普遍的文学现象，以各种不同的形式出现，融娱乐、赞颂与讽谏于一身。正如新近的出土文献所表明的那样，这种美学不是在已有的阐释话语之外孤立发展出来的。因此，作为早期对《诗》的读解，它们不见于世已有两千多年，现在却帮助我们更好地理解主导了汉赋的那些文学思想的宗旨，对赋的这种新认识，反过来把读解《诗》（尤其是《国风》）的考古材料可靠地定位到了公元前三到前二世纪之间的文学和修辞学主流之中。《毛传》和扬雄赋论都使得阐释传统偏离了它在战国后期、帝国前期的轨迹。而受到"五四"精神的影响，现代学术同样未能认识到，帝国学者根据王朝的需求对赋进行意识形态归约和控制之前，文学思想和实践曾经具有怎样的复杂性。把来自赋和新出土文献的证据配合起来看，我们会感觉到，中国诗歌和修辞学的早期历史还没有得到充分探讨，而对早期诗歌更深入的研究应当在一般概念和具体文本两方面都超越传统和"五四"的思路。

（杨彦妮、杨治宜 译，郭西安 校）

《司马相如列传》与《史记》中"赋"的问题(2003)

一 《史记》中的"赋"

长期以来,司马迁《史记》中某些卷的可靠性问题一直受到学者的关注。早在《汉书·司马迁传》的评注中,就已经提到:《史记·太史公自序》所列举的一百三十篇作品,有十篇已经亡佚,即所谓"有录无书"[1]。在分析《史记》具体篇章时,学者们往往将之与《汉书》的对应篇目进行比较研究,并对《史记》文本的可靠性做出了各不相同的判断。[2] 本文将就现有相关证据来讨论《史记》卷

---

[1] 《汉书·司马迁传》。张晏(第三世纪)在评述此段时列出了有问题的十篇的名目。对此,司马贞在《史记索隐》中进行了更为深入的阐述,参见《史记》130.3321-3322。对这一问题,现代学者也有很多精彩的论述,如余嘉锡《太史公亡篇考》,收入《余嘉锡论学集》1.1-108,台北:文海书局,1979;又如丘琼荪《历代乐志律志校释》页1—14。

[2] 对《史记》中十七章的可靠性进行了广泛,尽管并非总是成功的挑战的包括崔适,《史记探源》,北京:中华书局,1993。而对具体篇目提出的质疑,例见 A. F. P. Hulsewé, "The Problem of the Authenticity of *Shih-chi* ch. 123, the Memoir on Ta Yüan," *T'oung Pao* 61.1, 1975, pp. 83-147; Derk Bodde, *China's First Unifier: A Study of the Ch'in Dynasty as Seen in the Life of Li Ssu (280?-208B.C.)*, Leiden, Brill, 1938, pp. 91-111; David B. Honey, "The *Han-shu*, Manuscript Evidence, and the Textual Criticism of the *Shih-chi*: The Case of the 'Hsiung-nu *lieh-zhuan*'," *Chinese Literature: Essays, Articles, Reviews* 21, 1999, pp. 67-97; Yves Hervouet, "La valeur relative des textes du *Che ki* et du *Han chou*," in *Mélanges de sinologie offerts à Monsieur Paul Demiéville*, vol. 2, Paris: Presses Universitaires de France, 1974, pp. 55-76; Martin Kern, "A Note on the Authenticity and Ideology of *Shih-chi* 24, 'The Book on Music'," pp. 673-677。与此相反,有人尤其坚持《史记·大宛列传》的可靠性,如 Lü Zongli, "Problems Concerning the Authenticity of *Shih chi* 123 Reconsidered," *Chinese Literature: Essays, Articles, Reviews* 17, 1995, pp. 51-68; Kazuo Enoki, "On the Relationship between the *Shih-chi* 史记, Bk. 123 and the *Han-shu* 汉书, Bks. 61 and 96," *Memoirs of the Toyo Bunko* 41, 1983, pp. 1-31; Edwin G. Pulleyblank, "Chinese and Indo-Europeans," *Journal of the Royal Asiatic Society* 1966,(转下页)

一百一十七的《司马相如列传》的可靠性问题。

在《史记》中,《司马相如列传》是唯一记载汉武帝时期"赋"这一文类发展状况的篇目。这是令人颇为不解的,因为根据稍后《汉书》的记述,"赋"是西汉最具声望、写作群体最广泛,且最富于政治意义的文学样式,并且在武帝时期达到顶峰。在《司马相如列传》中,"赋"用在复合词"辞赋"中只出现了一次,[3]说的是景帝(前157—前141年在位)"不好辞赋",另外出现的八次则都是涉及司马相如的作品。[4]此外,在"太史公曰"部分对司马相如的"赞"中,提及了扬雄对赋作为文类的评论。显然,这一条材料不可能来自司马迁。[5]还有,《太史公自序》中将"赋"这个词与司马相如的作品相联系的情况仅仅在"大人赋说"这一短语中出现过一次。此处的"赋"也并非是从通常的文类意义上而言,而更像是对司马相如此一作品表演性的描述。[6]除此之外,《史记》唯一涉及赋体的是在卷八十四屈原(前四世纪)和贾谊的合传中。[7]在该篇中,"赋"一词出现了四次:一次谈《怀沙》,这篇作品系于屈原名下,收入《楚辞》中;一次是

(接上页)pp. 9-39。最近,倪豪士(William H. Nienhauser, Jr.)试图证明《史记·高祖本纪》时代早于《汉书》此篇,参见 William H. Nienhauser, *The Grand Scribe's Records*, vol. 2, Bloomington: Indiana University Press, 2002, "Introduction," pp. xiii-xlviii。倪豪士试图反驳"少数西方学者企图证明部分《史记》已佚,故自《汉书》转抄而来"的观点(p. xiii),但他并未提供任何有力的论述来否定这些学者的工作。倪氏所反驳的似乎是认为《史记》的全部或大部分都自《汉书》的观点,但鲜有人持这种观点。尽管笼统持论的确会有问题,但我不赞同倪氏所谓的"提出证据的任务理应落在试图改变或更换《史记》叙述的学者肩上"(p. xlviii)。若要对《史记》进行学术性的翻译,他便不能一概(因而也难以立足地)拒绝学界对《史记》某些篇目的可靠性所提出的所有挑战,而是应当成为寻找他所使用的文本之疑点证据的第一人。

[3] "辞"和"赋"经常是可以互换的,将之结合在一起的用法在汉代颇为普遍。

[4]《史记·司马相如列传》(117.2999、3002、3043、3054、3056)。

[5]《史记·司马相如列传》(117.3073)。古今学者已经提出这一句或系后人添入,或者整个"赞"的部分都是后人手笔。参见韩兆琦,《史记通论》页523,桂林:广西师范大学出版社,1996;朱东润,《史记考索》(外二种)页33,上海:华东师范大学出版社,1996。

[6]《史记·太史公自序》。有关《大人赋》一文表现手法特色的分析,见下文。

[7]《史记》中的"赋"还可以表示其他的意义(如"给予""税收"之意),即便这些意义与文学性的"奏"有所关联,但在《史记》中此类用法的"赋"本身并不涉及文学。

总述宋玉、唐勒、景差（均前三世纪）的作品，这三人相传都是战国晚期作为屈原后继者的楚人；[8]还有两次分别涉及贾谊的《吊屈原赋》和《鵩鸟赋》。[9]

《史记》在提及屈原及其后继者的创作时用"赋"这个词，但其他早期文献则未曾用此称谓；同时，《史记》没有提到枚乘、庄助（前122年卒，《汉书》称严助）、孔臧、吾丘寿王（约前156—前110）、主父偃（前126年卒）、朱买臣（活跃于前127年左右）、刘安（前175—前122）、刘偃（又作隁，活跃于前二世纪中叶）、枚皋、东方朔、董仲舒（约前195—前115）或是庄忌（《汉书》称严忌）等人的作品，而这些人都是司马迁的同时代人，其时都著名且多产。根据《汉书·艺文志》的记载，刘安名下有八十二篇赋，孔臧有二十篇，刘偃十九篇，吾丘寿王十五篇，枚皋一百二十篇，此外还有皇家目录的编者审查删减的"数十篇"[10]，庄助三十五篇，就连司马迁自己也有

---

[8] 这三个人物的生平材料都相当模糊。关于宋玉有一些晚出的资料，多数都是从归入他名下的赋中推衍出来的；除他之外，其他二人几乎没有留下姓名之外的材料。关于景差，《楚辞》的编纂和评论者王逸（158年卒）提到，有些人认为传统上列在屈原名下的《楚辞》作品《大招》其实是景差的创作。关于宋玉，王逸认为比较可信的作品是《九辩》和《招魂》，《汉书·艺文志》则在其名下列了十六篇作品。而在《文选》《西京杂记》以及一些唐宋资料中，又有几篇其他的赋作被归到宋玉名下。尽管我们没有证据断定或是否决宋玉的《楚辞》创作，但是从宋代以来，关于宋玉名下的赋作的可靠性一直有着激烈的争论。这场论辩最近的代表性成果是高秋凤的《宋玉作品真伪考》（台北：文津出版社，1999），它提出并论证大部分宋玉作品都是可靠的。相关的早期研究，可参见 David R. Knechtges, *The Han Rhapsody: A Study of the Fu of Yang Hsiung*（53 B.C.-A.D. 18），p. 125，n. 58。关于唐勒，《汉书·艺文志》记载他有四篇作品，最近又与1972年银雀山（山东临沂）考古发现的一篇竹书作品相联系，记载了唐勒和宋玉一次有关驾驭战车的对话片段，这个片段引发了大量的研究，包括饶宗颐，《唐勒及其佚文——楚辞新资料》，载《中国文学论文集》，1980年第9期，页1—8；谭家健，《唐勒赋残篇及其他》，载《文学遗产》，1990年第2期，页32—37；汤漳平，《论唐勒赋残简》，载《文物》，1990年第4期，页48—52；朱碧莲，《楚辞论稿》页210—223，上海：上海三联书店，1993；赵逵夫，《屈原和他的时代》页429—456，北京：人民文学出版社，1996年；李诚，《唐勒研究》，载《传统文化与现代化》，1998年第2期，页48—55；高秋凤，《宋玉作品真伪考》页385—401。

[9] 《史记·屈原贾生列传》（84.2486、2491、2492、2503）。

[10] 班固在《汉书·艺文志》中抄录了一份经过删减的目录；他认为枚皋被删减的篇目是"尤嫚戏不可读者"，参见《汉书·贾邹枚路传》（51.2367）。最初的皇家目录是刘向所撰写的《别录》，《别录》经过浓缩，成为刘歆《七略》的一部分，而到班固手里又有了进一步的缩减。

八篇赋作。[11]除此之外，东方朔虽未列入赋家而是被归入较具折中性的杂家，却也有二十篇赋作。[12]而司马相如据说创作了二十八篇赋。上述人物大都在《史记》中有所提及，甚或有本传。我们在其中读到他们仕宦和习经的情况，像在枚乘和庄忌的例子里，还可以看到他们被称作"游说之士"，即言辞纵横雄辩者。没有一个例子把他们称颂为文学之士或擅长某一书体的作者。

二 "赋"与《屈原贾生列传》引发的问题

《史记》中的两篇传记对"赋"这一文类特质的表述大相径庭。在《屈原贾生列传》中，"赋"是个人失志情绪的载体；[13]而在《司马相如列传》中，"赋"的目的则是讽谏，[14]后一种与生活在西汉末期至王莽新朝（9—23）年间的杰出文学家扬雄的看法相呼应。没有文献表明司马相如的创作动机出于个人的不幸与不遇那样的强烈情感，而后者却正是屈、贾之赋的存在意义。反过来说，尽管屈原被描述成具有远见卓识却未能施展宏图的政治家，《史记》里也没有任何有关屈原、贾谊"矢志赋"具有政治讽谏意图的解释。[15]整体而言，《史记》似乎是以强烈的道德诉求来定义屈原、贾谊"矢志赋"，而以政

---

[11]《汉书·艺文志》（30.1747-1749）。若想对武帝时期的文学风气以及当时活跃的汉赋作家有比较深入的了解，可以参见 David R. Knechtges, "The Emperor and Literature: Emperor Wu of the Han," pp. 51-76.
[12]《汉书·艺文志》（30.1741）。关于东方朔的作品没有被列入赋的可能原因，可以参见中村昌彦，《漢詩「詩賦略」編纂と辞赋文学観：その東方朔排斥の理由を中心に》，载《中国文学論集》14，页31—51，1985。
[13] 关于屈原和贾谊的作品是个人失意情绪的表达，参见《史记·屈原贾生列传》（84.2482、2486、2492、2496、2503）。
[14] 司马相如创作中所谓的讽谏意图在其本传中一再被提及，而在《太史公自序》中又加以重申，参见《史记·司马相如列传》（117.3002、3048、3053），《史记·太史公自序》（130.3317）。相似的记述可以参见《汉书·司马相如传》（57A.2533、2582、2589）。
[15] 这种意图也在阐释《离骚》时两次草草述及，见《史记·屈原贾生列传》（84.2482）及《史记·太史公自序》（130.3314）。

治讽喻谏来定位司马相如之赋,在这两篇传记之外,《史记》再未展开"赋"的问题。如此,《史记》对"赋"的阐述至少有两点矛盾:一是在《屈原贾生列传》和《司马相如列传》对"赋"的定位之间,二是在这两篇传记和《史记》其余各篇不再提"赋"的问题。尤其是考虑到,司马迁本人就被看作当时政治上最具批判意识、个人经历上最失意、文体风格上最杰出的作者,这两种矛盾就更值得重视。司马迁这三方面的人格特质都充分体现在了《报任安书》和《太史公自序》里。[16] 如按两篇传记所述,西汉中期的赋承载着精神和政治层面的重要意义,那么,司马迁为什么如此明显地忽略了他那个时代几乎所有赋家表达不满和政治批评的作品,甚至包括他显赫的老师董仲舒?[17]

在对《司马相如列传》作详细讨论之前,有必要对《屈原贾生列传》中涉及文本完整性和可靠性的关键问题作一简要的回顾。就文章结构、内容和作者身份而言,本章是《史记》中颇具疑点的一部分。正如霍克斯指出的:"屈原传读起来像是拙劣的拼凑,充满着矛盾和一些明显有悖历史的材料。"[18] 这些材料包括:(a)刘安《离骚传》,[19] 其中出现了《屈原列传》中《离骚》相关的内容,却没有提

---

[16] 在这两篇文章中,司马迁列举了他所崇敬的先贤谱系,皆为发愤著书者,其中就有屈原,而他也明确地将自己放在这一传统之中。参见《汉书·司马迁传》(62.2735),《史记·太史公自序》(130.3300)。

[17] 董仲舒《士不遇赋》和司马迁的《悲士不遇赋》只有片段存留在七世纪的《艺文类聚》(30;541)以及更不可靠的《古文苑》里。另外一篇司马迁时代的骚体赋是《哀时命》,这被认为是庄忌所作,收在《楚辞》中。最后,东方朔的《答客难》也可以被视为骚体赋,虽然它在《史记》126.3206-3207 里并未被明确视为文学作品,而是被融入了《史记》本身的叙事之中——这一点不同于《汉书》65.2864-2867。对此文的讨论,参见 Dominik Declercq, *Writing Against the State: Political Rhetorics in Third and Fourth Century China*, pp. 21-38;及本书《西汉美学与赋体的生成》。

[18] David Hawkes, *The Songs of the South: An Ancient Chinese Anthology of Poems by Qu Yuan and Other Poets*, p. 52.

[19]《史记·屈原贾生列传》(84.2482)。刘安的文字被班固《离骚序》引用,王逸在对《离骚》的评论中也保留了这段话。参见洪兴祖,《楚辞补注》1.49。亦可参见 David R. Hawkes, *The Songs of the South: An Ancient Chinese Anthology of Poems by Qu Yuan and Other Poets*, pp. 55-56。

到屈原有其他赋作；（b）一段简短的四句韵文，放在对《离骚》创作的叙述之前；[20]（c）《渔父》一诗，被融入了叙事之中；[21]（d）《怀沙》一诗，被明确标示为"赋"；[22]（e）构成本传的历史性叙述大多出自一未知来源，包括屈原放逐之前的一大段记述。[23]不管是这一未知来源还是《史记》中嵌入a、b叙述，它们在提及主人公时总是称之为"屈平"（十二次）或"平"（一次）。[24]另一方面，接下来叙述屈原放逐的文字大都来自《怀沙》，[25]只称"屈原"（七次）。而其后则皆称"屈原"，包括在文字过渡到贾谊传记时（两次），[26]在史家评价中（即"太史公曰"部分，两次）[27]以及《史记》其他五处相关段落中。[28]总而言之，"屈平"仅仅与《离骚》相联系（主要来自刘安《离骚传》的片段），而"屈原"只和《怀沙》和《渔父》相关。后者虽以较不明晰的方式称述"屈原"，却是有关"屈原"的记述中唯一内容充实的部分，而且也是本传中唯一涉及"赋"之概念的部分。

因此很显然，对屈原/屈平的记述并非统一的整体。在其本传中，不同的材料甚至没有进行基本的编辑整合，还保留着各自的特性，几乎不像出自一位史家手笔，也没有统一风格，甚至可能涉及两位传主。本传还显露出可能有大量的文本坏损，或者出自文学及史撰技巧平庸的编者手笔。这位编著者真是司马迁吗？《屈原贾生列传》的第二部分主要由贾谊的《吊屈原赋》和《鵩鸟赋》两篇作品构成，这也

---

[20]《史记·屈原贾生列传》（84.2482）。
[21] 同前引文献（84.2486）。
[22] 同前引文献（84.2486-2490）。
[23] 就该传的整体结构及带注译文，见 David R. Hawkes, *The Songs of the South: An Ancient Chinese Anthology of Poems by Qu Yuan and Other Poets*, pp. 52-60。
[24]《史记·屈原贾生列传》（84.2481-2485）。这一部分止于引用《易》的句子，从而与下面的段落有了明显的界限。《易》引文，参见《周易正义》5.48b。
[25]《史记·屈原贾生列传》（84.2485-2491）。
[26] 同前引文献（84.2491）。
[27] 同前引文献（84.2491）。
[28] 同前引文献（84.2503）。

不能帮助我们解决这个问题。但不管怎样，从对"赋"的解说而言，该传在《史记》中是完全孤立的。

三 《司马相如列传》中的问题：矛盾的叙述与离奇的情节

关于汉赋的性质和写作意图，《司马相如列传》的情况提出了更根本的问题，并为我们开展相关的语文学研究提供了丰富素材。我要开门见山地先提出结论：所有现存证据都表明，今本《史记》中的《司马相如列传》并非作于武帝时代，而是去之甚远，甚至可能是数百年之后的作品。它很有可能是在《汉书·司马相如列传》的基础上写成的。有一系列相互独立的线索，汇集起来使《史记·司马相如列传》在形式和内容上都显得异常：

第一，如前所述，我们发现了《史记》本身的一个显著矛盾：难道只是在涉及相如赋的时候，司马迁才把"赋"定义为谲谏讽喻，而完全无视同时代的其他作家作品吗？如果这里的史家确如之后的扬雄一样，[29]让"赋"承载了厚重的道德和政治意义，而且考虑到就谲谏的目的而言，司马相如的赋事实上并不显著，为什么相如赋以外的作品全然不见呢？尽管不难假设，司马迁或许对宫廷的颂诗娱辞之类无关痛痒的文字不予记录，但是，为什么他赋予了某种文类极高的政治意义，却在此后不再提及？毫无疑问，他知道那些和他同时代的多产赋家，后世《汉书·艺文志》亦有所列。但是司马迁，一位对文本有着高度自觉意识的学者、文学家和杰出文体家，却对一时人物的文学才华不置一词，这不是很奇怪吗？

第二，武帝赏识司马相如才能的故事明显出于虚构。根据《史

---

[29] 关于扬雄对赋的严厉批评，参见 David R. Knechtges, *The Han Rhapsody: A Study of the Fu of Yang Hsiung*（*53 B.C.-A.D.18*）, pp. 89-97, 以及本书《西汉美学与赋体的生成》。

记》的记载,武帝在"读"(注意,"读"在这里意味着大声诵读)了司马相如的《子虚赋》后对作者大为赞赏:"朕独不得与此人同时哉!"[30]这幅画面所展现的青年君主形象颇显夸张:在公元前137年的某一天,武帝坐在他的宫殿里,埋头阅读一大堆竹简或者木牍,努力解析一篇充满了生词僻字的艰深文学作品,而这篇作品的作者他还从没听说过。纵览《史记》,这是我们所发现的武帝"读"文的唯一记载,事实上也是有关文学作品为人所"读"的唯一记载。如果文学真的是为君主所读,为什么只提到这一次?为什么没有其他人这样做?司马迁的记录中提到的唯一一个"好读书鼓琴"的皇室成员是刘安。[31]根据《史记》的记载,先秦和帝国早期的阅读者包括史家(其中有司马迁本人及其楷模孔子)、兵家和纵横家,但不包括统治者和高级官员。《史记》中共有四十九处提及"读"书,而其中十七次都出现在"太史公曰"的评论中,指司马迁本人对原始材料的阅读。在剩下的三十二处中,至少有八条是后来增窜进《史记》的:一条谈及东汉明帝(57—75年在位);[32]四条提到了一些高级官员,都是在司马迁著《史记》的工作完成之后才活跃于世;[33]两条出现在褚少孙对《滑稽列传》的评价中;[34]还有一条在篡入的《乐书》中,言读"五经"明显是时代误置。[35]除此之外的二十四条中,有十五条涉及的是汉以前的人物,只有九个人物生活在公元

---

[30]《史记·司马相如列传》(117.3002)。
[31] 参见《史记·淮南衡山列传》(118.3082)。
[32]《史记·秦始皇本纪》(6.293)。
[33]《史记·张丞相列传》(96.2686-2688)。
[34]《史记·滑稽列传》(126.3203、3205)。此处褚少孙明确他自己是《滑稽列传》部分内容的作者,参见《史记》126.3203。卜德(Derk Bodde)则认为整篇《滑稽列传》均非司马迁的手笔,见其 China's First Unifier: A Study of the Ch'in Dynasty as Seen in the Life of Li Ssu (280?-208B.C.), pp. 110-111.
[35]《史记·乐书》(24.1177)。这条材料不像其他七条例子那样自明,具体可参见拙文"A Note on the Authenticity and Ideology of Shih-chi 24, 'The Book on Music'"。有意思的是,上文所述卷九十六中所篡入的关于高级官员阅读的资料和经过后世修改的《乐书》中所提及的对"五经"的阅读恰好都表明了西汉晚期到东汉期间文学风气发生了重要变化。

前二世纪。其中有可能关注文学、历史或修辞类作品的人有武帝（读《子虚赋》）、淮南王刘安（"好读书鼓琴"）、司马相如（"好读书"），[36]以及朱买臣（"读《春秋》"）。[37]汉代另一个表示"读"的词是"览"，它有"视察"之意，经常用来表示君主对帝国的巡视。在《史记》中，只有褚少孙篡入的文字中用"览"来指读书，[38]司马迁没有这样的用法。

第三，司马相如传中的情节太过离奇，因此实在让人怀疑司马迁会以这样的方式去描述与他同时代的人。传记围绕司马相如和卓文君的罗曼史展开。卓文君是一个四川富商的女儿，她和才华横溢却一文不名的司马相如私奔，卓父大为不满；夫妇二人后来开了一间酒肆。不过最终卓文君的父亲承认了这桩婚姻，并将卓文君应继承的财产赠予他们，司马相如乃为富人。[39]传记中最离奇的莫过于诗人之死的情节：武帝考虑到司马相如的作品可能会失传，所以派了一个侍从去他家搜集其作品。可惜皇帝的使者到得太晚了，司马相如已经去世。而他的妻子说司马相如一有作品写就，便会被索走，唯一保存下来的文章是《封禅书》，此文因而被进呈武帝：这是篇庄重的陈辞，请求举行最神圣的帝国典礼。典礼神化的将不仅是帝王，也有他的"桂冠诗人"，后者直至死亡乃被官方认可。正如《史记》随后告诉我们的：

---

[36]《史记·司马相如列传》（117.3002）。
[37]《史记·酷吏列传》（122.3243）。《汉书·严朱吾丘主父徐严终于王贾传上》（64A.2791b）也提到朱买臣在君主面前"说春秋""言楚词"。
[38]《史记·三王世家》（60.2114-2115）、《史记·滑稽列传》（126.3203）。有意思的是，扬雄在对《大人赋》的批评中，也用"览"表示明确的"读"的意思，他指出文章最后"既乃归之于正，然览者已过矣"。参见《汉书·扬雄传下》（87B.3575）。这段话或许反映出对赋作为书面文本，而非表演的整体重估，参见本书《西汉美学与赋体的生成》。
[39] 2001年3月，在美国亚洲学会年会小组讨论中，康达维教授评论道："长久以来，我觉得《史记·司马相如列传》包括了太多我称之为'司马相如罗曼史'的成分，以致使人对其作为武帝时期司马迁作品的可信性产生质疑。这样的罗曼史，大概要经过好几代的发展才能达到我们现在所见的程度，比如这个罗曼史中的一个关键要素——卓文君的故事。很有可能，不仅是《史记》中司马相如作品的文本，而且包括司马相如生平的叙述都来源于《汉书》。与此相类，对武帝阅读《子虚赋》的一段记载也更加符合我们所知道的汉代晚期的阅读实践。"

"司马相如既卒五岁,天子始祭后土。八年而遂先礼中岳,封于太山,至梁父禅肃然。"诗人之声已然消逝,但依照他的指示,帝国的荣耀最终攀至了顶峰。[40]

第四,本传是《史记》中极个别出现"谈"字的篇目之一,[41]此字犯了司马谈的名讳。根据西汉的礼制,作为儿子的司马迁应该自觉避免在其书写中出现此字,甚而改掉别人名中的"谈"字。正因为如此,此字在《史记》中仅出现了十五次,还有两次是在卷末《太史公自序》中指司马谈本人。考虑到司马迁避讳当属文献可征,《史记》中那些出现"谈"字的情况可视为司马迁之后文字的痕迹。[42]

第五,从语文学的角度对《史记》、《汉书》和《文选》中的司马相如赋进行比较,我们会发现,《史记》的版本就写作惯例而言是最标准化的一个;与司马相如赋最初可能的写作面貌相比,《史记》版的文本应当是时代距离最远的。[43]吴德明(Yves Hervouet)在考察了《史记》《汉书》的对应章节间大约八百处异文之后,颇有把握地对其中大约四百处不同做出了判定。他认为,至少有百分之七十的平行异文,属于《汉书》的版本早于今本《史记》,亦即,更接近于材料的原始状况。

---

[40] 其完整经过及《封禅书》文本,见《史记·司马相如列传》(117.3063-3072);《封禅书》的结尾是一系列的高度古典化的典礼颂歌。
[41] 参见《史记·司马相如列传》(117.3064),此字出现在《大人赋》的文本中。
[42] 全面论述参见 Derk Bodde, *China's First Unifier: A Study of the Ch'in Dynasty as Seen in the Life of Li Ssu (280?-208B.C.)*, pp. 110-111。"谈"出现在《史记》下述篇目中:39.1682(两次)、70.2286、74.2348、2350、83.2476、2479、87.2563、117.3064、126.3197、3200、3201、3205、127.3219、3221、130.3286(两次,指的都是司马谈)。手头没有现代化电子索引的 Bodde 只找到了三十九、七十四、八十三、一百一十七和一百二十六这几卷中出现"谈"的材料,对此,他写道:"通过对这五卷的考察,我惊讶地发现除了用'谈'字之外,每一卷中都有其他一些因素,表明它们至少部分并非出自司马迁的手笔。" Derk Bodde, *China's First Unifier: A Study of the Ch'in Dynasty as Seen in the Life of Li Ssu (280?-208B.C.)*, p. 103.
[43] 三位学者各自详尽的研究都得出了一致的结论,参见 Yves Hervouet, "La valeur relative des texts du *Che ki* et du *Han chou*";简宗梧《汉赋源流与价值之商榷》页 45—100,台北:文史哲出版社,1980;以及釜谷武志,《賦に難解な字が多いのはなぜか:前漢における賦の讀まれかた》,页 16—30。

四 司马相如赋中的异文问题

在相如赋中，大部分文本异文涉及叠韵、双声和重言的联绵词，它们通常是描述性的，但也会出现在植物、矿石或神话事物的名称中。尽管异文有多种类型，但是它们常常体现在偏旁部首上，或是《史记》和《汉书》用字的形旁有别，或是只有其中一种用字使用了形旁。通常异文都属于同一谐声系列，因此是字形异文（graphic variant）而非词汇异文（lexical variant），以不同字形代表相同发音，在联绵词的情况下则必然如此。[44] 它们可以随意交换假借，而不妨碍其所写词的音值。[45] 在对《史记》《汉书》中司马相如赋的异文进行比较和统计之后，吴德明认为，绝大多数情况下，相对于《汉书》中仅以语音维系的异体写法，《史记》中还有表语义的形旁异体写法。《史记》这一特色非常典型地透露出汉字书写标准在后世的确立，《汉书》则似乎保留了更加古老、更不规范的书写。

在叠韵、双声和重言词中，我们经常发现《史记》给它们增加了相同的形旁，使两个字不仅在读音上，而且在字形上具有强烈的统一效果：描述水的联绵词往往有"氵"旁；与山脉相关的字往往有"山"旁；和矿产岩石相关的字有"石"或"玉"旁；和植物相关的字往往有"艹"头。简宗梧对这一现象有过深入的论证，他列举了司马相如赋中一百六十五个词组在《汉书》、《史记》和《文选》中的不

---

[44] 参见本书《出土文献与文化记忆：〈诗经〉的早期历史》一文。
[45] 关于我的观点所依据的原理，参见 William G. Boltz, *The Origin and Early Development of the Chinese Writing System*, New Haven: American Oriental Society, 1994, pp. 90-126; Bernhard Karlgren, *Loan Characters in Pre-Han Texts*, pp. 1-9. 对此问题更加深入的研究包括：William G. Boltz, "Manuscripts with Transmitted Counterparts," in *New Sources of Early Chinese History: An Introduction to the Reading of Inscriptions and Manuscripts*, ed. Edward L. Shaughnessy, Berkeley: The Society for the Study of Early China and The Institute of East Asian Studies, University of California, pp. 253-285; 以及 Martin Kern, "Methodological Reflections on the Analysis of Textual Variants and the Modes of Manuscript Production in Early China," *Journal of East Asian Archaeology* 4.1-4, 2002, pp. 143-181.

同版本，发现至少有九十四处，《文选》和《汉书》一致而与《史记》不同，多数不同就在于《史记》例行公事般地增加了形旁。对照之下，有十六处《汉书》《史记》一致而与《文选》不同，有二十四处是《史记》与《文选》对应，还有三十一处三种文本各不相同。[46]

根据语文学原则，很容易对三个版本的司马相如赋的总体差异做出解释：《史记》最为清晰地体现了写作形式上的回溯性规范化。这并不是说传世的《汉书》（或者说《文选》）就是原始版本，《汉书》注者颜师古在他的《汉书叙例》以及司马相如传的开始都特地指出，到了初唐，《汉书》中尤其是司马相如赋中的古字，已被早期的注释整理者"改易"。颜氏继而表明他根据手头一些更可靠的古本尝试恢复古字，努力重现文本原貌。[47]较早对司马相如赋进行规范化处理的学者很有可能包括郭璞（276—324）这位著名的字词学家、学者，他也是相如赋较早的注家。[48]不管怎样，与某些学者的假定不同的是，显然《史记》里的版本并不反映司马相如在字词方面的兴趣，[49]而是表征了对原作的回溯性规范化，而且是在诗赋成文的数世纪，而非数十年之后。[50]尽管颜师古修订过的司马相如传是唐代的文本，但与

---

[46] 参见简宗梧，《汉赋源流与价值之商榷》页62—73。
[47] 参见《汉书叙例》2，57A.2529。具体的例子参见 Yves Hervouet, "La valeur relative des textes du *Che ki* et du *Han chou*," pp. 72-73. 有证据表明，直到宋代学者们仍然知晓古字，颜师古的陈述与此相符。在最近发掘的郭忠恕（977年卒）《汗简》以及夏竦（984—1050）的《古文四声韵》中就保存了大量古字，与近期出土文献相印证。
[48] 颜师古《汉书》注和李善（689年卒）《文选》注中都采用了郭璞的注释。郭璞之外，颜师古点名批评了其他四位篡改司马相如赋文字的注家。参见《汉书·司马相如传上》（57A.2529）。
[49] 除了作为赋家的造诣之外，司马相如也被认为撰写了一篇记在竹简上的小型字书《凡将》（参见《汉书》30.1720-1721）。虽然《凡将》篇在《隋书·经籍志》中不载，但是在《旧唐书·艺文志》（46.1985）和《新唐书·艺文志》（57.1447）中都有记录。此后的艺文志中，《凡将》篇不再被提及，很可能已在宋代亡佚。
[50] 陆威仪注意到，司马相如的作品中"生僻字的使用，且一组同样义旁的生僻字聚集出现的情况，使得人们注意到书写文字在重塑世界过程中所扮演的角色，并成为《说文解字》中文字理论的滥觞"。见 Mark Edward Lewis, *Writing and Authority in Early China*, p. 317. 但我对这一时序的推测是不认同的。

《史记》相比，它可能更接近原本。

从字形异文着眼，还有另一组资料足以质疑《史记》中司马相如赋的可靠性：这就是今年出土文献的证据，其中六种有《诗》引据，分别出土于郭店第一号墓（湖北荆门，约前300年封土）、马王堆三号墓（湖南长沙，前168年封土）、双古堆一号墓（安徽阜阳，前165年封土），以及上海博物馆在香港文物市场上收购的文献，从文本形制上看与郭店墓葬同时代。[51] 这些材料中总共有一千四百四十二字的《诗》引文。不论它们是来自公元前四世纪末或前二世纪初，在不同简帛文本之间，以及它们与今本《毛诗》之间比较时，异文率大致维持在百分之三十到四十的比例。其中，绝大多数异文属于同一谐声系列，也就是说差异在于形旁；毫不意外的是，简帛文字相对于流传下来的赋作更少规范化。这些出土的简帛文献首次使我们对同一篇诗赋的早期流传版本之间、早期文本与传世文本之间的巨大差异有了清楚的意识。[52] 更具体地说，马王堆和双古堆的出土简帛让我们了解到司马相如时代诗赋文本的字形流动性，而且，这一切还表明，出土文献支持了此前学者们在研究司马相如赋传世版本差异中所得出的结论。

除了上述六种前汉及西汉早期的引《诗》文本之外，还有一种扬雄时代的竹书也和我们的论述相关，这就是《神乌傅（赋）》，[53] 1993

---

[51] 这六种文本分别是郭店发现的《五行》和《缁衣》，马王堆的《五行》，双古堆中的《诗》残简，上海博物馆藏另一篇《缁衣》以及现代编者题为《孔子诗论》的作品。马王堆的材料是帛书，其他都是竹书。关于具体文本，参见荆门市博物馆，《郭店楚墓竹简》；池田知久，《馬王堆漢墓帛書五行篇研究》；胡平生、韩自强，《阜阳汉简诗经研究》；马承源主编，《上海博物馆藏战国楚竹书（一）》。

[52] 这尤其体现在双声、叠韵和重言词上，它们往往有大量极其不同的写法。

[53] 这篇作品将自己命名为"赋"，不过写作"傅"而不是"赋"。这两个字通用来表示"赋"的概念的字是同音字，属于同一组《诗》用韵，声母也相同，故可以认为"傅"是"赋"的假借字。裘锡圭认为这两个字事实上都借用了"布"和"専"的字形，表示"展开"的意义，参见裘锡圭，《〈神乌傅（赋）〉初探》，载连云港市博物馆、中国文物研究所编，《尹湾汉墓简牍综论》。这也与汉赋铺张扬厉的风格相应，参见 David R. Knechtges, *The Han Rhapsody: A Study of the Fu of Yang Hsiung (53 B.C.-A.D.18)*, pp. 12-13.

年发现于尹湾汉墓六号坑（江苏连云港，约前10年封土）。[54] 这篇文本长六百多字，密集用韵，采用四言句式，呈现出与早期简帛引《诗》情形类似的字形流动性。除此之外，《神乌傅（赋）》在引《诗·青蝇》时，十五个字中有八个字与今本《毛诗》不同，其中至少有七处异文可以从音韵学的角度进行解释，这和《诗经》的早期发展史一样，体现了一篇诗歌文本的两个版本之间，存在着普遍的字形（而非词汇）差别的总体特征。总之，我们现在有把握认为，此类文本的传世版本在书写方面经历了可谓彻底的规范化回溯。[55] 通过近年来出土文献所提供的翔实证据，我们基本可以确定，相如赋这样的西汉诗歌作品与今天所见的传世本《史记》（或《汉书》《文选》）所存相去甚远，这些传世本都经历了文字的标准化。

五 更多有关《司马相如列传》之真实性的问题

司马相如赋经过后期编辑的证据并不意味着《史记》中的《司马相如列传》完全是后人所作，或者说是由《汉书》的相应篇章抄录而来。[56] 但是，今本《史记》对"谈"字的犯讳，对司马相如个人生活的浪漫化虚构，对《封禅书》发现过程的戏剧化叙述，在提及君主"读"文时所犯的时代误置，以及总体而言，相如本传在涉及"赋"的特征描述上与《史记》其他部分的失谐，这一切都表明，《司

---

[54] 对《神乌傅（赋）》的注释和讨论，参见裘锡圭，《〈神乌傅（赋）〉初探》页1—7；王志平《〈神乌傅（赋）〉与汉代诗经学》，载《尹湾汉墓简牍综论》页8—17；万光治，《尹湾汉简〈神乌赋〉研究》，载周勋初等编，《辞赋文学论集》页163—185。最近的研究参见朱晓海，《论〈神乌傅〉及其相关问题》，载《简帛研究》，2001年，页456—474。

[55] 对出土文献中赋的文本差异的研究，参见拙文 "The Odes in Excavated Manuscripts"。关于早期中国诗文中字形的使用及其含义，参见拙文 "Early Chinese Poetics in the Light of Recently Excavated Manuscripts," in *Recarving the Dragon: Understanding Chinese Poetics*, ed. Olga Lomová, Prague: Charles University: The Karolinum Press, 2003, pp. 27-72.（以上两文经改写为本书《出土文献与文化记忆：〈诗经〉的早期历史》一文）

[56] 这里指的是在中古经历过文本的规范化过程，但尚未被颜师古恢复到古本状态的《汉书》。

马相如列传》距司马迁撰述《史记》的时间至少已晚了一个世纪。此外，卜德简要比较了《史记》《汉书》之相如传的部分句法结构，表明《史记》的文字可能是在《汉书》基础上改进的，这体现在对同一事的记载，《史记》常常用更长的句子、更清晰的措词进行更加明确的表述。卜德得出结论："正如我们所料想的，是《汉书》的传记先写就，后被抄录到《史记》中，而相反的过程是很难想象的。"[57]卜德的观察适用于《史记》和《汉书》中大量的平行文本，但是，倪豪士最近则指出：《汉书》总体而言组织性更好，文本的逻辑性更强，在多处较《史记》中晦涩的用语有所改进，因此应为较晚的作品。[58]如此不同的语文学结论，表明《史记》《汉书》之间是一种复杂的、多层次的互动，其编写成书绵延至汉后。《汉书》从编定到颜师古注之间的五个世纪里，无论是《汉书》还是《史记》，都不可能严格保留原貌了。因此，我们也更容易理解颜师古恢复其所据《汉书》之原貌的意图。从颜师古引用保存下来的《汉书》古注可知，他的努力建立在大量其所能见的古本材料基础之上，这使得《汉书》的部分章节，尤其是其《司马相如列传》部分回归到了传世《史记》之前的状态。[59]尽管很容易想象文本的多种复杂互动情况才形成了它们今天的传世本，[60]但这并不影响我们观察到一种明显的现象，即今本《史记》的某些章节与《汉书》的相应部分比照，反映的是较晚的修订结果。虽然如此，在讨论这个问题时，我们必须避免将《史记》和《汉书》视为整体加以笼

---

[57] Derk Bodde, *China's First Unifier: A Study of the Ch'in Dynasty as Seen in the Life of Li Ssu (280?-208B. C.)*, p. 109; 亦见 Yves Hervouet, "La valeur relative des textes du *Che ki* et du *Han chou*," p. 67.

[58] William H. Nienhauser, *The Grand Scribe's Records*, vol. 2, pp. xiv, xlviii.

[59] 我的这一观点基于这样一个事实，也就是前文所提到的颜师古在《汉书序例》和《司马相如传》之前对自己恢复性努力的记录。

[60] 正如韩大伟（David B. Honey）在讨论《史记》的另一章时所谈到的，该章在《汉书》中篇幅较短的对应章节可能保留了更接近于《史记》原始版本的状态，而《史记》中该章的形态是在《史记》流传过程中扩展的结果。参见 David B. Honey, "The *Han-shu*, Manuscript Evidence, and the Textual Criticism of the *Shih-chi*: The Case of the 'Hsiung-nu *lieh-zhuan*'," pp. 67-97.

统的比较评判,而应注重对具体章节的深入分析。

关于《司马相如列传》,我将用一个例子进一步阐述卜德所提出的观点,这是卜德未曾注意到的例子,但却非常突出而且很能说明问题。我们将有三个版本用来比较。此例是紧随《大人赋》之后的一句话,分别见《汉书》扬雄本传(甲本)、《汉书》相如本传(乙本)和《史记》(丙本)的相如本传。[61] 在对三个句子的分析中,我把它们分成十个语言单元,以体现出文本的差异,同时标出了句子里主要的句法停顿,以表格中的粗竖黑线标示。在人名"相如"之后紧跟的文本有一系列的异文。有些或许无关紧要,或未必导出什么具体结论;但有一些则具有切实意味,值得讨论。

表1 表述"相如奏呈《大人赋》"的三种版本

	0	1	2	3	4	5	6	7	8	9	10
甲	相如	上	大人赋	欲以风	帝	反	缥缥	有陵云之志			
乙	相如	既奏	大人赋		天子	大说	飘飘	有陵云气		游天地之	闲意
丙	相如	既奏	大人之颂		天子	大说	飘飘	有凌云之气	似	游天地	闲意

最主要的差别在于乙本、丙本似乎指涉了实际的表演语境。两传中紧随《大人赋》之后的文字都是"相如既奏"此文,天子"大说"。与此形成对照的是,甲本里此段文字出现在扬雄对"赋"的评论中,明确指出相如"上"此赋,"欲以风"。这就造成了句法结构的差异:在甲本中,第一个分句停顿在"欲以风"之后,下句仅以连词"反"形成与上文的松散联系。而乙本、丙本中,主要的句法停顿都在"大说"之后。

---

[61] 这三段文字,参见《汉书·扬雄传下》(87B.3575)、《汉书·司马相如传下》(57B.2600)、《史记·司马相如列传》(117.3063)。

另一显著的文本差异是丙本称"之颂",而甲本、乙本皆称"赋",丙本将这一文类定位为"颂",这体现了早期文类术语使用上的某种弹性,我们在其他文本中亦可见此类现象。[62] 接下来是一个重叠词"*piaopiao*"(轻扬之意),此词在两篇司马相如传中都写作标准形式的"飘飘",但在《扬雄传》中写作"缥缥"。很容易想到,将"缥缥"("纟"旁)改为"飘飘"("风"旁)是为了更明确地指示飞扬空中的含义,而如果相反的改写则无法找到符合逻辑的解释。

在文字的第二部分中,乙本、丙本多了一个附加的从句,很像是对甲本较短版本的补充。此外,在附加从句上,乙本、丙本之间也有差异。乙本多少显得有些模糊,可以有多种解读;相比而言,丙本通过两个字的增加使意义显得非常明晰:第一,它将"陵云气"扩展为"凌云之气",这一从句就与甲本相应句更呈现为平行文本。通过增加"之",该处句法成为"有……之气",排除了将"云气"作复合词理解的可能。第二,丙本在"气"之后增加了动词/副词"似",不仅使语法结构变得更加清晰,而且将文本划分为两个并列从句:"有凌云之气"……"游天地之闲意"。通过这两点增加,丙本显现出在文法和文学风格上的显著改进。恰如清代评论家李慈铭(1829—1894)注意到的,这一点提示了《汉书》文字的断句方式。[63] 对三个文本之间的差异,最可能的解释是语文学上"宁取短文"(*brevior lectio potior*)原则,卜德和近来韩大伟对《史记》的讨论中都对此有所提及[64]:总体而言,随着时间的变迁,文本趋向于变得更长、更清晰,而不是更短、更隐晦。除此之外,需要指出的是,一些宋元版的《史记》中写作"凌云气"而非"凌云之气",用"以"而不是用"似",这表明

---

[62] 参见本书《西汉美学与赋体的生成》。
[63] 王先谦曾加以引用,《汉书补注》57B.19a。
[64] 参见 David B. Honey, "The *Han-shu*, Manuscript Evidence, and the Textual Criticism of the *Shih-chi*," pp. 86-87。

《史记》的不同版本在与《汉书》差异之处的措词不稳定性。[65]

最后，在语文学层面之外，对这句话的讨论又涉及前文业已指出的一个问题，那就是《司马相如列传》的奇闻性，甚至多处显属虚构的特点。乙本、丙本的措词引发了一个很困难的问题。使用连词"既"明确显示武帝对相如"奏"赋有即时的情感反应，"大悦"且"有凌云之气"，这表明他还未像甲本中用"上"字所暗示的那样收到该赋的书面版本，而是立刻为赋奏所倾倒。考虑到这次瞬时的激情反应，"奏"一词只能理解为"表演"，这实际上是"奏"一词在用于诗歌或音乐语境下的另一核心意义，这里就存在着一个历史撰写的问题。没有任何资料显示司马相如曾在帝王或其他听众面前朗读过自己的作品，甚而据其本传，他患有口吃。[66]换言之，武帝在"相如既奏"其文之际即刻的激动反应恰恰体现了文本的想象性，故而这是真实性成问题的历史传说，想必经过了数十年的踵事增华，方至我们所见的相如传般具有传奇色彩。

六　尝试性结论

就一篇两千年前的作品进行文本细读所得出的结论很少能够摆脱质疑。不过，面对任何一部古代中国的传世文本，我们都需要意识到这样一个事实，即它们的初次印刷时间都不会早于宋代，这意味着与原始文本的创作相距至少千年。跨越如此巨大的时间段，几乎现存的所有传世文本都是在抄本文化之中，经历了一系列共时和历时的修

---

[65] 水泽利忠在他对泷川龟太郎《史记会注考证》的校补中观察到了这一点；参见中文版《史记会注考证附校补》页1916，上海：上海古籍出版社，1986。

[66] 在这一点上，他与同时代的枚皋有着显著的区别。后者是宫廷诗人的典型，在大量场合陪伴在君王身旁，就手边所有可能的主题表演即兴朗诵。参见 David R. Knechtges, "The Emperor and Literature: Emperor Wu of the Han," pp. 57-58。

订、重建以及校勘。其结果是，我们所见的文本几乎都是历经多重年代层的复合制品。因此，尽管我们或许可以识别出文本的篡易，却往往无法确定其在怎样的历史时刻进入了文本的历史。此外，正如颜师古在其努力恢复《汉书》字形原貌的注语时所体现的，文本并不是从纯净的原始状态开始逐步变化，文本的历史也往往不是简单线性的。这种充满不确定性的流动状态警示我们，对文本的可靠性不能仓促定论。建立在有限和经过选择的证据，尤其是单一类型材料之上的判断，最多只能说是提出某种可能性。

然而，上述思路反过来也表明：仅以单一的传统假定为基础，坚持某个文本的完整性和可靠性，这种做法本身是没有生产力的。这种单一假定实际上成了公然的意识形态，将受到一系列多样而且彼此独立的文献资料的挑战。《史记·司马相如列传》正是如此。诸种迹象表明：作为文本艺术制品，《司马相如列传》现有面貌的成形大约经历了数个世纪，直至六朝。因此我要提出几点结论，它们或许将有助于解释《史记》和其他材料之间，以及《史记》内部存在的一系列矛盾。

第一，《司马相如列传》中对"赋"的讨论建立在扬雄观点的基础之上，其形成已是司马迁封笔的一个世纪之后。

第二，有关司马相如与卓文君的罗曼史、司马相如的遗文《封禅书》，以及《大人赋》的叙述是长期以来逸事传统的产物。

第三，对"谈"字的使用也证明文字出于忽视避此讳的后人，而非司马迁。

第四，武帝读相如赋的情境所展现的应是西汉后期乃至东汉时期的文学文化氛围。

第五，司马相如赋中的正字所体现的是后世普遍深入的字体标准化的情况，很可能晚至六朝。

第六，叙述上的句法特征表明《史记·司马相如列传》相对于《汉书》被重构出的早期版本，有了进一步的改进。

第七,《司马相如列传》与《屈原贾生列传》一样,都不能用以说明西汉前中期"赋"的性质和创作目的,这种文类为《史记》他处所未见。

(杨颖 译,郭西安 校)

汉史之诗
《史记》《汉书》叙事中的诗歌功能（2004）

一 西汉的歌诗文化

当我们在备受尊崇的《诗经》和南方诗歌总集《楚辞》之外寻找中国早期诗歌之时，总是习惯借助于中古及其后的几部主要诗集。首先是《文选》和《玉台新咏》，二者皆成书于六世纪前半叶；其次是郭茂倩编的《乐府诗集》，成于十二世纪早期。这些文本有这样的地位，部分是因为它们吸收并某种程度上遮蔽了一些更早的、已经散佚的诗歌选集，这使得它们成了我们进入早期及中古前期的中国诗歌世界的主要途径。[1] 除了上述总集，《乐府诗集》之后还出现了大量诗歌选集。此外，我们发现类书也广泛征引了许多诗歌，现存最早的例子出现在七世纪早期。然而，稍微看下最完整的先唐诗歌总集，即逯钦立所辑校的《先秦汉魏晋南北朝诗》，[2] 我们就会发现其中相当数目的诗最早是因为镶嵌在史书叙事中才得以传播的。这里，我不是指某位历史学家尝试采用自成一体的编目格式来收集保存诗歌，譬如沈

---

[1] 在这篇论文中，我所用的"诗"（poetry）和"歌"（song）这两个术语在某种程度上的内涵是一致的。这里所讨论的每一首诗其实就是歌。诗需要和赋这种通常是更华丽的韵文体裁相区分，在一定程度上这也是可以做到的。刘歆曾经为赋下定义说："不歌而诵谓之赋。"参见《汉书》30.1755。本文末尾，我将重提歌和赋这两种体裁的界限问题。
译文将视具体语境采用"诗歌"或"歌诗"来指称这种诗与歌内涵交叠的现象。——校者
[2]《先秦汉魏晋南北朝诗》，北京：中华书局，1984。

约（441—513）所撰的《宋书·乐志》存录了大量诗歌那样；也不是指那种常见的某人本传里选录其文学作品的现象。事实上，我指的是这样一种情况，即诗歌作为叙事整体的有机因素被天衣无缝地融括在历史叙事里，其中，诗歌的创作以及/或者表演被嵌入特定叙事背景中，被指派给了某个历史角色，并且诗歌与叙事形成彼此解释、强化的关系：这是中国早期历史编纂有别于古希腊罗马历史编纂的特殊现象。与东周的《左传》《国语》里的"赋诗"形式不同，汉代的《史记》《汉书》所展示的诗歌表演并非以引《诗》为主，而是由叙事中的某位历史人物新作一首诗来抒发胸臆。一方面，诗歌的创作和表演都出现在特定的叙事背景之中；另一方面，诗歌和叙事又是互相说明和印证的。与保存在传统文学选集里的诗歌相比，历史叙事当中的诗歌还保留其特有的起源语境。它们来自过去，真实、直接地表述了自身，因此缩小了过去与现在之间的历史距离。

倘若采用选集的形式，那么就会由（通常是晚出的）注解来提供一首诗歌假定的语境，从而提供特定的阐释角度；史书展现的诗歌，则是让它在其自身的语境里直接对我们说话。文学选集里保存的每首诗歌都被剥离了其具体起源，而史书则将诗歌作为一种看似从过去发出的真实声音本身保存下来。一旦与过去特定的时刻相连接，诗歌就涵括了富有戏剧性的历史瞬间的精义，反过来也被保留在了对这一时刻的记忆里。[3]本文即试图考察在早期帝国时代，有关西汉历史事件的史书里所呈现的诗歌与历史书写的关系。主要保存在司马迁《史

---

[3] 尽管这些诗歌中的大部分并没有出现在史书之外的诗歌选集中，但是它们和镶嵌其中的著名历史逸事一道，依然获得了某种准经典的地位，甚至往往胜过了文学选集中的某些作品。此外，保存了这些逸事歌诗的早期史书巨著，其地位仅次于经，同样处于传统学术的核心。史嘉柏在一篇出色的文章里提到：不为选集所录诗歌就并非经典。见其"Song and the Historical Imagination in Early China," *Harvard Journal of Asiatic Studies* 59.2, 1999, pp. 305-361。我的看法与此略有不同；除此以外，我的基本立场均与史嘉柏一致，他的研究在许多方面都为本文的研究奠定了基础。另一项对史书叙事里镶嵌诗歌的重要研究则涉及常璩（约291—约361）的《华阳国志》，见 J. Michael Farmer, "A Person of the State Composed a Poem: Lyrics of Praise and Blame in the *Huayang guo zhi*," *Chinese Literature: Essays, Articles, and Reviews* 29, 2007, pp. 23-54。

记》和班固《汉书》中的历史，是我们最能接近西汉史的渠道，尽管两部著作都似乎包含着通过逸事传统形成的叙事，这些逸事的最终版本可能一直保留到了班固的时代。[4]

汉代官僚政权及机构的发展需要并促进了书面文本的流传，[5]而汉代的文学文化则在很大程度上由"赋"这种每每篇幅宏大的文体来定义；在此语境下，篇幅较短的诗歌这种诗体形式往往被理解为一种表演文类，并仍然频繁呈现在社会和文本实践的各种场合。穿插在早期历史编纂的叙事里，诗歌的出现经常标识出重要的历史时刻，而且与史书中对真理、情感、道德和真实的强烈诉求密切关联。从精心创作的帝国祭献颂诗，到英雄或恋人面临身心毁灭之时的即兴吟唱，抑或预言政治灾难或者哀叹民生多艰的匿名小调中，我们都可以看到这一点。不难发现，在汉史的不少篇章中，当事件发展到极富戏剧性的时刻，语词就开始押韵了。

诗歌正是在这种历史编撰的功能中看似真实且为人所接受，这一事实表明当时宫廷内外都存在着更为广泛的诗歌文化。为了了解西汉时期的这一现象，我们首先可以查证的资料是《汉书·艺文志》中的"赋"与"歌诗"部分，其中除了一千零五篇赋，还著录有三百十六篇"歌诗"；[6]但这份目录既不完整也并非公允。列在目录之首的是

---

[4] 我相信这一点不但适用于《汉书》，也适用于《史记》。然而，《史记》部分叙事之真实性及其与《汉书》相应篇章的关系问题，至今聚讼纷纭。对这个问题正反两方面的近期讨论，请参见本书《〈司马相如列传〉与〈史记〉中"赋"的问题》里的简述。

[5] 我已经在多篇文章和场合下讨论过这种发展情况。参见本书《〈司马相如列传〉与〈史记〉中"赋"的问题》《出土文献与文化记忆：〈诗经〉的早期历史》及 Martin Kern, "Ritual, Text and the Formation of the Canon: Historical Transitions of *Wen* in Early China," pp. 43-91，和 "Feature Article on Mark Edward Lewis, *Writing and Authority in Early China*," China Review International 7.2, 2000, pp. 336-376 等文。

[6] 《汉书·艺文志》30.1753—1755。亦可参见顾实，《汉书艺文志讲疏》页184—189。《汉书》本身列举的诗歌总数是三百十四首，事实上应该多出两首。关于汉代诗歌的权威西方论著依然首推 Jean-Pierre Diény, *Aux origines de la poésie classique en Chine: Étude sur la poésie lyrique à l'époque des Han*。安妮·比勒尔（Anne Birrell）的著作 *Popular Songs and Ballads of Han China*（Honolulu: University of Hawaii Press, 1993）尽管再版时根据初版遭受的诸多批评有所修改，但是依然存在很多缺憾，无法成为可靠的参考书。

"《高祖歌诗》二篇",注家以为系指《史记》和《汉书》中所保留的汉高祖刘邦的两首诗歌;[7]接着便是两组祭祀颂诗,分别为十四篇和五篇,可能属于汉武帝的"郊祀歌"[8];再就是三十五篇与军事远征、帝王巡游、游幸相关的歌诗;还有一些歌诗被认为是皇室成员所作。军事和旅行诗被认为部分与十八首"铙歌"相匹配,后者被保存在六世纪早期沈约所著的《宋书·乐志》中,尽管缺佚严重。[9]然而,没有任何特别的证据表明"铙歌"是西汉作品。《艺文志》短歌部分的其他篇目标题则更加不可考,倘若不说是全部,至少可说大都已亡佚。有的学者把《艺文志》里那种早期表示类别的标题与一些晚出很多的总集中所辑的传世诗歌直接关联,这种做法尚属臆测。

我们必须考虑到,《汉书·艺文志》的列表虽然是节略性的,却代表着西汉晚期皇家藏书的目录,最初由刘向所撰,题为《别录》,缘起于公元前26年一纸访求整理天下图书的诏令。[10]之后,刘歆将其节略整理为《七略》,而班固在编撰《汉书》时,采纳并进一步删削了《七略》的内容。近年来出土的一些文献在《汉书·艺文志》中无法找到对应的记录,这就表明最终保存下来的这份西汉皇家书录是

---

[7] 《史记·高祖本纪》(8.389)、《史记·留侯世家》(55.2047);《汉书·高帝纪下》(1B.74)、《汉书·张陈王周传》(40.2036)。

[8] 至于"郊祀歌",参见《汉书·礼乐志》(22.1052-1070);对它的翻译研究,参见拙著 *Die Hymnen der chinesischen Staatsopfer: Literatur und Ritual in der politischen Repräentation von der Han-Zeit bis zu den Sechs Dynastien*, pp. 174-303。在《艺文志》中,那十四首歌诗被称为"泰一杂甘泉寿宫歌诗",其他五首则曰"宗庙歌诗"。至于将二者合在一起就是十九首"郊祀歌"的假设,参见王先谦,《〈汉书〉补注》30.56b。在《〈汉书·艺文志〉讲疏》一书中,顾实确信在祖庙中演唱的这五首颂诗是十九首郊祀歌中的前五首,它们对应着五方神灵,包括"中"(页184)。有充分证据表明这种假设不成立。宗庙演奏的五首颂诗更可能是"郊祀歌"里庆贺祥瑞出现的歌诗,即《汉书》卷二十二里第十、十二、十三、十七及十八首。具体论述,参见拙著 *Die Hymnen der chinesischen Staatsopfer: Literatur und Ritual in der politischen Repräentation von der Han-Zeit bis zu den Sechs Dynastien*, pp. 174-175。

[9] 参见《宋书》22.640-644;《乐府诗集》16.223-232;逯钦立校辑《先秦两汉魏晋南北朝诗》1.155-162。对此精彩的讨论,参见陆侃如、冯沅君,《中国诗史》第一卷页162—170。也可以参看铃木修次,《漢魏詩の研究》页123—151;张永鑫,《汉乐府研究》页167—172,南京:江苏古籍出版社,1992;萧涤非,《汉魏六朝乐府文学史》页47—59。

[10] 《汉书·成帝纪》(10.310)、《汉书·艺文志》(30.1701)。

有所取舍的。此外,《汉书》本身就已经存在有意审查的证据。[11]据我推测,《艺文志》中所列举的歌诗大部分,甚或全部,都是乐府的表演曲目。乐府这一帝国机构裁撤于公元前7年,至少有八百二十九人曾供职其中,他们为国家祭祀提供乐曲,同时也演练不同区域的传统风谣。[12]

因此,并不奇怪的是,除了汉武帝时的十九首《郊祀歌》和汉高祖时的十七首《安世房中歌》,[13]还有七十二首歌诗、民谣及片段,它们的创作时间或可追溯到西汉,并且大都被保存在《史记》《汉书》等两汉史料中。[14]或许并非所有都源自西汉;然而即使它们的实际创作时间可能仅在《汉书》之前,它们依然属于早期帝国时代的风谣,因此比仅存于《宋书》及其后资料(包括后世对早期风谣踵事增华的资料)中的诗歌更可靠。有一些,甚至可能是许多仅保存在晚期总集里的诗歌也许真的源于早期,甚或就是西汉;但是,能证明这种假设的证据微乎其微,通常根本就不存在。学者很难找到有关某首诗歌原始情境的证据,哪怕仅仅是不甚确定的暗示。这并不是说在这些早期资料所录之外就没有其他的西汉诗歌,但是当时存在的未曾见录的诗歌也未必就是后世传统回溯性认定的那些汉诗。

具体而言,我们仍然很难将五言诗的兴起定位到两汉之交。只有两首保存在东汉资料里的五言诗被认为产生于公元前二世纪:一首据

---

[11]《汉书·贾邹枚路传》(51.2367)。班固记载说,除了《艺文志》中所列举的一百二十篇赋作,枚皋还有"数十篇"作品"尤嫚戏不可读者"。

[12] 参见《汉书·礼乐志》22.1072-1074。有关乐府的历史,参见张永鑫,《汉乐府研究》页45—81;Anne Birrell, "Mythmaking and Yüeh-fu: Popular Songs and Ballads of Early Imperial China," pp. 223-235;增田清秀,《樂府の歷史の研究》页16—31;铃木修次,《漢魏詩の研究》页90—115;Michael Loewe, *Crisis and Conflict in Han China, 104 BC to AD 9*, pp. 193-210。

[13]《汉书·礼乐志》22.1046-1051。至于《安世房中歌》的翻译和研究,参见 Martin Kern, *Die Hymnen der chinesischen Staatsopfer: Literatur und Ritual in der politischen Repräsentation von der Han-Zeit bis zu den Sechs Dynastien*, pp. 100-173。

[14] 参《先秦两汉魏晋南北朝诗》1.87-143。

传是李延年（约前 140—前 87）为其妹，即汉武帝的宠妃李夫人而创作的；一首被归于汉高祖的宠姬戚夫人名下。李延年诗之见称，在于第二组对句所刻画的那个引人注目的形象。诗曰：

> 北方有佳人，绝世而独立。一顾倾人城，再顾倾人国。宁不知倾城与倾国？佳人难再得！[15]

然而，需要注意的是，这首诗是武帝与其宠妃罗曼史的一部分。它和这段罗曼史一道，可能在武帝身后的几十年中逐渐演绎，最终定型于武帝（及李延年）之世的数代以后。这段罗曼史的最终版本，或许也是这首诗的最终版本的完成时间，应当更接近班固作《汉书》时，而非公元前二世纪晚期。

二 作为预言与征兆的诗

戚夫人是汉高祖刘邦的次妃，其子如意被封为赵王，戚夫人希望他能被立为太子，但终归于徒劳。刘邦去世，太后吕氏（前 188 年薨）立即监禁了戚夫人，髡其发，钳其颈，衣赭衣，令其舂。劳作之际，戚夫人歌曰：

> 子为王，母为虏，终日舂薄暮，常与死为伍！相隔三千里，当谁使告女？[16]

这首由两行三言、四行五言句构成的诗歌据说触怒了吕后，于是她鸩

---

[15]《汉书·外戚传上》（97A.3951）。至于这首诗在后来许多文献资料中存在异文，参见《先秦两汉魏晋南北朝诗》1.102。
[16]《汉书·外戚传上》（97A.3937）;《先秦两汉魏晋南北朝诗》1.91。

死如意、荼毒戚氏。然而，诗歌把吕后生动地刻画成中国历史上最无情恶毒之人，这种戏剧化的叙事只能让人怀疑逸事的若干细节以及此诗的真实性。正如汉武帝与李夫人的罗曼史那样，我们或许也可以把这则故事读作在后代的历史想象里逐渐丰满的叙事，而在某个时刻这首诗也被设定为出自戚氏之口。

在提到"常与死为伍"的时候，归于戚夫人名下的这首诗显得具有某种预言性。相应地，刘如意被害以及戚夫人遭肢解的故事也得到了追溯性的宣告。据《汉书》云："高后八年三月，祓霸上，还过枳道，见物如仓狗[17]，㦸高后掖，忽之不见。卜之，赵王如意为祟。遂病掖伤而崩。先是，高后鸩杀如意，支断其母戚夫人手足，擿其眼以为人彘。"[18]这一事件被记载在《汉书·五行志》，表明戚氏母子的境遇从属于更宏大的宇宙论框架，后者常为历史事件提供解释。《汉书·五行志》中的许多内容均来自追溯性重构，从一种"事后"的视角，把征兆的出现安排到具体的历史发展过程中。[19]现存汉代诗歌中，被认为出自西汉的全篇或有相当部分是五言的作品还有四篇，其中两

---

[17] 我把"仓狗"理解为"青色的狗"。这好像有点奇怪；尽管"仓"也可以理解为灰色或者银色，我以为这种奇异性正是作者用心所在，尤其是考虑到这一事件的反常。在西汉记载的征兆里，颜色奇异的动物之出现乃是征象之一，例如《汉书·礼乐志》（22.1069）里记载的一首颂诗提到脖子上有五彩文羽的赤雁。
[18]《汉书·五行志中之上》27 中之上．1397。
[19] 我曾另文讨论过《汉书·五行志》这一特征。参见"Religious Anxiety and Political Interest in Western Han Omen Interpretation: The Case of the Han Wudi Period（141-87 BC）," pp. 1-31。早期有关西汉时代征兆阐释的研究成果包括 Wolfram Eberhard, "Beiträge zur kosmologischen Spekulation in der Hanzeit," pp. 1-100; Homer H. Dubs, *The History of the Former Han*, vol. 3, Baltimore: Waverly Press, 1938-1955, pp. 546-559, 并请参看各章附录里对日蚀的记载；Hans Bielenstein, "An Interpretation of the Portents in the Ts'ien-Han-Shu," *Bulletin of the Museum of Far Eastern Antiquities* 22, 1950, pp. 127-143; and Wolfram Eberhard, "The Political Function of Astronomy and Astronomers in Han China," in *Chinese Thought and Institutions*, ed. John K. Fairbank, pp. 33-70（德文版"Die politische Funktion der Astronomie und der Astronomen in der Han-Zeit," in *Sternkunde und Weltbild im alten China: Gesammelte Aufsätze von Wolfram Eberhard*, pp. 249-274）。尽管这些研究各有价值，但是研究者们没有充分地注意到一个事实，即《汉书·五行志》是一篇充满意识形态的文献，其文本构成跨越了不同年代层面，而其中的某些判断是有意颠覆早先对某些特定事件的解释。在这种意义上，《五行志》所折射出的不仅是西汉历时漫长的讨论，也是这些章节最终被组织进《汉书》时，相关讨论在东汉时代的延续。

篇也体现出诗作为征兆或者预言性隐语的特征。四篇之中,有三篇被认为作于汉元帝(前48—前33年在位)、成帝时期,亦即晚于李延年和戚夫人所处的时代。第四篇保存在《史记》中,但它属于褚少孙所补部分。[20]有一首典型的无名氏预言歌诗,据说在成帝之世就已经流传民间,预言了汉世的衰亡。诗曰:

邪径败良田,谗口乱善人。桂树华不实,黄爵巢其颠。故为人所羡,今为人所怜。[21]

《汉书》明显采用了西汉之后的视角,根据"五行宇宙论"的颜色象征法对诗文进行了解码:开红花的桂树象征汉世;桂树华而不实指明皇家后继无人;因为王莽篡汉后,色尚黄,故歌以黄雀为象。如此,汉室沦至"为人所怜"的地步。

另一首无名氏五言诗的创作年代也可以追溯到汉成帝统治末期,表达对大规模处决的集体悲痛;因据说皇帝荒废朝政,长安犯罪现象颇为普遍,故"酷吏"尹赏[22]活埋数百囚徒及不法少年。只有在行刑百日之后,死者的家人才被允许挖出尸体,另行安葬。长安街道上一时哀声不绝:

安所求子死?桓东少年场。生时谅不谨,枯骨后何葬?[23]

没有什么能比这首诗歌更好地表达了史家对"酷吏"的矛盾心情。与其上下文的叙事不同,诗歌向读者表明,即使尹赏所处决的大多数犯

---

[20]《汉书·五行志中之上》27中之上.1395、1396,90.3674;《史记·滑稽列传》(126.3209)。
[21]《汉书·五行志中之上》27中之上.1396。《先秦两汉魏晋南北朝诗》1.126。
[22]"酷吏"是对残暴官吏的称呼,《汉书》90 有他们的合传。因为有采取严酷措施的能力,尹赏接连被委派到几处犯罪活动猖獗的地区,其本传见《汉书·酷吏传》(90.3673-3675)。
[23]《汉书·酷吏传》(90.3674);《先秦两汉魏晋南北朝诗》1.123。

人都有罪——诗中也承认了这一事实——但是他们也是汉帝国的普通百姓，也有亲人父母哀悼他们甚至无法得到安葬的严酷命运。史家明确表示了自己的谴责对象：长安乱象乃是因为"上怠于政，贵戚骄恣"[24]。这首表达了普通百姓苦痛的诗歌，本质上是史家批评成帝荒淫统治的一部分。

《汉书》中不但包含了大量据称源于民间的诗歌，而且还解释了这些诗歌是如何被采集到宫廷，并随后为史家所用的。学者经常援引的乐府采诗的核心证据，就是《汉书·礼乐志》所存的乐府目录。这里相关的短语"采诗夜诵"，很可能实指狭义的为帝国仪式挑选诗歌，而非泛采民间诗歌。[25]然而，《汉书》中的其他相关章节在提及采诗之说时，措辞要明确得多。据《汉书·礼乐志》记载，通过古代的"采诗之官"，"王者所以观风俗，知得失，自考正也"。[26]同篇提到了乐府选择或收集（"采"字兼具两意）"歌谣"之事；[27]这里，提到"谣"就清楚地表明诗歌的民间本源。最后一点，《汉书·食货志》扩充了"月令"所述制度，提出，"孟春之月，群居者将散，行人振木铎徇于路以采诗，献之大师，比其音律，以闻于天子。故曰：王者不窥牖户而知天下"。[28]《汉书》编纂后的一个世纪，郑玄也对古诗表达

---

[24]《汉书·酷吏传》（90.3637）。
[25]《汉书·礼乐志》（22.1045）。作为最有影响的《汉书》注者，颜师古指出这里指的是朝廷收集民歌之事。需要注意的是，如同《汉书·礼乐志》的其他章节一样，这一部分也存在严重的文本问题，参见下文。
[26]《汉书·艺文志》（30.1708）。
[27] 同前引文献（30.1756）。
[28]《汉书·食货志上》（24A.1123）。在此，颜师古确认这些被采之诗表达了百姓的怨恨和对统治者的批判。应当注意的是，尽管《汉书·食货志》所谓"孟春之月"的表达方式沿用了早期《月令》，并曾出现在多种资料里（主要是《吕氏春秋》《淮南子》《礼记》，部分也可见于《左传》《周礼》等），但是这些涉及历法的文本里没有一处提到采诗。另外，早期的文献资料一致显示，携带木铎出游的王使并非是要收集来自百姓的意见，相反，作为统治者的代表，他们是来向百姓解说法令、宣布四时所禁及行事的。参见《周礼注疏》3.17a、19c，11.75b、76c，35.236c，36.247c。《礼记正义》10.85a，15.134a，31.262a。可能出东汉以前，与民间采诗相关的唯一文本就是《礼记·王制》，曰，孟春之月，"命大师陈诗以观民风"。见《礼记正义》11.100b。此处仅仅暗示了采诗。此外，《王制》章的断代尚无定论。（转下页）

了相似意见。[29] 可见，周代及西汉采集民间诗歌的说法已被东汉学者普遍接受。[30] 同样，又过了一个世纪，杜预（222—284）在对《左传》中所引《逸夏书》注解时亦指出，携带木铎的"遒人"是帝王派遣在民间采集歌谣的。[31]

三 歌诗的地域性与"楚声"的问题

此外，根据《汉书·礼乐志》和《艺文志》的记录，乐府具有很强的地域性；记录泛泛地提到，来自赵、代、秦、楚各地的曲调经过乐府整理后在朝中演奏。记录无疑暗示了这些诗歌的民间特点，因此我们也可以假定其中大多数乃晚近的秦或西汉作品。《汉书》中的其他章节进一步证实，在西汉中期尤其是汉武帝[32] 统治时期，长安的宫廷文化中出现了上述地域甚至是异域的歌诗和曲调。据一则有阙文，不完全可靠的材料记载，乐府系汉武帝所"立"。[33] 然而，就《汉书》

（接上页）《史记》注意到，文帝命令博士"刺六经中作王制，谋议巡狩封禅事"（28.1382）。然而，《礼记·王制》只字不提封禅，而且也不清楚《史记》此节所谓"王制"是否真的指一篇文本，而非泛指的"王者之制"，更不用说是否特指《礼记》此章了。换句话说，把《王制》章断归文帝之世的做法完全依赖《史记》此节，但这种断代最多只能是权宜之计；《王制》章也很有可能是东汉对一系列早期及新近撰述材料的编纂。简言之，提到民间采诗的文本没有哪篇能可靠地断归东汉之前。

[29] 参见《毛诗正义·诗谱序》1.3。初唐成文的"正义"里引用了郑玄他处皆佚的诗说。
[30] 近年偶有学者对《汉书》所谓西汉乐府采诗说提出异议。参见姚大业，《汉乐府小论》页1—11，天津：百花文艺出版社，1984；张永鑫，《汉乐府研究》页57—64；Anne Birrell, "Mythmaking and Yüeh-fu: Popular Songs and Ballads of Early Imperial China"。其中的论述即使含有推断性质，对采诗说的挑战仍是相当有说服力的。然而，以上论著未能意识到，这些明显是理想化的记载，其重要性与其说在于陈述正确的史实，毋宁说在于给史书叙事里包含诗歌的做法以可信性和合法性。这并不能说明班固伪造了历史。我们很容易想象，大量诗歌，连同对它们恰当的功能、用途及采集过程的理想化叙述，是如何流传到《汉书》编者手里的。
[31] 《夏书》的部分内容仅仅见于《尚书·胤征》篇（《尚书正义》7.45c），系伪《古文尚书》之一；对应章节或本于《左传》。参见杨伯峻，《春秋左传注》页1017—1018（襄公十四年）。
[32] 有关武帝宫廷文学文化的精彩讨论，参见 David R. Knechtges, "The Emperor and Literature: Emperor Wu of the Han," pp. 51-76.
[33] 《汉书·礼乐志》（22.1045）。《汉书·礼乐志》（22.1043）有一处提到早在公元前194/193年乐府机构就已有雏形。贾谊《新书》4.4b 的记载也有类似提及。此外，《汉书》中共有两处地方提到汉武帝设立乐府之事，但时间说法不同：一说是公元前114年，一说是（转下页）

的描述而言，西汉时代的诗歌文化深深地根植在音乐当中，而这也是乐府的职责。尤其是考虑到帝国祭祀的颂歌和舞蹈，但其意义不止如此。[34]《艺文志》里与歌诗相关罗列了两类记录，除了指特定地域风谣的歌辞外，还指其曲调，即七篇《河南周歌诗》，伴《河南周歌声曲折》；七十五篇《周谣歌诗》[35]的情况也一样。在这两类记录中，何谓"声曲折"并不确定。然而，因为《艺文志》记录的是书面文献，所以这个词很可能是指某种乐谱。[36]

（接上页）公元前 111 年。参见 22.1045，25A.1232（此则材料在《史记》12.472、28.1396 亦有记载）。另外还有考古证据：提及"乐府"的有一个秦钟，以及可以追溯到公元前 129 年的南越文王墓出土的一组八只"勾鑃"钟上。参见袁仲一，《秦代金文陶文杂考三则》，《考古与文物》，1982 年第 4 期，页 92—96；广州市文物管理委员会、中国社会科学院考古研究所、广东省博物馆共同编写的《西汉南越王墓》上册页 40—45，下册图版十四第一至四幅，北京：文物出版社，1991。《史记·乐书》还记载，在汉惠帝、汉文帝及汉景帝统治时，乐府已经存在。尽管传世《乐书》文本晚于司马迁原本《史记》，但是其资料仍然可能来源于西汉晚期或者东汉早期。参见拙文"A Note on the Authenticity and Ideology of Shih-chi 24, 'The Book on Music,'" pp. 673-677。至于汉武帝"立"乐府之说，我们还不能肯定如何理解《汉书》的这一段。或者文本传写有误；或者是记载公元前 194/193 年乐府已经存在的人并非班固；再或者"立"字并非"始立"之意，如同刘勰在《文心雕龙》中理解的那样，而应被理解为"重新设立""重新组织"或者"设立新职能"，参见詹锳，《文心雕龙义证》7.235。另一个问题是，《汉书·礼乐志》（22.1045）这则材料中记载了司马相如为乐府创作诗赋而受称赏之事。其实，在乐府被赋予新的功能之前，司马相如已经去世数年，绝不可能为之写作颂诗（而且《礼乐志》记载的这些颂诗的创作时间经常是混乱的，并每与《汉书》其他章节所载出入）。参见 Martin Kern, *Die Hymnen der chinesischen Staatsopfer: Literatur und Ritual in der politischen Repräsentation von der Han-Zeit bis zu den Sechs Dynastien*, pp. 59-60, 174-185, 299-300。有意思，也令人费解的是，《汉书》93.3725 也把《郊庙歌》归于司马相如之名下。《史记·佞幸列传》（125.3195）的对应章节里没有提到司马相如。

[34] 据周朝的礼仪传统，舞蹈是国家祭祀中的一个核心要素。参见《汉书·礼乐志》（22.1043-1044）。这些用于祭祀的舞蹈一部分是从周、秦时代继承下来的，在随后的朝代里，它们被继续模仿，同时被分别配上了歌词。至于对汉代及六朝舞蹈的完整论述，参见 Martin Kern, *Die Hymnen der chinesischen Staatsopfer: Literatur und Ritual in der politischen Repräsentation von der Han-Zeit bis zu den Sechs Dynastien*, pp. 53-95。

[35] 《汉书·艺文志》（30.1755）。

[36] 同样的结论见王先谦，《汉书补注》30.58a；顾实，《汉书艺文志讲疏》页 188。被唯一保存下来的中国早期诗歌的乐谱被假定在"铙歌"里得到了传承。考虑到铙歌混乱的句法，沈约怀疑在他所处的时代所得到的文本——与我们这个时代的所见到的传世本可能相同也可能不同——系誊写过程中"声辞艳相杂"的结果，即原本中可能较小的记声符窜入歌辞正文（《乐府诗集》19.285 引用了沈约，16.228 则涉及铙歌。可能属于记声符号的有"梁"字，似乎以表音功能用于"郊祀歌"第八及其他若干早期歌诗里；参见《汉书·礼乐志》（22.1085），Martin Kern, *Die Hymnen der chinesischen Staatsopfer: Literatur und Ritual in der politischen Repräsentation von der Han-Zeit bis zu den Sechs Dynastien*, pp. 217, 223。

对诗歌的音乐演奏的重视也可以从西汉宫廷中占主导地位的地方诗歌风格中看出来。这些地方诗歌在汉代历史文献中被称为"楚歌"或者"楚声",这两个词在汉代之前的文献中并没有出现。它们在西汉的显著地位与刘氏家族的南方根源有关。南方的地域性对西汉文学产生的重大影响尤其体现在"赋"这种汉代主要的诗歌体裁中,[37]同时也体现在汉武帝"郊祀歌"和他本人的作品中。另外,《史记》和《汉书》中有三则资料显然与"楚歌"和"楚声"相关。一是公元前202年,项羽(前232—前202)在垓下的决胜之夜,他听到了四面传来的"楚歌",因而意识到身陷重围。[38]二是汉高祖庙祀的"房中乐",据说系用"楚声",以此来纪念汉室的南方根源[39](作于前202年和前195年的《安世房中歌》以及《汉书》与"房中乐"相关的部分里,确实有南方诗歌语汇和意象的痕迹。[40]然而,这些颂歌也近似公元前219—前210年秦皇的勒石铭文,而后者同样被"诵"之后才诉诸勒石)。[41]三是公元前195年,汉高祖对期盼立其子如意为嗣的戚夫人说:"为我楚舞,吾为若楚歌。"随后,他真的唱起了那首传统所谓的《鸿鹄歌》,表示已确立的太子得到了朝中重臣拥戴,无法废黜。诗曰:

---

[37] 有关西汉赋的历史记载都强调这种文类根源于南方文学文化,后者自汉代起便以《楚辞》为代表,并一定程度上也在南方语言的修辞方式中表现出来。
[38] 《史记·项羽本纪》(7.333)、《史记·高祖本纪》(8.379);《汉书·高帝纪下》(1B.50)、《汉书·陈胜项籍传下》(31.1817)。
[39] 《汉书·礼乐志》(22.1043)。
[40] 参见 Martin Kern, *Die Hymnen der chinesischen Staatsopfer: Literatur und Ritual in der politischen Repräsentation von der Han-Zeit bis zu den Sechs Dynastien*, pp. 169-173。
[41] 参见 Martin Kern, *The Stele Inscriptions of Ch'in Shih-huang: Text and Ritual in Early Chinese Imperial Representation* 及 *Die Hymnen der chinesischen Staatsopfer*, pp. 108-109,153-159,164-168。作为整体,十七首《安世房中歌》在形式上和措辞上多有差异,故而难以被认为皆与南方文学传统紧密相关。尽管有一些散见的文学特征与《楚辞》中的特征有相似性,但是大多数诗歌还是深受《诗经》和周代青铜铭文的传统措辞、语汇的影响。

> 鸿鹄高飞，一举千里。羽翼以就，[42]横绝四海。横绝四海，又可奈何！虽有矰缴，尚安所施！[43]

汉高祖的这首八行四言诗是早期文献中唯一被明确称作"楚歌"的。然而，它近于白话的简单语汇无法表明，它与《楚辞》、赋和"郊祀歌"所显示的南方诗歌风格之间存在着任何联系。[44]另外，这首诗四音节的韵律特点并不代表不同于传统的音乐形式；其他与西汉王室相关之作也是如此。[45]因此，尽管"楚舞"、"楚歌"和"楚声"显然指文学和音乐作品的表演，且在西汉宫廷中表演楚地（或者具有楚地风格）文学作品的能力被认为是不同寻常的，[46]但是史家的记述并没有提供足够的证据以确定何以把这些诗歌和音乐表演称作楚风。然而，尽管有汉高祖《鸿鹄歌》和大部分《安世房中歌》中的四言颂诗这样的作品，从大多数被认为由刘氏家族和其他显要汉代早期人物所作诗歌来看，它们的某些韵律特点不但背离经典的四言形式，而且表现出与《九歌》及其他楚辞作品的相似性。这些诗歌或系三言，或系四言与三言杂糅，并经常（但非必定）包含语助词"兮"字。

若要寻找多少和《诗经》音韵相左，并似乎接近南方文学传统的

---

[42] 飞鸟得到羽翼的辅佐乃是比喻统治者有大臣辅助的常用意象。这里，"鸿鹄"指的是太子刘盈，即后来的汉惠帝。当汉高祖打算让刘如意替代刘盈继承皇位时，受到朝廷中那些强烈支持刘盈的大臣的阻止。
[43] 《史记·留侯世家》（55.2047）、《汉书·张陈王周传》（40.2036）。有关此诗在《史记》及其以后的文献中的不同版本，参见《先秦两汉魏晋南北朝诗》1.88。
[44] 这给注疏者带来了一些麻烦。举例来说，郑文《汉诗选笺》一书就认为原本不规则的诗行中有语助词"兮"字，但是被史家所删。从白居易的《六帖》开始，某些相当晚的文献中确实有"兮"字；这导致后来的研究者认为后世的版本乃是最原始的，可以上溯到陆贾（约前228—约前140）已佚的《楚汉春秋》，因此甚至早于司马迁《史记》。参见《先秦两汉魏晋南北朝诗》1.88。然而，大量其他的例子证明，"楚歌"中并非必然包含"兮"字。
[45] 另一例简单的四言诗出自刘章（朱虚侯，后封城阳王，前176年薨）手笔。见《史记·齐悼惠王世家》（52.2001）、《汉书·高五王传》（38.1992）。
[46] 《汉书·严朱吾丘主父徐严终王贾传》（64A.2791，64B.2821）。在此，不能将《汉书》所指的"楚辞/楚词"与后来王逸《楚辞》的标题相混淆。

西汉诗歌,我们就要走出帝国祭祀颂诗或其他为官方代言的作品;[47]多数此类诗歌被认为作于绝望毁灭的悲剧时刻。此时,诗歌的历史书写功能表现尤为明显。当项羽被刘邦的部队困于垓下之时,他意识到自己大限将至,通过这首为其宠妃虞姬即兴而作的诗歌,项羽接受了自己的命运。歌曰:

> 力拔山兮气盖世,时不利兮骓不逝。骓不逝兮可奈何,虞兮虞兮奈若何![48]

而当公元前195年,汉高祖暮年最后一次返回故乡沛县时,他也作歌凝练地抒发了帝国开创者即将辞世的忧思,并思索他的帝国将来如何才能得到巩固。此歌后来题为《大风歌》:

> 大风起兮云飞扬,威加海内兮归故乡,安得猛士兮守四方![49]

赵幽王刘友(前181年薨)被迫迎娶吕氏之女为妻,尽管其所好实系其他宫人;于是,他遭到了吕氏的诽谤。刘友最终从封地被传唤到了长安监禁起来。在饿死之前,他哀叹自己的命运,并表示悔不当初自决。歌曰:

---

[47] 其中包括"郊祀歌";部分《安世房中歌》;汉武帝的两首《瓠子歌》,史载系公元前109年巡视黄河堤坝修筑时所唱(《史记·河渠书》[29.1413];《汉书·沟洫志》[29.1682-1683];《先秦两汉魏晋南北朝诗》1.93-94);以及两首"天马"歌(《史记·乐书》[24.1178]),它们和《郊祀歌》里的对应篇章(《汉书·礼乐志》[22.1060])一样大约可以追溯到公元前113至前101年。后者相关论述参见 Martin Kern, *Die Hymnen der chinesischen Staatsopfer: Literatur und Ritual in der politischen Repräsentation von der Han-Zeit bis zu den Sechs Dynastien*, pp. 229, 236。
[48] 《史记·项羽本纪》(7.333)、《汉书·陈胜项籍传》(31.1817)、《先秦两汉魏晋南北朝诗》1.89。
[49] 《史记·高祖本纪》(8.389)、《汉书·高帝纪下》(1B.74)、《先秦两汉魏晋南北朝诗》1.87。

> 诸吕用事兮,刘氏微;[50]迫胁王侯兮,强授我妃!我妃既妒兮,诬我以恶。谗女乱国兮,上[51]曾不寤!我无忠臣兮,何故弃国?[52]自决中野兮,苍天与直!吁嗟不可悔兮,宁早自贼!为王饿死兮,谁者怜之?吕氏绝理兮,托天报仇![53]

燕王刘旦(前80年薨)和华容夫人之间的诗歌唱和,同样发生在极具戏剧性的情景中,即在燕王自杀之前的宴会上,自杀原因是其推翻昭王(前87—前74年在位)自立之密谋未遂。第一首为刘旦所唱,第二首则是华容夫人。据颜师古注,刘旦之诗系想象其身后的王城场景。歌曰:

> 归空城兮,狗不吠、鸡不鸣,横术何广广兮,[54]固知国中之无人!
> 发纷纷兮置渠[55],骨籍籍兮亡居。母求死子兮,妻求死夫。裴回两渠间兮,君子独安居![56]

遭遇可悯的骑兵都尉李陵(前74年卒),于公元前99年投降匈奴。他未能说服同样被俘的朋友苏武舍弃汉朝投降匈奴。多年后,苏

---

[50] "诸吕"即控制王庭的吕太后家族。"刘氏"即汉代皇朝。
[51] 即吕后。
[52] 这一句意思不明,传统学者从不同方面对其句法进行了分析。参见王先谦,《汉书补注》38.2b。一种读法是将"何故"属上句,"弃国"属下句。颜师古似乎就是按照这种读法,他对这两句的解释是:"悔不早弃赵国而快意自杀于田野之中。"见《汉书·高五王传》(38.1989)。
[53] 《史记·吕太后本纪》(9.403-404)、《汉书·高五王传》(38.1989)。其他异文参见《先秦两汉魏晋南北朝诗》1.92。
[54] 这里,我采纳了清代学者尤其是王念孙的意见,读"广"为"旷"。参见王先谦,《汉书补注》63.13a。
[55] 我不敢说我已经理解了这句话的意思。据颜师古的解释,"渠"指的是宫殿建筑内部复杂的水路,连接着宴会大厅附近的池塘。传统注家都对这一意象的内涵避而不谈。
[56] 《汉书·武五子传》(63.2757)、《先秦两汉魏晋南北朝诗》1.108-109。

武最终获释,将重返长安。别离之际的伤感令李陵慨然作歌:

> 径万里兮度沙幕,为君将兮奋匈奴。路穷绝兮矢刃摧,士众灭兮名已隤。老母已死,虽欲报恩将安归![57]

据《汉书》记载,可憎的广川王刘去(前71年薨)是一个施虐狂。在嫉妒心的驱使下,他与妃子、后来立为王后的阳成昭信摧残并杀害了至少十六人,其中十四人是他的嫔妃。刘去的简短传记中包含了他的两首诗歌。第一首是指责妃子陶望卿通奸;陶氏为逃避酷刑,投井自尽。这首恶人之歌表演于一个宴会的场合,预言了他的妃子的噩运。歌曰:

> 背尊章,嫖以忽,[58]谋屈奇,起自绝。行周流,自生患,谅非望,今谁怨![59]

《汉书》把刘去描述成极端残酷的人,但同时又是被阳成昭信玩弄于股掌间的懦夫。按照她的提议,刘去其他所有的嫔妃都被囚禁,只在宴会上现身。因为可怜她们的境遇,刘去作歌,令阳成昭信有节奏地击鼓为其伴奏,以亲自教授其嫔妃演唱之法。歌曰:

> 愁莫愁,居无聊,心重结,意不舒。内薄郁,忧哀积,上不见,天生何益!日崔隤,时不再,愿弃躯,死无悔。[60]

仅仅是因为这首诗及其先容,刘去显得不只是个追求荒淫之乐的残酷凶

---

[57]《汉书·李广苏建传》(54.2466)、《先秦两汉魏晋南北朝诗》1.109。在李陵投降匈奴之后,皇帝下令诛杀了包括其老母在内的全部家人。
[58] 据颜师古解释,"尊章"指妇之公婆。
[59]《汉书·景十三王传》(53.2429)、《先秦两汉魏晋南北朝诗》1.110。
[60]《汉书·景十三王传》(53.2431)、《先秦两汉魏晋南北朝诗》1.110。

手。他也怜悯自己的嫔妃,似乎能感觉到她们的痛苦和失望。刘去的人性闪光乃是回应并反衬阳成昭信无情、冷血的恐怖统治,表明他尚有人情,只是无力驾驭自己的正妃。刘去幼习经典,熟读《易》《论语》《孝经》。[61] 正因这种种,他才显现为一个性格复杂、充满内心冲突的人,清楚地意识到皇子所应当具有的道德操守与他施加的暴行之间存在着巨大的差距。换言之,正是这首诗歌将刘去塑造为真正的悲剧人物;说到底,他的失败代表了整个刘氏王族的失败。紧随这两首诗歌,历史叙事详叙了他的逾矩行径,而训练有素、善于阅读符号表征的读者也预感到了最后不可避免的结局:刘去废立自杀,阳成昭信弃市。[62]

另外一个可能是南方诗歌的例子,同样发生在戏剧化的场景中,即广陵王刘胥(前54年薨)投缳之前在宴会上的表演。就和史家记叙绝望之歌的很多类似情境一样,刘胥之死是因为即位的野心未遂。这次事件是,他多次雇请女巫"李女须"祝诅,先是诅咒汉昭帝,其后又诅咒汉宣帝,怨望其死,而且随着汉昭帝的驾崩,刘胥对这种手段更加信服。中断了一段时间之后,刘胥再度让女巫诅咒汉宣帝,据说此后在刘胥的宫殿里开始出现一连串奇怪的征兆:"胥宫园中枣树生十余茎,茎正赤,叶白如素。池水变赤,鱼死。有鼠昼立舞王后廷中。"[63] 根据汉代史笔,这些现象无疑预示着灾难即将降临。数月之后,诅咒宣帝之事败露,刘胥极为恐惧,于是将女巫和二十几个宫人毒杀,以绝其口。面临天谴,他举行了一次绝命之宴,命亲人鼓瑟歌舞。最后,刘胥自歌:

> 欲久生兮无终,长不乐兮安穷!奉天期兮不得须臾,千里马兮驻待路。黄泉下兮幽深,人生要死,何为苦心!何用为乐

---

[61]《汉书·郊祀志》(25.2428)。从上下文的记载中,我们可以知道,刘去还以喜欢优美的文辞,熟悉各类预言、医药、占卜、方技、博弈、倡优等技艺见称。
[62]《汉书·景十三王传》(53.2432)。
[63]《汉书·武五子传》(63.2762)。

心所喜，出入无惊为乐亟。蒿里召兮郭门阅[64]，死不得取代，庸身自逝。[65]

像其他先古歌者一样，刘胥表现了自己的决心和预见：他即席宣告了自己的死亡，随后投缳——很可能就是自绞于歌中所称之"郭门阅"。其子降为庶民，国除。以诗歌预言的特征也突出表现在息夫躬（前1年卒）身上。等待朝廷任命之际，他表达了对横死的担心。他的作品在《汉书》不是被称为"歌"，而是被称为"著绝命辞"之"辞"，[66]这样的表述方式使得这一作品似乎接近于赋。[67]歌曰：

---

[64] 颜师古作注称"蒿里"为"死人里"，其地位于泰山附近（参见《史记·河渠书》[28.1402]），被看作是私人进入阴间之地。亦可参见《先秦两汉魏晋南北朝诗》的无名氏诗《蒿里》(1.257)。"阅"作"橡"解虽鲜见，但可证于《尔雅》（郝懿行，《尔雅义疏》B1.7a），尤其可注意到郝懿行（1755—1823）将"阅"解释为"橡之长而直达于檐者"。

[65] 《汉书·武五子传》(63.2762)、《先秦两汉魏晋南北朝诗》1.111。最后两句的含义，我参考的是王念孙的语法分析和解释（王先谦，《汉书补注》63.16b有引用）。

[66] 因此，这篇作品在后来的选集中被命名为《绝命辞》。

[67] 西汉时代，"辞""赋"二词在很大程度上是可以互换的，而且也可以合称"辞赋"。至于"辞赋"之说，参见《史记》117.2999、《汉书·司马相如传上》(57A.2529)、《汉书·严朱吾丘主父徐严终王贾传下》(64B.2829)。举例而言，司马迁在《史记·屈原列传》(84.2486、2491)中称屈原的作品为"赋"，而在《太史公自序》(《史记》130.3314)中又称其作品为"辞"。如果从表演方式的不同来理解，似乎就比较容易把握"赋"和"歌"二者的差异了。事实上，我想表明，在整个西汉时期并没有因为文学样式的不同而产生明确的文类概念来区分诗歌文本类型。用于区别的唯一标准就是"不歌而诵谓之赋"一语，"唱"的有无表明了"赋"和"歌"的区别。相应地，当汉代文献资料中提及一首作品称其为"歌"时，这仅仅表明这一作品是用来唱的，并非是在详细描述其全部文学形式的特征。另一方面，诗歌，尤其是本文所引用的那些在某一富有戏剧性的历史时刻即兴吟唱的作品，则趋向体现出如下共通之处：（一）篇幅相对短小；（二）用词相对简单。特别是当我们把它们与司马相如及其他人创作的那些铺张扬的汉大赋相比较时，会更清楚地看到上述两个特点；而后者动辄长达数百行，充满少见的表达方法和复杂的音韵模式。因此，尽管一定存在"歌"和"赋"在诗性结构上有相同之处的灰色地带，但是当我们分别选择一些特征比较明显的例子时，仍然能够在形式上把它们区别开来。于是我们也不难看出，"歌"和"赋"是怎样被回溯性地，并且不乏时代误置地定义为不同的文类。

然而还必须注意的是，在汉代，"歌"的概念也被扩展用于《九歌》或者《郊祀歌》，而后者的遣词造句实则近似相如赋，而非《史记》《汉书》中任何一首即兴歌诗。无论如何，息夫躬的作品仍然介于"歌"和"赋"之间。这一点也从它被收入古今的诗歌选集中反映出来（例如《先秦两汉魏晋南北朝诗》），因为这些选集是排除"赋"类作品的。另一方面，这篇作品是通过一个"著"字，即"编写"（compose），来引出全文，表明其有备而来，它也没有被安置在一个特殊的历史时刻，无法视为即兴之作。

> 玄云泱郁，将安归兮！鹰隼横厉，鸾徘徊兮！矰若浮猋，动则机兮！蓁棘拢拢，曷可栖兮！发忠忘身，自绕罔兮！冤颈折翼，庸得往兮！涕泣流兮萑兰，心结愲兮伤肝。虹霓曜兮日微，孽杳冥兮未开。痛入天兮鸣呼，冤际绝兮谁语！仰天光兮自列，招上帝兮我察。秋风为我吟，浮云为我阴。嗟若是兮欲何留，抚神龙兮揽其须。游旷迥兮反亡期，雄失据兮世我思。[68]

诗歌之后，本传叙事只有八字便戛然而止："后数年乃死，如其文。"正是这首诗歌本身行使了叙述功能。

最后，还有一首采用了当时的韵律而归于"刘细君"名下的诗歌。刘细君是江都王的女儿，她在元封时期（前110—前105）嫁给了中亚乌孙国的国王，因而在历史上又以乌孙公主闻名。据《汉书》记载，当时的乌孙国国王已经老朽，他和这位年轻的中国妻子互相语言不通；此外，公主也只能每年在宴会上看到他一次。她的怨词融合了早期诗歌和史书所常见的两种传统主题：空闺之怨和居夷之苦，因为乌孙的风俗从汉代视角来看无疑是未开化的。

然而，刘细君诗歌的内涵远不止于此。它代表了一种政治异议的声音，直接发自其所处的历史语境，即汉武帝的军事扩张政策导致的一系列深入中亚腹地的大规模战役。[69] 汉武帝统治期结束后不久，一直延续到班固撰写《汉书》时，对汉武帝政策的激烈批评在朝论中一直不绝于耳。物议谴责其战争，认为既使得民生维艰，也造成了帝国的动荡。在此背景下，刘细君诗显得意味深长：从回溯性视角追究武帝扩张政策的痛怨，如今通过汉代王室里一位年轻无辜的女性的声音得到了最真切、幽怨的表达，因为她的生命为可疑的政治利益被浪费

---

[68]《汉书·蒯伍江息夫传》(45.2187-2188)、《先秦两汉魏晋南北朝诗》1.116。
[69] 关于这些战役的整体研究，参见 Michael Loewe, "The Campaigns of Han Wu-ti," pp. 67-122。

在了蛮夷之地。其歌曰：

> 吾家嫁我兮天一方，远托异国兮乌孙王。穹庐为室兮旃为墙，以肉为食兮酪为浆。居常土思兮心内伤，愿为黄鹄兮归故乡。[70]

这首原先被嵌入史撰的歌诗，不久便成为了诗歌经典的一部分。后来的一系列选集中都曾将其选录，主要的类书中也常见引用。[71] 如同其他一些传统上被视为"楚歌"的作品一样，刘细君诗中缭绕着压抑的气氛，如果不说是灾难浩劫，至少是幽怨悲痛。汉代从公元前二世纪开始采用这种表达模式的长短诗歌，最终都被纳入传世的《楚辞》框架里。[72] 以早期的《离骚》《九歌》为主文本铸造起来的《楚辞》，多半属汉代的产物，常用来表达沉郁忧伤之情。因此，西汉读者不难把上面这样的诗歌定位于楚辞传统。

四　歌诗的阐释与历史思想

然而，这种汉代史撰运用诗歌的方法背后是一种阐释学模式，它并不限于任何地域传统。诗中反映了流布广泛的诚、情和德等观念。作为早期音乐和文学思想的核心，这些观念最充分的表述见诸《荀子·乐论》、《礼记·乐记》及《毛诗大序》。这种话语的意识形态核心即所谓"诗言志"，[73] 以及乐、歌都是人类思想情感对外部环境的真

---

[70] 《汉书·西域传下》(96B.3903)、《先秦两汉魏晋南北朝诗》1.111-112。
[71] 参见《先秦两汉魏晋南北朝诗》中著录的多样但原非完整的资料，1.111-112。
[72] 有关《九歌》的忧郁主题，可以参考的资料见 David Hawkes, "The Quest of the Goddess," *Asia Major* n.s. 13, 1967, pp. 71-94。
[73] 《礼记正义》38.308c、《毛诗正义》1-1.1c、《尚书正义》3.19c、《春秋左传正义》38.295b（襄公二十七年）、《荀子集解》4.84。

实反应,强调作者—歌者本身怀有不乱之心,而其表达也有不乱人心的力量。这也反映了经由历史意识塑造的诗歌创作和表演,使得诗歌呈现为"有韵之史"。[74] 由此,当时这种观念的另一种体现便是,早期历史编撰几乎把所有嵌入其中的诗歌都呈现为作于特殊情境之中。从历史叙事中生发出的这些诗歌来看,显然诗没有被理解成偶然的艺术活动。相反,作为对具体历史情境的"自然"情感反应而产生的诗歌,是饱含着作者—歌者的灵与肉的整体,是建立在具有宇宙论意义的真理诉求之上的。[75] 从这一视角而言,"脱离了历史的诗歌"不但是毫无意义的,而且这种说法根本就是一个悖论,因为任何诗都必然面临这样的问题:为什么它出现在这里?它源自何处?由此,史中有诗,诗中有史;而且正如上引《史记·屈原列传》中的"渔父"一诗以及刘胥诗那样,[76] 有时诗歌甚至代替了历史叙述本身。这种有关如何理解一首诗歌,结论原本是很明显的:就像史书保存了诗歌一样,诗歌也保存并传播了历史知识。

在中国早期的文学思想传统中,这种对诗歌的阐释手段与毛、郑的解《诗》方法颇为相近,毛诗在汉平帝统治时期第一次被朝廷认可和提倡;至东汉末年,主要在郑玄《毛诗传笺》的影响下,俨然压倒其他竞争的《诗》说,包括直到平帝之世始终受到西汉皇室支持的"三家诗"。正如我们从近期出土文献所了解的那样,这种历史化的阐释并非解读早期诗歌的唯一方法,甚至也不是公元前三至前二世纪的

---

[74] Jeffrey Riegel, "Eros, Introversion, and the Beginnings of *Shijing* Commentary," p. 171. 王安国的论述考虑到了对《诗》的早期阐释学角度。
[75] 关于进一步的讨论,参见 Mark Edward Lewis, *Writing and Authority in Early China*, pp. 147-193; Steven Van Zoeren, *Poetry and Personality: Reading, Exegesis, and Hermeneutics in Traditional China*, pp. 17-115; Stephen Owen, *Readings in Chinese Literary Thought*, pp. 19-56。我之所以把中国早期的音乐和文学思想称为宇宙论的,是因为它将诗歌(和音乐)的创作艺术归入了解释整个宇宙运行的"感应"这一概念框架内。
[76] 《史记·屈原贾生列传》(84.2486)。

主要方法。[77]然而,在一定程度上我们可以清楚观察到,这样的阐释以潜在的形态在前帝国时期就已具雏形,亦即体现在历史编撰中嵌入诗歌的这一实践中。从《左传》《国语》的记事开始——或许早至二者所本的书面或口头资源产生的时代开始——传统就保存了大量逸事,其中诗歌被引用来表达道德判断、政治谏言或预言。[78]这种历史编撰学不仅把诗歌的历史阐释法的地位抬高到同时代其他阐释方法之上,其本身事实上也构成了这种阐释方法的根本原理。因此,《毛诗》和《左传》一起得到朝廷认可或许并非偶然。正如《左传》尤为清楚地展现的那样,《诗经》的历史阐释法是伴随东周时期诗歌嵌入史书的实践发展起来的,这样,平帝之世这两部著作同时成为经典也是情理之中了。通过这两本著作,当时的读者就能得到系统的指导,理解诗歌深刻的历史本质。就《左传》、《国语》、《史记》及《汉书》等书而言,没有哪种阅读方式可以否认这种诗歌的根本依据,也不能否认其意义明显来自其历史语境。如此,历史叙事提供了一种解诗模式,

---

[77] 这一点清楚表现在两种文献里,即马王堆汉墓帛书《五行》篇(前168或更早)和上博楚简《孔子诗论》(约前300)。相关的参考书有池田知久,《馬王堆漢墓帛書五行篇研究》;马承源主编,《上海博物馆藏战国楚竹书(一)》页13—41, 121—168。对马王堆汉墓帛书《五行》篇中诗的解读,参见Jeffrey Riegel, "Eros, Introversion, and the Beginnings of *Shijing* Commentary";从出土文献研究出发来探讨《诗》的早期文化史以及西汉赋,参见Martin Kern, "Early Chinese Poetics in the Light of Recently Excavated Manuscripts," pp. 27-72,以及本书的《西汉美学与赋体的生成》。

[78] 《左传》《国语》引诗与汉史之诗的主要区别在于,早期文本并不指涉新诗创作,而只从已有"诗"里进行赋诗断章。这种差别反映了两种有关诗歌创作和表演理念的深刻歧异。先古之"诗"是匿名文本的语料集合,作为一个整体体现着共享的文化记忆。这些诗歌的意义是双重的:作为一般层面的文本集合而言,它们是文化和自然知识的宝库;而对它们的熟练掌握则是文化精英阶层必不可少的能力。参见《论语》13.5, 16.13, 17.9、10。在这种背景下,一首诗歌的具体含义取决于它在某一特定历史情境下的表演及运用。这些诗歌本身并不承载特殊作者意图和身份,它们的意义取决于表演者的意图和身份。

相反,汉代史书里的诗歌表演者同时也被认定是诗歌的作者。这里,历史情境下产生的不仅有诗歌的表演,还有诗歌的创作,这事实上塑造了诗歌作者的形象本身(同时,这种文学文化的根本性转变发展出了一种阐释《诗》的新视角,即"毛诗"这种进路,它赋予了无名古诗以个别的作者身份。除了少数例外,参见下文注[104],这种现象几乎不见于前帝国时代)。换言之,前帝国时代的《诗》是表演即阐释,而汉代歌则是创作即表演;但尽管有这种不同,两者都共同根植于早期诗学思想之中,认为诗歌的意义取决于特定历史环境。

其强大的力量足以扩展到史学之外，延及脱离原始历史语境而流传的诗歌，人们试图恢复它们失落的语境以及意义；这对于毛、郑及其他早期《诗》家而言，一定是最自然的解释学方法，也是最崇高的使命。对于《楚辞》的汉代读者而言也是如此。在他们对诗的定义中，诗歌来自历史，也歌唱着历史。

如上所述，诗歌历史阐释的核心跟宇宙论和社会形态都有关：一方面，诗歌的创作和表演是作为一种对外部环境的即时反应出现的；另一方面，诗歌在一种特定的社会背景中表达了个人的情感。据《诗大序》和更早期的音乐理论可知，人的身体完全与事件的宇宙论面向相关联：

> 情动于中而形于言。言之不足，故嗟叹之。嗟叹之不足，故永歌之。永歌之不足，不知手之舞之，足之蹈之也。[79]

因此在西汉的历史文献中，舞蹈常常伴随着歌唱。公元前195年，汉高祖似乎"酒酣"[80]之际，击筑高唱《大风歌》。"令儿皆和习之。高祖乃起舞，慷慨伤怀，泣数行下。"[81]其他西汉的歌者在歌诗之际，也每每即兴"起舞"：在哀叹被困匈奴的命运时，李陵起舞而歌，[82]当以歌倡和刘旦时，华容夫人起舞；[83]自杀之前，刘胥且唱且舞，[84]李延年起舞咏唱其姊李夫人的美貌，令武帝惊叹动容；[85]刘章在宴会上也为吕后且舞且唱，随而剑斩一名"亡酒"者。[86]

---

[79]《毛诗正义》1-1.2a；参见《礼记正义》37.299c，39.317c，38.308c。
[80] David R. Knechtges, "The Emperor and Literature: Emperor Wu of the Han," p. 63.
[81]《史记·高祖本纪》(8.389)，《汉书·高帝纪上》(1A.74)。
[82]《汉书·李广苏建传》(54.2466)。
[83]《汉书·武五子传》(63.2757)。
[84]《汉书·武五子传》(3.2762)。
[85]《汉书·外戚传》(97A.3951)。
[86]《史记·齐悼惠王世家》(52.2001)，《汉书·高五王传》(38.1992)。

情之所至迸发的歌舞根本不同于正式场合下（比如在帝国仪式中）经过认真准备和编排的歌舞表演。就后者而言，曲作者、词作者和表演者都非同一人。同时，在大多数情况下，这些作曲家、诗人和表演者都是佚名的专业人士，他们供职于朝廷，为国家庆典提供合乎尺度、中规中矩的文学和音乐表达。这在一切角度都不同于前面描述的那些富有戏剧性的时刻。在这些时刻，首先，舞者、歌者、作曲者和诗人是同一个人，并且，创作与歌舞也是同一行为相互统一的不同侧面而已；其次，这个人不是无名氏；再次，歌舞都未经准备，而是即兴的；第四，他们的表演不受规矩束缚。因此，朝廷部署的那些庆典表演代表着帝国政权；而个人英雄的即兴表演则是他们真实情感的迸发。垓下的项羽、归乡的刘邦、胡地的李陵，他们都濒临死亡，无一例外都在歌舞之后"泣数行下"。[87] 相应地，舞蹈和幽怨的歌唱也激起了强烈的情感应和：很多时候，听众和主人公（譬如项羽）都一起即刻涕下。[88] 汉代的史书里，孔子已然首先歌而涕下；[89] 留名青史的刺秦者荆轲（前227年卒），其啸歌也令听众垂泪涕泣。[90] 个人英雄的表演展现了真实和真诚的瞬间，揭示了他们深刻的情感本源，并由此激发共鸣。此时不仅作者和歌者融为一体；据史书所载，作者—歌者和听众之间的情感距离也随之消散。在史书修辞的架构中，这些都是情感得到宣泄净化（catharsis）的纪念性时刻。历史达到了

---

[87]《史记·项羽本纪》（7.333）、《高祖本纪》（8.389）；《汉书·高帝纪下》（1B.74）、《陈胜项籍传》（31.1817）、《李广苏建传》（54.2466）。
[88] 参见《史记·项羽本纪》（7.333）、《宋微子世家》（38.1621）、《留侯世家》（55.2047）；《汉书·陈胜项籍传》（31.1817）、《张陈王周传》（40.2036）、《武五子传》（63.2762）。请注意，纪项羽之事时，《史记》和《汉书》都提到虞姬"和"之，可能是用自己创作的歌词作为回应。但是归于她名下的这首五言诗歌没有保存在汉代的文献资料中。最早的相关材料是《史记》张守节（725—835前后）正义中的评论（参见《史记》7.334），其中引用了归诸陆贾的《楚汉春秋》。然而，问题在于，在唐代可见的《楚汉春秋》中，究竟多大程度上还保留有陆贾的原文。参见王先谦，《汉书补注》30.17b-18a。
[89]《史记·孔子世家》（47.1944）。
[90]《史记·刺客列传》（86.2528、2534、2537）。

高潮,史书的叙事也抵达了限界:此刻适当的词语只能发而为歌,随泪水奔流。

五 歌诗与史撰修辞

最后,这些歌舞是在其"架构性逸事"(framing anecdotes)中为我们所知的,[91]随之而来的是,诗歌与叙述之间,诗人与史家之间,以及史书读者与歌舞表演的现场观众之间的一系列藩篱都被跨越消解。正如在讨论东周诗歌,尤其是那些据传是由灵与肉的苦痛而激发出来的诗歌时,史嘉柏提出的那样:"尽管不难想象,某些诗歌可能的确是受难者演唱的,其所处之境遇通过支撑性故事得以详述;但是证据表明多数诗歌都是由后世附会,这乃是出于人们对失志或受难这类情节所持的积极、富有创造性的历史趣味。"[92]的确,在不少情况下,主人公临终时刻的诗歌如何能够被忠实地记录下来并流传后世,这一点便值得怀疑。据《史记·屈原贾生列传》,屈原"作"(compose)"怀沙之赋"之后立即怀石自沉汨罗。[93]同样地,《史记·伯夷列传》记载在创作了绝命之辞后,伯夷、叔齐二人便绝食而死。[94]显然,在这样的情境下,似乎不可能有诗歌得以保存下来。但是,究竟是诗歌在后来被创作引入用以加强叙事,还是叙事乃围绕一首已经存在的诗歌而建构起来的呢?这个问题的答案可能因例而异;[95]然而,无论何者都表明

---

[91] 此语出自 David Schaberg, "Song and the Historical Imagination in Early China",指将诗歌镶嵌其间的故事架构。
[92] David Schaberg, "Song and the Historical Imagination in Early China," p. 356.
[93] 《史记·屈原贾生列传》(84.2486-2490)。
[94] 《史记·伯夷列传》(61.2123)。
[95] 在两个有点类似的例子中,诗歌很可能是先于叙事的。参见本书《西汉美学与赋体的生成》。同样,史嘉柏得出结论说:"在汉代及其以前的收集稗史的过程中,故事框架的建构乃是歌诗的准则;这种活动可以称之为一种史学形式,并在当时几乎是某种文化执迷。歌诗得以保存并且代代相传的一个重要原因,就是因为人们乐于把它们和记忆里个人及公众历史的危机时刻相匹配。"见 David Schaberg, "Song and the Historical Imagination in Early China," pp. 357-358.

历史叙事是由异质的资料构建而成的文本制品（artifact）。

汉代史书里的歌舞反映出当时有关文学和音乐思想的宇宙论，同时又把这一思想体系转移到了历史叙述当中。司马迁或班固这样的史家不太可能亲自创作了其笔下历史英雄的诗歌；更合理的情况是，已有充分证据表明，史家的叙事是编纂出来的，有时是以剪切和粘贴的方式从大量的资源中选择材料来编写，这些资源包括与历史文献一道传播下来的书面和口传的传说、诗歌以及散文。对史家和他预设的读者来说，这些来源各异的信息必须融合为一个连贯、有意义、容易记忆的叙述。史家生活的年代，距离他所讲述给后世的事件已然相隔数十年甚至数世纪。[96]他不是事实的记录者，而是叙事的作者；他并不虚构事实，但必须判断什么信息可以传述，并且必须寻找恰当的文学形式来组织他选择的材料。在这种状况下，中国早期文学思想中的宇宙观就很自然地流入司马迁和班固这样的作者笔下，他们置身于诗歌传统，并且其自身也有相当的"赋"体文学造诣。通过在叙述中加入歌舞情节，他们并非篡改事实或者为严肃的记录添加一些藻饰；相反，在很多情况下，他们选择了这些历史记忆的表达，即主人公在悲痛和毁灭的高潮时刻的歌之咏之、舞之蹈之，因其体现了真与诚而显得弥足珍贵。但是历史学家不只是记录歌舞，而是把歌舞用于史学的修辞功能，想象历史中那些人物如何表达自己，并以那种方式来再现人物的情感。通过把主人公变成诗人，史家在这些时刻用诗歌凝练了叙事的精华，而他自己也成为了一位"诗史"（poet-historian）。因此，究其本质，史家作为歌者的古老形象（或者在汉代只是投射出来的）呈现于汉代史书叙事的核心。[97]在叙述中融合诗歌是对"诗言志，歌永言"的确证。[98]在汉代史书语境中，这一对记忆的承诺延伸到了叙

---

[96] 一个例外就是司马迁的历史叙述延伸到了他所身处的时代。
[97] 关于史家作为歌者，参见《诗大序》，《毛诗正义》1-1.3c。
[98] 《尚书正义》3.19c。"永"和"咏"双关有明显的意图，如《古文尚书》为孔安国注所承认。

述当中。不但史书保存了有关早期历史人物的诗歌；在后代的历史想象里，对诗歌的记忆也帮助保存了历史叙事的鲜活。

一定程度上，对记忆的承诺基于某种古今共有的假说，亦即："诗的形式首先是出于记忆术上的诉求，用稳固持久的方式保存那些巩固身份认同的知识。"[99]在早期中国，诗歌的这种功能可见于祖先祭祀这种共缅仪式本身，祭祖采用的仪式颂歌和青铜铭文便多为韵文。就像东周和西汉史书里的一样，这些礼仪文本里的诗歌不妨视作历史的浓缩，它采用加强的、形式化的受限语码，保存着比原本的指涉范围更广的叙述核心。这种语码不仅保存了过去，而且最重要的是定义了过去。[100]仪式颂诗和青铜铭文中并不包含广泛、松散、模糊的杂多历史知识，而是严格限定并控制着记忆的内容和方式。[101]相同的机制在早期史书中同样有效，其中，诗歌一般而言并非用于增加史实知识，尽管有几例诗歌构成叙事本身，但这些都显然是史家不用叙述形式，而采用诗歌的刻意选择。通过仪式化的表达，诗歌缩小而非扩大了记忆的范围。事实上，有一个案例结合了诗歌的史学和仪式用法：据《史记》和《汉书》，原本由即将辞世的高祖刘邦本人创作并表演的《大风歌》，之后在公元前195年到前141年间曾于祭奠他的祖庙中表演。[102]或许还有其他诗歌也是以这种形式得以保存；而另一方面，即便只是复述某个英雄故事，如果重新表演了他的诗歌的话，这本身就是一种共缅仪式，本质上无异于祖先祭祀。

早期诗歌承载着真与诚的重量，传达出历史瞬间的精粹，以及彼

---

[99] Jan Assmann, *Das kulturelle Gedächtnis: Schrift, Erinnerung und politische Identität in frühen Hochkulturen*, p. 56.
[100] 我将仪式语言称为"受限语码"是引自 Maurice Bloch, "Symbols, Song, Dance and Features of Articulation: Is Religion an Extreme Form of Traditional Authority?," pp. 55-81。
[101] 进一步的详细分析参见 Martin Kern, *The Stele Inscriptions of Ch'in Shih-huang: Text and Ritual in Early Chinese Imperial Representation*, pp. 148-154, 以及本书《作为表演文本的诗：以〈小雅·楚茨〉为个案》。
[102]《汉书·礼乐志》(22.1045)、《史记·乐书》(24.1177)。

时作者—歌者的角色,这并不会受限于其上下文叙述的可信度。事实上,现代读者看来或许毫不可信的叙述,在汉代史家及其预设的读者看来,却显然是富有意义和连贯性的。问题并不在于屈原在临终之际是否真的创作(并表演)了《怀沙》,而在于,正如史家在众多文献资源中认为,这首歌可以被当作屈原之哀伤的真挚表达,因此它适合出现在屈原命运的高潮时刻,并在死亡迫近的阴影中得以升华。按照这一逻辑,叙述细节的可信度就并不重要,重要的是诗歌本身是合乎情理的,唯一要求的是围绕它建构起某些松散叙述。[103]歌诗凝练了危急时刻的戏剧本质,但并不对叙述提供解释。可能恰恰相反:至少在某些例子中,叙述指引着读者去阅读诗歌,本身却只提供一些零星的历史语境,包括作者—歌者身份、创作和表演的情境等。

这或许可以解释史书中再现诗歌表演时更具章法和可预见性的方面。歌者不但必然要落泪、起舞,多数情况下这还发生于特定的场境,亦即宴会中。当汉代史家编撰其宏伟的叙事时,这种传统已然牢牢建立。正如史嘉柏所指出,早在《左传》中,宴会就代表了早期中国仪式化的社会秩序,而诗歌的表演则定义了宴会的核心。[104]然而,如上所述,《左传》等记述的早期情境与《史记》《汉书》有着极为重要的差别。东周宴会所表演的诗歌通常来自既存的经典《诗》,不仅用已经语码化了的形式表达某些政治信息,并且也加强了共同的文化基础;而汉代的歌者则成为了真正的"作者"。他们的语言不再主要关涉共有的文化记忆、典礼程式和道德法典;他们谈的也不是两国邦交。当是时,歌者哀叹的是个人的命运,并且用诗歌为自己创造一种特定的身份认同,也为后世留下特定的记忆。尽管依然身处宴会这种

---

[103] David Schaberg, "Song and the Historical Imagination in Early China," pp. 357-378.
[104] David Schaberg, *A Patterned Past: Form and Thought in Early Chinese Historiography*, pp. 234-243. 史嘉柏注意到:"作为一种具有通感及社会交融特征的时刻,宴会是最能清楚显示叙事之协调功能的意象,其中,叙事把故事的各个不同要素编织到一起,将其作为故事的个体单元突出之,并和其余周边资料区分开来。"(p. 243)

传统情境，原本其表演的和维系的是道德和礼仪成规，歌者如今则有意昭显这些社会规范的崩溃。他们展示自己的噩运，宣告决定采取极端且不可挽回的自我暴力，通常是自杀。他们在自我毁灭之前作歌，借此让自己的命运为世人所晓，让自己的名字为天下所记。

因此，把诗歌归于特殊历史人物名下，这反映了某种诗性作者的观念，尽管它在早期也不乏痕迹，[105]但主要通过西汉杰出史家司马迁的书写，这一点在汉代获得了新的地位。司马迁不但通过历史叙述把孔子、屈原等人物描写为文学作者；通过《报任安书》[106]及《史记》卒篇的《自序》，他也把自己定义为文学作者，而且进一步把文学、史学和哲学的作者身份定义为穷途而发愤的结果。同样，《汉书·艺文志》把个人的苦难描述为赋的起源。[107]换言之，史家在叙事中插入英雄于毁灭与宣泄的时刻愤而作歌的戏剧性描写，而他们为这些场景提供的基本逻辑却在别处；他们充分尊奉并进一步发展了帝国初期有关作者和诗歌创作的观念。

不难看到，这些叙述中的多数诗歌都涉及一个早期史家特别感兴趣的主题：王室的权力操纵和滥用，以及与之相关的围绕皇权更迭的斗争。此外，特别是对司马迁，"滥用权力"主题具有深刻的个人意义：设若《自序》和《报任安书》所述可信，则《史记》的启动与完成都是出于皇权滥用带来的痛苦。司马迁史家生涯的起点，系其父不得参与最隆重的封禅祭典而郁卒；而最终决定司马迁成为史家的，则是因为他遭受宫刑而绝嗣，只能选择著史而非自决，以留名后世。[108]

无论是司马迁，还是他的读者（包括班固）都必然注意到，吕后

---

[105] 例见 David Schaberg, *A Patterned Past: Form and Thought in Early Chinese Historiography*, p. 345, n. 54。
[106] 《六臣注文选》41.9b-27a（四部丛刊本）。
[107] 《汉书·艺文志》(30.1756)；亦可参见本书《西汉美学与赋体的生成》。
[108] 司马迁所关心的留名千古在归于其名下的《悲士不遇赋》中也有表达。这首作品只有一些片段被保留了下来，第一次出现是在《艺文类聚》30.541。

淫威所及的无辜皇子嫔妃的遭遇，刘去的嫔妃被诬告通奸的遭遇，都像是司马迁自己的遭遇，因为他所受的刑罚也源于被诬陷的叛国之罪。从根本的意义上来说，皇廷里正值贾祸者的诗歌和泪水都来自司马迁本人。[109] 班固的情况虽不尽相同，但也多少类似：他首次入狱是因为私著史书；他最终死于监狱则是因为曾任职于大将军窦宪（92年卒）的幕府，受到窦氏被指控叛国的株连。[110]

把诗歌归诸著名（也著名地不幸）的历史角色，这强调了人格与历史的互相作用，并的确把历史和人格的精髓都浓缩到了诗歌里。不过汉代史书中仍有大量的诗歌并非个人作品，而是佚名的，属于类型化的、泛指的作者。这些诗歌可能是政治灾难的预兆（例如，成帝时期的一首诗歌预示了王莽的兴起），也可能是对历史事件和人物的评论（例如，长安百姓哀悼被处决亲人的悲歌）。相比于其他类型的诗歌，由于预言诗太完美地融入了事件进程，反而显示了把诗歌融入历史叙述手法的人为建构和修辞性质。正如这些例子表明的，把诗歌创作认为是即时反应的宇宙论解释模式并不必然围绕某个已知人物，它假定对所有个体皆有效，因此升格为普遍的准则。《礼记·乐记》和《诗大序》中的另一段文字，显然把诗歌作为"自然"的情感表露的特征推衍到了百姓身上，认为他们唱的是时世之艰：

> 治世之音安以乐，其政和；乱世之音怨以怒，其政乖；亡国之音哀以思，其民困。[111]

---

[109] 这里，我想再次附议史嘉柏涉及《左传》的论述："史家……不可能没意识到自身与笔下所缅怀的历史人物的共通之处。"（*A Patterned Past: Form and Thought in Early Chinese Historiography*, p. 257）

[110] 班固的情况更为复杂些，因为在公元一世纪，他也是一时最杰出的学者和作家之一，但却难得晋升，这也是班固失望的另一个原因。参见 David R. Knechtges, "To Praise the Han: *The Eastern Capital Fu* of Pan Ku and His Contemporaries," pp. 118-139。

[111] 《毛诗正义》1.12b，《礼记正义》37.299c。

在这幅图景里，诗歌创作的宇宙论模式同样适用于无名之歌。不论是出自无名氏还是悲剧英雄之口，所有这些歌唱都共有宇宙论意义的真理诉求。因此在汉代史书中，佚名诗歌的"作者"可被界定为某个地域群体，如"长安百姓"（经常简称为"长安"），[112]或者诗歌可被系于某一特定统治时期（故以此时期为名）。[113]还有诗歌与某一地域相关，或者传诵于"天下"[114]"百姓"[115]"闾里"[116]"民"[117]"俗"[118]。除此而外，还有一类匿名诗就是童谣儿歌，[119]通常称作"歌"、"谣"或者"歌谣"。在许多其他情况下，押韵的简短对句常被当作格言或者民谚（称"语""谚""谚语""俗语""鄙语""里语""里谚"等），在百姓之间流传。[120]比起归诸特殊人物那些更精致的诗歌而言，这样的佚名诗歌和谚语甚至更容易进入历史传说。毫不奇怪的是，许多被号称出自普通百姓之口的佚名作品仅仅出现在汉代以后的资料里。[121]

　　本文的结论是，不论叙事围绕归诸历史英雄的诗歌而建立，还是预言或判断性歌谣谚语回溯性地充实了叙事，对汉代诗歌文化的讨论都不能脱离汉代的历史编纂文化。太多诗歌被融入了太具章法的叙述中，使我们相信，在多数例子里，诗歌和历史事件从一开始就是彼此结合的。是作者的秩序之手把无名诗歌归整进了政治进程的预言之

---

[112]《汉书》77.3248，78.3290，87A.3584，90.3674，92.3707，93.3730，99A.4086。
[113]《汉书·五行志》（27B-A.1396）。
[114]《史记·外戚世家》（49.1983），《汉书·匈奴传上》（94A.3755）。
[115]《史记·曹相国世家》（54.2031）；《汉书·萧何曹参传》（52.2384），《汉书·元后传》（98.4024）。
[116]《汉书·游侠传》（92.3707）。
[117]《史记·淮南衡山列传》（118.3080）；《汉书·淮南衡山济北王传》（44.2144），《冯奉世家》（79.3305）、《佞幸传》（93.3727）；《前汉纪》151b, 2a（四部丛刊本）
[118]《汉书·王贡两龚鲍传》（72.3077）。
[119]《史记·魏其武安侯列传》（107.2847）；《汉书·五行志》（27B-A.1395）、《窦田灌韩传》（52.2384）、《翟方进传》（84.3440）。
[120] 逯钦立《先秦两汉魏晋南北朝诗》辑录了大量的这类谚语（1.128-143）。
[121] 同上。

中，让个人的绝望毁灭在诗歌中达到高潮，并且在诗歌表达极度悲痛的时刻，让主人公"泣数行下"。然而，运用文学技巧的历史编纂被认为合情合理的原因在于：无疑，在史书之外，当时还普遍存在着某种诗歌文化，所涉远远超过了史家所关注的典范人物和危机时刻。这种文化包括国家祭祀颂诗、乐府活动，新的，往往是地域性的音乐及诗歌风格大量传入，以及都城及各地街头巷尾谣曲的传播。为了使诗歌和谚语的历史编纂功能被认可并有效力，它们就必须是在汉代日常生活中人们熟悉的、准自然的表达模式。我怀疑这也促使后世学者把大量的诗歌定为汉代。对于文学传统而言，这些诗歌作为汉诗才获得意义。

随着口头歌诗融入史书之中，书面的历史编纂便与歌谣文化发生了联系。许多传说的最终版本通过史书而得以定型；史家获取这些传说的途径可能是口头传承的逸事，它们不仅被一再转述，并且尤其和融入其中的诗歌一起被一再表演。或许是故事围绕着诗歌建立，或许是诗歌植入进故事，无论哪一种情况，诗歌都发挥了作为记忆手段的功能。我们与这种诗歌文化之间的距离不仅是两千年的历史，更关涉文本传统的变迁，其中，书面文字日益占据主导地位。然而，尽管书面的历史著作这种纪念碑式的中国传统像一堵重墙一般，矗立在我们和古人的吟唱之间，这堵墙上仍然留有一扇小窗。

（林日波、郭西安 译，郭西安 校）

作为记忆的诗
《诗》及其早期阐释学（2005）

一 作为诗歌文本与语境的历史

据郭店出土的《语丛一》篇第三十八和三十九号简所载："诗所以会古含［今］之恃［志？］也者。"[1]这表明，《诗》这一在公元前四世纪后期甚或可能更早就业已以某种形式存在的诗歌选集，与历史记录《春秋》有可比拟之处，而有关后者，郭店同篇第四十和四十一号简上则言，"春秋所以会古含［今］之事也"。[2]此外，正如我们从《论语·阳货》中看到的，《诗》被用作文化知识的百科全书式资源库，与之类似，它还被描述成"以韵文讲述的历史"。[3]这听上去平淡无奇，但如果想到《诗》中事实上仅有部分篇章明显指涉周以及更早期的历史，这一现象就值得注意了。另外，近期的出土文献中，如马王堆《五行》篇（前168年或更早）和今藏上海博物馆的《孔子诗论》（约前300年），其涉及论《诗》的部分基本上没有提供一种对《诗》的历

---

[1] 荆门市博物馆，《郭店楚墓竹简》页194。以"志"解"恃"，我对此并非确定无疑；参阅《郭店楚墓竹简》页200注6。当然，我之所以选择"志"，并且译成"aspiration"，是受到了中国古代"诗言志"观念的影响，这一观念在《尚书·尧典》（见《尚书正义》3.19c）、《礼记·乐记》（见《礼记正义》38.308c）、《毛诗大序》（见《毛诗正义》1/1.1c）、《春秋左传》（见《春秋左传正义》38.295b［襄公二十七年］）、《荀子·儒效》（《荀子集解》4.84）等古代文献中都普遍可见。
[2] 荆门市博物馆，《郭店楚墓竹简》页195。
[3] Jeffrey Riegel, "Eros, Introversion, and the Beginnings of *Shijing* Commentary," p. 171.

史性解读。[4]这些文献主要关注的既非某一诗歌可能指涉的特定历史，也非有关某首诗编创的历史环境。从传世文本和出土文献两方面的现有证据来看，对几乎每首诗的内容和编创语境都进行历史化解读的方式，到了汉代才成为主流，也就是说，是随着四家《诗》在汉代不同时期立于官学而发展起来的。四家《诗》中，历史意识最强烈的一家是最晚获得朝廷认可的，也是自东汉后期以来逐渐暗蔽其余诸家传统的一派，即为平帝（前1—6年在位）时期被奉为正典的《毛诗》。[5]然而，上引郭店《语丛一》那句话无疑指向一种有关过去时代的强烈意识，在战国晚期，人们认为过去是在《诗》中有所具现的。

《诗》是战国和秦汉时代最受尊崇的文本，无数属于史学和哲学传统的著作都征引它支持种种特定论题，它也是出土文献中最普遍存在的文本。[6]即使那些并非直接提及过去的诗歌也被当成来自过去的真实声音而受到珍视，它们被认为是古代美德的典范，体现了中华文明道德与美学的根基。换句话说，《诗》是展现中国文化记忆和文化认同的最佳文本。[7]司马迁据《春秋公羊传》认为孔子乃"素王"，同时也是《诗》的编者，使得《诗》的这种地位进一步提升。这一作者的指派本身在两个层面上将《诗》历史化了：（一）《诗》的编集被系于孔子这个人物身上，从而也获取了相应的历史境遇；（二）早在《孟子》中孔子就被认为是《春秋》的作者，因此，他作为早期中国史家典范的标准也同样被假定用于《诗》的编选。至晚在公元前四

---

[4] 参看池田知久，《馬王堆漢墓帛書五行篇研究》；马承源主编，《上海博物館藏战国楚竹书（一）》页13—41，121—168。
[5] 参见本书《出土文献与文化记忆：〈诗经〉的早期历史》。
[6] 除马王堆《五行》篇和上海博物馆《孔子诗论》篇，《诗》的一些残篇和对它的征引也出现在另外四种文献中：郭店出土的另一《五行》本；郭店以及上海博物馆所藏两种《缁衣》本；双古堆（安徽阜阳，前165年）出土的一个"诗"不完全集子的残本。这些文献跨越一个半世纪，皆来自楚国的南部。对这六部文献中《诗》的考察和探讨，均可参看本书《出土文献与文化记忆：〈诗经〉的早期历史》。
[7] 关于"文化记忆"（cultural memory）这一说法及其理论，可参阅 Jan Assmann, *Das kulturelle Gedächtnis: Schrift, Erinnerung und politische Identität in frühen Hochkulturen*。

世纪后期,《诗》已经作为广义经学,即"六艺"之学的一部分,而"六艺"在根本意义上说是史学。[8] 历史思考与歌性编创的融汇,充分体现在早期史撰中诗歌参与了逸事性叙述,如《左传》《国语》《史记》《汉书》等。[9]

然而,与更泛义的"过去"相对,"史"仅出现在《诗》的部分篇章,并且限定在这些篇章某些类型的诗歌中。《国风》中的一百六十首诗没有一首包含持续贯一的历史叙事,[10]《小雅》七十四篇也少有提供连贯历史叙述者。我们主要是在《大雅》三十一篇里看到大量历史和神话叙述。《周颂》三十一篇对周代早期英雄的描绘是对这些叙述的进一步补足。另外,《鲁颂》四篇、《商颂》五篇中的部分诗歌也包括对某些实事的历史说明。在《雅》《颂》这些篇章中,历史被写成了诗的文本,它有时通过整整一组诗歌展开,[11] 构成了一种大体稳定、不变的历史信息集合。就拿那些以后稷或周文王为主人公的诗篇来说,我们或许会怀疑其叙事的某些传奇方面,但却不能够怀疑相关诗篇的确指向这些历史人物以及与之相关的历史或神话事件。《雅》《颂》含有"作为诗文本的历史",其历史指涉是清晰的,因此,即便对于千百年

---

[8] "诗""书""礼""乐""易""春秋"在郭店《六德》篇第二十四和二十五号简中被共同提及。参见荆门市博物馆,《郭店楚墓竹简》页188。这些名称并不必然指(除"乐"之外)作为儒家传统经典留存下来的书面文本。或许最好是在某种更为宽泛的意义上,将它们理解成关于这些"艺"的仪礼和教学传统。

[9] David Schaberg, "Song and the Historical Imagination in Early China," pp. 305-361;及本书《汉史之诗:〈史记〉〈汉书〉叙事中的诗歌功能》。

[10] 或许可以认为《秦风·黄鸟》是个例外。此诗记述公元前621年,三良无奈殉葬穆公之事。但该诗仅称他们"从穆公",却没有提供任何更进一步的历史描述。我们只有从《左传》的叙述中才得知当时的历史背景。在《左传》中,《黄鸟》被称作秦国百姓所作之歌,以抒发他们的哀悼。参见《春秋左传正义》19A.142a(文公六年)。

[11] 最著名的例子就是舞蹈《大武》,王国维及其后一些学者将之考定为一组六首《周颂》,它们被看作一个整体,表现了周克殷商。参见王国维,《观堂集林》2.15b-17b;孙作云,《诗经与周代社会研究》页239—272;Edward L. Shaughnessy, "From Liturgy to Literature: The Ritual Contexts of the Earliest Poems in the *Book of Poetry*," pp. 133-164。类似的是,王靖献也曾试图证明《大雅》中有五首是一组文王"史诗",见 C. H. Wang, *From Ritual to Allegory: Seven Essays in Early Chinese Poetry*, pp. 73-114。

之后的读者而言,这些地方也不会出现严重的阐释问题。

正是这些宫廷诗,而非《国风》,成为战国和早期帝国时代中国文化记忆的核心。就像《论语·子罕》中,孔子谈到其订正《雅》《颂》,使之"各得其所"那样,"雅颂"这种说法本身常常被"以部分代整体"(pars pro toto)地用来指称古典音乐和诗歌。或许有人会认为《论语》该章以及其他许多早期对《诗》的指涉,主要都是指音乐表演,[12]但无论如何,流传下来的文本以及近期出土文献里,对《诗》的引用绝大多数来自二《雅》,这是一个事实。[13] 极有可能,当时周廷演奏的这些庄严颂歌、宴乐,在曲调和语言上都被看成是古雅的典范。正如《左传》和《国语》中大量呈现的那样,人们在外交场合称引《雅》《颂》,显然是把"过去"引为文化范本,而文王及命以其名的《大雅·文王》篇则是道德情操、礼仪合度及审美展示的最高体现。[14]

由于这些历史指涉直白而明确,《雅》的多数篇章意思非常晓畅易懂,对它们的阐释往往不会发生实质性分歧。《国风》则不然。尽管《国风》不像《雅》《颂》那样包含历史叙事,这一事实却并没有妨碍汉代以降的注疏家贯之以极其历史化的解读方式。这里,与其说我们要处理的是"作为诗文本的历史",毋宁说我们遭遇的是"作为诗歌语境的历史"[15]:这是一个知识和意义的体系,一种解经实践

---

[12] 就像公元前544年,鲁国宫廷为吴公子季札举行的著名表演。参见《春秋左传正义》39.304a-305a(襄公二十九年);David Schaberg, *A Patterned Past: Form and Thought in Early Chinese Historiography*, pp. 86-95。

[13] 出土文献里只有一种大量讨论了《国风》,即《孔子诗论》。然而,与《缁衣》篇和《五行》篇不同,《孔子诗论》篇只把《国风》当成诗歌来讨论,而不是征引它支持某种哲学论点。由此看出,尽管《孔子诗论》篇表明《国风》在公元前四世纪后期已流传甚广,但同时也使得它们整体上尤其缺乏明显的历史叙事和哲学思想。这一认识或许同样可用来评论双古堆汉简中的《诗》,此简被严重损坏,很可能并非全本,但其《诗》部分几乎只有《国风》。

[14] David Schaberg, *A Patterned Past: Form and Thought in Early Chinese Historiography*, pp. 70-95;史嘉柏指出:"《文王》被引用的频率远高于其他诗歌或传世文本。那些提及文王或者可解释为与他相关的诗歌也经常被引用。"所有有关周文王的诗歌都出自《大雅》和《颂》。

[15] 以上面所举《黄鸟》为例,一首诗被看成**作为诗文本的历史**,还是**作为历史编纂语境的历史**,其不同之处是很明显的。

(a practice of exegesis);《诗》的所有篇章,包括其中大多数实际并不包含历史指涉的诗篇,都可以经由这一实践方式来进入、理解和评注。在不断更新的阐释行为中,即便是那些字面上看不出带有任何历史内容提示的文本,作为诗歌语境的历史都能从中生成具体的历史知识。历史知识是由一些特定的释经技法带入文本的,而这些技法本身又受到历史的限定,因此也倾向于随时间流转而改变,正如大量宋代及后世对《毛诗》释义多有摒弃所显示的那样,到了现代更是如此。于是我们看到,朱熹还算是接受了《毛诗》关于《关雎》和整部《周南》都是在称颂某位君王及其后妃的诠释,[16]但这一观点在许多现代《诗经》学者那里已不再被接纳;事实上,甚至西汉的其他三家《诗》也都不主此论。[17]这并不是说,和郑玄、孔颖达、朱熹等传统释经学者相比,"五四"后的读者们更加细心或更少意识形态化,他们只是对古代的《诗》建立起了一种不同的、但同样是尝试性的语境化阐释。

二 作者身份与自我指涉

《左传》《国语》等东周著作常试图把某诗的创作归于重要的历史人物,把《雅》《颂》当成历史文献的早期理解由此更显而易见。所有假定的作者都是杰出的历史人物,像周武王、周公或者其他明君贤相,而且,这些被指派了作者的文本几乎皆出自《雅》《颂》。[18]作者身份显然也意味着对一首诗之历史编撰语境的主张,作者身份还可以延伸进《诗》的文本本身。《诗》中共有十二首诗指涉了自身的编创过程。两首来自《国风》,分别是《魏风·葛屦》和《陈风·墓门》,

---

[16] 事实上,朱熹在这一早期理念的基础上更进一步,指认此君王即是周文王,后妃乃是太姒。
[17] 关于"三家诗",参见王先谦,《诗三家义集疏》卷一;亦可参阅刘毓庆、贾培后、张儒,《〈诗经〉百家别解考(一)》页11—159,太原:山西古籍出版社,2002。
[18] 《诗》中这类归于某些历史人物名下的诗作列表,参见 David Schaberg, *A Patterned Past: Form and Thought in Early Chinese Historiography*, p. 345, n.54。

两首诗皆表明作者身份是匿名的:

> 维是褊心，是以为刺。　　（《魏风·葛屦》）
> 夫也不良，歌以讯之。　　（《陈风·墓门》）

与之相对照，《小雅》《大雅》里也各有五首涉及自身的编创，[19]其中四首直接说出了作者的名字:

> 家父作诵，以究王讻。式讹尔心，以畜万邦。
> 　　　　　　　　　　　　　　（《小雅·节南山》）
> 寺人孟子，作为此诗。凡百君子，敬而听之。
> 　　　　　　　　　　　　　　（《小雅·巷伯》）
> 吉甫作诵，其诗孔硕。其风肆好，以赠申伯。
> 　　　　　　　　　　　　　　（《大雅·崧高》）
> 吉甫作诵，穆如清风。仲山甫永怀，以慰其心。
> 　　　　　　　　　　　　　　（《大雅·烝民》）

这种自我指涉的表达都毫无例外地放在了诗的末节，宣告诗的性质、目的，以之作结。相反，作者匿名的自我指涉那几例就没有将该诗历史化。一首诗首次被歌唱或吟诵时，其作者对于听者来说可能是清楚的。但一旦此诗离开最初语境、成为更大文化遗产的一部分，这一信息也就随之失落。久而久之，作为作者或歌者的历史人物就再也无法被辨知；在随后对此诗的接收中，作者就必然被抒情的声音里包涵着的类型化人物形象所取代，从而开启了各种不同的阐释渠道。上引两

---

[19]《小雅》中的五首是《四牡》《节南山》《何人斯》《巷伯》《四月》。《大雅》中的是《卷阿》《民劳》《桑柔》《崧高》《烝民》。

首《国风》的文本,传统及现代评注者就对其文本,以及文本中的抒情声音和其听众都提出了迥异的解释。[20]相比之下,《小雅》《大雅》中的这四个例子,只要能够指认诗里提及之人,似乎就把诗进行历史化了。不论这个作者名字是否经由其他偶然存留下来的资料而为我们所知,也不论后世注疏家是否正确辨识了作者身份,这些都无关于这首诗的历史性质。[21]作者自我称名的行为使他超越诗歌原始语境为人所知,或至少有这种可能;也正是这一行为把诗锚定于作者的历史时代及环境之中。

当然,所谓《诗》中有自称"作者"的情况,不应该同我们从晚近很多的中国文学作品中所知的那种高度个人化"作者"相混淆。《诗》中作者身份的宣称是高度形式化、礼仪化的表达,这不是要建构一种主体言说的模式,而是以一个贵族成员的表达,来传递公众且共通的旨趣。没有任何迹象表明这些诗歌是由个人独立完成的,相反,它们更有可能是由宫廷中的一批人创作而成,然后指派特定的宫中人士进行表演。因此,上面《大雅》和《小雅》四个例子中,其中三首用的"作诵"一词,实际上并不是指诗的创作,而是指它在宫廷上被吟诵。只有考虑到礼仪实践中同时发生的其他事情,才会明白《诗》这种宣称作者身份姿态的真正含义。通过这一自我指涉姿态,作者通名报姓并宣告其编创目的,这种表述属于周朝礼仪语言的一部分,在西周青铜铭文中普遍可见。器主自报家门并陈述目的构成了西周铭文的核心,[22]他们致禀先祖和祭礼现场的参与者,也昭告后人,

---

[20] 刘毓庆、贾培后、张儒,《〈诗经〉百家别解考(二)》页985—989,1179—1187。这两首诗有理雅各、阿瑟·韦利和高本汉三种英译本,他们对诗的言说者、接受者,包括他们的性别问题,都观点迥异。

[21] 比如,"吉甫"就不必然指《六月》中赞颂的同名将军。

[22] Lothar von Falkenhausen, "Issues in Western Zhou Studies: A Review Article," p. 153. 关于周代礼仪语言的自我指涉现象的探讨,可参阅 Martin Kern, *The Stele Inscriptions of Ch'in Shih-huang: Text and Ritual in Early Chinese Imperial Representation*, pp. 140-147, 以及本书《作为表演文本的诗:以〈小雅·楚茨〉为个案》。

表明器主已虔敬履行了尽孝的义务。这一原则的重要性在《礼记》对鼎铭的说明中有清楚的阐发：

> 铭者，论撰其先祖之有德善、功烈、勋劳、庆赏、声名，列于天下，而酌之祭器；自成其名焉，以祀其先祖者也。显扬先祖，所以崇孝也……是故君子之观于铭也，既美其所称，又美其所为。(《礼记·祭统》)

同样地，上引四首《小雅》《大雅》的献辞程式赞颂的不仅是作者—歌者（composer-singer）的德行，还称扬了诗的庄严性和灵效性。以自我称名的方式，作者—歌者名垂后世，并将其自我转化为历史人物。最终，通过自报家门和自陈目的，作者—歌者也对自己的作品进行了最初的，同时也是终极的阐释：他把自己的歌诗历史化为自我表述的行为，并界定了该诗的性质和作者意图。正如上面强调的那样，这种自我宣称与后代文学作品的"作者"并不是一回事。尽管一首包括献辞程式和目的陈述的诗事实上或许是真正匿名的宫廷创作，但与铜器铭文中的程式表达一致，它仍然呈现了一种自我确证、自我阐释和自我历史化的仪式化姿态，以致任何后来者再阐释此诗时，都将无法凌驾于已然铭刻进此诗末节的意图之上。

三 作为仪式性共缅的诗

在《雅》（主要是《大雅》）和《颂》中，**作为诗文本的历史**和作品自我指涉的结合还采取了另一种形式，即如《小雅·楚茨》的第三句"自昔何为？",[23] 相应的还有《大雅·生民》中的那句"诞我祀

---

[23] 关于"楚茨"的分析，参阅本书《作为表演文本的诗：以〈小雅·楚茨〉为个案》。

如何？"。两个问句都引出后面程序化的吟唱，有关为举行祭祀展开的秩序井然的种种农事准备，此番风俗自古皆然，延续至当时。类似的，《周颂·载芟》结尾处称："匪且有且，匪今斯今，振古如兹。"这一描绘后来成为对祭祀本身的说明，亦即对文本产生之情境的说明。此类文本表演出了一个共缅的姿态，通过召唤虚构的过去来肯定当下。借此，他们建立起了回忆的模式：在回忆过去之时，也希冀为后人所回忆；遵循古人记忆和历史的模式，他们也同样成为了未来的典范。因此，战国晚期和帝国早期，《诗》都意味着来自遥远过去的声音，它们共同追缅古代，把古代解释为当下之典范，这一姿态本身提供了接近其所称颂的历史性过往的入径；不仅如此，正是以上引《礼记》一节所体现的精神，也表示《诗》本身作为此种记忆姿态的典范，可以且应当被称颂、被追缅。《诗》以其作为文化制品所内在具有的这一能力，召唤了对自身的历史化阐释。

《雅》《颂》是《诗》里包含**作为诗文本的历史**的部分，这部分也常被用于宴饮场合，尤其是祭仪，而后者是早期中国共缅文化的核心。其内容和古奥的语汇都表征了祖庙及祭祀的首要意义，即对古代典范持续不断的追想和再造。祖庙里举行的具有通感联觉性的宏大表演，包括了乐、舞、歌及献祭表演，其中，《诗》之形式化、重复性、冗余结构的仪式语言并非随意的选择；相反，这种结构体现了古老、虔敬的表达模式，保存并强化了宗教和社会传统的稳定及延续性。正如埃及学专家、文化记忆的理论家扬·阿斯曼指出的：

> 诗性形式最初主要是用于记忆术，目的是使巩固身份认同的知识具备持久保存的形式，这可以说是常识。我们现在同样熟悉一个事实，即这种知识通常以多媒介展现的形式来表演，把语言文本有机地嵌入声音、肢体、模仿、手势、舞蹈、节奏和仪式动作……通过定期重复，节庆和仪式保障了这种巩固身

份认同的知识可被传授和传播,并由此对文化身份进行再生产。仪式重复保障了群体在空间和时间上的融贯性。[24]

因此,仪式意在具现并永恒化过去,当颂诗在仪式中被表演出来,以古老的语言来论及古时,它们也就如此这般地具现并永恒化了过去。《大雅》和《颂》中的大量篇章都提到继承前人之余烈,或是一般意义上的"先王",或是具体某位明君贤王,抑或言"旧典""旧""古之人"。[25]通过表达对过去的恭顺和承传,颂诗也含蓄(有时候也很显白)地宣扬了自己的功德,正如我们在早期青铜铭文上看到的一样。[26]必须注意的是,无论是诗歌还是铭文,这些文本最初都并不是以一本书的形式出现和流传的,甚至也不是通过东周时儒家教授谱系的口头传播(部分是书面形式的),而是通过早期祭祀的仪式表演。在这些仪式中,人们共缅并模仿性地再现过去;祭祀性的《诗》被用于表演,它通过对仪式程序的共时性描述,达成了对仪式的复制。换言之,《诗》和祭祀铜器铭文的共缅功能都与祭祀的功能密不可分。[27]仪式含纳了祭《诗》,反过来,《诗》也具现了仪式。因此,通过提出并回答像"诞我祀如何"这样的问题,祭诗就成为仪式表演借以自我诠释的声音。

《诗》的创作和表演与仪礼秩序的相互依赖是观察《诗》之得以历史化的另一视角。由于《诗》表达了正确的仪礼秩序,因此常被认为出自此种秩序依然有效之时。[28]正如《孟子·离娄下》所言:"王者之

---

[24] Jan Assmann, *Das kulturelle Gedächtnis: Schrift, Erinnerung und Politische Identität in frühen HochKulturen*, pp. 56-57, 143-144.
[25] 参见《大雅》中的《文王》《下武》《文王有声》《生民》《假乐》《卷阿》《召旻》诸篇;《周颂》中的《维天之命》《烈文》《我将》《闵予小子》《载芟》《良耜》《酌》《桓》《赉》诸篇。
[26] 关于青铜器铭文的构成,包括"纪功辞",参阅 Lother von Falkenhausen, "Issues in Western Zhou Studies: A Review Article," pp. 152-161。
[27] 关于这一现象更为充分的分析,参阅本书《作为表演文本的诗:以〈小雅·楚茨〉为个案》。
[28] 当然也有相对这条规则的例外状况,甚至有相反的可能。毛序《小雅·楚茨》即言:"楚茨,刺幽王也。政烦赋重,田莱多荒,饥馑降丧。民卒流亡,祭祀不飨。故君子思古焉。"

迹熄而《诗》亡。《诗》亡，然后《春秋》作。"同样，班固在《两都赋》序中说："昔成康没而颂声寝，王泽竭而《诗》不作。"[29]在这一文化失落的情况下，《诗》提供了将古代存留为记忆的可能，无论其何等缩略，毕竟还是包含了那些绝不能被湮灭遗忘的部分，亦即体现在祭祀秩序里的文化秩序。因此，尽管首先是祭仪表演包含、保存了祭诗，这一关系随后却颠倒了过来：祭仪通过《诗》文本得以留存。[30]此后，表演的短暂属性通过文本的持续性存在获得永恒，而文本最终超越了任何具体的场合。祭祀秩序去之久矣，但《诗》仍属当初典礼用以追缅过去的语言；而如今，《诗》的语言还同样追缅着那典礼本身。

我想要说明的是，这种参与过去的双层结构，连同它内置的自我诠释，正是早期中国礼仪、诗歌以及历史思维的核心。正如史嘉柏所指出的，在像《左传》或者《国语》那样的史撰中，历史角色的所咏所言都被假定为来自叙述内部的真实声音，为历史事件提供了主要的解释和道德判断。[31]由于总体上缺少我们在古希腊罗马史撰中常见的外在作者的声音，做出历史判断的角色就从史家转移到其笔下的历史主体身上。历史，就像祭仪借其祭诗和铭文出场那般，从内部关联并阐释着自我。史撰与仪式都把世界秩序再现为从过去派生而来，且始终与过去相联系的秩序。通过与过去的关联，历史和仪式都为当下提供了根基性的意义。在这两种领域内，每一行为都经由其内在的声音得以诠释，因而，它们是自我指涉、自我实现和自我显明的。此外，史嘉柏注意到，早期史撰著作里，有德有识者往往比他们腐朽无能的对手更加雄辩：他们高雅有度的辞令实际是道德优越性的标志，使得真被装扮成了美。早期中国仪式及其《诗》文本同样如此：它们是来

---

[29] 据《六臣注文选》1.1b（《四部丛刊》本），成王和康王在《周颂·执竞》中一起得到颂扬。
[30] 清代姚际恒的《诗经通论》（页231）和方玉润的《诗经原始》（页431）两书都注意到，《仪礼》尤其密切地吸收了《小雅·楚茨》的内容。也可参阅 Lothar von Falkenhausen, "Reflections on the Political Role of Spirit Mediums in Early China: The Wu Officials in the *Zhou Li*," p. 297。
[31] David Schaberg, *A Patterned Past: Form and Thought in Early Chinese Historiography*, pp. 21-56.

自上古典礼的真实表达，但作为具有美学意义的人工制品，它们也是文化展演的具体表征。

尾声：转向历史化注疏

我们或许可以假设，东周数百年内，《诗》《书》这样的早期文本渐渐与它们原初的仪式语境脱离，直至最终被纳入文学选集这个新的、第二语境。从原初的真实环境中抽取这些文本，同时把它们作为来自远古的表达而加以经典化，这就带来了两个挑战：第一，在经典化过程中，古老的礼式语言不再参与活生生的、持续变动的文化，它古奥的用语及所描绘的社会习俗都已经冻结在古老的年代与幽远的文化之中，因而越来越需要解释说明。第二，由于歌诗产生的原初语境已经消失，一个新的语境就必须被回溯性地建构起来。倘若一个社会决定保持《诗》这样的文本来作为其文化记忆和身份认同的载体，它就必将面对这两个挑战，以求弥合早期文本与其日益疏远的后世接受者之间的鸿沟。自然，汉代毛、郑等注疏者试图建构《诗》的文本意义时，他们遇到的正是这个问题。[32]就《雅》和《颂》而言，大体上并没有产生根本的阐释学问题，而且它们常常包含对自身的阐释，对这部分文本的注疏相对来说容易进行。文本语境化和解释的挑战存在于《国风》之中，这部分歌诗并不传达"历史"，但在形式和内容上却无疑都再现了"过去"。

正是早期历史编撰传统提供了解决问题的枢机。自从《左传》和《国语》的叙事手法产生以来——或许还有更早的源头，在充满逸事传闻的传统中，人们常以表演诗歌来传达道德判断、政治建议和远见卓识。在早期历史写作中，诗歌的出现标志着历史高潮时刻的到

---

[32] 我曾追踪《诗》发展为固定文本的脉络，以及由"礼仪中心"文化向"文本中心"文化的转变。参见 Martin Kern, "Ritual, Text, and the Formation of the Canon: Historical Translations of *Wen* in Early China"，及本书《出土文献与文化记忆：〈诗经〉的早期历史》。

来，并且常常与真理、情感、道德或确证等强烈的表达相关联。在东周和汉代的史书中，常常是当事件变得戏剧化（通常充满灾难性）的时刻，语言就开始转为韵文；诗歌承担起历史书写的功能。"诗言志"的早期观念坚持认为，"诗者，志之所至也"，人之心志对外界环境有了自发的真切反应，故歌之咏之。这一观念为早期史撰所彻底吸收。历史逸事中常常引用诗歌，史撰的读者也学会了如何阅读和解释诗歌。史撰中的描述常在引诗中达到高潮，诗歌看起来是对历史意义和道德判断之精髓的表达。这类诗歌可以是即兴的创作和表演，也可以是对《诗》中脍炙人口篇章的引诵，它们都被假设为抒发历史人物纯真的胸臆，不管这个人是作者还是诵者。史撰也把"诗言志"诗学对真理与真实的诉求贯注于叙事之中。借此，诗歌自身的文本意义也就随之取决于其被运用的语境。[33]

历史编撰对诗歌的这种用法是基于这样的观念，即一首诗的创作无可避免是受历史约束的。诗歌不是任意而为的，而是出于"自然"感发：它们对真理与真实的吁求乃是一种天人感应。换句话说，一首没有历史的诗不仅毫无意义，而且是个悖论：那它是如何产生的呢？一方面，史撰与仪式一样，都是通过其诗性文本来自我阐释；另一方面，诗歌一般而言也要求有了确定的语境才可能以有意义的方式言说。对毛、郑及其他早期注疏者来说，面对尤其是像《国风》这样不能够被直接当成**作为诗文本的历史**来解读的作品，尝试重建其已然失落的历史语境就必然成为他们最自然的注疏途径和最崇高的使命。在他们对诗的定义中，诗歌不仅仅具现了"过去"，它们从历史中走来，因而也歌咏着历史。

（何金俐 译，郭西安 校）

---

[33] 关于最后这一观点，可参见 Mark Edward Lewis, *Writing and Authority in Early China*, p. 168。

出土文献与苏格拉底之悦
《国风》解读的新挑战（2007）

一　引　言

　　自1973年湖南长沙马王堆被发掘以来，学界已经在近期五种系年为战国至西汉的出土文献里，找到了相当篇幅的引《诗》资料，包括郭店、马王堆两篇《五行》，郭店、上博的两篇《缁衣》，以及上博《孔子诗论》。此外，双古堆也出土了一部残损严重的《诗》。这些抄本时间跨度达150年，从公元前300年左右（郭店、上博）至公元前二世纪中叶（双古堆、马王堆）。在过去几年中，我曾在不同场合多次讨论过战国晚期与汉朝初期出土文献中的《诗》文本异文。我的结论是：（一）即使在汉朝初期，固定的《诗经》写本也未出现；（二）写本残篇显示出文本经过多重口头传播，而这些口头传播很可能与写本传抄的多重过程间错进行；[1]（三）先秦两汉的传世文本中，《诗》的引文肯定在东汉以后经过广泛的书写标准化；（四）传世的毛郑版《诗经》反映出西汉晚期和东汉时期的皇室需要《诗》文本的统一，且或多或少对其进行规范化释义。[2]

---

[1] 这意味着任何一篇抄本都应被看作一种历时性的、在一系列文本传递行为后留下的产物。其中有些是早期文献传抄的结果，有些是记忆和背诵的结果。由此，一篇抄本可能显示这两种流传方式在不同时期进入文本发展过程的迹象。具体而言，一篇手稿中展现的文本异文既可能显示一个传抄者的讹误，又可能显示记诵过程中口传或书写造成的字形变化。
[2] 参见 Martin Kern, "The Odes in Excavated Manuscripts," pp. 149-193; "Early Chinese Poetics（转下页）

此外，我还注意到，虽然早期《诗》的书写方式不稳定，但文本本身或许不一定如此：出土文献的《诗》引文、传世本《毛诗》和西汉三家《诗》的残文在音韵层面都基本上一致。这样，大多数不同的字大概是假借字而未必代表不同的词。

基于这些观察，本文将拓展分析《诗》的早期诠释，对《毛诗》之后的传统解读与我们从新出土文献得出的不同理解进行比较。此外，由于出土文献实质上动摇了许多关于《诗》的传统解读，我将就我们今天所面临的一些相关基本问题给出尝试性的思考，如试图确定《诗经》本义时会有怎样的方法论问题和困境？在何种程度上我们可以为文本中的个别字句提供定论，同时又避免被框限于某种特定诠释——尤其是《毛诗》这样特定的解释传统中？

带着这些考量，我将较少涉及《雅》和《颂》的部分。因为，尽管《雅》《颂》的一些词句诚然是成问题的，[3]但真正的难点却在《国风》，《孔子诗论》中称之为《邦风》。比如，马银琴等人曾比较过上博《孔子诗论》中对《诗》中各首歌诗的论述与《毛小序》论诗之间的符合程度，后者通常被系于公元前二世纪。[4]《孔子诗论》包括对二十二首《国风》、二十二首《小雅》、五首《大雅》和三首《颂》的论述。马银琴认为，《小序》和《孔子诗论》有十一处极其不同的论

（接上页）in the Light of Recently Excavated Manuscripts," pp. 27-72; "Methodological Reflections on the Analysis of Textual Variants and the Modes of Manuscript Production in Early China," pp. 143-181; "Quotation and the Confucian Canon in Early Chinese Manuscripts: The Case of 'Zi Yi' [Black Robes]," *Asiatische Studien / Études Asiatiques* 59. 1, 2005, pp. 293-332；又见本书的《出土文献与文化记忆：〈诗经〉的早期历史》《作为记忆的诗：〈诗〉及其早期阐释学》。又参 Martin Kern, "Methodological Reflections on the Analysis of Textual Variants and the Modes of Manuscript Production in Early China," pp. 143-181; 以及柯马丁，《引据与中国早期写本文献中的儒家经典：〈缁衣〉研究》，《国际简帛研究通讯》，2005 年第 5 期，页 76—95。

[3] 可参 David R. Knechtges, "Questions about the Language of *Sheng min*," in *Ways With Words: Writing about Reading Texts from Early China*, ed. Pauline Yu, et al., Berkeley: University of California Press, 2000, pp. 14-24。

[4] 马银琴，《上博简〈诗论〉与〈诗序〉诗说异同比较：兼论〈诗序〉与〈诗论〉的渊源关系》，《简帛研究》，2002—2003 年，页 98—105。

述,它们所针对的诗歌都出自《国风》。实际上,马银琴衡量《孔子诗论》与《小序》相符之处的标准相当宽松。例如,她认为两文对《关雎》的论述十分吻合,而我在下文中将提出并不尽然。

在先秦和秦汉时期,早期文本引《诗》大多出自《大雅》,而对《小雅》和《颂》的称引则少得多。[5]《大雅》是早期历史与文化记忆的恢宏纪念,作为一个整体,其主体表述是在回答"我们是谁"和"我们从何处来"一类问题。[6]但至少从表面看,《国风》不是这样。《大雅》对古代历史的叙述明显是一种赞美。《国风》则不包括这些丰富、具体的史学性的内容,而需要阐释式的解读,其含义是有待开掘的。由此,也许就可以理解何以早期文本极为广泛地称引《大雅》,而非《国风》。令人惊讶的是,在《孔子诗论》中则不见对《大雅》有何偏好,当然由于出土文献的残损状态,无法做出量化分析,但看起来它完全没有轻视或忽略《国风》的迹象;实际上,它用同一种程式化表达讨论了《诗》中四个部分各自的具体性质和目的,对这些部分一视同仁。没有证据显示《孔子诗论》的作者将任一组诗歌置于其他三组之上。

相反,很少有早期中国文本将《国风》和其他三者并重的,尤其是与《大雅》相比。《国风》在《左传》和《韩诗外传》中有显著的位置,但即使如此,也未超过《雅》和《颂》所被关涉的程度。早期中国文本中,唯一涉《诗》时聚焦于《国风》的重要文本就是《论语》,尽管总体而言涉及得也相对很少,[7]而这可以看作《孔子诗论》以外另一个宣称直接反映了孔子关于《诗》的看法的文本。另一方

---

[5] 见何志华、陈雄根编,《先秦两汉典籍引〈诗经〉资料汇编》,香港:香港中文大学出版社,2004。

[6] 这一条适用于《毛诗》十八首《大雅》除两首之外的作品。根据马银琴所说,这一部分中的最后两首诗,《瞻仰》和《召旻》,是道德批判的文本,为谴责周幽王所作。

[7] 学者们早已注意到《论语》含有几个年代层。但是文本的主要部分可能与《孔子诗论》基本上同期,所以比《毛诗》更早。

面,所有言及《国风》的早期文本,包括《论语》、《左传》、《韩诗外传》和《孔子诗论》在内,它们对这些诗歌的看法又都与《毛诗》传统大相径庭,并且,至少就我们从现存残章可以判断的而言,与西汉《齐诗》《鲁诗》的解读也有相当不同。尽管毛、齐、鲁诗彼此之间也常异旨趣,譬如《关雎》,《毛诗》以之为美,而《齐诗》《鲁诗》则以之为刺,但三家都倾向于把《国风》诗篇同特定的历史环境和道德诉求联系起来。

例如,通过宣称《周南》和《召南》中的二十五首诗表达了早期西周皇室成员的美德,《小序》将它们解读成《大雅》一类的作品。这一读法最初明确见于郑玄《诗谱序》,他把《周南》《召南》看作早期西周统治下产生的赞美性的"正风"。与此相对,《国风》中剩下的大部分诗篇都被视为后期产生的讽刺性的"变风"。这种模式与三十一首《大雅》中十八首被当成"正雅",而剩下的十三首与《小雅》的大部分诗篇都被当成"变雅"相对应。换句话说,毛郑的诠释传统把《周南》和《召南》放置在西周早期的荣耀统治中,并就此将之确立为历史赞歌。这样,这些歌诗成为直接来自远古历史的声音,由此可以被解读为真切的历史评价,它们不是被回溯的,而是与其歌颂的事件同时发生。这种诗史观正好符合《左传》《国语》《史记》《汉书》等历史编纂中赋诗、作诗的叙事作用。[8] 由此,《国风》是十分重要的,它们作为古代历史的道德见证与评判,可以按照时序和意识形态编制成组。比如,下文将会述及,在毛郑的诠释下,《周南》十一篇都被当作对后妃之德的赞美,而《郑风》二十一篇,除第一首《缁衣》以外,其余都被当作对郑国诸侯的讽刺。

---

[8] 有关先秦时期文本问题,参见 David Schaberg, "Song and the Historical Imagination in Early China," pp. 305-361, 及其代表作 *A Patterned Past: Form and Thought in Early Chinese Historiography*。有关早期帝国历史编撰中的诗歌问题,参见 Martin Kern, "The Poetry of Han Historiography," *Early Medieval China* 10-11.1, 2004, pp. 23-65。

学者已经注意到,《孔子诗论》对《国风》的讨论与传统上的任何一种历史性或政治性的解读都不一致。[9]同样的情况还见于《论语》和马王堆帛书《五行》。[10]类似地,《荀子·大略》所说的"国风之好色也。传曰:盈其欲不愆其止"和刘安《离骚传》所讲的"国风好色而不淫"都与《论语·八佾》中的"关雎乐而不淫,哀而不伤"有密切的关系,它们也都不是传统的历史解读,即把古诗与周朝的政治道德进程联系起来的褒贬模式。[11]实际上,根据目前的资料,包括新出土文献来看,《毛传》之前的《国风》诠释并没有展示一种固定的历史含义。

　　本文将会以《关雎》作为例子,来简略讨论我们在《孔子诗论》和马王堆《五行》中发现的截然不同于《毛传》的《国风》解读。在这一分析之后,我想提出一些研究方法上的问题,这些问题既会影响我们对传世《毛传》之《国风》解读的信任,也会涉及解读《孔子诗论》的可能与限制。

二　《毛传》与《孔子诗论》和马王堆《五行》中的《关雎》

　　据马承源先生整理,《孔子诗论》残本在四支竹简上对《关雎》的评语如下:[12]

---

[9] 马承源是在上博出土文献首次出版中就提出这一观点的第一人。参见马承源主编,《上海博物馆藏战国楚竹书(一)》页146—147,上海古籍出版社,2001。
[10] 参见 Jeffrey Riegel, "Eros, Introversion, and the Beginnings of *Shijing* Commentary," pp. 143-177。
[11] 有关《荀子》,参见王先谦,《荀子集解》19.336。刘安对《国风》所作评注收于《史记·屈原贾生列传》。此一评语未系于刘安,但在存于王逸《离骚注》中的班固《离骚序》中亦被引用,并基本指向为刘安所作。
[12] 马承源主编,《上海博物馆藏战国楚竹书(一)》,页119—168。此后学者们提出了一些不同的整理方案。参见刘信芳,《孔子诗论述学》页281—284,合肥:安徽大学出版社,2003;黄怀信,《上海博物馆藏战国楚竹书〈诗论〉解义》页1—22,北京:社会科学文献出版社,2004;Edward L. Shaughnessy, *Rewriting Early Chinese Texts*, Albany: State University of New York Press, 2006, pp. 32-33。

简 10：《关雎》之改[13]……《关雎》以色谕于礼。[14]

简 11：……《关雎》之改，则其思益矣。[15]

简 12：反纳于礼，不亦能改乎？

简 14：其四章则谕矣。以琴瑟之悦，拟好色之玩。以钟鼓之乐……[16]

在这些对《关雎》的注释中，我们完全看不出与《毛传》之《关雎》解读的关系，也就是说，无涉于后妃之德。然而，它们与《论语》《荀子》以及刘安的相关解读却十分吻合。不过，跟这后三种文本不同的是，《孔子诗论》在讨论《关雎》时展示了一种文学性阐释的论述，这一点比帛书《五行》篇中体现得更为明显。通过明确征引"谕"这一修辞概念，它教导读者如何理解先秦的《国风》。在一定的程度上，《孔子诗论》所示的阐释过程与《毛传》、三家《诗》的读法是相似的，却导向了对《关雎》以及整个《国风》完全不同的解释。这种阐释运作本身的相似性就在于揭示文本字面下潜伏的所谓真实含义，为了复原这种含义需要一种特殊的解释程序。在《毛传》和三家《诗》对《关雎》的解读中，这一潜藏的含义是历史性和政治性的；而在《孔子诗论》中，它与道德教化相关。与此相对的是，现代学者试图从文本字面中寻找《关雎》的本义，他们跟从始现于宋代的读解，基本赞同把《关雎》读作青年求爱和成婚之歌，并宣称诗末章所提及的乐器就是指向实际的婚礼。这种解读把《关雎》以及类推到

---

[13] 关于"改"，参见刘信芳，《孔子诗论述学》页 25—28；及黄怀信，《上海博物馆藏战国楚竹书〈诗论〉解义》页 23—26。两人都对几位学者的长篇论述进行了总结。

[14] "色"既指性的诱惑也指性的欲望。

[15] 对"益"（作"前进"解）的讨论，见刘信芳，《孔子诗论述学》页 27—28，也是对几位学者的长篇论述的总结。

[16] 我采取了刘信芳《孔子诗论述学》中对这些词的解释，见氏著页 25，42—47。也可参见黄怀信在《上海博物馆藏战国楚竹书〈诗论〉解义》页 23—31 中稍为不同的解读。

整个《国风》视为源于民间的直接诗性表达，并讥讽《毛诗》的读法是把单纯的、直接的本义曲解为政治和历史论述。[17]

从《孔子诗论》来看，我认为确实需要怀疑《国风》有历史性或政治性的本义。不过，《孔子诗论》也暴露出对文本字面义的现代解读过于简单，并且根本上是不恰当的。《孔子诗论》完全没有显示《国风》本义可以仅从字面中发掘。坚持现代解读便意味着《孔子诗论》也已经扭曲了《诗》的本义。这一点当然是很成问题的，并将使得我们对《孔子诗论》的很多假设都不成立。因为，目前的学界一致认为，这个文本反映了孔子的思想，而至少从司马迁《史记》就已经开始认为是孔子编订了《诗》。因此，如果孔子编订了《诗》，而《孔子诗论》又代表了他对《诗》的解读，那么《诗》就是通过《孔子诗论》中提倡的理解原则来采集编纂的。

但是，出土文献对《诗》的解释引发了更深层次上的方法论问题，这个问题会影响任何一种在单个字词上进行的《国风》注解。首先，出土文献中发现的极多数量的文本异文，包括阜阳《诗》残本、郭店和马王堆的两种《五行》本、郭店和上博的两篇《缁衣》本以及上博的《孔子诗论》等，都可以被解释为仅仅是字形上的，而不是词汇上的差异，也就是说，都是假借字。换句话说，如果我们把《毛诗》和出土文献中的《诗》残篇做比较，会看到它们在对字形的选择上有很大的不同，但在读音上几乎没有不同。这表示着《诗》在这些文献中的实质文本与传世《毛诗》极为相符，没有理由把那些异文设想为同音异义字。但这也是问题所在：由于战国、西汉的字体远未稳定，且《诗》的语言又高度古奥且诗性，具有太多开放性理解的可能，学者们又必须假定，抄本引文与传世《毛诗》文本之间是大体基

---

[17] 这一论断可追溯到朱熹《诗集传》，参见李家树，《国风毛序朱传异同考析》页39—82，香港：学津出版社，1979；及其《〈诗经〉的历史公案》。

于同一音系的，由此早期抄本才能进行转录，也就是说，才形成了当时的实质本文。这一点尤其适用于《国风》的案例。虽然没有迹象显示大量不同的字表示不同的同音词，但我们还是无法确定某两个同音字在所有情况下都必然代表同一个词。换句话说，我们通常依赖于《毛诗》和《毛传》来决定出土文献里的《诗》——尤其是《国风》——的文本，实际上我们并不知道《毛诗》以前的《诗》是否与《毛传》的词义相同。

考虑到出土文献相互之间，与《毛诗》以及被认定的三家《诗》残篇之间都存在着大量文本异文，我们不得不叹赏汉代学者的努力，为了从古代抄本转录成汉代文书，或是从记诵到编，他们要克服大量的困难，所有先秦的文本是他们留给我们的遗产。编纂相对晚近的战国历史和哲学散文已然具有相当的困难，而且这些文本还具有很强的逻辑论证性和叙述性，像《国风》这样由古语写成、充满了论说性散文中少见的诗性表达，同时还缺少明确论述结构的作品，汉代学者处理起它们来的困难简直是到了极限。只有认识到这些，我们才能理解《毛诗》究竟意味着什么：它不是单纯地试图解释某一已然广为人知的古代文本，而是实际上首先对其所意图解释的文本进行字句的构建。从出土文献大量的异体写法中，我们得知在现存的三家《诗》残篇中相对较少的文本异文只是冰山一角。正是由郑玄笺注的特定《毛诗》文本，为后来对战国和秦汉时所有引《诗》文本进行回溯性标准化提供了一个模板。

《毛诗》和郑玄的《毛诗传笺》的权威并不仅仅在于对字词的选择和《小序》所提供的历史和政治意味的诠释。就更深层次而言，这一权威建立于一种在其他早期中国文本尚无先例的注释结构上：连续对单个字词进行训诂解释。回到《关雎》来看，全诗最关键性的词是"窈窕"，一个描述某位女性某种特质的联绵词。《毛传》把"窈窕"解释为"幽闲"，是女子适于君王的美德。而这一训诂也奠定了《小序》所谓"关雎,后妃之德也"的全诗基调,由此也成为"正夫妇"的范本。

但在帛书《五行》篇中,"窈窕"这一联绵词被写作"茭芍"。与"窈窕"不同,"茭芍"是一个纯粹的、押韵上十分完美的叠韵词。联绵词(包括叠韵词、双声词和重叠词)经常出现在出土文献引《诗》文本中,而且跟《毛诗》和三家《诗》相比写法往往各有不同。从出土文献所显示的证据来看,这些诗性表达的发音是很重要的,而在字形上则尤为不稳定,实际上,比任何其他类型的词都更不稳定。按照后人对《诗》、《楚辞》、汉赋等早期诗文的各种解释,这些词的意思也非常灵活,总是由具体的上下文关系定义。[18]这使得我们怀疑"幽闲"是否为"窈窕"或"茭芍"的本义。虽然没有任何早于《毛传》的注解明确地提供另一种"窈窕"的解释,但是《孔子诗论》和帛书《五行》对《关雎》的总体诠释与这种释义是相抵牾的,这直接表明了"窈窕"本义为"幽闲"并不恰当。而且,对"窈窕"的这种道德化解读也不符合它在其他早期文本中的用法。[19]目前可知的是,《毛传》之前大概没出现过将"窈窕"解为"幽闲"的注释。这样,为了尝试理解《孔子诗论》中的《关雎》,我们首先要抛开的不仅是《小序》的解读,而且是《毛传》对"窈窕"的训诂,而"窈窕"是《毛传》解读《关雎》的决定性关键词。

出土文献实际上意味着存在与《毛传》不同的对"窈窕"的理解,也就是对美色愉人的描述。这一理解与"窈窕"在《楚辞·山鬼》中的用法一致,甚至也适用于《论语·八佾》中对《关雎》的

---

[18] 参见 David R. Knechtges, *Wen xuan, or Selections of Refined Literature*, vol. 2, pp. 3-12; Martin Kern, *Die Hymnen der chinesischen Staatsopfer: Literatur und Ritual in der politischen Repräsentation von der Han-Zeit bis zu den Sechs Dynastien*, p. 194; 釜谷武志,《赋に难解な字が多いのはなぜか:前汉における赋の读まれかた》,页 16—30。

[19] 参见明人杨慎,《升庵经说》卷四;又见刘毓庆、贾培俊、张儒,《〈诗经〉百家别解考(一)》页 49。

评论。此外,《毛传》本身也包含了对这个词不同的诠释,这出现在《陈风·月出》一篇中。其中第二章如下:

> 月出皎兮,佼人懰兮。舒忧受兮,劳心慅兮。

这里的叠韵词虽然被写作"忧受",但是我们可以遵从清人马瑞辰在《毛诗传笺通释》的结论:"忧受犹窈窕,皆叠韵……为形容美好之词。"恰如帛书《五行》的"茭苟"和《毛诗》的"窈窕","忧受"只不过都是同一个词的异文,还可能存在其他我们尚未见过的写法;我们没有根据来决定这个词原来的正体。但是,《小序》对《月出》的解释与《关雎》正相反,认为《月出》是"刺好色",批评"在位不好德而说美色"。这种把《月出》看作刺诗的读法与三家《诗》对《关雎》的读法也不同。后者仍然接受"窈窕"的道德化解读,宣称这首诗是赞美女子之德;只是在用于谲谏好色而晚朝的周康王时才成为刺诗。例见东汉诗人张超《诮青衣赋》:"周渐将衰,康王晏起,毕公喟然,深思古道,感彼《关雎》,性不双侣,愿得周公,配以窈窕,防微消渐,讽谕君夫。孔氏大之,列冠篇首。"[20] 而《毛传》则认为《月出》就是在描述淫逸之举。宋代朱熹和吕祖谦就《国风》中所谓"淫诗"性质的著名论战,正是围绕《月出》一类诗歌展开。[21] 用朱熹的话来说,《月出》表达的是"男女相悦而相念"。

显然,《毛传》将《月出》解读为女色而非女德。这种对"忧受"的理解与"窈窕"或"茭苟"在上博和马王堆出土文献中的含义正好一致。《孔子诗论》"《关雎》以色谕于礼"之论表明它用了同一种理

---

[20] 参见费振刚、胡双宝、宗明华,《全汉赋》页 606;Mark Laurent Asselin, "The Lu-School Reading of 'Guanju' as Preserved in an Eastern Han *Fu*," pp. 427-443;又请参见张树波《国风集说》页 9—12 中的各种资料,石家庄:河北人民出版社,1993。

[21] 参见李家树,《〈诗经〉的历史公案》页 39—82;Wong Siu-kit and Lee Kar-shui, "Poems of Depravity: A Twelfth Century Dispute on the Moral Character of the *Book of Songs*," pp. 209-225。

解来读《关雎》。这种读法在帛书《五行》有更详尽的论述。在帛书《五行》里,《关雎》的对句"茭(窈)芍(窕)[淑女,寤]眛(寐)求之"被解释为"思色",与《月出》第二章里的"舒窈纠兮,劳心悄兮"的意思一致。

《月出》是十首《陈风》之一,这十首《陈风》被《毛传》无一例外地读为刺诗和道德批判。然而,在此之前,《月出》和《关雎》抒发"思色"之情并未被视为宣扬淫逸之举。《荀子》言"《国风》之好色也。传曰:盈其欲不愆其止",《论语》言"《关雎》乐而不淫,哀而不伤",刘安亦曰,"《国风》好色而不淫",这些都表明《国风》表达"好色"不假,但最终将导向合乎仪节。《孔子诗论》和帛书《五行》篇解读《关雎》,包括其隐含的阐释表明,在公元前四世纪到前二世纪时,这种理解是广受认可的。最重要的是,通过《孔子诗论》,这种解读传统如今便和孔子本人联系起来了,而他被认为是《诗》的编纂者,也是最早的解释者。那么,对于《孔子诗论》中的孔子而言,有关好色的表达不仅不是一个问题,还反而是为道德教化服务的强有力的诗性方式。

这一发现平息了至少自宋代以来对一些问题的激烈辩论:《诗经》为什么含有看来十分轻佻的诗篇?这些诗篇如何才能与孔子在《论语·为政》中说的"诗三百,一言以蔽之,曰:思无邪"相协调?我们是否应该把《郑风》和《卫风》的诗篇理解为淫邪而臭名昭著的"郑卫之声"?——而"郑卫之声"在战国和早期帝国时可是表征文化与政治衰微的重要主题。[22]《孔子诗论》和帛书《五行》篇扭转了论题的方向:问题并非在于《郑风》《卫风》《陈风》等诗篇过于轻佻,必须通过复杂的诠释过程来归化;从出土文献来看,它们确实属

---

[22] 对这些问题的简洁论述可见 Jean-Pierre Diény, *Aux origines de la poésie classique en Chine: Étude sur la poésie lyrique à l'époque aes Han*, pp. 17-40; 也参见李家树,《〈诗经〉的历史公案》页39—82。

于毛郑传统读作表达纯正美德的那一类诗篇,其中最重要的代表就是《关雎》,它们的教化力量恰在于对欲望的描写——这种欲望只有在被彻底肯定后才能被克服。

在这里,我们还应该考虑帛书《五行》对《关雎》另一段更有趣的评语:

> 如此其甚也,交诸父母之侧,为诸?则有死弗为之矣。交诸兄弟之侧,亦弗为也。交(诸)邦人之侧,亦弗为也。(畏)父兄,其杀畏人,礼也。由色谕于礼,进耳。[23]

这一段是对《五行》本文中"谕而知之,谓之进[之]"一句的注释,[24]这句话可见于郭店竹简的《五行》篇,而马王堆帛书的注释则用《关雎》来说明"谕"的原则,同时也提供对诗篇的一种诠释方法。不过,这种方法并非源自马王堆帛书,而是《孔子诗论》对《关雎》的讨论,也就是在郭店《五行》篇的同期文本中就已经存在。换句话说,帛书的注释是用一种已然建立起来的《关雎》解读来说明《五行》本文中所谓"谕"的诠释原则。但是帛书的注释为什么要对《关雎》本身进行如此详尽的阐述,甚至提出"交诸父母、兄弟、邦人之侧,为诸"这样的反问呢?这一系列推论又从何而来?答案就在《将仲子》之中,这是《郑风》中最为臭名昭著的一首:

> 将仲子兮,无逾我里,无折我树杞。岂敢爱之,畏我父母。

---

[23] 参见刘信芳,《简帛五行解诂》页158—160;魏启鹏,《简帛〈五行〉笺释》页126—128;庞朴,《竹帛〈五行〉篇校注及研究》页82—83;池田知久,《馬王堆漢墓帛書五行篇研究》页533—545;Jeffrey Riegel, "Eros, Introversion, and the Beginnings of *Shijing* Commentary"; Mark Csikszentmihalyi, *Material Virtue: Ethics and the Body in Early China*, Leiden: E.J. Brill, 2004, pp. 366-367.

[24] "谕而知之,谓之进[之]"一句在郭店《五行》本上已然出现。

> 仲可怀也,父母之言,亦可畏也。
>
> 将仲子兮,无逾我墙,无折我树桑。岂敢爱之,畏我诸兄。仲可怀也,诸兄之言,亦可畏也。
>
> 将仲子兮,无逾我园,无折我树檀。岂敢爱之,畏人之多言。仲可怀也,人之多言,亦可畏也。

基本可以断定,是这首诗,而非《关雎》,为帛书《五行》讨论《关雎》提供了模板,理由如下:(一)诗里列举了对父母、兄弟和他人这一系列存在的考虑,教导人不可因爱欲而逾矩;(二)《将仲子》和帛书《五行》的注释都提到了对这三组人的"畏",帛书中明确地把这些人按重要性排成与《将仲子》中相符的顺序;(三)《孔子诗论》简17包含一条对《将仲子》的简短评注:"将仲之言不可不畏也。"

在《毛传》中,《将仲子》被解释为对郑庄公的批评。但宋人郑樵称《将仲子》为"淫奔者之辞",此后,朱熹《诗集传》也赞赏地引用这一评论。[25]《孔子诗论》并未表达任何与《毛传》这一评论的一致之处,但与朱熹的论点也不相同,它并非把某些《郑风》和《卫风》视作对淫行的警告。[26] 朱熹试图去化解《诗》包含道德可疑的诗篇这一问题,但这并非《孔子诗论》和帛书《五行》中所谓"畏"的考量。实际上,《五行》本所说的"畏"最好被理解为"恭敬"或"顺从",并明显是由"礼"的等级层次来定义的:先是向父母和兄长,再向他人,正如在《将仲子》中阐述的那样。最终,《关雎》和《将仲子》表达的都不是要禁止淫行,相反,它们提供了一种榜样,就是尽管在人欲的驱使下,仍然有合乎仪节的能力,由此来引导正确的行为。《关雎》是从男性的角度来提供榜样,《将仲子》则是从女性

---

[25] 朱熹,《诗集传》4.13a-b。
[26] 参见 Wong Siu-kit and Lee Kar-shui, "Poems of Depravity: A Twelfth Century Dispute on the Moral Character of the *Book of Songs*," pp. 214-215。

的角度表现了对情人的规劝。这两首诗中的男性和女性发言者都经历着所谓"好色",但又都把这种欲望转化为对守礼的挑战。

总而言之,两千年来头一次,在对《国风》的思考中,《孔子诗论》和帛书《五行》的讨论给我们提供了同一个视角来看待像《关雎》和《将仲子》这样的诗,这一视角不同于《毛传》的历史政治解释,也不是现代学者那种根据字面把《国风》看作单纯民歌的过于简单的读法。出土文献里的"谕"(名词或动词)正是扬雄所谓"推类而言",他认为汉赋的华丽描写意在"以讽归于正"。[27]扬雄叹道:"诗人之赋丽以则,辞人之赋丽以淫。"[28]

三 解读《国风》及其早期诠释的方法论问题

从根源上说,《毛传》的阐释传统有可能产生于一种把古诗运用在历史境遇中的惯用手法,类似于《左传》和《国语》里的"赋诗"实践,或是和《缁衣》等哲理文章用诗歌作为引证性文本的做法差不多。在这样的运用过程中,诗义很灵活地随具体情境而变通。然而,在汉朝的学术环境中,这种用诗的做法被反过来应用于《国风》本身:不再是诗歌用于证明历史,而是历史为诗歌提供创作背景和所谓本义。从诗到史,再从史到诗,理解这种运用的循环对认识《毛传》的修辞力量而言十分关键。此外,正如在对文本异文和写本截然不同的解读中显示的那样,《毛传》的循环运作也对文本自身产生了深刻的影响。除了为每首诗提供基本意义的《小序》,《毛传》对单个字的选择和注释又往往为这一意义奠定了基础,给人一种《小序》乃是从

---

[27]《汉书·扬雄传下》(87B.357);汪荣宝,《法言义疏》3.45。
[28] 汪荣宝,《法言义疏》3.49;并见《汉书》30.1756。在这里我不认同扬雄,和出土文献对《国风》的解读一样,他所批评的西汉早期赋作正是要展现同类道德教化的修辞。参见本书《西汉美学与赋体的生成》。

一种原始文本中汲取诗"本义"的印象。

马承源等人已经指出,《孔子诗论》对《关雎》的讨论表明了《小序》"绝不可能是孔子论断的真传"。[29] 但如果《关雎》是如此,那么《毛传》对《国风》的整个解读方法也一定如此。《孔子诗论》没有对任何一首《国风》进行历史上的讨论。但我们要再跨进一步,承认《关雎》在《毛诗》中的文本本身不是《孔子诗论》里谈到的《关雎》。《毛传》对"窈窕"的定义根本不同于《孔子诗论》的讨论,也与马王堆《五行》篇、《论语》、《荀子》以及刘安等解读中所体现的意义不一致。[30] 有如此之多的材料直接动摇《毛传》对《关雎》的解读,这一现象是非比寻常的,很有可能和《关雎》显著的地位有关。但正因为《关雎》的显著地位,它就带有示范性意义,这使得我们必须同样质疑整个《小序》对《国风》的历史性解读,以及大量的《毛传》训诂。就我们目前可以推断的来说,这种训诂在《毛传》以前并不存在。至少在从《孔子诗论》到帛书《五行》之间的一百来年中,另一种似乎更为主导的诠释传统没有解释单个字词的迹象。当我们严肃正视这一问题,会发现它造成了一个根本的困境:尽管现在我们足以怀疑《毛传》的训诂及其历史解读,但我们没有其他选项可以取而代之。我们知道公元前三百年左右的《诗》与传世《毛诗》用的是同样的字词,至少是同音字词,但是,一旦除去《毛传》的单字训诂,我们也无法弄清这些字到底写的是哪些词。换句话说,把我们对《孔子诗论》的解读建立在对《毛诗》的理解上,这种惯用的研究程序根本上就是自相矛盾、站不住脚的。我们不能在摒弃《小序》的同时又接受《毛诗》文本中的字词,因为这一文本根本就不是"原文",也不是先在于《毛传》训诂的。正是通过保留在《郑笺》中的

---

[29] 马承源主编,《上海博物馆藏战国楚竹书(一)》页140。
[30] 包括帛书《五行》《论语》《荀子》,司马迁《史记·十二诸侯年表》、《史记·儒林列传》、刘安《离骚传》、刘向《古列女传》对《国风》和《关雎》所做的评论。

《毛传》,《诗经》文本流传的形式和意义才得以存在。我们根本没有《诗》的原文,我们所有的只是《毛诗》这样一部通过一种特定诠释方式构筑的文本。这一问题,实际上已然困扰了宋代批评《毛传》的学者,但在别无选择的情况下,他们又只得用《毛诗》的文本和训诂来反驳《毛传》和《小序》。为了解决这一问题,朱熹提出,《小序》是后加的,经常歪曲诗本义;然而他并没有意识到的是,诗的字词本身已经是诠释选择的结果,《毛传》训诂有助于建立起这些选择并将它们合理化,这两种过程或多或少是同时进行的,共同支撑起《小序》的解读。

可惜的是,至今我们所见的写本文献还远远不足以建立一种独立于《毛传》的《国风》解读。与出土文献中的哲学和历史文本不同,这些《国风》写本大多并没有提供逻辑性的探讨或连续性的叙述,也并非由直白的战国时期语言写就,无法使我们在连贯的哲学或叙述逻辑基础上来进行解读。《国风》的语言时常是非连贯的,可以用于相当广泛的历史情况或哲理论述中,这正是因为它们的意义本身就是不明确的、模糊的,因此也有着丰富的内涵和可能性,其意义根本上取决于所在的文本语境。顾名思义,《国风》这样的文本永远只能通过外部指涉,而非其自身的词语来加以解释。事实上,我们就连从单个字词的层面去确凿地重构文本的表面体系都很难做到。就《毛传》的传统来说,这一外部指涉系统事关道德和历史,但在《孔子诗论》中又是什么呢?对于《关雎》,我们或许可以推测。但大多数其他诗篇,我们却无从知晓。以《周南·卷耳》为例,《小序》曰:"卷耳,后妃之志也。又当辅佐君子,求贤审官,知臣下之勤劳,内有进贤之志,而无险诐私谒之心,朝夕思念,至于忧勤也。"相比之下,《孔子诗论》的评语只有非常简洁的三个字:"不知人。"是指"不了解他人",还是"不被他人了解"呢?这样的信息量实在少到不足以帮助我们把握《孔子诗论》作者对这首诗的看法。此外,如前文所述,我们现在不能基于《毛传》对《卷耳》的解读来进入《孔子诗论》的简短评价。据我们目前所了解，"不知人"这一评语不符合《毛传》的诠释，有可能在字词层次上也不符合《卷耳》的《毛诗》文本，亦即，通过《毛传》而定的《诗》文本。

总之，《孔子诗论》也许使我们更靠近《诗》起源或编纂的时代。而在这个过程中，也去除了我们或许曾经抱持过的确定性，那是我们过去在阅读和理解《毛传》之前以及之外的《诗》时所自以为的确定性。经由古代抄本去阅读更为古奥的诗歌，我们获得了一种苏格拉底式的"无知之知"的愉悦。

（马宁、杨治宜 译，郭西安 校）

《毛诗》之外
中古早期《诗经》接受研究（2007）

公元前一世纪，西汉王朝衰颓之际，毛诗得置于官学博士，与鲁、齐、韩三家分庭抗礼。之后不到百年，《汉书·艺文志》列西汉末宫廷所藏官学公认四家书共十四种：一种合鲁、齐、韩三家，《鲁诗》二种，《齐诗》五种，《韩诗》四种，《毛诗》二种。[1]不过《汉书》亦言，鲁、齐、韩三家"或取《春秋》，采杂说，咸非其本义"，这通常被认为代表了其编者班固的东汉观点。班固之后不久，许慎（约55—约149）《说文解字》主一家之言，推广包括《毛诗》在内的所谓古文经，涉"诗"之处明显偏用毛说。[2]影响最著的郑玄笺本专取《毛诗》，后来的王肃（195—256）注本亦如是。

结果，在现存第二部重要官修书目，即七世纪的《隋书·经籍志》里，鲁、齐二家已不在列。《韩诗》有三种书仍在编，《毛诗》一脉著述却有三十六部之多。《隋志》述《诗》之官学，结语曰：

> 《齐诗》，魏代已亡；《鲁诗》亡于西晋。《韩诗》虽存，无传之者。唯《毛诗》郑笺至今独立。又有《业诗》，奉朝请业遵

---

[1]《汉书·艺文志》(30.1707-1708)。
[2] 参阅马宗霍《说文解字引经考》（北京：科学出版社，1958）对《诗经》引文的分析。但应注意《毛诗》并不含古（先秦）字体。

所注,立义多异,世所不行。[3]

除隋时尚存书目,《经籍志》亦列有当时已佚的梁初宫廷藏书:仅有两部《韩诗》佚著,其他不下三十八部皆关《毛诗》。这三十八部佚书与三十六部存作同列于《毛诗》之下,或独解,或集注,或笺解前注,或专解音韵,或向背他说,或专论文本异文和疑字,或集佚诗之残简断篇,另有一部为《诗》之草木虫鱼疏,仅署撰者为三世纪陆玑,其人不详。[4]

概言之,一至七世纪《诗》学随历史衰损有过多次激变。几次大规模亡佚发生于二世纪末和公元317年西晋灭亡期间,再就是555年,梁元帝萧绎(552—555年在位)于国都被围之际焚毁宫廷藏书。此后,《诗》之流传渐趋稳定,但已为《毛诗》传统所主导。《旧唐书》列《韩诗》三部,《业诗》一部,[5]《毛诗》二十六部;《新唐书》亦仅列《韩诗》四部,《叶诗》一部,《毛诗》则三十部。[6] 至宋代新注迭出,情况才为之一变,某些挑战前代正统的批注乃出于私家学者之手。

显然,隋、唐官修书目给我们的印象是,至六朝末《诗经》的毛郑之说已完全暗蔽鲁齐传统,《韩诗》则尚具边缘性意义。刘勰《文心雕龙》通篇取毛郑之说;七世纪中期官方编纂的《五经正义》将之奉为圭臬,虽然孔颖达及其合纂者也指出毛序三十多处"于经无所当也"。[7] 初唐,颜师古注《汉书》,解读班固所引《诗》处皆用毛郑之

---

[3]《隋书》32.915-918,北京:中华书局,1987。
[4] 慎请区别于下文所提著名文人陆机。今本《毛诗草木鸟兽虫鱼疏》由后人裒辑而成,乃成今貌。
[5]《隋书》将《业诗》注者称为"业遵",而《旧唐书》与《新唐书》皆曰"叶遵"。
[6]《旧唐书》46.1970-1971,北京:中华书局,1986;《新唐书》57.1429-1430,北京:中华书局,1986。
[7] 汪祚民,《诗经文学阐释史(先秦—隋唐)》页316—321,北京:人民出版社,2005。有众多新著探讨《诗》不限于经学范畴的接受与诠释史,汪书乃其中最可取益者之一。

说；[8]八世纪重要诗人，如李白（701—762），尤其是杜甫（712—770），引《诗》之处同样如是。[9]此外，《毛诗》历史化、道德化的诠释风格亦强烈影响了中古诗学，唐注《文选》所录《古诗十九首》即为一例。综其种种，我们很容易得到一种印象，即宋代以前对古《诗》的接受已然确立了某种纯正一体的正统。

部分基于汪祚民与田中和夫新近成果之上，本文希望能够对中古《诗经》接受情况的这种一般认知加以修正。我尤其关注的是具有多种阐释可能的《国风》，战国两汉时期对之的种种解读已经有相当歧异。在这一时期，包括在东汉大部分时段，《毛》注是颇为异类，甚至是例外的存在，也很少能得到其他早期读解的支持。例如，汉宗室刘向所编《列女传》广泛引《诗》，却无一涉及《毛》说，相反它反映的是当时仍然主导诗说的《鲁诗》影响。下文拟简略回顾东汉及六朝《鲁诗》的传承，然后转入讨论《国风》一组特殊歌诗的文学接受，这些歌诗在《毛诗》看来道德上颇有问题，却被六朝诗人们欣然接受了。

一 《鲁诗》读解的延续

长期以来众所周知的是，立于东汉太学堂外的官定本熹平石经仍采《鲁诗》。[10]尽管《鲁诗》现仅存残本，[11]但仍可见出其特征之一是将许多《毛诗》注为美的诗解为刺。[12]因此，通常认为是习《鲁诗》

---

[8] 田中和夫，《毛詩正義研究》页302—408，东京：白帝社，2003。
[9] 汪祚民，《诗经文学阐释史（先秦—隋唐）》页362—374。
[10] 相关证据及讨论的总结，参阅海陶玮，"The Han-shih wai-chuan and the San chia shih," p. 280, n. 61。
[11] 主要辑本乃王先谦《诗三家义集疏》。该书基于清代前辈学者的著作。必须指出的是，这些集疏在判定某诗的特定解读属西汉某一解诗传统时，不免有武断、循环论证之嫌。
[12] 参阅陈乔枞，《三家诗遗说考》，载王先谦辑，《清经解续编》4.1178-1426，上海：上海书店，1988。

的司马迁之《史记》[13]评论道：

> 周道缺，诗人本之衽席，关雎作。仁义陵迟，鹿鸣刺焉。[14]

将《国风》首篇《关雎》与《小雅》首篇《鹿鸣》皆解读为刺，这显然和《毛诗》大相径庭，后者把两首都理解成美：《关雎》颂"后妃之德"（后人解为文王王后），《鹿鸣》则为"燕群臣嘉宾也"。[15]公元前一世纪后，尽管《毛诗》地位提升，但《鲁诗》对二诗的解读仍见诸一系列西汉、东汉著作中。[16]此外，虽然汉后不久《鲁诗》便退出主流，却并没有从对《关雎》《鹿鸣》的读解中消失。《文选》收嵇康（223—262）《琴赋》一文，其中罗列了种种徒乐或伴奏的琴诗，其中就有《鹿鸣》。李善注解该赋时提及另一更古的论琴作品，即蔡邕（133—192）《琴操》，并引用如下：

> 鹿鸣者，周大臣之所作也。王道衰，大臣知贤者幽隐，故弹弦风谏。[17]

李善引蔡邕或许仅仅因为是蔡、嵇二人都认为《鹿鸣》系琴曲的

---

[13] 如陈乔枞所论，参阅其《三家诗遗说考》中《鲁诗遗说考自序》（《清经解续编》4.1178）。
[14] 《史记·十二诸侯年表》(14.509)。
[15] 关于《关雎》，参见王先谦，《诗三家义集疏》页4—8；Jeffrey Riegel, "Eros, Introversion, and the Beginnings of *Shijing* Commentary," pp. 155-159；关于《鹿鸣》，参见王先谦，《诗三家义集疏》页551。
[16] 有关汉代文本认为《关雎》是刺某王（据说是康王）淫行的精彩评述，参见 Mark Laurent Asselin, "The Lu-School Reading of 'Guanju' As Preserved in an Eastern Han *Fu*," pp. 427-443. 有关东汉《鲁诗》对《鹿鸣》的读解，参见陈乔枞，《三家诗遗说考》页1179，1221—1222，及海陶玮，"The *Han-shih wai-chuan* and the *San chia shih*," p. 286。
[17] 蔡邕《琴操》，《宛委别藏》本1.2a-b，台北：台湾商务印书馆，1981；李善注，参阅《六臣注文选》18.27a；David R. Knechtges, *Wen xuan, or Selections of Refined Literature*, vol. 3, p. 297。李善所引并非全合今本《琴操》，而是间合其文，很难判哪本为初本。但二文中，蔡邕皆释《鹿鸣》为讽谏，且直接全引《国风》中该诗首节。

事实,然而也可能,他在明白地暗示嵇康读解此诗采用了鲁说。七世纪,并非每个人都愿承认《国风》还可以用《毛诗》之外的方法解读;例如,颜师古注《汉书》力持《关雎》毛注,尽管事实上《史记》《汉书》及范晔(398—446)《后汉书》都清楚地把这首诗当作了讽谏。[18]《后汉书·皇后纪》,范晔以为《关雎》之作旨在刺康王荒于政事,这一段被收录进了《文选》卷四十九《皇后纪论》。李善及其他唐代注者尽管整体上倾向于引此诗为赞女子之德,但此处依然忠实引用了此诗的早期读解,而没有显示出任何犹豫。[19]嵇康在《养生论》中说明好色伐性时,最多只是间接暗示了《关雎》这首诗,而李善注则直接引用了《关雎》鲁说。[20]可见,在唐人普遍采用《毛诗》的情况下,对《关雎》《鹿鸣》两篇作品采鲁说确属例外,但无论如何,它们都足以说明这种讽谏读解在六朝至初唐时期是广为人知的。

二 背离《毛诗》:六朝诗歌对《国风》的不同接受

以为《关雎》旨在讽谏,这种读解不仅限于《鲁诗》,《齐》《韩》二家亦如是。其基本假设似乎在于用某种理想化的美德来对照君王的道德缺陷。[21]而该诗的另一种早期解读与《毛诗》更有根本的差异,它甚至并不认为《关雎》表达了任何道德优越。这种解读通过两篇近期出土的简帛本才为世所知,即马王堆出土的汉初《五行篇》帛书,及现存上海博物馆的战国晚期《孔子诗论》竹书,后者可系于公元前

---

[18] 《史记·十二诸侯年表》(14.509)、《史记·儒林列传》(121.3115)、《汉书·艺文志》(30.2669)、《后汉书·显宗孝明帝纪》(2.111)、《后汉书·皇后纪上》(10A.397)。关于将该诗疏为讽谏的更多早期文本,参阅 Jeffrey Riegel, "Eros, Introversion, and the Beginnings of *Shijing* Commentary," pp. 155-156, n.29, n.30;以及本书《西汉美学与赋体的生成》。
[19] 《六臣注文选》49.26a-b。
[20] 《六臣注文选》53.5b。
[21] 参见东汉诗人张超《诮青衣赋》,其分析见 Mark Laurent Asselin, "The Lu-School Reading of 'Guanju' as Preserved in an Eastern Han *Fu*";更多例证参见张树波,《国风集说》页 9—12。

300年左右。二篇都主张《关雎》乃"以/由色谕于礼"。[22]同样的论断至少可见于其他两处，一为公元前三世纪晚期的《荀子》："国风之好色也。传曰：盈其欲不愆其止。"[23]另一出自刘安："国风好色而不淫。"[24]二者似乎都与《论语·八佾》名句"关雎乐而不淫，哀而不伤"密切关联，但均未专论《关雎》，而只是泛论《国风》整体。

马王堆《五行篇》与上博《孔子诗论》对《关雎》的读解显然认为它表达的是性的诱惑和欲望，《荀子》和刘安对《国风》的解读亦如是。这必然意味着它们不仅对整首诗，而且对其中个别字词的理解都和《毛诗》大相径庭。试举一例：毛、郑将形容词"窈窕"解为"幽闲贞专之善女"，而按照这种读解却只能是指女子的诱人美色。事实上，这也是毛郑理解《陈风·月出》"窈窕"之异文"窈纠"的解法，根据该诗毛序，此诗"刺好色也"，言"在位不好德而说美色焉"。[25]

根据毛序，《陈风》十首皆刺邪行，多指淫糜好色；此论实则与西汉末年事实一致，当时南方的陈国确有道德淫佚、政局混乱的恶名。[26]同样，《齐风》十一首也无例外被解为刺不经之行，亦突出性的放荡。然而就在谢庄（421—466）《月赋》的开篇，他提到曹植（196—220）

---

[22] 关于上博《孔子诗论》，参阅马承源主编，《上海博物馆藏战国楚竹书（一）》页139；刘信芳，《孔子诗论述学》页170—172；黄怀信，《上海博物馆藏战国楚竹书〈诗论〉解义》页23—31。马王堆《五行篇》，参阅刘信芳，《简帛五行解诂》页158—160；魏启鹏，《简帛〈五行〉笺释》页126—128；庞朴，《竹帛〈五行〉篇校注及研究》页82—83；池田知久，《馬王堆漢墓帛書五行篇研究》页533—545；Jeffrey Riegel, "Eros, Introversion, and the Beginnings of *Shijing* Commentary"; Mark Csikszentmihalyi, *Material Virtue: Ethics and the Body in Early China*, pp. 366-367。

[23] 《荀子·大略》；参阅王先谦，《荀子集解》19.336。

[24] 刘安《离骚传》；参见《史记》84.2482。此注并未署刘安所言，但班固《离骚序》亦引此句并辨明为刘安所叙，且录于王逸注《离骚》；参阅洪兴祖，《楚辞补注》1.49。

[25] 有关"窈窕"和"窈纠"的全面论证，以及出土文献中《关雎》的解释如何与毛诗中被读解为"刺"的诗结合在一起的解读，参阅本书《出土文献与苏格拉底之悦：〈国风〉解读的新挑战》。

[26] 陈乃《诗》中采录的最南之国，战国时为楚所占。至少从西汉末年开始，其名声极坏，《汉书》谓其"妇人尊贵，好察祀，用史巫，故其俗巫鬼"（这里所谓的"淫祠"含强烈的性暗示）；参阅《汉书·地理志》（28B.1653）、《汉书·匡张孔马传》（81.3335）。

望月悼亡友有"沈吟齐章，殷勤陈篇"[27]之句。包括李善在内的传统注家都认为，该对句并非概指齐、陈之诗，而是专指《东方之日》与《月出》二篇。两首诗都谈到月，但它们更多谈的是女性的诱惑，暗示性爱的亲密关系，而且根据毛序，二诗皆为讽。然而这种读解当然不是谢庄想要进一步演绎的；他引二诗似乎仅为指月的意象。

《国风》另一首妙诗叫《桑中》，列于《鄘风》。据其毛序，亦为刺卫之"宫室淫乱，男女相奔"，带动贵族通奸幽会之风。然而，我们不妨看看江淹（444—505）《别赋》倒数第二节追忆古昔情人之离别，曰：

下有
芍药之诗
佳人之歌
桑中卫女
上宫陈娥[28]

"芍药之诗"即《郑风》末篇《溱洧》。该诗毛序以为，刺"乱也"，即普遍意义上的社会无序，而尤其指郑国"男女相弃，淫风大行"。"佳人之歌"或指相传李延年颂姊之诗（约前120），即从舞女变成汉武帝宠妃的李夫人。[29]"桑中卫女"自然取自《桑中》，正如"上宫"这一地点也取自同一首诗中。但不清楚的是"陈娥"所指。有些学者认为其指《邶风》之《燕燕》，《毛诗》释为述卫庄公（前757—前735年在位）寡妻庄姜送闺友戴妫归其故土陈国的故事。[30]该诗确是一首离

---

[27]《六臣注文选》13.16b。
[28] 同前引文献 16.40a-b。
[29]《汉书·外戚传上》（97A.3951）。
[30] 参阅 David R. Knechtges, *Wenxuan*, vol. 3, p. 208。

别诗,然而《燕燕》并非述情人之别,与"桑中"和"上宫"并置也颇不伦,除非江淹知道对《燕燕》实含某种如今已佚的同性情爱的读解,从而多少与《桑中》相关。另一可能的解读是把"陈娥"看作泛指,即来自陈国这个民风不无道德问题之国的女子。不论江淹持这种或其他(已佚的)"陈娥"出处为何,他对《桑中》《溱洧》的明确征引表明,他并未受制于毛郑传统对这些诗歌的贬损判断。与对《国风》的经学读解不同,在江淹指涉《诗经》中某些名声不佳歌诗的背后,我们看不到任何潜藏的讽谏意图。

在江淹之前的诗人中,有鲍照(414—466)作乐府《采桑诗》,后收入六世纪闺情诗文集《玉台新咏》卷四。[31] 鲍照开篇直引《桑中》与《溱洧》,仅将"溱"换作"淇"(该河同样流经郑国):

> 季春梅始落,
> 女工事蚕作。
> 采桑淇洧间,
> 还戏上宫阁。

这几句诗铺陈出一幅春意与美色融汇的景象;随后,诗的前半部分在对青春与新气象的颂扬中达到高潮:

> 是节最暄妍,
> 佳服又新烁。

但紧接着,诗中女主人公便抚琴叹思,怀想逝去的青春,并追溯文学

---

[31] 参阅吴兆宜,《玉台新咏笺注》4.142-143,台北:铭文书局,1988;以及郭茂倩,《乐府诗集》28.414。

传统中前人的情爱诗句。收束浮思,她追想到《诗经》的经学读解,而这种读解本身此时也仅成为又一种文学修辞:

> 卫风古愉艳,
> 郑俗旧浮薄。

通过这种自我指涉的转折,鲍照表明他对毛郑正统的熟稔,同时也表明其诗从一开始就与此正统相背离。对"古"和"旧"姗姗来迟的提及只是表面上显示一种对传统的尊重;对诗中年华渐逝的女子来说,它无非是一个自我安慰的姿态,对往昔欢乐绽放一个无奈的微笑。

《玉台新咏》所收其他不少诗明显称引《国风》,包括毛、郑视为揭示淫风的郑卫之歌,但没有一首是从讽谏的角度出发。踵武鲍照,南朝后期一些杰出诗人如沈约、刘孝绰(481—539)也同样对《桑中》给予了特别的关注。[32] 事实上,鲍照《采桑诗》极其流行,从梁简文帝萧纲(503—551,549—551 年在位)开始,自梁入唐至少激发了十三首以上同题乐府诗。传统上认为萧纲授意编纂了《玉台新咏》,[33] 在其《采桑诗》中,萧纲和鲍照一样以"桑中"为欢媾之地。[34] 类似地,《文选》里收录的四十篇左右各体诗文,以不同方式指涉郑卫之风及其他毛序解为刺"淫风"之作的歌诗。[35] 田中和夫指出《文选·序》中萧统(501—531)将道德上可疑的诗贬作"亡国之

---

[32] 田中和夫,《毛詩正義研究》页 174—182。
[33] 《玉台新咏》编纂时间及是否与萧纲有关争议很大。刘跃进《〈玉台新咏〉研究》(北京:中华书局,2000,页 84—88)认为该书编纂于陈朝,即梁朝覆灭之后。而傅刚《〈玉台新咏〉编纂时间再讨论》(载《北京大学学报》,2002 年第 3 期,页 12—15)对其进行反驳,并重申其为奉命于萧纲、编纂于梁时的传统观点。近来,章培恒《玉台新咏〉为张丽华所"撰录"考》(载《文学评论》,2004 年第 2 期,页 5—17)及张蕾《〈玉台新咏〉研究述要》(载《河北师范大学学报》,2004 年第 2 期,页 72—76)重新提出陈朝编纂说。
[34] 郭茂倩,《乐府诗集》28.414-417。
[35] 田中和夫,《毛詩正義研究》页 182—184。

音",〔36〕这种老套的修辞最早可追溯到《韩非子·十过》。田中注意到，《文选》选文不同于《玉台新咏》，因为前者并不推崇情爱之作。〔37〕这总体来说当然是正确的，亦是传统上从道德角度对《文选》和《玉台新咏》所做的区分，但如果相信萧统及其编纂者，或者那些选文的作者完全处在毛、郑传统的影响下，这就未免太简单了。

我们很容易举出更多例子来表明六朝诗人是如何引用《国风》里那些表达了性欲之作的，而这些歌诗之淫在毛、郑读解中是刻意曝露以便"刺"之。此类征引并非始于五至六世纪。陆机长诗《七征》承枚乘《七发》传统，述一朝士试图诱使远离尘欲的玄虚子生用世之心。〔38〕在描述色诱一节，朝士曰：

盖闻
沫北有采唐之思，
淇上有送予之叹。
关雎以寤寐为戚，
溱洧以谑浪为欢。
若夫
妖嫔艳女，
崇群擢俊。〔39〕

这一诱惑情节又被进一步细加渲染，最后直至问"子其纳之乎"。所引这节，首二句再次暗指《桑中》，呼应后文《溱洧》。我们由此可知，早在三世纪，《毛诗》所解两首淫诗已被自由运用为文学修辞。

---

〔36〕《六臣注文选·序》。
〔37〕参阅田中和夫《毛诗正义研究》页185—189对两个文集所做的相当简练的实际对照。
〔38〕如汪祚民《诗经文学阐释史（先秦—隋唐）》页280—281所论。
〔39〕《陆士衡集》8.9a-b（四部丛刊本）。严可均《全上古三代秦汉三国六朝文·全晋文》98.2a注该诗又题《七微》，北京：中华书局，1987。

此外，陆机显有残损的文本在别处可见其他版本，其中，第一节第二句一处异文意味深长，曰：

> 沬北有采唐之思，
> 淇士有送子之勤。

此版本收入八世纪的《艺文类聚》，[40]第二句似暗指《氓》。《氓》收入《卫风》，根据该诗毛序，乃是刺淫奔苟合。尽管前引《陆士衡文集》中两句皆直指《桑中》，因此显得更加用典紧凑，但若根据语文学上"宁取较难"（lectio difficilior potior）的原则来支持《艺文类聚》的版本，也完全说得通。我们很容易想象《艺文类聚》本被篡改成《陆士衡文集》本，但很难想象相反的过程。假如我们以《艺文类聚》为参考，这一节援引的就不是两首而是三首毛传所谓刺奔行之诗。无论我们选择哪个版本，陆机文中还有一点引起我们注意，即这些诗与《关雎》的并置，而《关雎》恰是被《毛诗》视为道德上对立于淫声冶词的道德典范之作。[41]单看"关雎以瘖寐为戚"一句尚谈不上对该诗的什么特定解读，然而，将它放在《桑中》《溱洧》以及可能的《氓》之间，这就很难容纳毛、郑"颂后妃之德"的诠解了。

如上文所论，《隋书·经籍志》认为《鲁诗》依然流传于陆机时代。不过陆机用《关雎》之典似乎并未显示出《鲁诗》的影响。至少在比陆机仅早一个世纪，被看作承续了《鲁诗》传统的东汉文献里，诗之所以能讽不在于其本身言人之情欲，而在于用道德和节制的典范来对比君主道德上的不完善。与此相对，我们可以在《孔子诗论》和

---

[40]《艺文类聚》57.1031-1033，上海：上海古籍出版社，1985。
[41] 例见萧统《文选·序》2b。

《五行篇》简帛里找到前一种解读的早期证据，"以/由色谕于礼"，即性欲的表达被植入了道德劝谕和自我修养的修辞之中。两个简帛文献的年代跨越约公元前300年至约公元前150年，这段时间对《国风》的这种解读及其所运用的假定的修辞学原理应是广为人知的。这可从当时像司马相如《天子游猎赋》、《楚辞·大招》，以及最重要的，即陆机所本之枚乘《七发》中看出来。所有这些诗都吟诵美色的诱惑，且总是包含郑卫乐舞，却都以道德劝诫曲终奏雅，这都是将"由色谕于礼"的修辞方法运用到文本表演的实践之中。[42] 这个早期传统，直到最近出土文献的发掘才为文学史家所知，但可以见出的是，生活在三世纪的陆机似可与这种更早的传统联系起来。甚至更为值得注意的是，上文指出陆机直接援引《关雎》作为色诱的典故。显然，陆机或直接或间接地必然接触过我们现在在早期出土文献中看到的《关雎》解读，而且，他也完全了解战国和汉初文本是如何运用"由色谕于礼"的修辞原则的。

三 初步结论

陆机的这篇作品并未收入《文选》，却为七世纪的《艺文类聚》所收，表明它一直流存于唐前的文学圈。它当时自然广为人知，如今正可作为《国风》的最早解读与六朝对"郑卫之风"的解读之间的缺失环节，在早期解读与中古解读之间，或许还有着许多其他类似的文本已经销声匿迹。我们后来所看到的南朝后期，尤其是梁朝宫廷对《国风》的理解并非全然的新变，而仅是更明确地陈述了一种早已存在的解读。

---

[42] 在《西汉美学与赋体的生成》里，我对上文所涉文本中此类早期修辞及运用的现象进行了详细讨论，参阅本书《出土文献与苏格拉底之悦：〈国风〉解读的新挑战》。

自汉以降，毛、郑解诗传统无疑占据了压倒性的正统地位，但如此看来，《国风》其他的读解方式在整个六朝时期也从未完全被遮蔽。其中，《鲁诗》在陆机时代仍流传并存留，至少一些基本原则遗响久远。出土文献里的另一种读解与《毛诗》相去更远，其直接的回响亦尚见诸后世陆机。陆机的诗学所承当然不可能孤立发生，但我们也无从揣测谢庄、鲍照、江淹、萧纲这些五六世纪的诗人对此传统的熟悉程度。然而，在对《国风》的早期解读中，这一种是唯一未像《毛诗》《鲁诗》那样被施之以历史化意味的；而这种对色诱与欲望表达的坦然接受亦不会终结于陆机，毕竟，陆机曾是那个时代最著名的作者之一。[43]

　　正因为在《毛诗》被立为正统之后，上述坦然的接受态度仍然可能存在，这或许为后来《国风》如何被接受奠定了基础。《玉台新咏》时代的文学新趣味已乐于容纳《桑中》及其他类似诗歌，视之为爱欲的诗学表达。在此语境下，有一个问题就很有意思了：作为诗人和文学赞助人的萧纲，尽管其最为人所熟知的身份是"宫体诗"作者兼（或仅据称）编纂《玉台新咏》的授意者，但其名下也有一部题为《毛诗十五国风义》的学术著作，该书共二十卷，《隋书·经籍志》列为梁代佚书。王祚民怀疑萧纲对《国风》的解释实际背离了毛、郑正统，考虑到萧纲自身诗作及文学偏好，包括他对《桑中》的引用，这种疑虑不无道理。[44] 从萧纲自己的作品判断，传统文学史叙事所述他对《国风》的看法实际是在相当后期才出现的一种态度。宋代如欧阳修（1007—1072）、郑樵（1036—1162）、朱熹等学者开始挑战毛、郑正统的政治化、历史化解读，他们纠结的是这部神圣经典里也包含了那些他们看来是淫诗的部分。为解决这一困境，他们将像《桑中》这

---

[43] 对其生平的检讨，参见 David R. Knechtges, *Wenxuan*, vol. 3, pp. 379-381。
[44] 汪祚民，《诗经文学阐释史（先秦—隋唐）》页 263—266。

样的诗不读成对爱情的歌颂,而是对淫奔的讽谏。[45]

根据中国文学史的惯常说法,只有在现代,尤其是"五四"之后,学者们才摆脱了道德解读的束缚,愿意欣赏《国风》的字面意义,尤其那些对爱和欲的描述,至少对我们来说是如此。然而,上文所论六朝诗人似乎早已这样做了。他们对《国风》的解读显然不占主流,而且我们不妨大胆揣测,尽管萧纲身为帝王,其《毛诗十五国风义》的佚失也是有原因的。即便同样采用《毛诗》为基础文本,对于《毛诗》的隋唐传承者来说,萧纲之"义"不可能成为唐代官学"正义"。然而,当《隋书·经籍志》表明毛、郑正统的全面胜利时,与《毛诗》相关的许多书目却仍有可能包含对古《诗》的多样化解读,而并非仅仅是对毛郑笺注的阐发。

公元三世纪之后,或许没有读者能够回避以《毛诗》及其带有倾向性的字义注疏作为理解古《诗》的基础文本,然而,整个六朝的读者和诗人却似乎仍能承接其更加古老的读解气脉,从而超越了《毛诗》的拘囿。除《鲁诗》外,还包括仅在最近出土文献中才被发现的解读,这种解读是我们现有的对《国风》最古老的理解,并使得我们重新理解诸如陆机《七征》这样的文本。而在出土文献发现之前,人们是很难意识到《七征》这类作品在《国风》接受史上的重要性的。

(何金俐 译,郭西安 校)

---

[45] 有关郑卫之歌的传统解读,参阅 Jean-Pierre Diény, *Aux origines de la poésie classique en Chine: Étude sur la poésie lyrique à l'époque des Han*, pp. 17-40. 论述朱熹及其他宋代学者将表面上淫佚的诗歌读解成讽喻的努力,参阅 Wong Siu-kit and Lee Kar-shui, "Poems of Depravity: A Twelfth Century Dispute on the Moral Character of the *Book of Songs*," pp. 209-225;李家树,《国风毛序朱传异同考析》及其《〈诗经〉的历史公案》页39—82。

来自群山的宣告
秦始皇刻石碑文探论（2008）

一 引 言

公元前221年，秦始皇完成了他最后的征战及统一大业，去此不久，在宫中儒生的陪同下，他开始巡视新征服的东部地区，并于诸灵山之巅立了一系列的石碑。《史记》录有七块碑文中的六块，[1]所提供之时序为：公元前219年于峄山[2]、泰山与琅邪；公元前218年于之罘及其"东观"；公元前215年于碣石门；及公元前211年12月或公元前210年1月于会稽。《史记·秦始皇本纪》里关于公元前219年立于峄山的首块石碑有段简述，据引如下：

> 二十八年，始皇东行郡县，上邹峄山。立石，与鲁诸儒议，刻石颂秦德，议封禅望祭山川之事。[3]

在《封禅书》（亦见《汉书·郊祀志》，[4]几乎一字不差）中的相关记

---

[1] 此六篇碑文收于《秦始皇本纪》；立于峄山的第七篇时序上为最早，虽于唐代颇负盛名，却直至收在后期（元代）的碑刻集中才得以传播。
[2] 对于上述地点之位置，可参谭其骧《中国历史地图集》页1982—1987，八卷本，北京：中国地图出版社。
[3] 《史记·秦始皇本纪》6.242。
[4] 见《史记·封禅书》（28.1366）、《汉书·郊祀志》（25A.1201）。

载与此仅有些微出入，提及"齐鲁之儒生博士七十人"随驾至泰山。《史记》于《秦始皇本纪》中作此简述后，循例注明了始皇执政的具体年份及巡视所至地点，并征引了诸碑文。之罘刻石展现了此一系列碑文之修辞：[5]

> 维廿九年，时在中春，阳和方起。皇帝东游，巡登之罘，临照于海。从臣嘉观，原念休烈，追诵本始。大圣作治，建定法度，显箸纲纪。外教诸侯，光施文惠，明以义理。六国回辟，贪戾无厌，虐杀不已。皇帝哀众，遂发讨师，奋扬武德。义诛信行，威燀旁达，莫不宾服。烹灭强暴，振救黔首，周定四极。普施明法，经纬天下，永为仪则。大矣□哉！宇县之中，承顺圣意。群臣诵功，请刻于石，表垂常式。

以此为典型，七块碑铭均为歌颂秦统一之赞歌，以三十六或七十二行四言构成。其格律谨守传统韵式。它们是传统礼仪设置的一部分，呈现了一个理想化的、具有目的论色彩的秦历史叙述，歌颂了大一统，以对比此前的征战与混乱。秩序与统一之理想表现在著名的"书同文字""一法度衡"等措施中，亦典型见于此七篇铭文的形式化结构，其完美的编创透露了秦皇宫廷里传统仪式专家与撰文高手的参与。如《史记》所载，负责编创、引述和铭写此类政治颂词的学者，乃前齐、鲁等国遗存之博士，代表了东部的旧学术传统。据文献显示，这些专家"通古今"之专长。虽然后来有人认为碑文撰人或书者为秦相李斯，[6] 但碑文几乎是统一制式的，这表明其内容极有可能系某负责礼

---

[5] 七篇碑铭全文，请参见 Martin Kern, *The Stele Inscriptions of Ch'in Shih-huang: Text and Ritual in Early Chinese Imperial Representation*, pp. 10-49。文本依据《史记·秦始皇本纪》（6.249）与容庚，《秦始皇刻石考》，载《燕京学报》，1935年第17期，页144。之罘三十六行碑文，三句为韵，押之部、职部二韵，各六韵。第十八行后韵脚转换。

[6] 最早归之于李斯者为刘勰的《文心雕龙》，参见詹鍈，《文心雕龙义证》21.803；郦道元（469—527）的《水经注》，参见王国维，《水经注校》4.130, 25.810, 40.1256，上海：上海（转下页）

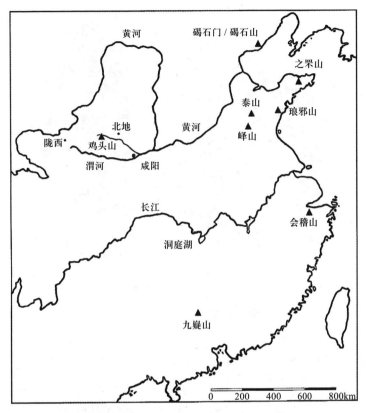

秦始皇刻石所建地位置图

仪与文献传统的机构所预先拟好，这与其文本被铭于特定物质载体、与之相关的具体事件及参与者都是独立的两回事。

关于秦皇朝于文化一无所成、徒有暴政的传统认知已为近世研究所否定。足够的证据表明，秦廷襄助了传统学术，这有助于巩固备受

（接上页）人民出版社，1984。张守节以为会稽山最后一碑的文本与书法均出李斯之手，见《史记》6.261，"正义"；据《史记》6.260及87.2547，李斯随驾参与了始皇最后对东南的巡视。对此成说提出异议的陈志良则认为寺人入相的赵高（前207年卒）更有可能是其皇家书者，参见其《泰山刻石考》（上，下），载《说文月刊》，1939年第1卷第2期，页55—61；1939年第1卷第3期，页31—43。我以为二说皆误。

泰山刻石残片:《北京图书馆藏中国历代石刻拓本汇编》卷一页7（郑州：中州古籍出版社，1989）

推崇的经书之地位。[7]饱受争议的"焚书"（前213年）及所谓"坑儒"（前212年）的叙述使我们忽略了一个事实：早期秦廷的博士系礼仪与文献传统的专家，他们关涉的传统超越了任何具体的"儒家"哲学或道德主张，而他们传习的文献，尤其是《诗》和《书》，也为诸子各家均可获及。[8]李斯上书请求禁毁流传于宫廷以外的《诗》《书》和当时大量涌现的"百家语"，以及秦记之外的所有历史档案，朝廷指定的博士官所研习教授的《诗》《书》显然不在其建议焚毁之

---

[7] 见金谷治,《秦汉思想史研究》（修订本）页230—257; Robert Eno, "From Teachers to Texts: Confucian Collaborationism and Qin Encyclopaedism"（1999年8月通过战国研究组电邮传播的手稿）; Martin Kern, *The Stele Inscriptions of Ch'in Shih-huang: Text and Ritual in Early Chinese Imperical Representation*, pp. 183-196。

[8] 见 Martin Kern, *The Stele Inscriptions of Ch'in Shih-huang: Text and Ritual in Early Chinese Imperial Representation*, pp. 164-196。

列。[9] 这些皇家碑文对于书写传统的继承，印证了秦皇廷里确有经典之学的存在。进而，这些文献不仅体现了博士们的工作，也显示其依赖的经典在发挥效用，包括用以了解与谈论过去的《诗》和《书》。诚如李斯奏疏所论，既然这些文献能够提供谈古论今之范式，便必须为皇室所垄断，以免被利用来"以古非今"。

对各碑文更仔细的分析显示，它们是条理分明的文本系列：全部七篇碑文皆依据一种明确的编创结构，特定的主题均被安排在文本中的特定位置。[10] 其模块式设计使部分文本得以被转换或替代而不影响整体的线性结构。各碑文因此看起来是某种潜在原型文本之变本，而此原型文本很可能藏于秦室皇家档案里，以备各种场合之需。此类文本系列现象可以被理解为仪式化政治语境中采用的一种传统表述手段。正如先秦青铜铭文已经显示的，在中国上古时期的仪式性语境中，认为存在着"原初文本"(original text)，并将之与特定情境、地点或物质载体一一对应的观念是有误导性的。[11] 有意为之的重复与变奏或许正是关键信息，赋予了文本一种标准化、规范化的气韵。从物质与再现的层面而言，铭刻于石使得碑文永恒；然其真正的基础与传承则存于档案记录中。即便我们不从《史记》所载秦纪中了解情况，[12] 也依然能从碑文自身的措辞去推断其存在及功能。

这些档案所铭写的文化记忆保存了历史记忆与口头表达模式。在碑文编创中，经学家必须运用传统礼仪的有限编码，以此巩固礼仪与历史延续的合法力量。据秦纪所存有的蓝图，各篇碑文乃是被人为立于具体的自然场所，而非因地制宜、就地取材。将相近之文以新的统

---

[9]《史记》6.255，87.2546-2547。
[10] 见 Martin Kern, *The Stele Inscriptions of Ch'in Shih-huang: Text and Ritual in Early Chinese Imperical Representation*, pp. 126-139.
[11] Lothar von Falkenhausen, "Issues in Western Zhou Studies: A Review Article," pp. 139-226.
[12] 关于李斯所请焚毁除秦纪外的所有历史档案，见《史记·秦始皇本纪》(6.255)，《史记·李斯列传》(87.2546)；关于司马迁唯秦纪可据的抱怨，见15.686。

一写法散置于刚刚征服的东部各处,是在语言层面上表演和表达了一种与"封禅望祭山川之事"相伴的礼仪行为:将各自然、历史场所容纳进新皇朝的超历史共通框架,这一框架乃是为着永立不朽而设计的。我们很难从诸碑上的文献探得一丝公元前219至前210年间的历史发展。根据皇家刻石上的统一用语,历史被刻于所选之地,也就是已被定格在公元前221年。原型文本被具体化身为一系列静态的铭文,是作为一种皇家地理之礼仪秩序而存在的:始皇以刻石确立了其各自所处地点的重要性,又通过隐含的原型文本,将原本散布分离的诸侯故地转化为由皇朝新的统一空间组织所界定的场所。

二 作为再现的书写

以上观察可明确见出,七碑并非(或主要并非)传播或储存信息之文本传媒。并无证据显示政治精英会远涉群山诸刻石处,只为阅读刻石上的皇家文献以习知历史。甚至也没有证据表明刻石乃为此而立。何为乎而立焉?何不设立于如京师之地,以示众人,且令饱学精英得以读之?何为造碑于无所视处,远离民众?并无早期文献能解答上述疑问,但我们不妨求诸先秦其他展示性书写之例,或许可以寻得一些可能的解释。毫无疑问,自西周时代(约公元前1046—前771)[13]甚至可以说商朝末年(约公元前1200—前1046)起,礼仪语境中的书写已用于展示的目的。[14]一个重要的例子即约公元前900年(或晚一代)著名的史墙盘,在其上,宫廷显贵不但称颂了皇

---

[13] 这种展演性质在某些情况下表现为罕见的大字,有时阴文上有精心着色,通常文本几乎是对称的;见 David N. Keightley, *Sources of Shang History: The Oracle-Bone Inscriptions of Bronze Age China*, Berkeley: University of California Press, 1978, pp. 46, 54, 56, 76-77, 83-84, 89。

[14] 关于具有表现功能的早期中国书写,见 Martin Kern, "The Performance of Writing in Western Zhou China," in *The Poetics of Grammar and the Metaphysics of Sound and Sign*, ed. Sergio La Porta and David Shulman, Leiden: Brill, 2007, pp. 109-176。

室谱系，也用平行的整齐铭文称颂了他本人的家族谱系。自公元前九世纪的"礼仪改革"始，我们不仅可见铜器风格日趋统一，其文字与书法亦日趋统一，这些皆反映铜器与铭文是在一种集中控制之下制作和设计的。[15] 这些人工制品首先表达了适用于生者、逝者的成熟礼仪传统。单就其外观上的规律性与有节制的美，已显示其朝向现存政权以及一种专制、无商榷余地之表述的靠拢。随着"礼仪改革"，其重点似乎已从与先祖亡灵沟通转而面向今人来世，后来几个世代的一些青铜铭文遂将书写本身作为一种引人瞩目的展示，如公元前五世纪末曾侯乙编磬的错金铭文或公元前四世纪末中山礜王器皿上的铭文。自西周中叶以来，铜器铭文不单呈现了愈加突出的书法的使用，甚至会提及负责书写制式的官员，这是不见于殷商甲骨文或西周早期青铜铭文的。它们表述了社会、政治礼仪语境内书面文本的展现方式。

戴梅可（Michael Nylan）引入了一个贴切的术语，[16] 称这些书写为"公共展示"（public display），不过，我们必须注意，它们所能面向的公共空间是有限的。理由在于，文本载体的体积颇小，惟近距离的仔细观察方能得见。其实，诚如常被提及的，青铜铭文皆刻于器皿内部，在祭祖时为祭品所遮掩，根本完全看不见。[17]（正是在这一点

---

[15] Jessica Rawson, *Western Zhou Ritual Bronzes in the Arthur M. Sackler Collections*, vol.2, pp. 93, 125; "Western Zhou Archaeology," in *The Cambridge History of Ancient China: From the Origins of Civilization to 221 B.C.*, ed. Michael Loewe and Edward L. Shaughnessy, Cambridge: Cambridge University Press, 1999, pp. 438-439. 如罗森（Rawson）所论："似乎存在有强大的中央集权，控制着礼仪。"青铜器图案形成了"静态的文本资源库"，"受限而且是重复的"，"长期千篇一律"——这些都表明在审美领域存在着某种意识形态，涵盖青铜器及其铭文的措辞和书法。

[16] Michael Nylan, "Toward an Archaeology of Writing: Text, Ritual, and the Culture of Public Display in the Classical Period (475 B. C. E-220 C. E.)", in *Text and Ritual in Early China*, ed. Martin Kern, pp. 3-49.

[17] 参见 Virginia C. Kane, "Aspects of Western Chou Appointment Inscriptions: The Charge, the Gifts, and the Response," *Early China* 8, 1982-1983, pp. 14-28. 西周时期，主要例外为钟铭，皆出现在钟的外壁。然即便如此，铭文仍得细小难以从远处辨识，安排得也不太规整，甚而在遇到纹饰时会往不同方向绕开，遍布钟身，包括背面。

上,中山铭文大异于此前之例)因此,大致而言,在祭祀使用这些器皿时都不会宣读这些铭文,也并无其他线索显示其得以展示或宣读于别处。何况早期中国并无"公共"观众,不似诸如雅典或罗马。然而,这也并不说明这些物品与文献就不具"公共"再现性或缺乏任何展示功能。无论如何有限,毕竟有参与仪式的"公众",即世袭高门与其宾客,于皇室而言则包括了朝中大臣以及属地使臣。[18]这些观众乃内部观众,皆为文化、政治精英,他们无须细究铜器与铭文的内容,理解其再现/表述了什么。该器皿之意义仅在于其存在本身。在此背景下,书写已超越了其储存与传播知识的功能,或更准确地说,储存于此公共铭文,并以公共展示形式传播于共同体内群众的知识已不仅在于其文字意义了,那些关乎文字内容的知识能从他处获得,而这种铭文传递的信息在于公共书法自身的文化地位与政治权威。自古以来甚至在当代中国,此等公共书法皆为文化与统治的象征。从始皇七碑以及其后无数置于山中,并通常直接刻于天然山石上的碑文来看,统治权威甚至从人的生活领域延伸到了宇宙,将自然界转化为文明与人类历史之场域。

当已自授"皇帝"称号的秦始皇初设其系列刻石之时,他建立了一种新的政治再现形式,向宇宙神明宣告其历史性的丰功伟业。尽管根据考古记录,这些刻石之前存在着的大量青铜铭文并未为之提供直接先例,但其实,秦碑至少受到三种先秦礼仪活动的启发:措辞古奥、在宴会与祭祖仪式上表演的政治颂诗,青铜铭文,以及皇家巡游。视秦为反传统者至今仍颇为普遍,然而,文献与考古证据充分表明了传统礼仪在前帝国与帝国时代的秦廷大量存在,包括有关古之

---

〔18〕对于这些青铜铭文所拟对象是否并非生人(及其后代子孙)而是祖灵的这个复杂问题,此处且置不论;参见 Lothar von Falkenhausen, "Issues in Western Zhou Studies: A Review Article," pp. 145-152; Olivier Venture, "L'écriture et la communication avec les esprits en Chine ancienne," *Bulletin of the Museum of Far Eastern Antiquities* 74, 2002, pp. 34-65。

《诗》的学问与对古铜器的占有。[19] 一个令人惊叹的细节证实了这种礼仪数世纪的延续：在1917年出土于甘肃天水的秦公簋（今鉴定为共公［前609—前605年在位］或桓公［前605—前577年在位］时代）的器身及其顶盖上，我们发现了关于其容量的刻辞内容，这些简短文字极可能刻于秦或甚至汉。[20] 这意味着该器皿已藏于前帝国及帝国时代的秦廷不下四百年。

尽管周、秦历史与礼仪背景截然不同，但倘若思考一下周代青铜铭文本质，或许可以启发我们思考秦碑文对历史神圣化再现的本质。周青铜铭文显示了与其实际历史之间不稳定的关系：通过写明其铸器者并常常附注日期，它们显然被有意呈现为历史制品，标志出时间之流里重要的瞬间，以纪念、固着、并最终向神灵传达特殊的历史事件。然而这些文献并未形成连续性的历史叙述；它们只是作为捕捉与界定个别最关键时刻的纪念碑而已，其历史真实是在神话性真实意义上："通过追忆，历史变成了神话。它并不因此失真，而是相反，作为一种持续性的规范化、形式化力量，它就是现实。"[21] 诚如夏含夷所指出："超过五十件西周青铜铭文或多或少提及军事活动……然而无一件铭文纪念战败。"[22]

---

[19] 通过出土铜器与石钟，尤其是一套八个的秦武公甬钟（约前697—前678），秦之传统政治仪式可追溯至约公元前700年；对此及其后的先秦铜器与石钟之充分论述，见 Martin Kern, *The Stele Inscriptions of Ch'in Shih-huang: Text and Ritual in Early Chinese Imperial Representation*, pp. 59-105. 不但这些铭文措辞在当时显得保守，代表了西周而非春秋时期的仪式语言，并且甬钟的物质形式、文字编排与音调分配模式更庶几具有返祖倾向。见 Jenny F. S. So, "Early Eastern Chou Bronze Vessels from Ch'in Territory," in *Essays in Commemoration of the Golden Jubilee of the Fung Ping Shan Library*, ed. Chan Ping-leung et al., Hong Kong: Fung Ping Shan Library, 1982, pp. 415-421; Lothar von Falkenhausen, *Suspended Music: Chime-Bells in the Culture of Bronze Age China*, pp. 167, 236。

[20] 参见白川静，《金文通释》，载《白鹤美术馆志》，1971年第34期，页21—22；王辉，《秦铜器铭文编年集释》页19、26，西安：三秦出版社，1990。

[21] Jan Assmann, *Das kulturelle Gedächtnis: Schrift, Erinnerung und politische Identität in frühen Hochkulturen*, p. 52.

[22] Edward L. Shaughnessy, *Sources of Western Zhou History: Inscribed Bronze Vessels*, pp. 176-177; 或请参见 pp. 175-182 的全段。

简而言之，先秦青铜铭文纪念并保存了历史，但保存的是神圣化的、经过提炼的历史，造就了一个对过去极为简练、极具意识形态性的表述。或许周代早期档案会藏有较为详尽而不那么偏颇的历史记载；但这记载并未由先祖传承下来。在宗庙仪式中，需要被回答的问题不是"发生了什么事"，而是"我们要记忆什么"、"我们要如何记忆"，以及相应隐藏的另一面，"我们要忘记什么"。在理想的情况下，上达神明的神圣化历史并无第二个真实版本，亦不容怀疑。青铜铭文并不提供太多可供深思的空间。

皇家刻石亦然。很直接的一个事实就是，它们不再与其他文献进行竞争；这将其与所有其他早期铭文区别开来。统一化行为，一则加诸皇廷中所有行政阶层，二则通过碑文里如"一""并""同"（皆指"统一"）等词传达重复的赞颂，最终以此类石碑之存在本身而得以宣扬。这些碑文之修辞磨灭了所有前诸侯国的多视角记录，代之以宇宙主宰者的独一中心观。它们消灭了历史的诸般声音，也垄断了记忆；如今，在秦前独立诸国中诸灵山颁布的，是单一且统一的标准版历史。丞相李斯呈请焚烧所有秦以外的历史记载，以消灭竞争的记忆，而碑文在礼仪再现的层面上做出了同样的姿态。

垄断记忆的宣言通过仪式用语中规范化成语的运用得以传达。为排除商榷与模糊性，语言表达是严格固定化的，清楚得无须解释，如神圣律法般不留讨论余地。表达出皇家刻石程式化与紧密互文性之本质的，是其措辞及其主题排布的标准化序列，揭示了一种模块化编创的过程：文本的各部分皆有几套基本上可进行互换的措辞，这些措辞源自较为明确且相当有限的表述资源库。整体而言，所用词汇源于一套清晰可辨的语汇表，收录的是传统政治语言，使得这七处碑文都得以融为有关统治的单一且一致的表述，稳固扎根于礼仪传统。

除重复使用如"永"和"秀"等几乎仅用于仪式文献的语汇外，这些碑文于词汇与句法上亦具备严谨的修辞性，表述且体现了规范、统一的信息。除上述表示"统一"意涵之辞外,完全相同的术语遍及全文,显示出语言学上的受限且冗余之特征。这一点还可见于表示"整体囊括"意义之词的重复使用,例如"亡(或'莫''靡''无')不",或以空间伸展表达来表示宇宙主宰的词,例如"天下"。

然而,特定表达模式的"被礼仪化"和"使礼仪化"归根结底并非在于词汇层次。文本是否被礼仪化的标志,在于高于字词层面的语言结构:这种结构包含遣词造句时的受限且冗余的模式,还包括主导语法结构本身的套语这种强制力量。礼仪修辞呈现了其生成过程中聚合关系(paradigmatic)与组合关系(syntagmatic)选择的一种极端情形。就碑文而言,我们不但可以看到取自一套有限措辞的各种近义词被冗余地运用,还可见特定的字词组合及句法模式创造出某种习语表达,使得规范性的意识形态得以在固定节奏与句法形式中传达。

最显著的修辞模式主导了至少碑文的三分之一篇幅,这种模式即重言式,或可称为"分类叠加"(categorical accumulation),就是将近义,甚至同义之名词或动词连接起来,以强化其共同的语义值。此般词汇同属一套语义范畴,因此几乎可以互换,亦因此而形成模块化。况且,它们均属规范性政治修辞资源库之列,可供形成被严格把控的有限表达序列。其所展现的"叠加"首先在词的层次上,即将二词合为复合词;其次,在复合词的层次上将有关词编排为文字段落;其三,在单篇文献的层次上,使文献主要由互相强化与互补的复合词及其序列段落构成;最后,在整个碑文系列之互文层次上,我们还看到复合词及其序列段落的别种变体与重组。在碑文所有的语义与语法特征上,分类叠加是编创某种规范语言的最有力手段,以体现统一的秩序。峄山碑文的最后第二韵或可说明此编创模式之效果:

  熸害灭除,
  黔首康定,

利泽长久。

十二个字里，除"黔首"外的十字皆遵循分类叠加之例，而且此十字还包含了完整的时序：过去—现在—未来。最后，第一与第三句代表了清晰的对立结构。这一完全由常备习语构成的三行，向我们展示了七篇碑文的精义所在，即唯一、规范的历史版本，其中每个人皆获得恰如其分的"正"名，这才有了官方的称号"黔首"，以及恰如其分的待遇。

在青铜铭文传统中，文本是在界定历史而非叙述历史。与先前青铜铭文各自为政不同，如今，刻石碑文有关历史的叙述被置于整个帝国，从其原本所在的灵山之所俯瞰众生，将新近被征服各地诸侯定义为"暴戾"。换言之，这些刻石碑文不仅是征服自然宇宙力量的一种宣告，更是朝向那些诸侯遗民与其故土神灵的征服宣告。

三　政治空间的历史化与仪式化

七碑文仅立于秦帝国东部新界。除碣石外皆为山，距首都咸阳最近者为八百公里外的峄山；泰山在峄山以北一百公里。琅邪距咸阳多于一千公里，距之罘约一千一百公里，而碣石与会稽相距约一千两百公里。除在碣石之巡后继续行向北部边境之外，始皇巡游终站皆为各地濒海群山（琅邪、之罘、会稽），即相对于咸阳之最外端。其余个别之行亦有往西与南者，然未刻石焉。其首巡即统一后第一年（前220年），由咸阳以西北四百七十公里至陇西，再东回至北地（咸阳西北一百八十公里），然后最终于可能的同一行程西行至鸡头山（咸阳西北二百七十公里）；全程因而仍在秦国故老界内。[23] 于南，或至洞庭湖一带（咸阳东南近七百公里），始皇至少于公元前211年驾临一回；自此

---

[23]《史记·秦始皇本纪》(6.241)。

峄山刻石文：《北京图书馆藏中国历代石刻拓本汇编》卷一页8

东至会稽。

秦始皇在秦国故地的首巡及其后南巡之行的本意或与新征东部地区之巡有别，由此或可解释何以碑文仅立于后者地界。西北之行可能最初是为了向故秦之地的百姓，以及更重要的，向故地神明致谢并宣告统一。其后之南巡性质就不同了。公元前211年，始皇与随员游至洞庭湖以北之云梦，于九嶷山望祭传说中的大舜。遂顺长江而下，过丹阳，至钱唐，临浙江，因著名大潮之恶而迫返西行，最终再度东转，直抵会稽。[24] 相形之下，立于东部之诸碑文属于另一个仪式计划：碑文具有纪

---

[24] 见《史记·封禅书》(28.1370)。亦可参《汉书·郊祀志上》(25A.1205)、《汉书·武帝纪》(6.260)。据《史记·秦始皇本纪》(6.248)，早至公元前219年还有一次南巡。然而较诸公元前219/218年其他巡游，《史记》所载行程如果并非不可能的话，至少也似乎不甚实际。

来自群山的宣告：秦始皇刻石碑文探论

念性并隐含威迫意味,乃是向所征服的民众及其神明宣示主权。

通过最终全是朝向群山的诸次巡游,始皇划出新的疆域版图。在实际与象征的意义上,他都达到了极限;任何进一步拓展都将使他陷于危险的、"未知"的非华夏地域。尤其会稽,即越国故都所在,似被视为北部"中华"文明与蛮夷之地的交界处。诚如此地独特的严厉告诫式碑文所示,对于百姓的社会行为加以如此的关注,并对之施以如此的威胁,并不见于此系列的其他碑文中。乍看似"法"之严峻者,或许是为使东南边民臣服于北方"中国"的统治。此等峻法并不见坐落于"礼"之神圣故乡的东北诸峰。

对始皇而言,其刻石诸处既旧也新:旧者乃就文化层面而言,或属东北一带故周人之野,礼仪专家的"儒"乡,或如会稽,乃是政治神话之重要象征(见下);新者则就政治层面而言,即彰显这些领土历史上首度被秦征服。这些碑文通过不断指涉周代传统与秦军事成就,传达了一有力的信息:始皇并未终止古圣先王的传统,而是相反,将自身确立为他们的真正继承人。当"皇帝"东巡时,对各目的地所承载的传统、对这种在新征服地区进行政治巡游本身所维系的传统,他都有着明确的意识。诸碑文不仅仅是通过内容展演了政治修辞,即对全面征服、国家奠基、建立社会秩序的强调与贯彻,亦被视为"巡狩"这种已经完善建立的统治示范方式之最终表达。[25]在早期帝国,《尚书·尧典》里所载的文化英雄舜的形象,即设定了登临四方之峰以测帝国版图、制定万象秩序的圣王模式。《史记》及《汉书》论皇室祭祀的专章里都转引了这个著名段落,其特殊意义可见一斑。[26]关于舜首次巡视之记载与我们所知之于始皇者几乎完全吻合:

---

[25] 皇家巡视之政治意味,请参见 Howard Wechsler, *Offerings of Jade and Silk: Ritual and Symbol in the Legitimation of the T'ang Dynasty*, pp. 161-169。
[26] 全文见《尚书·舜典》3.126b-127c;文亦见于《史记·封禅书》(28.1355-1356)及《汉书·郊祀志上》(25A.1191),并插有些解释性语辞。

> 岁二月，[27]东巡守，（舜）至于岱宗。[28]柴，望秩于山川，肆觐东后，协时月正日，同律度量衡。[29]

在使各种不同仪式依尊卑等级完善化，因而建立了正确的社会秩序以后，舜告功返乡。同年，其在南、西及北巡中亦演示了同一套仪式与规则；[30]而每次的目的地皆各方之主要峰峦。《尚书》记载的一个显著特征在于对天及该地重要山川之初祭的反复叙述。作为宇宙统治者的特权，祭祀程式包含了秩序并生成着秩序，是在形式上为掌控中的世界塑造结构、划定边界：

> 天子祭天下名山大川，五岳视三公，四渎视诸侯，诸侯祭其疆内名山大川。[31]

现代学界的《尚书》研究证实，《尧典》有一更早的版本修订于秦皇朝时期，导致关键的文字改动与增添，所增添者包括舜巡游之叙述。汉代承传之《尚书》，即秦朝博士伏生（前260年生）所供之"今文"本很可能即为秦本，由当时朝廷正式任命博士所编。[32]在封禅[33]这一

---

[27] 比于之罘碑文第二句："时在中春。"
[28] 我把"巡守"理解并翻译为"训访（以察）其所守"（"to visit [for inspection] those under his protection"），这反映了对此词的传统理解，故有别于常见英译（"tour of inspection"）。
[29] 《尚书·舜典》(3.127b)。
[30] 舜将其四次巡视皆设于各季第二月：二月（春）东游，五月（夏）南游，八月（秋）西游，十一月（冬）北游。《白虎通》记载"二月八月昼夜分，五月十一月阴阳终"；因此，君主之游皆设于各季第二月。舜诸游皆反映季节、方位与"五行"之合，说明此段文献或撰于战国末或秦统一初期，见陈立，《白虎通疏证》6.290，北京：中华书局，1994。
[31] 《史记·封禅书》(28.1357)。《汉书·郊祀志上》相应篇章 (25A.1193-1194) 里的列举下及仅祭其祖的庶民。
[32] 见陈梦家，《尚书通论》页135—146；蒋善国，《尚书综述》页140—168；关于秦宫廷博士之职及其学术，见金谷治，《秦汉思想史研究》（修订本）页230—257。
[33] 对封禅仪式之古的质疑，见 Howard Wechsler, *Offerings of Jade and Silk: Ritual and Symbol in the Legitimation of the T'ang Dynasty*, pp. 171-172. 虽然秦始皇雄心勃勃的仪式或许可能由泰山当地的某些宗教崇拜发展而来，然而并无证据表明后者与政治再现有任何关联。（转下页）

最为庄严的政治统治表述中，也是在设计其巡游时，实际上，始皇非常有可能是这个他自称意欲恢复之传统的真正缔造者。因此，指涉上古的舜与封禅的书面学术文献或许服务于创造皇家记忆的目的，将于史无征者叙述成传统。还有什么比发明这种圣王传统本身更能体现秦始皇对圣王传统的追求呢？

如《史记》所载"本纪"与《封禅书》中所提及的，始皇的泰山与峄山之行，[34]刚刚抵达便忠诚地仿效了所谓旧礼，在刻石之前祭祀。虽然立碑刻石之举似为承袭自舜（或为舜发明）的仪式语境的一部分，但实则有别：与舜不同，始皇并非将混沌化为宇宙，而是掌控了已然具备秩序之地，只是需要重新建立天下秩序。因此，在立碑地点的选择方面，始皇并未尝试重新划定一全新系列之圣地；反之，他自称意欲于旧迹恢复古祭，并将自身与古代文化英雄相联系。然而问题亦由此而来：经过数百年的政治分裂，能够表述宇宙统治权的仪式实践已经残存无几。对此难题，修辞上的解决方案是做出一个简单的宣言，其基础是假定仪式的内在意义并不依赖其外在形式：虽然古老仪式之形态已然黯淡消隐，其名称与假定具有的意义仍皆清楚可解，并可由一套新的，甚至可以说是即时发明的形式手段来恢复。[35]封禅是如此，特选立碑之罘与琅邪也是如此：这些地点属于前齐境内祭"八神"所在的八个峰峦。据《史记》《汉书》所载，"八神"出现

（接上页）我未能在任何可靠的先秦文献里找到岱宗在后世所具备的政治意义。最早显示泰山具有相当崇高地位的文本是《韩非子》（王先慎，《韩非子集解》3.44），而这篇秦国文本几乎和碑铭同时，曰："昔者黄帝合鬼神于西泰山之上。"泰山所居宇宙意义的发展轨迹，似乎和同样相当晚近的黄帝作为宇宙统治者的神话平行，或甚至共同发展起来。《史记·封禅书》（28.136）所引《管子》语，似为传世《管子》相应段落的来源，故而是有时代误置性的，应视为伪。

[34] 见《史记·秦始皇本纪》（6.242）、《史记·封禅书》（28.1366-1367），另参《汉书·郊祀志上》（25A.1201）。在不考虑"封"诸种晚出义的情况下，此篇或可为"封礼"提供最初的解释，至少是秦始皇的理解：所谓"得封"或可理解为"接受封地"，当然，并非授自周王的寸土，而是受之于天的天下。参见 Howard Wechsler, *Offerings of Jade and Silk: Ritual and Symbol in the Legitimation of the T'ang Dynasty*, pp. 170-194。

[35] 这里展现的场景是，历史文献乃是以粗糙的即兴方式被归附到秦皇汉武的封禅典礼名下的；参见《史记》28.1366-1367, 1397-1398；《汉书·郊祀志上》（25A.1201-1202, 1233-1235）。

年代甚古，其祭祀亦源远流长，号称可追溯至周代开国之际，然因其祭于古代某时断绝，致闻者鲜焉。为恢复所谓失落的传统，始皇祭阳主于之罘，祭四时主于琅邪，[36]并将二者合并于其宇宙仪式的整体系统之内。综观之，在前齐境内得立碑于四山中，唯位于孟子故里及距孔子生地不远处之峄山，有关文献未能提供真正实在或构拟的仪式传统。然而，文献毕竟表明始皇尝祭于峄山，因而在皇朝礼仪地理上赋予了它崇高的地位。刻石设立之处从未是偶然的。

山东齐国于公元前221年被征服，乃秦克六国之末。这或可解释何以始皇将公元前219及前218年间最初的系列刻石集中置于此地；与此同时，他在四座山峰施行了一系列不同的祭祀，并额外望祭界内名山大川。[37]这些望祭目的在于彰显其合法统治的空间展延，顾名思义，望祭山川并非指向一般的边远之地，而是指向帝国疆土的划界空间，只有像舜这样的普天之君才能在巡狩四方之时，享受专有且实质的权力来践行这类祭祀。[38]秦始皇在博士们的谏言与协理下，通过望祭向传说中的圣王舜致敬，他认可了这一模式。[39]在此背景下，诸碑及相关祭祀集中于最新领地的理由便不言而喻了：始皇供奉祭品于东方山川，将齐国祭祀地点吸纳进自己的宇宙礼仪系统，以此将齐国旧地划入自己的帝国版图。通过仪式，齐国由自身历史之主体转化为秦朝历史之客体，而这一点也是用秦朝书体所写诸碑意欲传达的基本信息。[40]如陆威仪所云："通过立碑于新征服的东部邦国诸峰，始皇用

---

[36]《史记·封禅书》(28.1367)、《汉书·郊祀志上》(25A.1202)。
[37]《史记·封禅书》(28.1367-1368)、《汉书·郊祀志上》(25A.1202)。
[38] 关于望祭意义之变迁，见 Lester James Bilsky, *The State Religion of Ancient China* (Taipei: Chinese Association for Folklore, 1975, I: pp. 143-145, II: p. 248 及各处；张鹤泉，《周代祭祀研究》页40—42。
[39] 显然舜被视为山神，据传说，他死后的魂魄萦绕于其九嶷山上的葬所。
[40] 关于秦朝书体，见裘锡圭，*Chinese Writing*, Berkeley: The Society for the Study of Early China and The Institute of East Asian Studies, University of California, 2000, pp. 89-112；鹤田一雄，《春秋·戦国時代の秦の文字について》，载《書論》，1989年第25期，页101—131；成田年树，《秦代の文字資料：刻石を中心として》，载《書論》，1989年第25期，(转下页)

新创立的帝国书体，把他的权力现实铭刻在新属民的神圣正义治疆域景观里，从而完成了征服。"[41]

要理解碣石与会稽作为刻有秦历史之自然地点的意义，我们得从《尚书·禹贡》政治神话中的晚出层面入手。尽管有学者怀疑此颂扬圣者大禹的篇章并非作于始皇时代，然而它或许也可以追溯至公元前三世纪中叶，即皇朝统一前数十年。[42] 禹之理想的天下地理，可见琅邪碑的数句（六十一至六十六）所划定的帝国东西疆界。碣石乃禹之地理的一部分，标示了中央省份冀州之最外点，即东极入海山峦。[43]《尚书》提及碣石共二处，首次正出现在描述禹之地理秩序的第一部分，作为其收尾。另一方面，会稽则标示着另一类的边极疆界：

十年，帝禹东巡狩，至于会稽而崩。[44]

会稽于神话意义上与传说中的另一位圣人大禹的关联，在一系列早期故实中有所叙述。[45] 始皇与其朝中博士均熟悉此类记载。经长途跋涉之南行而至其终点：

（接上页）页114—122。陈昭容《秦"书同文字"新探》认为肇自始皇，成于汉初的"书同文字"非常有效，迅速消灭了各地书体与字形差异，载《中研院》历史语言研究所集刊》，1997年第68卷第3期，页589—641。

[41] Mark Edward Lewis, *Writing and Authority in Early China*, p. 339.

[42] 见蒋善国，《尚书综述》页173—199。蒋氏系将此事于公元前289年（孟子卒年）及公元前239年（《吕氏春秋》成书）之间。《禹贡》与《尧典》二章最显著的差别在于所划分省份数目：《禹贡》有九而《尧典》有十二。数字十二或与秦朝秩序有关。

[43] 见《尚书·禹贡》（6.147a、151a）及《史记·夏本纪》（2.52、67）。禹的地理学想来曾让《史记》作者感到相当困扰：《尚书》首篇载碣石入于"（黄）河"而次篇入于"（东）海"，《史记》对应篇章两次将"海"与始皇所游处挂钩。

[44]《史记·夏本纪》（2.83）。

[45]《国语》5.14a（四部丛刊本），子曰："昔禹致群神于会稽之山。"据《韩非子·主道》（5.91），禹于会稽会见诸侯之君。据《史记·封禅书》（28.1361）所引《管子》中某不明篇章，禹封泰山、禅会稽。《墨子》6.113与《淮南子》11.176皆云禹葬于此。

琅琊刻石文残片:《北京图书馆藏中国历代石刻拓本汇编》卷一页 10

(始皇)上会稽,祭大禹,望于南海,而立刻石,颂秦德。[46]

这又再次说明立碑之举乃是根植于更广阔的宗教传统中。大禹,如同九嶷山之舜,乃是宇宙之一部分,正如其为历史之一部分。舜及禹这两位古代的政治先祖,由圣王转化为自然界之神灵,如今居于诸峰之巅。在先秦时代,先祖与宇宙祭祀均由专权规则主宰:诚如先灵只会接受合法后裔的祭祀,一位君主也只能祭祀他版图内的山川神

---

[46]《史记·秦始皇本纪》(6.260)。

明。作为在世之人中唯一有资格祭祀传说中的圣人禹、舜等政治先贤与宇宙神明者，秦始皇通过这种特权表达并实施了他自己的普天统治权威。作为人间之神，禹、舜代表了可供效法的政治模式；作为山岳之神，他们能为望祭所及。因此，通过祭祀，秦始皇把皇权表达的历史维度与宇宙维度相关联，向舜与禹这样的宇宙神明，同时也是政治先祖展示功绩。

当始皇将自己与过去传说中的英雄联系起来，并自述功绩，刻之于群峰时，他同时也在将自身的礼仪表演历史化。于此，我们不妨回顾碑文，因碑文本身会依常规述其情势语境。上文所引之峄碑文显示了其标准的文本结构：前九句注明了日期、皇帝巡游之旨、对新领土的眺望，以及众臣对其伟业的回顾。这套固定的自我指涉呈现了礼仪表演的情势语境，即以刻石告终的仪式。下文则述群臣具体所思内容：先前之战乱，始皇果决正义地歼灭六国、整顿新帝国，以及对永久和平之展望。至最后数句，行文再次脱离叙述而回归以自我指涉的情势语境作结：

群臣颂功，
请刻于石，
表垂例程。

如此一来，文本自身赋予了作为刻石主旨的历史叙述以框架：这两句自我指涉的表述关注的并非帝国统一的叙事，而是对此叙事的适当礼仪再现。通过刻石这一定格的姿态，共缅的仪式行为本身成为一段神圣历史得以实现的终极完结时刻。碑文的作用再次完全从属于礼仪传统：罗泰认为，这一类"献礼申言"（statement of dedication，即"某某制此器"）的自我表述是先秦青铜铭文之核心，而这也恰恰是《诗经》与早期皇室仪式颂诗的特点，即表明自身是其所称颂的仪式行为的一部分。[47]

在此语境下,我们有必要留意这七篇碑文的表演性。碑文中的动词"诵"("朗诵")与"颂"("赞颂")同音异义,因而或许可以互换。后者数次用于《史记》介绍铭文撰刻过程的历史性叙述中;据此记载,群臣刻石乃为"颂"秦德。[48]简言之,二字完全可以互换以表示"赞颂以诵"。考虑到碑文所合韵律之严,几乎可以肯定这些刻石曾一度用于诵读,而不仅是沉默的铭文。[49]

正如本文开篇所论,秦始皇时代极可能尚未把赞颂或纪念性的"碑"当成单独的文学文类,尽管此后七篇碑文显然成为了汉代兴盛起来的"碑"体之先驱及范本。因此将这一系列的秦代铭文视为后世所谓"碑"体,确属时代误置:它们首先是颂诗,而后刻于石才成为"碑"。[50]刻石能巩固颂诗的效用,然仍不失其原有的表演性质。

将诵及刻石这两点颂诗的语境因素融入礼仪文本,使之成为自我指涉的修辞法达到了什么效果呢?我认为这种礼仪的自我指涉本于周代传统礼仪活动概念,既是君权的表达,也是君权的工具。换言之,恰当地展示自己或先人之功绩,这一行为本身即值得称颂,也因此应当被包含进功德记录之中。如是,碑文通过结尾的自我指涉笔锋一转,将自己展演化和历史化,并将颂功及刻石等仪式行为亦融入已然展开的历史叙述界域之中,与此同时,这也将叙述引至其逻辑性的总结。碑文铭刻之际,自身也成为所述历史的一部分,而这历史的受众包含了过去的神灵、现世的生者,更是绵延后世的子子孙孙。

---

[47] Lothar von Falkenhausen, "Issues in Western Zhou Studies: A Review Article," pp. 152-155; 本书《作为表演文本的诗:以〈诗经·楚茨〉为个案》。
[48] 《周礼注疏》23.158a。
[49] 鹤间和幸(《秦始皇帝の東方巡狩刻石に見る虛構性》页4)甚至提出皇家刻石颂文"原本是音乐性的"。
[50] 秦碑文的基本性质是颂,这一点得到了刘勰的肯定;对此类作品的讨论,见《文心雕龙》"颂赞第九""铭箴第十一"。

碑文结尾所呈现的对永恒及后世的关注，是另一项使得我们可以将其置于周代青铜铭文传统的特征。[51] 周代祭祖仪式的原则是互惠，即通过褒扬典范先祖的恰当方式，将自己呈现为有德的、实至名归的传人。将先人神圣化的虔诚后人，在与过去、现在、未来同步对话之余，亦将自己塑造为后嗣之楷模，后来者当以同等孝道待之。作为对此传统的反思，《礼记》为这种一碑多用提供了详尽的叙述。[52]

简言之，秦始皇铭刻下来的不仅是他个人的成就，而且是颂扬这些成就的恰当方式，可谓鱼与熊掌兼得。

四 余 论

据《史记》所载，始皇之子秦二世（公元前210—前207年在位）亦巡游于公元前209年，并重访乃父所立刻石，增添碑文以纪念原立碑事宜，[53] 琅邪碑残文正收有其中一部分。然而，有现代学者认为至少有一二篇归于始皇名下的原始碑文，实则为秦二世追溯性的作品。[54] 此论断的具体之证据，我以为尚不充足。不过，这倒提示我们考虑一种更极端的可能性，就是全部七篇碑文皆为始皇身后所追作，为的是纪念其一统之功绩。设若如此，始皇便不再是给自己唱颂歌的历史主体，而成为某种"记忆喻像"。[55] 我们的文献资源中并无支持此说的直接证据，但用这种视角阅读碑文，也提供了另一有趣且截然不同的理解，使得我们可以考虑如下一些可能：秦二世塑造了乃父的

---

[51] 徐中舒在《金文嘏辞释例》注意到，十之七八的周青铜铭文是以祈求长寿与永恒作结。
[52] 《礼记注疏》49.378c。
[53] 《史记·秦始皇本纪》（6.267）。
[54] 有关泰山碑文，见陈志良，《泰山刻石考》（上、下）及鹤间和幸，《秦始皇帝の東方巡狩刻石に見る虛構性》；鹤间氏文章也涉及了峄山碑文。
[55] 在阿斯曼的论述中，"记忆喻像"（figure of memory）的概念，是从摩西形象发展而来，参见 Jan Assmann, *Das kulturelle Gedächtnis: Schrift, Erinnerung und politische Identität in frühen Hochkulturen*, 尤其第一章。

形象；对统一的自觉意识是在皇朝危如累卵的时刻才回溯性地浮现；以及碑文本身，尤其是其内在文本架构之存在，不仅旨在称颂历史上的丰功伟业，亦是对刻石铭文这一创造本身的称颂。

(何奕恺 译，郭西安 校)

说《诗》
《孔子诗论》的文理与义理（2012）

一 成问题的假设

在系年于约公元前300年的上海博物馆藏战国楚简中，《孔子诗论》（以下简称《诗论》）是最重要的文本之一。自2001年12月出版以来，[1]已有几百篇论文和数本专著致力于其研究。出版之后仅数月内即在网络上引起了激烈的讨论，[2]有关如何编连共计29支竹简的问题，学界至少提出了六种不同的观点。另外，李学勤认为《孔子诗论》绝不是孔子对《诗》的讨论，而是在论《诗》中援引了孔子；由他提出的更为简短的标题"诗论"目前广为学者接受，[3]也仅仅因此，本文将沿用这一标题，但下文将会提出更合理的论断。除了详尽的古文字学分析以及关于文本解读和章节排序的激烈讨论，[4]大量研究都指向两个问题：这一匿名文本的作者身份；[5]以及与之相关的，简本相对于传世《毛诗》的定位问题，尤其是与传世本中的《诗大序》和

---

[1] 马承源主编，《上海博物馆藏战国楚竹书（一）》页13—41，121—168。
[2] 即"简帛研究"（http://www.jianbo.org），早期中国简帛文献学术讨论的重要网络论坛。
[3] 关于这些讨论的简单综述，见邢文（Xing Wen），"Guest Editor's Introduction," *Contemporary Chinese Thought* 39.4, 2008, pp. 3-17.
[4] 三本反映学界此类广泛讨论的重要著作是：黄怀信，《上海博物馆藏战国楚竹书〈诗论〉解义》；刘信芳，《孔子诗论述学》；陈桐生，《〈孔子诗论〉研究》，北京：中华书局，2004。陈桐生对有关2001年12月到2004年3月间出现的一批简帛文献的大量研究进行了综述，见页315—341。
[5] 当然，重要的不是出土文献的作者或抄写者的身份，而是这一文献所包含的文本。该文本既见于此，我们因之假定它也应见于其他简帛文献。

《小序》进行比较。[6]

在我看来，关于这两个问题的某些研究是基于衍生自传统的假设，而这些假设本身是靠不住的。尤其明显的是一些想当然的论断，将《诗论》系于某些模糊的人物，如孔子的弟子子夏（甚或其他一些更加模糊的人物形象）。[7] 另外，从这一文本的命名方式我们也可看出一些端倪：不管将"孔子"纳入标题与否，使用"论"字来指称一种文类都是时代错置的，因为这种文类并不能被追溯到帝国时代以前。这一标题同时暗示《诗论》是关于《诗经》的某种有理据的申论，并且最初是由某个特定的作者（此为另一无法证实且极有可能是时代错置的假设）以书写的方式创作而成（又一此类成问题的假设），面向的是非特定的一般读者群体。基于这些假设，《诗论》被提升为一种哲学话语（philosophical discourse），这类话语自帝国早期开始由传统所构建，并系统化地整合进有关古代中国思想的宏大叙事中。此类哲学话语随着诸子及其忠实弟子所代表的百家争鸣而达至完满，要将《诗论》置于这些地位崇高的话语之中，就得为它指派一位在传统中已经占居稳定地位的作者，这一思路仿佛是毋庸置疑的，或许也可以说是一种下意识的行为。

我认为这种文本研究进路既是被误导的也将延续误导：它强加给文本一些其本不具备的属性，同时又抑制了通过文本细读可能揭示的某些特质。我并不是在提倡仅仅通过文本本身，或者说根据"新批评"

---

[6] 例见马银琴，《上博简〈诗论〉与〈诗序〉诗说异同比较：兼论〈诗序〉与〈诗论〉的渊源关系》，《简帛研究》，2002—2003年，页98—105。

[7] 例如，李学勤和其他一些学者论述子夏为《诗论》作者的论据是《论语·八佾》（3.8）篇中孔子对子夏关于《诗经》理解的赞赏，以及《汉书·艺文志》和陆德明（556—627）《经典释文·序》——这些资料皆晚于孔子（或子夏）生活的时代五百至一千年——中关于子夏教授《诗经》的三篇简短陈述。如陈桐生所论，资料越晚就越强调和百般宣称子夏为《诗经》之专家。然而在这些资料的基础上，邢文即称，"根据我们手头现有的传世文献，子夏很可能是简本《诗论》的作者"。Xing Wen, "Guest Editor's Introduction," p. 6. 关于对《诗论》我们无法发掘其匿名作者的敏锐洞见，见陈桐生，《〈孔子诗论〉研究》页85—88。

理论来解读《诗论》；然而，我也确然反对将新近发现的文本强行纳入传统的并且是完全回溯性的框架这一错误历史化的倾向。这种时代错置的历史化是意识形态性的，并非完全因为它把《诗论》看作是"儒家"的，更是因为它对《诗论》的性质和目的定义是非常局限的，完全依据对早期中国文本属性的那些回溯性设定。所有资料均显示，在早期帝国出于其需要而进行文本遗产整理的庞大工程之前，这些设定并不能成立。帝国对文献的控制显著表现为由秦至西汉一波又一波的经典化和审查行为，其高峰是公元前一世纪末秘府对文献的收集和编目整理，[8]继而通过东汉的注经在新兴的"书文化"的经典化中巩固。这种从仪式中心向文本中心的文化转变，[9]或者我们可以称为由神话编纂权威（mythographic authority）向历史编纂权威（historiographic authority）的转变，如果不注意这一点，不仅会使我们无视传世先秦文本的目的和性质，也将进一步蒙蔽我们对新出土文献的认知。

对《诗论》确凿作者的探求不仅是一项徒劳无功的实践，更为严重的是，它将《诗论》隶属于一种特定且时代错置的文本生产意识形态之下。在帝国以前，大量文本都没有作者，不是因为这些文本缺失了什么，而是因为作者身份的缺席恰恰是传统权威的一种功能。[10]在神话编纂的思维里，对神话"所讲"内容的传播、信仰和真实性的认定正是因为它不由单一个体以作者身份来宰制，也并非系于某一特定的历史时刻；[11]相反，帝国早期的历史编纂思维需要特定作者的特

---

[8] 参见拙著 *The Stele Inscriptions of Ch'in Shih-huang: Text and Ritual in Early Chinese Imperial Representation*, pp. 183-196。

[9] 见 Michael Nylan, "Toward an Archaeology of Writing: Text, Ritual, and the Culture of Public Display in the Classical Period (475 B. C. E. -220 C. E.)," pp. 3-49; Martin Kern, "Ritual, Text, and the Formation of the Canon: Historical Transitions of *Wen* in Early China," pp. 43-91。

[10] 值得注意的是没有任何近期出土的早期中国简帛文献是标明作者的。关于对作者问题的讨论，见余嘉锡，《古书通例》页15—49，上海：上海古籍出版社，1985。

[11] 论述见 Paul Veyne, *Did the Greeks Believe in Their Myths? An Essay on the Constitutive Imagination*, Chicago: The University of Chicago Press, 1988, pp. 23, 64。

定形象，以便将文本遗产安置到早期中国思想意义深远的目的论和谱系性语境之中。因此，《诗论》中"作者功能"（author function）[12]的缺失远非需要现代研究来修补的缺陷，而是作为文本话语力量基础的修辞学特征。把《诗论》作为一般的"论"和认定子夏或任何其他传统偶像为其作者是互为表里的两种意识形态建构；两相结合，它们就回避了如下分析的可能性，即《诗论》是一个独立的文本，它并不适用于传统关于诸子著作的叙述。

二 被剥离的文本

关于《诗论》的作者以及它和汉代对《诗》解读的关系并无定论，[13]我们得到这一文本时它是脱离了历史语境的，不仅因为它被掠夺而来，其后贩售于香港古董市场，在这一过程中一切关于其出处的明确痕迹都被抹杀了；更是因为**竹简本身**几乎可以肯定是出于墓葬，而墓葬极有可能并非**文本**的原始语境。[14]其结果是，《诗论》多少有些"有名无实"：我们拥有这一（支离破碎的）文本，然而我们并不知晓背后的故事——它是否曾被置于墓中？如果是，在此之前以及除此以外，这个文本自身可能背负着怎样的目的呢？

在这种情况下，问题的一方面是具体的古文字学研究和细节上的读解，另一方面是总体上的历史语境，二者之间出现了鸿沟。这既关

---

[12] 此处使用了福柯的术语，见 Michel Foucault, "What is an Author?," in *Textual Strategies: Perspectives in Post-Structuralist Criticism*, ed. Josué V. Harari, Ithaka: Cornell University Press, 1979, pp. 141-160。

[13] 这些问题是陈桐生《〈孔子诗论〉研究》的核心；关于作者问题的争论，见页36—96。在综观各种关于文本作者的提议之后，陈桐生睿智地总结到，我们无法确认简文的作者，而只能得出笼统性的判断，即该作者生活在战国时期，通晓《诗经》并受到当时关于自我修养的讨论的影响（这些讨论也出现在郭店和上博简《性情论》和《性自命出》等篇中，并常被与子思这一扑朔迷离的人物联系在一起）。

[14] 尽管《诗论》的竹简也许是专为置于陵墓中而造，但我们没有理由认定竹简所含的文本是为了同一目的而写的。

系到《诗论》的文学形式，也事关其实用功能，而这两个核心方面对于任何文本阐释或寻求文本的历史语境都至关重要。在我看来，是《诗论》的特定文体将其标示为一种特定类型的文本，而这又是由其自身的特殊功能所决定的。此外，鉴于有关《诗论》在现实中使用情况的外部信息，亦即其社会历史背景（Sitz im Leben）的全然缺失，我们必须直接依靠对文本自身的文学模式和文理脉络的分析来尝试理解其文本何为（what），以及文本何以为（how）。基于这个角度，本文试图探讨的问题有：《诗论》的语言和修辞特点传达了有关其自身的何种历史境遇，譬如其应用、受众、功能、目的？如果《诗论》确系解《诗》或教《诗》传统的组成部分，我们可以从《诗论》中知悉这种解《诗》或教《诗》所得以实践的哪些或哪种方式呢？

我们依凭传世文本传统而建立的认知并不足以容纳《诗论》这样的文本：尽管尚未见到类似的传世文献，但我们可以设想，若将《诗论》看作未经加工的某种素材，假如它们被吸收进某一类传世文献并且真的能够传世的话，其文字会进一步得以打磨、概括和哲理化。从《诗论》的文辞来看，它似乎是在更切近的语境中为更直接的关怀服务的，与之相比，《大序》则是面向不确定的读者群而展开的经学教育实践，它是从各种早期资料中收集关于诗歌和音乐的论述，由此得以跻身已存传统之中。[15]这种差异也许可以透过《斐德罗篇》（*Phaedrus*）中苏格拉底对写作的论述来观之：

> 斐德罗，文字和图画一样，有一个很奇怪的地方。画家的作品站在你面前仿佛有生命一样，但若有任何人向它们提问，

---

[15] 众所周知，《大序》的首段是由《礼记·乐记》和《史记·乐书》中关于音乐的早期论述改编而成。另外，这些论述受到了更早的《荀子·乐论》和《吕氏春秋》中关于音乐的章节以及其他资料的影响。同样地，其核心表述"诗者志之所之也"也有其早期资料中的先例，包括《尚书·尧典》、《吕氏春秋》和《左传》。见 Steven Van Zoeren, *Poetry and Personality: Reading, Exegesis, and Hermeneutics in Traditional China*；栗原圭介，《中国古代樂論の研究》。

不管什么内容，它们都会以最庄严的姿态不发一言。书面文字也是这样，你可以认为这些文字在讲述它们对某事物的理解，但你若希望进一步了解它们所说的内容而向其请教，它们却只能重复原来的那一套说辞。一旦诉诸文字，话语就会不加选择地四处流布，既传播到能看懂它的人手里，也同样传播到与它毫不相干的人手里。它不知道该同什么人说话，也不知道不该同什么人说话。如果受到曲解和不当攻击，它总是需要其父亲的援助，它自己却既无力为自己辩护，也无力自助。[16]

苏格拉底对文字作品流向无限和未知读者群的疑虑恰可说明我们关于《诗论》的问题：《诗论》于我们自然是传播到了那些"与它毫不相干的人手里"，它也无法"为自己辩护"或"自助"。传世文本克服了这些问题，因为它们像《大序》或诸子作品一样被一般化过了（也因此显得具有"哲理性"），或是与历史逸事构成的更大框架相关联，抑或它们有层层注疏为其"辩护"和对其"援助"。而《诗论》则并非如此。为了与我们这些"与它毫不相干的人"对话，《诗论》需要其"父亲的援助"。它几乎没有为自己解说，也没有围绕其文本不断积累的注解被传统保存下来。上海博物馆出版《诗论》月余便有一系列迥异的竹简编连提案问世，这恰恰显示了它总体结构上的某种不连贯。编连和解读的问题并不仅仅由于简本自身支离破碎，以至于我们并不知道丢失的部分有多少；很可能更重要的是由于文本自身就缺乏线性的编

---

[16] *Phaedrus* 275d-e.（本段译自 Alexander Nehamas and Paul Woodruff, *Plato, Phaedrus*, Indianapolis: Hackett Publishing, 1995, pp. 80-81, 并参考了现有的朱光潜和王晓朝的两种白话译本，将其不确之处在本文中略作了改动。——译者）同样，李孟涛（Matthias Richter）在其 *The Embodied Text: Establishing Textual Identity in Early Chinese Manuscripts*（Leiden: Brill, 2013）一书中援引了《斐德罗篇》的这一段来论证我们由传世文献培养出的阅读习惯还不足以让我们充分认识到，总体上早期简帛文献与具体情境的联系比我们想象的更为紧密。我非常认同这一观点。

排。虽然学者们如李学勤和黄怀信成功地根据文本内部的平行结构将简文进行了组连和分段,然而段落之间的关系依然只是依违两可的。

然而,另一方面,《诗论》迄今为止未知的形式本身却正是其宝贵之处,因为它很可能向我们显现了公元前四世纪《诗》的实际教学情况。《诗论》并非有关《诗》的综论,而是基于特定的教学所产生的文本,即一种教学手段,用来教授如何解读和应用古代诗歌。它其实不应称之为"诗论"或是同样成问题的"诗序",[17]因为它绝不是《诗》的总"论"或"序";而且,将作为文体名的"论"和"序"系年于战国不仅是时代错置,也是一种误导。在古希腊,向文学自主性话语的转变发生在前五世纪至前四世纪,使得关于文学作品的讨论从切近的伦理、社会和宗教关怀中解放出来,从而导向对文类和作者的发现。[18]在中国,这种转变在前帝国时代并未发生,而是从汉代才开始发展。

三 《诗论》中的修辞模式

《诗论》文本简短、残缺,只有千余字,行文中并未呈现出单一的论说风格。它是不同修辞模式的缀合,包括引用系名孔子的话语,写在不相连且多有残缺的竹简之上。对于文本各部分的前后顺序,目前尚无共识,所以,对于文本的整体观点——如果有所谓"整体观点"的话——也不存在任何共识。就本文而言,我用的是黄怀信的编排顺序,其对李学勤的编连做了局部调整。[19]按照这种读法,写在二十九枚竹简上的整篇文本可以分成十三章。就每一字符、文字的

---

[17] 例见姜广辉,《关于古〈诗序〉的编连、释读与定位诸问题研究》,《中国哲学》,2002年第24期,页165—168。
[18] 见 Andrew Ford, *The Origins of Criticism: Literary Culture and Poetic Theory in Classical Greece*。
[19] 黄怀信,《上海博物馆藏战国楚竹书〈诗论〉解义》页1—22。

隶定而言，学者们在很多地方都意见分歧，但都言之成理——首先是字符的誊录，然后是对所写文字的释读。我接下来引用这篇文本的时候，选用的是我认为最有说服力的释读；对于这些选择背后的复杂讨论，有兴趣的读者很容易找到相关资料，不再赘述。[20] 基于相同理由，我没有直接誊录竹简原文，而是都采用我认为最能释读竹书文的现代文字。即便有人不太认同我的选择（因为古文字学、音韵学、语言学上的某些讨论尚未尘埃落定），我相信单个字符、文字上的分歧不足以影响本文的整体分析。

李学勤、黄怀信重构文本的第一章，由马承源及上海博物馆后来的整理者最初编排的第十、十四、十二、十三、十五、十一、十六号竹简组成。[21] 它体现了整篇文本某些核心的修辞特征。我将此章分为三段：

（1）《关雎》之改，《樛木》之时，《汉广》之智，《鹊巢》之归，《甘棠》之报，《绿衣》之思，《燕燕》之情，曷？

（2）曰："动而皆贤于其初者也。"[22]《关雎》以色喻于礼[……]两矣。其四章则喻矣。以琴瑟之悦拟好色之愿，以钟鼓之乐{拟}[23][……]好。反纳于礼，不亦能改乎？《樛木》福斯在君子，不{亦有时乎？《汉广》不求不}可得，不攻不可能，不亦知恒乎？《鹊巢》出以百两，不亦有离乎？《甘{棠}}{思}及其人，敬爱其树，其保厚矣。《甘棠》之爱以召公{之固也。}[……]情，爱也。

（3）《关雎》之改，则其思益矣。《樛木》之时，则以其

---

[20] 这些相关讨论，较出色的参考书目，可参阅前述陈桐生，《〈孔子诗论〉研究》；黄怀信，《上海博物馆藏战国楚竹书〈诗论〉解义》；及刘信芳，《孔子诗论述学》。
[21] 后文所有的竹简序号，依据的都是上海博物馆整理者的最初编排序号。
[22] 有人认为，"动"字还可读为"终"，亦通，但从音韵学的角度看稍逊。
[23] 我在整篇文本中以{ }的方式试著补足阙文。多数情况下我选择依照黄怀信独具慧眼的意见和建议，见其《上海博物馆藏战国楚竹书〈诗论〉解义》。

禄也。《汉广》之智,则知不可得也。《鹊巢》之归,则离者［……］{《甘棠》之保,思}召公也。《绿衣》之忧,思古人也。《燕燕》之情,以其独也。[24]

尽管第二、第三段的阙文造成了一定程度的不确定性,但这一部分在整个行文风格上的程式化与重复性说明它是一篇相当连贯的文本,也支持了李学勤和黄怀信对竹简顺序的重新编连。很有可能,第二段论《甘棠》之后,结语"情,爱也"之前的阙文,必定包含有对《绿衣》《燕燕》的论述,并以对"情"的评论结束了对《燕燕》的讨论。

从这个短章中,我们可以窥见些什么呢?首先,文本不像我们熟知的《毛诗》那样,提出任何历史的、政治的阐释,整篇《诗论》亦是如此。除了有一首诗提及召公外,这里并无任何历史指涉。这与《毛传》大异其趣,后者倾向于将《诗》历史化,其根据是外在于诗歌的信息或假设。《诗论》对召公本人的指称已见于诗中,所以提及召公,并不是根据其他文献将外在的历史情境塞进诗歌之中。没有任何迹象表明《诗论》的作者试图将诗歌纳入某一历史语境,或是参考其他文献以阐释诗歌。

这并不让人吃惊。帝国早期读者和注家的历史化欲望是肇始于汉代的文本文化中不可或缺的一部分,[25]在这一文化中,前代诗歌以多种方式被重构。在将前帝国历史从总体上组建为具有重大意义的伦理和政治叙事的过程中,诗歌作为一种享有特权的声音,并非关于历史而是**产生于**历史叙述的内部,并被系名于历史人物。[26]同时,在具有

---

[24] 黄怀信,《上海博物馆藏战国楚竹书〈诗论〉解义》页23—50。
[25] 参见 Michael Nylan, "Toward an Archaeology of Writing," and Martin Kern, "Ritual, Text, and the Formation of the Canon: Historical Transitions of *Wen* in Early China"。
[26] 关于汉代历史编纂中的这种做法,见 Martin Kern, "The Poetry of Han Historiography," pp. 23-65。尽管形式不同,这种现象在《左传》中已经存在:新诗作为临场创作和表演大多为匿名平民所作(而身份明确的贵族成员则从现成的《诗经》中选取诗篇进行表演);见 David Schaberg, "Song and the Historical Imagination in Early China," pp. 305-361。

目的论的历史进程中，诗歌也被系于某些对早期帝国的形成和历史进化意义重大的时刻；在这一功能里，特定的诗歌作为特定历史事件的标志被赋予了新的含义。在诗歌和历史的融合之下，[27]古代诗歌被纳入了崭新的意义体系，这一体系超越了任何特定的、局限于某一地域的解读和指引，发展为由隶属于宫廷的学者和政客组成的急速膨胀的匿名读者群，也成了提供有关古代知识的经典，所有潜在的学生都可能获取之。然而，上文援引的短章完全不适用于此种历史化方法。

第二个显著特征可见于第一段。这里连用七个单字形容七首诗，然后以疑问助词"曷"引出对这些单字的详细阐述。阐述分成两个部分，且逐级深入，见于第二、第三段。但是，形容诗歌的这些斩钉截铁、未经解释的单字从何而来？语气上是如此理所当然，因此下列两种情况必居其一：它们要么是基于既定的、公认的对诗歌的理解，要么是修辞性地断言并推行其所主张的理解，以应对《诗》阐释过程中普遍的不确定性。如此看来，《诗论》的目的就不是为了阐释诗歌，更非《诗》的综论。

最后的这个疑问词"曷"，用设问句导入了一种教学情境；这样一来，文本便近似于公羊释《春秋》之类的问答式结构。而接下来的"曰"字又引启下一段落，进一步强化了这种情境，或许是某位非特指的老师所"已曰"或"欲曰"。如何理解这个"曰"？在我看来，"曰"并不像"我说"一样指涉某一特定的主语，而是恰恰相反。"曰"在早期论说散文中被广泛应用为权威性话语的标记，且其权威性正源自该话语不限于任何个人或作者声音。[28]"曰"标明其后的语

---

[27] 如王安国所论，传世的汉代注经传统将《诗经》作为"以诗歌讲述的历史"。见 Jeffrey Riegel, "Eros, Introversion, and the Beginnings of *Shijing* Commentary," p. 171。

[28] 关于这些直接引语标记的修辞性使用，见 Martin Kern and Michael Hunter, "Quotation and Marked Speech in Early Manuscripts," in *Early Chinese Manuscripts: Texts, Contexts, Methods*, ed. Wolfgang Behr, Martin Kern, and Dirk Meyer, Leiden: Brill, forthcoming; 另见 Martin Kern, "Style and Poetic Diction in the *Xunzi*," in *Dao Companion to Xunzi*, ed. Eric L. Hutton, New York: Springer, 2016。

说《诗》：《孔子诗论》的文理与义理　　311

句是被广为接受、经由传统认可并流传的言论。[29]换言之,"曰"的修辞性使用是约定俗成的一种语体风格,它进一步强调了特定作者声音的缺失,也进而坐实了上文观察到的《诗论》作者缺失的现象:这种缺失不是缺陷而恰是其积极之处,可以标明文本的传统权威性。

文本的这种教学与权威属性从其严格的程式化语言也可见出。《诗论》里没有任何显明的论证,而只是直陈其主张。这种风格当然是另一种论证形式,即不动声色地诉诸传统和权威,无须显明的推论或是解释来起到说服的作用。作为对福柯"作者功能"观念的补充,《诗论》这样的文本提供了无作者声音(authorless voice)的概念,这种功能的话语能量与"作者功能"一样强大。在传统社会的权威性文献中,这种功能是很典型的。[30]

我认为,"曰",作为对"曷"的回答,领起的只是一个句子,即"动而皆贤于其初者也"。这是文本的核心诠释句。该句以谚语般毋庸置疑的至理名言面貌出场,为其后每首诗的双重详细阐释做了铺垫,指出诗歌的含义并不仅在于表象,并为展开精炼的单字描述提供了更为广阔的空间。"其初者"指诗作的表层含义,但是,这并未穷尽文本的意义,总是言不尽意,也总有言外之意。为了提升到这种深层的意义,就需要特殊的诠释手段。

接下来的叙述模式采用的是老师教谕的声音,运用反问句来强调自己的观点,用的是我们所熟知的《论语·学而》"不亦……乎"的句式。"不亦能改乎""不亦知恒乎"等句子并不是阐释性的,而不过是对开篇出现的那些描述性单字的再次肯定。在这一过程中,它们再次暗指前例和经验:"不亦……乎"和前面的"曰"一样,目的在于

---

[29] 在早期中国论说散文中,非个人化的和非作者的声音甚至也明显含有第一人称代词,它并不指"我",而是泛指人或物的不定代词("one");见 Christoph Harbsmeier, "Xunzi and the Problem of Impersonal First Person Pronouns," *Early China* 22, 1997, pp. 181-220。

[30] 关于古希腊的例子,参见 Paul Veyne, *Did the Greeks Believe in Their Myths? An Essay on the Constitutive Imagination*, pp. 59-70。

诉诸既成理念。

如果编连与实际一致,《诗论》在第一段就已经在具体诗篇的论断和阐释手段上显示出了高度的概括性。除了指出诗歌在表面含义之下蕴藏更深刻的含义,第一段还引出了两个诗学修辞术语:"喻"和"拟"。"喻"也出现在《诗论》的其他地方,尤为重要,近似于比拟、类比。同样,"喻"亦见于马王堆《五行》帛书,帛书以《关雎》为例对其做出了解释。[31] 在《诗论》中,"喻""拟"均未作解释,而是假定它们已被理解;"喻"和"拟"被应用于特定的诗篇或诗节,很像后来帝国时期的论述往往用同样的方式将某些特定的段落视为"兴"一样。在其高度的概括中,《诗论》没有对具体字、词或句进行讨论;那么对读者而言,除非已经对某一首诗了若指掌,否则全然无法根据《诗论》来想象其内容或词句。换言之,《诗论》没有提供任何必要的信息来理解它所提到的诗歌;这些缺失的信息只能由别处获得。那么它们存在的目的是什么呢?

《诗论》最可能产生的语境是某种文本共同体,文本在其中作为讲授如何解读和应用《诗》发挥着具体而又有限的作用。也正是在此种语境中,《诗论》引入"喻"和"拟"这样的阐释工具才有其一席之地。与"兴"一样,"喻"和"拟"从类别上来说都是读解,而非创作,有助于将《诗》中某些特质认定为异于其表层文意而具有更丰富的内涵。《诗论》所提供的并不是对《诗》的讨论,而是一种进路,它提供指引,但并不进行辩论。

这样,《诗论》暗示每首诗歌基本的核心意义都可以应用于各种具体情境,但又不固着于任何情境。出于这一目的,《诗论》无涉作者和创作情境可以说是有意为之。这种强调诗歌可能应用于新情境的

---

[31] 参见池田知久,《馬王堆漢墓帛書五行篇研究》页533—545;Jeffrey Riegel, "Eros, Introversion, and the Beginnings of *Shijing* Commentary," pp. 176-177。

解读进路在根本上是以接受为中心的，它相当于抹去了原始作者的一切痕迹，这样，没有哪位原作者拥有这些诗的著作权，因此也没有哪首诗会因其作者受指摘而连带受贬抑。借用福柯的洞见，如果说真正的作者权意味着要为作品承担责任义务，也承受潜在的惩罚，那么反过来说，没有哪位作者会因这些诗而受到谴责。《诗论》这一点就使其和传世的汉《诗》读法截然相反，首先就是和《毛诗》各篇小序不同。同样，《诗论》也没有对诗学风格的美学考虑。惊人的是，早期关于《诗》的论述都并不关心美的问题。在《左传》中，当吴公子季札于公元前544年访鲁并受邀观赏一系列《诗》的歌舞表演，他再三的感叹无关乎诗之美，而是表明可以通过这些绝佳的表演获得对道德和政治评估的洞察。[32]对于季札和《诗论》来说，诗之美，或是其恰切适宜，是不需进一步讨论的既成事实。

"动而皆贤于其初者"指明了一个基本原则，它关乎的是懂诗，而非第三步的用诗问题。掌握《诗》之要领分为三步：抓住诗的文字表意；理解其核心旨意；在此基础上将其运用到各种不同的情境之中。而《诗论》在此更关注第二步，它并非对《诗》最基本的介绍，因为它已经预设那些字面意义是确定的共识，无须赘述；第二、三段的阐述也算不上详尽的评论，而是用简洁的形式向那些早已熟知这些诗歌的读者讲述其观点。换言之，《诗论》的形式特征恰恰揭示了其情境式运用的特质。这样的一篇《诗论》无法视为对《诗》的综论，只有在一种教学框架中，凭借听众对诗歌既有的熟稔，以问答讲授的教谕方式进行提示和简洁的论述，而更全面和细节的解释则留待他处解决，这样看来，《诗论》最有可能就是在一种真实的教学情境中产生的。因此，《诗论》最好被理解为以下二者之一，甚至是兼有二

---

[32]参阅杨伯峻，《春秋左传注》页1161—1165（襄公二十九年），和 David Schaberg, *A Patterned Past: Form and Thought in Early Chinese Historiography*, pp. 86-95。

者：用来引发更为全面的诗歌讨论的工具，也许甚至是为了记忆的目的；或是一定程度上对此种讨论的抽象总结。

无论是哪一种，《诗论》都呈现为解《诗》传统中某个特定思想谱系的教学文本，其原本的问答模式开启了一种对话式教学的理想场景。《诗论》无意于确立并限定某一特定表达的意义，而是为诗歌准备一个广泛的语义范畴资源库。借助这种教学法，《诗》中的诗歌依照其各自的特征，可以很方便地在脑海中被分类和记忆，从而可以在社交活动中被自由调用，例如我们所熟知的《左传》中的聘问等场合。[33] 如此看来，《诗论》就像是对《论语·子路》中孔子批评的回应，子曰："诵《诗》三百，授之以政，不达；使于四方，不能专对。虽多，亦奚以为？"[34] 与孔子本人一样，《诗论》教授的不是诗的历史，而是在当下和将来的情境下如何用诗的指南。

如前所述，《诗论》文本利用了既定的权威，除了"曰"所引导的匿名诠释传统表述之外，唯一提到个人名字的权威便是孔子。在《诗论》现存的所有残简中，以"孔子曰"[35] 引导的句式不下于六次。在这些引语中，孔子的声音是一种强调性的个人化声音。

---

[33] 在对该问题的诸多研究中，就《左传》引诗的全面论述，见曾勤良，《左传引诗赋诗之诗教研究》；另见 Mark Edward Lewis, *Writing and Authority in Early China*, pp. 147-176; David Schaberg, *A Patterned Past: Form and Thought in Early Chinese Historiography*, pp. 72-78, 234-242。灵活释《诗》的实例，见吴万钟的出色研究，《从诗到经：论毛诗解释的渊源及其特色》页 16—43。

[34] 在此，我不是说《论语》产生于《左传》之前，我也不认同《论语》可以被离析为不同年代的文本层，其中有一些可追溯到孔子弟子的年代。相反，我认同的是如下观点：《论语》文本是在西汉时期被汇编而成，其来源是多样化的，包括可系于孔子的言论，也包含关于孔子的传闻逸事。参见 John Makeham, "The Formation of *Lunyu* as a Book," *Monumenta Serica* 44, 1996, pp. 1-24; 朱维铮，《论语结集脞说》，《孔子研究》，1986 年第 1 期，页 40—52; Mark Csikszentmihalyi, "Confucius and the *Analects* in the Han," in *Confucius and the Analects: New Essays*, ed. Bryan Van Norden, Oxford: Oxford University Press, 2002, pp. 134-162。这一有关《论语》的观点在胡明晓（Michael Hunter）的博士论文中得到了有力的展开，见 Michael Hunter, *Sayings of Confucius, Deselected*, Ph. D. diss. Princeton University, 2012。

[35] 我其实怀疑"孔子曰"是否真的表示"孔子曾说"（陈述语气）。另一种也许更有意思的可能是，这表示"如果孔子在，他会说"（虚拟语气），这就实际上是"制造"孔子形象及其言论，而避免了简单的归系，而这种间接陈述的方式则是更有趣也更可信的。

李学勤、黄怀信认为，在前文所引《诗论》第一章的文字之后，紧接着的便是以大段孔子引语为开始的那一段落。[36] 在这段引语中，孔子运用了一种重复、固定的修辞模式，对四首诗作了短评（原文或许曾经论及更多诗篇），对每首诗均以"吾以……得……"的句式发端，然后再作申论。也就是说，孔子被赋予了一种极富特色的声音：既是强烈个人化的也是极其程式化的，这些特点相互补充，共同构成了文本的权威性，并由此生成了一种论述的形式：个人化的孔子乃是示人以诚的真圣人；程式化的孔子是在有节奏的重复中展现一种仪式化及制度化的习语。

　　即便随后的阐述付之阙如，"吾以……得……"的句式与《孔丛子·记义》对《诗》中其他各诗的论述模式极为相似。传统上以为《孔丛子》作于公元前三世纪末，但我更倾向认为，尽管包含有一些早期的材料，《孔丛子》极有可能成书于东汉。[37]《孔丛子》几乎逐字重现这一修辞模式的事实，说明该模式存在于广泛可见的纂集孔子言论的知识传统中。正如陈桐生已经论证过的，[38]《孔子家语》《盐铁论》论《诗》，以及《尚书大传》《孔丛子》论《书》时，都使用了同样的修辞模式来引用孔子。当然，这并不是说这些话语都可以追溯到历史上的孔子那里。《诗论》此章所论的四首诗，《孔丛子》只讨论了《木瓜》一首。尽管《诗论》《孔丛子》对《木瓜》提出了大致相同的观点，但其行文则完全不同。下文试析之。

　　孔子曰：吾以《葛覃》得氏初之诗。民性固然。见其美必

---

[36] 此章自第十六号简的中断开始，一直延续到第二十四、二十号简，第二十号简下端残损。我找不到理由以支持李学勤、黄怀信认为第二十七号简的开始部分也应纳入此章的观点。
[37] 《孔丛子》相关段落的概述，见黄怀信，《上海博物馆藏战国楚竹书〈诗论〉解义》页282—315。
[38] 陈桐生，《〈孔子诗论〉研究》页62—63。

欲反其本。夫葛之见歌也则以［……］萋叶。[39] 后稷之见贵也，则以文武之德也。[40] 吾以《甘棠》得宗庙之敬。民性固然。甚贵其人必敬其位。悦其人必好其所为。恶其人者亦然。{吾以《木瓜》得}币帛之不可去也。民性固然。其隐志必有以俞也。其言有所载而后纳，或前之而后交，人不可干也。吾以《杕杜》得爵［……］[41]

与上章一样，援引归名孔子的话，其前提是假定读者必须非常熟悉诗歌文本。这些短评没有介绍诗而只是转述孔子之"吾以……得"。然而孔子在此处还发挥着其他作用：他将对每首诗的洞见扩展至"民性"的范围，将他自身的主观性和关于人与社会的真理相连，后者植根于人类天性之中。此外，他给出了具体诗篇如是创作的成因：诗歌间接表达的方式与"民性"是共鸣的。一如既往地，这种论证并非出于对创作情境的关涉，而是出于"民"对诗歌的接受，并且只有孔子所呈现的洞见才能领悟这种诗性表达的真正本质。换言之，《诗论》邀其读者模仿这一圣人的模式来理解《诗》和人类的性情，并意识到前者是对后者**自然而然的**展现：譬如，由于人类渴望返回美与德的根源，像《葛覃》这样的诗歌可以称颂作为华服之本的葛草。在这里，借由孔子的权威，《诗论》几乎明确提出了《诗》的性质和其理想性的见解。另外，与《孔丛子》相比较，《诗论》这一章节的论述包含有两个层面：同样以"吾以……得……"句式引领评述，但《诗论》包含进一步更大更概括的申论，表明《诗》何以与民性相匹。

孔子个性化的声音，在另一段落中更为突出。这里，孔子谈诗不

---

［39］ 即，"葛"叶是制作美衣华服之本。
［40］ 即，文王、武王所体现的周德，起源于后稷。
［41］ 黄怀信，《上海博物馆藏战国楚竹书〈诗论〉解义》页51—61。

是借助论述,而是仅仅表达个人的判断,这种论断暗含权威性,因为它来自在每句话中都着重强调第一人称的圣人:

> 孔子曰:《宛丘》吾善之。《猗嗟》吾喜之。《鸤鸠》吾信之。《文王》吾美之。《清{庙}》吾敬之。《烈文》吾悦之。《昊天有成命》吾[……]之。[42]

这些单字表达出的情感回应,在后文中得到简略论述:每首诗各引两行(一联或独立的两行诗),再次继之以同样的"吾善之""吾喜之""吾信之"诸如此类对诗歌进行整体评价的话语。借此,通过界定具备"善""喜""信"等特征的核心诗句,论者限定了每首诗歌的阐释视角。在某种程度上,对诗句的选择暗示了孔子对每首诗的理解,尽管其具体阐释还有待于读者自身。事实上,挑出两行诗句来加上孔子泛泛的按语,这并不是对文本的具论,而只是激发读者运用自己的阐释手段做出回应,以理解孔子在这些诗句中所看到的"善""喜""信"等的确切所指,弄清楚这些诗句何以能够代表整首诗歌。简言之,《诗论》的这一段文字,是指导、启发读者与孔子心意相通,理解其示范性论断,并由此理解《诗》的各诗篇。

这段简短的程式化文字还别具意味。个人化的评论与诗作本身无关,而是关乎孔子作为真正理解《诗》的人,他究竟作何反应。高度结构化重复的评论变成了深邃洞见的代表,这种洞见需要读者去领悟和复述。由于文本激起读者追随圣人体察、鉴赏的模式,它同时也成为一种修身的践履。这不是供人闭门研读的封闭文本,而是一种要求也引导读者做出回应的开放文本。最重要的是,它还提供了一种理解《诗》和说《诗》的论述。正如上文所述,无须多言

---

[42] 同前引书页 200—220。

的是,《诗论》中的"孔子"是一种喻说方式(chiffre):他高度风格化和精炼的述说乃是一种修辞妙计,他对《诗》的"个人化"理解同样也是。

《诗论》的其他部分也呈现出多种修辞模式。在某种程度上,作者的声音与孔子的声音难分难解,同样都是简略隐晦的。下面这段话很难断句,不清楚它结束于何处,但开头是"孔子曰":

> 孔子曰:《蟋蟀》知难。《仲氏》君子。《北风》不绝人之怨。[43]

试与下述明显出于《诗论》文本声音的语段相比较:

> 《东方未明》有利词。《将仲》之言,不可不畏也。《扬之水》其爱妇烈。《采葛》之爱妇[……]《(君子)阳阳》小人。《有兔》不逢时。《大田》之卒章知言而礼。《小明》不[……]忠。《邶柏舟》闷。《鼓风》悲。《蓼莪》有孝志。《隰有苌楚》得而悔之也。[……][44]言恶而不悯。《墙有茨》慎密而不知言。《青蝇》知[……]《卷而》不知人。《涉溱》其绝。《著而》士。《角枕》妇。《河水》知。[45]

两相比较,似乎不太可能根据任何特征将二者区分开来。这两段文字对诗的描绘都相当简练,甚至常常简化为一个单字。论诗的顺序

---

[43] 第二十七号简;见黄怀信,《上海博物馆藏战国楚竹书〈诗论〉解义》页69—80。
[44] 黄怀信认为,阙文之后的评论是在评论《相鼠》,见其《上海博物馆藏战国楚竹书〈诗论〉解义》页127—129。
[45] 黄怀信,《上海博物馆藏战国楚竹书〈诗论〉解义》页94—153。这里,第二十九号简断裂。我不太清楚的是,此章是否如黄怀信所言包括了第二十三号简。

并无任何引人注目之处,内容上本身也没有任何深化推进。[46]文本既可以一直衍生下去,直到涵盖《诗》的所有诗篇,当然也可以随行随止。对一首诗的简评并不能启发对另一首诗的阐释。但这意味着什么?我们是否要推定《诗论》的作者无视了《诗》中的排序,而随机地罗列了一系列不同的标题?还是传世本中诗的顺序尚未成形?或者作者对此并不知情,而只知他所罗列的那些诗?抑或这些标题在某种意义上是有代表性的?不论实情如何,我都对《诗论》**无理可循**的推测有所保留。简洁的描述和看似偶然的顺序似乎再一次肯定了这一出土文献并不是一个独立自足的作品,它也并不是对任意有机会接触到它的人都一样开放,供其信手拈来地使用。让我们再次考量苏格拉底对离开了原本面对面交流语境的书写作品的评价:它"四处流布","不知道该同什么人说话";它会遭到曲解和攻击,却无法为自己辩护。是否存在一种可能,这些几乎无法破译的评论,以看似偶然的顺序排列,首先就表明它们不应该被孤立于语境之外阅读?——而我们今天接触到它的方式正是脱离了语境的。无论上文所引的段落背后的观点是什么,它都并不对我们开放。这种情况并不是文本的缺陷,而是提醒我们如下事实:我们并不是这一文本所预期的读者,因为《诗论》这样的篇章很可能曾在教学语境中从容自如地发挥过它的作用,而我们对这个情境是不得其门而入的。

当然,从《诗大序》这样的传世文献来看,《诗论》的某些段落似乎也上升到了哲性概括的层面,其中最著名的就是下引文字,它被

---

[46] 大部分篇目都可以在传世《诗经》中找到对应,虽然某些情况下《诗经》存在多诗同题的现象。按照其对应的《毛诗》编号,本段文字中提到的诗歌可按以下顺序排列:《毛诗》第76、68、72、67、70、212、207、191、26、35、148、202、52、46、219、3篇,之后是四篇与传世《诗经》篇题不同的诗歌。中国学者对于《诗论》中这些与传世篇目篇题不同的诗歌的性质提供了一系列提议;关于对这些提议的讨论,见黄怀信,《上海博物馆藏战国楚竹书〈诗论〉解义》页135—147。然而,除了对部分诗歌的分类归并——《毛诗》第68、72、67和70篇都出自《王风》部分——我们似乎无法破解《诗论》排序的意义。

上博整理者列为作品篇首,而李学勤则将之置于文末,无论哪一种排序皆显示了它的特殊性:

> 孔子曰:《诗》亡隐志,乐亡隐情,文亡隐言。[47]

这里,文本再次诉诸孔子的圣人权威,但形式却大有不同。这一称引孔子的论断同样是程式化的,但却没有个人化的特征,孔子所言不是以其自身的圣人洞见呈现,而只是一般性的对真理的断言,一方面指向诗、乐、文的根本关系,另一方面也指向人的志与情。这句话在《诗论》中显得尤其"特立独行",它带有某种话语特色,或是合并自其他论《诗》之言,或者就是广为流行的常言俗语。的确,这句话读上去正像传世传统会保存下来的那种概括性断言。

四 初步结论:《诗论》的性质、意图与论点

鉴于《诗论》的零散性,关于文本总体性的断言只能是试探性的。然而,其内容和风格上的一些特征显示,《诗论》代表了一种现有传统未能保留下来的特殊话语形式。上文的分析已指出了一系列文学修辞上的模式,作为总结,我想考虑的是这些模式从何种程度上达成了一种实质性论证。

显然,《诗论》不能被读成写给广大未知读者的专论;除了与《诗》相关之外,它并没有特殊的主题(和标题),也没有标示某一特定的哲学立场。它既没有为《诗》提供总体的介绍,也没有将《诗》作为一个整体来讨论,或提供对任何一首诗的详细解释。事实上,不

---

[47] 黄怀信,《上海博物馆藏战国楚竹书〈诗论〉解义》页267—271。很多学者将"文"理解为"文字",我认为这种理解是时代错置的误读。

熟悉《诗》的外行读者绝无可能根据《诗论》讨论的方式来重建其中的任何一首诗。由此看来，《诗论》预设了读者对《诗》透彻的甚至是全面的通晓，它是无法独立存在的，而只对那些已经对这些诗歌了然于胸的人才有意义。在这个基础上，《诗论》意味着对《诗》更精深的掌握：穿透文本的表面达及每首诗的核心意义。

从这个视角来看，《诗论》提出的第一个观点——尽管是非常含蓄的，表明不同的诗具有其特定的意义，每首诗都是与众不同且可以识别的，都可以被归纳成一个特定的意义，且这些诗汇总起来代表了一整个由各种意义构成的道德指导"名目"（catalogue）。虽然《诗论》对《诗》的审美特征并未提及，但它对每首诗的论述，以匿名作者之口或借孔子之名的形式，都关切着道德和社会价值：守礼、君子之运命、依时而动、知晓常道、婚姻、慕古、遇时、知人、圣王之德、崇敬宗庙，以上种种，从上述引文中提及的主题即可见一斑。这一系列被认可支持的行为与态度表明了《诗论》包蕴的第二个论点：诗是道德教诲的工具，同时《诗论》自身也成为辨识每首诗中独特道德意义的工具。这再一次表明，《诗论》并不独立存在：它所包含的道德和社会理想体系是既定的，并且，如果离开了这些已经建立的理想，对《诗》的理解也是不可能的。

由于道德教诲暗示了诗歌价值有高低之分，对道德教诲的强调本身就构成了一个论点。此处，道德教诲和审美愉悦是互相对立的，正如中国古代的各种文类常被认为对后者的强调多过前者，例如西汉的赋[48]和六朝晚期的诗歌[49]。普林斯顿大学古典学系的学者安德鲁·福特（Andrew Ford）曾指出，由道德考量向审美考量的转化是亚里士多德《诗学》的基点，为了使诗和诗学批评成为独立自治的思想性和技

---

[48] 参见本书《西汉美学与赋体的生成》。
[49] 参见 Xiaofei Tian, *Beacon Fire and Shooting Star: The Literary Culture of the Liang (502-557)*, Cambridge: Harvard University Asia Center, 2007。

术性的事业,《诗学》将文学批评创建为对诗歌的技术性鉴赏,这与古风时期的道德、社会和宗教批评截然不同,并因此奠定了"独立于其他任何探索领域的……阐释准则"。[50]这正是《诗论》或其他任何早期中国诗歌话语都从未迈出的一步;《诗论》从头到尾都不容置疑地假定诗是且**仅是**为道德目的服务的。

这种假定是植根于传统的,对传统的援引建构了另一个观点。无论是"曰"的程式,对韵律性和重复性(因此也是高度仪式化的)语言的使用,将此种语言系于孔子,对孔子个人化声音的着重再现,还是文末对诗与乐的断言,《诗论》的建立都围绕着对传统权威或隐或显的称引。孔子的宣言或许过于精炼,但其权威性来自其魅力超凡的讲演者被假定获有的先天权威性;所"曰"的内容也许没有进一步的论证,但因其来自传世的智慧而必须被接受。因此,严格来说,《诗论》并未作势提供读解《诗》的新奇而独特的方法,相反——或者说按照我们读到的文本自身来看,《诗论》对具体诗篇含义的断言仅仅是在重申现成的观点。

这种重申并不要求文本用论证的方式对自身做出解释;因为文本性质决定了不需要对其进行论辩,这些简洁的声言可以说已经足够了。这些声言并不仅仅是简略的,更是决断性的,或者更准确地说,这一点在对整首诗的单字解说中达到了顶峰:论述是如此的简略以至于只能被作为毋庸置疑的决断性声言而接纳之。此处,借用麦克卢汉(McLuhan)的话来说,媒介即信息。[51]正是显性论证的缺席本身构成了文本最强有力的真理宣言。

这也说明了《诗论》与帝国早期解《诗》方式最显著的不同在于,前者没有对单首诗进行历史化。《诗论》并未根据美刺诗歌的褒

---

[50] Andrew Ford, *The Origins of Criticism: Literary Culture and Poetic Theory in Classical Greece*, p. 269.
[51] Marshall McLuhan, *Understanding Media: The Extensions of Man*, New York: McGraw-Hill, 1964.

贬范式对诗进行区分，也没有援引诗歌之前的使用方式，甚至全然没有涉及文字训诂，也不关心作者和创作情境的问题。其结果是，《诗论》简洁的论断和描述始终运行在极为抽象概括的高度上，用历史引征的方式根本无法对之进行质疑。同时，《诗论》也再次支持了这一观察，即前帝国时期文献（如《左传》）所展现的诗具有语义上的开放性和广泛的应用性。

《诗论》正是将其目的、功能和性质置于这种开放性之中。孔子和文本精炼的陈述并未被历史语境限制了阐释的可能性，因其并不诉诸历史知识，而是更高层次的对自我思想修养的诗性认知。在这一点上，《诗论》为其自身亮明了立场：如果说孔子是关于《诗》公认却又年湮世远的权威，《诗论》则是以前者为榜样并在当下取而代之。孔子用强烈的情感表达自己，而匿名的《诗论》则用传统智慧的力量发言。同时，《诗论》也是对如修身话语这样当时主要关心的议题进行回应，这也体现在其他同时代的简帛文献里面，例如郭店和上博的《五行》篇或者《性自命出》/《性情论》。

《诗论》所表明的《诗》的核心特征是，其诗篇是对人类思想和境况恰切而有力的述说：如上文所指出的，诗歌是表达社会和道德准则的方式。《诗》被如是阐释，而《诗论》则揭示了阐释者经过教化陶冶的心智。这点不仅在称引孔子那一被个人化和极具魅力的声音中得到了显著体现，也表现在《诗论》文本自身的反问句式和时而出现的感叹里。如果具有这些特征的《诗论》实际上确是教学工具，那么它同时也是这种工具的理想代表。一开始，《诗论》就提出了其存在的枢机："动而皆贤于其初者也。"换言之，《诗论》认为《诗》需要经过一个阐释过程来开启之，接下来的关于每首诗的陈述则证明《诗论》自身足以实现这一过程。按照这种逻辑，《诗论》对《诗》的作用完全不亚于《诗》对《诗论》的作用。如果李学勤和黄怀信对简文的编连是正确的，《诗论》文本最后即宣称达成了自身的使命，这是一项被圣哲解经者孔子所预示和赞颂过的伟业:"《诗》亡隐志,乐亡隐情,文亡隐言。"匿名的诗歌在匿名的文本中找到了它们的另一位夫子。

(刘倩、杨治宜、郭西安 译)

《诗经》的形成（2017）*

一　诗集生成

《诗经》是中国诗歌传统的源头。此书各个部分可能形成于不同时期，涵盖西周、春秋和战国时期的八百年间。据司马迁《史记》，《诗》由孔子在公元前五世纪初编定而成。诗歌本身的作者不为人知。它们古称"诗三百"，后世则以《毛诗》的形式流传，后者是汉代"太学"中被经典化和讲授的四家释诗传统之一。《毛诗》分为四个部分，即一百六十首《国风》、七十四首《小雅》、三十一首《大雅》、四十首《颂》。近年来的出土文献表明，公元前四世纪已有了这一分法。《史记·孔子世家》曰：

> 古者《诗》三千余篇，及至孔子，去其重，取可施于礼义，上采契、后稷，中述殷、周之盛，至幽、厉之缺，始于衽席……三百五篇孔子皆弦歌之，以求合《韶》《武》《雅》《颂》之音。礼乐自此可得而述，以备王道，成六艺。[1]

---

[1]《史记》47.1936—1937。

* 本文观点在我正在撰写的新著 Texts, Authors, and Performance in Ancient China: The Origins and Early Development of the Literary Tradition 中有更充分的论述。

《史记》称《诗》是孔子所编的一个统一的、普遍共享的文本，没有谈到后来的传播和阐释谱系。班固在公元一世纪末完成的《汉书·艺文志》中则论及汉初的《诗》学史：

> 《书》曰："诗言志，歌咏言。"故哀乐之心感，而歌咏之声发。诵其言谓之诗，咏其声谓之歌。故古有采诗之官，王者所以观风俗，知得失，自考正也。孔子纯取周诗，上采殷，下取鲁，凡三百五篇，遭秦而全者，以其讽诵，不独在竹帛故也。汉兴，鲁申公为《诗》训故，而齐辕固、燕韩生皆为之传。或取《春秋》，采杂说，咸非其本义。与不得已，鲁最为近之。三家皆列于学官。又有毛公之学，自谓子夏所传，而河间献王好之，未得立。[2]

上面这两条材料，是最早关于《诗》的系统论述。它们都出现在帝国初期，也就是说，距离孔子的时代（以及公元前221年秦统一天下）已有数个世纪之久。两者的重点都在于强调孔子不是诗集的作者而是编者，至于这些诗歌最初如何形成，以及它们的作者是谁，两者都未涉及。

这些描述与前帝国时期和早期帝国时期文献，包括近年来出土的公元前300年至前165年间的竹帛文献[3]称引《诗》的情况相一致。无论是出土文献还是传世文献，没有其他哪种古代文献像《诗》这样

---

[2]《汉书》30.1708。鲁、齐、韩"三家诗"自公元前二世纪以来在太学中传授，《毛诗》在幼帝汉平帝时期才获得这一地位。到公元前二世纪末，《毛诗》迅速独领风骚，"三家诗"开始衰落，不再是古典学问的经典，虽然从后世文学传统的征引中仍可见"三家诗"的某些重要读法。见汪祚民，《诗经文学阐释史（先秦—隋唐）》；田中和夫，《毛詩正義研究》；本书《〈毛诗〉之外：中古早期〈诗经〉接受研究》亦有论及。

[3] 这些出土文献，主要是郭店一号墓（湖北荆门，约公元前300年）出土的《五行》《缁衣》简，马王堆三号墓（湖南长沙，公元前168年以前）出土的帛书《五行》，双古堆一号墓（安徽阜阳，公元前165年以前）出土的《诗经》残简，还有上海博物馆购自香港文物市场的《缁衣》《孔子诗论》简。见 Martin Kern, "The Odes in Excavated Manuscripts," pp. 149-193。

被广泛引用,也没有其他哪种文献与孔子的关系像《诗》这样紧密,早期中国文本提到孔子的次数,也大大多于其他先秦诸子。《诗》是早期中国文本传统和文化想象的核心。《论语》记载孔子的话说,"诗三百,一言以蔽之,思无邪"(《为政》2.2);"诗,可以兴,可以观,可以群,可以怨","多识于鸟兽草木之名"(《阳货》17.9);不学诗,"无以言"(《季氏》16.13);"其犹正墙面而立也"(《阳货》17.10);熟读《诗》三百篇,如果不能用于政务和外交辞令,"虽多亦奚以为"(《子路》13.5)?郭店出土的两份竹简文本还将《诗》列为古典课程"六艺"之一,与《书》《礼》《乐》《易》《春秋》并置。关于"六艺",司马迁也多次提及。[4]我们甚至还在《墨子》中听到了早期(约公元前四世纪)讥讽孔学的尊奉者将《诗》三百用于歌舞、披之管弦的声音。[5]

到公元前四世纪末,可能还有此前相当长的一段时间内,《诗》并不是以独立的文本形态存在,而是中国文化领域通行的"六艺"之构成部分,关涉更大的道德、教学、礼仪、社会—政治的原则和实践。《诗》与周朝北方腹地有关,《国风》分属十五个国家和地区,位于从今山东到陕西的黄河东西走廊,但引《诗》的出土古文献全都来自中南地区。这些出土文献的引《诗》情况表明,虽然到公元前二世纪中叶,这些诗歌的用字写法仍未标准化;但到公元前三世纪左右,《诗》的内容,可能还有它的具体措辞,已经大体稳定下来。[6]尽管早期中国广大宜居地区(*oikoumémē*)方言差异较大,如果尚不能确认是在语音学(phonetics)意义上说,那么即便从音韵学(phonology)上看,出土文献引《诗》还是与今本《诗经》保持了一致,说明这些诗歌保存了口头的精英共同语(*élite koiné*),而精

---

[4] 荆门市博物馆,《郭店楚墓竹简》页179《性自命出》,页188《六德》,页194—195《语丛》。
[5] 孙诒让,《墨子间诂》48.456。
[6] Martin Kern, "Early Chinese Poetics in the Light of Recently Excavated Manuscripts," pp. 27-72, 33-37.

英共同语同样也体现并长存于经典诗句中。《论语》称孔子曾用"雅言"来诵读《诗》《书》并"执礼"(《述而》7.18),也证明了这类用语(idiom)的存在。

在汉代学者看来,《诗》是从统一帝国的视角书写的,其终极听众乃周王本人:鉴于诗歌的出现被视为一种准宇宙论的事件,其必然表达的是言说者对个体经验的情感反应,所以诗歌被视为当时道德、政治秩序的反映。诗歌还代表了大众的声音,这是未受操纵的真实声音,由王室官员收集并上呈给君王,以提醒他的职责和错误。秦汉帝国时期认为诗歌是社会—政治的征兆,这一看法催生了一种明确面向历史的阐释传统,它满足了道德、政治目的论的需要,为混乱的过去,最终也是为帝国本身的兴起提供了秩序和解释。领会一首诗的意义将会形成对具体历史事件的理解,诗歌也就转变为"以韵文讲述的历史"。[7]

不过,另一方面,这一阐释传统也承认诗歌不是以直接的、字面的方式言说,不能只看其表面意义。它对于相互排斥的读法也相当包容,故而出现了并驾齐驱的多种阐释派别。在早期帝国,《诗》的这些教学和阐释派别对于某首诗的理解往往存在根本上的分歧。尽管如此,它们都认为诗歌的首要功能是作为历史知识和道德教化的源泉,它们还都不关心作者、诗歌之美、语言差异以及诗歌在政治精英之外的传播情况。

《诗》是一部包含了不同类型诗作的多样化选集,这些诗作大概成于不同时期,这一性质说明它是一个取自更大资源库的选本,无论其真正的或想象的篇数是多少,也不管辑录者和编者的身份。战国和早期帝国时期,总是与《诗》联系在一起、对文本有着毋庸置疑权威的人,非孔子莫属。理想文本和理想圣人结合在一起,《诗》就升格

---

[7] Jeffrey Riegel, "Eros, Introversion, and the Beginnings of *Shijing* Commentary," pp. 143-177, 171.

为一本智慧之书,它既讲述历史,也讲述人类状况,言说君王的抱负、农民和士兵的痛苦、情人的焦虑;借用宇文所安的话来说,它是"人类心灵的经典"[8],所以被系于典范圣人的名下。就早期传统而言,只有在孔子独特的洞察力和无懈可击的道德完美的镜照下,《诗》才是完全可见的。而且,只有凭借其理想化的编者,《诗》作为一个文本整体才能存在:不是作为孔子的话或孔子那个时代的话,而是作为一个从过去继承而来的表达资源库。孔子以后,尤其是在汉帝国学者手里,《诗》是有关"被记住的过去"(the past remembered)的文本制品,是同时珍藏了诗歌、诗歌所记录和揭示的历史过程的经典课程,也铭记着其背后的述作圣贤们。

不过,《诗》所承担的文化、历史意义重负,提出了一个尖锐问题:一般认为《诗》包含了早期的和后来的文本层面,其最早的作品大概成于公元前十一和前十世纪,但汉以前的文本记录相当零碎。《毛诗》中篇幅最长的作品是《閟宫》,共492字,还有其他几首诗篇幅大致相同。但其他早期文献最长的引《诗》只引用了48字,即《左传》引用《皇矣》八章中的一章。《左传》是前帝国时期的历史大著,大概成书于公元前四世纪。[9]唯一一次引用全诗的情况,出现在与《左传》大约同时的另一部早期史著《国语》之中,它引用了《昊天有成命》,全诗只有30字。[10]除此之外,引《诗》的标准格式是引一行、一联或四行。虽然早期文献引《诗》数以百计,但我们无法据以重建更长的篇章;这些引《诗》例子通常只能说明某些诗句备受青睐,以至于各种文献不惮反复征引,而别的诗行和诗章却从未被引用过。总的说来,在早期文献的所有文本记录中,各首诗的出场极不均

---

[8] Stephen Owen, "Foreword," in *The Book of Songs: The Ancient Chinese Classic of Poetry*, ed. Joseph R. Allen p. xv.
[9] 见杨伯峻,《春秋左传注》页1495(昭公二十八年);理雅各, *The Chinese Classics* V: *The Ch'un Ts'ew with The Tso Chuen*, p. 727.
[10] 《国语·周语下》。见徐元诰,《国语集解》页103。

衡，这一令人不安的情形在某种程度上或可解释汉代注家的紧迫感，他们觉得有必要为《诗》中的每首诗都提供历史语境：不是像"诗言志"所说的那样从诗中"提取"历史语境，而是把历史语境"注入"诗中。

所以，我们并不清楚这些诗的原貌：它们的章数同于我们所见的汉代版本吗？那些篇幅最长的诗作是否取自不同资源的合成文本？就形式特征而言，它们几乎都是如此整饬的吗？在编纂成集之前，那些篇幅极短的诗作是否曾经独立存在过？诗行、诗章的内部顺序是稳定的吗？这些诗歌在最终定型于经典诗集的框架内之前，很可能经过了大量回顾性编辑，包括以古体重写，从形式上加以标准化，对异质的文本材料做创造性的编纂，对文本进行分、合、选择——意识到这些，我们将不得不承认，判定《诗经》中哪些部分在先、哪些部分在后是一个难以完成的任务。任何一首看似"早期"的诗作，同样也有可能是后世缅怀和想象的产物；有大量证据表明，一些"早期"诗作是由不同类型和不同时间层的文本组成的合成品（composite artifacts）。[11]

二 祭祀《颂》诗

笼统说来，中国诗歌形成于西周（约前1046—前771）王室的早期宗教、政治仪式中，这些仪式包括宗庙祭祀、筵宴和诏令。那些据信为最早的诗篇，特别是《周颂》，被认为出自西周最初几十年间。

与《大雅》《小雅》不同，三十一首佚名《周颂》篇幅短小，整体

---

[11] 关于周代诗乐的起源问题，见 Chen Zhi, *The Shaping of the Book of Songs: From Ritualization to Secularization*, Sankt Augustin: Steyler Verlag, 2007。其研究方法明显更为乐观，但推测成分较多，我本人不敢采用这种研究方法。马银琴《两周诗史》（北京：社会科学文献出版社，2006）对前帝国时期《诗经》的详尽研究令人钦佩，虽说其整体的实证主义倾向仍然十分传统。较早从仪式角度解释《诗经》起源的其他研究，如陈世骧，"The *Shih-ching*: Its Generic Significance in Chinese Literary History and Poetics," in *Studies in Chinese Literary Genres*, pp. 8-41。

上也缺乏早期中国诗歌形式规则的两个主要特征,即节奏和韵律。所以,《周颂》看起来像是在缅怀和献享王朝祖先的祭祀仪式上所用的周诗的古老形式。诗在用纪念性文字和宗教期待来解释祭祀活动并使之语义化的同时,也总是像歌一样,与乐、舞表演合为一体。从语言属性(linguistic properties)和现有的历史记载判断,这些诗歌存在于特定的语境,服务于通感式的(synesthetic)宗教仪式。[12] 从根本上看,这些诗歌是非抒情、非自我表达、非作者创作的,它们是周王室政治与宗教共同体的体现,言说的是在位君王与其强大祖灵之间的互惠关系。

并不是所有的《周颂》都在早期文学传统中留下了痕迹,[13] 但那些与武王克商有关的诗篇却清晰可见。公元前595年,《左传》有记载说:

> 武王克商,作《颂》曰:"载戢干戈,载櫜弓矢。我求懿德,肆于时《夏》,允王保之。"又作《武》,其卒章曰:"耆定尔功。"其三曰:"铺时绎思,我徂维求定。"其六曰:"绥万邦,屡丰年。"夫武,禁暴、戢兵、保大、定功、安民、和众、丰财者也,故使子孙无忘其章。[14]

这里,武王所"作"之《颂》显然分为几"章"(还有"彰"的

---

[12] C. H. Wang, *From Ritual to Allegory: Seven Essays in Early Chinese Poetry*, pp. 1-51. 王靖献综述了今人研究成果,便于使用。坦拜亚对仪式的界定,也适用于中国的宗庙祭祀,他说:"仪式是文化上建构而成的符号交流系统。它由模式化和有序化的言行序列组成,往往通过多重媒介表达,这些媒介的内容和编排以不同程度的形式主义(惯例)、成规(刻板)、凝练(融合)和冗余(重复)为特征。就其构成特征而言,仪式活动从三个意义上说是述行的(performative):首先是奥斯汀意义上的述行,即说就是常规性地做;其次是多媒介的舞台表演,由于参与者深度体验事件,它的意义完全不同;第三是指示价值(indexical values),它在演出过程中被附加于演员,并由演员从表演中推测得出——这个概念源于皮尔斯(Peirce)。"见 Stanley Tambiah, "A Performative Approach to Ritual," pp. 113-169, 119。

[13] 见何志华、陈雄根,《先秦两汉典籍引〈诗经〉资料汇编》。例如,《周颂》三十一首,《左传》只引用了其中的十一首。

[14] 杨伯峻,《春秋左传注》页744—746(宣公十二年);理雅各,*The Chinese Classics* V: *The Ch'un Ts'ew with The Tso Chuen*, p. 320。

意思），但各"章"却出自不同的《周颂》篇目，分别为《时迈》《武》《赉》《桓》，而不是同一首诗。另外，这里的第一条、也是最长的一条引文（"载戢干戈"句），《国语》称其出自周公（前1042—前1036年摄政）所作之《颂》。[15] 也就是说，在现有的最早记载这首诗的两种文献中，它或是出自武王之手，以代表他自己的成就；或是出自其弟周公之手，以诗来纪念武王。不过，最有趣的是，在汉代编纂而成的《礼记》中，孔子对一位对谈者说"夫乐者，象成者也"，还描述了代表武王克商的《武》舞的六套动作。[16]

至少在公元前771年以后的文化记忆中，甚至可能早在西周的宗教、政治仪式中，乐舞表演和诗歌文本就已融为一体，面向精神领域和政治领域表达王朝奠基者的成就。这些古诗源于周王室的礼仪专家，其保存和传播依赖于周的政治、宗教制度，据现有的最早文献，这些诗歌不仅被存档，还一直被演奏；虽然言说者的视角往往是不确定的，但第一、第二人称代词的使用，说明它们是一种戏剧化的、多声部的表演。

到公元前五世纪，周的宗主国地位明显衰落后，其礼、乐、诗、诰令这些文化遗产在其他地方，即孔子出生的东方小国鲁国得以保存下来。如果说一开始西周礼仪在宗庙祭祀和其他王室仪式中包含并保存了颂诗的诗化表达，那么，随着时间的流逝，文本和仪式之间的关系开始颠倒过来：到孔子之时，古礼衰落已久，是这些古诗把仪式记

---

[15]《国语·周语上》。徐元诰，《国语集解》页2。
[16]《礼记·乐记》。见孙希旦，《礼记集解》页1023—1024；理雅各，*Li Chi: Book of Rites*, New York: University Books, 1967, vol. 2, pp. 122-123. 现代学者曾据《周颂》各诗试图重建《武》的本来顺序。见王国维，《观堂集林》2.15b-17b；孙作云，《诗经与周代社会研究》页239—272；C. H. Wang, *From Ritual to Allegory: Seven Essays in Early Chinese Poetry*, pp. 8-25; Edward L. Shaughnessy, *Before Confucius: Studies in the Creation of the Chinese Classics*, Albany: State University of New York Press, 1997, pp. 165-195；近年来的优秀研究，见杜晓勤，《〈诗经〉"商颂""周颂"韵律形态及其与乐舞之关系》，九州大学大学院人文科学研究院《文学研究》，2013年第110期，页1—28。

忆保存下来,《左传》引《诗》充分说明了这一点,《左传》将《诗》视为中国文化记忆和连贯性之核心的重要文本。[17]

几乎所有《周颂》的诗歌,篇幅都很短小:《周颂》三十一首,其中八首为18—30字,九首为31—40字,四首为41—50字,六首为51—60字;只有剩下的其余四首,分别为62、64、92、124字。我们不能确定这些诗歌最初是不是独立自足的文本单元:首先,前面提到的《左传》引用的与武王克商有关的颂诗是一个多章节构成的文本单元,但在《毛诗》中,它们是有着不同诗题的独立诗篇。[18]其次,像《维清》这样只有18字的颂诗,加上音乐和舞蹈,可能并没有被视为(或表演为)一个自足的文本。第三,有几首《周颂》相互之间关系密切:它们有些彼此之间有相同的诗行,甚至还有相同的联句,是其他诗歌所没有的,这说明它们属于一个更大的文本单元。[19]《丰年》共31字,其中16字与《载芟》完全相同;《载芟》另有三行诗见于《良耜》,还有其他一些诗行见于相邻的四首《周颂》。[20]所以,我们或许可以说《周颂》不是独立撰写的文本,而是取自一个共享的诗歌资源库的变体。这一资源库更多仅限于《颂》本身(后世宫廷颂诗偶尔也从该诗库中借用诗行),还受到仪式表达形式上和语义上的束缚。在宗庙祭祀的表演中,它们代表了扬·阿斯曼所说的"稳固身份认同的知识"(identity-securing knowledge)的结构形态(configuration);"此类知识通常以多种媒介表演的形式来展现,将语言文本有机地嵌入声音、

---

[17] 关于《左传》,见 David Schaberg, *A Patterned Past: Form and Thought in Early Chinese Historiography*; Yuri Pines, *Foundations of Confucian Thought: Intellectual Life in the Chunqiu Period, 722-453 B. C. E*, Honolulu: University of Hawai'i Press, 2002; Wai-yee Li, *The Readability of the Past in Early Chinese Historiography*, Cambridge, Mass.: Harvard University Asia Center, 2007。对《左传》中诗歌表演的概览和广泛讨论,以及可能的作《诗》事例,见曾勤良,《左传引诗赋诗之诗教研究》。

[18] 注意,与很多其他文献不同,《左传》引《诗》往往不称诗题,《武》是一个例外。

[19] 所以,《毛诗》中《闵予小子》《访落》《敬之》《小毖》这几首短篇"颂"有相同的诗行,但也仅限于这几首诗之间;此外,它们还都有一些二字句。见 W. A. C. H. Dobson, *The Language of the Book of Songs*, Appendix II, pp. 247-249。

[20] 《噫嘻》《丝衣》《酌》《桓》。

肢体、无声表演、手势、舞蹈、韵律和仪式动作中……通过这些元素的定期重复,节日和典礼所保障的稳固身份认同的信息得以传授和传承,并由此得以展开文化身份的再生产"。[21]不足为奇,《颂》不过是周朝开国叙事的记忆库以各种文本形式实现和表演的一个舞台而已;《尚书》中的几篇"誓"是另外一个舞台,这几篇追忆武王克商的演讲系于武王名下,武王被呈现为演讲者。[22]

  《诗》的文字甚至在汉代也还没有被标准化,不同的阐释传统在建构书面文本时不得不做出自己的选择,选择用这个字而不是其他别的字(往往是同音字)。而且,甚至在汉代,古代的用语也存在多种解读的可能性。这为理解《国风》(见下)带来了很多困难,《国风》在阐释上相当开放,《颂》《雅》的情况则相对不太严重,虽然其某些字词也存在不确定性。总而言之,这些仪式诗在语义上极为显著的特质是,它们频繁使用重复的、音声和谐的语言,并在表演时以语言的方式上演(enacting)和复制(doubling)祭祀活动。[23]它们整体上没有歧义,这一点也反映在西周以后对《颂》的引用上,例如,《左传》总是"赋"《国风》《小雅》,以之作为一种"隐语式"的交流方法,目的是唤起听众特定的阐释响应,但对于《颂》,《左传》都是直接引用,它们被用来作为支持某种观点的证明和解释,当中只有一个例外。[24]这些《颂》诗被认为是不证自明的,不必再做解释,也没有

---

[21] Jan Assmann, *Das kulturelle Gedächtnis: Schrift, Erinnerung und politische Identität in frühen Hochkulturen*, pp. 56-57. 这段话在其英文版中有不同表述,见 *Cultural Memory and Early Civilization: Writing, Remembrance, and Political Imagination*, Cambridge: Cambridge University Press, 2011, p. 72。

[22] 野村茂夫,《先秦における尚書の流伝についての若干の考察》,《日本中國學會報》,1965年第17期,页1—18;柯马丁,《〈尚书〉里的"誓"》,《文贝》,2014年第2期。

[23] 参见 Martin Kern, "Bronze Inscriptions, the *Shijing* and the *Shangshu*: The Evolution of the Ancestral Sacrifice During the Western Zhou," in *Early Chinese Religion, Part One: Shang Through Han (1250 BC-220 AD)*, ed. John Lagerwey and Marc Kalinowski, Leiden: Brill, 2009, pp. 143-200, 164-182。

[24] 唯一的例外,见杨伯峻,《春秋左传注》页1381(昭公十六年);理雅各,*The Chinese Classics* V: *The Ch'un Ts'ew with The Tso Chuen*, p. 664。

可供解释的余地。[25]

三 《雅》诗

和《周颂》一样,《大雅》《小雅》也产生于周王室的礼仪活动。《大雅》记西周故事,从公元前十一世纪的光荣建国到公元前八世纪的可悲衰落。《雅》可能在王室宴筵、外交场合这些更为世俗的、政治的环境中演奏。[26]如果说《周颂》的特征是篇幅短小、缺乏押韵、格律相对宽松的话,那么,特别是作为宏大王朝叙事的《大雅》,则可以说是恰好相反。它们被安置在章节整饬的长篇结构之中,[27]其成熟的诗歌语言最早不会早于公元前九或前八世纪——如果它们多少被保存了原貌的话。不过,我们还不清楚措辞、押韵、格律、分章等方面的整饬性在多大程度上是作品的原貌还是后人编辑的结果。使情况变得更为复杂的是,至少自公元前八世纪以降,王室和地方制作的青铜容器、青铜钟就采用了高度复古的手法,[28]同样的复古冲动可能也主导了诗歌的制作,这样一来,《大雅》的原貌也就存在各种可能性。将这些诗歌系年于公元前十一、前十世纪,还是公元前八、前七世纪甚或更晚,意味着对其性质、目的的不同理解。如果是前者,这些诗

---

[25] 关于《左传》赋诗,见 David Schaberg, "Song and the Historical Imagination in Early China," pp. 305-361; *The Patterned Past*, pp. 57-59; Yiqun Zhou, "Virtue and Talent: Women and Fushi in Early China," *Nan Nü: Men, Women, and Gender in China*, 5:1, 2003, pp. 155-176; Mark Edward Lewis, *Writing and Authority in Early China*, pp. 155-176。有关战国时期(包括《左传》)的《诗》接受情况,见 Paul R. Goldin, *After Confucius: Studies in Early Chinese Philosophy*, Honolulu: University of Hawai'i Press, 2005, pp. 19-35。
[26] 四首《鲁颂》和五首《商颂》是宴筵颂诗,而不是祭祀颂诗,被认为出自春秋时期的鲁国和宋国。
[27] 篇幅最长的《大雅》,如《抑》《桑柔》,分别为 450 字、469 字。多数《大雅》诗的字数在 100—300 字之间。
[28] 秦武公(前697—前678年在位)制作的刻有铭文的八件套大型编钟就是一个生动的例子,最好称之为对西周典范的复古重组。见 Martin Kern, *The Stele Inscriptions of Ch'in Shih-huang: Text and Ritual in Early Chinese Imperial Representation*, pp. 104-105。

歌就可以视为那个时代的见证，是西周礼仪实践和意识形态最有价值的第一手文献；如果是后者，它们就算不是传统之发明的文本产物，也是缅怀和理想化的纪念物。

《大雅》尤重文王，《文王》《文王有声》都是美文王之作。此外，还有其他五首《大雅》被读为追忆文王业绩的组诗；[29]需要再次强调的是，我们所见的与其说是一组独立的诗作，还不如说是一个大韵文库，可以用来追忆周的起源。

《文王》是《大雅》首篇，诗见下，其中有些诗行也见于另外五首诗歌，包括前文提及的《清庙》，即《周颂》首篇：

文王在上，于昭于天。周虽旧邦，其命维新。
有周不显，帝命不时。文王陟降，在帝左右。

亹亹文王，令闻不已。陈锡哉周，侯文王孙子。
文王孙子，本支百世。凡周之士，不显亦世。

世之不显，厥犹翼翼。思皇多士，生此王国。
王国克生，维周之桢。济济多士，文王以宁。

穆穆文王，于缉熙敬止。假哉天命，有商孙子。
商之孙子，其丽不亿。上帝既命，侯于周服。

侯服于周，天命靡常。殷士肤敏，裸将于京。
厥作裸将，常服黼冔。王之荩臣，无念尔祖。

---

[29] 依次为《生民》《公刘》《绵》《皇矣》《大明》。见 C. H. Wang, *From Ritual to Allegory: Seven Essays in Early Chinese Poetry*, pp. 73-114。

> 无念尔祖,聿修厥德。永言配命,自求多福。
> 殷之未丧师,克配上帝。宜鉴于殷,骏命不易。
>
> 命之不易,无遏尔躬。宣昭义问,有虞殷自天。
> 上天之载,无声无臭。仪刑文王,万邦作孚。

据《毛诗》的编排顺序和诗前《小序》,《大雅》前十八首美文王、武王、成王(前 1042/1035—前 1006 年在位);次五首刺厉王(前 857/853—前 842/828 年在位);次六首美宣王(前 827/825—前 782 年在位);最后两首刺幽王(前 781—前 771 年在位)。所以,《大雅》被认为反映了西周王朝发展过程中的重大时刻,始于最初的"黄金时代",终于典型的"末代暴君"幽王,而幽王也是商朝末代君王的镜像。

传统认为,《大雅》主要系于佚名的王室官员,是历史转折点的见证和作品;但它们同样也有可能是回顾想象的产物。一万多件刻有铭文的西周青铜器里面,包括容器、钟、兵器和其他青铜制品等,其铭文没有任何一联与这些诗歌相同。《左传》首次引用《文王》中的一行四字,是在公元前 706 年;[30] 第二次引用《文王》诗行,是在公元前 688 年;[31] 此后,简短引用《大雅》是在公元前 655 年以后,引用次数也很少,直到公元前六世纪中期,引用频率才开始增高。[32] 总

---

[30] 杨伯峻,《春秋左传注》页 113(桓公六年);理雅各, *The Chinese Classics* V: *The Ch'un Ts'ew with The Tso Chuen*, p. 46。

[31] 杨伯峻,《春秋左传注》页 169(桓公六年);理雅各, *The Chinese Classics* V: *The Ch'un Ts'ew with The Tso Chuen*, p. 79。

[32] 见曾勤良,《左传引诗赋诗之诗教研究》。《左传》叙事中的引诗赋诗,必须与"君子"、孔子评论中的引诗赋诗区分开来,后者似乎是较晚的文本层面。关于"君子"和孔子的评论,见 Eric Henry, "'Junzi Yue' versus 'Zhongni Yue' in Zuozhuan," *Harvard Journal of Asiatic Studies* 59.1, 1999, pp. 125-161; 另见 David Schaberg, "Platitude and Persona: Junzi Comments in the *Zuozhuan* and Beyond," in *Historical Truth, Historical Criticism, and Ideology: Chinese Historiography and Historical Culture From a New Comparative Perspective*, ed. Helwig Schmidt-Glintzer, Leiden: Brill, 2005, pp. 177-196。

之,《大雅》三十一首,《左传》只称引了其中的二十首,以提到诗题或引用诗行的方式,但没有一次引用全诗,引用整章的情况也只有一次,即记公元前514年事时曾引用《皇矣》一章48字。[33] 另外,《左传》特定年份所记的引诗赋诗活动,不一定就是当年发生的事,也有可能是公元前四世纪末《左传》成书时插增的;《国语》11次引用《大雅》,[34] 情况也可能如此。就算所有这些引诗赋诗活动的确发生在那些历史场合,孔子其时和孔子以前文本记录中的《大雅》痕迹也是相当不足的。除了整章引用的那一例外,文本记录中引用《大雅》不超过几十个字,引用始于公元前706年,晚于周初君王三百多年。

下面这两首《大雅》的结尾四行,一般被视为对诗歌作者的自我指涉陈述。也就是说,这些陈述好像可使我们确定作品的创造时间:

> 吉甫作诵,其诗孔硕。其风肆好,以赠申伯。(《崧高》)
> 吉甫作诵,穆如清风。仲山甫永怀,以慰其心。(《烝民》)

"吉甫"传统上被认作宣王时期的尹吉甫。虽然《小雅·六月》和公元281年从古墓中出土的先秦文献《竹书纪年》尊他为军事领袖,但我们对他所知甚少。《崧高》《烝民》提到"吉甫",似乎是想为诗歌提供一个作者和历史锚点,以便将之系于宣王时期。但这两首诗,在其最后四行之前并没有可以辨识的个人的声音,从形式上看,最后四行的押韵也与之前不同。早期文献共引用这两首诗110次,[35] 但从未引用过最后这四行,也没有哪种文献将这两首诗(和其他别的文本)系于"吉甫"名下。最后,"诵"指的是表演而非原创。

---

[33]《皇矣》全诗共393字,见杨伯峻,《春秋左传注》页1495(昭公二十八年);理雅各,*The Chinese Classics* V: *The Ch'un Ts'ew with The Tso Chuen*, p. 727. 另外,公元前522年(昭公二十年)"仲尼曰"曾引《大雅·民劳》首章,篇幅稍短,共40字。
[34] 见何志华、陈雄根,《先秦两汉典籍引〈诗经〉资料汇编》。
[35] 同前。

在中国，在公元前二世纪的早期帝国以前，并不存在诗人是自主的创作者这一观念。《左传》只谈到佚名诗歌（即便是经典诗歌）的演奏，并没有谈到作诗行为本身，最多只有四首诗可能是例外，而它们全都出自《国风》。[36] 几乎所有引《诗》的先秦文献，根本上就不关心诗歌的起源问题，只关心诗歌的可阐释性和实用性。近年来发现的《孔子诗论》简[37]也没有涉及作者或起源问题，而是从宽泛的语义角度界定诗歌，可能是关于如何正确用诗的指南。[38] 在现有的先秦文献中，只有《孟子·万章上》中有一段话认为，为了正确理解诗歌，必须探究其所再现的"志"，但这个"志"也不等于是作者的心灵。对个体作者身份的不关心，也表现在更大的文本传统中；例如，近年来发现的数十种文献，都不提作者归属。我们不能确定"吉甫作诵"对于先秦听众而言意味着什么。"吉甫"这位作者可能并不重要；但"吉甫"这位诵者，身为高官胜任其职，能够将《诗》中具有重要意义的诗句呈给君王。

《左传》中的"赋诗"场景，其实是诗歌表演的场景，目的往往是劝谏或外交；相应地，有名字的作者，往往也是有名字的诵诗者，有的甚至地位显赫。[39] 诵诗者有技巧地说出潜在的诗歌含义，而这种含义是华夏之内的文化政治精英都能辨识的。诗歌的含义不是固定的或显而易见的，而是需要敏锐的听众将诗歌与身边情景结合起来。

---

[36] 这四首诗是《载驰》《硕人》《清人》《黄鸟》，分别为公元前720年（隐公三年，《硕人》）、公元前660年（闵公二年，《载驰》《清人》）和公元前621年（文公六年，《黄鸟》）。这四首诗中的动词，均为"赋"，"赋"是"铺"（颂、诵）的标准用字。虽然早期笺注认为这里"赋"的意思是"作"，但这一点我们还不能确定。

[37] 见马承源主编，《上海博物馆藏战国楚竹书（一）》页13—41，121—168。

[38] 见本书《说〈诗〉：〈孔子诗论〉的文理与义理》。

[39] 关于《诗经》、古希腊作者问题，其侧重点与今天有所不同的比较研究，见 Alexander Beecroft, *Authorship and Cultural Identity in Early Greece and China: Patterns of Literary Circulation*, Cambridge: Cambridge University Press, 2010; 另见 Alexander Beecroft, "Authorship in the Canon of *Songs (Shi Jing)*," in *That Wonderful Composite Called Author: Authorship in East Asian Literatures from the Beginnings to the Seventeenth Century*, ed. Christian Schwermann and Raji C. Steineck, Leiden: Brill, 2014, pp. 58-97.

《左传》记载了几则逸事,接收者不能领悟别人所赋之《诗》的含义,这样的失败让人蒙羞:不懂用诗的艺术(《论语·子路》),对诗歌潜在之"志"的集体共识懵然无知,这无异于"正墙面而立"(《论语·阳货》)。

从这个角度看,《崧高》《烝民》这两首诗中的"吉甫作诵",就有了四重指涉:诗歌本身;使诗歌适合于引诵的正典性;地位显赫的模范诵诗者;敏锐的接收者,即宣王。所以,结尾四行评论了诗歌运用与接受的早期历史,在采用诗歌形式的同时,又置身诗歌之外。

《江汉》共193字,在《大雅》中属于中等篇幅,表明了这种合成性(composite nature)如何能够越界容纳其他非诗文类:

> 江汉浮浮,武夫滔滔。匪安匪游,淮夷来求。
> 既出我车,既设我旟。匪安匪舒,淮夷来铺。
>
> 江汉汤汤,武夫洸洸。经营四方,告成于王。
> 四方既平,王国庶定。时靡有争,王心载宁。

第一、二章就周如何征服南方蛮夷提供了一种典型叙事。从第三章开始,诗歌语言出现了根本转变:

> 江汉之浒,王命召虎。式辟四方,彻我疆土。
> 匪疚匪棘,王国来极。于疆于理,至于南海。
>
> 王命召虎,来旬来宣。文武受命,召公维翰。
> 无曰予小子,召公是似。肇敏戎公,用锡尔祉。

最后两章记述周王赐给召虎的礼物,以及召虎对周王的感谢:

厘尔圭瓒，秬鬯一卣。告于文人，锡山土田。
于周受命，自召祖命。虎拜稽首，天子万年。

虎拜稽首，对扬王休。作召公考，天子万寿。
明明天子，令闻不已。矢其文德，洽此四国。

这首诗传统上系于宣王时期，其典型之处在于叙事声音毫无个性特征；甚至宣王和召虎二人的措辞亦常见于其他诗中。《江汉》前两章共16行，其中11行与《颂》《大雅》《小雅》其他仪式诗歌相似，[40]说明它是一个模块化的文本（a modular text），取自王室礼仪的语言库。这些有关联的诗歌，彼此并不相同，但大部分都很相似，一起组成了一种关于周朝的整体化叙事，并受到有限词汇和紧凑形式结构的制约：四字句、多押尾韵、频繁使用联绵词，以及小部分特定的句法模式。这些特征体现了周代礼仪的意识形态，特别是在面向祖先历史时：旧总是新的模板，新也从来都不是全新的，而是共享了其他的仪式表达。公元前809年，下面这一97字的文本被铸在一件青铜鼎的内壁上：

隹（惟）十又九年四月既望辛卯，王才（在）周康邵（昭）宫，各（格）于大室，即立（位），宰讯右趩入门，立中廷，北乡。史留受王令（命）书，王乎（呼）内史［？］册易（锡）趩玄衣屯（纯）黹赤市、朱黄、綟旂、攸勒。用事。趩拜稽首，敢对扬天子不（丕）显鲁休，用乍（作）朕皇考釐白（伯）奠（郑）姬宝鼎，其眉寿万年，子子孙孙永宝。[41]

---

[40] 见《毛诗》，164、168、177、179、183、204（两行）、205、208、223、227（两行）、234、238、241、245、263、274、299、300、302。
[41] 陈汉平，《西周册命制度研究》页17—20，上海：学林出版社，1986；陈佩芬，《繁卣、趩鼎及梁其钟铭文诠释》，《上海博物馆集刊》，1982年第2期，页15—25。

这份铭文记录了王室册命和受册仪式。它在很大程度上与公元前825年至前789年的其他四份铭文相同，后者也是册命仪式的记录。[42]迄今为止，已经出土了大约一百份公元前九至前八世纪铸在青铜器上的册命文书，体现了持续不断的仪式和行政实践，以及王室中制度化的文本记忆。约有六份铭文详细记录了册命仪式本身。

这些铭文与《江汉》的平行关系显而易见。青铜铭文的语言显示，其日期和目的非常具体，措辞却是类型化的，普通祝颂诗可以挪用来赞美和铭记周朝的辉煌。青铜铭文本身，以最初写在竹简上的王"命"为基础。"命"在册命仪式上宣读，所以经历了两次转化。首先，转化为青铜铭文的内容：为此，增加仪式叙述以使"命"本身历史化，结尾增加祈福词以将整个叙事改写为对召虎祖先的宗教致辞。其次，竹简文本（或青铜器铭文）也进入颂诗之中。仪式性的王室册命这一具体事件，也就与关于周的普遍叙事合为一体。"册命"类铭文彼此之间大多可以互换，颂诗也受到王室颂诗用语的影响。

比起连贯一致的铭文来，《江汉》分为两个完全不同的单元：第一个单元完全由与其他颂诗共有的语言构成，第二个单元则与另外两种文本有诸多相似之处，即青铜器铭文和保存在《尚书》中的周王室演讲。除了"予小子"见于《闵予小子》《访落》《敬之》外，"王命（某人）""锡器物""广土""秬鬯一卣""告于""于周受命""拜稽首""对扬王休"这类说辞，全都不见于《诗》的其他部分，但却反复见于王室演讲和青铜器铭文。"无曰予小子""锡山土田""作召公考"，尽管多为四字句，但却是违背了标准诗歌节奏的散语。这些观察也符合《江汉》的押韵模式：前两章押韵十分整饬，与其他仪式颂

---

[42] Martin Kern, "The Performance of Writing in Western Zhou China," in *The Poetics of Grammar and the Metaphysics of Sound and Sign*, ed. Sergio La Porta and David Shulman, pp. 109-175.

诗完全一致；第三章，押韵开始变得松散；第四、五章，几无押韵可言，呈现出不适合配合声乐作口头表演的诗歌样态；第六章，最后又回到周朝颂美的用语，诗歌恢复了较为规律的押韵模式。

这样一来，《江汉》就是一个合成文本，它由两种不同素材和语域（linguistic registers）组合而成，而不是某位诗人的创作。从其现有的形式看，它可能从未用作演出本，只是对理想化的周代礼仪的书面追忆，由古代韵文和仪式的片段组合而成。值得注意的是，《江汉》不见于任何其他先秦文献。同样，在一个叙事框架内整合了宗庙祭祀表演的多声部演奏的长诗《小雅·楚茨》（《毛诗》209），在先秦文献中也几乎无迹可循。[43]

这使得我们对中国诗歌以及《诗》起源方式的想象变得复杂起来，即便其某些语言层面相当古老。《诗》汇集了并非由"创作"，而是通过"编辑"生成的"文本群"和"亚文本库"（groups and sub-repertoires of texts）。它们的结构是合成性、模块化的，有时太短不能自成篇什，有时又太长，不能视为一个统一的文本，还留存了《诗》的早期接受史和编纂史。《颂》《雅》是层累的、历时的产物，其合成及再合成贯穿了公元前一千年。战国和早期帝国时期文献引《诗》时大都冠以"诗曰"二字，意思也是"《诗》曰"。这些引《诗》不提作者或诗题，其所指的不是单个文本，而是整个诗歌、礼仪传统。甚至就具有历史面向的《颂》《雅》而言，我们也不知道其现有形式在何种程度上早于诗集编纂，也不知道诗集编纂于何时、何地。[44]

---

[43] 对《楚茨》的深入研究，见本书《作为表演文本的诗：以〈小雅·楚茨〉为个案》。一开始我将《楚茨》视为祭祀演出本，现在我认为这首诗是以古语缅怀古礼的合成品。见 Martin Kern, "Bronze Inscriptions, the *Shijing* and the *Shangshu*: The Evolution of the Ancestral Sacrifice During the Western Zhou," pp. 173-177。

[44] 本文避免对《小雅》作细致讨论。传统上认为《小雅》晚于《大雅》，但我们不能以此作为结论。七十四首《小雅》中的很多作品，同样是层积的、合成的文本，也是在文本子群中进行组织的。

四 《国风》

《国风》一百六十首，按北方中国十五个国家和地区的名称编排，很多篇什表达了深刻典型的人类情感，即情人的思念、士兵的苦难，以及苛税下的民怨，这是任何时间、任何地方都会经历的情感。《国风》分为十五个部分，其中五个部分完全不见于《左传》。《左传》只引过十首《国风》，每首都很简短，[45]其中四首可能作于特定场合。[46]《左传》还提到了其他二十五首《国风》篇名，大多集中出现在相互赋《诗》的场合。[47]有些诗歌可与《左传》和后来文献的历史记载联系起来，但这种关联通常既不明确，也非必要。《颂》《雅》的起源，可以在周王室的礼仪文化中得到确认，但从《国风》中却无从辨别这种制度背景。除了《毛诗·小序》提供的背景资料外，罕有作品能判定其历史背景，也没有关于其创造时间的内证。据说王室官员曾从民间收集"风"诗，配乐后呈送周王，供他了解民情与民生。这种说法似乎只是到了汉代才广泛流传，可能是汉帝国宫廷收集地方音乐的一种反映。[48]

对于《国风》，传统看法包括以下几点：（一）作品来源于特定的地理区域；（二）作品是民众情感的表达，所以揭示了当时的社会、政治和道德的状况；（三）由于源自民间，作品具有根本上的真实主张。在中国，将《国风》视为民歌，这种看法自二十世纪初以

---

[45]《毛诗》,7（成公七年）、17（襄公七年）、18（襄公七年）、26（襄公三十一年）、33（宣公二年）、35（僖公三十三年）、38（襄公九年）、58（成公八年）、116（定公十年）、160（昭公二十年）。
[46] 这一点目前还不能确定，同样参见本书《说〈诗〉：〈孔子诗论〉的文理与义理》一文。
[47] 文公十三年（前614），《毛诗》54；成公九年（前582），《毛诗》27；襄公八年（前565），《毛诗》20；襄公十四年（前559），《毛诗》34；襄公十九年（前554），《毛诗》54；襄公二十六年（前547），《毛诗》75、76；襄公二十七年（前546），《毛诗》14、49、94、114，以及单独引用52；襄公二十九年（前544），《毛诗》36；昭公元年（前541），《毛诗》12、13、23；昭公二年（前540），《毛诗》55、64，以及单独引用16；昭公十六年（前526），《毛诗》80、83、85、87、90、94；定公四年（前506），《毛诗》133。
[48] 见本书《汉史之诗：〈史记〉〈汉书〉叙事中的诗歌功能》。

来尤为突出，深受欧洲浪漫主义的影响，如赫尔德（Johann Gottfried Herder）认为民歌才是一个民族真实的、原始的声音。随着帝制的崩溃、民主和民族主义思想的兴起，中国文学史迫切需要超越儒家学术传统。1919年"五四"文学、政治革命后，这个文学史就是"发现"小说、戏曲和民歌——正是在同一时期，西方的米尔曼·帕里（Milman Parry）、阿尔伯特·罗德（Albert Lord）也提出了"口头套语创作"（oral-formulaic composition）的理论。同时，法国社会学家、汉学家葛兰言也将《国风》读为古代中国民众节日和风俗的表达。[49]赫尔德、罗德－帕里和葛兰言的观点各有侧重，对现代学术产生了深远影响。[50]《国风》是普通民众的真实表达——尽管经过了艺术加工，这种看法在中国几乎是正统观点，轻而易举地就将王室官员收集民歌的汉代说法与早期中国的政治哲学联系在了一起。

诗歌应当时历史境况而作的最著名的一例，是《秦风·黄鸟》：

　　交交黄鸟，止于棘。谁从穆公？子车奄息。维此奄息，百夫之特。
　　临其穴，惴惴其栗。彼苍者天，歼我良人。如可赎兮，人百其身。

　　交交黄鸟，止于桑。谁从穆公？子车仲行。维此仲行，百夫之防。
　　临其穴，惴惴其栗。彼苍者天，歼我良人。如可赎兮，人百其身。

---

[49] Marcel Granet, *Fêtes et chansons anciennes de la Chine*.
[50] 将罗德－帕里的理论运用于《国风》的研究，见 C. H. Wang, *The Bell and the Drum: Shih Ching as Formulaic Poetry in an Oral Tradition*. 近年来将《国风》视为古代中国公共节日和性别关系的表达的比较研究，见 Yiqun Zhou, *Festivals, Feasts, and Gender Relations in Ancient China and Greece*, Cambridge: Cambridge University Press, 2010。

> 交交黄鸟，止于楚。谁从穆公？子车针虎。维此针虎，百夫之御。
>
> 临其穴，惴惴其栗。彼苍者天，歼我良人。如可赎兮，人百其身。

《左传》叙述道：公元前621年，秦穆公卒，以奄息、仲行、针虎三人殉葬，"国人哀之，为之赋《黄鸟》"。[51]这是将"赋"（to present, to recite）读为"作"（to make）最可信的一例，很自然，《毛诗·小序》也是这样解释诗歌背景的。然而，需要注意的是，这里的"国人"不是指普通民众，而是秦廷精英。

这里，《左传》不仅记述了诗歌的历史背景，还记述了创作活动，这个少有的例子使得早期中国诗歌可能是应具体背景而生的这一普遍看法具有了可信度，虽然没有哪首《国风》像《大雅》那样包含了连贯的历史叙事。潜在的"诗言志"说，使得诗歌具有了征兆性和揭示性，还赋予诗歌以毋庸置疑的真实主张。这种说法也鼓励认同作者，就算作者是半匿名的"国人"。但是，《国风》诗学中的作者，不是自主的、有创造性的作者。诗歌不是有控制力的诗人所"作"的，而是源于历史，其真实主张正在于作者控制和艺术处理的缺席。所以，早期中国的审美鉴赏，首先关心的是一首诗如何与其所描绘的世界相符合。一首诗可以被译解，或被建构为预言和征兆，整部《诗》也是如此。例如，公元前544年，吴公子季札出使鲁国，"请观于周乐"，鲁国为他作了一场舞、乐、歌表演，《左传》记载了他对各国"风"诗的评论：

> （季札）请观于周乐。使工为之歌《周南》《召南》，曰：

---

[51] 杨伯峻，《春秋左传注》页546—547（文公六年）；理雅各，*The Chinese Classics* V: *The Ch'un Ts'ew with The Tso Chuen*, p. 244。

"美哉！始基之矣，犹未也，然勤而不怨矣。"为之歌《邶》《鄘》《卫》，曰："美哉，渊乎！忧而不困者也。吾闻卫康叔、武公之德如是，是其《卫风》乎？"为之歌《王》，曰："美哉！思而不惧，其周之东乎！"为之歌《郑》，曰："美哉！其细已甚，民弗堪也。是其先亡乎！"为之歌《齐》，曰："美哉，泱泱乎！大风也哉！表东海者，其大公乎？国未可量也。"为之歌《豳》，曰："美哉，荡乎！乐而不淫，其周公之东乎？"为之歌《秦》，曰："此之谓夏声。夫能夏则大，大之至也，其周之旧乎！"为之歌《魏》，曰："美哉，沨沨乎！大而婉，险而易行，以德辅此，则明主也！"为之歌《唐》，曰："思深哉！其有陶唐氏之遗民乎？不然，何忧之远也？非令德之后，谁能若是？"为之歌《陈》，曰："国无主，其能久乎！"自《郐》以下无讥焉。[52]

季札论《雅》、《颂》、舞，都赞美上古的辉煌，对《风》的态度却复杂得多，论《郑风》《陈风》时甚至还预言了未来的覆亡。总之，这些评论将诗歌视为社会—政治现实的症候，如《诗大序》（也许成于汉代）所言：

治世之音安以乐，其政和；乱世之音怨以怒，其政乖；亡国之音哀以思，其民困。

在《左传》的这段叙事中，季札所观的表演几乎反映了整部《诗》；唯一没有提及的是《曹风》（大概属于季札没有评论的"自《郐》而下"）。就顺序而言，季札所论的前八个部分，即从《二南》

---

[52] 英译见 David Schaberg, *A Patterned Past: Form and Thought in Early Chinese Historiography*, pp. 87-88；对这一事件的精彩讨论，见同书，pp. 86-95。

到《秦风》，与《毛诗》的编排顺序一致，但从《豳》到《邶》，顺序大不相同。《左传》称引《国风》共43例，[53]其中37例都出自《毛诗》的前七个部分，这或许并不是偶然。我们的确不知道季札观看的是哪首诗的表演，但《左传》的记载是否反映了《诗》作为经典合集的历史发展过程呢？无论如何，这场音乐表演，或者说《左传》的记载，都将《诗》或"诗"视为一种统一的、有一定界限的话语。尽管《毛诗》以前每首诗文本的完整性和归属性仍然晦暗不明，但不晚于公元前四世纪，完整、统一的总体话语已经形成了。

前文对《雅》《颂》的观察涉及其合成性、模块化和历时性，其早期存在可能不是作为独立的篇章而是作为诗歌素材库，这同样也适用于《国风》。现有的先秦文献没有记载过整首"风"诗，新发现的公元前300年左右的《耆夜》简则提供了一个例子，它包含了《唐风·蟋蟀》。[54]今本《蟋蟀》为四字句，二十四行，分三章；竹简本共三十行（有些诗行残损），其中有三行不是四字句而是六字句。竹简本简文完整的二十三行中，只有三行文字与今本相同；此外，还有很多异文、文字错行，有些诗行为今本所无，其押韵也不同。今本有三个叠词，这是《诗》的典型措辞，竹简本则无。据《毛诗·小序》，《蟋蟀》刺晋僖公（公元前九世纪末在位）过分俭啬；竹简本则称此诗乃早于此两个世纪前周公在宴会上的演奏（即兴表演？）。

我们读到的究竟是一首诗的两个版本，还是不同的两首诗，究竟哪个文本"更早"？我们在这些问题上已经费了不少笔墨，但这些似乎是错误的问题。显然，两个文本有关系，但却难以推断说这个文本是从那个文本演变而来的。更有建设性的做法是，把这两首诗看成是能以多种方式从诗歌语料库中组织语言表达同一个话题的不同实例。

---

[53] 不包括孔子和"君子"的评论。
[54] 李学勤，《清华大学藏战国竹简（一）》页150，图版67—68，上海：中西书局，2010。《耆夜》等其他文本大概盗自南方古墓，由北京清华大学购自香港文物市场。

竹简本如果不是伪造的,《蟋蟀》就是能将今本《诗》中的整首多章节诗与另一个古代平行版本作比较的第一例。有可能,这些不同的版本就是司马迁称孔子删《诗》时删掉的"重"本,孔子将三千余首诗删至三百首。在这个过程中,选择(然后编辑)这个版本,抛弃那个版本;这种选择,也是在两种不同的历史语境化中,故而也是在两种不同的阐释中做出的选择。这解释了为什么可以以完全不同的方式指涉一首诗。名篇《郑风·将仲子》就是一个很好的例子:

> 将仲子兮,无逾我里,无折我树杞。
> 岂敢爱之?畏我父母。
> 仲可怀也,父母之言,亦可畏也。
>
> 将仲子兮,无逾我墙,无折我树桑。
> 岂敢爱之?畏我诸兄。
> 仲可怀也,诸兄之言,亦可畏也。
>
> 将仲子兮,无逾我园,无折我树檀。
> 岂敢爱之?畏人之多言。
> 仲可怀也,人之多言,亦可畏也。

据《毛诗·小序》,此诗刺郑庄公,公元前722年,他没能管住自己的母亲和弟弟,造成了国内的纷争和混乱。据《左传》,公元前547年赋此诗是为了敦促晋国释放被囚的卫侯;[55]据《孔子诗论》,"将仲(子)"之言"不可不畏"。[56]马王堆帛书《五行》援引这首诗来讨论"由色喻于

---

〔55〕 杨伯峻,《春秋左传注》页1117(襄公二十六年);理雅各, *The Chinese Classics* V: *The Ch'un Ts'ew with The Tso Chuen*, p. 525.
〔56〕 黄怀信,《上海博物馆藏战国楚竹书〈诗论〉解义》页97—99。

礼"的修辞手法,它用几个反问句改述此诗,问人是否会在父母、兄弟、国人面前交媾。很久以后的郑樵、朱熹将今本《将仲子》读为"淫奔者之辞",现代读者则读为青年女子担心情人的鲁莽危及自己的名誉。[57]

《将仲子》这个例子看似极端,其实不然:先秦两汉对《国风》第一首,也是最著名的一首诗《关雎》(《毛诗》1)的解读也众说纷纭:(一)美文王;(二)刺康王;(三)"由色喻于礼"的又一个例子——这样一来,《将仲子》就反讽地与《关雎》相提并论,前者是《毛诗》中最臭名昭著的作品之一,后者则是纯正美德的重要表达。[58] 这不仅仅是同一个文本的读法不同,而是所读的是不同的文本,因为诗歌是通过评注和使用才得以建构而成的,就最基本的文本层面而言,评注和用诗时需要在同音字中做出不同选择,这些同音字的意思可能差别极大,甚至完全相反。《关雎》《蟋蟀》《将仲子》这类诗歌,是在时间的推移中才逐渐形成的,并在组合、表演、修辞应用、历史语境化、通过书写加以固定、文学阐释的长期过程中反复改变其结构形态。这三首诗,无论哪一首,从一开始就没有什么"原本",每首诗的诗题都指向一个关涉不同的意义与表达的特定语料库,它在不同情况下能以不同方式被实现。关键诗行是稳定的(出土文献可证),整首诗如《蟋蟀》却可以各种方式结构而成。

上面这些观察,因新发现的出土文献才成为可能,它们极大地动摇了《国风》起源和作者问题的传统假设,也突显了历代《国风》阐释中存在的一些深层矛盾。《论语》中孔子说:"诗三百,一言以蔽之,思无邪。"司马迁也称孔子删《诗》时"取可施于礼义"者,但两千年来评注者们对于下面这一事实却头痛不已:《诗》的各个部分,尤

---

[57] 详见 Martin Kern, "Lost in Tradition: The *Classic of Poetry* We did not Know," in *Hsiang Lectures on Chinese Poetry* 5, Montreal: Center for East Asian Research, McGill University, 2010, pp. 29-56, 47;另见本书《出土文献与苏格拉底之悦:〈国风〉解读的新挑战》。

[58] 相关的前人研究成果和详细讨论,见 Martin Kern, "Lost in Tradition: The *Classic of Poetry* We did not Know"及本书《出土文献与苏格拉底之悦:〈国风〉解读的新挑战》。

其是包括《将仲子》在内的《国风》，似乎表达的是不得体的性欲。[59]我们不能判定今本《毛诗》的内容与诗集形成前被征引的同题诗歌是否相同。我们不知道这些诗歌是否建立在《论语》所说的"道德正统"（moral orthodoxy）[60]的基础上，也不知道"正统"如何体现在文学辞令上。《五行》和《孔子诗论》都说明现代读法根本上是不够的，因为我们不知道这些文本的原貌，只读其文字表层：出土文献、《毛诗》、汉代"三家诗"的读法都不同，但它们都同意一个原则，即《孟子·万章上》所言，一首诗的含义隐藏于（encoded）表层文字下面，只能靠复杂的阐释过程恢复其意义。这个过程不仅体现在对既有文本的阐释中，体现在能使诗歌焕然一新的表演、使用过程中，也体现在语义成分的改变中。孔子那句关于掌握《诗》就意味着懂得如何在外交场合中将之作为一种"隐语"来进行交流的名言（《论语·子路》），以及《左传》记载的那些不能领会引诗赋诗之意的失败事例，都是这一过程正反两个方面的明证。

这一结论最终使我们回到了《国风》起源于民歌的问题。除了需要厘清古今意识形态的建构外，我们还不能将文本内的诗歌角色和声音与文本外的作者相混淆。没有任何证据表明，吟唱痛苦悲伤的诗歌真的就是民众（hoi polloi）所作的。就算民众作了这些诗，也不重要：从一开始我们接触诗歌，接触的就已经是诗歌的接受、阐释和重塑。两千多年来，从来就没有什么"原本"（original text）的"本义"（original meaning）供人寻绎，新发现的出土文献也无法让我们回到本源（ad fontes）。

（程苏东 译，郭西安 校）

---

[59] 相关概述，见 Wong Siu-kit, Lee Kar-shui, "Poems of Depravity: A Twelfth Century Dispute on the Moral Character of the *Book of Songs*," pp. 209-225。
[60] Pauline Yu, *The Reading of Imagery in the Chinese Poetic Tradition*, Princeton: Princeton University Press, 1987, p. 49.

早期中国诗歌与文本研究诸问题[*]
从《蟋蟀》谈起（2019）

一 《蟋蟀》作为个案

在现属清华大学的一批已被广泛讨论的盗掘简中，包含一篇由14支竹简组成的短篇文本，其中5支残缺不全。最后一简背面题名"耆夜"，[1]这一题目似乎指向西周早年为庆祝对耆的军事胜利而举行的一

---

[1] 在此处及后文中，我基本依照最早公开发表的版本中的逐字隶化转写和训释。参看李学勤，《清华大学藏战国竹简（一）》页149—155；图版10—13，62—72（后文简称《清华》，凡提及《清华》一书编者所作的训释时，所引页码均出自以上）。对原文字感兴趣的学者可以方便地参考该资料以及其中优质的影印图像。中文文本中的空心方形字符"□"（对应于英文译文中的"…"）表示由竹简残毁而致的缺文；每一方块表示一个缺字。关于《耆夜》篇的更多研究，我参考了以下资料：李学勤，《论清华简〈耆夜〉的〈蟋蟀〉诗》，《中国文化》，2011年第33期，页7—10；李峰，《清华简〈耆夜〉初读及其相关问题》，李宗焜编，《第四届国际汉学会议论文集：出土材料与新视野》页461—491，台湾"中研院"，2013；黄怀信，《清华简〈耆夜〉句解》，《文物》，2012年第1期，页77—93；陈民镇，《〈蟋蟀〉之"志"及其诗学阐释——兼论清华简〈耆夜〉周公作〈蟋蟀〉本事》，《中国诗歌研究》，2013年第9期，页57—81；曹建国，《论清华简中的〈蟋蟀〉》，《江汉考古》，2011年第2期，页110—115；李锐：《清华简〈耆夜〉续探》，《中原文化研究》，2014年第2期，页55—62；陈致，《清华简所见古饮至礼及〈耆夜〉中古佚诗试解》，《出土文献》，2012年第1期，页6—30；郝贝钦，《清华简〈耆夜〉整理与研究》，天津师范大学硕士论文（2012）等。迄今最详细的研究是Marcel Schneider, *The 'Qí yè 耆夜' and 'Zhōu Gōng zhī qín wǔ 周公之琴舞' From the Qīnghuá Bamboo Manuscripts: an Annotated Translation*, Licentiate diss., University of Zurich, 2014. 关于包括《耆夜》在内的清华简之物理性质的详细讨论，参看肖芸晓，《清华简简册制度考察》，武汉大学硕士论文（2015）。夏含夷曾以"蟋蟀"为例重申了他已为界内熟知的观点，即书写在古代文本实践中相对所有其他形式占有中心地位（Edward L. Shaughnessy, "Unearthed Documents and the Question of the Oral versus Written of the *Classic of Poetry*," in *Harvard Journal of Asiatic Studies* 75.2, 2015, pp. 331-375）。我无意于这种固化的二分法。

[*] 感谢柯睿（Paul W. Kroll）、金鹏程（Paul R. Goldin）和尤锐（Yuri Pines）在本文终稿修订前提供的有益思路和及时指正。此外，感谢顾史考（Scott Cook）和另一位匿名审稿人对定稿所提出的宝贵建议。

次宴会。此简以战国时期的南方楚文字书写，暂被系年于公元前300年左右，学界认为其出自一座南方的墓穴。[2]写本以简短的文辞叙述了饮酒仪式的过程：开国君主武王与其弟周公分别致祝酒辞，各伴有一篇短歌演诵。叙述终止于其中第二首由周公表演的题为"蟋蟀"的诗歌，该诗或由周公即兴而作，或依据记忆而演唱。[3]

诗分三章，与传世本《诗经》即《毛诗》中"唐风"里的一首同题诗歌（《毛诗》114）联系非常密切。根据汉代资料，《诗》这一选集系由孔子在"三千余篇"的基础上删裁重复（"去其重"）汇编而成305篇，悉佐以弦乐歌唱（"皆弦歌之"）。[4]某首属于《诗》的多章节诗歌（或其某一版本）以完整篇幅出现在《诗》这一选集之外，如果这一写本可信，那么它代表着早期中国文学里此类情形的唯二之一，另一例同样出自清华简。[5]与此相对，早期中国文献的各种传世文本，无论是史学或哲学类，都包含数量庞大的引《诗》之言，但只有《国语》中出现了一次全诗的引用（"昊天有成命"，见《毛诗》271），其诗仅30字。[6]所有传世文献中篇幅最长的引《诗》是《皇矣》（《毛诗》241）中的一

[2] 后文会有更多关于系年和真伪问题的讨论。
[3] 尽管大多数学者假设这段叙述表明周公在目睹蟋蟀后极富洞察地即兴创作了这首诗歌，"作歌一终"一语的意味却是含混的："作"作为及物动词时既可表示"创作"（to create），亦可表示"使……发生"（to give rise to）；在后一种含义中，它倾向于表示"表演"一首业已存在的诗歌。"一终"表示一个独立自足的音乐单元；参看方建军，《清华简"作歌一终"等语解义》（http://www.gwz.fudan.edu.cn/Web/Show/2295）。
[4] 《史记》47.1936。
[5] 即《敬之》（《毛诗》288）。此诗在《毛诗》中的版本为54字，清华简版本为55字，见于由17支简组成的《周公之琴舞》，其篇名题于首支竹简的背面。17支简中有16支保存完整，仅第15简残损。参看李学勤，《清华大学藏战国竹简（三）》页132—143，图版8—11，52—67。和《耆夜》相同，关于《周公之琴舞》已有大量研究。其中一份全面而有启发性的分析见顾史考，《清华简〈周公之琴舞〉及〈周颂〉之形成试探》，林伯谦编，《第三届中国古典文献学国际学术研讨会论文集》页83—99，台北：东吴大学出版社，2014。该简文始于一首由周公"制作"或"表演"（"作"）之诗，继以一套由成王"制作"或"表演"的共计九首的组诗（抑或是一首分为九章的诗歌）。九部分中的第一部分与传世本的《敬之》相合。不同于《耆夜》的是，简文并没有为这些诗歌提供语境，它们仅仅是被依次写下。全部九个部分的后半部分皆以短语"乱曰"领起；而传世版本的《敬之》里则没有这一短语。
[6] 见《国语·周语下》（3.4）；徐元诰，《国语集解》页103。

章，共 48 字，见于《左传》。[7] 相比之下，清华简本包含了《蟋蟀》诗共三章总计 132 字，其中 108 字完全可辨，24 字残缺不明。

本文将呈现两个版本《蟋蟀》的简要对比，进而讨论与清华简版本研究有关的一系列基础的方法论问题。本文主要旨在思考前帝国时期诗歌的性质、生成和流布。[8]

	清华简版本	《毛诗》版本
1	蟋蟀在堂，役车其行	蟋蟀在堂，岁聿其莫
2	今夫君子，丕喜丕乐	今我不乐，
3	夫日□□，□□□荒[9]	日月其除
4	毋已大乐，则终以康	无已大康，职思其居
5	康乐而毋荒，是唯良士之方方[10]	好乐无荒，良士瞿瞿
6	蟋蟀在席，岁矞云落	蟋蟀在堂，岁聿其逝
7	今夫君子，丕喜丕乐	今我不乐，
8	日月其灭，从朝及夕	日月其迈
9	毋已大康，则终以祚	无已大康，职思其外
10	康乐而毋□，是唯良士之惧惧	好乐无荒，良士蹶蹶

---

[7] 杨伯峻，《春秋左传注》页 1495（昭公二十八年）。

[8] 注〔1〕中提到的许多研究同样给出了两个版本的比较，尽管它们并没有就源自其中的文本差异和方法论问题做全面讨论。

[9] 我在这里接受了《清华》一书的编者们将"忘"训释为"荒"的读法。我的这一看法更多地出于对文本语境的考虑，而不是出于对传世《毛诗》版本的遵循，尽管后者此处的用字的确为"荒"。这一诗章的主题明显并非关于遗忘，而是以正确的礼仪之道来有节制地享乐。

[10] 这里及每一章的最后一字以下，清华简本都清楚地显示出了通用的重文号"="。注意到这一重文号的《清华》编者们宣称它在此处的出现"与一般用法不同"，并因此"疑指该句应重复读"，然而并未给出更多解释。这一猜测似乏根据。诗句末尾的叠音词是《毛诗》中最为泛见的音韵特征之一，并且，在传世版本中总计有十首诗歌（《毛诗》6、7、13、49、58、138、148、189、237、245）含有"之+叠音词"的结构，其中许多更是重复出现。清华简的署名总编李学勤亦正是按传统方式来理解此处的重文号；参看李学勤，《论清华简〈耆夜〉的〈蟋蟀〉诗》。令人费解的是，大多数其他学者在复制转录该文本时轻率地省略了这一重文号，这违背了手抄本转录的一项基本原则。

11	蟋蟀在舍，岁矞□□	蟋蟀在堂，役车其休
12	□□□□，□□□□	今我不乐，
13	□□□□，□□□□	日月其慆
14	毋已大康，则终以惧	无已大康，职思其忧
15	康乐而毋荒，是唯良士之惧惧	好乐无荒，良士休休

两个版本之间大约有一半篇幅的文本不同。与传世本相比，清华简《蟋蟀》体现出如下差异：

（一）简本中的大量异文包括：使用不同字符来书写相同词语（字音）而产生的用字异文（orthographic variant）；语义相近而词汇不同的用词异文（lexical variant）；以及词义不同且有时构成完全不同诗句的用词异文。

（二）言语的视角不同。清华简本中没有第一人称代词"我"；而在传世本中的描述性语句可视为以"我们"为主语，在清华简本中则体现为对"（你们这些）君子"的劝勉。

（三）部分语句的位置处在不同的诗行。

（四）每一章包含额外的两行诗句，但并非简单地增加一联对句。这些附加诗句中的局部词语也见于传世本，但以缩略的形式存在。

（五）每一章的最后两句诗都多出四个字，从而偏离了四音节的韵律。然而，通过移除所有非重读的（unstressed）助词，这些诗句依然可以被重构为四音节的形式。[11]

---

[11] 在每个例子中，人们只需略去上句的连词"而"，以及下句的指示代词"是"、系动词"唯"和表所有格的连接词"之"，即可将不规则的两行诗句如"康乐而毋荒，是唯良士之方"改写为规范形式的"康乐毋荒，良士方方"。关于传世《诗经》总集中有此类"不规则诗句"的讨论，参看 George A. Kennedy, "Metrical 'Irregularity' in the *Shih ching*," in *Harvard Journal of Asiatic Studies* 4.3-4, 1939, pp. 284-296. 该文提出，这些额外的助词是非重读的，因此对基本的四音节韵律并无影响。

（六）押韵不同。

（七）被置于某个完全不同的历史语境。

从上述最后一点观察说起，《毛诗·蟋蟀》小序曰：

（《蟋蟀》）刺晋僖公也。

（僖公）俭不中礼。故作是诗以闵之。欲其及时以礼自虞乐也。此晋也而谓之唐。本其风俗。忧深思远。俭而用礼。乃有尧之遗风焉。

在这里，《毛诗》序不仅将这首诗的年代定于清华简本所述年代的三个世纪之后，也未见任何关于作者的具体概念；此外，它将《蟋蟀》视为一首谏刺诗，而清华简本则视之为一首庆贺颂歌。参看前文罗列的形式上和内容上的差异，《毛诗》序连同该诗本身一道，提出了若干基本问题，这些问题关涉我们对于《蟋蟀》此类诗歌的生成、传播、含义、受众和意图的理解。下文我将就其中一些问题展开探讨。不过，首先需要探讨的是有关盗掘简的问题，以及这一问题如何严重地限制了我们的分析。

二 盗掘简问题

迄今为止，上海博物馆（1994）、岳麓书院（2007）、清华大学（2008）、北京大学（2009，2010）、安徽大学（2015）等机构，藏有大量近年间被盗掘和买卖的来源不明的竹简写本，学界假设它们出自战国到汉代这一时段。所有这些写本都未曾经过充分而独立的检测，但悉数被拥有它们的机构和发布它们的学者宣称为真实可信。在这一情况下，我们面临的不是一个问题，而是三个问题：伪造的可能性、背景信息缺失，以及如何以合乎伦理且负责任的方式处理盗窃资产。我将分别简要地加以探讨。

据《清华》一书编者所言，清华简写本最初出现于香港的古玩市场，后于2008年由清华大学校友捐赠母校。基于对其中仅一支竹简的碳14定年检测，编者将它们的年代推定于公元前305年前后（上下浮动范围约30年）。[12]尽管大多数研究者接受了清华简的真实性，但至少仍有一些学者声称《耆夜》篇系今人伪造。[13]无论是否同意他们至今尚算孤立的结论，人们必须了解的是：这些文字的墨迹从未被检测过，并且，在古遗址中还有大量未经书写的空白竹简。似乎的确难以排除以下可能性：一个深谙中国古典文献、战国古文字学和音韵学的现代人，或是一个合作团队，能够制作出如在清华简中所见那样的楚文字文献。关于此等程度的作伪过于困难，或是完全不可能的说法还是一种主观意见，不能被证实或证伪。一件粗劣的伪作并不能成为潜在作伪者能力的反证。被广泛排斥的"浙大简"便是个很好的例子，如果说它表明了什么的话，也仅仅是揭示了一套判断标准，而这对于潜在作伪者而言也是极易了解和观察到的。我们永远无法知道最高明的作伪者的技艺，因为他们仍未被发觉，但低估他们所造成的可能后果却需要我们自己承担。而今，随着中国内地最具盛誉的学术和文化机构纷纷投入一场"军备竞赛"，即从香港古玩市场上求购越来越重要、精美和完整的写本，这些写本的价格难免水涨船高，由此带来的还有制作精妙伪作的动力。迄今为止，当我们研究在手的盗掘简并兴奋地发布我们从中产生的创见之时，我们**相信**它们为真，也无疑**希望**和**需要**它们为真，然而，我们对此并不**确知**。

---

[12] 李学勤，《清华大学藏战国竹简（一）》序，页3。
[13] 姜广辉、付赞、邱孟燕，《清华简〈耆夜〉为伪作考》，《故宫博物院院刊》，2013年第4期，页86—94。

即使这些写本是真实的，即虽为盗掘但并非伪造，它们依然带来了许多至今鲜有讨论的伦理、法律和学术问题。[14]当下，市场正越来越鼓励更多的盗掘和非法销售。近年来，又已有大量的写本经考古而得以重见天日，但不同于那些在早年被发掘的银雀山（山东临沂，1972）、八角廊（河北定县，1973）、马王堆（湖南长沙，1973）或是双古堆（安徽阜阳，1977）等地的汉代墓葬中的写本，如今这些写本的内容绝大多数是行政、法律和技术类，既不包含和传世经典中的文学、哲学和史学文献对应的文本，与传世传统也无甚关联。[15]与此形成对比的是，在过去25年间所获取的绝大部分盗掘写本却恰恰是有着对应传世文献的哲学、文学或历史类文本，抑或是多少与经典传统相关，至今只有两个主要例外，即岳麓书院藏秦代行政、技术和法律文献，以及北京大学藏秦代技术类文献。[16]这一情况在前帝国时代（迥异于秦汉）的写本中尤其如此：从数量上看，没有任何一次从近年的考古学发现中流出的前帝国时代写本能够企及上博简或是清华简的哪怕一小部分；即使是距今最近的一次主要发现即郭店（湖北荆门，1993）文献，在这两者面前亦相形见绌。

其结果是，在处理哲学、文学和历史类写本时，我们如今极大程度地依赖于盗掘文物，以之作为我们研究和重思早期中国思想和文化

---

[14] 金鹏程的讨论是个例外，尤值褒扬。Paul Goldin, "*Heng xian* and the Problem of Studying Looted Artifacts," *Dao* 12.2, 2013, pp. 153-160. 如需更广阔的跨文化语境，包括与处理盗掘文物有关的国际上解决方案的文献，参看 Colin Renfrew, *Loot, Legitimacy and Ownership*, London: Duckworth, 2006。一些重要的中国学者也已投入到关于盗掘写本的真实性和作伪可能性的讨论；参看 Christopher J. Foster, "Introduction to the Peking University Han Bamboo Slips: On the Authentication and Study of Purchased Manuscripts," in *Early China* 40, 2017, pp. 172-181。一例尤为相关的研究为胡平生，《论简帛辨伪与流失简牍抢救》，《出土文献研究》，2010年第9期，页76—108。不过，有关伪造的问题应与盗掘本自身的伦理、法律和学术问题区别开来。

[15] 近年来有两个主要的例外：发现于海昏侯墓（江西南昌，2011—2016）的西汉文本，以及一批发现于湖北荆州的战国文本（根据2016年的报导）。这两次发现都正在等待发布。

[16] 但要注意的是，岳麓书院于2008年、北京大学于2010年对这一类写本的购买，仅是在此类地方性实用类文献终于声誉渐隆（滞后于文学、哲学和历史类文献约十年）之后才发生的。最后，尽管某些出土文献如马王堆或尹湾（江苏连云港，1997）汉简在性质上是混合的，但对盗掘写本的求购在总体上的倾向性是明朗的。

史的参照标准。然而，无论是上海博物馆还是清华大学的这些文献都没有提供任何背景信息：我们不知这些写本来自何处，它们是否完整，可能属于过哪些个人或机构，由谁制作，谁是受众，可曾服务于何种目的，与某个可能存在的更庞大的（墓葬？）文物群关系如何，起初被安顿在怎样的物理环境中等。相反，我们面对的是被错置的、几近非实体化的文本和观念，写本与其最初社会语境仅存的联系只有其自身的物质和视觉特征。即使如希望的那样，我们拥有的所有盗掘写本都是真实可靠的，它们本身也并不能导向关于它们实际生活情境（*Sitz im Leben*）的种种结论。其结果是，对这些写本的研究绝大多数都专注于它们的古文字或是其中表达的思想。然而，由于缺乏关于其源头、传播和接受的完整语境，我们不可能重构它们在思想史中的位置：任何这样的一篇写本都可能只是一系列其他证据中的一项，又或者，它可能仅仅是一个随意的、孤立的、独特的书写片段，除了指涉其自身的存在之外意义甚微。这些信息对我们而言是不清楚的，故而在进一步对早期中国思想史做出概括性的总结前，必须先承认这种理解的匮乏。同样地，我们也不能依据孤立的文本证据来做出跨文类的统一结论：譬如，为法律、技术和行政文书制作副本的具体实践很可能依赖于某种特定的制度化结构和需求，而这些因素可能完全不适用于文学或哲学文本。事实上，即使在同一批盗掘写本中的不同文本之间，我们也无法得出概括性的结论。这是因为，我们并不知道所有这些文本是否确实来自同一环境，抑或是在售卖于香港之前才被拼缀在一起。严格地说，每一篇盗掘写本只能在其自身的边界之内被研究；甚而，我们时常不知道这些边界是否本来如此。

最后，在这些关于盗掘简的基本**学术**问题之外，还存在伦理和法律问题，这些问题牵涉到每一位通过学术研究来认可其真实性的学者，无论中外。更多的重视会催生更多的需求，而更多的需求则会刺激更多的供给，也就是说，更多的盗掘。研究早期中国的学者充分意识到了这一困境：一方面，存在反对参与这一恶性循环的原则性观点；另一方面，即使有上文所述的种种局限，从其中一些写本里可能收获的历史知识也是极为重要而无法忽视的。这些新材料的累积有可能改写和扩大关于早期中国史的全盘叙事，无视它们将意味着固执地延续那些我们如今已知亟待修正的传统观点。对历史知识的求索能为接受盗掘文物架设起某种辩护性的道德立场吗？即使可以，鉴于这种立场可能会鼓励更多的盗掘，从而不可避免地导致大量的知识破坏，它是否终将自悖初衷？

在我看来，这些问题并没有单一而清晰的答案。在当下这个历史时刻，我们领域的每一位学者都必然自觉地选择和维护他的立场，而这些个人的选择也必须被接受。然而，我想要指出的是：写本从古遗址中被盗掘而出的那一时刻所造成的对知识的破坏，与其原址以及本居其原位的物品相脱离，剥夺了它们在世界文化遗产中本应获得的地位。盗掘一般而言是对人文的窃夺，具体而言是对中国文明的窃夺。我们，作为古代文化的学者和监理人，无论中外，也许是时候共聚一堂了，承认我们共有的两难处境，一同发声，敦促各个层面的当局付出两倍乃至三倍的努力与盗掘行为抗争。即使是以回购返源的名义，一组新的盗掘写本的问世以及继之而来的购买，都不是值得庆贺的事。以守护中国文化遗产为共同目的，盗掘简问题应当引起我们集体而且公开的关切。

三 一首诗还是两首诗？关于《蟋蟀》成篇与流传的诸问题

回到《蟋蟀》问题。我所参看的大多数关于《耆夜》简本《蟋蟀》的研究都提出了同一个问题：简本《蟋蟀》和它在传世《毛诗》中的对应诗篇是独立的两首诗还是同一首？几乎所有研究都主张它们为同一首诗的两个版本，尽管这是在没有界定"版本"（version）

和一篇不同文本的区别的情况下。这一主张不可避免地导向了第二个问题：两者之间孰者更早？这一问题所进一步暗示的则是：哪一个更本源（original），抑或至少是更加接近于某个更古老的"原始版本"（original version），从而更可信地代表这首具体诗歌的最初面貌？以及，我们应该怎样推定更早的那首诗歌的年代？前文所引的学者们[17]得出了不同的结论：他们中的大多数相信清华简的版本更为古老；只有曹建国视这一写本为某人对《毛诗》版本的模拟之作。李学勤站在了最极端的角度，主张清华简本反映了此诗原初的、创编于周公之手的西周面貌。其他推崇简本的学者则要谨慎一些，主张它代表了春秋或战国时期的创编。最后，李锐较为折中地总结：这两首诗可能源自于某个单一文本，该文本后来分化为两个互相独立的"族本"（textual lineages），因此，追问这两个文本之间孰者更早是徒劳之举。

《毛诗》中的《蟋蟀》从某些方面来说表现为更标准化的文本，从每章末尾的诗句来看尤其如此。从经典化同样伴随着标准化的假设角度来说，《毛诗》版本也许由此更像是较晚的版本，在简本中延长的尾句（如前文所示）在这里已经被转化成了经典化的四音节形式，同时又不对语义构成影响。[18]但是，这对于《诗》总体上的经典化来说意味着什么呢？它是否意味着，清华简在某种程度上处于经典化进程之外，它所包含的某个独特的"蟋蟀"版本到了公元前300年左右尚未被类似于《毛诗》所见的那种经典化形式所取代？或者更宽泛地说，它是否意味着将《诗》转化为后人所知形式的修订工作在前300年左右尚未开始？然而，这一工作传统上被归于孔子，并且，在同样系年于前300年左右的两篇郭店竹简写本中，"诗"已被列为作为经典科目

---

[17] 参见注[1]。
[18] 参见注[11]。

的"六艺"之一。[19] 在后一种情况下,《毛诗》版本势必被理解为相当晚出,并代表着文字和音韵标准化的结果,对此,白一平称之为"身着汉代衣冠的周代文本:其文字及(某种程度上的)文本均已被《诗经》之后的音韵学所影响"。[20] 无论是以上哪一种情形,我们都不能认为传世《毛诗》在整体上可以代表清华简所处时代的《诗》。

许多《蟋蟀》的现代读者,尽管有时是心照不宣地,都对如下假设有共识:对于文本的生成来说,存在着某个单一的原初创作时刻以及单一的作者,由此产生了一个被书写下来的原始文本(Urtext),以此为起点,这首诗开始了其时光旅程,伴随着使诗句保持相对稳定的写本复制过程。在西方传统中,这是自前四世纪开始为人熟知的模式,亚历山大图书馆的语文学家开始制作荷马史诗的版本,并由此需要在同一文本的不同写本的异文之间做出选择。[21] 而后,杰出的德国语文学家弗雷德里希·奥古斯特·沃尔夫(Friedrich August Wolf, 1759—1824)和卡尔·拉赫曼(Karl Lachmann, 1793—1851)首先提出了构建古典学文本的校勘本(critical edition)的科学方法。[22]

采取某一种方式,将"从写本到写本的直接抄录是文本传播的主要形式"作为基础假设的学者们,事实上都同意了拉赫曼的"(文本)族谱"(stemma codicum)模型——无论他们是否知晓这一理论。在这一理论模型中,被书写的文本始于一个单一的源头,从这一源头衍生的分支形成了彼此分离的谱系。如李锐提出的不同"族本"概念即是

---

[19] 荆门市博物馆编,《郭店楚墓竹简》页179《性自命出》,页188《六德》,以及页194—195《语丛》。

[20] William H. Baxter, "Zhōu and Hàn Phonology in the *Shijing*," p. 30. 我在后文中将再度讨论关于标准化和经典化的问题。

[21] Glenn W. Most, "What Is a Critical Edition?," in *Ars Edendi Lecture Series*, vol. IV, ed. Barbara Crostine, Gunilla Iversen, and Brian M. Jensen, Stockholm: Stockholm University Press, 2016, pp. 168-174.

[22] 如需全面的介绍,参看 Sebastiano Timpanaro, *The Genesis of Lachmann's Method*, ed. and trans. Glenn W. Most, Chicago: University of Chicago Press, 2005。简短介绍可参 Glenn W. Most, "What Is a Critical Edition?," pp. 175-178。

这种观念的显在表达。我对此持不同意见，并在2002年提出了以下反思：

> 通过我近年对六种出土写本中引《诗》异文的研究，我推想曾经存在一个文本流动性相对明显的阶段：多个相互独立的写本是一个基本实质不变（如从其措辞上大致稳定而言）的文本的具体实现。我认为，尽管所有这些变本（version）都源于某个无法复原的"原本"（Urtext），但它们多样化的书写形式却并非源于某个单一模型；严格地说，在不同变本背后并不存在一个单一写就的源头。这并不是说我们可以排除这种可能，即这一无法复原的原本最初的确是通过书写而生成的。这只是说，在原本生成之后，文本并不是沿着"文本族谱"的世系而延续性流传的。由此我的看法与如下观点有别：在早期中国，作品的文本谱系最早且最主要是通过其**作为书写**的形式来获得崇高地位，且主要通过抄写复制的过程而得以传播。……对某个单一的写本来说，我们只能提出一种单一的生成模型：它是抑或不是复制的。但这并不妨碍一篇写本中同时出现显然为不同类型的异文，其中一些源自抄写复制的过程（尽管抄写本身是难以证明的），另一些则源于以记忆或是口传为基础的书写。要点在于，一篇写本的书写面貌可能不仅反映了其自身的生成模式；它可能还体现了该文本传播过程中一些更早先的阶段，从而构成了一个包含若干年代层的文本制品。[23]

今天，我发现"所有这些变本都源于某个'原本'"这一提议已不再有

---

[23] Martin Kern, "Methodological Reflections on the Analysis of Textual Variants and the Modes of Manuscript Production in Early China," pp. 149-150, 171-172.

意义;如今的我会更加强调,对一首诗而言,"在不同变本背后并不存在一个单一的书写源头"。我们并不知道该如何去想象最初的《蟋蟀》诗被某人创作出来的那个时刻,或是类似的诗如何由之衍生出来。因此,在关于这两篇《蟋蟀》诗的思考中,问题并不在于这两者孰早孰晚,我们也无法着手寻求"原诗"。相反地,我们在讨论它们之间的关系时要探究以下问题:怎样的文本传播模式能使我们可以解释这一诗歌是如何从《毛诗》版本发展向清华简版本——抑或反之?或者,我们是否应该反对任何这样一种由此到彼的线性发展模式?

从某一书写源头开始的连续的视觉化复制这一简单模型无法解释以下问题:一个文本为何会比另一个有更多的措辞?被共享的措辞和完整的诗句为何会出现于两首诗的不同位置?两首诗为何会有不同的言语视角、不同的韵脚,以不同的方式被语境化和历史化,且包含内容完全不同的措辞和诗句?无论是何种文本实践形成了这两篇如今在手的文本(可能还存在数量庞大的已经流失的,或是尚未发现的其他文本),它们必然曾经包含某些除了忠实抄写之外的行为,尽管对中世纪欧洲和唐代的抄写者来说,他们"在没有唯一权威的原作形式这一带有意识形态色彩观念的情况下,可以自由地生产出实际的每个层面都不同于其原模板的复制品"。[24] 两篇《蟋蟀》文本的区别却反映了某些更加深刻的因素:作为一个文本的两个平行而彼此独立的具体实现,它们并非简单地**以不同的方式被书写**,而是更具深远意义地在**完全书写不同的东西**,也就是说,这是具有不同历史语境和意味的两种文本。文本复制的问题就此成为了文本嬗变和再生的问题,而这种嬗变和再生又牵涉到一种近乎作者式能动作用(authorial agency)的

---

[24] Thomas A. Bredehoft, *The Visible Text: Textual Production and Reproduction from Beowulf to Maus*, Oxford: Oxford University Press, 2014, p. 63; 关于中国唐代的诗歌抄写复制,参看 Christopher M. B. Nugent, *Manifest in Words, Written on Paper: Producing and Circulating Poetry in Tang Dynasty China*, Cambridge, Mass.: Harvard University Asia Center, 2010。

因素，尽管是在某些既存模式之上发挥的。这之中的首要问题不是关于书面或是口头传播，而是关乎于对文本的保真度、稳定度、完整度、权威性和控制方式的理解。然而，对这两篇《蟋蟀》诗来说，什么样的可能性可被排除是清晰明了的：假如"复制"（copy）意味着一种按照某种程度的保真性来重现某个已有模板的尝试的话，那么这两首诗没有任何一个完整的诗句是由一个抄写者从其中一个版本复制到另一个。在写下这两首诗的两人中，至少有一人，或是先于此人的某人，尽管知晓其他版本却选择了创编不同的新内容。这些人是谁，他们总体受教育的情况如何，属于什么社会阶层，以及他们在何种程度上不仅参与了抄写的实践，还参与了对如同《蟋蟀》这类诗歌及其他文学文本的塑造？我们对此一无所知。

然而，从某些文学、哲学和历史类战国写本中精美的书法笔迹和疏朗的文字间距来看，我们也许可以下结论说，制作这些写本的意图在很大程度上是要令它们被**看到**和被**阅读**的。《耆夜》写本的书者不仅受训于书写系统，还受训于如何完成精美而规范的书法。这一写本可能是由于其外表面貌而被赋予价值的，也可能是被制作用以宣示其主人尊崇地位的展示之物。同样有可能的是，这样一件书写制品并不是一件第一手而是第二手的文本：在文化精英，或至少是本土精英当中，它的内容可能早已为人所知并受到珍视。[25] 总而言之，这对于随入墓葬的物品来说当是实情，对于被专门制作为陪葬物品的写本来说尤其如此。后者必然曾以一种更古老的形式存在过，并且，它们至少对于所陪葬的人来说是熟悉的。与此同时，我们并不知道在这样一篇写本的书写者身上存在多少作者式或是编者式的能动介入。鲍则岳（William G. Boltz）关于早期《老子》材料的观点同样适用于诗歌：

---

[25] 注意更早的青铜器铭文中的类似现象：铭文同样不是第一手的记录，而是这些记录的再现和变形。参看 Lothar von Falkenhausen, "Issues in Western Zhou Studies: A Review Article," pp. 162-163。

近年出土的汉代以前以及汉代早期写本中的大量例证表明：认为我们将会找到从一开始就被视为由某一作者在某一时间所作的知名作品"原件"的假设是站不住脚的。相反，这些例证表明，早期中国文本常常与比如说早期希腊与拉丁文本没有可比性，我们在后两者中通常会发现清晰的作者身份和稳定的成篇结构，无论文本的内部在其传承过程中遭遇过何种"破坏"。……这并不仅是由于缺乏足够的写本作为例证，而是因为早期中国文本汇编和生成的环境似乎和地中海西部常有不同。对于某个特定的传世作品来说，它也许起初就不曾有过可识别的原始作者。[26]

综上而言，关于两篇《蟋蟀》文本，以下基本问题至关重要：在早期中国，一首诗歌实际上拥有怎样的文本属性？它是如何形成的？我们应如何思考它的作者归属？谁拥有或是控制着一首诗歌？我们关于文本传播和流通的最可能的合理解释模式是什么？

四　素材库、合成文本与作者

在发表于 2005 年的一篇颇有影响力的论文中，鲍则岳提出了由"构建模块"（building blocks）构成的"合成文本"（composite texts）的概念，前者指的是相对较小的文本单元，它们可被灵活地编入不同的文本语境。[27] 这一概念适用于可见的材料证据，并使得诸如"原初文本"、"原初作者"或"诗歌的创作时间"的一类概念意义寥寥。与古希腊和古罗马文学不同，但与大多数其他古代和中古文学传统相似

---

[26] William G. Boltz, "Why So Many *Laozi*-s?," in *Studies in Chinese Manuscripts: From the Warring States Period to the 20th Century*, ed. Imre Galambos, Budapest: Institute of East Asian Studies, Eötvös Loránd University, 2013, pp. 9-10.

[27] William G. Boltz, "The Composite Nature of Early Chinese Texts," in *Text and Ritual in Early China*, ed. Martin Kern, pp. 50-78.

的是，前帝国时代的早期中国文学并不强调文本的个体作者、所有权或是文本控制的概念。就《诗》而言，如《崧高》(《毛诗》259）和《烝民》(《毛诗》260）这样的诗歌，即使在末尾的四句里分别宣言"吉甫作诵，其诗孔硕""吉甫作诵，穆如清风"，这些表达也并非关于作者身份的陈述，而是指向看上去外在于诗歌本身的演诵。[28] 类似地，如《孔子诗论》（由上海博物馆的现代编者题名）这样的盗掘写本[29] 讨论了一大批《诗》中的诗篇题目，但从未有一次提到了某首诗初始成篇的时间、意图和其作者的身份。也许是作为一份关于如何在特定情境下运用诗歌及其主题的教学手册，《孔子诗论》关注的是这些诗的核心理念，常以简短的描述性短语甚至是单个定义性的字词来概括之。[30] 最后，更广泛而言，无论是盗掘还是考古发现，在过去约40年间没有任何文学、哲学或历史类的写本文献带有它们作者的名字，也没有任何这样的写本提及了任何其他文本的作者姓名。

在中国和欧洲中世纪的诗学传统中，[31] 早期中国诗歌缺乏对作者身份的强调这一现象直接与诗歌总体上的不稳定性相关联，这类不稳

---

[28] 注意，在这两个例子中，关于吉甫的最后声言在形式上与其诗中之前的文本有别，并通过换韵而区分；这一以吉甫为演诵者或是作者的声言和两首诗内部的任何内容都无关涉；吉甫在两篇文本中没有显示任何存在和声音；在两个例子中，诗歌都具有合成的结构，它包含了王室辞令、箴言、行政文献中的语言、在《诗》其他地方出现过的诗化措辞，以及散文式的叙述；两首诗都含有一定数量的与其他诗歌平行的文本，而那些诗歌的构成更为密集地仿效行政文献和青铜器铭文模式；尽管两首诗在早期资料中多见引用，这些引文从未包含过最后四句；在所有涉及这两首诗的早期资料中从未提及吉甫是它们的作者；在早期文本传统的一些其他材料中，吉甫以军事长官的身份出现，但从未以诗人或是文学作者的身份；在《诗》中，看上去自我指涉的作者概念极为罕见；所有这一切都说明作者并不是构成这些文本的必备要素之一。

[29] 马承源主编，《上海博物馆藏战国楚竹书（一）》页13—41，121—168。

[30] Martin Kern, "Speaking of Poetry: Pattern and Argument in the *Kongzi shilun*," in *Literary Forms of Argument in Early China*, ed. Joachim Gentz and Dirk Meyer, Seattle: University of Washington Press, 2015, pp. 175-200.

[31] 参看如下奠基之作：Bernard Cerquiglini, *In Praise of the Variant: A Critical History of Philology*, trans. Betsy Wing, Baltimore: Johns Hopkins University Press, 1999; Paul Zumthor, *Toward a Medieval Poetics*, trans. Philip Bennet Minneapolis: University of Minnesota Press, 1992; and Stephen Owen, *The Making of Early Chinese Classical Poetry*, Cambridge, Mass.: Harvard University Asia Center, 2006。关于本领域更多重要研究的讨论，见 Christopher M. B., Nugent, Manifest in Words, Written on Paper: Producing and Circulating Poetry in Tang Dynasty China, Cambridge, Mass.: Harvard University Asia Center, 2010。

定性在保尔·祖姆托（Paul Zumthor）术语体系中表述为 mouvance（流动），在伯纳德·瑟奎里尼（Bernard Cerquiglini）那里表述为 variance（变异）。在所有这些传统中，"作者功能"（author function，米歇尔·福柯语）[32]并不体现为一种作用于文本的阐释与稳定性的控制力量。任何试图回溯式地"重构"或"重新发现"某个特定作者或是历史中的某个特定创作时刻的努力不仅注定是失败的，而且从一开始就在根本上是被误导的。这是因为，诗歌并不是作为分离的单个实体存在，而是如宇文所安所言，作为一些由种种主题和表达所构成的"诗歌材料"（poetic material）和"素材库"（repertoires）来不断新生成的具体实现而存在。我们应当回顾宇文氏对中古早期中国诗歌的描述：

> 当我们搁置关于"原初文本"、作者和相对系年的问题，就可以将每首现存的诗歌视作许多首可能曾被生成的诗歌之中的一种具体实现。我们所看到幸存下来的诗歌必然仅仅是全部实际上被创编诗歌的一小部分，也必然仅仅是幸存文本所有不同实现方式的一小部分。我们拥有许多文本异文，被理解为"同"一首诗的"不同变本"的文本，以及被认为"不同"却含有大量共享段落的诗歌。当我们将之设想为一系列的变体（variation），我们便意识到，是"同"一首诗的另一个版本还是另一首"不同"的诗，二者之间并没有绝对的界限。当我们去想象那些已经不复存在的变体和被以不同方式合并的片段，我们就会开始将它想成**"一首大写的诗"**（One Poetry）*，即一个

---

[32] Michel Foucault, "What is an Author?" in *Textual Strategies: Perspectives in Post-Structuralist Criticism*, ed. and trans. Josué V. Harari, pp. 141-60.

* 在这里，首字母大写的"One Poetry"是宇文所安提出的一个值得关注的概念，意指一种总体性的诗学资源，是包含了诸种理念与表达集合的统一体，区别于实存的某一首单独而具体的诗（one poem），与本文作者提出的诗学素材库（poetic repertoire）概念类似。原文着重符号为校者所加。下文为突出这一术语的特殊性并避免误读，均以"One Poetry"直接标示之。——校者

单一的连续统一体，而不是一些或被经典化，或被忽视的文本的集合。它含有自己重复出现的主题，相对稳定的段落和句法，以及生成程序。[33]

这恰恰正如我们在大量早期中国文本中发现的例证所示，包括但不限于诗歌。如同格雷戈里·纳吉（Gregory Nagy）对荷马史诗的论述那样，[34]这种流动性与诗歌的创编和再创编观念联系在一起，后者是在不断更新的语境和场景之下，通过口头演诵（祖姆托）或是新的写本制作（瑟奎里尼）而实现的。换言之，文本的稳定性并不是通过视觉化复制而得到控制；同样地，文本也并不如拉赫曼的模型那样按年代轴来列序。相反，存在着一种持续的多样性：不同的文本化实现都源自一个包含诗歌材料与表达方式的有限的整体。这种对于古代和中古早期文本性质的理解，其优势是显而易见的：首先，它比所有其他模型更好地解释了在不同文化内以及跨文化间的大量文本例证；其次，它超越了"口头还是书写"这一简单的二分法，并摒弃了关于书面文本稳定性的一些缺乏根据的理念，甚或可说是对于这种稳定性的渴望；[35]第三，它为诸如"构建模块"与"合成文本"等一般性概念的使用加上了有意义的限定。

现在，让我们回到《蟋蟀》再次考虑两个版本之间的区别：其中

---

[33] Stephen Owen, *The Making of Early Chinese Classical Poetry*, p. 73.
[34] Gregory Nagy, *Poetry as Performance: Home and Beyond*. 纳吉把他关于荷马史诗文本流动性的模型一路推到了公元前150年，这种程度的推演如今已被其他学者质疑。尽管我并无自信评价古希腊的材料论据，但早期中国以及许多中古传统中的比较性数据的确倾向于支持他表演中的创编这一基本理念。无论宇文所安还是纳吉都未参与关于文本存在与否或是从口头演进到书写这类似是而非的争论；与瑟奎里尼一样，他们讨论的是不同社会中的文本实践，比如战国时代的中国，这些社会中的书写体系早已形成且被广泛应用于各种环境。
[35] 看起来在任何古代和中古传统中，只有很少的文本被视为足够神圣以至于受到"正典准则"（canon formula）的规范，典型的为法律和宗教类文本。Jan Assmann, *Cultural Memory and Early Civilization: Writing, Remembrance, and Political Imagination*, pp. 87-106. 在中古时期的中国，以发现于敦煌的写本为例，只有那些已经被帝国或是宗教正统正式经典化达数个世纪的文本受到了如此保护，而年代更近的，尤其是以方言书写的文本则非如此，包括当朝诗歌。

一篇文本比另一篇含有更多的措辞，共享的措辞和诗句出现在两首诗的不同位置，两首诗含有不同的言语视角、不同的韵脚，它们以不同的方式被语境化和历史化，以及，它们包含内容完全不同的措辞和诗句。我相信，这些现象中没有任何一个能以一种直接的视觉化复制程式来做出最合理的解释，也不符合关于个体化作者或是书面制品的文本稳定性经久弥坚的假设。相反地，两篇《蟋蟀》文本是通过它们总体上的主题、意象以及一套有限范围的表述而联系在一起的，这些表述明显使它们区分于其他诗歌：它们是某一个共享素材库或是"诗歌材料"的两个独立的具体实现。很容易想象，如果有其他的"蟋蟀"诗被发现，它们也将是不同的。而在这些"蟋蟀"文本之间，不变的是它们的基本理念，即倡导有节制的享乐。

不过，即使是这一基本理念也显然会发生变化。上博简《孔子诗论》包含了一系列反复出现的定义，它们被用以概括各首诗的核心思想，抑或是有关如何用诗的理念。其中涉及《蟋蟀》的一段如下：

孔子曰：《蟋蟀》知难。《仲氏》君子。《北风》不绝人之怨。[36]

假设两篇清华简和上博简文本都是真实的，且大致来自同一时代和地区（它们共有的楚地文字显示了其地理属性），那么，此处对《蟋蟀》的评论与该诗的传世文本还有清华简《耆夜》篇中的文本有多契合呢？答案是完全不契合。[37]相反，我们在这里面对的是另一种完全不同的解读，与清华简或是《毛诗》文本中的历史语境均不兼容。"知

---

[36] 第二十七简；参看黄怀信，《上海博物馆藏战国楚竹书〈诗论〉解义》页69—80。对这些篇章的性质的进一步讨论参看本书《说〈诗〉：〈孔子诗论〉的文理与义理》。
[37] 我在此并不采纳黄怀信对此繁复眩目的一番解释（见黄怀信，《上海博物馆藏战国楚竹书〈诗论〉解义》页69—72），他的解释通过层层的猜测才将"知难"与《毛诗》中的《蟋蟀》文本相联系。

难"也许指向另一首同题的诗歌，它在唤起"蟋蟀"意象的同时传递了某种有关"难"及"知难"的信息。我们对这样一首诗一无所知；然而，我们的确意识到，基本上不存在一首统一的《蟋蟀》诗。换言之，不存在一首单一的诗，而只存在着诗歌材料在"蟋蟀"这一主题之下的多种具体实现，它们化身为多个平行的、互相独立的文本，并允许多种不同的解释可能性。"蟋蟀"这一标题并不指示某首单一的诗作；它指示一种诗歌表达的多样性，或者更准确地说，一种可以从中产生多种不同表达的诗歌话语。这些表达可以平行于彼此而存在，且不是由某个具体的"原诗"定义，而是由一系列情景化的语境、需求和期望驱使。个体诗（individual poem）——如果这样一个概念仍然是恰当的——并不是产生于某种原创性的作者意图，而是相反地，总是在特定情境之下常作常新。

如果《蟋蟀》的情况确实如此，那么《诗》中的其他诗篇也将同样如此。文本再生产的诸原则超越任何具体的实例，因为前者反映了早期中国诗歌发生和发展更为广泛的社会文化环境。由此也就可能去辨识和确定其他包含诗歌材料的素材库以及它们被实现为具体诗篇的方式。考虑到此处我所援引的文本生产模式是基于灵活的情境化而改写的，与机械性复制相对，我们应该做好准备面对范围更广的诗歌素材库的可能实现形式。

这样的例子确实很容易找到。首先是在《毛诗》中的54字短诗《敬之》（《毛诗》288）。[38]出现于《周公之琴舞》的55字清华简版不仅表现出诸多上述《蟋蟀》诗之间的区别，比如包括完全不同的措辞和诗句、不同长度的诗句和额外的诗句等。此外还有两个尤其有趣的特点：第一，清华简版的文字被明确分为上半部分"启"和下半部分"乱"，这也许表明了配乐演诵间的转折（注意这首诗被介绍为"琴

---

[38] 参见注[5]。

舞"）；第二个使得清华简版的《敬之》区别于其《毛诗》中对应篇章的特点是，前者并不独自成篇，它只是一部由九个部分组成的组诗的起始部分或乐章，被明确标记为"琴舞"。不是作为单篇诗歌，而是作为诗题不同的大型组诗的一部分——如果说这直到公元前300年左右还是《敬之》为人知晓的一种存在形式，那么它还未被经典化为"周颂"（整个《毛诗》中大概最早的部分）不可或缺的一部分。

在讨论更多诗歌素材库作为单篇诗歌表达的来源，包括继而分离为自主诗篇的更多例证之前，有必要先思考一下这类素材库的可能边界以及其变化范围。在发表于2005年的一篇论文中，[39]我计算了《毛诗》与六种前帝国和帝国早期包含《诗》片段的写本之间的异文百分比。六种写本中的两种出自郭店，两种来自于上博所藏的盗掘文献（清华简是此文数年后才发表的）。在这四种目前被认定为前帝国时期的写本中，出现《诗》的引文共464字，其中各类型异文总数为181个，占39%。应该指出的是，在464字的引文中有相当一部分重复出现在郭店《缁衣》篇（引《诗》193字）和与其几近相同的上博《缁衣》篇（共引157字）。换言之，在清华简发现之前，前帝国时期写本中出现的464字《诗》的引文有350字可以说基本上出自同一篇文字——《缁衣》，且其中超过一半的字重复出现。此外，包括《诗》的片段在内的整篇文字在传世文献中存在对应的篇章，以同题出现于《礼记》的一章。[40] 由此，在先前未知的郭店《五行》篇和上博《孔子诗论》篇中出现的《诗》引文仅占114字，与《毛诗》相比照有44个字为异文，占38.6%。

我进一步计算了这些见于写本的《诗》片段在《毛诗》和被重构

---

[39] Martin Kern, "The Odes in Excavated Manuscripts," pp. 151-158.
[40] 关于我对《缁衣》写本的分析以及其与传世版本的对比，参看 Martin Kern, "Quotation and the Confucian Canon in Early Chinese Manuscripts: The Case of 'Zi Yi'［Black Robes］," pp. 293-332。其中提到了更多的研究书目。

的西汉三家《诗》残篇中对应部分的异文百分比。相比于《毛诗》和各写本之间约 39% 的平均异文比例，此处仅为 5.23%。这些数据说明了什么？首先，我们可能因误解了个别字符的重要性而高估了写本中异文的数量。具体而言，类似郭店和上博所藏的楚地写本代表了一种独特的地域性书写风格，其中的字并不总是与流传下来的标准楷书形式相对应。换言之，一个与《毛诗》相较**看起来**像是异文的字符可能实际上只是一种地域性的特殊写法。当然，仅仅这种偏差并不能解释为什么写本中的异文比例是传世三家《诗》中异文的七至八倍，也不能解释以楚地字体书写的前帝国写本之间所存在的异文。一定有其他因素在起作用。

所谓的三家残篇分别被归属于《诗》的齐、鲁、韩三个解说学派，是从近 30 种早期中国传世文献中收集而来的，然而它们并不代表存世《诗》残篇的全部，而只是其中相对显眼的一小部分。一个远为庞大的《诗》的平行文本和引文集合，即与《毛诗》相一致的那种，可以在更多传世传统所保留下来的早期文本中找到。然而，考虑到那些包括来自同一地域和历史时期的不同写本间极高的异文比例，我们很难想象出现于不同时期不同地域的一系列前帝国写本中的《诗》引文会与传世《毛诗》保持一致。相反，这一定是汉和汉以后将之回溯地标准化的结果。[41]

那么，近期所见写本中的《诗》片段和引文又如何呢？如果传世《毛诗》中的诗篇仅是一个更大的诗歌素材库的众多具体实现之一，我们难道不应该期待看到范围更广的不同于《毛诗》具体篇章的诗句吗？根据我早前的分析，写本与《毛诗》对照的高比例异文，绝大多数反映的是书写上的不同，而不是字音上的区别：尽管词以不同的字符书写而成，但从音韵而言这些字符的类似程度足以互相代替，由

---

[41] Martin Kern, "The Odes in Excavated Manuscripts," pp. 181-182.

此，异文只是反映了同一个（或几乎同一个）字音的不同书写方式，故而在大多数情况下也应该视为构成了相同的词。[42]简言之，《诗》的片段和引文与传世本《毛诗》在音韵上是基本一致的，因而也很可能语意上基本一致。这种总体上的一致性难道不表明《毛诗》中的具体篇章和写本中所引的诗篇实际上是相同的吗？

这个问题有助于我们清晰勾勒出诗歌素材库的不同实现形式间变异（variance）和流动（mouvance）的范围。在我看来，现有的证据为上述变异和流动提供了明确的限制，这些限制已经很好地反映在《蟋蟀》和《敬之》中，却不与素材库的概念产生冲突。首先，如我们在《蟋蟀》和《敬之》中所看到的，即便是诗歌素材库的不同实现，也仍旧共享了相当数量的措辞。其次，当一首诗被引用时，几乎不是通过诗题来标识，而是由类似于"诗曰/云"或者"大雅曰/云"这类更一般的指示引出。在所有此类引用中，我们无法基于初步印象来判断所引诗句出自哪首诗。引诗在大多数情况下不以诗题而以类属化的指示（"诗"/"大雅"或"小雅"等）被援引这个事实本身就说明了一种更为松散的诗歌观念：它的界定不取决于独立诗篇的个体诗题（注意，在这里"作为个体的诗"和"作为总集的《诗》"这两个表达之间没有区别开来）。最后，对《诗》的指涉和引《诗》是分布极不平衡的。[43]诗歌并非随意而引：一些标志性的诗句被频繁引用，而大多数其他的诗句却根本不被引用。

例如长24行、共96字的《鸤鸠》[44]篇（《毛诗》152）。[45]该诗被

---

[42] 这并非一个已成定局的结论：考虑到早期中文中大量的同音字和近音字，不同的受众在听到相同字音的时候将其理解为不同的词，这也是完全可能的。
[43] 对此简单但不完整的概述，参看何志华、陈雄根编，《先秦两汉典籍引〈诗经〉资料汇编》。
[44] 理雅各将这一鸟名翻译成"turtle dove"，阿瑟·韦利翻译成"cuckoo"，高本汉只进行了音译。
[45] 以下研究也对该篇进行了讨论：吴万钟，《从诗到经：论毛诗解释的渊源及其特色》页19—30；进一步可参 Paul R. Goldin, *After Confucius: Studies in Early Chinese Philosophy*, pp. 25, 166, n. 30。

分为四章，每章由六行四音节结构的诗句构成。传世的战国与汉代文本中约 23 段不同章节有其引文，[46] 它们也出现在郭店和上博写本。其中最长的三段引文分别存于《荀子》，及汉代文本《列女传》和《大戴礼记》，包含了六行共 24 字，这三个文本所引用的是完全相同的六行诗句，意味着这些引文本身可能是互相关联的。其他文本对《鸤鸠》的引用绝大多数只有一到两行，很少情况下才出现四行。总的来说，所有的 24 行诗句中也只有 14 行被引用，即 96 字中的 56 字。在这些被引用的 14 行中，有几行反复出现在《毛诗》中。与此同时，这首诗是如何被写本引用的呢？郭店《缁衣》篇和上博《缁衣》篇分别引用了两行，同样的两行也被郭店及马王堆《五行》篇引用（马王堆《五行》篇系年于前 168 年前）。另有两行被上博《孔子诗论》篇引用，再有不同的一行出现于马王堆《五行》篇。总体来说，这五个不同的写本仅引用了五行《鸤鸠》诗句。[47] 这五行都属于《毛诗》中该诗的第一章，也都属于《荀子》、《列女传》和《大戴礼记》所引三段最长引文（分别长达六行）的一部分。

  这意味着什么呢？首先，我们无法通过早期的传世文献或近期所见写本中的引文来重构任何此类的诗篇。其次，虽然有相当数量的引文诗句出现于传世《毛诗》中，这些引文却具有高度的选择性：类型广为不同的各种文本都只倾向于反复引用相同的诗句，也就是某首既定诗歌辨识度最高的标志性诗句。显然，这些并不仅是一首诗的标志性诗句，更表达了该诗属于特定诗歌素材库的核心理念。从诗歌素材库这个概念本身出发，我们应看到的恰恰就是这些引文模式到底体现了什么：这是对某些有限措辞集合的凸显，而这些措辞既界定了素材库，也频繁反复地出现在这一素材库众多或所有的"具体实现"之中。

---

[46] 何志华、陈雄根编，《先秦两汉典籍引〈诗经〉资料汇编》页 97—98。
[47] Martin Kern, "The Odes in Excavated Manuscripts," pp. 161, 168-171.

让我们通过对《鸤鸠》更细致的考察，来思考一下何以所有写本引文都属该诗《毛诗》版本中的第一章。同"国风"中的许多诗一样，这首诗的所有章节都高度重复：

鸤鸠在桑，
其子七兮。
淑人君子，
其仪一兮。
其仪一兮，
心如结兮。

鸤鸠在桑，
其子在梅。
淑人君子，
其带伊丝。
其带伊丝，
其弁伊骐。

鸤鸠在桑，
其子在棘。
淑人君子，
其仪不忒。
其仪不忒，
正是四国。

鸤鸠在桑，
其子在榛。

> 淑人君子，
> 正是国人。
> 正是国人，
> 胡不万年。

第一行和第三行重复出现于每一章。每章的第一行引出第二行：首章的第二行列数了幼鸟的数量；后三章中幼鸟分别栖息在不同的树上。第三行是对君子贤人的陈述，引出不同的第四行："其仪一兮""其带伊丝""其仪不忒""正是国人"。每一章的第五行是顶针式地重复第四行。第六行则是每一章的完结："心如结兮""其弁伊骐""正是四国""胡不万年"。

换言之，这里的成篇样态是模块式的；在重复总体结构的基础上，每一章于第二、第四行（重复于第五行）和第六行处引入细小的新元素。唯一取自自然的意象即鳲鸠和它的幼鸟们；唯一被赞美的人物为"淑人君子"，其所言所行皆符合淑人君子的形象：礼衣冠，端举止，正他人。整首诗通过套语式的祈寿来收尾。简单来说，无论四个单章在细节上如何不同，都不过像是一章的不同变体。如果再有三章，情况也无不同；如果缺少一章，也无足轻重。换言之，整首诗可以被看作同一素材库的四种具体实现，而其第一章出于某些我们不知道的原因既成为了该诗《毛诗》版本的开头，又为其写本版本提供了主旨。这并不意味着《毛诗》篇可上升为"原作"；而可能只是表示其第一章的种种程式是为众人所熟知的。因此，引用第一章中的一联也就实际上引用了整首诗的主旨。如今我们看到《毛诗》篇以四章而非两章或三章成篇，这并不意味着该诗是以此形式为人知晓的，相反，只要基本的结构保持不变，同类的变体就总是可能的。

从《鳲鸠》引文的规律以及《蟋蟀》和《敬之》各篇的现实例子出发，我们可以设想下，个体的诗自其所依凭的更广的诗歌素材库化身成篇时受到何种约束。让我们先对传世文献中更多的例子进行一番回顾,以减少对真实性不明的盗掘写本的依赖。首先,试考虑《左传》中一般系年于前597年的一段对组舞《大武》的描述。在下列引文中,我标记出了《毛诗》中对应的诗篇:

> 武王克商,作颂曰。载戢干戈,载櫜弓矢。我求懿德,肆于时夏。允王保之。(《时迈》,《毛诗》273)又作武。其卒章曰。耆定尔功。(《武》,《毛诗》第285)其三曰。铺时绎思,我徂维求定。(《赉》,《毛诗》295)其六曰。绥万邦,屡丰年。(《桓》,《毛诗》294)夫武,禁暴,戢兵,保大,定功,安民,和众,丰财者也。[48]

毫无疑问,《武》(他处亦称《大武》)属于东周文化记忆的一部分,且因此被反复演颂,从而模拟再现公元前十一世纪中期周对商的征服。《礼记》的《乐记》篇即引孔子曰:"若此,则周道四达,礼乐交通。则夫《武》之迟久,不亦宜乎。"[49]另外,该组舞本身也是一个更大型演颂素材库的一部分,其中还包括了可按需取用的武王战地演讲(或曰"誓")的各种版本。在如下《左传》关于前538年的记载中,[50]楚国的大夫椒举就如何接待各地诸侯而谏言楚灵王(前540—529年在位):

---

[48] 杨伯峻,《春秋左传注》页744—746(宣公十二年)。
[49] 孙希旦,《礼记集解》页1023—1029;理雅各,*Li Chi: Book of Rites*, vol. 2, pp. 121-125。关于《武》这一歌舞组曲,参看王国维,《观堂集林》2.15b-17b;孙作云,《诗经与周代社会研究》页239—272;C. H. Wang, *From Ritual to Allegory: Seven Essays in Early Chinese Poetry*, pp. 8-25; Edward L. Shaughnessy, *Before Confucius: Studies in the Creation of the Chinese Classics*, pp. 165-195;杜晓勤,《〈诗经〉"商颂""周颂"韵律形态及其与乐舞之关系》页1—28。
[50] 参看 Martin Kern, "The 'Harangues' in the *Shangshu*," in *Origins of Chinese Political Thought: Studies in the Composition and Thought of the Shangshu* (Classic of Documents), ed. Martin Kern and Dirk Meyer, Leiden: Brill, 2017, pp. 281-319, 尤其是 pp. 303-311。

> 臣闻诸侯无归，礼以为归。今君始得诸侯，其慎礼矣。霸之济否，在此会也。夏启有钧台之享，商汤有景亳之命，周武有孟津之誓，成有岐阳之搜，康有酆宫之朝，穆有涂山之会，齐桓有召陵之师，晋文有践土之盟。君其何用？宋向戌、郑公孙侨在，诸侯之良也，君其选焉。王曰：吾用齐桓。[51]

关于武王的孟津之誓以及系于他的组舞并没有被特殊对待，此处根本就没有提及任何形式的书写，遑论对《武》的书面记录。我们看到的是一种演颂文化，在这种文化中，关于早先演颂和文本的素材库可以被选择性地再现。这无疑是仪式和文化记忆在前现代社会的运作方式，一个社会过去的关键性时刻被持续地重新构想，重复演颂、传播和延续，这种方式甚至延续在当代宗教中。[52] 如果《耆夜》和《周公之琴舞》不是伪作，那么它们本身便构成了这个文化记忆的一部分，其中演颂和书写的实践随着时间的推移持续互动并共同演化。

最有趣的是，上述关于武王之作的《左传》引文在"武"前先提及了一首"颂"。一共引了四首"周颂"，其中三首分别作为《武》的一"章"出现。然而，在《诗》中这些引文**并非**集中在一首题为"武"的单篇诗歌中（《诗》中题为"武"的诗仅有七行28字），而是分属于三篇各自为题的不同诗篇。考虑到以上《左传》引文中提到了"六章"和"卒章"，它所指代的组诗必然至少有七章。在过去的一百多年里，当代的学者纷纷就《武》包含了"颂"中哪些诗篇展开了联

---

[51] 杨伯峻，《春秋左传注》页1250—1251（昭公四年）。
[52] Paul Connerton, *How Societies Remember*; Jan Assmann, *Cultural Memory and Early Civilization*; Stanley Tambiah, *Culture, Thought, and Social Action: An Anthropological Perspective*, Cambridge, Mass.: Harvard University Press, 1985, pp. 123-166; Martin Kern, "Bronze Inscriptions, the *Shangshu*, and the *Shijing*: The Evolution of the Ancestral Sacrifice during the Western Zhou," pp. 143-200. 我在援引比较材料的时候当然做了如下假设：古代中国文明并非完全按照其特有模式运作而与其他文明完全不可比，因此，比较人类学的基本素养是研究早期中国的必要条件。

想,并提出至少十来种建议。但是这种兰克*式"如实直书"(*wie es eigentlich gewesen*)的实证主义追求可能本身就是误导性的,我们根本不知道哪些诗篇被包含进去,以什么顺序演颂。但是,我们应该认识到,《左传》和《毛诗》对"周颂"的组织安排有根本性的不同,且这种不同不是一个亟须解决的问题,而是一个必须承认的现象。如果实际上从来就不存在一个单一不变的对《武》的组织方式呢?如果《毛诗》对各首独自为题的短诗的编次,只不过是一个诗歌材料集合(即关于《武》的素材库)在其已不复被灵活运用于实际演颂之后的相对晚期的一种文本化实现呢?重申一遍:正如我们在《敬之》和《蟋蟀》中看到的,对于个人作者、原作时刻以及作为一系列书写复制本源的"原诗"的信念是最难成立的一种解释。

大量其他证据表明,早期中国对于诗歌素材库的组合式及合成式的使用以及它们在仪式表演语境下的运用不是一种例外,而是一种常态。还是就"周颂"而言:如我在另一篇论文中提到的,[53] 31 首"颂"诗中大多数都很短,其中 27 首仅有 18 到 60 字不等,且都不是独立自足的文本单元。相反,其中有一些有着很紧密的互相联系,彼此之间共享了区别于其他诗篇的整行诗句,甚至是章节。这些共享的内容即是某些特定素材库的表达形式。[54] 例如说,《丰年》(《毛诗》279)仅有的 30 字中有 16 字逐字重复于《载芟》(《毛诗》290),而《载芟》中除了有另外三行诗句被《良耜》(《毛诗》291)共享之外,还有另一些诗句出现于临近的四首诗中。[55] 换言之,我们面对的并不是一首首独

---

[53] Martin Kern, "The Formation of the *Classic of Poetry*," in *The Homeric Epics and the Chinese Book of Songs: Foundational Texts Compared*, ed. Fritz-Heiner Mutschler, Newcastle upon Tyne: Cambridge Scholars, 2018, pp. 48-49.

[54] 比如说,《毛诗》286-289 四首"颂"诗以不同的方式共享部分诗句,且只在相互之间共享;参看 W. A. C. H. Dobson, *The Language of the Book of Songs*, Appendix II, pp. 247-249.

[55] 即《毛诗》277、292、293、294。

* 即德国历史学家利奥波德·冯·兰克(Leopold von Ranke)。——译者

立的（更谈不上所谓由个人所作）的诗篇，而是宇文所安所谓的"One Poetry"，它由特定仪式需求而产生的某些形式和语义参数所规定。

最近，顾史考在其关于《周公之琴舞》的精彩分析中，就《敬之》和其他"周颂"诗篇做出了类似的观察，他展示了来自不同诗篇的诗句和措辞如何依照西周宫廷仪式的具体场合被合并为各种组合。[56]在这个过程中，他进一步发展了傅斯年（1896—1950）早先的讨论，即包括《敬之》在内的短篇"周颂"可能曾经曾是西周宫廷舞蹈和音乐素材库的一部分。[57]在这篇写于1928年（早于现有新见写本几十年）的文章中，傅斯年富有洞见地指出了"周颂"不同诗篇间所存在的多种联系，并推测"颂"诗原先可能是多章节结构的篇作（或至少是互相之间存在紧密联系的组诗），而非以《毛诗》中的组织形式出现的独立且简短的诗篇；由此他提出这样一种假设："周颂"因仅掌握在西周宫廷仪式专人之手，而经历了一段原始形式丢失和散落的历史。西周的宫廷一旦解体，其音乐、舞蹈和诗歌也就一并陷入混乱。

顾史考依靠写本证据的优势进一步推测：《毛诗》仅保存了部分这类更早、更广泛在周代宫廷仪式中以不同组合形式运用的组曲。这种可能完全存在，但是我倾向于更推进一步：与其说西周灭亡之后原先的诗歌组曲经历了一段丢失和散落的历史，抑或被选择性地经典化为《毛诗》中的早期诗歌，毋宁说，写本证据表明了一种活形态诗歌传统的存在，在这个传统中，书写和表演之间多样化且互相独立的互动关系一直延续到西周之后的数个世纪，可能直至战国时期。此外，这个传统不仅包括了"周颂"，更包括了《诗》中所有的组成部分和文体。

如上《蟋蟀》和《鸤鸠》的"国风"诗所示，诗歌素材库这个概

---

[56] 顾史考，《清华简〈周公之琴舞〉及〈周颂〉之形成试探》。
[57] 参看傅斯年，《〈诗经〉讲义稿（含〈中国古代文学史讲义〉）》页15—34，北京：中国人民大学出版社，2004。

念并不局限于"周颂"。另外,王靖献在几十年前提出了"文王史诗"("Weniad")的说法,意指他从《诗》中的一系列"大雅"诗篇所重构出的一篇关于文王的史诗。[58] 我虽不赞同他为了表明中国也存在某一种史诗传统所做的尝试,[59] 但是他的解读却揭示出一个重要的事实:他所用来重组为"文王史诗"的五首诗确实属于一种关于周代对于过往进行英雄化的独立叙述。类似关于其他主题的组合可以在"大雅"和"小雅"两部分分别找到。[60] 这些素材库所共享的仍然是可以被模块化拼合的主题和措辞集合,它们总是可以形成类似却永不相同的新诗篇。这种诗歌成篇模块化方式还可能延伸更广:《楚辞》中的大部分诗歌应该被视为从有限素材库中模式化成篇而来,比如各种以"九"为题的组诗;[61] 西周的青铜器铭文[62] 和秦始皇石刻[63] 也应如此;作用于所有这类"One Poetry"的模式化成篇原则还能在后期的中国诗歌中看到,尤其是中古时期的古诗和乐府;[64] 甚至在诗歌以外的传统中国视觉和物质文化中也是如此。[65]

---

[58] C. H. Wang, *From Ritual to Allegory: Seven Essays in Early Chinese Poetry*, pp. 73-114;王靖献的"文王史诗"包括了《毛诗》245、250、237、241以及236,他声称这是它们"叙述史诗性神话的……正确顺序"。

[59] 王靖献早先运用帕里-洛德(Parry-Lord)的"口头程式理论"(Oral-Formulaic Theory)对《诗》中"国风"部分的分析存在更严重的问题;参看 C. H. Wang, *The Bell and the Drums: Shih Ching as Formulaic Poetry in an Oral Tradition*. 在二十世纪七十年代,中国古典文学的研究见证了比较研究的大幅增长,这些研究试图展示许多西方的概念如何可以被或多或少地直接运用在中国传统之上。不幸的是,很多这类早期的比较研究仅仅是将西方概念机械性地、不加思考地套用过来。类似的情况在二十世纪早期帝国颓溃而民族国家方兴之际已经发生过。也就是在那个时期,中国的学者开始将"国风"视作简单直白的、可以通过字面意思来理解的民谣。然而,似乎没有一个古代的读者是这样处理"国风"的;所有早期的材料都显示"国风"需要复杂的阐释说明。参见 Martin Kern, "Lost in Tradition: The *Classic of Poetry* We did not Know," pp. 29-56。

[60] 可参见《毛诗》192-197、209-212、253-258,或259-262。

[61] 值得注意的是,《周公之琴舞》也被分成九个部分,且《离骚》本身包含了对"九歌"的指涉(该"九歌"不应与《楚辞》中同名的组诗相混。其他一些早期的文本也同样提到九个乐章。

[62] 参看 Lothar von Falkenhausen, "Issues in Western Zhou Studies: A Review Article"。

[63] 参看 Martin Kern, *The Stele Inscriptions of Ch'in Shih-huang: Text and Ritual in Early Chinese Imperial Representation*。

[64] 除了上引字文所安,还可参看 Joseph R. Allen, *In the Voice of Others: Chinese Music Bureau Poetry*, Ann Arbor: Center for Chinese Studies, University of Michigan, 1992。

[65] 参看 Lothar Ledderose, *Ten Thousand Things: Module and Mass Production in Chinese Art*。

五 假说还是结论？

考虑到写本中的《诗》引文与《毛诗》中相对应部分在音韵上的稳定性，[66] 以及自公元前 300 年以来的写本中（郭店简、上博简、清华简）只有很少的诗句未见于《毛诗》这一现象，某种与《毛诗》核心内容接近的诗篇集合在不晚于前四世纪时已经为人所知。虽然这个集合尚未以固定的书写形式存在，但业已构成了精英教育的绝对核心，这从《左传》这类文本或《论语》里孔子的各类言论中便可见一斑：《诗》通过记忆被内化并可在情势需要时被背诵出来或写下来。最重要的是，如《蟋蟀》和《敬之》所示：即便当《诗》中某些标志性诗句已经被固化为半经典性程式的时候，这种从有限素材库具体实现成篇的方式仍然在延续，形成在言语或书写上互相独立的文本表演。

就我们的文本的形成、完整性和流传来说，这些都意味着什么呢？难道相同的材料以不同的组合形式重新出现不会困扰任何古代的学者吗？甚至也不会引起他们对这些材料原始形态的好奇？究竟什么是所谓的早期中国文本？在这样一个相同的历史故事、诗歌和哲学思想可以多种版本并存，并可以系于多重演说者的文化里，直到前 221 年帝国建立之时，都没有任何人声称过他的版本要比其他任何人的更优越、更古老，或更真实可信。早期中国有关于思想的争鸣，却从来没有过关于文本的争鸣。[67]

针对这种情况存在不同的处理方式，相比之下有优有劣。然而有一种想法是现有证据所不能支持的，即，我们有办法走近古代文本的原始版本及其作者的思想，而过去的文本是如我们今日对文本的理解

---

[66] Martin Kern, "The Odes in Excavated Manuscripts."
[67] 《孟子·尽心下》（7B.3）对《武成》真实性的怀疑是一个例外，《武成》是一个已经丢失了的关于西周伐商的叙述（该《武成》不是古文《尚书》中同名的那一章）。然而，《孟子》的论点无关乎文本批评，而是关乎道德愤慨。

那般稳定不变的。这些都不过是幻想罢了。

在我所了解的所有古代文明中，仅有一个是从很早开始就赋予了个人作者特殊的地位：古希腊。[68] 在随后的历史中它被罗马推崇并赶超，从文艺复兴开始被称颂为所有"西方"文明的源头和模范。现有的材料显示，在前六世纪至前五世纪的古希腊，以下所有的现象都在三代人内完成：荷马史诗成为一系列古希腊城邦间广为人知且演诵的文本；书面文本开始在其直接语境之外流传，新的文本也以明确的书写形式被创作和阅读；"诗人"（poet）和"吟诵者"（rhapsode）这两个词在书面材料中出现，分指史诗的"作者"（maker）和"表演者"（performer）；荷马这个名字出现在色诺芬尼（Xenophanes，约前570—前475）和赫拉克利特（Heraclitus，约前535—前475）的文字中，并迅速被指认为诗歌的"作者"。总的来看，范畴式的文化文本、范畴式的作者、书写的广泛使用、阅读的实践，以及作者和表演者之间的概念差别同时出现且互相关联。由此，当《伊利亚特》（*Iliad*）和《奥德赛》（*Odyssey*）成为泛希腊化文本的时候，它们同时获得了自己的作者，而这个有名有姓的作者作为一个诗人，是同"制作"（make）陶器一样"制作"文本的（古希腊语动词 *poiéō* 最早指涉的活动之一就是陶器的制作，古希腊瓶器的画匠和雕塑家自前六世纪以来在他们的作品上签名时使用的也是这个动词）。

早在有文本被广泛称誉为文学（包括史学作品）起，作者就存在了：这不仅包括了赫西俄德（Hesiod）和荷马，很快也包括了那些在作品开头指明自己身份的作者，像是赫卡塔埃乌斯（Hecataeus，约前550—前476）、希罗多德（Herodotus，约前484—前425）以及修昔底德（Thucydides，约前460—前395）。这三位史家著作的开篇文

---

[68] 早期中国的一个例外是在《孟子·滕文公下》（3B.9），其将《春秋》归属于孔子名下；同样例外的是《孟子·万章上》（5A.4）和《孟子·万章下》（5B.8）中对作者角色以及《诗》中作者意图的强调。

字都介绍他们自己及其著述目标。与引入一种可疑的主观性因素远不相同的是，这些史家在开篇处表明身份是为了激发读者的信任：历史无法自行书写，也无力阐明自己，但历史之所以可信，只是因为对自己文本负责的作者，通过其资质和明确呈现的方法。这些作者都指明了自己的出生地，并由此将自己放置在一个特定的地理、政治和文化语境中，且从中获取其权威和公信力。值得注意的是，这些史家是通过第三人称来介绍自己的，这不仅是在树立他们自己和其文本的权威性，更是将二者加以历史化的手段，然后才开始第一人称视角的历史叙述。这种做法并非自行其是，而一定是针对早先的诗人所做出的反应。最显著的便是荷马和赫西俄德在他们文本的开篇处援引缪斯（或"女神"，见《伊利亚特》）：对荷马和赫西俄德来说，此类援引赋予其诗歌文本权威，因为这来自神启；但对赫卡塔埃乌斯、希罗多德以及修昔底德而言，其历史写作的权威植根于一种对真实性的主张，而这种主张的根基则是这些史家的个人成就和对现有材料的审慎运用。此外，这三位史家都把自己定义为具有自我意识的作者，置身于其所书写的历史之外，并坚持他们所提供的信息相对于早先诗人所陈述的神话和传说而言的可靠性。总的来说，至少从前五世纪的后半叶开始，古希腊人在面对史诗、戏剧或是历史写作时，就已经很难与作者和其文本来源的具体理念分割开来了。

中国在秦汉帝国之前不存在任何类似的现象，而此时中国的书写文本已经有超过一千年的历史。不同的文明在稳定其文本传统方面发展出了不同的制度和驱动力。在中国，这个过程受到了自前三世纪末期以来帝国的绝对主导，当时，秦廷首次垄断了数部经典的古典文本，并对流传在帝国掌控之外的版本进行了查禁。[69] 类似皇家学院、皇家

---

[69] 如我曾论证过的，前213年和前212年之间秦的"焚书坑儒"更有可能是对它所继承的文本传统进行控制的尝试，而非对其的销毁，销毁说是为了汉朝的儒家神话而错误地提出的。参看 Martin Kern, *The Stele Inscriptions of Ch'in Shih-huang: Text and Ritual in Early Chinese Imperial Representation*, pp. 155-196。

图书馆，以及居位食禄于朝廷的学者、官员，直至皇帝本身之间的书面沟通渠道等机构和制度，一并推动了一种新的文本文化的诞生，这种文化需要一种稳定的历史，同时具备篇目分明的文本谱系、学术传承以及个体作者三种因素。对各部经典文献具体版本和解读的讨论受到了帝国朝廷的官方支持，各种文本也必须被校对、界定，并被编撰成供皇家图书馆使用的标准版本，以构成官方认可的知识库。[70]我们再一次看到，文本稳定的过程是将各种较大的文本材料缩减为略小且易于处理的集合，无论诗歌、历史或是哲学都概莫如是。[71]

在思考前帝国时期文本的时候，我们绝不能把前五世纪古希腊的范式或中国帝国时期的实践投射到中国前帝国时期的文本文化上。相反，尤其鉴于写本所提供的证据，我们最好摒弃前辈们确信无疑的一些概念：包括关于稳定、独立的文本，它们的作者以及线性书面传承的假设。我们知道，前帝国时期的文本可以被反复地书写下来，也可以在不同的地域被书写下来，但是没有任何集中的控制来保证这些文本的完整性，或关注其来源与作者。没有任何一个早期中国的哲学、文学、历史或技术类写本包含其作者的姓名。无论是在考古挖掘还是盗掘所得的写本中，没有任何一个与传世传统版本里的对应部分在内部结构上具有一致性。文本持续地在改变，但并不总是变得更好。[72]中国在帝国之前没有任何的中央机构像希伯来圣经的耶路撒冷圣殿[73]

---

[70] 依照汉成帝前 26 年的法令由刘向和刘歆领导完成；参看 Piet van der Loon, "On the Transmission of Kuan-tzu," pp. 353-393。

[71] 关于哲学文本，参看 Van der Loon, "On the Transmission of Kuan-tzu," p. 361；John Knoblock, *Xunzi: A Translation and Study of the Complete Works*, vol. 1, pp. 106-107。关于缩减大型文献集存材料的典型编辑流程（包括哲学和历史文本），参看 Martin Kern, "The 'Masters' in the *Shiji*," in *T'oung Pao* 101, 2015, pp. 335-362。

[72] 一个例子是郭店竹简中的《缁衣》篇（以及上博藏盗掘所得的对应写本）。相比传世《礼记》中更为无序的同题篇章，郭店简《缁衣》篇呈现出远为优越的形式一致性和内部文本逻辑。参看 Martin Kern, "Quotation and the Confucian Canon in Early Chinese Manuscripts"。

[73] Karel van der Toorn, *Scribal Culture and the Making of the Hebrew Bible*, Cambridge, Mass.: Harvard University Press, 2007.

或位于亚历山大港的托勒密图书馆[74]那样,来完成文本的书写、复制和保护,并由此对文本以机械化视觉复制的模式进行忠实的传播。

将任何新见写本看作是比与它对应的传世本"更好"、"更原始"或"更可靠"的观念是没有生产力的。并不能仅仅因为我们现在有一个或两个此类的写本就在任何方面把它们看得更特殊:抛去已经永远丢失的不说,可能还有数百个写本尚待发掘。更糟的是试图把新见写本所体现出来的丰富的文本和概念差异同化进传统的框架,而不让这些差异去挑战我们所自认为已知的东西。写本文献中的绝大多数都是传世传统中所未知的:前者的存在不是要"补充"这个传统,而是使得我们可以重新审视中国文本性的早期发展,包括那些我们再熟悉不过的概念和分类体系;后者是为帝国、官员及其学者服务的,并完全由早期帝国回溯式地构建出文本秩序。

帝国之前的文本不只是被书写成不同的形式,而实质上是不同的文本。我们知道的每一个早期文本都经历了数个阶段的,且经常是既口头又书面的流传。同时,在这个过程中,它们也不断地被重构成不同的形式。在表演方面,文本素材库因情景的需要被调动,从而产生出众多具体的"文本实现",而其中任何一个都不应被物化为独立且自治的作品。在书写方面,我们知道不同的地方性及地域性的书手传统、地域性的书法系统,以及许多古老的字符在自秦汉帝国开始对汉字形体的标准化过程中被剔除。每一次用一种新的书写体重写一个文本都会涉及一系列的解释行为。每一个字的转录都需要决定使用哪个字符,从而在打开某些意义和解读可能性的同时也排除了一些其他的可能性。从一个文本宏观层面上的整体完整性,到中观层面的文本内部结构,再到它微观层面的个别字符选择,早期中国的文本在以上每

---

[74] Rudolf Pfeiffer, *History of Classical Scholarship from the Beginnings to the End of the Hellenistic Age*, Oxford: Clarendon Press, 1968.

个层面都反复地被重新构建，成为新的且不同的形态。因此，帝国早期的注疏也不仅是被简单地加注到固定的、早已存在的经典化文本之后；这些注疏其实通过具体的阐释抉择创造、更新了这些文本，其中最显而易见的例子即是《诗》。

与其把前帝国时期的文本视作一种稳定的对象，不如去探索那些变化和流动的过程，这可能帮助我们了解文本实践以及追求这种丰富多样实践的群体。在这个方面，我们必须学会如何接受和珍视不确定性，如何提出假说而不是结论。考虑到现有证据的极端不完整，我们至多能做的是提出这样的假说：（一）它能容纳所有的现存证据；（二）**同等重要地**，它能很好地基于比较的视角。虽然下一个新的写本一定会出现，彻底重审传世文献及其传统假定仍然能给我们带来很多收获。

（顾一心、姚竹铭 译，郭西安 校）

"文化记忆"与早期中国文学中的史诗
以屈原和《离骚》为例（2021）

一 "文化记忆"与早期中国文学

"文化记忆"[1]业已成为人文和社会科学所有领域共有的一个极富影响力的概念，尤其是在欧洲大陆学界。[2]这一概念首先由德国海德堡大学的古埃及学家扬·阿斯曼于1988年提出，[3]后在其1992年出版的《文化记忆：早期高级文化中的文字、回忆和政治身份》（*Das kulturelle Gedächtnis: Schrift, Erinnerung und politische Identität in frühen Hochkulturen*）一书中得以发展成熟。阿斯曼随后的英语著作[4]及其相关主题研究的译作[5]更进一步提升了该理论的知名度。从二十世纪九十年代后期开始，德国康斯坦茨大学（University of Konstanz）的英

---

[1] 作为理论概念出现时，文化记忆在全文中皆以双引号标记（即"文化记忆"）。
[2] 在普林斯顿大学图书馆进行线上搜索，截至2021年6月16日的结果显示，标题中带有"文化记忆"这个词组的搜索结果为577项；若将"文化"与"记忆"分开搜索，结果则为2638项。这些数据还仅是英语出版物的数量。
[3] Jan Assmann, "Kollektives Gedächtnis und kulturelle Identität," pp. 9-19. 英译本参见 "Collective Memory and Cultural Identity," trans. John Czaplicka, *New German Critique* 65, 1995, pp. 125-133。
[4] 阿斯曼以英语重新创作了他的书，题为 *Cultural Memory and Early Civilization: Writing, Remembrance, and Political Imagination*。他在此前以"文化记忆"为主题的英语出版物有 *Moses and the Egyptian: The Memory of Egypt in Western Monotheism*, Cambridge, Mass.: Harvard University Press, 1997; "Communicative and Cultural Memory," in *Cultural Memory Studies: An International and Interdisciplinary Handbook*, ed. Astrid Erll and Ansgar Nünning, Berlin: Walter de Gruyter, 2008, pp. 109-118。
[5] 例如 Jan Assmann, *Religion and Cultural Memory: Ten Studies*, trans. Rodney Livinstone, Stanford: Stanford University Press, 2006。

语及文学研究教授阿莱达·阿斯曼（Aleida Assmann）也着手出版了她关于"文化记忆"的大量研究。扬·阿斯曼的文化记忆研究集中于古代，尤其是古埃及、以色列和希腊，与之相较，阿莱达·阿斯曼的视野则一路拓展到了二十世纪，且更为关心更宽泛的概念性问题。[6]

很可能是因为两位阿斯曼教授的核心研究直到其德语原著出版多年后才进入英语世界，"文化记忆"这个概念为中国文学研究所注意也相对缓慢。[7]诚然，更早的中国文学研究中已有个别作品对中国文学中追忆的实践有过反思，其中最知名的当属宇文所安的《追忆：中国古典文学中的往事再现》[8]一书，以及傅汉思的论文《唐诗中对于过往的冥思》（"The Contemplation of the Past in T'ang Poetry"）。[9]二者的出现皆先于"文化记忆"这一概念，且二者的研究重心皆为中国

---

[6] 例如 Aleida Assmann, *Erinnerungsräume: Formen und Wandlungen des kulturellen Gedächtnisses*, Munich: C. H. Beck, 1999; 作者以英语重写该书, *Cultural Memory and Western Civilization: Functions, Media, Archives*, Cambridge: Cambridge University Press, 2011。

[7] 我首先在我 1996 年完成的德语博士论文中使用了这个概念，在那之前的汉学界没有借鉴过阿斯曼的研究。见 *Die Hymnen der chinesischen Staatsopfer: Literatur und Ritual in der politischen Repräsentation von der Han-Zeit bis zu den Sechs Dynastien*。第一次将"文化记忆"详细应用于早期中国文学研究的尝试，参见本书《作为表演文本的诗：以〈小雅·楚茨〉为个案》。近期我的相关研究，见 Martin Kern, "The 'Harangues'（*Shi* 誓）in the *Shangshu*," pp. 281-319; Martin Kern, "Bronze Inscriptions, the *Shangshu*, and the *Shijing*: The Evolution of the Ancestral Sacrifice during the Western Zhou," pp. 143-200。近期涉及"文化记忆"的研究，见 Timothy M. Davis, *Entombed Epigraphy and Commemorative Culture in Early Medieval China: A History of Early Muzhiming*, Leiden: Brill, 2015; Wendy Swartz, "Intertextuality and Cultural Memory in Early Medieval China: Jiang Yan's Imitations of Nearly Lost and Lost Writers," in *Memory in Medieval China: Text, Ritual, and Community*, ed. Wendy Swartz and Robert Ford Campany, Leiden: Brill, 2018, pp. 36-62; Christopher M. Nugent, "Structured Gaps: The *Qianzi wen* and Its Paratexts as Mnemotechnics," in *Memory in Medieval China: Text, Ritual, and Community*, ed. Wendy Swartz and Robert Ford Campany, Leiden: Brill, 2018, pp. 158-192。CLEAR 期刊（*Chinese Literature: Essays, Articles, Review*）2005 年第 27 期收录了四篇文章，这些文章首发于 2003 年由印第安纳大学主办的一次有关记忆与中国文本主题的论坛，其中仅有一篇提到两位阿斯曼氏，即 Lynn Struve, "Introduction to the Symposium: Memory and Chinese Texts," pp. 1-4。

[8] Stephen Owen, *Remembrances: The Experience of the Past in Classical Chinese Literature*, Cambridge, Mass.: Harvard University Press, 1986.

[9] 见于 Arthur F. Wright and Denis Twitchett ed., *Perspectives on the T'ang*, New Haven: Yale University Press, 1973, pp. 345-365。后扩写为 Hans H. Frankel, *The Flowering Plum and the Palace Lady: Interpretations of Chinese Poetry*, pp. 104-143。

中古时期的文学，[10]康达维近年所发表的一篇论文也是如此[11]。这一中国文学的研究分支也应该能够继续引发更为深入的以"文化记忆"为指导框架的研究。[12]

对过去的挪用是一种社会实践，运用"文化记忆"这一理论方法有助于阐明其一系列的具体特征。"文化记忆"这个视角总的来说是属于"记忆研究"的一个独立分支，而后者始于古罗马时人们对记忆术（ars memoria，亦作 memoria technica）的钻研，亦即，将记忆作为一种技术性学科（mnemonics）。[13]记忆术的提出是受关于古希腊诗人，凯奥斯岛的西莫尼德斯（Simonides of Ceos，约公元前557—前467）之故事的启发。据西塞罗所述，西莫尼德斯即兴创造了一种记忆技巧，精确回忆起一次宴会上所有与会者在会场坍塌前的座位安排。他的还原使得每一个死者得以被准确指认，从而恰当落葬。自亚里士多德的《论记忆与回忆》（De Memoria et Reminiscentia）起，包括无名氏的《致赫伦尼乌斯的修辞学》（Rhetorica ad Herennium，约作于公元前80年）、西塞罗的《论演说家》（De oratore）以及昆体良的《演说家的培养》（Institutio oratoria）在内的三部作品都一致将记忆视为一种服务于公共演讲的修辞技巧，尤其是根据"处所"（希腊语 topoi；拉丁语 loci）从思维层面来给想法和表达"定位"的技巧。正如耶茨（Frances Amelia Yates）和卡鲁瑟（Mary Carruthers）两位学者所述，诸多中古

---

[10] 宇文所安的《追忆》延伸到了明清文学。
[11] David R. Knechtges, "Ruin and Remembrance in Classical Chinese Literature: The 'Fu on the Ruined City' by Bao Zhao," in *Reading Medieval Chinese Poetry: Text, Context, and Culture*, ed. Paul W. Kroll, Leiden: Brill, 2015, pp. 55-89. 康达维没有提及"文化记忆"。
[12] 我们可以考虑一下这几个例子：乐府和古诗的早期发展，包括名为"拟""代"一类的模拟性诗作，以及收入萧统《文选》卷二十一的"咏史"类诗歌。实际上，整部《文选》都值得从"文化记忆"角度进行系统的研究。
[13] Mnemonics 这个英语词汇来自于希腊语 *mnēmonikos*（"与记忆相关"的意思）。摩涅莫绪涅（Mnēmosyne）是古希腊的记忆女神，也是缪斯们的母亲。

及近代的著作都陆续对这些早期的论述进行了拓展。[14]在文学研究领域，丽奈特·拉赫曼（Renate Lachmann）在使记忆理念延伸至互文性的阐释方面起到了关键作用。[15]虽然程度有别，"记忆"如今也见于早期中国的学术研究中。[16]

  本文的目的并非对笼统意义上的"记忆"或特定意义上的与"文化记忆"有关的个别汉学研究进行评估，而是通过清楚地勾勒两位阿斯曼教授所定义的"文化记忆"究竟为何物，[17]以期至少提供一些导引，从而反对就此概念所做的某些肤浅征用。[18]我不可能对两位阿斯曼著作的方方面面都做出讨论，那样只会得出一幅博尔赫斯式世界地图般的产物。我将仅针对他们的核心理论假设做出总结。

---

[14] Frances Amelia Yates, *The Art of Memory*, London: Routledge and K. Paul, 1966; Mary Carruthers, *The Book of Memory: A Study of Memory in Medieval China*, Cambridge: Cambridge University Press, 1993; Mary Carruthers and Jan M. Ziolkowski, *The Medieval Craft of Memory: An Anthology of Texts and Pictures*, Philadelphia: University of Pennsylvania Press, 2002.

[15] Lachmann, *Gedächtnis und Literatur: Intertextualität in der russischen Moderne*, Frankfurt/M.: Suhrkamp, 1990. 英译本 *Memory and Literature: Intertextuality in Russian Modernism*, trans. Roy Sellars and Anthony Wall, Minneapolis: University of Minnesota Press, 1997。

[16] 例如 K. E. Brashier, *Ancestral Memory in Early China*, Cambridge, Mass.: Harvard University Asia Center, 2011; K. E. Brashier, *Public Memory in Early China*, Cambridge, Mass.: Harvard University Asia Center, 2014。二书均未提及"文化记忆"。

[17] 除了两位阿斯曼自己的著作以外，另一部关于包括"文化记忆"在内的各种"记忆"理论模型的介绍性书籍为 Astrid Erll, *Memory in Culture*, trans. Sara B. Young, New York: Palgrave Macmillan, 2001；见 pp. 27-37。厄尔提供了诸多额外的参考材料，包括单独的研究以及自二十世纪九十年代开始逐步出现的参考书系列、新近期刊以及专著丛书。另见 Astrid Erll, and Ansgar Nünning ed., *Cultural Memory Studies: An International and Interdisciplinary Handbook*, Berlin: Walter de Gruyter, 2008. 本书可作为核心参考书目，它提出了"记忆"与"历史"之间默认对立等诸种主张，其他初创性研究包括 Peter Burke, "History as Social Memory," in *Memory: History, Culture and the Mind*, ed. Thomas Butler, Oxford: Blackwell Publishers, 1989, pp. 97-113; Paul Connerton, *How Societies Remember*, Cambridge: Cambridge University Press, 1989; Patrick H. Hutton, *History as an Art of Memory*, Hanover: University of New England, 1993; Jacques Le Goff, *Storia e memoria*, Turin: Giulio Einaudi 1997, 英译本 *History and Memory*, trans. Steven Rendall and Elizabeth Claman, New York: Columbia University Press, 1992; Pierre Nora, *Les lieux de mémoire*, Paris: Gallimard, 1984-1992, 英译四卷本 *Rethinking France: Les lieux de mémoire*, translation directed by David P. Jordan, Chicago: University of Chicago Press, 2001-2010; Eviatar Zerubavel, *Time Maps: Collective Memory and the Social Shape of the Past*, Chicago: University of Chicago Press, 2003。

[18] Jan Assmann, *Das kulturelle Gedächtnis* 一书的中译本为《文化记忆：早期高级文化中的文字、回忆和政治身份》，北京：北京大学出版社，2015 年。截止到目前，"文化记忆"这个新的语汇已在中文学界广为流传。

在本文第二部分，我将"文化记忆"的概念引入对中国的原型诗人屈原（传统上认为其生卒年为公元前 340—前 278）以及"他的"《离骚》的重新思考中。具体而言，我将试图展示，只有具备了被恰当定义后的"文化记忆"的意识，我们才能真正理解那些围绕着屈原人物形象和诗歌而展开的诸多文本。早期中国文学本身即富有个性特征，尤其能使"文化记忆"的内涵得以明显丰富，以此为背景，我将从我个人对早期中国文学的研究视野出发，通过检视"文本素材库"（textual repertoire）与"合成文本"（composite text）这两类密切相关的现象来进一步拓展两位阿斯曼的概念。[19] 由此，我认为汉代的屈原形象并非指向一个具体的历史人物，更非指向所谓"他的"作品的作者，而是一种合成文本的形构，其间铭刻了关于汉代"文化记忆"充满变迁的理念。这一**构想**（*imaginaire*）[20] 源自一系列的追忆，内容含括以下诸方面：楚国旧贵族阶层的典范构想；对楚亡于秦的预见，同时伴随后来秦朝瓦解的必然性；楚国的宗教、历史和神话传统；具象化的君臣关系模式；楚国的文学遗产；诗性的英雄向英雄化的诗人的转变；以及经由刘安、司马迁和刘向而逐渐形成的作者身份的理想，等等。

二　什么是"文化记忆"？

所有把"文化记忆"视为一种"社会"或"集体"的记忆模式的讨论都可回溯至法国社会学家莫里斯·哈布瓦赫（Maurice Halbwachs，

---

[19] 关于"合成文本"，见 William G. Boltz, "The Composite Nature of Early Chinese Texts," in *Text and Ritual in Early China*, ed. Martin Kern, Seattle: University of Washington Press, 2005, pp. 50-78. 我用"合成"这个词来表示基于独立的、业已存在的主题、表达或材料的文学创造。关于"素材库"，见 Stephen Owen, *The Making of Early Chinese Classical Poetry*, Cambridge, Mass.: Harvard University Asia Center, 2006. 对这两个概念的组合应用，参见本书收入的《早期中国诗歌与文本研究诸问题：从〈蟋蟀〉谈起》。

[20] 我使用"构想"（*imaginaire*）这一法语社会学概念，是指汉代学者从其自身出发、亦为其自身来集体创造出的社会文化意象，此用法类似于美国社会学家本尼迪克特·安德森所谓"想象的共同体"。

1877—1945）的以下著作：出版于1925年的《记忆的社会框架》（*Les cadres sociaux de la mémoire*），[21]出版于1942年的《圣地福音书的传奇地貌：一项关于集体记忆的研究》（*La topographie légendaire des Évangiles en Terre Sainte: étude de mémoire collective*），[22]以及出版于1950年的身后著作《论集体记忆》（*La mémoire collective*）。[23]哈布瓦赫出生于法国兰斯，曾在巴黎和哥廷根接受教育，最后1945年3月16日在德国布痕瓦尔德（Buchenwald）集中营离世。他绝大多数的家族成员也惨遭纳粹成员谋杀。哈布瓦赫于是乎就构成了战后记忆研究第一次浪潮所回应的那段历史的一部分，即纳粹大屠杀。战后记忆研究的第二次浪潮于二十世纪九十年代继苏联解体之后兴起。在这两次浪潮中，关于过去的宏观集体叙述轰然坍塌，而通往受压迫者身份和政府控制档案馆的大门则被开启。

哈布瓦赫指出："任何脱离了生活在社会中的人们用来决定和提取他们回忆的框架的记忆是不可能的。"[24]受此洞见的启发，集体记忆的研究在下列众多学科中得以发展（排列不分次序）：历史学、艺术史、文学、语言学、哲学、所有的区域研究（包括汉学）、社会学、媒体研究、人类学、建筑学、宗教学、圣经研究、政治科学、心理学、神经系统科学，等等。[25]

哈布瓦赫的"集体记忆"理论尤其激发了两个特别重要的讨论：一是个人记忆与集体记忆之间可能存在的契合性，二是记忆与历史的

---

[21] Maurice Halbwachs, *Les cadres sociaux de la mémoire*, Paris: F. Alcan, 1925.
[22] Maurice Halbwachs, *La topographie légendaire des Évangiles en Terre Sainte: étude de mémoire collective*, Paris: Presses universitaires de France, 1942.
[23] Maurice Halbwachs, *La mémoire collective*, Paris: Presses universitaires de France, 1950. 该书的校订本由杰拉德·纳摩尔（Gérard Namer）编辑完成（Paris: A. Michel, 1997）。英译本 *The Collective Memory*, trans. Francis J. Ditter, Jr. and Vida Yazdi Ditter, New York: Harper & Row, 1980；后又有 *On Collective Memory*, trans. Lewis A. Coser, Chicago: Chicago University Press, 1992。后者还包括了 *La topographie légendaire des Évangiles en Terre Sainte* 的结论部分。
[24] *On Collective Memory*, p. 43.
[25] 关于"记忆研究简史"，见 Astrid Erll, *Memory in Culture* 第二章。

关系。[26]如果所有人类记忆都植根于神经系统，并因此在根本定义上就是个人化的，如何会有"社会"或"集体"记忆这一类的存在？相对于"历史"而言的"记忆"作为一种关于过去的方法，有多大的认识论意义上的用途，尤其当我们把记忆的流程与历史编纂学的流程相对照的时候？作为这样一种双重构建的"集体记忆"——首先是一种过去在被认知之前所通过的心理过滤机制，其次是对这种可能完全不存在于个体人类心智之外的过滤的抽象化——的真值（truth value）又是什么？根据阿斯特里德·厄尔的说法："我们对'记忆'之于'历史'的关系的实际性质存在相当大的困惑。'文化记忆'不是历史的他者（Other），也不是个人记忆的对立面。相反，它是这种多元文化现象得以发生的情境的总和。"[27]他还补充道：

> 尽管术语具有不可避免的异质性，（有意识的）记忆具有两种普遍得到认可的核心特征：其与当下的关系以及其构建性的本质。记忆并非过往感知的客观成像，更不是一种过往事实的客观成像。记忆是一种主观的、具有高度选择性的重构，并由提取记忆时的具体情况所决定。记忆是一种将发生于当下的所有可见数据进行拼凑的一种活动。根据当下状况的变化，每一个过去的版本也会随着每次回忆而改变。个人记忆和集体记忆谁也不是过去的镜像反射，而是身处当下、进行记忆活动的个人或群体之各项需求和兴趣的一种表达指征。其结果是：记忆研究的兴趣并非指向记忆中的过去之形，而是指向记忆活动所发生的具体当下。[28]

---

[26] 见 Peter Burke, "History as Social Memory"; Aleida Assmann, "Transformations between History and Memory"; Astrid Erll, *Memory in Culture*, 特别是 pp. 39-45, 96-101。

[27] Astrid Erll, *Memory in Culture*, p. 7.

[28] Ibid., p. 8. 厄尔在页 17 提到：哈布瓦赫"已经指向了半个世纪以后的后结构主义讨论中所谓的'对事实的构建'"，他指出："一份记忆在很大程度上是一种借用属于当下的数据对过去的重建，而这种重建的基础已经是对更为早期的过去的重建，后者包含的历史影像已经被改变。"参见 *On Collective Memory*, p. 68.

由此，记忆研究不去尝试重构或具象化过去发生的事件，而是寻求这些事件为了某个群体当下的目的和兴趣而被唤起时所处的状况与所历的过程。这个有关如何看待过去的根本性重新定位与"历史"和"传统"都有所分歧：与历史的区别在于它的兴趣并非落足于过去本身，而是对过去持续且回溯性的形构；与传统的不同在于它既不是静态的也不是保守的，正因为对不断演变的当下有所反馈，它是动态的与创新的。

举一个最近发生在美国的例子：2021年6月17日，六月节（即6月19日）被指定为纪念美国废除奴隶制的联邦法定节日。这是自1983年宣布成立马丁·路德·金日以来第一个新定的联邦节日。1865年6月19日发生于得克萨斯州加尔维斯敦市（Galveston）的历史事件没有发生过任何改变；有所改变的，是一个试图从当下出发且着眼于未来而重新定义其政治认同的国家，它如何从现在开始通过每年对6月19日的庆祝和更新来对这些历史事件进行集体性的纪念。请注意这里的几个关键词：集体纪念、民族/国家、政治认同、当下与将来、庆祝以及更新。这些词都是"文化记忆"的特征，也是其区别于"历史"之处。从"文化记忆"的视角而言，重要的是在什么状况下，以何种目标，通过哪些流程来把某些发生于1865年的历史事件重新铭刻进这个民族/国家的话语体系中。

故而，任何社会在任何历史时刻的"文化记忆"都不是一种固定的存在，无论存储和维护其持久性的物质载体与符号为何，建筑铭刻也好，雕塑也罢，或者其他各类纪念碑，都不影响这一特征。[29] 它是一种持续的、永远都在演化的更新行为，这种更新包含了抹除与纪念

---

[29] 关于早期中国这方面情况的研究，见 K. E. Brashier, "Longevity Like Metal and Stone: The Role of the Mirror in Han Burials," *T'oung Pao* 81. 4-5, 1995, pp. 201-229; Wu Hung, *Monumentality in Early Chinese Art and Architecture*, Stanford: Stanford University Press, 1995; Martin Kern, *The Stele Inscriptions of Ch'in Shih-huang: Text and Ritual in Early Chinese Imperial Representation*。

两个方面。在一段时间内,某些地方或者群体的"文化记忆"可能看似已确定无疑,但是随着时间的流逝也会失去稳定性,或被重建,或被消除。[30]这个过程永远都是充满争议的。所谓"历史"之争根本不是关乎"历史",而是关乎记住些什么,以及怎么记住。这在一些存在有不同群体争相推举不同记忆的社会尤其明显,比如,他们会针对过去讲不同的故事,或以不同的方式讲过去的故事,近期刊载于《纽约时报》的1619计划就是一个很好的例子。[31]而在极权主义国家,文化记忆的特征也是同样明显的,就像乔治·奥威尔(George Orwell)早在其《1984》一书中所描述的那样,所有的公共记忆都被严格地垄断和控制,只有一个版本的过去被允许存在,那就是由国家批准的那个版本。[32]

为了进一步界定"文化记忆",两位阿斯曼教授将其与"交流性记忆"(communicative memory)区别如下:"文化记忆"可以回溯至数千年以前,而"交流性记忆"只存在于三到四代人之间,通常不会超过100年左右的时间。[33]在这个模型下,"交流性记忆"包含了"个人传记框架下的历史经历";它是"非正式的、不拘于形的";它"由互动所生",与"鲜活有机的记忆、经验和传闻"相关联,且被"记忆群体中的当代见证者们"以并不特定的方式来承载和传递。相较而言,"文化记忆"由"关于起源的神话历史"和"一个发生在绝对的过去中的事件"所构成;它"有组织性且极度正式",并在"仪式性沟通"和"节日"中成形;它的表达是"通过文字、图像、舞蹈等媒介而固定下来的客观外化物,以及传统象征符号的分类与展演",且

---

[30] 例如 Harriet Flower, *The Art of Forgetting: Disgrace and Oblivion in Roman Political Culture*, Chapel Hill: University of North Carolina Press, 2006。
[31] https://www.nytimes.com/interactive/2019/08/14/magazine/1619-america-slavery.html。
[32] 当下的例子无须赘述。
[33] Jan Assmann, *Cultural Memory and Early Civilization*, pp. 36-41; 又见 Astrid Erll, *Memory in Culture*, pp. 28-29。

依赖于"专职的传统承载者"。[34]这个定义下的"文化记忆"有几个关键概念需要进一步说明。首先,阿斯曼对于"神话"(myth)一词的使用值得特别注意:

> 神话也是记忆的喻像(figures of memory),任何神话和历史之间的区别在此都被消除了。对文化记忆而言,重要的不是客观历史而是记忆中的历史。我们甚至可以说文化记忆将客观历史转化成了记忆中的历史,并由此而将其变成神话。神话是一种为了从其起源的角度来阐明当下而讲述的奠基性的历史(foundational history)。譬如说,无论其历史准确性如何,《出埃及记》都是奠定了以色列民族根基的神话;它因此在逾越节受到庆祝,也因此而成为以色列人文化记忆的一部分。通过记忆,历史成为了神话。这并不会把历史变得不真实,相反,从历史由此成为了一种持久的、具有规范性和塑造性的力量这一意义上来说,这才是历史变得真实的缘由。[35]

其次,"文化记忆"依托仪式性时间结构下的**重复记忆活动**:

> 我们通常承认,诗性的形式具有一种获取知识进而对之进行统一化的记忆术式的诉求(mnemotechnical aim)。同样为人熟知的是以下事实:这种知识通常通过多媒体形式呈现出来,而处在这个过程中的语言文本是与声音、身体、无声模拟、姿态、舞蹈、节奏以及仪式活动等诸多因素无法分割的。通过有规律的重复,节日和仪式保证了赋予一个群体之身份认同的知识得

---

[34] 见 Jan Assmann, *Cultural Memory and Early Civilization* 第41页的图表。Astrid Erll, *Memory in Culture* 第29页对其进行了重新阐述。
[35] Jan Assmann, *Cultural Memory and Early Civilization*, pp. 37-38.

以交流和延续。仪式重复还从时间和空间上巩固了这个群体的一致性。[36]

如英国人类学家保罗·康纳顿（Paul Connerton）所指出过的：

> 仪式具有赋予那些表演它的人以价值和意义的能力。所有的仪式都是重复性的，而重复自动意味着对过去的延续。[37]

在这个背景下我们可以考虑一下中国古代祖先祭祀这种特定的现象：它定期在一个固定的空间举行，这个空间按照世代顺序来安排祖先的先后，并把最遥远的创始祖先放置在最中心的位置；这就不仅将处于当下的主要子孙表现为其最近祖先的孝后，更通过对孝行的表演，将他们表现为终将被自己的后代以同样的孝行纪念的未来祖先的模范；其相关诗歌和铭文中的语言也是高度程式化的，处于一个严格限制且重复、被富有节奏地表演[38]出来的词汇范围之内。[39]根据韦德·惠洛克的说法，仪式性演说具有如下特征：

> 通常来说它是一个固定且被熟知的文本，这个文本随着每次表演被逐字重复。对于这个祝祷文的语言经常指涉的直接仪式环境而言，其构成元素通常来说也是标准化了的，且因此被所有参与者熟知，不需要任何语言形式的解释。因此，从普通

---

[36] Ibid., pp. 41-42.
[37] Paul Connerton, *How Societies Remember*, p. 45.
[38] 关于这些元素的详细分析，见 Martin Kern, "*Shi jing* Songs as Performance Texts" and "Bronze Inscriptions, the *Shangshu*, and the *Shijing*".
[39] 见 Maurice Bloch, "Symbols, Song, Dance and Features of Articulation: Is Religion an Extreme Form of Traditional Authority?," *European Journal of Sociology* 15.1, 1974, pp. 60-61。此文把仪式演说形容为一种"程式化"的"即兴语言"，一种"为了使形式、风格、词汇和句法的选择都少于普通语言而放弃了所有语言层面上的诸多选择"的"权威性语言"。

对话原则的视角来看，就仪式而做的每一次表达其实乃是一种冗余。[40]

最为重要的是，青铜器铭文所承载的祖先祭祀的三重结构[41]所关心的正是过去、现在和将来。如以下出自《礼记》的段落所言：

> 铭者，论撰其先祖之有德善，功烈勋劳庆赏声名列于天下，而酌之祭器；自成其名焉，以祀其先祖者也。显扬先祖，所以崇孝也。……是故君子之观于铭也，既美其所称，又美其所为。[42]

在这里，记忆和"被记住的记忆者"（"the rememberer remembered"）[43]这两个喻体都尤其与书写行为关联在一起。对阿莱达以及扬·阿斯曼而言，这正是"文化记忆"的一个核心特征，且与作为经典（canon）的文本有关。[44]显然，这个理念引人入胜，因为它不仅涉及记忆被铭写而获有的持久性，还关乎记忆如何从人类心智外化为一种"可反复使用的文本"的书面化"存储"（storage）或"档案"（archive），可供长期调用。[45]同样明确的是，书写早在西周时期就以这种方式被使用，

---

[40] Wade T. Wheelock, "The Problem of Ritual Language: From Information to Situation," *Journal of the American Academy of Religion* 50. 1, 1982, p. 56.
[41] 见 Lothar von Falkenhausen, "Issues in Western Zhou Studies: A Review Article," *Early China* 18, 1993, pp. 139-226。
[42] 《礼记正义》49.1590-1591（十三经注疏本），十三经注疏整理委员会编，北京：北京大学出版社，2000。
[43] Steven Owen, *Remembrances: The Experience of the Past in Classical Chinese Literature*, p. 16.
[44] Aleida Assmann, *Cultural Memory and Western Civilization: Functions, Media, Archives*, pp. 169-206; Jan Assmann, *Cultural Memory and Early Civilization: Writing, Remembrance, and Political Imagination*, pp. 70-110。
[45] Aleida Assmann, *Cultural Memory and Western Civilization: Functions, Media, Archives*, pp. 119-132, 327-394. 同见 Astrid Erll, *Memory in Culture*, 36-37。厄尔提到，两位阿斯曼关于档案的概念把"文化记忆"的存在从一种"现实的方法"延伸成了一种"潜能的方法"，而传统只代表了过往。

史墙盘铭文就是一个著名的例子。[46]另外，如我们经常提及的那样，西周的青铜器铭文已是第二手材料，其原始文献书于竹帛且被存储在西周宫廷档案之中。[47]最后，我们也可以把《五经》的形成视为一种"文化记忆"的特定实现，它们得到早期帝制中国及其太学和图书馆机构的审定、形塑及维护。

同时，作为书面档案的补充，我们也可以考虑一下历史悠久的口头档案。无论是早期的荷马史诗，还是程度更甚的例子，即远为庞大和悠久的吠陀文学资源库，都是某种被植入且不断再现于节日和吟诵的正式结构之中的档案库存。同样地，《诗经》里的仪式颂歌也反复表达出这样一个事实，是仪式实践本身，而不仅是一套特定的文本，表现了对远古的延续。这种延续通常以设问的形式出现，并由对过去实践的演颂作答：

> 自昔何为。[48]
> 诞我祀如何。[49]
> 匪且有且，匪今斯今，振古如兹。[50]

"文化记忆"并不传递新的信息；它重复所有人已知的内容，如阿莱达所言，其目的不只是为了召回一段遥远的"绝对意义上的过去"，而是为了将这个过去重新呈现为当下这个时刻。正是经由这种形式化的仪式性姿态，处于当下的群体才能确认自己的社会、宗教、政治或

---

[46] 关于史墙盘铭文中书写文本、视觉性及口传性之间的相互作用，见 Martin Kern, "The Performance of Writing in Western Zhou China," pp. 167-171。
[47] 关于西周的档案，参见近期发表的 Edward L. Shaughnessy, "A Possible Lost Classic: The *She ming*, or *Command to She*", *T'oung Pao* 106.3-4, 2020, pp. 290-307。
[48] 《毛诗》209（《楚茨》）。
[49] 《毛诗》245（《生民》）。
[50] 《毛诗》290（《载芟》）。

文化身份：

  由此，"被记忆的过去"不能等同于对过去的一种客观、超离式的研究，后者我们通常称之为"历史"，而前者总是与投射出的身份、对现在的解释以及对确证的需求混合在一起。这就是为什么记忆研究会把我们引向政治动机以及民族身份形成的纵深之处，我们所拥有的是助力于创造身份、历史和群体的一切原始材料。对民族记忆的研究与对记忆术或记忆艺术及能力的研究是大为不同的：前者把记忆作为一种能够驱动行为和自我阐释的动态力量来处理，这种力量是法国人所谓的"想象界/构想"（*imaginaire*）的一部分。我们不能把这种想象形式低估为一种单纯的虚构，因为这种虚构抑或说创造实际构成了所有文化建构的基础。[51]

抽象的、普遍化了的"历史"在被转化为共有的知识和集体的参与时就变成了一种再度具象化了的"记忆"。在这种情况下，"一般意义上的历史"会被重新形构为一种特定的、充满感情的"我们的历史"，且被吸收为集体身份认同的一部分。[52]

综上所述，"文化记忆"的定义具有如下要素：

- 它指向奠基性的叙述以及蕴藏其中的神话式真理；
- 它通过刻意的记忆与忘却行为有选择性地从当前的视角来重构过去；

---

[51] Aleida Assmann, *Cultural Memory and Western Civilization: Functions, Media, Archives*, p. 73.
[52] Aleida Assmann, "Transformations Between History and Memory," p. 65.

- 它是集体性的，且植根于社会互动；
- 它由权力的制度性结构塑造和维护；
- 它定义、稳定及持存被社会力量所调和后的身份认同；
- 它不断实现于文本和仪式的重复之中；
- 它动态地回应当下的需要；
- 它具有规范性、约束性、强制性和经典性；
- 它保存于持久性媒介，尤其但不仅仅是书写之中。

要让"文化记忆"理论对具体分析切实有生产力，我们必须考虑到以上各点的具体含义。作为理论的"文化记忆"，其特有力量来自于它后结构主义式的潜力："文化记忆"要求我们从某些方面将过去视为基于当下目的的重构，也要求我们去揭示这种重构对某个群体的身份创建需求所具有的功能和意义。就其核心而言，"文化记忆"是一种与历史实证主义冲动（impulses of historical positivism）针锋相对的意识形态批评（*Ideologiekritik*）理论。它所阐明的，是在特定时间和特定地点下，意义与身份被社会性、制度性以及物质性元素所构建的过程和实践；它所尝试解释的，是各个社会如何通过探究其奠基性叙述、神话信仰以及文化流程来理解它们自己。

三 "屈原史诗"

在始自汉代早期的历史观念中，屈原是早期中国最重要的诗人，而《离骚》也是古代中国最宏丽的诗作。[53] 然而，屈原远不只是以一

---

[53] 本文不能被理解为对二十世纪以来所谓"屈原问题"之争的一种延续，而是对屈原和"他的"文本之讨论的再出发，由此对前人所研构成了新的突破。此前"屈原问题"的重要批判性声音包括：来自中国的廖季平（1852—1932）、胡适（1891—1962）、何天行（1913—1986）、卫聚贤（1898—1990）和朱东润（1896—1988）；来自日本的冈村繁（1922—2014）、铃木修次（1923—1989）、白川静（1910—2006）、石川三佐男、三泽铃尔、稻畑耕一郎（转下页）

个原型诗人的形象被纪念至今；更为重要的是屈原形象所象征的一整套身份认同生成的范式，维系了无数中国知识人的理想和志向。首先即他作为一位高尚忠诚的贵族政治顾问而终遭流放乃至自尽的人物形象。在后文中，我将基于早先关于屈原人物形象、作者身份以及《离骚》的相关研究，[54]从"史诗叙事"（epic narrative）的视角进一步扩展之前的分析。就分析屈原这一案例而言，这一史诗并不是一首单一的诗作，而是一系列诗歌和散文形式的文本的聚合，其中包括了司马迁《史记》中的屈原、[55]《离骚》，以及其他或被收入《楚辞》[56]或未被收入其中的相关文本。让我们首先考虑一下史诗的一个标准定义：

> 一首史诗即是一篇关于英雄行为的长篇叙事诗。称其为"叙事"是因为它在讲一个故事；称其为"诗"是因为它以韵文而非散文写成；称其为"英雄行为"是因为，尽管会被各大史诗诗人重新诠释，但从广义上来说，它讲述了对该英雄所属群体具有重要意味的一系列英雄行为。史诗的情节通常围绕一个人或一个英雄的所作所为展开，这个英雄虽为凡人却出奇的强

（接上页）以及谷口满。早期争论具体可见：稻畑耕一郎，《屈原否定论的系谱》（屈原否定論の系譜），《中国文学研究》（早稻田大学中国文学会），1977年第3期，页18—35；黄中模，《屈原问题论争史稿》，北京：北京十月文艺出版社，1987；黄中模，《与日本学者讨论屈原问题》，武汉：华中理工大学出版社，1990；黄中模，《中日学者屈原问题论争集》，济南：山东教育出版社，1990；徐志啸，《日本楚辞研究论纲》，北京：学苑出版社，2004；James Robert Hightower, "Ch'ü Yüan Studies," in *Silver Jubilee Volume of the Zinbun-Kagaku-Kenkyusyo*, Kyoto: Kyoto University, 1954, pp.192-223. 虽然民国时期的学者对屈原的历史性和作者身份提出了普遍的质疑，更为近期的中文研究却转向了相反的方向。

[54] Martin Kern, "Du Fu's Long Gaze Back: Fate, History, Heroism, Authorship," in *Reading the Signs: Philology, History, Prognostication: Festschrift for Michael Lackner*, Iwo Amelung and Joachim Kurtz, ed. Munich: Iudicium Verlag, 2018, pp. 153-173；同前作者，《〈史记〉里的"作者"概念》，收入李纪祥编，《史记学与世界汉学论集续编》，台北：唐山出版社，2016，页23—61。

[55] 《史记》84.2481-2491。

[56] 洪兴祖，《楚辞补注》；另见黄灵庚，《楚辞章句疏证》，北京：中华书局，2007；金开诚、董洪利、高路明，《屈原集校注》，北京：中华书局，1996。关于《离骚》，特别参考游国恩，《离骚纂义》，北京：中华书局，1982。

壮、智慧或勇敢，且经常受助或受制于诸神。史诗的背景被设置在一个遥远或传奇的过去，而那个过去是一个远比当下更为英雄主义的时代。史诗的风格是崇高的且高度修辞性的。[57]

从欧洲视角来看，一首史诗被认作是一首长篇的叙事诗歌，但这没有理由构成史诗的唯一定义。关键不在于单一的长文本，而在于这个单一长文本之所以构成一首史诗的理由：它是叙事性的和诗性的，且只围绕一个无论在精神层面还是能力范围都远超其他凡人的单一主角的英雄行为展开。

作为一种分布于多种文献资源的文本，屈原故事可以视为一种独特的史诗。[58]如果我们将屈原与另一个著名人物伍子胥（公元前484年去世）相比较，后者也是孤独的英雄形象，且在早期中国更为著名。[59]伍子胥的故事丰富而充满历史细节，在先秦文本中已然广泛存在；但屈原的故事并不见于先秦文本。另一方面，在先秦或汉代，伍子胥的功绩从未以诗歌来讲述，更不用提冠伍子胥之名的伪自传体诗歌了：伍子胥仅仅存在于故事和逸事之中。屈原的情况则相反，他之独一无二，不仅是被呈现为第一个中国伟大的诗人，而且围绕其典范式的经历汇集而成了一整个文集；还有更宏阔的相关知识传统——无论是书写的还是口传的——明显沿袭并超越了这一文集之所选所集而流传下来。屈原在汉之前的文本传统是寂寂无名的，而当屈原作为一个英雄诗人和被谤辅臣的模范性形象浮现之时，汉代的知识人，以及

---

[57] *Princeton Encyclopedia of Poetry and Poetics*, 4th ed., ed. Roland Greene, Princeton: Princeton University Press, 2012, p. 439.
[58] 王靖献较早提议将《大雅》中有关文王的五首组诗读作周文王的史诗，即王氏所谓"文王史诗"（Weniad）。然而，需要注意的是，从规模上，对文王的诗歌呈现全然不能和屈原相比，也并没有发展出一套关于主角历经各种英勇奋斗而形成其内在特质的叙事。参见 C. H. Wang, *From Ritual to Allegory: Seven Essays in Early Chinese Poetry*, Hong Kong: The Chinese University Press, 1987, pp. 73-114。
[59] 参见吴恩培，《伍子胥史料新编》，扬州：广陵书社，2007。

之后的无数中国学者，在他身上看到了自己的影子。屈原在大量楚国甚至西汉楚地的文献中是缺席的，这进一步证实了是西汉学者全然建构了"屈原史诗"，他们在一个真正意义上的先人的镜照中找到了自己的身份认同：这位先人去今足够久远，他不为人知，只能在文化记忆中被创造，只能被赋予理想的而非现实的英雄力量，他经历的英勇挫败不是可怜的，而是悲剧性的，也是超越性的。

比照上述史诗的定义，我们来看下《离骚》开篇的三节：下列这几个章节明确地将主角展现（stage）为某个具有神圣血缘的神话人物形象，他在某一吉日神性地"降"于凡间，并以一种强烈的个人化口吻自我介绍：

1.
帝高阳之苗裔兮　　Distant descendant of the God Gao Yang am I,
朕皇考曰伯庸　　My august father's name was Bo Yong.
摄提贞于孟陬兮　　The *sheti* constellation pointed to the first month of the year,
惟庚寅吾以降　　It was the cyclical day *gengyin* when I descended.

2.
皇览揆余初度兮　　The august one surveyed me and took my original measure,
肇锡余以嘉名　　Rising to bestow on me auspicious names:
名余曰正则兮　　He named me "Correct Standard,"
字余曰灵均　　Styled me "Numinous Balance."

3.
纷吾既有此内美兮　Lush am I, possessed of this inner beauty,

又重之以脩能 [60]	Further doubled in fine appearance:
扈江离与辟芷兮	Shrouded in lovage and iris,
纫秋兰以为佩	Weaving the autumn orchid as my girdle.

这里由七个第一人称代词所共同指涉的"我"是一个记忆中的英雄；没有哪一个古代中国的诗人可以把自己称作诸神的后裔。这种角色模拟的表演性本质是在语言层面上被标记的：如一般表演性语境中的指示性表达那样，"**此**内美"只能被理解为戏剧舞台上面对观众时的一个实际动作，主人公的"内美"如果不通过他华丽的外表呈现出来是看不见的。这并不意味着《离骚》整首诗歌都是一个为了公共表演而作的文本，而是说它包含了**表演性文本的元素**，就如它也同样包含了其他文本材料的元素一般。

在我的分析中，《离骚》应当被视为一个模块化断章的集合，而不是一篇单一的诗作。它是一个不同种类和不同来源的表达的集合。这一分析围绕四项要点而展开：（一）《离骚》中不同类型的话语、词汇和诗体风格；（二）《离骚》中某些与周边文本并置而通常没有过渡衔接的文本模块；（三）《离骚》内部的互文及重复元素；（四）《离骚》与《楚辞》较早文本层中某些其他文本之间的互文性。就此，我把宽泛意义上的"屈原史诗"和《离骚》这一具体存在都视作一种"文化记忆"的体现，其形式是一种更为广泛的、无作者的话语，它经历了很长时间才成型，固化为《楚辞》的各个部分，包括我们现在称为《离骚》《九歌》《九章》《九辩》等相互独立的文本实体。这一"屈原史诗"的文本既由多种材料**缀合**（composed）为一，又在若干文本化的实现之中**分散**（distributed），由此，它是一个"文化记忆"的绝佳所在。我们在传世文集中所看到的只是这个文本被经典化之后

---

[60] 依韵脚，"能"释读如"态"。

的版本，它的最终成型既归功于包括刘安、司马迁、刘向、班固、王逸和洪兴祖（1090—1155）在内的诸多评注者的决定和所做出的相继努力，也离不开贾谊、[61] 王褒、[62] 扬雄[63] 及其他人的诗学回应与隐性诠释。

四 屈原之传

在西汉的观念中，屈原故事直接与东方旧邦楚国为秦所灭（公元前223年，即秦建立大一统帝国的两年前）的史事联系在一起。楚国倾覆之际，屈原早已离世（其在传统上被确认的生卒年代毫无根据），[64] 但依据《史记》，他在生前曾警示楚怀王："秦虎狼之国，不可信也。"[65] 这一措辞在《史记》和其他文献中被归于诸多先秦历史人物之口，[66] 但在屈原的传记中则只系于屈原一人。乃后，他被表现为预示楚国覆灭的唯一先知：继屈原之死，"其后楚日以削，数十年竟为秦所灭"。[67] 在司马迁以前，屈原势必已经成为先楚旧地具有重要意义的神话虚构性人物，楚地而今是刘安统治之下的西汉封国，其都城寿春正是楚国最后的都城。

也许正是在刘安的宫廷里，最初的《楚辞》得以汇编，屈原的

---

[61] 贾谊的《吊屈原》显示出对屈原的了解，但并没有把他作为一个诗人提及；见《史记》84.2492-2496。《哀时命》也同样如此，该诗在《楚辞补注》中（14.259-267）被归属于严忌（即庄忌，活跃于前150年左右）。刘安的《离骚传［傅］》（也有可能是《离骚赋［傅］》）提及了《离骚》这个文本但没有提及屈原这个人；见《楚辞补注》1.1。
[62] 见于《楚辞补注》15.268-280。王褒被认为是《九怀》的作者。
[63] 关于扬雄的《反骚》，见《汉书》87A.3515-3521。
[64] 参看 David Hawkes, *The Songs of the South: An Anthology of Ancient Chinese Poems by Qu Yuan and Other Poets*, pp. 60-61。
[65] 《史记》84.2484。
[66] 《史记》6.230、7.313、40.1728、44.1857、69.2254、69.2261、71.2308、75.2354。
[67] 《史记》84.2491。

人物形象得以确立。[68]然而,屈原并不仅仅作为预示楚国覆灭的先知而存在;他对于秦之为"虎狼之国"的评判同样预示了秦最终覆灭的缘由:它将被新的王朝即刘氏的汉家所取代,后者正是崛起于先楚的旧地。

这直接导向了屈原之所以代表汉代意识的第二点。在源于寿春的西汉视角中,屈原作为具有旧邦楚国三支王室血统之一的传人,[69]其于汉代的身份是一位祖先。存续于旧都的楚国文化和历史,如今已成为汉家本身的文化和历史。[70]"屈原史诗"提供了这样一种视野,它既包含了原先的楚国贵族文化,这一文化如今随着刘安及其宫廷而存续,又容纳了楚国的历史、神话和宗教,而这些元素分布在《楚辞》的不同部分之中。

屈原人物形象与汉代早期的思想政治需求相印证的第三点,在于它示范和体现了君臣之间的论辩:处于这一论辩中心的,是致力于美好统治的忠直顾问形象,这符合汉代知识人的自我旨趣,同时还有他们对不公正惩罚的抗议,如同贾谊和司马迁所遭受的那样。[71]与屈原类似,贾谊最终被放逐于充满瘴气的南方;司马迁则避免了屈原式的自杀命运,而选择了承受宫刑,当时刘安已被迫自杀。由此,在《史记》他们的合传中,[72]屈原和贾谊互为镜像并解释了彼此,但明显这

---

[68] 关于《楚辞》历史的概述,参看 David Hawkes, *The Songs of the South*, pp. 28-41; Galal LeRoy Walker, *Toward a Formal History of the Chuci*, Ph. D. diss., Cornell University, 1982; Heng Du, "The Author's Two Bodies: The Death of Qu Yuan and the Birth of *Chuci zhangju*," *T'oung Pao* 105. 3-4, 2019, pp. 259-314; Timothy Wai-keung Chan, "The *Jing/Zhuan* Structure of the *Chuci* Anthology: A New Approach to the Authorship of Some of the Poems," *T'oung Pao* 84. 5-6, 1998, pp. 293-327。

[69] 《史记》84.2481。

[70] 参看李泽厚,《美的历程》页 94,桂林:广西师范大学出版社,2000。

[71] 参看 Laurence Schneider, *A Madman of Ch'u: The Myth of Loyalty and Dissent*, Berkeley: University of California Press, 1980; Michael Schimmelpfennig, "The Quest for a Classic: Wang Yi and the Exegetical Prehistory of His Commentary to the *Songs of Chu*," *Early China* 29, 2004, pp. 111-162; Geoffrey R. Waters, *Three Elegies of Ch'u: An Introduction to the Traditional Interpretation of the Ch'u Tz'u*, Madison: University of Wisconsin Press, 1985。

[72] 《史记》84.2481-2504。

是出于他们的汉代立传者所想象的贾谊视角。

第四点，也是最后一点，屈原其人与汉代政治和文化想象之间的呼应在于他作为首位英雄诗人的形象。过去约二十年以来，西方汉学界已形成一种普遍的共识：在前帝国时期，这类个人作者的形象痕迹寥寥，这一形象从根本上来说是汉代前期经刘安、司马迁、刘向、扬雄等人之手建构出的产物。[73]对个人作者这一新意识的激切表达莫过于司马迁的《史记》。在《史记》中，史家将自身呈现为首席读者和一位新的作者，他也把作者形象赋予一群他想象为其思想和道德先驱的过往先人，首先即为孔子和屈原。在《史记》中仅有两次，史家声称自己通过阅读想见文本作者之为人：

> 余读离骚、天问、招魂、哀郢，悲其志。适长沙，观屈原所自沉渊，未尝不垂涕，想见其为人。[74]
>
> 余读孔氏书，想见其为人。[75]

如我早先所评论的：

> 对于司马氏这位最杰出的读者和传记作家而言，正是文本

---

[73] 关于此的近年研究，参看 Mark Edward Lewis, *Writing and Authority in Early China*, Albany: State University of New York Press, 1999; Heng Du, "The Author's Two Bodies: The Death of Qu Yuan and the Birth of *Chuci zhangju*; Heng Du, *The Author's Two Bodies: Paratext in Early Chinese Textual Culture*, Ph. D. diss., Harvard University, 2018; Wai-yee Li, "Concepts of Authorship," in *The Oxford Handbook of Classical Chinese Literature (1000 BCE-900 CE)*, ed. Wiebke Denecke, Wai-yee Li, and Xiaofei Tian, New York: Oxford University Press, 2017, pp. 360-376; Wai-yee Li, "The Idea of Authority in the *Shih chi* (*Records of the Historian*)," *Harvard Journal of Asiatic Studies* 54. 2, 1994, pp. 345-405; Martin Kern, "Du Fu's Long Gaze Back"; Martin Kern,《〈史记〉里的"作者"概念》; Michael Nylan, "Manuscript Culture in Late Western Han, and the Implications for Authors and Authority," *Journal of Chinese Literature and Culture* 1. 1-2, 2014, pp. 155-185; Hanmo Zhang, *Authorship and Text-making in Early China*, Boston: De Gruyter Mouton, 2018; Alexander Beecroft, *Authorship and Cultural Identity in Early Greece and China: Patterns of Literary Circulation*; Galal LeRoy Walker, *Toward a Formal History of the Chuci*, pp. 22-87.

[74] 《史记》84.2503。

[75] 《史记》47.1947。

将我们带向了作者其人的真实本质，于此，作者被最终认识和理解。在此意义上，作者依附于读者：是后者在当下想象着前者，也是后者将文本连同其中的作者打捞出来。毫无疑问，正是以这种方式，司马迁不仅纪念了屈原和孔子，也将自身想象为另一位宿命化的作者——他所希求的，是自身的余晖能存于未来读者的意识中。杜甫之情形亦然。与古代的史家一样，这位唐代诗人寻求创造关于他自身的未来记忆。屈原乃至孔子，司马迁乃至杜甫，浑然一人：他是身无权力的高贵者，志向高洁的个人，唯求德性的卓越而已；他创造了文本的遗产，于当世无人问津，仅俟来者。[76]

概言之，在西汉的**构想**中，屈原其人作为一个"文化记忆"形象，被赋予了一系列对当时的写作者而言极为重要的观念。这一群星闪耀所共同映照出的形象是前所未有的。

但是，这一人物形象连同所谓的"屈原史诗"是如何产生的呢？《离骚》本身并不支持传记式的读法；它关于历史意义上的屈原毫无片语谈及。对它进行传记式（或自传式）阅读完全依赖于从多种其他文献中收集的外部材料：《史记》中的屈原传记；《楚辞》中的两篇短章（《卜居》和《渔父》[77]）——这两首诗皆以第三人称的方式谈及屈原，却被认为系屈原本人所作；《楚辞》以内和以外的其他汉代诗歌；以及多种汉代的评论和全篇的注解，最完整者即王逸的《楚辞章句》，今存于《楚辞补注》[78]。人们无法从《离骚》本身重构屈原其人，

---

[76] Martin Kern, "Du Fu's Long Gaze Back: Fate, History, Heroism, Authorship," p. 168.
[77] 《楚辞补注》6.176-7.181。
[78] 关于《楚辞章句》的研究，尤其参看 Michael Schimmelpfennig, "The Quest for a Classic"; Michael Schimmelpfennig, *Qu Yuan's Transformation from Realized Man to True Poet: The Han-Dynasty Commentary of Wang Yi to the "Lisao" and the Songs of Chu*, Ph. D. diss., University of Heidelberg, 1999; Heng Du, "The Author's Two Bodies: The Death of Qu Yuan and the Birth of *Chuci zhangju*"; Wai-Keung Chan, "The *Jing/Zhuan* Structure"。

事实上，如果不是由于各种外部材料将屈原其人与这一文本相系，没有人能够将该诗与屈原其人关联起来。

追问《史记》中的屈原传记是否确为司马迁本人的作品是徒劳无功的。这一文本由多种资料组构而成，编连颇显粗陋，缺少连贯性，它甚至在传主本人的名字上都显出不一致：在指涉《怀沙》作者时为屈原，在指涉《离骚》作者时为屈平。此外，《离骚》是作于作者遭到放逐之前，还是作为对放逐的回应，文本对此的记载也不一致。"屈原"和"屈平"也许的确指向同一个历史人物，但传记本身并未将二者合而为一，同时请注意，二名均未在《离骚》中被提及。作为一批不同资料的编集产物，[79]这篇传记向我们敞开了一个窗口，透露了早期屈原传说的丰富性和多元性，并折射出不同的神话叙事和诗歌表演传统。它揭示出，围绕屈原这个人物存在着多种平行版本的文学材料，其中任何一种都无法被推尊为源头，也不能被降格为衍生之物。由此，当我们发现《离骚》和贾谊的《吊屈原》[80]之间，《惜誓》（同样被归为贾谊之作）[81]、《吊屈原》以及其他《楚辞》中的篇章之间，都存在着直接的平行文本时，[82]这一现象并不意味着"一名作者摘引另一作者作品"这一意义上的"引用"（quotation）行为。这种看法假设了早期文本的确定性，但没有任何证据可以支持这一假设。相反，上述现象意味着在汉代的**构想**中，存在着某种共享的表达集合体。

尽管在前帝国时期，屈原作为一个人物形象很可能已经存在，且其故事被传诵于楚地，但直至西汉，我们才得以看到他的复合形象的全貌。正如《史记》屈原传记的不同部分所显示的，一位与君王相抗

---

[79] David Hawkes, *The Songs of the South*, pp. 51-61; Galal LeRoy Walker, *Toward a Formal History of the Chuci*, pp. 88-108.

[80] Michael Schimmelpfennig, "The Quest for a Classic," pp. 114-118.

[81] 《楚辞补注》11.327-331。

[82] David Hawkes, *The Songs of the South*, p. 239; Galal LeRoy Walker, *Toward a Formal History of the Chuci*, pp. 165-167.

的政治英雄,受到统治者不公待遇的辅臣,某种处在崩溃边缘的社会秩序中的贵族代表,以及在诗歌中哀叹其命运的自传性诗人。以下这段关于《离骚》之所作的评述尤具启发:

屈平疾	Qu Ping was distressed that:
王听之不聪也	The king's listening was undiscerning,
谗谄之蔽明也	Slander and slur obscured insight,
邪曲之害公也	The twisted and the crooked harmed the common good,
方正之不容也	The square and the straight were no longer given a place.
故忧愁幽思而作《离骚》[83]	Thus, [he] worried and grieved in dark thoughts and made *Encountering Sorrow*.

处于这段引文中间的四行韵句[84]遵循着相同的句法和韵律结构,总体上是一个来源未知的诗化片段。这一语篇几乎不可能是史家本人原创的,而当来自某一更长篇幅的、也许被理解为自传性的诗歌材料,即以屈原名义发出的自我声音。这也构成了"屈原诗歌"也存在于已知选集之外的证据,它们也许曾以较小的单元形式流传,且可被拼合在其他文本之中,譬如现在讨论的《史记》之例,就属于被嵌入了传记里的散文式叙述。在这样的拼合里,主体和客体的形象,主人公和自传性的诗人,彼此可以轻易切换,正如在《九章》《卜居》和《渔父》中那些模棱两可于传记和自传之间的诗句一样。

---

[83]《史记》84.2482。
[84] 第二句韵属阳部,其余三句韵属东部。关于这些韵字在汉代诗歌中的通押现象,参看罗常培、周祖谟,《汉魏晋南北朝韵部演变研究》页179, 187—188, 北京:科学出版社, 1958。

这种模糊性在《史记》传记中还出现过另一次。[85]对话性的篇章《渔父》，在《楚辞》中被收入且归属于屈原本人，在《史记》中则并非如是，而是显示为传记性叙述的一部分：一位渔父责疑屈原，认为其固执和忧郁是由于无法适应变化的环境。同样，此处风格化的对话不太可能是传记作者本人的创造，更有可能是移用自某处更早的文学版本。同时，与《楚辞》相比，《史记》的版本并未包括《渔父》的全文。在《史记》中没有《楚辞》里平行文本结尾处渔父的短歌，而这一短歌又出现在《孟子·离娄上》（4A.8），且与屈原（或渔父）毫无关系。也许是《史记》的作者去除了这首短歌，也许他并不知道它。无论是哪种情形，在传记之中，短歌的缺失更有益于故事的讲述。传记给予了屈原最后的陈辞机会，此时，他既是英雄也是诗人，他的陈辞也显得高度情感化与个人化：

> 宁赴常流而葬乎江鱼腹中耳，又安能以皓皓之白而蒙世俗之温蠖乎！

这一陈辞之后是一个简单的陈述句："乃作怀沙之赋。"而在《怀沙》文本之后，史家仅余最后一事可叙："于是怀石自投汨罗以死。"

正是这一时刻，屈原作为诗性的英雄以及英雄化的诗人的双重性质发生了分裂。换句话说，这也正是文本中的形象和文本的作者分离之时：作为英雄角色的屈原，一个古代贵族的孤独形象，正决绝地步入生命的终点；作为诗人的屈原，并不可能恰在此刻即兴"作"出高度精美的诗篇，且这一作品不可能在此刻之后被保存下来——然而，他的诗作在其自杀之后却得以保存。作为英雄角色的屈原，在面对其命运而自沉汨罗之际是独自一人，伴随着作为自身传奇中心主题的孤

---

[85] 自此以下的四段，内容接近拙文 "Du Fu's Long Gaze Back," pp. 172-173。

独感;而作为诗人的屈原,在自沉前回应命运而创作并演诵《怀沙》之时,却并非独自一人。而在汉代的"屈原史诗"中,这一矛盾无关紧要:诗人和英雄可以轻易地交换位置。

近一个世纪之后,扬雄在其《反骚》中质疑了屈原的抉择:他认为屈原没有理由遭到谗言和放逐后就自沉,而本可以没世隐居或是离开楚国。但扬雄想象的是前帝国时期的屈原形象,这个人可以有其他选择。不同的是,司马迁则完全是在帝制国家的情形中来想象屈原形象的,而这正是司马氏自己的情形:面对唯一的国君,除了死亡之外别无他途可遁。司马迁在其屈原想象中所投射的,是一位帝国时期士大夫的困境和声音:这一声音在帝国以前并未出现,但在汉代"文化记忆"中具有了显著的意义。

五 素材库和作者

我在近年来发展了一种"素材库与合成文本"(repertoires and composite texts)的理论模型用以分析《诗经》的诗篇,并不将之视为各自独立的诗歌系列,而是从"素材库"中缀合而成的选集:那些丛聚的诗篇彼此有着直接的联系,本质上是化身于诸多变体中的同一首诗。[86]这一模型淡化了独立作者的概念,而是假设存在着某些与特定成套的诗歌表达联系在一起的诗歌主题,它们可以被灵活地实现于不断更新的或书写或口头的变体之中。这样一种诗歌概念在个别文本的层面上是不稳定的,但它在素材库的层面上,抑或是这些个别文本所取材自的材料集合体的意义上,则大体是稳定的。结果是,随着文本材料以模块化的形式流动,形成了诸多彼此相似但不一致的相互关联的诗歌。

---

[86] 参见本书《早期中国诗歌与文本研究诸问题:从〈蟋蟀〉谈起》与《〈诗经〉的形成》。

这样一种关于古代诗歌创编的模型并非罕事。在中世纪欧洲的诗学传统中，这一存在于诗歌层面的不稳定性在保罗·祖姆托（Paul Zumthor）的术语中被称为 *mouvance*，[87] 而在伯纳德·瑟奎里尼的术语中则被称为 *variance*，[88] 两者分别对应口头和书写的创编不稳定性。重要的是，这里并不存在作为一种控制性因素的"作者功能"（author function）[89] 来作用于文本的解释以及稳定性。对于从"诗歌材料"（poetic material）和"素材库"中以不断更新的具体实现形式而产生的诗歌来说，任何一种回溯性地"重构"或是"发现"一位特定作者或是历史上特定创作时刻的努力，都是在概念上被误导的，也是具有人为局限性的。宇文所安在以这两个术语来概念化中古早期中国诗歌的互文性时，还提出了"One Poetry"的说法，即一种文本库，其中的单个文本仅仅是"有可能被创编出的许多潜在诗歌中的一种单个的实现形式"，它属于"一个单一的连续体，而不是一个包含着或被经典化或被忽视的文本的集合。它自有其重复出现的主题，相对稳定的段落和句法，以及生成的程序"。[90]

在重新思考存于多种文类的中国古代诗歌的性质时，采用这一变化有度的诗歌流动性的解释模型是卓有成效的。它将我们从有着极为明显虚构性的作者归属中解放出来，也免除了去创制年表、等级序列和线性直接引用关系的必要；它解释了密集的互文联系以及模件化的文本"构建模块"[91] 如何在早期中国书写中轻易移动于不同的文本实

---

[87] Paul Zumthor, *Toward a Medieval Poetics*.
[88] Bernard Cerquiglini, *In Praise of the Variant: A Critical History of Philology*.
[89] Michel Foucault, "What is an Author?," in *Textual Strategies: Perspectives in Post-Structuralist Criticism*, pp. 141-160.
[90] Steven Owen, *The Making of Early Chinese Classical Poetry*, p. 73.
[91] 关于"文本模块"，参看 William G. Boltz, "The Composite Nature of Early Chinese Texts"；关于"模块性"（modularity），参看 Lothar Ledderose, *Ten Thousand Things: Module and Mass Production in Chinese Art*. 不过相较鲍则岳和雷德侯二位最初提出的用法，我是在略更宽泛的意义上使用这两个概念。

例之间,还将诗歌文本置于诗歌流通、表演和变异的社会实践语境之中。最后,同时也是与当前的分析相关的,我们看到"屈原史诗"中这种诗歌表达的分散性质,与"文化记忆"的集体性维度互相印证:西汉意义上的屈原不是某个具体文本建构的结果,而是对某些被共享的当代意识的回应。

不过,有必要在早期中国语境中对这一"文本间性/互文性"(intertextuality)概念作更具体的说明。杜恒已将《楚辞》中一批较早的互相联系的核心文本群与一些较晚的模拟篇章区分开来,这一做法某种程度跟从了霍克斯及其他一些前人学者。在杜恒的解读中,后者以诗篇形式被分散,并承担了副文本的功能(paratextual function)。[92] 这尤其体现在《卜居》和《渔父》,两者都命名和定义了屈原的人物形象,标记了他的死亡,并由此完成了对归于他名下的一组经典的闭合。[93] 正是在这一文本闭合完成之后,所有接受、引用、注解或是拟作才得以可能。至少在某些较早的《楚辞》版本中,《离骚》被视为屈原的唯一作品,一部被"传"所附丽的"经";[94] 作为这种早期理解的遗留,"离骚经"这一标题在东汉的王逸注解中存续,但其具体含义已不为人所知。[95] 尽管千年以来的大部分学者仍然接受屈原之于《离骚》的作者身份,从而将此文本作为一首单一独立的诗歌,我本人的分析却将引向一种更颠覆传统的对于楚辞之"核心"的后结构主义式解读,茱莉亚·克里丝蒂娃、罗兰·巴特和丽奈特·拉赫曼共同构成了这种后结构主义的谱系,而他们均可上溯于巴赫金[96]。我的解

---

[92] 杜恒(Heng Du)对"副文本"概念的使用来自 Gérard Genette, *Paratexts: Thresholds of Interpretation*, trans. Jane E. Lewin, Cambridge: Cambridge University Press, 1997.
[93] Heng Du, "The Author's Two Bodies: The Death of Qu Yuan and the Birth of *Chuci zhangju*."
[94] Ibid., pp. 281-283. 关于此的完整论述,参看 Wai-Keung Chan, "The *Jing/Zhuan* Structure",其中有对较早的中文、日文和英文研究的广泛综述。
[95] 《楚辞补注》1.1-2.
[96] Julia Kristeva, "Word, Dialogue, and Novel," in *Desire in Language: A Semiotic Approach to Literature and Art*, trans. Thomas Gora et al., New York: Columbia University Press, 1980, pp. 64-91;(转下页)

读模式将表明,"屈原史诗"的形成乃是出于一种合成文本、文本素材库和"文化记忆"之间的互文性,这种互文性在《离骚》和其他文本之间,以及《离骚》自身之中都发挥着效用。

事实上,正是王逸本人开创了这一理解的先河。关于《九章》(包括《怀沙》),他指出在屈原死后,"楚人惜而哀之,世论其词,以相传焉。"[97]类似地,关于《天问》:"楚人哀惜屈原,因共论述,故其文义不次序云尔。"[98]关于《渔父》,王逸则提出:"楚人思念屈原,因叙其辞以相传焉。"[99]

对于王逸来说,《九章》的诗篇产生于屈原的自杀并不可信;《渔父》涉及屈原的视角是第三人称的;而《天问》则因次序过于散乱不可能出自屈原本人的最终创编。此外,关于《九歌》,王逸更多地将屈原视为编辑者而非原创性的作者:因他在流放之际所遇的南方的宗教歌诗形式"鄙陋",屈原遂重构了它们,以表达其自身的反抗和规谏。基于此,"故其文意不同,章句杂错,而广异义焉"。[100]

在此意义上,作者身份是公共的、合成的,被分散在收集者、编辑者、校订者和评注者的诸种角色之中。在刘安、刘向和王逸等人相继参与重新整理《楚辞》以及与之伴随的屈原传说时,他们并非意识不到这一点。但是,在他们对这一选集做出诗学贡献的过程里,他们依然出于自身的目的而创造了以屈原为精神先驱的单一化作者模型。这一新的作者形象变得可见很可能首先得益于刘安的实践,西汉作家

(接上页) Roland Barthes, "The Death of the Author," in *Image - Music - Text*, trans. Stephen Heath, New York: Hill and Wang, 1978, pp. 142-148; Renate Lachmann, *Gedächtnis und Literatur*. 近期数字人文领域通过计算机辅助手段对大量文本进行基于语料库的研究进一步削弱了传统文学中独立作者身份的神圣性。参见 Franco Moretti, *Distant Reading*, New York: Verso, 2013; Peter Stallybrass, "Against Thinking," *PMLA* 122.5, 2007, pp. 1580-1587。

[97]《楚辞补注》4.120-121。
[98] 同前引书 3.85。
[99] 同前引书 7.179。
[100] 同前引书 2.55。

做出了明确的回应：这些回应包括了刘安及其《离骚传》（或《离骚赋》），司马迁（或是其他人）及其《史记》的屈原传记，尤其是刘向及其《九叹》。《九叹》中第一次提到了《九章》之名，并将其系为屈原之作。《九叹》正是依照《九章》的风格写就的，这种模拟体现在如开端和结语这样的结构性设置中，还体现于它同样在第三人称视角叙述和第一人称视角拟代屈原这两种模式之间自由切换。[101]《九叹》之中的渊博学识反映了刘向在宫廷中所任的职分地位：他整理了皇家图书，并创造了关于知识遗产、思想与文学史的新系统。[102]事实上，在《九叹》中的刘向声音里，将屈原这一人物形象定义为《九章》作者的信号之频繁可谓前所未有。[103]刘向笔下的屈原，是刘向自身形象中的屈原；而刘向自身的声音，则是通过定义屈原的声音而建立起来的。

故此，我提议将《楚辞》划分为三个文本层：其中最古的文本层显示出文本重叠的多种例证（尤其是《离骚》《九歌》《九章》《九辩》）；一个稍晚的文本层则明确指涉这些较早的文本（在《九叹》里尤其明显）；而第三个文本层所包含的文本则很大程度上独立于以上两个或早或晚的文本层之外（譬如一批召唤式的诗歌，《卜居》和《渔父》，某种意义上也包括《天问》），它们在某个时间点上被加入选集之中。将较早的文本层与较晚文本层区分开的，是前者之中程度远甚于后者的互文流动性，这些互文文本产生自素材库，它们之间平行而无层级之分。这种流动性发生在诗歌被经典化为各自独立的篇目

---

[101] Galal LeRoy Walker, *Toward a Formal History of the Chuci*, pp. 294-300，其中显示刘向的用韵显著地区别于《九章》，反映出西汉音韵的变化。同时，大约作于同时的王褒的《九怀》没有显示对于《九章》的自觉，但在用韵上则符合后者之中较为古早的音韵体系（见 pp. 205-207，以及 pp. 290-292），这可能反映了一种创作上的拟古模式。
[102] 参看徐建委，《文本革命：刘向、〈汉书·艺文志〉与早期文本研究》，北京：社会科学出版社，2017。
[103] 关于刘向在建构屈原形象中的作用，参看 Timothy Wai-keung Chan, "The *Jing/Zhuan* Structure"。

之前。也就是说，这两个分属早、晚的文本层代表了两种不同的文本生成模式：一种是模块式的且不强调作者，另一种则出于对前者的回应而被自觉地作者化，从而更加受控制、不重复且自足自洽。举例来说，《九歌》诸篇彼此之间分享词句的频率颇为可观，而附于《楚辞》最末的王逸的《九思》中则全然无此现象。[104]

《九歌》、《九章》和《九辩》本身就是不同的素材库的选集化呈现。尽管这些文本系列中的一小部分独立于整体之外，[105]其他成组集的部分却可能反映了它们起初的彼此互渗（试考虑《湘君》和《湘夫人》）。这种流动性的表现尤其可见于《九辩》，其中的各个诗章甚至没有被分别标以题目。但是，仅仅通过诗歌之间共享了某些理念和表达，是不足以说明素材库模型的有效的，这些诗歌同样必须能与来自其他素材库的诗歌区别开来——正如《九歌》和《九章》之间的诗歌就判然相别那样。

然而，只有一篇合成文本最终将这些彼此分别的素材库以独立诗篇的形式整合在一起，也正是因此，该诗显示出声音、视角和词汇上的内在多样性，也表现出断裂、重复和突兀的不连续性，这首诗即是《离骚》。

六 作为诗歌互文的"屈原史诗"

每一种西汉乃至更晚的资料都将《离骚》置于《楚辞》的卷首，作为其毋庸置疑的源头和主文本。但是，这样一首长达 373 句[106]的诗篇何以横空出世？它如何一代代地流传，尤其是如何历经公元前三

---

[104] Galal LeRoy Walker, *Toward a Formal History of the Chuci*, pp. 132, 175-178.
[105] 即《九章》中的《橘颂》，以及《九歌》中的《国殇》和《礼魂》。
[106] 我统计的章数为 93 章，包括篇终之"乱"。每一章包含四句，并在第二、四句尾押韵。我将"乱"之一章算为 5 句，故其总数为 373 句。第 11 章中多出的两行（见后文）我不计算在内。

世纪的乱世而进入汉代的？

最晚从南宋（1127—1279）开始，学者们已经注意到《离骚》中不连续、非线性以及互相独立的诗章结构。事实上，尤其是当文本在繁多的重复之中回旋式地前进之时，一位读者可以随意移动其中某些章节而不对其理解产生多大影响。将这一文本划分为不同部分的诸多尝试全都无法成为最终的结论，无论是划分成两个、三个、四个、五个、八个、十个、十二个、十三个、十四个或是十六个部分，[107]这种莫衷一是乃源自同一个原因：在意识到文本的断裂和重复时，学者们依然将《离骚》解读为单一作者的单一诗作，其中包含着单一的声音和单一的意义。[108]

然而，与其本身的重复模式相伴，《离骚》中的这些个别章节显示出与《楚辞》中的其他文本之间非常具体的互文联系，尤其是和《九歌》《九章》《九辩》（甚至《天问》）。这些文本包含了各自的主题、语言模式和词汇，正是这些差异造成了诗歌声音、言说视角和意象类型[109]上的不和谐效应。因此，我提议将《离骚》本身既不视作单一诗人的创作，也不视作单一诗篇，它是"屈原史诗"的不同元素的选集，正如《史记》的屈原传记是彼此相异且颇不协调的资料的选集一样。按照这一读法，《离骚》并不早于《九歌》、《九章》或《天问》之诗，屈原不是其故事的作者而是其故事的主角，有关屈原的故事已然在一系列不同的资料中被讲述。《离骚》作为正典化的"经"，并不在于它是这一故事的最初表达，而在于它是充满雄心的**综**

---

[107] 关于此问题最近的总结，可参看施仲贞、周建忠，《〈离骚〉分段研究综述》，《南京师范大学文学院学报》，2010年第4期，页44—50；周建忠，《〈楚辞〉层次结构研究：以〈离骚〉为例》，《云梦学刊》，2005年第26期，页28—37。

[108] 金开诚在其《〈楚辞〉讲话》（页112—113，北京大学出版社，2010）中称，凡将《离骚》视作一篇混乱文本的人是不了解它的。

[109] Pauline Yu, *The Reading of Imagery in the Chinese Poetic Tradition*, Princeton: Princeton University Press, 1987, pp. 86-88, 99-100.

合（summa）；其余作品是相对第二位的，并不在于它们是继《离骚》之后而产生，而在于它们局限在特定的内容和诗歌库存里。这一读法并不主张某种关于《九歌》、《九章》、《九辩》或《天问》等传世文本之于《离骚》的年代学谱系。我想提出的是：这些文本所属的不同诗歌库存以及词汇集合存在于它们被分别整理进入《楚辞》之前，早于包括《离骚》在内的所有编选版本；它们共同代表了关于楚的"文化记忆"里那些与汉代作者们有关的特定方面：它的古代宗教性活动（《九歌》），历史和神话（《天问》），以及正直辅臣的悲叹（《九章》和《九辩》），后者自贾谊开始，以屈原的形象而被确认。

文本整合与汇编的过程也许是经由刘安本人及其宫中的学者完成的，也可能是刘向所成。然而需要注意的是，《离骚》和《九章》仍然保留着很强的表演元素，这一点从《离骚》最初的三节诗章对主人公的呈现开始贯穿始终。在最终的文本化定型之前，屈原故事必然已在时光中以口头和书写的形式被讲述重述、表演重演、创编重编。这不仅体现在文本中的表演性元素、重复和断裂，也体现于如下事实：《离骚》中的某些章节，由于文本本身完全缺乏语境，实际上是无法被理解的，这一脱落的语境必然曾经存在于某种更早的版本中，或是曾被情境化地提供，也就是说，这种语境是外在于《离骚》文本的。[110] 尽管篇幅较长，《离骚》并非一篇自足自治的文本。

"屈原史诗"文本化的痕迹随处可见：如前文已论及的，在《渔父》和《史记》屈原传记以及后者中的诗化片段之间的重叠；在《离骚》内部和《离骚》与其他诗篇之间的大量的文本共享；以及《离骚》本身之外的文本之间的共享。这里仅举最后一种情况中的一例，即《九章》中

---

[110] 这一点，在过去两千年中数量众多的、对特定措辞和整个篇段的互相排斥的推测性解释之中显露无遗；参看游国恩《离骚纂义》中的集解。举例而言，试考虑"女媭"在第33章以及"虙妃"（或宓妃）和"蹇修"在第56章的突然出现。

的《哀郢》在终篇之"乱"以前的最后十句。[111] 这一文本与《离骚》之间毫无重叠，[112] 同样的十句同时还出现在《九辩》的后半的篇章里，尽管是离散分布于四段诗篇之中，《九辩》与《离骚》还共享诸多其他诗句。[113] 某些学者简单地接受传统的观点，认为《哀郢》由屈原写下在前，而《九辩》由宋玉写下在后，由此来解释这种文本共享现象，[114] 但是，这隐含了两点假设：一是《哀郢》在相对早期的书写稳定性和经典性，二是某种从这一稳定文本那里"引用"的实践，然而几乎没有什么更多证据可以支持这两点假设。另一种至少可能的解释是，《哀郢》形式紧凑的结尾是在某个时间点上被附于文本的，它是从别处散见的句子中被汇编在一起的。[115] 又或者，《哀郢》和《九辩》都取资于某一被共享的材料集合，但以不同的方式使用了它。在这一语境中，冈村繁的假说就显得十分有趣了，他将《楚辞》早期文本层中整句的平行互见归因于背诵过程中对韵律稳定性的需求。[116] 冈村氏列出了《九章》、《九辩》和《离骚》之间的此类平行文本，以及《离骚》本身内部或完全或部分重复的十四行诗句（散见于全诗的十二个诗章）。[117]

试考虑以下两节诗章：

47.

朝发轫于苍梧兮　　At dawn I unlocked the cartwheels by the

---

[111]　《楚辞补注》4.136；黄灵庚，《楚辞章句疏证》5.1431-1432。
[112]　参看 Galal LeRoy Walker, *Toward a Formal History of the Chuci*, pp. 169-170。
[113]　参看《楚辞补注》8.193-195；黄灵庚，《楚辞章句疏证》2.690，693-694，701-704，725；Galal LeRoy Walker, *Toward a Formal History of the Chuci*, pp. 147-149。
[114]　如金开诚等，《屈原集校注》页504。关于历史上模糊不清的宋玉其人的说法仅仅是一种信念，而无证据可言。我认为这些说法与目前讨论的问题毫不相关。
[115]　参看 David Hawkes, *The Songs of the South*: The Ch'i-Fa of Mei Ch'eng, p. 163。
[116]　冈村繁，《楚辞と屈原——ヒーローと作家との分離について》，《日本中国学学报》，1966年第18期，页94。
[117]　同前引文献，页97—98。冈村氏所列出的《离骚》内部的文本关联出现于以下诗章：10—35（同样考虑67），17—29，31—54，31—82，39—58，47—87（两句），52—57，53—63（两句），55—84，61—70，68—76（同样考虑9），79—82（同样考虑58）。

	Azure Parasol Tree,
夕余至乎县圃	At dusk I arrived at the Hanging Gardens.
欲少留此灵琐兮	I wanted to linger a bit by these spirits' door-locks,
日忽忽其将暮	Yet the sun moved swiftly, approaching nightfall.

87.
朝发轫于天津兮	At dawn I unlocked the cartwheels by the Celestial Ford,
夕余至乎西极	At dusk I arrived at the Western Extremity.
凤皇翼其承旂兮	The phoenix opened its wings to sustain my banner,
高翔翱之翼翼	Soaring and flapping on high, with wings balanced.

"苍梧/县圃"和"天津/西极"这两组地名彼此完全是可互换的,[118] 两者分别以转喻和抽象的形式指代东方和西方。这一"朝—夕"结构同样见于第4和第17章:

4.
汩余若将不及兮	Swiftly I moved, as if I wouldn't be in time,
恐年岁之不吾与	I feared the years would not stay with me.

---

[118] 黄灵庚,《楚辞章句疏证》1.330, 1.514。

| 朝搴阰之木兰兮 | At dawn I plucked magnolias from the ridges, |
| 夕揽洲之宿莽 | At dusk I pulled evergreens from the islets. |

17.
朝饮木兰之坠露兮	At dawn I drank the dew dropped from magnolias,
夕餐秋菊之落英	At dusk I ate the flowers fallen from autumn chrysanthemums.
苟余情其信姱以练要兮	If only my innate affects remain truly excellent and pure,
长顑颔亦何伤	Though deprived and starving for long, how could this cause pain?

这里，类型化的地名"阰/洲"指代了山和水在宇宙论意义上的对立，而"木兰"和"宿莽"/"秋菊"之间的两度对照则表示了东方和西方的对立。[119]以上四节诗章都构造了世界各地理尽头之间的对立，但从没有描述在它们之间的游历。所有行动都被定格在地名之中，既无目的也无过程。第4和第17章共同哀叹了时间的流逝，但后者并未提供任何比前者更多的内容。第57章同样包含了"朝—夕"的表达程式，但是顺序相反。这一诗章显示了同样的宇宙论意义上的对立以及无目的性的动作，在这里，动作的主体应该是一位难以捉摸的女神[120]：

---

〔119〕 在汉代五行相生相克的宇宙体系中，春天这一木兰开花的季节是和东方相关联的，而秋天与西方相关联。
〔120〕 关于这一人物形象的猜测存在大量不同意见。参看游国恩，《离骚纂义》页301—315。

57.
纷总总其离合兮	In tumultuous profusion, now separate, now in unison—
忽纬繣其难迁	Suddenly she turned obstinate and hard to sway.
夕归次于穷石兮	At dusk she took refuge at Stone's End Mountain,
朝濯发于洧盘	At dawn she washed her hair in Weiban Torrent.

第4、17、47和87章可以轻易地变换位置而对全诗不产生任何影响；而第57章则来自一段唐突而暧昧的对某女性形象的寻求。然而，除了《离骚》内部的重复性模式之外，对缥缈女神的寻求与"朝—夕"这一表达程式的结合同样还出现在《九歌》的《湘君》和《湘夫人》里，[121]同样重复出现的还有大量的植物意象。《九歌》诸诗在意象和内容上很大程度上是连贯一致的，它们共同构成了一种独一而自洽的表达集合；[122]然而，与此形成对比的是，《离骚》部分篇章里的语言不论在展开还是终止时均显得突兀而缺乏叙述语境，正如其他的语义元素一样。这造成了一种不连续感。

在《离骚》中，这样一些特定的语义元素高度集中于某些部分而几乎不见于别处：在第37—41以及第72—74章，对古代先王的罗列成组集中地出现，使人联想到《天问》；[123]神话性的地名出现在第47—49、54—55、57、59以及86—89章；植物意象尽管偶尔分散独

---

[121]《楚辞补注》2.63（"朝"作"鼂"）及2.66。
[122] 参看David Hawkes, "The Quest of the Goddess," in *Studies in Chinese Literary Genres*, ed. Cyril Birch, Berkeley: University of California Press, 1974, pp. 42-68。
[123] 第37—41章所罗列的先王，几乎无一例外地也都出现在《天问》中。

立地出现，但集中在第3—4、13、17—18、68—70以及76—81章。当它们以间隔随机的重复形式重现时，它们被成组连缀在一起，构成了《离骚》内部可辨识的文本单元；更说明问题的是，这些单元之间甚至不相重叠而是看上去相互排斥，从而揭示了《离骚》作为一个整体的合成性。

之前已论及的第17章，更进一步地与我们所讨论的《离骚》中这两种相互区别的结构特征有关。首先，试考虑以下四个诗章：

14.
冀枝叶之峻茂兮	I hoped that the branches and leaves would grow lofty and lush,
愿俟时乎吾将刈	Looked back and awaited my time to cut them.
虽萎绝其亦何伤兮	Even if they wilted and broke, how could this cause pain?
哀众芳之芜秽	Yet I lament how the numerous fragrances are overgrown with weeds.

17.
朝饮木兰之坠露兮	At dawn I drank the dew dropped from magnolias,
夕餐秋菊之落英	At dusk I ate the flowers fallen from autumn chrysanthemums.
苟余情其信姱以练要兮	If only my innate affects remain truly excellent and pure,
长顑颔亦何伤	Though deprived and starving for long, how could this cause pain?

21.
既替余以蕙纕兮	Already cast off, I wore basil for my girdle,
又申之以揽茞	And further extended it to fasten angelica.
亦余心之所善兮	With what is cherished in my heart,
虽九死其犹未悔	Even in ninefold death there will never be regret.

29.
制芰荷以为衣兮	I fashioned caltrop and lotus for my garb,
集芙蓉以为裳	Collected hibiscus for my skirt.
不吾知其亦已兮	Not being known, this is indeed the end,
苟余情其信芳	If only my innate affects remain truly fragrant.

是什么令这四个诗章在结构上一致从而可以自由互换？每一个诗章的前两句都提供了关于植物的描写，或某种施于其上的无目的性的动作；每一个诗章里，继之而来的两句都没有任何描写而纯粹是关于情感冲突的表达，且每次都伴随着"虽"或"苟"。此外需注意到字词层面的平行，即并见于第14和17章的"何伤"，以及第17章的"苟余情其信姱以练要兮"与第29章的"苟余情其信芳"。如果描写性的植物意象使人回想起《九歌》，那么，对情感的表达通过修辞性问句，诸如"伤""信""心""情"等词语，以及对第一人称代词（尤其是情感性的"余"）的密集使用而被戏剧化，则使人联想到了《九章》

的声音。在以上每个诗章中，这些程式之间的顺序都是一致的，且每一次都是后两句中的《九章》式的悲叹形象支配了对前文植物意象的解释。描写性的两句也许是过去时，而情感性的两句则属于现在时。

在这一合成的结构里，第14和29章之间看不到任何推进；我们拥有的仅仅是相同主题的不同变体，甚至这种变体是可以更进一步地衍生而不造成任何影响的。然而，刚刚我们识别出的这一结构为文本的前三分之一所专有（它仅以相反顺序再次出现在第77和81章）；在这之后，是其他的重复结构在主导。

第14和17章通过下述它们各自相邻的诗章而被进一步联系在一起：

13.
余既滋兰之九畹兮	I watered the nine fields of orchids,
又树蕙之百亩	And further planted the hundred acres of basil.
畦留夷与揭车兮	I arranged lingering blossoms and cart-halting flowers,
杂杜衡与芳芷	Mixed them with wild ginger and fragrant iris.

18.
擥木根以结茞兮	I fastened tree tendrils to tie the angelica,
贯薜荔之落蕊	Threaded fallen pistils of creeping fit.
矫菌桂以纫蕙兮	I reached up for cinnamon to string basil,
索胡绳之纚纚	Corded the winding vines of rope-creepers.

无论这两个诗章意在表示什么，它们与方才讨论的数章之间的区别是它们两者都完全集中于描写施于植物的无目的性的动作。在整首《离骚》中，没有其他诗章如此；在它们突兀、随机而孤立地出现之前，读者并未获得任何铺垫。不过需要注意到它们与第14章和第17章连

接在一起的方式：第 13 章在第 14 章之前，如此可解释何以植物的意象延续到后面的两句，但在第 17 章和第 18 章之间则没有这种逻辑关系。无论哪种，主人公都延续着他在此前某一时间点所曾做过之事。

存在大量其他的文本细节可以阐明《离骚》的合成性、重复性和非线性特质。这是一件包罗着源自《楚辞》其他部分不同话语的不同元素的繁复拼缀之物。在汉代的某个时期，这些不同话语被分别归置于相对连贯而自洽的若干文本系列之中，而《离骚》的多义性和其声音的多元性则源自这些话语在一个单独文本中的结合。还有以下话题是必须更多加以讨论的：

- 《离骚》、《九章》和《九辩》之间众多的平行文本；[124]
- 《九歌》和《离骚》之间（以及在《九章》和《九辩》之间偶尔出现）的平行文本；[125]
- 《离骚》内部成系列的相同措辞；
- 大量第一人称代词（"余""吾"）高度不均衡的分布，以及它们在不同类别篇章里的区别用法：在表哀叹之情的篇章里大部分为"余"，在含有命令式权威语气的篇章里大部分为"吾"，如"吾令"（仅仅出现在第 48、51、52、56、60 章）；
- 情动表达的成组集中出现，尤其是"恐"（第 4、5、9、61、63、75—76 章），"伤"（第 14、17 章），"哀"（第 14、20、45、54 章），强化语气的"信"（第 17、29、58、65 章），以

---

[124] 冈村繁《楚辞と屈原》页 92—93，其中列出了《离骚》和《九章》之间的 26 处，《离骚》和《九辩》之间的 12 处，以及《九辩》和《九章》之间的 13 处平行互见的语句。需要注意，尽管《离骚》和《九辩》都和《九章》联系密切，但具体关联方式并不同：与《九辩》共享语句最多的一篇《九章》中的诗歌是《哀郢》，而《九章》与《离骚》共享语句的现象则尤其集中在前者中的《惜诵》、《思美人》、《惜往日》、《抽思》和《悲回风》五篇；参看冈村氏文页 94 的图表。

[125] 关于此类平行文本的列举，参看 Galal LeRoy Walker, *Toward a Formal History of the Chuci*, pp. 224-227。

及名词"心"(第15、16、21—22、26、32、36、61、70、85章)和"情"(第10、17、29、35、64、73章)——所有这些字词都显著集中在全诗的前三分之一,同时也高频率地出现于《九章》,而在《九歌》中痕迹寥寥;
- 用于进一步强化感情的诸如"何""虽""苟"等句式结构;
- 难以统一化解释的《离骚》中变换的声音、视角和性别。[126]

举例而言,互文的复杂性和不确定性在第10—12章中得以完全地展示:

10.
忽奔走以先后兮	I rushed forward in haste, front and behind,
及前王之踵武	Reaching the footprints of the former kings.
荃不察余之中情兮[127]	Iris did not probe my loyal affection,
反信谗而齌怒	Instead trusting slander and exploding in rage.

11.
余固知謇謇之为患兮	I surely understood how being frank and forthright would bring disaster,
忍而能舍也	Yet I endured it and could not let go.
指九天以为正兮	I pointed at Ninefold Heaven to be my witness,

---

[126] 限于篇幅,我关于上述问题的研究将另文发表。
[127] 此处"中"释读如"忠"。

夫唯灵修之故也	It was only for the cause of Spirit Perfected.
曰黄昏以为期兮	He said: When night falls, we shall meet—
羌中道而改路	Alas! He was halfway and then changed his path!

12.
初既与余成言兮[128]	Earlier he had given me trustworthy words,
后悔遁而有他	Later he regretted and fled, having some other.
余既不难夫离别兮	I did not make trouble for being left and separated,
伤灵修之数化	Yet was pained that Spirit Perfected so often changed.

搁置文意解释层面的疑问（"'灵修'所指何人？"），我关注的焦点在于互文性。"察余之中情兮"（第10章第3句）在第35章重现，同时还在《九章》的《惜诵》里出现（在该处，它还与某一平行于《离骚》第24章的诗句相连）。[129] "指九天以为正"（第11章第3句）在《惜诵》中重现为"指苍天以为正"。[130] 第11章的第5、6句呈现了一个问题：它们被添加在四句一章的惯有结构之后，这在全诗是绝无仅有的，但没有王逸的注解；洪兴祖由此设想这两句是稍晚时才羼入文

---

[128] 此处"成"释读如"诚"。
[129] 《楚辞补注》4.124。
[130] 同前引书4.121。

本的[131]，但这是如何发生的，以及为什么？试将此两句与《九章·抽思》篇中的以下段落相比较：

昔君与我诚言兮	In the past, the lord had given me trustworthy words,
曰黄昏以为期	He said: When night falls, we shall meet.
羌中道而回畔兮	Alas! He was halfway and then turned sideward,
反既有此他志[132]	Instead, he now had this other intent.

很明显，我们正在阅读的是同一段的两个不同版本，即使两者间存在微观的变化和不同的句序。没有什么能令我们赋予《离骚》中的版本更多权威；相反，我们应该质疑《离骚》中额外出现的两行的初始样貌。我们无法断定这两行诗句是什么时候进入文本的，也许它们在某个王逸所未见的汉代版本里已经存在了。与其付出徒劳的努力去确认这些篇章之间"抄本/副本"（copy）和"原本"（original）的等级关系，我建议我们首先承认，《离骚》和《九章》中的诗句可以多么轻易地集聚成丛和更换位置，也许从它们最初共同取材于同一个"屈原史诗"的素材库之时起，这些诗句就确已如此运作着。

七 结 论

《离骚》本身的内在复杂性，以及它与其他有关屈原的早期文本之间的联系，是令人惊异且无法被消解的，众多不同解释的存在即表

---

[131] 同前引书 1.10。
[132] 同前引书 4.137。

明了这一点。这给予了我们若干种选择。其中最不可信的一种,即简单地提取《离骚》中所散布的多个文本层中的一个,并以之统摄其他所有的文本层,将文本化约至单一意义和意图的层面。这种选择所牺牲的恰恰是《离骚》文本的多义丰富性,这种丰富性来自其中多重的、互不兼容的但又各自迷人的维度,它们将《离骚》与所有其他早期中国诗歌区别开来。不幸的是,传统的解释采用的正是这种最不可信的选择,在此解释中,《离骚》的意义仅止步于被当作另一个更加混乱无序版本的《九章》。一种更好的选择则是辨识和珍视屈原故事被想象和讲述的多种方式。这些想象和讲述也许从战国晚期开始,而盛行于汉代早期。在该时期,屈原故事回应了一系列不同的意识形态和文化需求。

从汉代早期到刘向,发生变化的恰恰是这类需求,在王逸的时代变得更加强烈。在当时的各个阶段,他们迫切需要去想象一个意味深长、关乎身份认同生成的过去。刘安的屈原所应和的是寿春一带乡愁式的关于楚国的**构想**;刘向的屈原则应和了帝国时期的士大夫身份认同,以及一种新的古典主义,此间,作为遭厄作者和皇室辅臣的屈原被赋予了一席之地,但不再有更多空间留给看似光怪陆离的楚国宗教、神话和情欲想象。基于"屈原史诗"的"文化记忆"已经变化,以迎合一个新的时代。

(姚竹铭、顾一心 译,郭西安 校改)

反思之一

超越本土主义
早期中国研究的方法与伦理

柯马丁

一 新时期传统知识的机遇与挑战

早期中国研究正处于一个令人振奋的时代：这是一个罕见的知识发生了结构性变化的历史时刻，原先的安身立命之所如今以不可预测的方式变动着，新的发现既让人振奋，同时也带来了踌躇和焦虑。当下工作对早期中国研究的重要性，可以说能比肩于汉人那堪称建立了文本传统的基础性注疏、初唐不朽的学术总结、宋人的哲性反思、清人系统的训诂考据以及二十世纪初生机勃勃的古史批评。

得益于中国考古学的发展，当然同时也很遗憾地由于古代文物和古抄本的盗掘与非法买卖，我们得以对持续新出土的丰富材料展开研究，这是过去两千年来的学者所未能亲见的材料。突然之间，我们置身于一些早期文本世界的真实遗迹中，它看起来与人们熟知的中国悠久传统不尽相同。我们对两千年来的学术研究所塑造的古代文本如此熟悉，现在，新的窗口让我们进入一个尚在萌芽阶段的早期中国世界。透过这些窗口，我们看到的不只是剥离了层层注疏后的早期文本，而可以说是完全不同的文本。我们完全清楚地意识到，搜集、校订、汇编、排序、分析以及注疏等,这些学术行为本身就是构建和塑造了传统诸多文本的力量。当然,现在还不能断言已经有了接触传统的"原始"文本的机会,因为,首先,我们不知道当下所见的抄本在何种程度上是"原始"的;再者,我们应摒弃带有阐释学目的论的阅读方式,因为它其实把文本纯化为独立的、未经注释的实体,而将诸种评注则视为后世所附加。实际上,这些抄本使我们认识到,早期的许多文本本身就是通过各种注疏活动而得以建构的。这种认识迫使我们去做一些前人不必做的抉择:我们应以何种途径和方法论来理解这些早期传统初步形成的文本制品(textual artifact)?它们比后来的传统文本更重要吗?另外,如果说早期帝国的注疏已成为对疑难字词最早且最权威的释义,那么倘若完全舍弃它们还有可能读解这些前帝国文本吗?我们如何能够脱离注疏与训诂传统谈论这类手稿文本呢?这个传统从一开始,就在帝国时期出现的文字体系和书写系统标准化运动中大规模地阐释和重写文本,重新思考和组织文本内容,定义或重新定义构成文本本身的字词。考虑到帝国所建立的新的学术机构,以及它对历史所进行的意识形态化挪用和重塑,我们必须判断的是,在这一过程中,国家力量对各类文本产生了何种以及何等程度的中介能动作用(agency)。此外,最根本的问题是:要用新发现的文本来补充我们已经了如指掌的传统吗?不要忘了,正是这个传统创造了知识阶层乃至整个民族的文化记忆和身份认同!抑或,我们可以用这些文本来质疑这个传统?在这里,必须注意的是,当王国维提出"二重证据法"时,他从未倡导将考古学仅用于文本传统的"补充"或"证实",正如陈寅恪在其对"二重证据法"的进一步论述中,使用的是"释证"、"补正"与"参证"等多种术语。但是,王国维却就"二重证据法"声言道:"吾辈生于今日幸于纸上之材料外,更得地下之新材料。由此种材料,吾辈固得据以补正纸上之材料,亦得证明古书之某部分全为实录,即百家不雅驯之言亦不无表示一面之事实。此二重证据法惟在今日始得为之。**虽古书之未得证明者不能加以否定;而其已得证明者,不能不加**

以肯定，可断言也。"[1]就我学力所及，还没有任何其他古文明的研究者会接受这一说法，理由很简单：我们怎么能因为某些古代文本，或是某些古代文本的某些部分被证明了，就放弃对所有古代文本的质询权呢？

对传统问题的回应因个人立场而异。显然，对那些把自己视为传统继承者且有责任将之保护和传承下去的人来说，这是一个生死攸关的选择。我完全理解，作为人文学者，我们既是古代文本的批判性读者，也是它们的守护者，此种使命，岂可轻慢！因此，在一个自认延续了千百年的学术传统下，无论这种所谓的持续性是否为意识形态的建构，现代中国学者大多视自己为孔子的精神后裔。与此不同的是，从外部研究中国的学者在研究中无须担负此种责任，我们没有此类传统的重负和要求，我们可以质疑一切，当然也不是无所顾忌或轻浮无状。归根到底，我们来自一个与生俱来就是多中心、多文化的欧洲传统，时至今日还使用着多种语言并游走于不同话语中；一个西方学者仅熟悉几种"欧洲方言"就可被认为是称职的，这还是很晚近的情况。而在当下，西方汉学基本上看起来是一个汉语和英语的双语事务，这主要归因于汉学重心向美国的转移，很大程度上这又是二十世纪三十年代德国赴美移民浪潮的结果。除了对数目越来越小的人文学者有影响之外，欧洲的多语主义在美国强盛的语言教育体制下势单力薄。由于上述原因，英语在汉学中一家独大的情况比在其他人文领域中要明显得多。

然而，即便在学术界语言多元性受到损耗的情况下，西方学者也处于传统的中国视域之外。因为中国的情形与欧洲截然相反，从前帝国时期开始，中国就已经将"统一"理想化为政治稳定和文化繁荣的绝对前提，尽管从历史经验而言，国家分裂和历史断层（如战国和魏晋南北朝时期）实际上总是带来最丰富的文化版图。西方的人文学者

---

[1] 王国维，《古史新证》页2—3，北京：清华大学出版社，1994年。

可能难以理解中国人在多元中追求统一的渴求；相反，西方学者重视差异，珍视自己的独特之处，甚至是一国之内的多样特质，他们常用自嘲来显示这种骄傲感。因此，当下中国学界仍在持续的"疑古"与"信古"之争中关涉中国当代身份认同，也关涉现代中国可能诉求的与古代之间假定延续的历史关联，这些的确让我这样的西方学者感到困惑。不过，也不能简单地把这个领域的研究者分为中国守护者和外国批评者，就像李零教授曾说过，"学无古今中外"。作为研究古代文本文化的学者，我们都既有守护又有批评的责任；否则，就只会导致分道扬镳，抛弃所有志同道合的可能性，而如此我们将错失良机。

我们处于前所未有的全球化学术世界，人们从各种角度来研究中国，从各自的传统出发来思考，而且在这个学术世界，我们可以相互倾听和回应。当然，有时这也会让人沮丧，因为我们彼此都常感到，充分尊重对方的预设其实是很困难的。但只要我们愿意承认那些我们自身所不具备的能量，差异和间距并不是问题，相反会提供新的视角，导向新的前景。一方面，西方学者固然无法声称对中国最优秀的文本有丰富的直觉性理解；但另一方面，这种先天的劣势可以很快转化为能量。这一点在翻译和系统的文本分析中便可以见出：西方顶尖的译本和研究都是基于严格的分析方法，我们不是简单地将文言文中的字词"翻译／移置"（translate/transpose）为一个与之对应的现代文本，这会错误地默示古典文字与其书写的现代词语之间严丝合缝，而在日本的翻译中也普遍存在类似的问题。因为需要翻译，我们这些西方学者必须做出现代中国读者无须做的精确抉择，正是在这些抉择中，我们意识到选择的重要性，而且我们必须知道为何如此选择。其间，外国学者面临着文本自身从未提出过的问题，而这些问题必须被加以回应，因其关涉如何理解在语言中所表征的文化实践与知识体系的历史细节，尽管这些表征无疑有着种种模糊之处。即使最后没有得到明晰的答案，我们还是通过这些分析推理和方法论反思生发出了新的理解层面，而这些层面只有在被迫去追问某些特定的问题线索时才会显现。我的朋友金鹏程教授对此有一笑语："我没法像中国学者读得那么快，但他们也没法像我读得这么'慢'。"

这种分析和方法论上的推理已经远远不是翻译问题了，但翻译说明和体现了"外部"视角是如何诉求并引发这一过程的，这正是众多非中国的学术与中国传统内部所孕生的学术有着显著区别的原因。由是，强调方法论本身就成了"外部"视角的明确标志之一，但不意味着这些方法只能来自外部。相反，正如没有一种"外部"分析和阐释能够忽视中国两千多年来生成的厚重学术成就，传统学术也应在不断的自我间离（self-distancing）中接纳新方法。我认为这是我们可能达到的共识：方法论不是要取代沉淀下来的知识，而是旨在生成若非如此便难以发掘的新视角、新问题以及可能的答案，如果传统只能严格地遵循自己的方式和条件，这些显然均不可能获得。在这个辩证的转变中，"外部"必须成为"内部"的一部分：不是被归并或运用，而是相反，成为一种被内化的他异性（alterity）变革力量。"内部"不再是未被重构的"内部"；同样，"外部视角"会循环往复地被它试图阐明的"内部"现象、试图回应的"内部视角"扩充和重塑。

因此，无论我的一些研究思想对于某些国内有识之士而言如何格格不入，也仍是旨在为我们共同的事业提供新的理解的可能性。此外，我的视角不仅仅是一个研究中国的学者从外部看向内部的视角：我和汉学家同行讨论交流，也和从事古典学和比较文学的同事交流；我尽力熟知中国古代文献，同时也阅读大量与其他文明有关的古典研究文献。我相信，这种广泛的跨学科和跨文化经历是另一种变革的力量。一种全球性的人文学研究不会是两极对立的学术，不会兵分两营成中国学者和外国学者用两种不同的方法研究中国；相反，它应当是多极的，中国只是众多主题之一。正如我"从外向里"研究中国，一个上海学者可能会"从外向里"研究古希腊，那么我们都是在"从外向里"研究，探索研究古代世界的全球可能性，在此，"我们自己"的部分可能很重要，但永远也只是更大整体的一小部分。这便是为什么比较性的知识与视角是不可或缺的：每一种古代文化都基于自身做出了特定的选择并视之为不证自明的前提，但跨文化的比较可以提供不同的参照，使得我们可以陌生化那些中国或是其他古典文明中过于熟悉的知识与理念。

  在汉学研究中，包括中国在内的全球学者能够更高效地合作的另一原因是电子资源的方便快捷。中国主要的大学和承担了重要汉学研究项目的西方研究机构都订阅了一系列强大的数据库，可以轻松在网上获取我们的研究成果。我没有理由不去关注最新的中国期刊论文；而在中国，即便是北京和上海之外的地区，就算数据库使用方面还相对来说没有那么便利，但对西方学者著作感兴趣的中国学者还是可以通过多种途径（官方或个人的）获取这些资源。不过奇怪且遗憾的是，日本的出版物不在此列，因为日本还没有网站可以提供最新的全文学术文章。

  最重要的是，数字化的人文学科正迅速改变着我们接触原始文本的方式。数字化不但涵盖了所有已知的中国古代作品，甚至包括了最新的古文字材料，所有关于古代中国研究的学者都可轻易获取并检索这些材料。只需敲击键盘，我们就可以大范围、高效率地检索全部的中国古典文献，这在规模和速度上都远远超越十八、十九世纪最博学的学者乃至整个学术群体的记忆极限。我可以用手机登录《汉语大辞典》、《利玛窦大辞典》（*Grand Ricci*）、《牛津英汉大辞典》（*Oxford Chinese Dictionary*）和最新的《古汉语学生辞典》（*Student's Dictionary of Classical and Medieval Chinese*）等工具书查询某个汉字的释义。同时，随着电子化数据库日益"智能"，我们可以检测一些语言模式，并做"模糊"语料分析，其复杂程度相较过去的纸本索引提升了几个量级。在课堂和学术会议中，我们可以随时查校引用到的原文和学者论文，并即时完善研究内容,其实,就算我们不这么做,我们的学生也肯定会这么做。技术可以说从众多方面均衡了这个领域。虽然数据库检索不能取代全文细读,但"认识文本",以及最重要的是,从海量文本中寻找关联的方式已经完全改变了。由于每个人都可以从海量的古代文献中发现文本模式和文本关联,那些从小就背诵经典的中国学者的优势开始急剧缩减。数字化能力虽有其自身的种种局限和问题,且不能和知识积累相提并论,但它却为以方法论和数据为驱动的分析研究提供了极为强力的工具。换言之,为一种不依赖传统知识的学术研究提供了强力工具。

新资源、新方法和新技术正一道深刻、广泛而迅速地改变古代中国研究的内容与方式。在这方面,我们获得了超乎想象的提升。今天,凡是有进取心的学生都不会再局限于我写学位论文时所能获得的那些纸本资源;借助数字化,我们的学生可以踏上几年前还无法想象的研究道路,其中有一些将会引出惊人的发现,并且动摇我们已接受的智慧和珍视的信念。但是,有得必有失,在我们欢庆收获的时候不能惧怕损失。这就需要一种精神,即勇于放弃那些随着时光推移而越来越难以坚持的错误的确定性。那些十八、十九世纪的伟大学者所苦心经营的训诂考据学至今仍然重要,但不再是唯一的方法,也不再像过去那样主宰批判性的研究,它的许多基本假设,放到现在更为广阔的视野中时,都会遭到质疑。同样,二十世纪中叶的语言分析巨匠,如王力和高本汉(1889—1978),都是当时最杰出的学者,但他们的时代已经结束了。一是因为出现了更为精细的分析工具;二是因为发现了更多的语料,如铭文、简帛抄本等。故而,很多上个世纪中期的学者视为的当然之事,有很大一部分已经不再是确定的,而这一点让我们身处险境:一方面我们已经有足够的新证据去质疑古代正统,另一方面又还不足以确立我们自己的新正统。不过,这也许是值得庆幸的事,因为我们不需要一个新正统。相反,我们处于一个振奋人心的、动荡的、充满苏格拉底式洞见的时代,每一个新知都不过是在揭示一个事实:我们真的所知甚少。

二 原教旨主义的死胡同:从"走出疑古时代"到新传统论

在陈述观点时,我们总是面对特定的听众,无疑,听众的视角应当被了解和尊重:他们期待、预设、信仰和重视的是什么,以及他们无法接受什么。但作为一个在中国谈中国的外国学者,我仍然认为有一些本土的学术话语亟待反思。例如,在 1992 年由李学勤先生提出的"走出疑古时代"的倡导,这一口号影响甚大,已迅速成为中国研究的新正统。尽管李学勤的同名著作给出了不少圆熟的分析,且并未简单地称许任何有关早期中国的"事实",但近年来,"走出疑古时代"却常常被其他一些学者(误)用于发挥李学勤所远未曾表述的立场:大体上,这一口号被拿来号召人们去"证明"(prove)所有后世传统所宣扬的早期文献记载的真实性,噤声先前"疑古"思潮所提出的令人不安的质疑。面对此种修辞,我认为有必要强调"疑"(doubt)在伦理和科学上的必要性。在我看来,"质疑"与"否认"(denial)在本质上是不同的,悬置批判性思维就是把"质疑"束之高阁,这必然会让我们倒退到前现代的世界观中。倘若如此,学者便失去了自觉与传统保持反思距离的能力;相反,他们会心甘情愿且不假思索地献身于被奉为神圣的传统中去。事实上,这根本不是现代学者与前现代学者之间的区别,我们可以看到,过去两千年来在中国和欧洲都不乏对自己承继之传统抱持敏锐且批判态度的学人。今天与之形成鲜明对照的新传统主义,不是从古代继承来的方法,而仅仅是一种意识形态。

无论是"走出疑古时代",还是"证明"某物(通常为某种传世文献)的年代更早,这都与中国二十世纪二十至三十年代顾颉刚等人领导的"疑古"思潮针锋相对。在那个时代,"疑古"运动对中国古典文献进行了彻底的质疑，它本身即具有意识形态和政治的诉求，其目的在于推倒传统学术的根基，为正在涌现的后帝国、后传统的现代民族国家建立新的知识基础。而现在，对"疑古"的抨击则是对现代性本身的激烈抵制：拒斥"疑古"，其实就是拒绝承认历史与其当代阐释者之间存在不可逾越的鸿沟。与"疑古"相反，声势浩大的"走出疑古时代"运动反映的是前现代的思想，即坚守神话化的历史，认为其不容置疑，而神话化的、理想化的历史只要没有被证"伪"，就必然为"真"。这一新兴意识形态的适时出现绝非偶然：距离西方和日本帝国主义带来军事和政治屈辱的"百年国耻"已有半个多世纪，"文革"的反传统主义亦已是上一代的事，此时，"走出疑古"标志着新崛起的中国在意识形态上的需求。新中国在思想上没有真正属于自己的近代史，要使自身与过去相连接，只能诉诸一套关于其远古时代真实可信的永恒信念，这种信念典型地体现在被偶像化了的"孔子"或其他类似的古代文化符号上。从思想史和学术史来看，"走出疑古"面对的历史遗产是"文革"、"疑古"运动和旧的中华帝国残骸。可以说，当下的中国学术并没有它能够（或愿意）称之为历史的、可信的思想传统。近年来重新寻找历史真相的潮流正是出于对这一问题的考量，然而却是依循前现代中国的条件来寻求和发现答案。如此，为了构建新中国的意识形态基础，大力强调崇古，便认为不需要中国以外的思想了。同时，为了满足当下的需求和目的，这一理念坚称中国对自身阐释的垄断权。一些学者竭力寻求在纯粹中国层面上所定义的绝对可信的文化身份认同，他们不愿接纳包括中国及其邻邦和其他古典文明在内的丰富图景，也不愿重视来自国外的学术研究，而更愿意频繁施展如下三种策略：（一）对国外学术迫不得已说些应酬话，实际上却几乎不予任何阅读；（二）拒绝学习任何外语；（三）对其他早期文化或是关于这些文化极具启发性的研究都不感兴趣。其结果就是形成一种防守性的、本土主义的、自我边缘化的、单语主义以及单一文化主义的学术。放眼未来，我认为这种学术是难以为继的，连下一代学人都不会接受。

最近，我在北京一个会议上负责点评的一篇论文，正体现了上述问题对学术研究的影响。这篇论文试图"证明"，《诗经》和《尚书》中的某些部分属于人们想象出来的"商代文学"的一部分，这意味着它将这些文本的时间往前倒推了好几个世纪，一直推到一个没有任何其他可资比较的语言、规模和类型的文学文本时期。至少在过去的一百年里，这样的立场是不会被接受的，而如今却用新的考古证据而被鼓动。近来的考古发现确实提供了大量的数据，让我们了解到以往很多不知道的事情，但实际上没有任何与"商代文学"相关的发现。对考古发现的综合性追求在此真正带来的是全新的、与具体考古发现的成就完全不同的东西：它提供了一个宽泛的修辞学保护伞，在其庇护下，考古发现当下可以被用来反驳任何与早前"疑古"运动相关的立场。这种思维可以说正是从王国维提出的前述立场延伸而来，如上文所引："虽古书之未得证明者不能加以否定；而其已得证明者不能不加以肯定，可断言也。"进而，原本"证明"自身观点的论证还掉转了枪头，举证的任务反倒落在了质疑者的头上："既然现在考古发现证明了很多古代的事情，你怎么能证明某些东西不是如我所推测的一般古老呢？"我们当然可以对一切不能被证伪的古史进行想象，问题在于，不能被证伪，不代表就是被证实。我能证明"孔子写了这个或那个文本"这个命题是错的吗？我的确不能，正如我也没法证明"孔子每天晚上没喝啤酒"这个命题是错的一样（我会被质问："你凭什么说那时候中国没有啤酒？"）。举证任务被简单反转了，按照这个逻辑，"疑古"实际上"已经先行被证明是错的了"；这一古老幽灵就要遭到驱逐，不仅如此，与之一起被抛弃的还有"怀疑"这种思维倾向本身。

这种新兴的传统主义不只是想证明古代文本的年代，在本质上更是一种准宗教的原教旨主义形式。它的基本假设是"更早的"即是"更好的"、"更可靠的"和"更真实的",并且还陷入更为荒谬的观点中,即文本本身必然要属于其所描述事件的时代,必然出自所载历史人物之亲说。这样的预设太过天真,甚至可以说难以理解;但的确,即使大部分证据都与这些想法相左,我们也无法直接对之证伪。就这样,《尚书》中系于商王盘庚的演说变成了一种商代的言辞。这样一种漏洞百出的"论证法"根本无助于回应一个基本事实:我们没有任何证据可以证明所谓盘庚演说的那种语言与修辞曾存在于商代。然而他们会说:"你怎能否认它的存在呢?证据就在这里呀!"与这种论证方式相关的是,还有人乐于将任何后来的材料都当作"证据",哪怕这些材料比讨论的对象要晚一千年以上。所有这一切的根本问题在于:怎样才能够算作证明,以及推论与证据的理性规则是否能在一种(相对)普遍有效的层面上达成一致,如果答案是否定的,那么任何学术对话都是不可能的。试想一下:如果《圣经》研究者从中世纪欧洲文献中出于便利随意地挑选一个文本作为"证据",来"证明"他们期望得出的有关《希伯来圣经》最早期层面的那些结论,我们会如何评价?对此我们不会反驳,我们只会无视之,也不会认可他们具备任何有影响、有声望的学术地位——我们或许会问他们这样一个简单的问题:"这样做的意义何在?"

最危险的不是这三千年文本传统的有效性(validation),而是关于这些传统之起源的原教旨主义信仰。作为学者,我们可以选择如此站队,但我个人绝不可能参与其中,也不认为它在全球人文研究中会有任何前途。我们不能用一套"批判性"的现代方法论原则来研究世界各地的古代文明,却用另一套"信仰式"的、前现代的原则来研究中国,以及其他某些使学术成为一种追求准宗教信仰行为的国家。后者无法在国与国之间通行,其适切性顶多止步于国内。

如果在我们展望中国古典研究的未来时,期待能够看到其在全球人文学科中占据一席之地，并且能够修正仍然还在盛行的、以地中海文明为中心的西方古代观念，那就必须摒弃先前的中国例外论，和海外其他地方的学术追求一样，参与到和其他学术领域的比较讨论之中：如古典学、古代史研究、考古学、人类学、比较文学等。无论是中国还是其他古代文明，如果只沿袭前现代的思维方式，或只考虑自身的方面，又或局限于某个长久流传的学术传统，都不可能产生有意义的阐释。所有这些古代文明的研究进展都得益于一种意识，即广义上的古代全球化世界，因为比较研究能不断打开新局面，这是任何单一文明的特定材料均无法获取的新局面。牛津大学著名比较宗教学家马克斯·缪勒（Max Müller，1823—1900）有一句名言："只知其一，等于一无所知。"这是对我们最富启迪的指引，对那些只研究"自己的"文化和历史的学者更是最有力的警示。只有舍弃民族主义和例外主义，并能够把自身置于比较性的质询和视域之下，这样的古代中国研究才能在世界范围内取得成功，才能去挑战古代研究领域的欧洲中心主义霸权，而毋庸讳言的是，这种霸权在西方知名的研究机构中依然存在。在从事中国学术研究的领域中，那些拒绝比较思维的学者对他们的研究领域及其学生都是缺乏帮助的。

幸运的是，近来产生了一股新的学术潮流。在这一历史阶段，许多中国的重点大学正着手建立古典学、埃及学等院系；而且，不少从事这些研究的欧美同行也受邀来到中国，分享知识和提供灵感。对人文学者来说，这应当是近年来最激动人心、最具前景的全球性发展趋势之一：正如古代中国研究可以从对话和跨文化的比较中受益那样，如果古地中海研究者在和古代中国研究者的对话中发展其对古代的认知，这也将极大地促进古地中海的研究。然而时至今日，在古典学这样的领域中，古代研究或多或少都是围绕着古代地中海（尤其希腊和罗马）和近东的历史、哲学、文学、考古学与宗教学所开展建制的，并且还轻易地主导着古代研究的思路，哪怕是在牛津、普林斯顿或海德堡这样典型的学术中心也是如此。如果这些领域在顶尖的中国大学里发展,与强大的中国历史、文学史、考古学和哲学系为邻,肯定是很有意义的。我想我们都将从中获益。

三 "我们"对阵"他们":本质主义策略及其意识形态

我这里提出的问题,都是真正想引起共同讨论。我的目的不是要否定传统主张的正当性,也不是要给过去某种学术思潮"站台"。我在美国东海岸做研究,并没有实际参与到"疑古"或"信古"运动中,因为它们都是出于对中国特定时期形成的文化和政治认同需求所做的回应;如果我作为一名学者也有某种认同的话,那也是建立在一种探询的形式之上,这种探询尽可能坦率地、自我批判地袒露自己的假设和指向。显然,这是一种作为具体方法之基础的更为根本的观念,在这里,也可以称之为"有关方法的方法"(meta-method),某些"信古"之人当然不会对之青睐。但我不得不说,我是批判性质询的坚定追随者。

另一方面,严格的批判并不意味着可以轻慢地对待两千年学术传统所形成的观念。如果没有自汉至清的学术传统,我们对古代文本的理解将会大打折扣。主流传统的发展与流传自有其理由,每一位严肃的学者都必须重视这些成就。在某种程度上,存留下来的学术成果遵循着达尔文式的定律,尽管意识形态和历代政治机构的介入使这个问题复杂化了,然而今天我们还能看到早期注疏,这个事实告诉我们,这些解释在很长一段时间内被认为是可信和值得流传的,因此也值得我们去密切关注。除非有人能够证明我们的判断超越前人,否则不可轻易否认他们的判断,尤其要考虑到早期和中古学者拥有大量我们看不到的材料。我们要做的是反思他们的论证能否为现代思维方式所容纳,这种现代思维方式是一种视方法论优先于身份认同、视探询追问优先于默认接受的研究进路。从这个意义来讲，所有的当代学者，不论国籍，都是"从外向内"地研究古代：因为没有人能穿越千年或与古人说同样的语言。我们都是古代大陆的异乡人，我们所能做的且必须做的，是以各自可行的方式来认清我们与古代之间的根本距离，而正是这一距离定义了我们所处的位置。谈到"什么是可知的"，两千年的鸿沟远远大于当代不同文化或语言之间的隔阂。无论我们的文化或民族身份如何，当今全球学者之间的共通之处要远超我们和古人之间的相同之处。这样一种情况几乎在每一种古代文化研究中都出现：无论是本土学者还是外国学者，他们都太过频繁地将现代观念投射到早期文本中，从而造成了全然的时代误置。这类误解的危险恰恰在于它们看上去是如此理所当然，其对本土学者的贻害相较国外学者有过之而无不及。一个典型的例子就是对《论语》中"文学"一词的当代误读，这种误读想当然地采用现代汉语里的"文学"含义，然而现代的"文学"含义是经由现代日语译介重新引入中文的，根本不能适用于对《论语》中古典文本的解读。

在学术交往中，我经常与这些不同的群体进行交流：一是在中国从事中国研究的学者和学生，二是在欧洲和北美（还有一小部分在日本）研究中国的学者和学生，三是从事比较文学与古典学等非中国学研究的西方学者和学生。每次和他们交流，我都感到自己走进了一个分裂的话语场域，任何一方的研究都和另外两方截然不同。在中国的学术会议上，本土学者常常只关注中国，甚至认为只阅读中文的学术成果是理所应当的；同样，我也常常遇到一些欧美学者，他们对中国一窍不通，却感到怡然自足。我试过分别与这两个群体做学术交流，而当我呈现我的研究时，我常无奈地处于某种不对等、不相匹的境况。某个学术群体感兴趣的东西，往往在另一个群体看来是毫无意义的。

当然，在我的研究领域中的"西方学者"，其中包括在欧美研究机构工作的中国学者，他们都已觉察到自己处在各自的话语场域中，故而会根据发言的对象是"西方"学术圈,还是中国听众,采用不同的术语。这种情况在中国大陆尤为明显,其实有时在香港、台湾等地和新加坡学界也如此,只是相对轻微一些。尤其是在汉语言文学系,相关学者所呈现的研究立场很显然属于自我关注的内向型(inward-looking)思维。如上述这样持本土主义立场的中国研究,是单文化、单语言的,很少引入外部的视域,这种现象可能与大多数美国大学的美国史研究一样。虽然不是所有大陆的汉语言文学系都如此,但这种情况仍占绝对的主流,这就很有意思而且有时让人尴尬了。比如在一次关于中国古典学的研讨会议上,有一位资深的中国学者对我能够操用流利的汉语发言而感到惊讶,并且又赞赏了我对中国古典文本的细入分析,然而他同时又提出"我们中国人是不会这么做的",我想这不能算是故意的冒犯。而前年(2018),我在北京的一个学术会议上经历了这样一个小插曲:在我主持的分会场上,一位来自中国顶尖大学的资深教授批评他的年轻同事,说他的分析方法不对,并告诫他这种方法只有外国人能接受,对于"我们中国人"来说是不能够接受的。他毫不犹豫地坚称"中国人"和"外国人"之间有着无法弥合的话语鸿沟,他清楚地表明了他所认同那一边才是有价值的,然而随后就感到了明显的不安,因为我在回应中对他的立场给予了公开的调侃。他策略性地运用本质主义与不加掩饰的优越感,把自己屏蔽在了"外国"对"我国"传统文本的解读之外。同时,那位年轻的副教授也被牢牢地困在了中国研究的汉语霸权中,并且还被不断地提醒他应该始终属于"我们中国人"的一分子,而不是"他们外国人"。在某种程度上,这位资深教授不完全是错误的,我们之间不同的解读,确实深刻地反映出不同的问题意识、兴趣和动机,也反映学术群体或学术机构的界限,这些都是一个学术生涯刚起步的年轻学者不可轻视的。看起来"像是他们中的一分子"有着巨大的风险,而考虑"他们"的解读所可能得到的回报则是微不足道的。

四 "汉学"与"国学"的词源及认识论视角

不过,目前为止我谈到的这些差别其实相当粗略,还没有展现出现实的全貌。霸权式的话语无处不在,无论是在世界认可的、有着强大文化和学术影响力的当代美国学术界,还是在中国某些毫不掩饰地鄙视外来思想的本土主义学者身上都可见到。但在我所接触的学术群体里,还是有学者公然挑战其所属学术圈的规范,甚至到了"身在曹营心在汉"的地步,姑且不论是好事还是坏事,这并不是一个种族或民族问题。比如,在欧洲和北美的大学中有很多能够顺利入乡随俗的中国学者;也有不少中国学者在西方获得博士学位后回国内大学任教;还有日益增多的西方学者在中国的研究机构中挂职,有常任教职也有荣誉职位;有在美国授课的西方学者会认同某些因循守旧的中国方式;也有在中国任教的中国学者突破西方理论的极限。所有的人都在以一种有趣的方式交叠互涉、分享灵感,也共对挫败。这种交织的经历能轻易跨越学科和文化的边界,并质疑我们不断为自己构建的、冠之以某些专名的(如西方之"汉学",或中国之"国学")学术领地和身份认同。不过,这些传统的建构依然非常强大。

总地来说,中国刚刚创立的"国学"专业都是在重点大学开设的,常常被设计为本土的中国经典研究,是尚不能颁发学位的学术领域。顾名思义,"国学"显然与"汉学"不同。"汉学"一般指"由外部"对前现代中国进行研究。不过,我们再思考一下,什么才是"外部"?"外部"不能简单地说是在中国以外的地方所完成的研究,且更不能说是非华裔学者的著作。"汉学"在西方有别于以社会科学研究为驱力的"中国研究",后者与主要关注当代中国的"区域研究"类似但不完全等同。"汉学"不能以研究者的民族或者种族身份来定义,也不能依据地理位置划分,只能被定义为一套方法或实践。"国学"亦如是:它是一套思维模式、一种进路,而远远不仅是一个场所

（place）。如上所论，"外部"只能定义为方法论上的差异，某种程度上，其间的语言学差异几乎是注定的：如果我们必须把中文文本翻译成外语，那文化上的间距既不可能否认，也由不得我们选择。即便如此，我们还是有选择，也要选择，因为翻译总是对成套的思想和因素产生影响，这些思想和因素由更广博的方法论和文化旨趣所决定。借用德国神学家、哲学家施莱尔马赫（Friedrich Schleiermacher, 1768—1834）有关翻译的经典理论表述：我们可以将译文及其研究同化到一个中国原生的框架来试图缩减翻译固有的距离；也可以接纳这种距离，从中国框架中超脱出来。但无论如何，这两种选择意味着"国学"和"汉学"之间的区别不是绝对的。而比这二者本身更意味深长的是，中国的研究机构和学者运用这种二分法，把"汉学"和"国学"分别贴上"外部"和"内部"的标签。我还没有见过在中国大学工作的中国学者自称为汉学家或"Sinologist"的。

有趣的是，"汉学"和"国学"都有着复杂的词源与认识论视角。"Sinology"被译为"汉学"，字面意思是"有关汉的研究"；其日语发音为"kangaku"（かんがく）。但从词源上看，它在中国和日本的本来用法是不同的：在德川时代，"kangaku"泛指日本关于中国的研究（"kan"［かん］指"中国"），和西方学者最初使用"Sinology"情况类似。与此同时，在十八、十九世纪的中国，"汉学"是指有关史学—语文学的中国学术分支，这一学术传统可追溯至汉代，与更晚近且更偏重哲学思辨的"宋学"相对。当传教士和其他西方学者使用"汉学"这一术语时，他们将"汉学"的史学—语文学取向和"kangaku"作为"对中国的研究"结合在了一起。于是乎，"Sinology"的定义就变成了关于前现代中国的史学—语文学研究，首先关注的是过去的书写文本。换言之，汉学的认识论核心既是日本的（从外部研究中国）也是中国的（一种特定的方法论）。不难想象这种"传统的汉学"常常会被嘲笑为老古董、方法幼稚或陈腐过时，其中"传统"

一词已经成为荷马式的某种固定饰词了，一些从事文化研究或社会科学领域的西方学者在使用"汉学"一词时，常常充满了鄙夷。

而另一方面，"国学"这个术语最初非但与中国无关，甚至是反"中国学"的。中国的小学家在自己的"汉学"达到顶峰阶段时，一批德川时代的日本学者在寻求日本文化的自我认同感，在此过程中，他们开始反对汉学（kangaku；かんがく）及其中暗含的尊崇中国的意蕴，因为那个时代的中日学界普遍地认为中国是日本古典时代和日本文明的最根本的灵感源泉。作为汉学的替代，他们提出了"国学"（kokugaku；こくがく）这个概念，强调要更多关注当时日本本土的经典而非中国经典。然而，就我看来具有讽刺意味的是，由于日本长期以来使用中国的汉字，而"kokugaku"恰恰像"kangaku"一样，都是用汉字来正式书写的。

二十世纪初，随着中国帝制的终结，日本的kokugaku（如今以汉语书写并读作"guoxue"）被引进中国旧词新用，以指代一种中国学术的新形式，其主要关注的是中国古代典籍。正如作为日本研究的"kokugaku"服务于十九世纪日本民族国家的文化和政治认同需求那样，作为中国研究的"国学"同样服务于中国二十世纪初新兴的民族国家的相同诉求。今天，"国学"在被遗忘了将近半个多世纪后突然复兴，其背后的动因恐怕也是如此。不论是十九世纪的日本"kokugaku"，还是二十世纪和二十一世纪的中国"国学"，其关注点都在各自的"国粹"（日语为"kokusui"［こくすい］），都是从内部开始的对自己文明的本土性研究。

考察这些语汇的复杂历史，不只是出于知识考掘的兴趣。这种语汇变迁史象征了前现代中国研究在方法和意识形态上的不确定性，以各种不同方式在中国内外展示出来。这些语汇依然存在于我们各自的学术共同体之间，甚至是内部，并且显示出严重的分歧。在中国，有很多中国学者是明确反对他们的同行们所追求和推崇的"国学"的；而在西方，不同人谈及"汉学家"这一头衔时反应不尽相同，可能认为是一种荣誉，也可能唯恐避之而不及。最近，中国内外都涌现出一股建设"新汉学"话语的潮流，但是很明显，不同的学者使用这个新术语的方式各有差别，正如"国学"和"汉学"的意味因人而异一般。

五 拒斥本土主义政治学：一段个人经历的反思

最后，我想谈几点个人的思考。自然，在这里我只能从个人的角度来谈谈我研究早期中国的学术经历。领域内的其他学者和我的经历不同，也一定会有不同的判断，遑论其他学科或研究中国其他历史阶段的学者。我不能代表"西方汉学"：不仅是因为"西方"有很多不同的"汉学"，而且我自己是双重国籍，我也无法确定大西洋的哪一岸才是我真正的家。我在德国出生、成长和接受教育；1987年，25岁的我来到北京大学求学，在两年后的1989年夏天离开。1997年1月1日，我来到美国，先在西雅图的华盛顿大学做研究，接着去了哥伦比亚大学，2000年秋至今在普林斯顿大学任职。

刚到西雅图不久，我便需要面对此前一无所知的德国和美国汉学史，而且我很快便意识到这是无法回避的。那时候，我是"德国中国学学会"（Deutsche Vereinigung für Chinastudien）的会员，该学会成立于1990年春，即柏林墙倒下的几个月后。1997年年初，学会筹划在当年10月24至26日，也就是德国统一七年之后，在柏林举办年会，讨论德国的汉学历史。当时我在修改我的博士毕业论文，并在康达维（David R. Knechtges）教授指导下做新的研究，所以很多时候我都整天泡在华盛顿大学的东亚图书馆。有时候我在一本书上发现了铅笔手写的笔记：那是德国著名汉学家卫德明教授的手迹，他于1948年从北京移居西雅图。卫德明先生曾经是康达维先生的老师，他在1971

年退休后将其中文藏书捐赠给了华盛顿大学图书馆，而西语书籍他捐赠给了普林斯顿大学，现在还陈列于普大东亚图书馆的一个独立藏室里。与卫德明先生的这种间接邂逅，激发了我对其生平的兴趣，我很快便了解到，在纳粹统治期间及之后一段时间内，大批德国汉学家离开了纳粹德国，再也没有回归，其中有几位到了西雅图，卫德明先生只是其中的一员。

在德国，没有人告诉过我这段历史，而就在我了解到这段历史的时候，我收到了1997年柏林年会的公告和会议论文摘要。虽然这些论文涵盖了百年以来德国汉学史的多个方面，但却没有任何一篇涉及二十世纪三十年代的大规模移民，可正是这股移民潮使得德国汉学界萎缩得只剩下昔日荣耀的影子！对此，我感到十分震惊：这难道不是一个值得讨论的话题吗？很快，我汇集了德国汉学家自1945年以来所撰写的关于德国汉学史变迁的全部学术文章，当然，准确来说是西德汉学家。50多年来，几乎所有文章的作者都非常巧妙地避而不谈这段变迁史，这种姿态反倒把德国汉学史伪饰成自开始一直平稳延续至二十世纪末。在一篇篇文章中，这些历史回顾者对德国汉学家的移民潮保持缄默，把自己的前辈从这个领域一次又一次放逐和抹除。

眼见1997年仍将故态复萌，为了回应这一情况，我研究并撰写了第一篇全面关于德国汉学家移民潮的文章。文章被纳入柏林会议，因为我当时还在西雅图，没有参加会议，在我要求下有人代为宣读论文。除了德语版，我还写了一篇更详细的英文版论文，发表在《美国东方学会会刊》（*Journal of the American Oriental Society*）上，这也是我到美国后发表的第一篇学术论文，我自此成为美国东方学学会会员，而不再是德国中国学学会会员了。后来，我的这篇文章被翻译为中文，拆分成三篇发表在中国的书刊上，不过我并未听闻任何中国同行提及曾阅读过。

我也把德国汉学史看作自己的历史，这不仅是因为人们会把自己国家的历史当成个人的历史，也不仅是因为我从事与此相关的研究。我坚信，二十世纪三十年代，德国汉学家在德国纳粹压迫下的这段迁徙带来的痛苦，仍然笼罩着今天的德国汉学界。在经历几乎完全的崩溃后，德国汉学界花了几十年才恢复到过去的规模，但再也没能获得像其他古典人文学科那样的地位，也再没有创造与那些学科能相匹敌的工作机会。德国汉学与其他在二十世纪初已经发展成熟的人文学科不一样，那些学科在"二战"后经历了明显的移民回流，教授们纷纷回到他们之前的岗位上，但逃离德国的汉学家却没有一位在战后回到德国。相反，这些德国学者极大地促进了其他地区的汉学迅速发展，尤其是美国。被他们抛在身后的不仅仅是一个国家及其学术领域，还有他们的语言：他们向英语的转移，导致德语在这一领域的主导地位迅速没落。同时，他们发表的论文也加强了英语的地位，这一过程对汉学界的其他欧洲语言也造成了损耗。近年来，越来越多中国学生移民北美，他们有的随后成为了研究中国的学者，但其中绝大多数是没有接受过其他欧洲语言训练的，这样只会更加强化英语在汉学领域的统治地位，这种情况比在其他学术领域要严峻得多。

战后，德国汉学以及汉学界的德语语言一直未能恢复元气，另一方面，北美汉学的迅速发展更扩大了两者之间的差距。结果是，在过去二十年间，又一代年轻汉学家离开了德国，我正是其中之一。如今，在美国、英国和其他国家的大学里从事古代中国研究并获得终身教职的德国学者，已经远远超过了在德国本土的数量。最近几年，随着中国经济和政治的崛起，德国大学里的当代中国研究教席数量有所增加，但这很大程度上是由于古典汉学的教席被转换成了社会科学方向的教席。柏林曾经是德国汉学界的荣耀之地，而今天已经没有汉学家的容身之所了。虽然柏林自由大学和洪堡大学一共有八万多学生，但柏林，作为德国的首都，连一位前现代中国史领域研究的专家也没有，根本不能和巴黎、伦敦比了。

所有这些与我个人研究早期中国的视角又有何关联呢？首先，与活跃于其他国家的德国汉学家一样，我只能把汉学想象成是一个真正的国际领域，这一点已经相当程度地体现在了我们的履历当中。再者，作为熟悉自己祖国历史的德国人，我拒绝从单一、守旧的角度接受"传统"。最后，我已经学会了从"外部"观察德国。当我思考如何研究中国时，这三点对我都有影响。第一和第三点影响我的研究视野；第二点则影响我的身份认同观，一个人身上所承袭的国族遗产总是被折射并裂解的，同时也总是如此执着地如影随形。我本能地拒绝以民族统一的名义来把传统意识形态化，要我"走出疑古时代"是永远不可能的。我无法接受服务于政治与文化身份认同的民族主义学术，也不会漠视"国学"这个词的历史含义。

然而很遗憾，我想近来中国有一些关于古代中国研究的成果，恰恰是被意识形态化的"传统"所驱动的，这一点令我感到痛心。我当然也理解，在经历了"文化大革命""十年浩劫"对文化身份认同的毁灭性破坏后，人们多么渴望这种毋庸置疑，甚至是不容置疑的传统。秦始皇"焚书坑儒"的故事是中国经典和儒家经学的奠基性神话。这个汉代制造的故事，却让每一位遭遇"文革"之痛的古代中国研究学者产生了震动，因为他们目睹了生命被摧毁，经历了求生的恐惧，也将永远怀想曾被野蛮否决的教育传统，生活经历与历史想象不可避免地结合在一起。正如我不能忍受人们把意识形态所建构的传统看作是不可质疑的，我的一些中国朋友也不允许别人对传统进行的猛烈质疑，这在他们看来是毁灭性的。他们曾经见识过传统的毁灭，并深知其害。

对此，我想说的是，我们的历史都曾有过创伤与恐惧；在学术会议上，我们有时会在争论传统问题时动怒，有时会产生不成熟的情绪，而"传统"的确是个"问题"（problem）。不论在私下还是公开场合，中国学者都曾动情地讲述过"文革"经历所留下的难以愈合的创伤和精神苦痛。我想我能理解他们。但是，在我看来，传统主义和前现代思维方式都不过是一种逃避，这不会是可以为继的出路，也不会是能够获得拯救的出路。

（米奥兰、邝彦陶 译，郭西安 校改）

反思之二

早期中国研究与比较古代学的挑战

汉学和比较文学的对话

柯马丁　郭西安

一　世界语文学的构想与实践

郭西安：尽管我们的学术合作已经快十年了，但要专程进行一次学术对谈还是很难启动的，我知道汉学界更多是和中国的古典文学、古代史学界同行交流，而和比较文学进行学术交流则既少见又有难度，还似乎颇为冒险。那就从我们都非常关心的语文学问题谈起吧，在我看来它是汉学和比较文学共同的命脉。你是在德国接受系统的学术训练，后来在美国任教，德国有非常悠久深厚的语文学传统，这某种程度上构成了传统德国汉学的一个重要特征。北美汉学的奠基性人物薛爱华也很强调语文学的基础作用，另外包括对普林斯顿东亚系建系做出重要贡献的牟复礼，他们都认为汉学的定位本质上就是"中国的语文学"，你今天还会同意这样一种汉学的基本定位吗？我知道现在会更强调汉学自身的多元化与异质性，但假如它要成为一个有别于其他学科的领域，它也仍然需要一些区分性的指征，除了它研究的对象是古代中国之外，你会从你的角度给今天的汉学一种怎样的新定位呢？

柯马丁：确实，薛爱华在《何为汉学？汉学何为？》("What and How

is Sinology？"）中提出一个有名的定义，汉学"关注中国的语言遗迹，也就是汉语文本"。我想将这一历史学和语言学层面的定义加以扩展，它应当包含中国物质文化的所有人工制品。事实上，薛爱华本人兴趣极广，我想他也会欣然同意这个更宽泛的定义。换句话说，汉学不拘于狭义的语文学概念，也不受限于特定领域的经典。中国的宗教与哲学、音乐、医药学、天文学、数学、法律、艺术、电影等，都是人文探索的领域，也是广义的语文学研究对象。只要研究者注重它们各自的文本属性，以之作为研究基础即可。诚然，这种研究可以从中国的早期历史一路延伸至当代。

但我还是会在人文研究与经济学、社会学、政治学等注重定量工作的社会科学之间加以区隔。当然并非所有社会科学研究都和汉学泾渭分明。举个例子，人类学可以是"硬科学"，也就是以数据为驱动的定量社会科学，也可以是有深刻文化关怀、进行定性研究的人文学科。考古学同样如此。

简言之，汉学本质上是具有多元学科性的；它不能被单一的学科定义，这不是缺陷，而是其特质。中文的"文史"一词巧妙地抓住了这种特质。孔子所说的"斯文"并不是指"语言和文学"，而是指向广义的"文化"。我认为研究中国语言，包括古汉语和现代汉语，是任何汉学定义的基本配置，但正如我科隆大学的老师嵇穆（Martin Gimm）常说的那样：在汉学中，语言仅占百分之五。

对我而言，有一点很重要：汉学不应被视为好古主义（antiquarianism）或东方主义，汉学也不反对理论。这些陈词滥调常见于欧美大学的经费和权力斗争之中：如果有人想把教职从中国历史或古典文学转调到当代社会科学领域，他就会用"好古主义"、"东方主义"、"反理论"和"对当下问题无用"这些描述来污名化汉学，这都是些假标签，但它们可以变成很具杀伤力的武器。但另一方面，汉学家应该要解释其工作为何与我们的时代相关。对这个问题我的回答是：汉学对理解人类处境意义重大。不是因为中国经济、政治和军事力量的崛起，而是因为我们必须停止仅仅从古典欧洲的视角来定义人类境况。换句话说，汉学为包容、多元、比照、历史地理解人类提供了不可或缺的知识。因此，汉学必须和人文学科的其他研究，包括研究世界其他文明的领域持续对话。

　　汉学的起源本身就可以说明这一点：这一学科是建立在十八至十九世纪欧洲语文学的发展基础之上的，而欧洲语文学不断向外扩张，又跟欧洲殖民主义密切相关，这是我们必须承认的历史。因此，汉学（以及对梵文和其他东亚语言不断增长的兴趣）一开始就和欧洲语文学密切相关。像甲柏连孜（Hans Georg Conon von der Gabelentz）这样的德国学者首先是一般意义上的欧洲语言学家，其次才是汉学家，他为我们带来了第一部西方古汉语语法书，甚至早于1898年的《马氏文通》。直到今天，这部语法书仍然被认为是有关古汉语非常成熟的研究著作。我认为，在充分意识到并警惕着不能延续其殖民主义传统的情况下，我们可以与这段历史重新建立连接，将汉学和中国语文学重新纳入全球语文学之中。

郭西安：这个问题与我近期在思考的世界语文学实践有关。近年来，西方中世纪研究的学者提出了"新语文学"的理念，而古典学以及比较文学领域的同行也在重新强调库尔提乌斯（Ernst Robert Curtius）、奥尔巴赫（Erich Auerbach）等学者留下的语文学遗产；另外，哥伦比亚大学的印度研究专家波洛克（Sheldon Pollock）、你的同事艾尔曼（Benjamin Elman）教授等开始倡导更能包容多元语文学实践的"世界语文学"，波洛克还勾勒了一些有关"未来语文学"的设想。所以我们好像看到了一种多领域的朝向语文学的"回归"运动，当然它们都并非简单的"回归"，而是从各个角度围绕"语文学"提出了不同的建设性理念，与你此前所了解的传统语文学相比，你觉得如今的语文学在观念和方法上有哪些值得注意的进展？

柯马丁：在战后"区域研究"风行的大背景下，语文学常常被当成已经消亡的老古董摒弃一边。然而，令人惊讶的是，过去的二十年里许多不同领域的学者从全新的角度再次"发现"了语文学。显然，原因之一是学术的全球化，人们关注到其他的学术传统和语文学实践；此外，考古发现的大量文本文物激发了新的研究方式；还有一个原因是，过去几十年间人文学科的"物质转向"使得人们对文本的物质性给予了一种全新的关注，有关文本生产与使用的社会学、作为科学史与知识生产史一部分的书籍史，被着重强调。十八、十九世纪德国学者的首要兴趣即在于文本的形成和传播，西方的现代语文学学科就要归功于他们；让我们回想下那些大师的作品：弗雷德里希·奥古斯特·沃尔夫、卡尔·拉赫曼以及维拉莫维茨（Ulrich von Wilamowitz-Moellendorf），等等，他们和其他学者共同创造了阅读文本的新科学。在现当代我们又有了很多重要的学术著作，这些都是思想史和文学史上令人惊叹的进展。

但如今语文学还有更丰富的拓展，目前，我正推动一个新项目：我和我的朋友，柏林自由大学哲学史家欧斯特舒尔特（Anne Eusterschulte）和比萨高师的古典学家莫斯特（Glenn W. Most），我们一起合作编写《语文学实践：比较历史词典》（*Philological Practices: A Comparative Historical Lexicon*），包含了差不多24个有关世界各地语文学文化的板块，每个板块都有一篇综述和20篇左右的文章。其中有一些，比如关于拉丁和中国传统的部分就很长，因为它们的历史格外悠久。每个板块由一位或几位编辑负责，而整部作品的文章出自全球各地数以百计的学者之手。我们的目标是展现不同文化本土的语文学观念和实践。为了实现这一目标，我们将语文学定义为"对权威文本专业化、体制化的研究与关怀"，并且格外关注语文学的以下几个维度：中介、技术、制度、文类和物质性。换句话说，我们从重构文本的形成与传播拓展到宽泛很多的社会学问题。这是一种重新被理解和比较的语文学的一个方面。

另一个方面是密切关注物质文本带来的新发现：近年来，欧洲和北美建立起许多研究中心，特别致力于前现代写本研究，开展了大量的学术合作。显然，我们正在将语文学从观念上重新定位为一项核心人文学科，它不仅和思想、社会、宗教与经济的历史相联系，还和科学与技术的历史相关。此外，新的语文学还利用物理、化学、数学和其他科学领域的前沿技术，来分析前现代文本制品的物质性。例如，维也纳大学的克劳迪娅·拉普（Claudia Rapp）教授使用最新的光谱成像技术，对埃及西奈圣凯瑟琳修道院（St. Catherine Monastery）发掘出的覆写本进行操作，使其过去被抹除或重写的文本层重见天日；还有，尼罗河象岛（Elephantine Island）的微型纸莎草古写本过去无法被不受破坏地分层，柏林大学的维蕾娜·勒普尔（Verena Lepper）教授和物理学家、数学家一道，使之虚拟分层、清晰可读。这些都是二十一世纪的语文学实践。类似的还有，对死海古卷进行细致汇编分析的工作仍在耶路撒冷进行。因此，我不会说我们是"回到"过去的语文学中，毋宁说，我们在重新想象语文学，将它恢复为不仅事关单个文本研究，而且是对文本性的全部社会系统研究而言最为基础的学科。

毋庸置疑，一方面，我们如今更好地理解了前现代时期不同文明的语文学历史实践；另一方面，我们自己的语文学要跨越文化边界来开展全球化汇合。这就是为什么全球各地新建的写本研究中心在组织架构上根本都是比较性的，吸引着不同文学传统的专家汇聚一堂。然而，说它是真正全球性的语文学，并非因为我们汇集了世界各地本土的语文学文化，而是因为我们推动世界各地的语文学进行对话。这已经成为许多国家的大学中大型学术项目的常态，例如汉堡大学、牛津大学、普林斯顿大学等；但中国的情况还不是这样，比如设在复旦大学、清华大学和武汉大学的中国最重要的出土文献研究机构，都仍然限于研究中国古代的写本，这实际上是严重的短板，如果和国外的研究机构合作，这些研究中心的学者们会做得更好。

郭西安：听到这些前沿的进展确实非常令人兴奋，因为语文学是一个非常重要的问题，我想在这个地方多做一些停留。你提到西欧"恢复语文学的核心地位"这个趋势，我们知道西欧传统的语文学从体制上来说已经裂解，现在除了少数欧洲高校在学科名称上保留了语文学，几乎很难找到一个作为科系的语文学了，但语文学的幽灵并未散去。我在最近的一篇文章中提到，语文学更多作为一种基础性方法，甚至可以说是某种人文研究自我规范和调节的功能，弥散在各个具体的研究领域起作用。中国有非常悠久且成熟的古典语文学实践，发展到今天可能就是现代学科中的古典文献学和（古）汉语言文字学，值得注意的是，这两个专业仍然是我们人文学科，尤其是中文学科的重要构成，我们有许多专事这两大领域的专家。也就是说，这里存在着一个有趣的对照现象：在西欧传统中已然解体并且很大程度地隐匿起来的语文学，在中国被部分体制性地保留了，当然它也受到了现代学科体制的冲击并因此变形，某种程度上也可以理解为，原先作为一切治经治学基础的小学与目录之学，如今坍缩为分支性的学科了。所以如果从体制实践的角度来说，我们有着很深厚，而且相对持续、自治的语文学传统，怎么使这样一种语文学传统加入全球性的对话，我想可能还是与西欧语文学重新开展联盟并不一样，它需要更艰苦的努力。

我提出这个观察关系到一种必然且必须包含中国在内的"世界语文学"的发展可能。我知道你和你的同事已经做了一些相关的工作，比较典型的如艾尔曼教授直接关注到中国晚期帝国的语文学转向，但他还是集中在清代，而且是从文化史的角度去阐释比如乾嘉学派的语文学实践究竟意味着什么。中国的古典语文学实践非常悠久且细密厚重，尤其沉潜在经学的注疏传统中，我看很多汉学研究把这个单一地处理为阐释学的课题，其实遮盖了很多精细和复杂的中国语文学理念与实践。我的意思是，这方面还可以有更系统、更深入、更切实的研究和转换工作可以做，导向对语文学传统，以至古典学术史的新认知。西欧有很好的古典学术史论著，我们也有大量优秀的中国文献学著述，这两边如何沟通对话可以是一个有趣的议题。我很期盼的是，中国学者可以通过和汉学家，和西方的古典学家、圣经批评史的研究学者合作，来探讨一项更具对话性意义的课题，就是发展成为围绕古典语文学、古典学术史的比较性课题。

在我看来，世界语文学既不能停留于多种地方语文学案例的并置，也应当警惕用某种语文学的强势框架去规训其他文明的语文学实践，尤其是我们必须考虑到语文学从一开始就和国族文学的形塑、民族身份的认同、文化共同体的教化与传承密切相关；反过来，抵抗、遮蔽或消解一种语文学有时候也意味着对它所表征的文化传统的消极态度。从这个角度而言，汉学是不是需要更多去深入了解中国传统的语文学方法、理念与实践，会比直接用西方语文学或现代文献学的理念与方法去处理中国古典文本文化要更审慎、更有益？

柯马丁：你说得很对，"语文学"一词在欧美已经不再用于大学的科系命名了，但是作为实践方式的语文学正在重新被承认为所有人文学科的基础。在我看来，中国的文献学学科和当代广义的"语文学"有些相似；二者都不仅仅强调文本研究，而是强调关于文本性诸种方面的整体系统。举一些重要的论题为例吧，比如古文字学、书籍史和阅读社会学，或是哈佛大学安·布莱尔（Ann Blair）有关副文本（paratexts）的新研究，等等，这些都可以看作文献学的一部分，也是我们"新语文学"的一部分。或许我们可以说，与其采用人为译介的"语文学"，不如把中国原生的术语"文献学"当作西方"语文学"的对等物。事实上，我非常赞成这样的变动，因为它突出了中国语文学实践的本土性，而不会将其隐匿于仅仅为了译介西方概念而产生的新术语中。我知道，现在一般会很狭义地来使用文献学这个概念，把语言、修辞相关的很多问题排除出去；但文献学也有另一种定义，就是在最为宽泛的意义上含括了古代单个文本研究与整体文本系统研究。西方的"语文学"正是如此：有狭义，也有广义，后者涉及整个的文本社会学。

因此，我认为文献学这一中国的基础性知识体系能够为作为一门全球化学科的语文学带来相当多的贡献，并且，我非常同意你的观点：是时候将这种中国的语文学介绍给西方语文学的学者们了，但反过来也是，中国的文献学学者应当了解西方的语文学。事实上，我有个好消息想告诉你：前面我提到的《语文学实践》项目，中国部分将由科罗拉多大学的柯睿教授、中国人民大学的徐建委教授和我共同编纂。我们以历史分期来分工：我负责写早期部分，柯睿教授负责中古部分，徐教授负责晚期部分，我还要负责当代部分——当然，我们写作时会相互照应，所以最终会是一部完整的学术成果。这样的学术工作远远超出了《语文学实践》可以囊括的部分，我们决定单独出一本书，简单介绍中国语文学的历史，来帮助汉学家和世界各地的文本文化专家更容易地了解它。在这本书中，我们就会对中国本土的文献学思想明确加以讨论和倡导。

我还想告诉你，在我提到的那些新建的写本及其他物质文本研究中心里，有许多汉学家活跃的身影。比如，汉堡大学极其庞大多元的写本文化研究中心就是汉学家傅敏怡（Michael Friedrich）教授领导的，汉学家麦笛（Dirk Meyer）教授是牛津女王学院写本与文本文化研究中心的联席主任；在普林斯顿，我参与了写本、档案和善本研究中心的筹建工作。一言以蔽之，我们确实不仅想要理解中国的文献，也渴望理解中国本土的语文学实践。

诚如你所说，建设一个没有等级结构的"全球语文学"非常重要。我认为，理解中国的文本及作为社会系统的文本性，离不开理解中国关于文本的学术传统，这恰恰是我们在《语文学实践词典》中强调的理念。但是，让我们坚持一点，这并不是单向的：正如全球语文学将通过学习中国的文献学收益良多那样，这个时代新的中国文献学也会在理解西方语文学中同样受益。只要我们愿意从各个方面去了解不属于自己的文化传统，今天我们就有这样极佳的学术交流机会，更不用说，这种理解会使我们更好地研究自己的传统。我很好奇的是，你觉得今天的中国文献学将走向何处？它能应对这样的挑战吗？或者说，中国的大学里需要发生何种变化，才能使它成功应对挑战？

郭西安：我不是这方面的专家，正如我前面所说，文献学与古汉语在中文系仍然是非常强大的科系分支，在那里聚集了很多优秀的专家；同时，很多古代文学史和古代文学批评领域的学者也有相当好的古典语文学功底。我知道我有一些同事正在进行相关的努力，比如我的同事，复旦古籍所的苏杰教授就花了很多心力引介西方的语文学名著，还有一些学者在开拓传统文献学观照比较少的研究维度，或是在调整一些文献学研究的思路，这些都是很积极的信号。作为一个从事比较文学研究的中国学者，我当然期待这个中国学术里的传统强项可以在新时期为整个人文学科发挥更大的支撑性力量。我自己有一个教学建制方面的企盼：如果按照现在"重建语文学"的吁求，是不是有必要恢复古汉语和古文献学作为人文学科的基础性地位？比如，一方面，据我所体验和所知的情况，我们的相关教学仍然是比较随机的，是否可以从体制上改造相关课程的设计和设置，更科学和稳定地整合文字、训诂、音韵、版本、目录、校勘这些基本学问与技能，把这种古典语文学转变，或者说恢复成一种文史研究的基础性学术训练，使它成为人文学科,而不只是中文系学生的必选项,也不是出于兴趣和偶然的选修课。试想一下,在西方,对欧洲语文学脉络本身缺乏基本认知的学生如何能有效开展关涉现代和外国的人文研究呢?另一方面,我建议避免过度强调语文学的专业性,并警惕以这种方式为专家权威和知识优越性背书的倾向。我们可以分出不同维度的语文学知识:作为人文研究基础的语文学知识与技能;作为更复杂、精密的专业学科的语文学;以及,第三种维度的语文学,就是跟你所说的发展方向相关,作为一种可以与其他文明的学术话语对接的中国语文学。说到第三种,有中国本土的语文学专家加入这项工作是非常必要的,但或许还不止于此。我认为,假如我们承认语文学实践是一种弥散性的、普遍存在的知识实践,假如我们真的期待波洛克所说的那种批判的、对话的、充满张力的"未来语文学",那么这种交流合作还可以更多样,容纳中国更多其他领域的学者进来,包括比较文学学者,就像你所提到的那些了不起的前沿研究团队那样,不同学科的学者都可以在其中发挥特定的作用。这个事业的建设工作所带来的挑战不应当视为语文学专家内部的,甚至也不是中国与西方语文学的双向挑战,而是要超越这类语文学想象的传统结构,它是面向全球所有人文学者的挑战,也是我们共同的机遇。

二 学术共同体的合作与论辩

郭西安:正如很多人都注意到的,相比过去的汉学家前辈,甚至可能相比你同辈的汉学家同行,似乎你跟中国本土学界的交往要更频繁和多元化,你一直致力于跟中国学者开展直接的学术对话,有时候这些对话是充满张力的。你在中国人民大学还和中国的同事一起创建了古代文本文化国际研究中心,把世界各地的人文学者聚集在一起探讨课题,并为学生开设密集课程,这种对中国当代学术语境积极的介入对你来说意味着什么？

柯马丁：我太感谢你提起这个话题了。我能说一点自己的生活经历吗？我是25岁的时候第一次到中国的，那是1987年。我在北大中文系学习，令我尤其难忘的是，袁行霈教授允许我参与他在家中定期举办的小型研究生读书会，当时参加的留学生有一个美国学生、一个日本学生，和我自己——那位日本学生后来成了我的妻子。我们讨论六朝及唐代文学，可我对此几乎一无所知，因为我去北大是想学习中国现代诗歌，但是，袁教授非常欢迎我，甚至允许我在讨论组中发表关于李贺诗歌的研究报告。两年后我离开中国，袁教授手书一首七言绝句送给我：

> 寒斋共论邺侯事，
> 广座曾吟白石词。
> 月夜何当重过我，
> 待君细解锦囊诗。

这首诗今天仍然伴随着我，我把它放在我普林斯顿那间曾经属于爱因斯坦的办公室的书架上。

是袁教授夫妇那样对一个外国学生开放的胸襟鼓舞了年轻的我，而那时在北京有很多中国朋友都有这样的慷慨与友善。我热爱中国与中国的文化，下定决心离开西方话语的舒适圈，这需要付出艰苦的努力，但我乐在其中。来到中国、和中国学者一起工作和讨论对我而言有着极为重要的意义。与此同时，我不介意和一些中国同事有分歧。如你所见，我和西方汉学界的一些同行也有争论，这就是学术研究的本质：没有激烈无畏的争论，就不会有进步。意见分歧有时会非常严重，但绝不应该是个人恩怨。我想再次清晰地表明一点：对传统的简单信念并非理性论证。

有关古代文本文化国际研究中心，请注意它的英文名称中的"文化"一词是复数。2016年夏天，我极其荣幸地受中国人民大学之邀成为客座教授。徐建委教授和我甚有共鸣，我们迅速决定建立一所中国前所未有的研究中心，到今天我尚不知中国有第二所这样的机构。我们在这个研究中心举办各种学术活动，内容包括早期中国，但绝不限于中国，所有活动都以中英双语展开，经常配有同声传译。不仅有我和其他汉学家参与，也有世界各地研究其他文明的大量杰出学者参与。我们的目标很明确：思考古代中国，必须同时思考全球的古典文明，反之亦然，这是双向的。在我看来，向世界推广中国文化，但不将全球的古代文化同时介绍给中国的学者和学生，既不合理也不可能。那些只关注自己，对别人毫无兴趣的人，也不要惊讶于他人对自己同样没有兴趣。

我们的研究中心反响热烈。所有活动都吸引了大量中国和世界各地的学生与青年学者，他们不仅希望和国际汉学家交流，还希望和其他领域的学者交流。很多时候，有些学者以前从未来过中国，也从未意识到他们能在这里学到多少东西！例如，在一次研讨会上，徐建委教授安排我带着两位研究古典学的好友，比萨高师的莫斯特教授和普林斯顿的丹尼斯·菲尼（Denis Feeney）教授，一起参观清华北大所藏的竹简。在此之前，没有一位西方古典学者见过这些竹简的原物，那真是一个奇妙的时刻！我们在西安的工作坊也有一个奇妙的经历：一天，我们师生一行人去了西汉未央宫遗址，一间大屋的地基上堆着一排排圆柱块。当地的考古学家还在猜测这是什么，我们工作坊当时有一位古埃及写本研究的专家，普林斯顿宗教系的安-玛丽·卢延珍代克（Anne-Marie Luijendijk）教授，她说："这是古罗马式火炕供暖系统（Roman hypocaust）！"我们找来古罗马供暖系统的图片，和眼前未央宫里的遗迹一模一样！

我觉得这些都很好地说明了我们中心能做的事情：使不同领域的学者汇聚一堂，让他们通过探讨共同感兴趣的话题相互学习，从而探索古老的过去。这是我们正在做的事情，并且希望它能为学生们带来启发。

郭西安：你在普林斯顿也在主持一个大型的比较性项目，这个项目汇集了来自全世界顶尖高校的历史学、古典学、宗教学、人类学等诸种人文学科领域的优秀学者，我很有幸在美国的时候加入了你们，在你们的活动中我真的学习到很多，不少顶尖学者愿意来和大家分享他们最新的思考，而且倾听其他学科学者的建议和灵感。你觉得这个项目跟你在中国人民大学创建的中心在功能上、定位上以及成效上最大的不同在于什么？

柯马丁：你对我们在普林斯顿"比较古代学"项目的理解是正确的。你在普林斯顿和我们一起度过的一年时光真的太好了，我非常高兴看到你在东亚系和其他科系都交到了很多朋友。在普林斯顿，我们非常重视超越系所边界的跨文化、跨学科研究与教学。学生们诚然需要成为各自领域高度专业的专家，但在今天，只做到这一点已经不够了，他们还要能够提出不只源于自己领域的问题。

以前，我在美国学术界的体验和我在中国经常观察到的差不多：人们安于自己的领域，毫无动力跨出一步。但实事求是地说，时过境迁，在美国这种情况已经改变了。过去的十多年里，我和古典学、历史学、近东研究、宗教、哲学、艺术和考古学以及比较文学等科系的同事们持续密切地接触。几年前我建议在全校范围启动"比较古代学"项目时，得到了同事们极为热情的支持，我们也非常感谢学校提供的丰厚资金。我们举办了各种各样的学术活动，邀请世界各地的学者来普林斯顿访问几周甚至一个学期。你还记得你参加的读书会多么有趣吧！那儿有相当友善而合作的氛围，又有许多不同领域的高水平学者。在我看来，这就是全球人文学科的未来，每个领域自说自话的时代已经结束了。

说到人大的研究中心和普林斯顿的"比较古典学"项目有何不同：首先，普林斯顿的项目没有一个中心关注点，但在北京的项目，我们始终关涉中国；另外，普林斯顿拥有全球化人文学科的惊人实力，许多其他科系最资深、最知名的教授都参与我们的活动，人大或中国其他高校目前还不具备这种优势，在中国的活动我们需要想办法从全球邀请专家；第三，人大研究中心更专注于教学，尤其是博士生工作坊和硕士生课程，相比之下，普林斯顿的项目会让一些学生作为研究人员参与，他们在活动中和教授们是平等的。

当然，有关"比较"的整体理念在普林斯顿这样的学校更加顺理成章，尤其普林斯顿规模很小，各种类型的研究和教学活动都很容易实现，但是，这种制度在中国是新的，而且在人大这样规模较大的大学里更难实现。举个例子，我在普林斯顿和古典学系的同事一起合开课程，我们的工作是完全被认可的，对合开课的教授来说，这都算一门完整课的工作量；对学生而言，他们也都能从自己的系所获得完整学分。学校以这种方式鼓励我们跨系合作，拓宽学生的视野，而即使在美国，这种做法也并不常见。

郭西安：你跟多个领域的学者都有很积极的互动合作，从一个比较文学学者的角度，我尤其能够体认到这绝非易事，学科的观念、研究的理念、学术传统和共同体语境的差异都会带来壁垒，有时候是激烈的碰撞，有时候是顽固的误解。比如我知道，有关你对早期中国口传与书写文化关系的一些判断和论述在中美学界都遇到了某些质疑，尤其是在中国有很明显的反对声音，你是否理解了你们之间的分歧点究竟在于什么地方？这些批评意见是出于基本类似的原因，还是各有不同？你曾经说过，你的首要听众还是西方的同行，但其实随着你跟中国学者直接或间接的交流日渐增强，你在中国也有了越来越多的听众。作为一个批评或反馈的接收方，你觉得中美学者的批评声音对你而言有没有什么差别？

柯马丁：这又是一个非常重要又绝不简单的问题。让我先阐明自己的立场，因为似乎有些学者误解了我的工作。我从未说过早期中国属于口头文化或不识字的文化，也没说过书写不重要。我说的是：书写只是早期中国文化自我表达的一种方式，但还有其他方式，包括宗教及政治性仪式表演，直接就教于师的文化，记忆的实践，熟谙最重要的文本并能随时引诵的实践，等等。早期中国文献中有大量关于这些活动的叙述，而相比之下，我们很少看到文献中对读写活动的强调，这是早期中国和其他古代文明文献叙述中的巨大差异。

事实上，我们考察新的出土文献就能发现，文本的差异可能只是源于记忆或听写，而非视觉抄录，这方面的证据是最为强有力的，其他证据都并不足以推翻这一点。早期写本中几乎所有的异文都基于声音而非字形的相似性。同一个词可能经常用不同的字符书写，不同的字能发同样的音，就能构成同样的词。根据我们对其他文明早期及中世写本的了解，这种现象是口头传播的明显标志。试想一下，在你事先不知道《诗经》内容的情况下，去阅读安徽大学所藏《诗经》竹简，你可能看得懂它们吗？它们和我们熟知的《毛诗》看起来是否相似呢？完全不同。要读懂写本，你不能只根据字形笔画，而是必须已然了解诗的意义。这种知识不可能源于某种特定的书写文本，因为每次书写的文本都不一样，它只能源于学习和记忆。记忆过程中或许涉及书写和阅读，但并非必需，也不是重点：你记住的是一种口头文本，而非一串由具体且稳定重复出现的字符构成的特定文字序列。

与此同时，我们都知道存在着大量的书写：每个写本都是一份书写的制品。这时候我们必须首先考虑文类以及功能上的差异。视觉上的忠实复制通常对于某些不需要记住的文本至关重要：例如，可以想见，那些技术、行政或法律文书，不同的写本之间保持一致非常重要，因为这些文本优先甚至仅仅需要被阅读。但是，哲学、历史和文学这些事关"伟大传统"的文本，情况就完全不同。而从中国传统形成的视角而言，恰恰是这些文本使我倍感兴趣。事关"伟大传统"的文本是以平行的、不同的版本持续存在着，因为许多人从老师或其他地方习得这些内容之后，独立地创造了自己的版本。不是说书写文本不重要，但这确实意味着，当时没有任何书面文本代表了一个权威的、规范的定本或祖本。对有"伟大传统"的文本而言，视觉上的忠实传抄并非早期中国文本再生产的主流模式。

这就是我的观点，它不是关于人们能否读写的讨论，而是一种文化解释：那些从文化上而言至关重要的文本是如何跨越空间并在代际间流传的？我认为，我这种关于早期中国文本再生产和传播本质的观点，支持它的证据是压倒性的，而且西方绝大多数学者也已经接受了这一观点。

回到你的问题：少部分不同意我观点的西方学者，和不赞同它的中国学者，他们的意见没有太大差别。我确实认为最主要的原因在于，他们或许都误解了我想表达的意思，或许他们还有另一个共同点，就是，看起来他们都不知道或不接受比较性的证据。我们在中国写本中辨识出的异文特征，与其他文化中的写本具有结构上的类同性，但这一观察没有引起这些学者的重视，或许是因为他们觉得中国的一切都是独有的，抑或是他们根本就不知道任何比较性证据。在这种情况下，就没办法讨论了，于是我只好继续做自己的研究。但幸运的是，许多年轻的中国学者似乎能够理解我的观点，而且，当我将中国文本的相关证据向古典学系及其他领域的同事展示并说明时，他们也立即理解了我的意思，因为他们已经处理类似的问题很久了。

三　跨学科与跨文化对话中的方法论反思

郭西安： 说到跨学科问题，我认为东亚系在学科建制上和比较文学非常相似的地方就是它的跨界特征，它们都是基于一种跨语言、跨学科和跨文化的超学科设计，而根据我在北美的观察，似乎比较文学系比东亚系在体制上要更松散些，相形之下，比较文学像一个更偏向于以理论性主题来定位研究的集散地；像你一样，有一些东亚系的学者在比较文学系兼任教授，但你们在比较文学领域又成了某一个国别研究的专家，更多贡献的是专门性和地方性的知识——这可能跟东亚系的主导定位还是区域研究有关。从学科内部来说，东亚系学者对自己研究领域的定位通常以国别、时段和学科构成一种三角坐标，比如说你的研究就是早期中国的文学，但很显然，从你的研究实践来看，你是非常注重跨学科对话的，这会与现有的人文学科体制产生某种结构性冲突吗？另外，在当前历史学、社会学的研究范式在人文研究中非常强势的情况下，你还是会有一些文学研究的本位意识吗？比如你会有意识地使你的工作与你从事历史研究、社会学研究的同行相区分吗？如果有，这如何与你的跨学科意识相兼容？

柯马丁： 我很感谢你提出这个问题。你已经从个人经历中体会到，普林斯顿非常强调跨学科、跨系所合作。我们有许多人都与其他学科的同事联合教学或研究，并且坚持隔周举办读书会，和不同领域、学科、系所的学者一起讨论大家共同关心的问题；我们还定期指导其他领域的博士论文。换句话说，虽然我们仍然有清晰的系所区分，但我们所有人都有很强的流动性，跨越系所和学科的界限共同工作。你说东亚研究本身就是超学科的，这是对的，我自己的研究也常常跨越学科界限。但请注意，这不仅意味我从事中国古代文学、历史及宗教研究，我同样很有兴趣向东亚研究领域之外的同事们学习。因此，学科界限与身份认同的问题其实并不困扰我：如前所述，在我的理解里，汉学从根本上来讲是跨学科的。

同时，你关于历史研究和社会科学之强势的体察显然是对的。但我绝对坚守文学研究的中心地位和重要性，这是广义的文学研究，建立在语文学的基础上。历史学家阅读文本以寻求历史信息，文学研究者阅读文本以理解文本自身。在我看来，没错，文学研究不能脱离历史维度而存在，因为文学并非置身于历史之外。但是，历史也离不开文学，这一点我们早已从有关历史书写和叙述学的理论中知晓，最明显的例子就是海登·怀特（Hayden White）。概言之，学科间彼此需要，因此必须相互尊重，尊重不同学科及其方法论的长处。我非常自信的一点是，我可以从历史学家与哲学家想不到的角度解释古代中国的历史与哲学文本，因为我会操用历史音韵学和文学修辞分析等工具，而从事历史学或哲学的同事们通常不操用这些方法。这些文本分析的基本工具并不是历史学者、哲学研究者或社会学科学研究者学术训练的一部分，但是，你我已经达成共识，语文学不仅是一门普通的学科，它本质上是一门后设学科（meta-discipline），因为它教我们如何阅读，以及，如你注意到的尼采所说，如何慢读。你怎么想呢？我是不是夸大了文学研究及语文学的意义呢？

郭西安： 你对于文学本位和语文学方法的强调并不为过，不过在我看来，这个问题现在变得更复杂了。你刚才说到，你有历史学或哲学研究者一般而言不具备的语文学分析工具，似乎这个可以保障我们在从事的是文学研究。但我们知道现在也有相当多的历史学和哲学研究非常注重修辞学分析，和文本的语文学细读——尤其是我们都认同，语文学其实渗透在人文研究的各个领域，它不是一种学科特征，而是一种研究特征。这也是我自己一直在思考的问题，就是在海登·怀特等学者之后，在强调历史编纂学、话语修辞学，以及强调文学文本的历史性和社会性等对人文学科边界强大的反拨性甚至颠覆性理论话语之后，我们还能怎么理解所谓的文学研究。我的想法是，面对跨学科挑战的最好方式绝不是放弃学科边界，而是对学科话语更自觉的认知与反思。或许可以从学科话语的主要诉求和相对特征来确定我们的站位。比如，可能支撑历史学的主要基座还是一种对"真实性"的诉求：无论"真实性"的观念如今变得多么复杂，但"过去发生了什么"仍然对历史学兹事体大。尽管今天我们已经更注重这种发生的构建性，还有对"时间性"的沉思——特定历史观念可能意味着对"时间性"的一种特定构建和理解，"时间"不仅是生命最基本运动的表征，更是置入因果性的一种理念载体，对这些基要问题的追问可能构成了历史学更鲜明的学科特征；与之相比，文学研究的基座确实是"语言"，它注重的第一要义也不是"现实中发生了什么"，而是"语言中发生了什么"，"语言中可以发生什么"，虚拟和想象的力量如何在语言中爆破，这一点我追随了亚里士多德，就是认为"诗是有关可能之事的"。因此，我完全赞同你的是，文学研究可能比其他任何人文学科都更需要强调修辞学敏感和语文学分析，这个也许正是文学研究赖以生存的话语特征。

　　我想跟你讨论另一个有关跨界方法论的问题。你在研究中很注意规避和反思时代误置的问题，这是过去中西学术实践里都容易忽略的陷阱；另一方面，你也在强调不同古代文明之间的跨文化比较视野。的确，借由横向的、多元的跨文化对话可以很大程度上对抗过去研究中纵向的、单一的以今释古的思维倾向，这是一个具有建设性的方案。不过，这里面包含了一个我自己研究过程中也感到困惑的问题，就是即便如此，我们的观察和阐释也是基于现代甚至是当下的研究视野的。也就是说，其实我们从根本上没有办法摆脱所谓的以今释古这个存在论境遇；而从叙述的层面来说，我们也无法将作为"事实"的古代与我们当前对其的认知相剥离。"古代如异乡"，重访异乡的"异"是由当下的我们来预设、构建和表达的，从这个意义上说，完全摆脱当代目的去重访古代是难以实施的，或许所谓的"时代误置"实际上总是存在着，而只是说我们需要更谨慎和严密的学术论述。

另一方面，异乡之"异"的具体性和程度对于中西学者也并不相同，即便引用你的说法，中西学者都是"从外向内"来研究古代中国，但我们所处的位置，我们与古代中国的关联，我们当前的诉求也注定会产生不同的视角。你曾经提到，中国学者的很多所谓"保守"的、"信仰式"的学术观点和方法，是源于他们身上传统的重负，而欧美学者没有这种负担。但是，传统的重负也不是中国特有的，比如，在美国这样以尊重多元化和个体而自傲的教育体系中，强调对"传统"或"文化遗产"的认同与继承也一度成为通识教育最核心的理念。另外，传统的重负既不是现代学术语境下才出现的，也并非从古至今一成不变，而毋宁说它参与了传统的形成与演变本身。换言之，如果说欧美文化更凸显多异性，那么这里面还有一个问题，就是"传统"总是相对的，很多对更早传统具有破坏性的理论思想发展到后面也成为了文化传统的一部分，一个文明的学者共同体是在这个时间连续体中经历着，也参与着传统的形塑。所以在我看来，仅仅强调要去除传统的重负，要求与传统有着如此复杂联系的现代中国学人在"前现代"和"现代"之间画一条泾渭分明的隔离线，然后断然采取现代学术的批评和研究模式——实质上是由西欧学术传统演变而来的研究模式，也许不过是以另一套传统在要求替代一套传统，这个其实是很难做到的，也是成问题的。

概言之，如果所有的学术研究都或隐或现地包含了当下的特定语境和诉求，也不可能轻易从其各自的传统中剥离，我们就不能简单地认定某一种学术研究范式更中立客观、更科学先进，而是应该更真诚地去交流和反思主体的预设和目的如何影响了各自的研究本身，一起来探讨每种研究范式的结构性局限何在，从而找到对话的契机，你觉得呢？

柯马丁：诚然，谁都无法摆脱自身的立场。但我确实认为，我们能够并且必须从你所暗示的两方面来反思立场问题：首先，作为现代学者重访过去；第二，作为中国或外国学者重访中国的过去。在这两方面，我们需要迈出的第一步，都是积极努力地理解和承认我们的预设与偏见。

考察过去时，我们必须时刻注意，不能将自己的观点强加于古人。举个例子，讨论早期中国的"诗"或"诗人"之时，如果用的是这些词语几百年或是几千年之后的意义，就成了彻底的时代误置。汉代与唐代的诗人含义已经不同，遑论与今天的区别。现代人常说的"文学"是译介自日本，它的现代词义在早期中国并不存在。当然《论语》里有这个词，但其含义关乎的是"文章行止之学"，这显然和我们今天的"文学"含义不同。这里我们就必须重提跨学科和比较的必要性：为了理解过去，我们需要从不同学科来考量，比如人类学、历史语言学、宗教研究等，也需要把我们认识到的早期中国各种现象与其他古代文明做对比。只有这样，我们才能提出正确的问题，来提防时代误置和反历史的文化本质主义那样的陷阱。"历史"不仅是一个研究领域，更是历史化的实践。

而"中国"学者对阵"外国"学者这一点，我想说：首先，这是一种过于简化的区分，中外学者的构成都是多元的。我当然理解传统的力量以及它对我们的形塑，但是，我们并非文化遗产的无助囚徒，因为我们拥有批判性反思与自我间离的能力。并且，我不认为现代批判性思维是西方的发明。中国传统中也有大量批判的思想家，他们质疑过去和其自身所处时代的"常识"。没错，文艺复兴、启蒙运动和"现代性"这一概念本身都是欧洲的历史现象，但这并不意味着从结构上来讲只有欧洲现代性。试想一下:"哲学"原本是希腊的历史现象,这是否说明仅有古希腊人拥有那种我们称之为"哲学"的思维方式?并非如此。你的问题让我们思考到两种危险:一个就是欧洲中心主义的智识殖民,即永远用外国标准衡量中国,我相信大家都认识到了这一点,欧美学者要做得更好,就要对此保持自我批判;另一个危险是中国例外论,即认为只能用中国的方式理解中国,我坚决拒绝这种想法——不仅对于中国,对任何文明都是如此。

那么,我们应在何处会合?我们的共识是什么?如何创建我们渴求的对话?我的建议是:让我们探索并理解全世界的文明如何理解自身,又怎样被来自其他文明的学者理解。让我们从这种理解中发展出一套"最佳实践"方案,也就是一套我们都认同的智性标准。什么算作历史证据?什么构成有效假设?什么是逻辑论证?事实上,我们都已经知道了这些问题的答案,至少知道了部分答案。但是,人在研究自己的传统时往往最容易产生本土主义和例外主义的想法,而这是最为隐蔽的,它会腐蚀我们的思考,模糊我们智性的标准,我认为这不能被接受。作为一个生长于德国并且深刻了解德国历史的人,我对此再明白不过。

郭西安:我必须说明一下,你显然了解,我并不赞同任何文化本质主义和地方主义的思维,我想强调的是,观念和话语的基本形构对我们的认知、想象与表达的强大限制,这是我们在跨文化的理解与对话中极难克服但又尤其需要警惕的。因此,我非常同意你对于学术探讨共同平台进行协商的提议,以及我必须说,对于你研究和对话中那种高度坦白的自反性,我个人是极为欣赏和赞同的。我们不能拒绝自身的诸种特定存在境遇带来的特殊性,但我们可以不断对之进行观照、反思和讨论。而对话总是建立在一些前提之下的,如果我们能对这些前提进行更智性和诚实的澄明,将有助于对话的推进。

与此相关的是，横向的古文明研究对话可能会面临一种普遍性与地方性的张力问题。我注意到，近十几年，北美汉学围绕的一些问题域，比如文化记忆、表演理论、作者身份、口传与书写等，其实是西方古典学、中世纪研究、圣经研究等学科领域关注的热门问题，我知道这个跟你一直倡导的比较视野有关。但另一方面，不少学者，尤其是中国本土的学者认为，汉学本质上是西学，也就是它的提问方式和解释体系本身已经带有很强的西方学术传统和西方当前语境的预设，很多学者担心这样会遮蔽或压制了中国文化传统内在特有的问题意识，也没法与中国自身的当前学术语境对接，也就是说，会"水土不服"，最终，不过是满足西学体系的自我阐释需求。其实这个问题也并不只是中国本土学者表达过，宇文所安在谈论中国的"文学"和"诗"时就意识到了事情的复杂性，他说，用另一种语言来讨论中国的文学本质上就是一种比较性的课题，而且很多叙述中都隐含了已经完成的类比，比如"文学"和"literature"，"诗"和"poetry"。我在最近的一篇讨论"经"的英译的论文中也指出，经由等价性（equivalence）而转换达成的这些类比意味着文化指涉的系统性位移，它们的前提没有得到很好的反思和澄清，但后果却是连锁性的，不同的位移意味着人们会依照完全不同的文化参照系来考虑问题。借用宇文所安的表述，很多叙述与问题的提出，已经预设了一个普遍性的范畴，然后来阐述一个特定的中国变位，于是阐述的路线就变成了：中国传统也有这个范畴，或者没有这个范畴，或者有这个范畴的某种特定版本。好像我们现在还没有能够找到很好的跳出这种思维和叙述构架的方式，你会怎么回应这种担忧？我指的不是那些简单的"中国例外论"，而是指一类严肃的学术担忧，就是基于西学这个更大范式的汉学话语，即便制造出了某种中国文本和文化传统的他异性，也会变得很可疑。

柯马丁：这里，必须表达我的一点抗议。确实，这些概念都产生于西方学术话语，但这并不意味着它们仅适用于西方文明。事实上，"西方"首先并不是铁板一块。法国文学理论与意大利或捷克文学理论不同，但没有人会觉得，法国文学理论仅适用于法国文学，意大利理论仅适用于意大利文学，或者捷克理论仅适用于捷克文学。不过，正如前面已经说到的那样，我强烈提倡将中国本土的概念和学术带入全球讨论。这绝对是很有必要的，而且早就应该进行了。但它为何如此困难？我不觉得这仅仅由于西方的无知、狭隘和殖民主义余孽，虽然它们定然难逃其咎。但我们也看看事情的另一面：中国学者竭尽全力地将中国思想介绍给国际听众了吗？或许没有。我怀疑通常的情况是，一些学者不知道如何去达成，因为在理解和进入全球话语方面有困难。举个例子，如果我想要介绍中国传统的作者身份概念，我必须理解中国传统中有关作者的话语，还要理解它和异域话语有何区别。我知道这一工作困难而艰苦，我也知道全球话语最初由西方学者塑造。事实上，就连抨击这种话语的后殖民批评，很大程度上都成了同一套全球话语的一部分。听上去很不公平，可这就是我们生存的世界。

因此，我认为中国学者和西方汉学家应该合力承担责任，来克服这个困难。完成这项任务的最好方式就是合作。不过，在这样的合作中，我们对中国的理解也会发生变化，因为我们始终在探询自我和他者之间的张力。真正的他异性源自对差异的意识，存在于自我批评性的反思之中。接受他异性，意味着自我移位、重建据点，然后从新据点出发，向他人阐释自己。我要再说回之前提到的《语文学实践》项目。这部英文词典致力于介绍各种本土的语文学概念。因此，你在书中看不到"commentary"这样的单一词条，因为这是一个全球化了的概念；相反，你能从中国版块找到"传""注疏""训诂"这样的词条。我再多说一句：我是特意邀请徐建委教授来和我共同编纂这个版块的，因为中国语文学是活的传统，我们需要中国本土的声音帮助我们从中国视角理解它。接下来，我们还将邀请西方汉学家和中国学者一同参与单篇文章的撰写。

请允许我借此机会反思另一件事。你最近那篇探讨"经"翻译问题的文章非常出色，你指出，中国的"经"并不等于西方人心中的"经典"，早期中国尤其如此。经是一类准宗教文本，将"经"翻译为"经典"（classics）是很成问题的。在西方，"经典"指荷马或莎士比亚这样的文本，但是没有一个基督教或犹太教信徒会将圣经称作"经典"；相反，他们会称之为"圣典"（scripture），这是受神所默示的文本。另一方面，非信徒绝不会使用"圣典"来指称，因为圣经对他而言没有相同的权威。"圣典"暗示了正典性：它是标准的、规定性的，是不变、封闭且需要注释的文本，并且属于一个需要被整体接受的文本系统。

接下来我要说的可能不对，但是我在中国观察到了以下问题：人们仍旧相信"儒家"价值体系的有效性，因此古代的经并未与当代隔断，它们仍与我们同在，正如孔子仍是许多人心中的圣人，相当于基督教中的圣徒。同时，在中国，人们强烈希望找到"西方古典学"（Western Classics）的对等物，想要建立中国古典学这一学科。但是，悖论在于：你不能将一个文本尊为正典或圣典，同时又将它当成经典。前者召唤着崇敬，后者召唤着解构。西方的圣经研究也面临相同的困境，许多研究者都虔诚地信仰圣经，对于他们来说，一方面必须把圣经当作经典，这使得他们中的大多数能将之作为历史性的文本制品，来保持一种批判性距离，并采用科学的方法论进行研究；但另一方面，他们又必须将圣经的精神当成永恒的正典或圣典来信仰。今天，如果我们把中国的"经"驯译为西方的"经典"，"经学"驯译成"古典研究"，我们必须意识到其中的关键区别。否则，中国古典学的概念就会为了成为全球古典学话语的一部分而牺牲掉"经"的本质，这将是很痛苦的，而且代价极高。这里面有一个至关重要的问题，就是如何在不忽视全球话语的同时又充分注重主位（emic）概念。我们不能假装全球话语不存在，但一定不能抛弃或忽视主位概念。我认为这实际上很好地构成了中外学者相会的共同语境，我们都清醒地意识到自己在努力克服历史的、概念的张力。我觉得这是我们共同的任务。你觉得呢？

郭西安：谢谢你仔细阅读了我的文章，我非常赞同你说的，不仅要加入全球学术的话语场，更要保持充分的自我认知和独立，把握这二者之间的辩证关系确实是一个非常困难的实践问题。你提到后殖民话语进入全球话语的例子，但我觉得还是和中国的情况不同，极其简略地说，后殖民批评在很大程度上仍然属于西方话语的衍生品，它被接纳和被再度吸收进后者其实是可以预见的。但你说得对，中国话语如何与全球话语相对接，这是中国学者必须正视的任务，而我一直认为，和汉学家合作将会是非常有益的一种路径。

有关你谈到的"经"的问题，是的，我想强调，在不同性质的经典观念和相关话语间是存在张力与秩序关系的，不仅仅是不同文明传统间的位移会突显这个问题，同一个文明体系内部也是如此。比如你所说的圣经话语，当然它关乎正典和圣典的治理，也就是它要求信仰与服从，但是它也伴随着质疑、拒斥和挑战的实践，实际上，圣经传统是一个最典型的治理与批判话语并生的领域，而且它所召唤的这种话语对抗是最激烈也是最丰富的。有关《诗经》《春秋》这些经学话语的再研究，如果仅在一般的"经典"话语领域去开展，无论是在中国还是西方汉学的语境下，我觉得都是很成问题的；而我在文章中建议，可以将中国经学话语与圣经正典话语，而不是与西方的古典学这个领域更多地参照互鉴。但是我想补充一下，我们也必须同时看到两个问题：一个是正典、经典或圣典这些观念或话语实践不是完全能分割的，它们之间互相有很多渗透和牵连，比如我在另一篇文章中强调的，在圣经研究中起到重要作用的批判工具语文学，也被用于批判和建设古典学，还被用于东方学的知识规训。我们很难简单地说，正典和圣典更召唤崇信，经典则需要批判和解构，其实，正典或圣典也会引发激烈的批判，经典也内置了崇信，这里面有很多复杂的问题需要具体处理。第二点是，正如我在文章中所论及，尽管我质疑"经"被移置为"经典"的降维操作，但我也不认为作为中国传统文化思想隆轨的经学可以转换为圣经正典学或宗教圣典的"对等物"，单一地对标后者显然也会局限我们的研究视野和对话空间。事实上，我不认为经学可以被稳妥地转换为任何一种西学传统中的对等观念，这恰恰是跨文化对话迷人的地方，对等性的制造永远无法回避，但又总是会面临失效。

至于你提到建设中国古典学的实践，据我了解，实际上现在有不同的立场和方案，它们各自的预设、规划和诉求也不一样，甚至它们主要依托的文本系统都未必一致，关于一种新学派或知识体系建设的议题超出了我在这里能讨论的范畴。我只能从我自己的研究，也就是从比较文学定位的角度来谈一种有关重访经学话语的可能路径：我更愿意在跨文化对话的语境中，围绕具体的案例去观察和分析那些话语的形构、转化与冲突的地带，这样做的目的不是为了简单地加入国际学术界某种同构的对话——正像你提醒的那样，而是为了去协商对话的可能与不可能的限度，并且借此去探究和反思不同的经典传统，也包括同一个文明体系内部的不同经典话语脉络的形成与变化。当然这个逼近限度并讨论限度的过程本身就是国际学术对话，而且在我看来是更积极、真诚和建设性的对话。所以你说得对，这里面存在着全球性和地方性／主位性话语的张力，也有历史与当下的张力，我们要与其间种种的张力相搏斗，也就是你用到的表述"struggle with"，但不是要去克服它们，而是要充分地利用这些张力去开掘协商和反思的空间。

四　参与"世界文学"构建的中国古典文学研究

郭西安：你跟其他人文学科的学者所能产生的共振有时甚至多过你跟

自己的学科领域的学者,因为你们是以处理类似的"问题域",而非同样的文献材料来产生磁场效应会聚在一起的,这和比较文学学者的情况也非常相似。我知道你个人很偏爱歌德,当然不是因为他跟你是德国"老乡",而是因为歌德开阔的文化视野和高远的思想格局。早在十九世纪初,歌德就提出了有关"世界文学"的理想,一直被我们比较文学奉为学科的先声。但世界文学的研究者们已经意识到,歌德所设想的多民族文学的"平等贸易"实际上是不可能的,这在当时的全球文学市场中没有实现,在今天也没有达成,因为贸易永远不可能平等,贸易有着复杂的运行和协商规则。就我的观察,中国古典文学和文化传统在西方学术界的声音还是边缘化和补充性的,或者从某种程度来说,它在话语上还是一个派生性的存在。但我很高兴地看到,你和一些汉学家正在致力于将中国古典传统带到国际学术的主流舞台去进行对话,我指的是介入性的参与,而非介绍性的展示。比如你们也邀请我加入,和古典研究、希伯来圣经研究的学者一起在国际性、比较性的平台上探讨有关作者与权威的问题;你和普林斯顿古典学系的福特(Andrew Ford)教授一起合开有关古希腊与古代中国文学研究的比较性课程,这些都是非常有趣而且富有成效的尝试。尤其让我印象深刻的是,在普林斯顿,古典学系的丹尼斯·菲尼教授等人组织了"诸种文学的开端"(How Literatures Begin?)研讨会,汇集了亚洲文学、地中海文学、欧洲俗文学、现代拉美文学等各种文学传统的专家。我看到你对中国古典文学开端的叙述引起了这些对中国知之甚少的学者们的热烈兴趣和积极讨论,以致他们在谈论自己的文学传统领域时经常与你所说的内容建立关联指涉,这是很难得的,这个研讨会的某些时刻甚至让我感受到了歌德所谓"世界文学时代已经到来"的愉悦。我知道研讨会的成果也即将由普林斯顿大学出版,而你撰写的中国文学那章正是全书的第一章。我的同行,哈佛大学的达姆罗什(David Damrosch)给这本论文集的评价非常高,他认为这些收录的文章"以清晰而易懂的方式讨论了那些对于产生一种文学传统起作用的文化、政治和机构性因素"。这给我一种强烈的感受,就是你的中国古典文学研究似乎有意识地致力于从一种区域研究转变为世界文学研究。这个让我想到达姆罗什一个有趣的观点,他从研究方法上提出,研究世界文学的通才(generalist)恰恰意味着不要像国别文学的专家(specialist)一样去阅读,当然这并不是说可以肤浅随意地阅读与分析,而是说语境化和比较之间有一种对抗关系,越是追求语境化、专业化,就越倾向于强调不同文化间的不可通约性,研究世界文学更需要在这种对抗间找到平衡的艺术,这似乎和你吁请中国同行像外国人一样去重新阅读国学经典有着某种应和之处。

我想借此跟你探讨两个问题:一个是前面我们已经有所涉及的,相比达姆罗什所说的研究世界文学得是一个相对意义上的通才,一般我们会认为汉学家其实更接近于专家,而似乎你想兼得之,你会感受到这两种身份之间的对抗关系吗?你怎么处理这种关系呢?第二个问题是我想和你聊下有关进入世界文学研究,或者更确切地说是进入世界人文研究话语场的方法论问题,你觉得在这个过程中是否意味着,为了与其他领域的专家有效地交换信息,尤其是为了避免自我边缘化,从而去参与现有国际学术平台那些核心的议题讨论,就要牺牲汉学自身在相当程度上的细密性和深度的专业性,比如简约化很多历史文化语境和文本复杂性,去迎合现有主流知识话语要求的公约数?换言之,向其他人文学科,尤其是向相对强势领域的同行解释汉学,其实需要进行一种话语的主流化操作,这就是现下国际通行的话语规则。如果按照这样的模式,我们又怎么期待现有的世界文学格局、人文学科的格局因为新的文化参与而获得改变的动能,而不是被巩固呢?

柯马丁:这确实是我常常思考的问题,这些年来我们围绕这个展开了很多对话,你的洞见使我受益匪浅。我先回应你的第二个问题,这关系到无法逃避的话语等级秩序，我们在前面也谈到了。我认为，首先，我们可以厘出话语中必须达成哪些共识的维度，以及哪些差异不仅仅是可被容纳的，甚至是非常可取的，会带来丰富性的。毫无疑问，一些概念在某些文化中表达得更清晰，在其他文化中则不太清楚，但它们对两类文化而言都是基础性的。用我们常常讨论的作者概念举例。在中国文学传统和绝大部分古代文明中，作为理论概念的作者问题并没有被强烈地表述出来，但它对于希腊和罗马文学却至为重要。现在我书架上有十几本书标题中都带有"作者"，它们有些在讨论古希腊罗马，还有些将这一概念应用于其他文化。那么，我们是否能够同意，所有的文化都暗示了作者身份的存在，尽管是以截然不同的方式来呈现的？我个人认为是这样的。接下来我们就可以跟古典学的朋友们交流了，他们或许觉得每种古老传统都赋予个体作者以稳定价值，此时我们就可以向他们表明：如果他们把自己对古希腊罗马的有关作者问题的见解普泛化到全球语境，那就错了。我们可以举出早期中国或者许多其他古老文化的例子，挑战古希腊罗马作者模式的普世性。在这个例子中，我们不是去挑战作者问题本身，而是挑战一种观点，即将某种特定的作者模式视作普世标准，并认为不合标的文化都是有缺陷或奇怪的。提出挑战的同时，我们也使作者问题本身复杂化，甚至使之成为古希腊罗马研究的新问题。这就是我认为的如何尝试在世界文学语境下进行"思想贸易"。

　　同时，作为研究早期中国的学者，我们的任务还包括识别中国文学思想中那些明显的基本概念，并将它们带入其他领域学者的视野，使他们意识到，这些概念会以不同的形构方式出现，抑或仅仅是隐性的存在。那么，早期中国文学中最重要的理念和实践有哪些呢？举个例子，我曾讨论过"复合文本"和"文本库"的概念，用来定义早期中国文本的创造和传播，此外，我们还可以讨论"合集"或"选集"这种早期中国文学生产的主要原则，这些现象在其他文明中也都存在，但与中国不同的是，它们并非其文学文化形成的"首要原则"。识别和表述这些早期中国的首要原则，就是对"世界文学"相关讨论的重大贡献。

再举一个例子：杜润德、李惠仪（Wai-yee Li）和史嘉柏最新的《左传》英译本是西方汉学界一项了不起的重大成果。但对我而言，怎么强调《左传》这一文本的独特性都不为过，你能想象这样的文本会存在于其他古代文明之中吗？这里，我们同样可以提出一些中华文明中至关重要的问题，识别出它最重要的特征并将之介绍进全球话语。对此，我们不需要刻意寻找任何"外国概念"，但是，为了在全球话语中透彻地阐明《左传》的独特性，我们必须首先了解中国之外的世界。如果不仅拒绝在阐释早期中国时使用"外国"概念，而且拒绝了解其他的古典文明，却想要发扬中国文化，将会是非常荒谬的。这怎么会可行呢？如果不知道我们在拿中国和什么比照，又要如何推广中国特色呢？

挑战话语霸权的另一个途径，就是不要过于关注"普世"范畴，普世范畴往往并不普世，而只是在特定区域被普遍化了，正如我前面提到的，我们应该留意的是主位范畴：我们必须理解一种文化如何定义自己的实践及原则，比如我前面提到我们在编写语文学词典时呈现中国的"传""注"等条目，而非"commentary"这种西学范畴的例子。在我看来，概括和抽象对于使隐晦的理念变得可见是非常必要的，但是，强调文化的具体特殊之处至少同样重要，而且必须获得承认。

毕竟，歌德意义上的世界文学概念是因为差异的存在，因为他异性原则才成为可能。我曾发表《世界文学的终结与开端》一文（收入方维规主编，《思想与方法：地方性与普世性之间的世界文学》，北京大学出版社，2016），在奥尔巴赫、艾略特、列维－施特劳斯、艾田伯、莫莱蒂（Franco Moretti）、梅克伦堡（Norbert Mecklenburg）等人已提出观点的基础上加以拓展。我们的时代已与歌德不同，彼时不同地区的文学尚有清晰的区分，而现在我们身处全球同质化的时代，有可能带来文化特殊性和他异性被抹除的危机。但显然，世界文学的概念指向差异而非同一。因此，我认为我们的首要任务是注重文化的具体特殊之处，而不是在虚假的概括中使文化的具体性均质化，或使某一特定地区的具体性普世化。但同时，我也认为必须小心文化本土主义和民族主义的陷阱：承认差异甚或独特性不能导向文化例外论、异国情调化（包括自我的异国情调化），也不能坚称自己文化中的某些东西绝对不可比。简言之，本土和全球之间的张力始终存在，使其为新发现提供生产力是需要我们仔细思量的。

你提到经典的语境性和超语境性这一点，我非常同意。每个文本都出自特定的语境，但有些文本超越了原初语境。情诗往往出自特定的极度个人化的情绪，它们中的绝大多数都会因时过境迁而迅速被遗忘，但有一些则以某种诗歌语言神奇地将具象转化为象征，借用歌德的象征概念来说，就是具体性本身仍历历可见，却又指向某种普遍之物，这样的诗歌就成为了经典。正如卡尔维诺动人的表述：经典是那些"从未言尽"的文本，它永远拥有新的听众，也正像达姆罗什所定义的世界文学那样，经典"在翻译中获得增益"。所以，我想再强调一次：让我们珍视并欢庆我们拥有那些具体、独特又有象征意义的经典。

最后，回到你说的专家与通才的问题，以及二者在汉学这类领域之中的张力。我觉得专家和通才不是相互对抗的关系，至少我自己没有体会到这二者的对立。我们当然需要高度专业的知识，并且真正且透彻地理解某种本土文化现象。举个我自己的例子：我不能就早期中国诗歌泛泛而谈，而是必须有源于我自己的理解与发现的想法，这一切要求高度专业化的技能，否则，仅仅考虑一下解读出土文献的难度就不可行。这是我们培养学生的方式，也是包括汉学在内的学科之所以有必要存在的原因：学科代表着一种疆域，它提出与其他学科相区别的技术性标准和需求，这是必须被掌握的。从技术上讲我是个汉学家，但我也对其他文化很感兴趣，在阅读学习其他文化并与其他学科的专家交流的过程中，我可以从更抽象的层面将中国文学的具体现象概念化，从而使这些现象与其他领域抽象出来的现象变得可沟通。这听上去很复杂，但实际上我们每一次对话都无意识地这样做了。

请注意，我说的是"对话"。如果成为通才意味着一个人需要成为他所谈论的每一件事的专家，那么危险就在于整套话语将变得扁平，甚至到了每一个案例的细节都不再可见的程度。我觉得这种"通识主义"是没有前途的；相反，不同文化的人们想要被承认，而不是被同质化或遭受智识殖民。想想当前世界各地对于一代人所经历的全球化作何反应：你可以看到各个地方接连出现了本土主义、民族主义和文化偏狭主义的抬头。这不仅是社会内部与不同社会之间财富急剧转移带来的后果，而是因为有很多人觉得自己不受重视、没有被认可、没有发言权。换句话说，这是一个关乎个人身份，也关乎集体身份认同的问题：我们都有不可丧失、不容掠夺的身份认同，我们是从这些个人和集体的身份认同中去获取尊严的。因此，当我谈到"对话"时，我真切希望的是不同领域的专家能汇聚一堂，开诚布公地交流。我觉得我可能永远也写不出一篇比较式的或"通才式"的文章，因为我对此感到恐惧，我太明白自己对专业领域之外的东西知之甚少了。但这也是何以我不断尝试帮助不同领域的专家建立合作关系，无论是在普林斯顿、北京还是其他地方。这项工作很艰难，但我觉得它是我们真正需要的。为此，所有的参与者必须先成为各自领域的专家，其次要热切渴盼学习和了解其他文化及领域；他们需要相信他山之石的益处，也需要做好准备迎接别人对自己固有信条的挑战；最后，他们必须切实做出努力向其他学科的人们解释自己，并为这种交流发展出必要的抽象性。所有这一切都需要勇气、谦逊、开明和创造力。它是本土主义、民族主义、部落主义和偏狭主义的对立面，而它也正是人文学科存在的最初的、唯一的理由。

（感谢复旦大学中文系彭嘉一同学参与全文的中译工作）

编后记

潜文本、参照系与对话项
理解全球化时代汉学话语的一种进路

| 郭西安

1958年,《美国东方学会会刊》发表了时任主编薛爱华（Edward Hetzel Schafer, 1913—1991）致其汉学家同仁的公开信, 信中表明, 从古典模式向区域研究的"中国学"模式转型的过程中, 汉学正在遭遇分裂的危机, 古典汉学家指责现代汉学追赶学术潮流的社会化趋势, 而现代汉学家又哀叹前者耽于细枝末节的保守与过时。薛爱华一方面担忧汉学因缺乏明晰的方法论与边界而失却其科学性, 另一方面也注意到传统研究对语言文献的理解及探讨方式有过于偏狭之嫌, 于是他建议以扎实但广义的语文学来作为汉学家的方法论基座。[1] 薛爱华对欧美汉学界的影响无疑是深广的, 尤其是考虑到他承接卜弼德（Peter Alekseevich Boodberg, 1903—1972）将欧洲古典汉学的文化语文学资源引入美国汉学所起到的嫁接转换作用。

60多年过去了, 无论是汉学还是人文研究, 学术境况与国际态势都已经发生了巨大的更迭, 但薛爱华时代所呈现出的汉学的难题并未被消抹, 而学科格局与文化关系的蜕变又对之提出了新的需求和挑

---

[1] Edward H. Schafer, "Open Letter to the Editors, *Journal of the American Oriental Society, Journal of Asian Studies*," *Journal of the American Oriental Society*, Vol. 78, No.2, 1958, pp. 119-120. 薛爱华此信实际写于其上任为主编之前不久。

战。汉学似乎仍然在拘于具象的传统考究和迎合理论与方法论时尚的话语追逐间，在文化治理的智识拓展和自我身份的镜像制造间游移。汉学当是中国知识的域外再现吗？抑或是西学话语对特定他者文明的规训？它与人文研究乃至更广阔的学科论域是何种关系？它在文明的交往协商中实际或应当行使怎样的功能？

面对上述问题，作为美国东方学会（American Oriental Society）即任会长的柯马丁（Martin Kern）教授，其汉学研究或许给出了值得我们关注的回应。

柯马丁是当前国际汉学界的代表性学者，近几十年来，他在早期中国文学、比较古典学等领域取得了令人瞩目的成就，也在国际相关学界具有公认的跨区域和跨学科性的学术影响。历经七年多的打磨，我受委托所编的柯马丁教授首部中文学术文集《表演与阐释：早期中国诗学研究》即将由北京三联书店出版。尽管其中一些篇章的内容曾在中文学界发表，但在收入文集时都经过了作者的调整和审校者重大的译校修订；而若论原文各篇章书写所历的时间跨度，则更是涵括柯马丁在英语学术界近三十年的代表性成果。这部文集寄寓着作者与编者双重学术理念及实践发展的交汇，对汉学著作的编译与批判性分析也是我们将汉学作为比较文学后设研究（meta-study）对象的入径之一，故而，我谨借文集完成之际，以柯马丁的研究为典型窗口，就其间聚焦的当代汉学话语的特征做出考察、论释和评估，由此而辐及重访中国古典传统和推动跨文化对话问题的时代关切。

与柯马丁教授的密切学术交流始于十年前。彼时柯马丁受复旦大学中文系之邀进行了一场讲座，名为"《荀子》的诗性风格"，这样的标题以及主讲人汉学家的学术身份，吸引了大量古代文学和文献学专业的师生。与柯马丁的多次国内学术报告一样，他不仅给出了讲义的中文译稿，还尽力用中文进行讲演和回应，他的表述清晰而且逻辑准确。然而，在交流阶段，不少听众礼貌但直接地提出了对讲座内容的困惑，最具代表性的便是有人指出，讲座显得名不副实。显然，讲座的标题暗示其非常"文学"同时也很"古典"，听众期待听到一场有关《荀子》的诗性美学分析。但他们困惑与抱怨的是：分析中几乎没有提到"诗"；《荀子》的美学风格并没有被清楚地呈现和评判；更难接受之处在于，柯马丁的结论是，传统系于荀子的《劝学篇》乃是一种文本衷辑的结果，代表荀子典型思想的《性恶篇》也并不应简单理解为荀子所作，而是在修辞上传递了更鲜明和强烈的"作者式声音"，它与《荀子》互为表里，成为荀学的核心代表，也仍然是一种历史的效果。这一观察吁请我们悬置荀子之为"作者"或"准作者"的观念，转而关注《荀子》中所容纳的不同文本风格及其可能的多重文本建构。这样的解读挑战了将荀况及其生平作为文本内容起源及以其阶段性为解释依凭的方法，与子书研究中将真实的个人同文集紧密连接甚至直接挂钩的一般前提假设形成了明显的差异。[2]

　　本土学者钦佩柯马丁的文本细读能力，但他的分析从多种意义上使不少听众的期待落空，以至很难进行富有生产力的对话。首先，当柯马丁在使用"诗"（poetry）或"诗（性）的"（poetic）等相关术语时，他所调用的是基于古希腊传统的诗学参照系，这意味着讲题中所谓"诗性"首先并不指向我们熟知的作为中国传统文体的"诗歌"，而关涉一套西方诗学（poetics）的基本理念。继而，他的确给出了大量细致的文本修辞学分析，但集中于文本构式、用韵、用字、节奏、譬喻等，而非听众期待的一般诗歌美学赏析。然则，题旨所谓"风格"，既非泛义上的语言格调特征，也不同于中国古典诗学传统中关乎诗人气质才性情志的批评话语，[3] 而强调的是韵文与散文之文体话

---

[2] 这一讲演的书面内容可参 Martin Kern, "Style and Poetic Diction in the *Xunzi*," in *Dao Companion to the Philosophy of Xunzi*, ed. Eric Hutton, Dordrecht: Springer, 2016, pp. 1-33。
[3] 关于中国古典诗学中"风格"的一般内涵，参看刘明今，《中国古代文学理论体系·方法论》页 108—109，上海：复旦大学出版社，2000；汪涌豪，《风骨的意味》页 230—233，南昌：百花洲文艺出版社，2001。

语规定的根本区别。以这一区别作为潜在切入口,柯马丁的讲演质疑了《荀子》被整体视为论说性散文的习见,从文本风格的多相性来讨论文本构成的多种层次——这也是最重要的一点,对文本做出细密释读并非为了进行美学评判,而是指向其一直关心的早期中国的文本形塑这一问题域——关联着作者身份、诗学资源库、文本层的历时与共时等观念星丛,这些都是最近二十年来西方古典学及中世纪研究、圣经批评领域的焦点问题。

这些学术语码潜伏并交织在讲座之中,如果不了解中西诗学理论根源与体系的巨大差异,不觉知其问题意识所映射的学术习语(idiom)及学术语境,而在中文关键词望文生义的引导(甚或误导)下期待和接收一种无关古典文献学术传统之大体的汉学解读,听众与读者几乎是注定要"失望"甚而感到不安。因为柯马丁从来不甘仅仅提供一种中规中矩、聊备一格的平淡方案,他总是以大胆而不失严谨的推论搅扰并挑战我们原本舒适的问题模式和应答传统,以至很多相关中西学者对他的印象都是"犀利与尖锐"。

之所以回顾这则逸事,不仅因为它很可说明柯马丁学术研究的一些特征,包括他的问题意识、潜在视野和学术风格,更是由于讲座中反映的双方之歧见典型地聚焦了本土学界与海外汉学交汇时所折射出的多重论辩空间。柯马丁极富特色的研究本身增强了这种跨话语协商的复杂性,他总是引发热烈的讨论甚或激烈的争议,然而,在我看来,这正推动了一种真正充满创造活力与对话潜力的当代汉学。

一 "去汉学化"的"新汉学":核心特征与内在理路

具体而言,我认为柯马丁等人的工作及其推动的新一代汉学研究中有三个核心特征尤其值得注意。

其一,语文学的根基。作为欧美人文学科的一脉主导性话语,语文学的确切内涵含混且变动，[4] 不过，绝大多数现代人文研究学者仍然拥护的是，语文学精神的基本内核在于对语言和文本采取的审慎探究；另一方面，语文学的取径和立场又往往被视为新兴理论方法的对立面或区分项，尽管这种看法显然是成问题的，而且在语文学的当前发展趋势中正在被反思与超克。然而，细读与理论、考证与思辨之间的紧张却仍然是很多学者脑海中的一种本能预设，这是当代人文学界值得深思的现象。柯马丁的前辈和挚友宇文所安同样易受争议，争议点往往也是其迥异于中国传统学术的解读方式。在一次谈话中，温和耐心的宇文所安少见地打断我，澄清尖锐的问题意识与解读方案不是"解构"的策略所致，而是严肃学术探寻的"自然结果"。对从事比较文学的学者而言，"解构"一词绝非贬义，在耶鲁高度理论化的文学批评氛围中浸润十年的宇文所安如此"避之不及"多少令人感到惊讶。在与多位汉学家深入交流后，我理解了他们何以对"解构"几乎已与中国本土学者抱持同等警惕的态度：如今，"解构"已经成为一个轻便且污名化的标签，它意味着将汉学家的工作更多理解为一种目的可疑的主观策略，而否定了其扎实细密的文本分析理据。

在包括柯马丁、宇文所安等在内的不少汉学家的自我定位中，他们是古典人文严肃的研究者，只是主要在古代中国这一特定文化场域展开学术实践。在他们看来，细读分析语言文本是人文学者基本的研究态度与能力，不能因种族身份而进行等级判定。很多时候，赞扬一个汉学家作为"外国人"能"读好中文"，近乎同时意味着对其专业性的轻慢。相较于其他汉学家同行，柯马丁的研究受德国—欧洲传统汉学语文学训练更为显明，这一点从他研究里极为扎实的一二手文献引用与分析中便可见一斑。值得强调的是，柯马丁的工作所呈现的欧

---

[4] 拙文《回到什么语文学？——汉学、比较文学与作为功能的语文学》(《中国比较文学》2020年第4期)对此有总体性勾勒与评述。

洲语文学传统，尽管有其具体术语和特定的技术性方法，但同样重视文字、训诂、音韵、目录、版本、校勘、学术源流等中国传统文献学遗产，同时，他又能兼容北美汉学对问题意识、理论介入和批判对话的诉求，将语文学基础与人文研究的一般性议题相结合。柯马丁的语文学辩读总是基于、又不拘泥于学术传统，甚而，他对这些基础性学术传统的预设、变化与限度亦保持高度的敏感。事实上，很多论述或是经由这些问题切入，或是围绕这些主题展开，可谓一种后设语文学（meta-philology）的学术实践，亦即以语文学的入径来批判语文学。正因为秉持语文学的立场，柯马丁尤其强调，文本的言辞并非传递思想内容的通道，二者从根本上不可剥离。如此一来，研究者的任务不是要排除言辞的困难去理解文本的内容，毋宁说言辞困难的表象本身即是发掘文本世界秘密的线索与契机。公允而言，如果细读柯马丁的论文，便会发现他从未轻易脱离文献基础和逻辑论证而做出天马行空的想象性发挥，他总是在广泛而密实的文献论析中积极思考新的、更合理的可能读解。尽管不少读解对于本土研究范式而言颇具挑战性，但这种挑战不应当被轻易且空洞地规限，并规避为某种"异域的解构视角"，[5]从而晦蚀其真正的学术分量。

其二，比较的视野。正因为语文学绝非局限于文辞的精微之学，而是关联着广阔的人文思想体系，指出汉学的语文学根基当然并不意味着模糊其话语源流与中国本土研究传统的区隔。如果我们把目光放大到欧美人文学科整体上，就不难发现，贯穿柯马丁及其当代汉学同行论著的关键词，包括作者问题、文本形塑与流变、口头与书写、接受与阐释等，都是当代欧美人文研究主流领域所共同关心的文本文化焦点问题，皆事关文本文化的编码特征及话语运作机制。那么，西

---

[5] 有关本土学者在使用"视角""视域"或"视野"来定位海外汉学时所具有的复杂心态和话语无意识，参看拙文《"视角"观念及其对当代汉学研究的潜在影响》，见《人文杂志》，2015年第5期。

学脉络中对此类问题的关注和分析理路何以能够在中国古典研究领域"触类旁通"呢？

就北美早期及中世纪中国文学研究而言，这种理念与方法可行的前提仍然是语文学的。柯马丁在《剑桥中国文学史》"首章"中的典型阐述呈现了这一理路：一方面，上古文字记录语言时主要是依据语音，这使得汉语言书写与其他文明的书写系统在功能上具有基本可比性，也构成了汉学界可以在跨文明参照框架中处理中国古典文本文化传统的基本起点；另一方面，秦汉以降，汉字从能指层面而言缺乏明显的形态学变化，传世文献经历了多重系统化、标准化的整理，文献体系表面的相对稳定很可能遮蔽了文化实践的诸种复杂变迁，这也成为汉学界对中国古典文本研究的既有理念和结论的反思动力。[6] 此一设想牵及北美汉学界在一系列问题维度上的敏感关注：从微观而言包括字与音、字与词、字与义的关系，中观而言涉及文本的形态、功能与意蕴的层累演变，宏观而言则关乎文化延续性与差异性的内在张力、文化共同体的形塑与论辩等。上述问题域本就以西学视野中多种古文明研究的历史与进展为刺激源和潜文本，而从上世纪七十年代以降，几十年间，中国出土文献的大规模发掘整理工作取得了丰富的成果，所积累呈现的文献对照体，又为省思大量基于传世文献的既有研究、探索新的方法和构拟新的推断方向，提供了有益的时机和条件。

比较文明的视野在当代汉学界产生了方法与观念上的效应，另一个重要的比较动力来自跨学科整合的自觉。无论是从其所依凭的语文学根基来看，还是就其在体制上所归属的东亚区域研究而言，汉学都必然具有多元学科性。柯马丁等学者将文学、历史学、语言学、人类学、考古学、社会学等学科领域发展出的观察视角和批评资源融入其

---

[6] 参看宇文所安《剑桥中国文学史》之"上卷导言"及同书由柯马丁撰写的"首章"，见宇文所安主编，《剑桥中国文学史》（上卷），北京：生活·读书·新知三联书店，2013。此处表述得益于与北京大学古典文献学李林芳老师的讨论。

对早期中国文本文化的研究中，这一方面出于汉学自身的跨界属性，另一方面也与汉学家对自身职责的定位有关。[7]柯马丁多次言辞恳切地表明，他之所以自觉采取比较视野，有着推动中国古典研究国际化的良苦用心："如果我们展望中国古典研究的未来时，期待能够看到其在全球人文学科中占据一席之地，并且能够修正仍然还在盛行的、以地中海文明为中心的西方古代观念，那就必须摒弃先前的中国例外论，和海外其他地方的学术追求一样，参与到和其他学术领域的比较讨论之中。"[8]北美汉学界论析中国古典传统时，往往潜在寻求中国文明相对其他文明传统的独特性和可沟通性，这既是理解中国传统的门径，也是理解中国文明的重要目的，而上述多重比较参照系在汉学话语的总体学术实践纲领（agenda）中发挥着重要的功能。[9]这种比较的视野较诸汉学过去中西二元会通的大体思路，已经被自觉转换、推进为围绕中国古典研究的议题在世界诸文明和诸学科间开展更为精细而多相的对话。

其三，高度的自反性。对柯马丁等汉学家的工作相对而言较能共情，或许是由于我自身所处的学科和领域，同汉学一样——或有过之无不及——比较文学有着跨语言、跨文化与跨学科的属性和诉求，也与之共享跨界所带来的"刺激"和"麻烦"。早期中国是一个尤为盘根错节、遍布盲点与不确定性的领域，对这一领域的新异之声或确凿论断，国内外学界既充满热切期待，又保持着紧张防御的姿态。如此复杂的局面下，柯马丁并不为了学术市场的需要而故作新论，他常常愿意提出假说，而鲜作断言，保持结论的开放性，并且坦然接纳新的

---

[7] 有关汉学与语文学的关系及其具备的跨学科特征的讨论，参看本书《早期中国研究与比较古代学的挑战：汉学和比较文学的对话》。
[8] 参看本书《超越本土主义：早期中国研究的方法与伦理》。
[9] 此处使用"agenda"一词用以指称某一领域学术实践的总体议题，它是统领此领域中具体议题（issues）的更大结构，具有包含方法论与目的论的纲领意义，但未必被体制中的个体所完全明确自觉——这并不排斥汉学话语本身的多元性这一前提。

文献证据和理论视角，对先前的尝试性结论进行修正调整。细心的读者也会注意到，近年来汉学话语愈加强调中西互鉴与学术对话理念的推进，愈加注重包括中国本土学界在内的知识群体的反馈之声。而柯马丁的研究呈现出逐渐灵动融通的趋势，在其文本分析、理论资源和比较视野的汇合之中，他越来越倾向于探讨既有文化观念内涵的际遇性（contingency）而非稳定性，以及传统学术假设效用的有限性而非普适性。正如在《早期中国诗歌与文本研究诸问题：从〈蟋蟀〉谈起》一文结尾时，柯马丁坦言："与其把前帝国时期的文本视作一种稳定的对象，不如去探索那些变化和流动的过程，这可能帮助我们了解文本实践以及追求这种丰富多样实践的群体。在这个方面，我们必须学会如何接受和珍视不确定性，如何提出假说而不是结论。"[10] 早期中国"文献不足征"，"前见不足信"，但当代汉学界并非从这个纯粹消极的角度将"不确定性"视为无可奈何的结论，而是赋予其具有认识论动力和方法论意义的正向价值。宇文所安便将不确定性提升至理解与撰写文学史的首要原则，他提醒我们，"不确定性"不可与"怀疑"相混同："怀疑"是搜索证据以证明某种结论，而"不确定性"则强调对既有证据的检视，是对可能性的开放探查，换言之，接受不确定性恰恰是掘发新知、开拓阐释的必要步骤。[11]

不惟倡导珍视这种不确定性，将之转化为省思与探讨的前提和动力，进而，柯马丁研究另一值得注意之处是，他乐于直陈自己的预设、方法、旨趣和参照系来源。坦陈自身思维构建的痕迹对于人文研究者而言绝非易事。在反思"民族志描述"这一处理异域文化的主要书写范式时，人类学家科拉潘扎诺（Vincent Crapanzano）曾将其依凭的现象学—阐释学方法表述为"赫尔墨斯困境"（Hermes' Dilemma），

---

[10] 参看本书《早期中国诗歌与文本研究诸问题：从〈蟋蟀〉谈起》。
[11] 参看宇文所安，《史中有史：从编辑〈剑桥中国文学史〉谈起》，田晓菲译，见《华宴：宇文所安自选集》页16—23，南京：南京大学出版社，2020。

认为民族志书写者为保障其表达的权威，有意或无意识地掩饰了自己解释性建构的主观性与可能的武断，其策略包括呈现自己的"感知力、公正的视角、客观性、诚意"等。[12]构成汉学定位的决定性要素之一，一度正是（而且仍然部分延续着）人类学或民族志的取向，尽管它被掩饰在文献解读或地缘政治的知识旨趣和制度表象之下。如果"汉学"（Sino-logy）的最初关怀指向异邦人士有关古代中国文化的理解与学问，它便无可避免地获有了人类学式观察与表述的话语特征。进而言之，对人类学"伪客观性"的反思适用于人文学科体系中的全体"部落"：必须承认，人文书写都不可免除其修辞术的一面，即便在表面最冷静客观的"事实"叙述中，也关联着说服读者的目的，潜藏着复杂的修辞操控和政治动机。将涵盖自身前提、意图与方法的"赫尔墨斯困境"暴露出来，对柯马丁这样观点新锐、敢于挑战定见的研究者自身而言是尤为"危险"的，相当于为可能到来的批判提供了现成的操作台。因此，相较于那些简单强调"让事实说话"，将研究者的诸种主体介入刻意掩藏的书写策略，或甚至是将其压抑进潜意识而不自知的取向，这种朝向学术共同体的对自身视角的坦白，不仅是一种鲜明的学术风格，更代表了一种学术伦理的自觉，它为直面现有研究的构建性本质，邀请建设性的对话加入，并时刻准备跨越既定视角的边界创造了必要的条件。

从柯马丁等学者那里，我们看到一种当代汉学在中国古典文学研究领域的努力，就是试图将古代中国纳入世界古代文学文化研究的整体图景，其中包含着对中国古典文学作为一种具有世界意义的国别文学的重估和认同，这一理路在很大程度上同比较文学与世界文学研究的意识相通：通过比较文学的参鉴理念来观照中国的特殊性，通过世

---

[12] Vincent Crapanzano, "Hermes' Dilemma: The Masking of Subversion in Ethnographic Description," in *Writing Culture: The Poetics and Politics of Ethnography*, ed. James Clifford and George E. Marcus, Berkeley: University of California Press, 1986, pp. 51-76.

界文学的话语机制来发掘中国传统的共通性,使其可以作为一种重要的文学传统来平等地参与多元文学对话。这种努力不仅是面向中国古代研究的单向变革,也将中国古典传统本身转化为重要的世界性话语资源,反向促发西学人文研究的新知与新思。近期,柯马丁的好友,国际著名古典学、比较文学学者格伦·莫斯特(Glenn Most)教授以"从雅典到中国再回到雅典"为题分别在意大利和中国做了学术讲演。莫斯特强调:古希腊罗马的古典传统当以不定冠词(*A* Classical tradition)替代定冠词(*The* Classical tradition),因其只是众多古典传统之一,只有放置在世界古典传统的语境下,才能更好地理解某一种具体的传统,而这种跨文化对话的方式正在逐步成为古典研究领域的主流趋势。他由此号召在中国与古希腊两种悠久、丰富和复杂的经典传统间更有意识地建立学术对话关系。[13] 正是在比较性对话上的共同兴趣把莫斯特和柯马丁以及更多古典—经典传统领域的专家密切联系在一起。吁求跨文化与跨学科对话的学者不在少数,但在学术共同体间付诸具体的实践、产生国际性的效应则需要艰辛的努力和超凡的能量。尤其值得说明的是,柯马丁以惊人的号召力、执行力与合作诚意为此种对话争取到了体制性的支持:他是普林斯顿大学校级人文学科合作项目"比较古代研究"的负责人,在中国人民大学建立"古代文本文化国际研究中心",还组织编写围绕古典文明对话的系列丛书与词典……我得以参与这些项目开展的部分学术活动,同世界各地的多学科学者围绕种种共通性的话题展开讨论,感叹学术共同体可以通过切实努力建立起一个突破文化与学科界限的"古典文明共和国"。

从上述意义来说,柯马丁等汉学家的工作具有某种"去汉学化"的总体特征,亦即他们不再仅仅把汉学作为一种对"他者"时空产生

---

[13] 具体内容参看莫斯特在柯马丁与徐建委共同组织的"全球语文学"(Global Philology)讲座系列中所发表的讲演。

知识治理兴趣的"异托邦"研究,而是将其"想象成一个真正的国际领域"[14],使其处于古今东西多学科、多视野、多语境的交汇处,以释放出丰富的讨论空间。如果要避免在跨文明会遇时做同异、有无的简单对照,要摒弃以一种本己的认知体系对他异性(alterity)进行改造、收纳并消化的文化解释模式,要超越将各种传统作为某种"普适范畴"的具体化身这一成问题的想象方式,我们需要的正是这类在各种既有知识秩序的交汇碰撞处不断尝试再问题化、再解释与再反思的实践。

二 表演与阐释:文本及其研究的反思性开拓

不过,就我对柯马丁的了解,他警惕被归约为任何标签或阵营,而只对投身更丰富复杂的智识实践感兴趣。这种对"实践"的兴趣也投射在文集的主题词——"表演"(performance)与"阐释"(interpretation)中。这首先关联着欧美汉学界对"文本"以及"文本研究"的反思。在给《剑桥中国上古史》(*Cambridge History of Ancient China*)所写的引起广泛关注的长篇书评中,史嘉柏(David Schaberg)曾敏锐地指出:什么可以算作证据(evidence),如何使用它们,这关乎早期中国研究的方法论基础。史嘉柏注意到,吉德炜(David N. Keightley)、陆威仪(Mark Edward Lewis)等学者在使用出土文献、铭文与传世文献时,并非径直读取和采用文献宣称的内容,而是先关心文献的性质,包括文献的物质形式,其所系之立场、功能、场景,所历经之生产、使用与流传语境,等等。[15]史嘉柏赞赏这一取向,他认为,早期中国的文献不应被普泛化地定位为一种文本(text),而首

---

[14] 参看本书《超越本土主义:早期中国研究的方法与伦理》。
[15] David Schaberg, "Texts and Artifacts: A Review of the *Cambridge History of Ancient China*," *Monumenta Serica* 49, 2001, pp. 463-515.

先应当被视作特定的技艺制品（artifact），要在学术研究中真正合法、有效地使用文献的"内容"，必须先理解该内容与其具体环境的关系，理解特定文献所依凭的话语生产模式。这正与柯马丁的立场相契合：尽管古典文献构成了历史遗存及其解释传统的主体部分，但需要充分注意的是，文化实践的核心在早期中国经历了从仪式表演性向书面文本性转移，而我们所接收的文献又经历了各种具体而系统的中介性重构；那么，相应地，如果说人文研究的根基在于文本，面对古代中国，尤其是早期中国领域，考虑到物质、观念乃至更大的文化语境变迁，就必须尤其警惕"文本"观念及其实践的古今之别，意识到传统对其间差异的强大回溯性压抑与消抹。这样一来，一方面，延续性地使用传世文本及其解释体系就要求更具批判性的省思和论证；另一方面，简单以现代文本的研究思路直接处理古典文献也遭遇了时代误置陷阱的严峻挑战。

因此，比起将早期中国的文献放置在稳定的传世知识框架中来加以研读，柯马丁更愿意密切联系古典文献的具体实现方式和物质承载形式，去发掘其作为文本文化实践的动态多元面向，并将此论域重点落实到在早期中国文明形塑阶段尤为突显的文化记忆和表演问题。引入"表演"这一工作概念，显然并不旨在否定作为中国古典传统重要脉络的书写文化及其话语机制，而是为了将这种传统从相对静态、扁平的内容读解中释放出来，注重文本制品在生产和流变过程中的以言行事、交流结构与实际效用，从而开掘狭义的文本细读难以观照的文化实践环节与互动面向。《权威的颂歌：西汉郊庙歌辞》是柯马丁最早以英文发表的《诗经》相关研究，文中开宗明义地指出："仪式颂诗不仅具有叙事性、描述性和规定性的功能，而且本身即是一种以言行事的行为。"[16]颂诗具有表演文本和政治话语的双重属性，成为一种形塑

---

[16] 参看本书《权威的颂歌：西汉郊庙歌辞》。

集体记忆和贯彻文化实践的重要中介带:既将政治文化文本带入仪式表演,又以表演文本的形式施行了特定的政治话语;也正是在此过程中,颂诗巩固了礼乐自身的政治意义,参与构建了新的政治语境。经由细密的语文学分析,柯马丁表明,《安世房中歌》与《郊祀歌》尽管同为仪式颂诗,但二者的创作原则与思想视域大相径庭:前者高度复古的语汇和理念体现了对周朝的效仿缅怀,以此制造权力延续,从而导向统治合法性的声明;后者的修辞风格则更多类于楚汉辞赋,展示了戏剧性力量和时代的精神,与武帝一朝试图以立代续、倡导新声的政治雄心相呼应。对颂诗这类早期文本表演性的多维分析使得文本的起源、形塑、意义、功能、传播等问题得以化身为具体而复杂的话语实践考察,折射着文史话语"剧场"的诸种要素及其生动关联。

如果说"表演"理念的问题关切侧重于话语"活形态"的生产—放送路线,那么柯马丁所关注的早期中国诗学话语之另一重面向,"阐释",则更侧重话语的接收路线。这里的"阐释"理念同样必须视为多相的文本文化实践,既然文本折射着特定的话语实践,文本就并不具有内在固着的意义,而总是在特定的社会文化场域中暂时性且有条件地生成意义。因此,"阐释"观照所覆盖的论域超越了狭义接受史意义上的解释文本,广泛包含了所有显性或隐性的阐释实践,而尤其注重分析特定阅读模式的语境、意图、策略与后果。这意味着可以实施许多新的互文性观察,那些一般学术史中隐匿、边缘或割离化的文本可以据特定的问题线索被综合性地纳入视野,传统缔造的文本文化谱系以及由此产生的定见亦获取了松动和变更的可能。诗史关系是中国古典诗学研究的重要命题,在《作为记忆的诗:〈诗〉及其早期阐释学》《〈毛诗〉之外:中古早期〈诗经〉接受研究》等文中,柯马丁从文本内外的相互指涉与文本系统的自我指涉入手来分析相关问题。正如前文述及的郊祀歌案例所示,柯马丁指出:《雅》《颂》更多体现了诗性话语参与礼仪表演,礼仪表演又经由文学中介被保存为诗性历史的双重结构，这类文本往往具有自我阐释的特征，包括它们对场景、叙述声音和诉求的表达，这与文化记忆和仪式表演对再现秩序的高度需求密切相关；而《国风》一类文本则相对缺乏这种自我阐释，其意义读取便更具挑战和多元可能。在此境况下，汉代注疏家通过制作特定的阐释模式将历史意识及政教诉求向诗性文本进行灌注和转移，由此产生了对后世解《诗》路向影响深远的主流阐释传统。[17] 从结论来看，柯马丁的研究体现了参考过去汉学界以"讽寓"（allegory）为线索对《诗经》阐释传统开展综合讨论的延续，即认为汉以降形成了对《诗经》进行历史语境化解读的阐释规范；[18] 但从问题意识和论述侧重而言，则规避了《诗经》是否适用于"讽寓说"的强概念（strong concept）争议，而是以记忆、表演、阐释这些相对有弹性的弱概念为导引，落实在语言与表演、文学与历史互动关系的具体分析上。

显然，国内学界已有大量研究涉及汉代诗赋所谓"文体宗经而敷政"的维度，而对礼乐文化、多元释《诗》、早期文本中的口传因素等议题亦多有论述，那么，柯马丁等汉学家的工作到底有怎样的考量值得关注呢？通过表演和阐释的视角切入文本分析，柯马丁强调的是，将口传与书写作为一个有机的整体问题来加以思考，关注二者在具体案例中可能存在的互塑互动，尤其是口传因素如何影响书写的不确定性，书写又如何凝结了文化实践的变迁，由此而关联考察《诗》文本在早期中国的流动与多元状态。口传与书写问题是近几十年来国际学界探讨文本经典化机制的重要维度，关乎多种文化传统普遍存在又各具特色的传播机制；二者既非先后演进关系，也不表征文明发源的价

---

[17] 参看本书《作为记忆的诗：〈诗〉及其早期阐释学》《〈毛诗〉之外：中古早期〈诗经〉接受研究》。

[18] 例如余宝琳（Pauline Yu）、苏源熙（Haun Saussy）、张隆溪等人围绕《诗经》与"讽寓阅读"（allegorical reading）之关系所展开的学术论争史，此外，范佐仁（Steven Van Zoeren）、阮思德（Bruce Rusk）等人从《诗经》的阐释史角度亦有相关论述。

值等级差异。这一理路辐射出的主要意义并不在于具体研究的"翻案",而是落在观念与方法论层面:把语文学的细节论释与知识社会学的系统分析相结合,引入话语素材库、复合文本、多元化作者模式等概念,着意区分造字与用字、副本(duplicate)与写本(manuscript)、再现与构建、意图与功能、情境与结果,用以解除或松动文本与学术传统中一度作为主导理念的起源、作者、文本、谱系、文类等基础范畴的构想与解释,有助于突破传统沉积下来的某些"学术无意识"和"文化无意识"——这些范畴和无意识曾是学术发展的必需与必然,但也成了可能限制学术推进和视域革新的篱墙。

回到本节开头所言,如果说文史研究的主要阵地乃是"文本",那么,对文本以及文本研究的反思则借助"表演"与"阐释"离析出了多重文本层,包括文本的历史性编创、文本内部的多样声音、文本的流播与重构等,以诉诸具体文本文化实践的探究。一方面,这使得早期中国文史研究赖以生存的"文本空间"得以极大扩充,学者不再困囿于早期文献的极度有限性与不确定性,而是经由文献开掘出文化综合网络的多元议题;另一方面,将古典文献视为文化实践的有机构成和能动力量,通过比较性的研究将其转化为学科及文明对话的介质,这样的研究导向本身也是一种以言行事。承认并强调典籍研究的当下处境和介入价值,是让传统文本研究拓展领土,更是转变其实质的有效方式:古典研究并非"躲进小楼成一统"的故纸学问,而是立足当下、面朝未来实施的一种话语实践。[19]

与此实践密切相关的问题是,汉学著述预设的优先对话者是谁?显然,并非中国从事古典人文研究的学术共同体。陈威(Jack W. Chen)曾将美国汉学的起源追溯为三种知识和体制的形构,分别为早

---

[19] 有关古典学的这一总体趋势,参见 *Postclassicisms*, The Postcalssicisms Collective, Chicago and London: The University of Chicago Press, 2020,尤其是"导言"部分。

期欧洲语文学、二战后兴起的区域研究与二十世纪英美文学和比较文学研究。[20] 无疑，置身于西方文化脉络与学术语境中，汉学话语从一开始就负载着学院体制的学术史与政治学，其标的读者首先是以汉学共同体为中心所辐射的西方学术界，也包含对其实施资本分配与管理运作的行政机构。换言之，就当代汉学而言，尽管它强调对早期中国文本文化具体性的关注，强调现代学术研究讲求科学、客观与严谨的普适理性，但不可否认（也诚如前文所论），如果没有西学相关的学术传统、理论视域和现实语境作为首要参照系，汉学的问题域和解释体系的形成都无法得出。

故而，对于本文论及的当代汉学新定位，一个可能且合理的顾虑是：它是否基于某种总体上顽固且隐秘的西学母体（matrix）和特定立场，使得古代中国不过成为其世界文学版图想象的一个必要填充而已？我认为，对这一顾虑的回应，主要应当从汉学工作是否基于扎实的文献基础提出了实质性问题，是否提供了自洽有力的解释方案，是否发挥了别种研究入径未能施行的论证效应等几方面来予以公允的评断。例如，在讨论早期中国的诗学观念时，柯马丁的一条重要论述线索是审美愉悦与道德教化的关系。无论是对《诗经》阐释史的流变分析，还是就汉代赋体及其批判话语生成的推演，我们都看到，他试图将美与德二者根本张力的拉锯构建为古典中国诗学评判理念发展的一脉内在动力，这实际上是引入了有关古希腊诗学的古典学论述参照系。如果说以亚里士多德的《诗学》（*Poetics*）为代表，启动了一种古希腊诗学的话语转捩，将"关于诗的技艺（*tekhnē*）鉴赏从道德、社会与宗教的丰沛批评中分化独立出来"，[21] 那么，在中国古典诗学理念中，诗之技艺即便一度得到赞许张扬，最终仍然被道德教化诉求压

---

[20] 参看陈威（Jack W. Chen），《北美汉学研究现况》，《汉学研究通讯》，28.2, 2009。
[21] Andrew Ford, *The Origins of Criticism: Literary Culture and Poetic Theory in Classical Greece*, Princeton: Princeton University Press, 2002, p. 269.

制乃至吞并，在强大的礼德正统面前，感官享乐，或作为其转化表征的美学话语终究不登大雅。这并非一个应其西学参照系而制造的伪问题：感官恣愉与礼德节制的对抗及其引发的诗学焦虑是中国诗学一个古老且核心的议题，这一点早已为本土的研究者感知并论争。在柯马丁的研究中，他把这一诗学话语原则的关键变折与早期诗学实践的表演性、帝国礼仪体系的批判话语、尚古尚简的复古思潮等多维观察结合起来，以细密且睿智的文献阐析，令人信服地完成了一次中西古典诗学的隐形对话。

另一个更有趣的探讨是柯马丁对屈原和《离骚》的"另类解读"。他的问题意识并非加入"屈原及其作品"的真伪论争，而是从文化记忆与诗性构建的角度提出"屈原话语"这一更为形态灵活、边界含混的理念，将《离骚》的经典化与刘安、司马迁、刘向、班固、王逸等人的叙述与评注，以及贾谊、王褒、扬雄等人的诗学回应与隐性阐释关联起来分析。柯马丁认为，围绕"屈原"人物形象及其遭遇的诗性表达丰富而多相，即使在同一个文本中（如《史记》的本传中）都呈现出编连杂合的明显迹象，这意味着"在汉代人的构想中，存在着某种共享的表达集合体"。类似地，《楚辞》选集中的辞赋也具有不同程度的互文流动性，而《离骚》之为王逸称"经"，不是因其具有"楚辞"文本谱系的始祖地位，而在于它是"屈原话语"辞赋表达的集大成者。文章以此表明，有关"屈原"的史诗性话语的形成，"乃是出于一种合成文本、文本素材库和文化记忆之间的互文性，这种互文性在《离骚》和其他文本之间，以及《离骚》自身之中都发挥着效用"，这样一套史诗性话语"时代误置式"地投射着汉帝国早期知识群体那表面系于过去，实则关乎当前的文化构想。[22]

除却运用文化记忆、合成文本和作者问题等现代理论资源外，对

---

[22] 参看本书《"文化记忆"与早期中国文学中的史诗：以屈原和〈离骚〉为例》。

西方古典学有所了解的学者不难发现，柯马丁构述的"屈原问题"与古典学史上"荷马问题"的论争颇有类似之处：围绕荷马的传说驳杂多样，而荷马史诗之形成也纷乱不明。在就任巴塞尔大学古典语文学教职时的讲演《荷马与古典语文学》中，尼采（Friedrich Nietzsche，1844—1900）提出了一个敏锐的观察："究竟是一个概念创造了一个个人（person），还是一个个人创造了一个概念？这才是真正的荷马问题，是荷马人格（personality）的核心问题。"[23] 在尼采看来，无论是争议荷马传说的真伪，还是像语文学家沃尔夫（Friedrich August Wolf，1759—1824）那样去辨析荷马史诗的层累，都仍然以人格/文本的统一性为前提，论争的焦点仍在于史诗作者是一个个人还是多个群体，体现在文本上是一次性创作还是历时性流变，而未能去探究这两种概念本身在一个更大的文化观念氛围中被如何关联性地形塑。尼采认为，"荷马"乃是一个时代的精神秩序附丽于诗学表达，而最终转化成美学判断的结果，亚历山大里亚港的文法学家将《伊利亚特》和《奥德赛》系于一个天才化的"荷马个人"，从人格的心理学上去解释文本的差异，这一做法越纯熟，就越表征了古典"荷马问题"的完成。[24] 当柯马丁从文化记忆和诗学构建的角度来分析屈原及《离骚》时，很大程度上就与尼采转掇"荷马问题"相遥契了，我们自然不难理解的是，他就"屈原问题"得出了一个十分类似的结论：屈原话语体现了一种汉代理想作者形象的生成，是时代精神中的诗性话语逐步构建出了一个文化英雄的形象，而最终又以美学判断的方式将之转化为创作诗篇的英雄诗人。[25] 这向我们揭示，后世将这一英雄诗人及其生平传说接受为一种历史话语，又反向去解释相关文学作品的生产，

---

[23] Friedrich Nietzsche, "Homer and Classical Philology," in *The Complete Works of Friedrich Nietzsche*, ed. Oscar Levy, vol. 3, trans. J. M. Kennedy, Edinburgh and London: T. N. Foulis, 1910, p.155.
[24] 参看 Nietzsche, "Homer and Classical Philology," pp. 151-163.
[25] 据此思路，甚或可以认为，王逸形成的《楚辞章句》正是古典"屈原问题"的完成。

恰是对其中诗史关系的简化甚至颠倒，是以人格/文本的统一性为先验前提进行的循环论证。[26]柯马丁的结论容或尚有讨论的余地，但他的分析路径确如尼采所呼吁的，探索着语文学考论与哲学思辨的高度结合。

上述示例不过是柯马丁研究的典型缩影，从1996年第一篇以英文发表的《诗经》研究论文，到比较古代学方法论的反思，我们可以见出他一以贯之的学术理念：尽可能地避免学究式抽象、教条的理论挪用，亦不作流于含混、浮于浅表的泛泛之论，对既有的权威和结论保持批判意识，对其他解释方案保持开放的态度，以及对方法论持续的自反性探讨。从这个角度而言，柯马丁确实正如萨义德（Edward W. Said，1935—2003）所提醒我们的那样，谨记"对人类经验的研究通常具有伦理的，更不用说有着政治的后果"[27]。这也是他和我在对谈中多次申言的：汉学从起源上确与殖民主义关系密切，汉学家必须对这一传统有着清醒的认知和警醒。[28]

概言之，毋庸回避，新的汉学实践同样带着现实的学术立场、问题关怀与话语诉求在以言行事，而汉学论著与其研究的对象文本一样，亦处于世界范围内的流通与阐释中。因此，我们应当意识到，柯马丁不仅仅将表演与阐释的维度交还给他的研究对象，也与其研究对象共享，显然，我们作为他的同行和读者也不能自外：从这个意义上来说，表演与阐释的生存论结构是我们与传统，与他者相连接的一种根本境遇，这不仅是本书试图探讨的内容，更是我们进行知识探讨和学术对话的前提。可以想见，还会产生其他的概念与视角来延续和革新我们对传统的智识探究，这或许也是柯马丁文集中这两个关键词提醒我们的深意。

---

[26] 这一点，与本文开头所述柯马丁对"荀子问题"传统研究理路的批评一致。
[27] Edward W. Said, *Orientalism*, New York: Vintage Books, 1979, p. 327.
[28] 参看本书《早期中国研究与比较古代学的挑战：汉学和比较文学的对话》。

三 跨界对话的展望：双向职责与挑战

的确，如同柯马丁的研究所经常涉及的生产与接收之交互作用一样，一部作品一经面市，理论上就脱离了作者的掌控，应交付广大读者去阐释与评判。尽管如此，作为某种中介环节的译者和编者，我仍不免越俎代庖，提请读者了解上述语境，或可助力于有效对话通道的建立。随着国际学术交流日益频繁，面对汉学家相对中国传统学术的新见，平和真诚的切磋商谈已是主流。我们也看到，本土学者从自身学统出发而得出的研究进展，与汉学家亦常常殊途同归。但我们也会听到对汉学这样的质疑之声：这个问题我们其实早就已经说过了，或这个问题我们不这么谈，又或这在我们看来不是问题……诸如此类。这实际上表明，面对汉学话语，本土学界在寻求共识与期待歧见之间游移不决，无论前者给出哪一种答案都不会令人满意：共识未足惊喜，而歧见则又带来苦涩的挑战。

我们如何面对全球化时代的新汉学话语，在一种真正的对话关系中激活各自的潜力与效能？从一位在中国从事古典传统对话相关之比较文学研究的学者角度，我认为可能存在以下几重值得开掘的空间。

第一，建设相对具有共识的前提性平台。共识平台的建设同样也是中国本土学界逐步开始重视的一个基要诉求，陈引驰在《文学遗产》2011年编委扩大会议上的发言就明确提出了这一主张，他认为学术体制化运作看似源源不断生产课题，但实则往往造就缺乏理论性反思的自我复制，"而一个学术领域或者一个学术共同体对一些基本的问题，需要共同思考，最好形成大致的共识，由此展开的学术工作才有方向感，才有真正的学术积累和传承"。[29]

---

[29] 陈引驰，《古典文学研究散思——〈文学遗产〉2011年编委扩大会议（北京）的发言》，《〈文学遗产〉六十年》页501，北京：社会科学文献出版社，2014。

置身中西交叠的国际学术语境中，学术基本共识前提的获取就变得更为棘手。在《剑桥中国上古史》的书评中，史嘉柏注意到，早期中国历史研究在方法论上根本而又隐秘的分歧并非中西学术之争，而是国际学界的共同问题。他甚至将晚清今文经学家的《左传》学批判及其在国际上引发的反馈视为这一方法论争端的某种开启。史嘉柏也表明，部分西方上古史学家暴露出的问题在于，当他们重复运用既有的历史学方法去处理文本，而非像考古学家那样"面向文献本身"时，他们没有意识到，这些史学观念和方法是基于特定的历史文本建立起来的，看上去这种研究操作在现成学术体系中规范且科学，但不假思索地用于出土文献与历史文本的缝合中，实际上也已经成为未加检视的学术信仰前提。[30]这种以基于特定既有经验而生成的观念方法去占有（appropriate）"他者"的结构性困境不仅会造成"时代错置"，也往往在跨文化的会遇中行使了潜在的规训暴力。2009年柯马丁应张海惠发起的北美中国学阶段研究报告项目之邀，就二十世纪七十年代以降早期中国文学领域撰写了研究综述。他表明那种试图用既定的西方模式和智识范式来直接把握中国文学的做法已经势弱，同时也指出北美相关学界仍然缺乏明确的比较旨趣和多元的理论意识。[31]

　　面对汉学话语的挑战，本土学界的诸种忧思不无来由：那些就中国本土的文化预设与学术传统所提出的针锋相对的入径或观点，是否暗含以"拆解而后重构"的策略来控制话语权的意识形态诉求呢？尽管就其自身的学术与文化传统而言，包括汉学家在内的西方学者确实也热衷于推翻前说，强调异质性和多相性，那么这又会不会是一种"一厢情愿"的强行"推己及人"呢？质言之，如同萨义德在《东方学》(*Orientalism*)中向我们提示的，通过缜密滞重的"知识"制造，

---

[30] Schaberg, "Texts and Artifacts: A Review of the *Cambridge History of Ancient China*," pp. 463, 507.
[31] Martin Kern, "Literature: Early China, " in *A Scholarly Review of Chinese Studies in North America*, ed. Haihui Zhang, Zhaohui Xue and Shuyong Jiang, AAS, Inc., 2011, p. 302.

德国的东方学家自觉或不自觉地参与了帝国治理他者的话语机制,今天的汉学家是否仍然在实施一种更隐秘、更精致,甚至连他们自身都未必清醒觉察的"东方主义"呢?这些疑问没有一个简单的是非答案。如果说学术话语与意识形态难以分割,一切表征都裹挟着解释的政治,那么前文所提及的"赫尔墨斯困境",归根结底并不在于学术认知中解释因素的不可清除,而在于对解释之前提、立场和后果不去进行真诚的探讨和反思,企图在解释中植入并维护某种单极的霸权,才会制造顽固且贻害无穷的困局。

既然就古典中国研究领域而言,基本学术原则的割裂乃是中西学界都亟待正视的问题,那么,通过什么方式才可能开掘具有对话意义、理论深度和方法论建设的国际学术研讨空间呢?柯马丁多次提出对构成方法之基础的根本观念展开讨论:他呼吁学者坚持批判性质询,警惕以信念替代论证的思维倾向,同时尽可能坦率地、批判性地袒露自己的假设和指向,从本土与国际双重视野的角度来建立包括什么算作证据,什么是有效的假设,什么是逻辑论证等一系列各方可以达成基本认同的智性标准。[32] 的确,一切的质疑与对话都始于我们耐心倾听对方的话语逻辑及文献支撑,也基于我们切实有效的学术辩驳,而不是简单的无视、拒绝或嗤之以鼻,但如果缺乏对文献的基本处理方法、学者的研究立场与诉求等元问题的公开讨论,不同的学术话语就很容易陷入隔空挥拳、风马不接。对彼此的判断难以正向领受或质疑,即便直觉所向也很难使用明确的学术表达,更谈不上具有智识含量的求同存异,而顶多成为无可奈何的"存而不论"。

第二,探讨不同学术传统有关"可述"与"可见"的知识型差异。如果我们仅仅抱持某种单一的评判框架去检视汉学,的确恐怕只

---

[32] 参看本书《超越本土主义:早期中国研究的方法与伦理》及《早期中国研究与比较古代学的挑战:汉学和比较文学的对话》。

能找到回声或歧见，但如果要使这种全球化时代的新汉学对我们发挥更大更丰富的功效，或许更重要的，是去深入分析汉学实践所含纳的问题意识、话语资源和表达方式，进而体认其映射的知识范式与叙述特征。

不难注意到，柯马丁等汉学家在很多文章中都将他们的具体论作定位为"提供一种读法（a reading）"，这很容易被理解为"一隅之见"，似乎是"仅供参考，无关大体"的谦辞，也规避了文化—学术冲突的正面撞击。然而，以更包容但更具严肃批判意识的态度来对待此所谓"一种读法"，观察其"可述"与"可见"，将会激发更大的学术对话意义。此类"一种读法"的特征有三点值得注意：首先，它有意识地与特定的、地方性的阅读传统相对抗[33]；进而，它基于一种理性的经济（economy），即它更少依赖成问题的前提，而提供更大的解释力，更多拓展我们讨论问题的空间和维度；最后，极为隐蔽却异常重要的是，"一种读法"意味着对研究具体性的强调和对读法多元性及可能性的容纳。

从"可述性"而言，或许汉学界的一些判断看似不过是中国传统学术观念的别种表述，但是，国内文史研究内部的省思声音更多表现为对既有认知的修补，而西学的介入与比较的鉴照则往往带来语言和观念上的"新异性"或"陌生化"效应，使得原本隐匿在静水流深的学术传统中的"问题"获得赋形，进而，这种"问题化"及其可能的解释方案指涉着更显明的方法论转换或新方法论的构建。[34]从"可

---

[33] 这也关系到柯马丁对比较文学学者达姆罗什（David Damrosch）的"世界文学"新定义中所强调"阅读模式"的赞同与补充之处，感谢天津师范大学郝岚教授对这条信息的提示。参看 David Damrosch, *What is World Literature*? Princeton: Princeton University Press, 2003, p. 281；柯马丁，《世界文学的终结与开端》，见方维规主编，《思想与方法：地方性与普世性之间的世界文学》页111，北京：北京大学出版社，2016。

[34] 参看拙文《作者、文本与语境——当代汉学对"知人论世"观的方法论省思》，见《中国比较文学》，2018年第1期。

见性"而言,"陌生化"迫使处于特定传统范式内部的人们直面挑战从而反思惯例,在跨文明与跨学科的对话中,这种挑战和反思的要求是双向的:汉学著述提供的"读法"可以视为对中国学术传统的挑战,对居于此间的人们而言自然是一种"陌生化",但与此同时,当汉学家更多带入他们浸润其中的文明与学术参照系,采用业已得心应手的方法和理念来规训"他者"时,"陌生化"的另一面就成了"熟稔化"。因此,无论中西学者均面临此种危机:当熟稔的理解和阅读模式成为前见的一部分,在学术研究中就往往自然沉淀为不证自明的前提性信念,而可能"豁免"了审慎的论证和批判性的反思。对这类问题的自觉警醒和公开讨论本身就会成为智识探索的生产力,这时,所谓"一种读法",即便是在讨论一些暂时不能证实也不能证伪的问题,也可能包孕着重要的方法论和认识论价值。然则,依据具体的语境,批判性地理解和讨论"一种读法",不仅注意其"读出了什么",更观察其"怎么读""为何这么读""这样读的后果如何",进而实施同样有力的学术回应,这一过程带来的认知更新效应也将是双向的。

我们需要审慎追问的是,那种关于表述/认知的类同或差异的评判究竟在何种程度上具有学术批驳力和生产力?这类断言本身的依据是否充分尚待细察,即便理据充分,在某种学术传统内部"向来(不)如此"本身难道不正是值得开掘的问题域吗?进而言之,在有着巨大差异的话语形构之间去思考不同学术传统及知识型的地方特征与沟通可能,不正是我们当下理应推进的一项有益探讨吗?要加入这一探讨,就需要先悬置一些先入为主但未经澄清的特殊化前提,在上文所述及之学术研究最基本的预设层面达成共识,进而尝试重构一些共通问题的入径,想象更具效力和更有趣的可能解释方案,同时也逼问出在特定文化传统中被假定为普遍经验的有效边际。这种探讨的意义既超越了汉学的传统定位,即国别—区域研究,也突破了特定的学科界域,如文学或史学研究,而真正上升到了文化对话、文明互鉴、学科交流与范式革新。

第三，参与世界人文话语的重访与重塑。诚如前述，有关表征（representation）的政治学还没有被彻底倾覆，人类学式凝视语汇及句法的局限仍然存在，文化对峙和异同的预设也还在很多时候行使其基础性功能。不过，如今我们已经清楚地意识到，超克表征的政治学无法在单一的话语界域内部完成。我们需要在一个"共在"世界中来认知和反思"自身"，而这与认知和反思"他者"一体两面、相互形塑。在谈论中西文学批评的话语权力和话语潜力问题时，王德威曾呼吁，有时候我们可能需要"不再执着于'批评'和'理论'所暗含的道德优越性和知识（政治）的权威感，而专注于批评和理论所促动的复杂的理性和感性脉络，以及随之而来的傲慢与偏见"[35]。尽管王德威论述的是中美学界现当代文学批评的再批评，但对于我们观察汉学与本土学界的对话而言亦不无启迪。在重访中国古典时，汉学家与我们最大的区别究竟是什么呢？我认为，首要的区别并非是认识论或方法论的，而是生存论意义上的，是我们从现实上接受着中国文化的基因，从伦理上担当着中国遗产的重负，继而从诉求上比汉学家更加迫切地呼唤着中国自身的理论话语资源，也希冀着将这种资源转化传达给世界。今天，欧洲中心论调确实已经引起了很多有力的警惕和反拨，这非常重要且必要，但与此同时，无论是在当下现实的学术语境中，还是从未来发展的可能空间上，无论是从理论对话，还是理论竞争来考量，中国学术话语自身的构建都内在地吁求对西学理论与批评范式的话语逻辑及其效能做出更为深入的探究。汪涌豪在《走向知识共同体的学术——兼论回到中国语境的重要性》一文中所提醒我们，建构新的全球学术共同体，

---

[35] 王德威、季进，《海外汉学：另一种声音——王德威访谈录之一》，见《文艺理论研究》，2008年第5期。

既要"拆毁边界",也亟需"确立主体",而强调中国主体性在世界知识体系中的凸显,是"基于建立更合理均衡的人类知识共同体的深远图谋,希望中国的思想能作为人类普遍理性的重要部分,实质性地被认可,中国的文化能真正汇入人类知识体系的洪流,成为这种新文化最活跃的分子"。[36]在世界中重访中国古典,使中国传统参与世界文明的重述与重塑,不能"挟洋自重",也不必"谈西色变",而是需要更艰辛、扎实和具体的话语转换、形塑与对接工作,与其把这项工作想象为本土传统还是西学话语的简单选择题,毋宁将其重构为我们与汉学同仁一道为之奋斗和协商的共同事业。

然则,另一方面,正如前文谈及,尽管一般意义上的中国传统研究界在汉学著述预设的对话序列中并不具有优先级,但当汉学话语进驻当前的中国知识界域,力图与中国本土的相关学术话语进行沟通时,也就承担了促进沟通的相应职责。就此论题而言,作为关注中西诗学交流会通、也穿梭于双方相关专域的学习者,我亦尝试性地提供两条突出的可能路径以作参考。

其一,汉学话语应重视不同学术传统所蕴藏的思维—表述风格。柯马丁曾经的同事,已故历史学者余英时在中西学界均享有盛誉。在2014年出版的《论天人之际:中国古代思想起源试探》一书的"跋一"中,余先生谈及成书的原委时曾细致道说他所体认到的"中西论证方式的歧义"。余先生言:"我的原稿是英文,以西方读者为对象,自然采用了西方的论证方式。这次通读中译本,我感觉有些地方在中文里应该换一种说法,而另一些地方则似乎应多引经典原文以增强说服力。"进而,余先生对此间中西论证方式的区分概括道:"中国的考证传统源远流长,一般而言,重'证'(evidence)更甚于'论'

---

[36] 汪涌豪,《走向知识共同体的学术——兼论回到中国语境的重要性》,见《学术月刊》,2016年第12期。

（argument）；西方则自始即发展了论辩之术（rhetoric），因而特别重视'论'的说服功能（persuasion）。"在此考量下，余先生在修订中译稿时"力求紧凑或'重新述说'（reformulation）；在'证'的部分则尽量引用原文"，目的是"加强论证在中文语境中的说服力"，最后竟使一篇英文"旧稿"体量翻倍有余，成就了一部"新书"。[37]余先生的概括当然不能覆及中西两脉极其复杂深远的学统差异——甚至我们言"中、西"本身就是极其危险又迫不得已的暴力化约，不过，他确实提示我们注意：中英文学术书写对"论"与"证"的相对倚重和呈现方式之别，并不意味着智识水平的差异，而是学术传统所造就的"风格"使然，而"风格"，正如本文引言之所述，关乎话语的形构、输送与接纳，说到底，关乎思想与表达的范式特征和接受效应，这实际上也正是余先生所谓自古希腊即发展起来的"论辩之术"及说服功能的题中之义。因此，要输出某种观念而期盼获得理想的沟通效果，就必须充分重视并理解不同学术传统在话语形塑上的特征，避免轻易将之与学术思想保守与否、水平高下的判断相挂钩，进而将说服效力不佳归咎于此，以至错失真正的自省和沟通契机。

其二，汉学研究应增强对中国本土文化语境与学术传统的共情力。承接上文，一方面，对论辩力的诉求固然促使问题意识、批判意识和逻辑意识突显，但这可能造成过于着力从文本修辞、形塑、阐释等维度探讨话语实践的规则和机制，而忽略，甚至是无意识压抑了对话语所处的更大义理脉络的领受，借用张伯伟的表达，即所谓"重法而轻意"[38]，这就使得一些汉学研究工作新锐有余，洞彻不足，很难对中国传统研究的学者群真正达成说服效应；另一方面，强调科学、客

---

[37] 余英时，"跋一"，见于氏著《论天人之际：中国古代思想起源试探》页255—256，台北：联经出版社，2014。
[38] 参看张伯伟，《"意法论"：中国文学研究再出发的起点》，见《中国社会科学》，2021年第5期；《散文研究去向何方——以东西方〈孟子〉研究为视角》，见《复旦学报（社会科学版）》，2021年6期。既然法意不二，显然，本文也绝非主张要倒转逻辑"重意而轻法"。

观、疏离化（distancing）的研究立场也掩盖了人文学术与价值判断、情感认同乃至政治审美取向的复杂关联。意大利古代史大家莫米里亚诺（Arnaldo Momigliano，1908—1987）反思欧洲史学界十七至十八世纪在探讨证据评估和历史准则方面的进展时，曾经指出：历史皮浪主义（Historical Pyrrhonism）对传统历史教学与宗教信仰都造成了冲击，历史学家的信用和传世文献的可靠性都受到严厉怀疑，但是，对历史学家的深入体贴、对历史材料具有复杂和准确文献意识的批评尚属少见，传统作为大众信仰的传声筒同样应享有尊重的观念也尚未获得广泛关注。[39]这种境况当然在十九世纪以降得到了反拨，但它携带的激进理性主义（radical rationalism）因素在今天的学术研究中仍然不乏回响；更危险的是，当批判本身固化为传统，掩盖了问题的具体性和复杂性，而作为某种道德—政治正确的承载时，批判也就成为它所原本声称要对抗的霸权结构的一部分。对历史理性主义此一面向的重思提醒我们：传统或信念不能从历史可信度的范畴中被简单剔除，传承性表述与批判性质疑之间未必是表面那种对立的关系，经验性体认与思辨性论述也绝非割裂的选择，正如历史的延续与断裂总是在共存中互为显隐一样。因此，对传统的同情之理解与批判之质询当是合则两利、分而俱伤的。清末学者延续性地致力于捍卫经学话语的权威，却在疑经辨伪方法的体系化中吊诡地促成了经书正典地位的瓦解，《剑桥中国上古史》的部分学者践行着现成科学学术的范式，却可能压抑了借助出土文献来撬动和革新历史观念方法的良机……信仰与科学、传统与变革、方法与后果是如此复杂甚而悖论性地纽结在一起，层累出我们的历史与当前境遇，这就更需要我们澄清对话的前提，厘出问

---

[39] 值得一提的是，在这篇文章中，莫米里亚诺也提醒我们注意历史文献与当下解释，宏大关切与细节佐证之间的辩证关系，以及直至当代，历史学研究仍然面临的双重困难：哲学历史学一般化方法中固有的先验预设，和古物学对静态分类、事无巨细的热衷心态。参见 Arnaldo Momigliano, "Ancient History and the Antiquarian," in *Studies in Historiography*, London: Weidenfeld and Nicolson, 1966, pp. 10-27。

题的层次，分辨论争的真实症结，这考验的是我们在推进跨界沟通中审慎、诚实、自省与开放的勇气和智慧。

在总结讨论改革开放四十年来中国古典文学研究的成就与发展趋势时，刘跃进对"后真相时代"重访经典这一事业的理论发展提出了建言，他认为，文献实证与观念革新不可偏废，面对来源复杂、矛盾交叠的史料，"根据局部细节否定整体，或者相信整体而忽视细节，似都不足取"。"实事求是，对具体材料作具体分析，这是历史唯物主义的基本态度，也是未来中国古典文学研究进一步发展的理论方向。"[40]这一建言同样也适用于致力推进中国古典研究的汉学界：考据与义理相结合，细节与体系相观照，实事求是，精益求精，具体问题具体分析，这些，不是汉学家们引以为豪且视为研究之根基的人文主义语文学精神，又是什么呢？[41]

在诸种考量之下，翻译汉学论著也面临着极为复杂的困难，承载着特殊的任务。在选编、译审、校改这部文集的过程中，大体保留了原译的不同语言风格。但与此同时，需要提请诸君注意，为提示读者识别和定位原文表述的信息网络，更是为了尽可能使原作本身的论证力与启发性在转码后发挥基本等同的效用，我们并非简单地追求语句转译的准确，而是尽力让原作调用的中西话语资源、分析推论的严密逻辑，以及精心构筑的修辞风格等，在经历语言的移置后仍能相对清晰地呈现，因为这些话语特征正是作者学术论述的精华所在。读者可能会发现有时候译文未必那么平顺易读，这或许是翻译带来的问题，但更多的可能是，那些需要我们停顿之处正是柯马丁的研究召唤我们留意之处，是一种携带着高度跨界性和思辨性特征的汉学视域与中国

---

[40] 刘跃进，《中国古典文学研究四十年》，见《深圳大学学报（人文社会科学版）》，2019年第36卷第1期。
[41] 有关人文主义的语文学精神，参看《回到什么语文学？——汉学、比较文学与作为功能的语文学》中的相关阐述。

古典传统相遇时所碰撞出的旋涡。我们不必同意他，但面对这样一种严肃而敏锐的学术，我们的回应必须同样建立在同等分量的严肃而敏锐的智识层级上，精准的翻译或许为这种回应提供了必要的准备。不过，任何语言都不是透明的，遑论翻译这种复杂的跨语际实践。在最近一篇有关思考"经"之英译的论文中，我曾提出翻译是一种跨文化协商的聚焦空间。[42]诚如法国翻译理论家安托瓦纳·贝尔曼（Antoine Berman）所言，译者具有忠诚与背叛的双重性，而翻译亦不可避免"获有"与"损耗"的机制，因此，学术翻译这一同样带有比较诗学性质的智识实践总是可以做得更好，而难以真正"完成"。[43]从这一点来说，我们大概可以向读者诸君请求某种豁免权了。

最后，在这场长达数年的智识旅途中，有太多的人需要感铭，在此不及一一，除了向文集的原译者们表达感谢外，还要特别鸣谢中国人民大学的徐建委老师细读全部书稿，以他文献学、古代文学领域的专业所长为我助力，徐老师的无私热忱令人感佩。尤其需要说明，是北京三联书店的冯金红老师给予我们的极大耐心与支持，还有责编宋林鞠女士的专业与认真，以及我的研究生彭嘉一、徐依凡两位在最后校对过程中所付出的心力，才使得本文集的成书得以可能。

郭西安
完稿于 2021 年 6 月
改定于 2022 年 5 月 4 日沪上抗疫艰难之时

---

[42] 参看拙作《变位与参鉴："经"的当代英译及其跨语际协商》，见《文学评论》，2020年第4期。

[43] Antoine Berman, *L'épreuve de l'étranger: culture et traduction dans l'Allemagne romantique,* Gallimard, 1984, pp. 18-20.

参考文献

古　籍

《三辅黄图》，上海：商务印书馆，1919年影印元刊本。
《十三经注疏》，阮元校刻本，北京：中华书局，1980年重印世界书局本。
《逸周书》，1786年卢文弨抱经堂丛书本。
班固：《汉书》，北京：中华书局，1987年。
蔡邕：《琴操》，台北：台湾商务印书馆，1981年影印宛委别藏本。
陈本礼：《汉乐府三歌笺注》，1810年陈氏丛书刊本。
陈奂：《诗毛氏传疏》，北京：中国书店，1984年影印本。
陈立：《白虎通疏证》，北京：中华书局，1994年。
陈乔枞：《三家诗遗说考》，王先谦，《清经解续编》，上海：上海书店，1988年影印本。
崔适：《史记探源》，北京：中华书局，1993年。
杜佑：《通典》，北京：中华书局，1988年。
范晔：《后汉书》，北京：中华书局，1987年。
方玉润：《诗经原始》，北京：中华书局，1986年。
伏胜：《尚书大传》，上海：商务印书馆，1919年影印上海涵芬楼藏陈氏原刊本。
郭茂倩：《乐府诗集》，北京：中华书局，1979年。
郭庆藩：《庄子集释》，北京：中华书局，1985年。
郭嵩焘：《礼记质疑》，长沙：岳麓书社，1992年。
韩婴：《韩诗外传》，上海：商务印书馆，1919年影印上海涵芬楼藏明沈氏野竹斋刊本。
郝懿行：《尔雅义疏》，上海：上海古籍出版社，1983年影印本。
郝懿行：《山海经笺疏》，成都：巴蜀书社，1985年影印本。
洪兴祖：《楚辞补注》，北京：中华书局，1986年。
黄以周：《读汉礼乐志》，《儆季杂著五种》，1894年江苏南菁讲舍刊本。
贾谊：《新书》，上海：商务印书馆，1919年影印江南图书馆藏明正德乙亥吉藩刊本。
刘安：《淮南子》，上海：商务印书馆，1919年影印上海涵芬楼藏钞北宋本。
刘昫：《旧唐书》，北京：中华书局，1986年。

陆机：《陆士衡文集》，上海：商务印书馆，1919年影印江南图书馆藏明正德覆宋刊本。
吕不韦：《吕氏春秋》，上海：商务印书馆，1919年影印上海涵芬楼藏明刊本。
马瑞辰：《毛诗传笺通释》，北京：中华书局，1989年。
牟庭：《诗切》，济南：齐鲁书社，1983年影印本。
欧阳询：《艺文类聚》，上海：上海古籍出版社，1985年。
钱绎：《方言笺疏》，上海：上海古籍出版社，1984年影印本。
阮元：《揅经室集》，《皇清经解》，上海：上海古籍出版社，1988年影印本。
沈约：《宋书》，北京：中华书局，1983年。
司马迁：《史记》，北京：中华书局，1982年。
宋祁、欧阳修：《新唐书》，北京：中华书局，1986年。
苏舆：《春秋繁露义证》，北京：中华书局，1992年。
孙希旦：《礼记集解》，北京：中华书局，1989年。
孙诒让：《墨子间诂》，北京：中华书局，1986年。
孙诒让：《周礼正义》，北京：中华书局，1987年。
王念孙：《读书杂志》，台北：台湾商务印书馆，1963年影印本。
王先谦：《汉书补注》，北京：中华书局，1983年影印本。
王先谦：《诗三家义集疏》，北京：中华书局，1987年。
王先谦：《荀子集解》，北京：中华书局，1988年。
王先慎：《韩非子集解》，北京：中华书局，1998年。
魏徵：《隋书》，北京：中华书局，1987年。
吴仁杰：《两汉刊误补遗》，北京：中华书局，1991年影印百部丛书集成本。
吴兆宜：《玉台新咏笺注》，台北：铭文书局，1988年。
萧统编，李善注：《六臣注文选》，上海：商务印书馆，1919年影印上海涵芬楼藏宋刊本。
徐坚：《初学记》，北京：中华书局，1989年。
徐献忠：《乐府原》，1609年刊本。
徐元诰：《国语集解》，北京：中华书局，2002年。
许慎撰，段玉裁注：《说文解字注》，上海：上海古籍出版社，1981年影印本。
荀悦：《前汉纪》，上海：商务印书馆，1929年影印明嘉靖刻本。
严可均：《全上古三代秦汉三国六朝文》，北京：中华书局，1987年影印本。
杨慎：《升庵经说》，上海：商务印书馆，1936年影印本。
姚际恒：《诗经通论》，北京：中华书局，1958年。
俞樾：《诸子平议》，上海：上海书店，1988年。
周寿昌：《汉书注校补》，1882年广雅书局史学丛书本；1891年百部丛书集成重印本。
朱干：《乐府正义》，1789年刊本，京都：同朋舍，1980年重印本。
朱嘉徵：《乐府广序》，康熙年间刊本。
朱熹：《诗集传》，上海：商务印书馆，1919年影印中华学艺社借照东京静嘉堂文库藏宋本。
左丘明：《国语》，上海：商务印书馆，1919年影印杭州叶氏藏明嘉靖翻宋本。

现代专著

曹道衡:《汉魏六朝辞赋》,上海:上海古籍出版社,1989年。
曾勤良:《左传引诗赋诗之诗教研究》,台北:文津出版社,1993年。
陈国庆:《汉书艺文志注释汇编》,北京:中华书局,1983年。
陈汉平:《西周册命制度研究》,上海:学林出版社,1986年。
陈梦家:《尚书通论》,北京:中华书局,1985年。
陈槃:《旧学旧史说丛》,台北:台北编译馆,1993年。
陈桐生:《〈孔子诗论〉研究》,北京:中华书局,2004年。
陈直:《文史考古论丛》,天津:天津古籍出版社,1988年。
方祖燊:《汉诗研究》,台北:正中书局,1969年。
费振刚、胡双宝、宗明华:《全汉赋》,北京:北京大学出版社,1993年。
傅斯年:《〈诗经〉讲义稿(含〈中国古代文学史讲义〉)》,北京:中国人民大学出版社,2004年。
高亨:《诗经今注》,上海:上海古籍出版社,1987年。
高秋凤:《宋玉作品真伪考》,台北:文津出版社,1999年。
顾实:《〈汉书·艺文志〉讲疏》,上海:上海古籍出版社,1987年。
郭绍虞:《中国历代文论选》,上海:上海古籍出版社,1988年。
郭维森、许结:《中国辞赋发展史》,南京:江苏教育出版社,1996年。
韩兆琦:《史记通论》,桂林:广西师范大学出版社,1996年。
郝贝钦:《清华简〈耆夜〉整理与研究》,硕士学位论文,天津师范大学文学院,2012年。
何志华、陈雄根:《先秦两汉典籍引〈诗经〉资料汇编》,香港:香港中文大学出版社,2004年。
洪兴祖:《楚辞补注》,北京:中华书局,1983年。
胡平生、韩自强:《阜阳汉简〈诗经〉研究》,上海:上海古籍出版社,1988年。
湖北省文物考古研究所:《江陵九店东周墓》,北京:科学出版社,1995年。
黄焯:《毛诗郑笺平议》,上海:上海古籍出版社,1985年。
黄焯:《诗疏平议》,上海:上海古籍出版社,1985年。
黄怀信:《上海博物馆藏战国楚竹书〈诗论〉解义》,北京:社会科学文献出版社,2004年。
黄灵庚:《楚辞章句疏证》,北京:中华书局,2007年。
黄中模:《屈原问题论争史稿》,北京:北京十月文艺出版社,1987年。
黄中模:《中日学者屈原问题论争集》,济南:山东教育出版社,1990年。
简宗梧:《汉赋源流与价值之商榷》,台北:文史哲出版社,1980年。
姜亮夫:《楚辞通故》,济南:齐鲁书社,1985年。
姜书阁:《汉赋通义》,济南:齐鲁书社,1989年。
蒋善国:《尚书综述》,上海:上海古籍出版社,1988年。
金开诚、董洪利、高路明:《屈原集校注》,北京:中华书局,1996年。
金开诚:《〈楚辞〉讲话》,北京:北京大学出版社,2010年。

荆门市博物馆：《郭店楚墓竹简》，北京：文物出版社，1998年。
李家树：《〈诗经〉的历史公案》，台北：大安出版社，1990年。
李家树：《国风毛序朱传异同考析》，香港：学津出版社，1979年。
李学勤：《清华大学藏战国竹简（壹）》，上海：中西书局，2010年。
李学勤：《清华大学藏战国竹简（叁）》，上海：中西书局，2012年。
李泽厚：《美的历程》，桂林：广西师范大学出版社，2000年。
梁启超：《中国之美文及其历史》，见于《饮冰室合集专集》，上海：中华书局，1941年。
刘大杰：《中国文学发展史》，上海：上海古籍出版社，1982年。
刘华清、李建南、刘翔飞：《汉书全译》，北京：北京广播学院出版社，1995年。
刘起釪：《尚书源流及传本考》，沈阳：辽宁大学出版社，1997年。
刘信芳：《〈孔子诗论〉述学》，合肥：安徽大学出版社，2002年。
刘信芳：《简帛〈五行〉解诂》，台北：艺文印书馆，2000年。
刘毓庆、贾培俊、张儒：《〈诗经〉百家别解考》，太原：山西古籍出版社，2002年。
刘跃进：《〈玉台新咏〉研究》，北京：中华书局，2000年。
陆侃如、冯沅君：《中国诗史》，北京：作家出版社，1956年。
逯钦立：《先秦汉魏晋南北朝诗》，北京：中华书局，1984年。
罗常培、周祖谟：《汉魏晋南北朝韵部演变研究》，北京：科学出版社，1958年。
罗根泽：《乐府文学史》，北平：文化学社，1931年。
马承源主编：《上海博物馆藏战国楚竹书（一）》，上海：上海古籍出版社，2001年。
马非白：《秦集史》，北京：中华书局，1982年。
马积高：《赋史》，上海：上海古籍出版社，1987年。
马银琴：《两周诗史》，北京：社会科学文献出版社，2006年。
马宗霍：《说文解字引经考》，北京：科学出版社，1958年。
庞朴：《竹帛〈五行〉篇校注及研究》，台北：万卷楼图书股份有限公司，2000年。
裴学海：《古书虚字集释》，北京：中华书局，1982年。
钱锺书：《管锥编》，北京：中华书局，1986年。
丘琼荪：《历代乐志律志校释》，北京：中华书局，1964年。
屈万里：《诗经诠释》，见于《屈万里先生全集》，台北：联经出版社，1984年。
饶宗颐、曾宪通：《楚地出土文献三种研究》，北京：中华书局，1993年。
容庚：《古石刻零拾》，北平：私人出版，1934年。
施丁：《汉书新注》，西安：三秦出版社，1994年。
睡虎地秦墓竹简整理小组编：《睡虎地秦墓竹简》，北京：文物出版社，1990年。
司马迁撰，［日］泷川资言考证，［日］水泽利忠校补：《史记会注考证附校补》，上海：上海古籍出版社，1986年。
孙作云：《诗经与周代社会研究》，北京：中华书局，1966年。
谭其骧：《中国历史地图集》（八卷本），北京：中国地图出版社，1982—1988年。
万光治：《汉赋通论》，成都：巴蜀书社，1989年。

汪荣宝：《法言义疏》，北京：中华书局，1987年。
汪祚民：《诗经文学阐释史（先秦—隋唐）》，北京：人民出版社，2005年。
王充撰，北京大学历史系编：《论衡注释》，北京：中华书局，1979年。
王国维：《古史新证》，北京：清华大学出版社，1994年。
王国维：《观堂集林》，台北：世界书局，1975年。
王国维：《水经注校》，上海：上海人民出版社，1984年。
王国维：《宋元戏曲考》，见于《王国维遗书》，上海：上海古籍书店，1983年。
王辉：《秦铜器铭文编年集释》，西安：三秦出版社，1990年。
魏启鹏：《简帛〈五行〉笺释》，台北：万卷楼图书股份有限公司，2000年。
吴万钟：《从诗到经：论毛诗解释的渊源及其特色》，北京：中华书局，2001年。
向熹：《诗经语言研究》，成都：四川人民出版社，1987年。
萧涤非：《汉魏六朝乐府文学史》，北京：人民文学出版社，1984年。
萧亢达：《汉代乐舞百戏艺术研究》，北京：文物出版社，1991年。
肖芸晓：《清华简简册制度考察》，硕士学位论文，武汉大学文学院，2015年。
徐建委：《文本革命：刘向、〈汉书·艺文志〉与早期文本研究》，北京：社会科学出版社，2017年。
徐仁甫：《古诗别解》，上海：上海古籍出版社，1984年。
徐志啸：《历代赋论辑要》，上海：复旦大学出版社，1991年。
徐志啸：《日本楚辞研究论纲》，北京：学苑出版社，2004年。
杨伯峻：《春秋左传注》，北京：中华书局，1992年。
杨树达：《汉书窥管》，上海：上海古籍出版社，1984年。
姚大业：《汉乐府小论》，天津：百花文艺出版社，1984年。
叶幼明：《辞赋通论》，长沙：湖南教育出版社，1991年。
游国恩：《离骚纂义》，北京：中华书局，1982年。
余嘉锡：《古书通例》，上海：上海古籍出版社，1985年。
詹锳：《文心雕龙义证》，上海：上海古籍出版社，1989年。
张鹤泉：《周代祭祀研究》，台北：文津出版社，1989年。
张树波：《国风集说》，石家庄：河北人民出版社，1993年。
张舜徽：《汉书艺文志通释》，武汉：湖北教育出版社，1990年。
张永鑫：《汉乐府研究》，南京：江苏古籍出版社，1992年。
赵逵夫：《屈原和他的时代》，北京：人民文学出版社，1996年。
郑文：《汉诗选笺》，上海：上海古籍出版社，1986年。
周法高：《中国古代语法：构词编》，台北："中研院"史语所，1962年。
周法高主编：《金文诂林》，香港：香港中文大学出版社，1975年。
朱碧莲：《楚辞论稿》，上海：上海三联书店，1993年。
朱东润：《史记考索》（外二种），上海：华东师范大学出版社，1996年。
朱谦之：《中国音乐文学史》，北京：北京大学出版社，1989年。

诸祖耿：《战国策集注汇考》，南京：江苏古籍出版社，1985年。

中文期刊及析出文献

毕万忱：《试论枚乘的〈七发〉》，《文史哲》，1990年第5期，第32—34页。
曹建国：《论清华简中的〈蟋蟀〉》，《江汉考古》，2011年第2期，第110—115页。
曹明纲：《也谈"赋出于俳辞"》，《辞赋文学论集》，南京：江苏教育出版社，1999年，第57—62页。
查昌国：《西周孝义试探》，《中国史研究》，1993年第2期，第143—151页。
陈民镇：《〈蟋蟀〉之"志"及其诗学阐释——兼论清华简〈耆夜〉周公作〈蟋蟀〉本事》，《中国诗歌研究》，2013年第9期，第57—81页。
陈佩芬：《繁卣、遇鼎及梁其钟铭文诠释》，陈佩芬著，丁一民编：《陈佩芬青铜器论集》，上海：中西书局，2016年，第31—47页。
陈昭容：《秦"书同文字"新探》，《"中研院"历史语言研究所集刊》，1997年第68期，第589—641页。
陈致：《清华简所见古饮至礼及〈夜〉中古佚诗试解》，《出土文献》，2010年第1期，第6—30页。
杜晓勤：《〈诗经〉"商颂"、"周颂"韵律形态及其与乐舞之关系》，《文学研究》（日本福冈），九州大学大学院人文科学研究院，2013年第110辑，第1—28页。
方建军：《清华简"作歌一终"等语解义》，2014年6月16日，http://www.gwz.fudan.edu.cn/Web/Show/2295，2018年7月20日。
冯沅君：《汉赋与古优》，《冯沅君古典文学论文集》，济南：山东人民出版社，1980年，第78—94页。
傅刚：《〈玉台新咏〉编纂时间再讨论》，《北京大学学报》，2002年第3期，第53—61页。
高华平：《古乐的沉浮与诗体的变迁》，《中国社会科学》，1991年第5期，第201—212页。
顾史考：《清华简〈周公之琴舞〉及〈周颂〉之形成试探》，《第三届中国古典文献学国际学术研讨会论文集》，台北：东吴大学出版社，2014年，第83—99页。
郭沫若：《诅楚文考释》，《天地玄黄》，上海：大孚出版社，1947年，第606—625页。
郭西安：《变位与参鉴："经"的当代英译及其跨语际协商》，《文学评论》，2020年第4期，第5—15页。
郭维森：《王延寿及其〈梦赋〉》，《辞赋文学论集》，南京：江苏教育出版社，1999年，第196—212页。
何新文：《近二十年大陆赋学文献整理的新进展》，《辞赋文学论集》，南京：江苏教育出版社，1999年，第750—768页。
胡平生：《论简帛辨伪与流失简牍抢救》，《出土文献研究》，2010年第9期，第76—108页。
黄怀信：《清华简〈耆夜〉句解》，《文物》，2012年第1期，第77—79，93页。

简宗梧：《1991—1995 年中外赋学研究述评》，《辞赋文学论集》，南京：江苏教育出版社，1999 年，第 769—790 页。

姜广辉、付赞、邱孟燕：《清华简〈耆夜〉为伪作考》，《故宫博物院院刊》，2013 年第 4 期，第 86—94，160—161 页。

姜广辉：《关于古〈诗序〉的编连、释读与定位诸问题研究》，《中国哲学》第 24 辑：经学今诠三编》，沈阳：辽宁教育出版社，2002 年，第 143—171 页。

姜广辉：《三读古〈诗序〉》，《国际简帛研究通讯》，2002 年 3 月第二卷第四期，第 1—11 页。

季进：《海外汉学：另一种声音——王德威访谈录之一》，《文艺理论研究》，2008 年第 5 期，第 10—17 页。

蒋凡：《班固的文学思想》，《中国古代·近代文学研究》（复印报刊资料），1985 年第 9 期，第 67—75 页。

柯马丁：《〈史记〉里的"作者"概念》，李纪祥编：《史记学与世界汉学论集续编》，台北：唐山出版社，2016 年，第 23—61 页。

李诚：《唐勒研究》，《传统文化与现代化》，1998 年第 2 期，第 48—56 页。

李嘉言：《〈诗〉"以雅"、"以南"、"以龠"、"不僭"解》，《李嘉言古典文学论文集》，上海：上海古籍出版社，1987 年，第 35—37 页。

李零：《"式"与中国古代的宇宙模式》，《中国文化》，1991 年第 4 期，第 1—30 页。

李锐：《清华简〈耆夜〉续探》，《中原文化研究》，2014 年第 2 期，第 55—62 页。

李学勤：《论清华简〈耆夜〉的〈蟋蟀〉诗》，《中国文化》，2011 年第 33 期，第 7—10 页。

李峰：《清华简〈耆夜〉初读及其相关问题》，《第四届国际汉学会议论文集：出土材料与新视野》，台北："中研院"，2013 年，第 461—491 页。

刘毓庆：《颂诗新说：颂为原始宗教诵辞考》，《晋阳学刊》，1987 年第 6 期，第 76—84 页。

陆侃如：《乐府古辞考》，《陆侃如古典文学论文集》，上海：上海古籍出版社，1987 年，第 701—821 页。

罗泰（Lothar von Falkenhausen）：《有关西周晚期礼制改革及庄白微青铜器年代的新假设：从世系铭文说起》，《中国考古学与历史学之整合研究》，台北："中研院"史语所，1997 年，第 651—676 页。

马银琴：《上博简〈诗论〉与〈诗序〉诗说异同比较》，《简帛研究：2002、2003》，桂林：广西师范大学出版社，2005 年，第 98—105 页。

欧天发：《赋之名实考论：赋之风比兴义说》，《辞赋文学论集》，南京：江苏教育出版社，1999 年，第 1—30 页。

清水茂：《辞赋与戏剧》，《辞赋文学论集》，南京：江苏教育出版社，1999 年，第 52—56 页。

裘锡圭：《〈神乌傅（赋）〉初探》，《尹湾汉墓简牍综论》，北京：科学出版社，1999 年，第 1—7 页。

饶宗颐：《唐勒及其佚文——楚辞新资料》，《中国文学论集》（日本福冈），1980 年第 9 期，第 1—8 页。

容庚：《秦始皇刻石考》，《燕京学报》，1935 年第 17 期，第 125—173 页。

施仲贞、周建忠:《〈离骚〉分段研究综述》,《南京师范大学文学院学报》,2010年第4期,第44—50页。
谭家健:《唐勒赋残篇考释及其他》,《文学遗产》,1990年第2期,第32—39,143页。
汤漳平:《论唐勒赋残简》,《文物》,1990年第4期,第48—52页。
万光治:《汉代颂赞铭箴与赋同体异用》,《社会科学研究》,1986年第4期,第97—102页。
万光治:《尹湾汉简〈神乌赋〉研究》,《辞赋文学论集》,南京:江苏教育出版社,1999年,第163—185页。
王志平:《〈神乌傅(赋)〉与汉代诗经学》,《尹湾汉墓简牍综论》,北京:科学出版社,1999年,第8—17页。
吴崇厚:《"楚声"初探》,《中南民族学院学报(哲学社会科学版)》,1990年第4期,第55—60,78页。
吴剑:《也谈"楚声"的调式问题》,《文艺研究》,1980年第2期,第76—85页。
邢文:《楚简〈五行〉试论》,《文物》,1998年第10期,第57—61页。
徐中舒:《金文嘏辞释例》,《中研院历史语言研究所集刊》,1936年第1期,第1—44页。
余嘉锡:《太史公书亡篇考》,《余嘉锡论学杂著》,北京:中华书局,1963年,第1—108页。
徐宗文:《辞、赋、颂辨异》,《江海学刊》,1984年第6期,第132—136页。
袁仲一:《秦代金文陶文杂考三则》,《考古与文物》,1982年第4期,第92—96页。
张蕾:《〈玉台新咏〉研究述要》,《河北师范大学学报》,2004年第2期,第72—76页。
章培恒:《〈玉台新咏〉为张丽华所"撰录"考》,《文学评论》,2004年第2期,第5—17页。
郑文:《〈汉安世房中歌〉试论》,《社会科学》,1985年第2期,第97—103页。
周策纵:《古巫对乐舞及诗歌发展的贡献》,《清华学报》(新竹),1981年第十三卷1、2期合刊,第1—25页。
周建忠:《〈楚辞〉层次结构研究:以〈离骚〉为例》,《云梦学刊》2005年第26期,第28—37页。
朱维铮:《论语结集脞说》,《孔子研究》,1986年第1期,第40—52页。
朱晓海:《论〈神乌傅〉及其相关问题》,《简帛研究》,桂林:广西师范大学出版社,2001年,第456—474页。

外文专著

Ahern, Emily. *Chinese Ritual and Politics*. Cambridge: Cambridge University Press, 1981.
Allen, Joseph R. *In the Voice of Others: Chinese Music Bureau Poetry*. Ann Arbor: Center for Chinese Studies, University of Michigan, 1992.
Assmann, Aleida. *Erinnerungsräume: Formen und Wandlungen des kulturellen Gedächtnisses*, Munich: C. H. Beck, 1999.
——. *Cultural Memory and Western Civilization: Functions, Media, Archives*, Cambridge: Cambridge

University Press, 2011.

Assmann, Jan. *Cultural Memory and Early Civilization: Writing, Remembrance, and Political Imagination*, Cambridge: Cambridge University Press, 2011.

Assmann, Jan. *Das kulturelle Gedächtnis: Schrift, Erinnerung und politische Identität in frühen Hochkulturen*. Munich: C. H. Beck, 1997.

——. *Moses and the Egyptian: The Memory of Egypt in Western Monotheism*, Cambridge, Mass.: Harvard University Press, 1997.

——. *Religion and Cultural Memory: Ten Studies*, trans. Rodney Livinstone, Stanford: Stanford University Press, 2006.

Austin, John L. *How To Do Things With Words*. Cambridge: Harvard University Press, 1962.

Barbieri-Low, Anthony. *The Organization of Imperial Workshops During the Han Dynasty*, Ph. D. diss., Princeton University, 2001.

Barnard, Noel. *The Chu Silk Manuscript: Translation and Commentary*. Canberra: Australian National University Press, 1973.

Baxter, William H. *A Handbook of Old Chinese Phonology*. Berlin: Mouton de Gruyter, 1992.

Beecroft, Alexander. *Authorship and Cultural Identity in Early Greece and China: Patterns of Literary Circulation*. Cambridge: Cambridge University Press, 2010.

Behr, Wolfgang. *Reimende Bronzeinschriften und die Entstehung der chinesischen Endreimdichtung*, Ph. D. diss., Johann Wolfgang Goethe-Universität Frankfurt, 1996.

Bell, Catherine. *Ritual Theory, Ritual Practice*. New York and Oxford: Oxford University Press, 1992.

Bilsky, Lester James. *The State Religion of Ancient China*. Taipei: Chinese Association for Folklore, 1975.

Bodde, Derk. *China's First Unifier: A Study of the Ch'in Dynasty as Seen in the Life of Li Ssu (280?-208B. C.)*. Leiden: Brill, 1938.

Boltz, William G. *The Origin and Early Development of the Chinese Writing System*. New Haven: American Oriental Society, 1994.

Brashier, K. E. *Ancestral Memory in Early China*, Cambridge, Mass.: Harvard University Asia Center, 2011.

——. *Public Memory in Early China*, Cambridge, Mass.: Harvard University Asia Center, 2014.

Bredehoft, Thomas A. *The Visible Text: Textual Production and Reproduction from Beowulf to Maus*. Oxford: Oxford University Press, 2014.

Brooks, E. Bruce. & Brooks, A. Taeko. *The Original Analects: Sayings of Confucius and His Successors*. New York: Columbia University Press, 1998.

Broschat, Michael Robert. *"Guiguzi": A Textual Study and Translation*, Ph. D. diss., University of Washington, 1985.

Burkert, Walter. *Homo Necans: The Anthropology of Ancient Greek Sacrificial Ritual and Myth*, trans. Peter Bing. Berkeley: University of California Press, 1983.

——. *Structure and History in Greek Mythology and Ritual*. Berkeley: University of California Press, 1982.

Carruthers, Mary. *The Book of Memory: A Study of Memory in Medieval China*, Cambridge: Cambridge University Press, 1993.

——., & Ziolkowski, Jan M. *The Medieval Craft of Memory: An Anthology of Texts and Pictures*, Philadelphia: University of Pennsylvania Press, 2002.

Cerquiglini, Bernard. *In Praise of the Variant: A Critical History of Philology*, trans. Betsy Wing. Baltimore: Johns Hopkins University Press, 1999.

Chavannes, Emmanuel-Edouard. *Les mémoires historiques de Se-ma Ts'ien*. Paris: Ernest Leroux, 1895-1905.

Chen, Zhi. *The Shaping of the Book of Songs: From Ritualization to Secularization*. Sankt Augustin: Steyler Verlag, 2007.

Coblin, W. South. *A Handbook of Eastern Han Sound Glosses*. Hong Kong: Chinese University Press, 1983.

Connerton, Paul. *How Societies Remember*. Cambridge: Cambridge University Press, 1989.

Cook, Constance A. *Auspicious Metals and Southern Spirits: An Analysis of the Chu Bronze Inscriptions*, Ph. D. diss., University of Washington, 1990.

Csikszentmihalyi, Mark. *Material Virtue: Ethics and the Body in Early China*. Leiden: Brill, 2004.

Davis, Timothy M. *Entombed Epigraphy and Commemorative Culture in Early Medieval China: A History of Early Muzhiming*, Leiden: Brill, 2015.

Declercq, Dominik. *Writing Against the State: Political Rhetorics in Third and Fourth Century China*. Leiden: Brill, 1998.

Detienne, Marcel. *The Masters of Truth in Archaic Greece*, trans. Janet Lloyd. New York: Zone Books, 1996.

DeWoskin, Kenneth. *A Song for One or Two: Music and the Concept of Art in Early China*. Ann Arbor: University of Michigan Center for Chinese Studies, 1982.

Diény, Jean-Pierre. *Aux origines de la poésie classique en Chine: Étude sur la poésie lyrique à l'époque des Han*. Leiden: E. J. Brill, 1968.

Dobson, W. A. C. H. *The Language of the Book of Songs*. Toronto: University of Toronto Press, 1968.

Doeringer, Franklin M. *Yang Hsiung and his Formulation of a Classicism*, Ph. D. diss., Columbia University, 1971.

Du, Heng. *The Author's Two Bodies: Paratext in Early Chinese Textual Culture*, Ph. D. diss., Harvard University, 2018.

Dubs, Homer H. *The History of the Former Han*. Baltimore: Waverly Press, 1938-1955.

Erll, Astrid. *Memory in Culture*, trans. Sara B. Young, New York: Palgrave Macmillan, 2001.

——., & Nünning, Ansgar. ed. *Cultural Memory Studies: An International and Interdisciplinary Handbook*. Berlin: Walter de Gruyter, 2008.

Finnegan, Ruth. *Oral Poetry: Its Nature, Significance, and Social Context*. Indianapolis: Indiana University Press, 1992.

Flower, Harriet. *The Art of Forgetting: Disgrace and Oblivion in Roman Political Culture*, Chapel Hill: University of North Carolina Press, 2006.

Ford, Andrew. *The Origins of Criticism: Literary Culture and Poetic Theory in Classical Greece*. Princeton: Princeton University Press, 2002.

Frankel, Hans H. *The Flowering Plum and the Palace Lady: Interpretations of Chinese Poetry*. New Haven: Yale University Press, 1976.

Gallagher, Martha Wangliwen. *A Study of Reduplicatives in the "Chu Ci"*, Ph. D. diss., Yale University, 1993.

Genette, Gérard. *Paratexts: Thresholds of Interpretation*, trans. Jane E. Lewin, Cambridge: Cambridge University Press, 1997.

Gimm, Martin. *Das Yüeh-fu tsa-lu des Tuan An-chieh: Studien zur Geschichte von Musik, Schauspiel und Tanz in der T'ang-Dynastie*. Wiesbaden: Harrassowitz, 1966.

Goldin, Paul R. *After Confucius: Studies in Early Chinese Philosophy*. Honolulu: University of Hawai'i Press, 2005.

Gombrich, Ernst H. *The Sense of Order: A Study in the Psychology of Decorative Art*. Ithaca: Cornell University Press, 1984.

Gong, Kechang. *Studies on the Han Fu*. New Haven: American Oriental Society, 1997.

Graham, Angus C. *Yin-Yang and the Nature of Correlative Thinking*. Singapore: Institute of East Asian Philosophies, 1986.

Granet, Marcel. *Fêtes et chansons anciennes de la Chine*. Paris: Bibliothèque de l'école des hautes études, 1919.

Greene, Roland. ed. *Princeton Encyclopedia of Poetry and Poetics*, 4th ed., Princeton: Princeton University Press, 2012.

Halbwachs, Maurice. *La mémoire collective*, Paris: Presses universitaires de France, 1950.

——. *La topographie légendaire des Évangiles en Terre Sainte: étude de mémoire collective*, Paris: Presses universitaires de France, 1942.

——. *Les cadres sociaux de la mémoire*, Paris: F. Alcan, 1925.

——. *On Collective Memory*, trans. Lewis A. Coser, Chicago: Chicago University Press, 1992.

——. *The Collective Memory*, trans. Francis J. Ditter, Jr. and Vida Yazdi Ditter, New York: Harper & Row, 1980.

Hawkes, David. *The Songs of the South: An Ancient Chinese Anthology of Poems by Qu Yuan and Other Poets*. Harmondsworth: Penguin, 1985.

Henderson, John B. *Scripture, Canon, and Commentary: A Comparison of Confucian and Western Exegesis*. Princeton: Princeton University Press, 1991.

Henderson, John B. *The Development and Decline of Chinese Cosmology*. New York: Columbia

University Press, 1984.

Horace. *Satires, Epistles and Ars Poetic*, trans. H. Rushton Fairclouth. Cambridge: Harvard University Press, 1955.

Hunter, Michael. *Sayings of Confucius, Deselected*, Ph. D. diss., Princeton University, 2012.

Hutton, Patrick H. *History as an Art of Memory*, Hanover: University of New England, 1993.

Karlgren, Bernhard. *Loan Characters in Pre-Han Texts*. Göteborg: Elanders Boktryckeri Aktiebolag, 1968.

Keegan, David A. *The "Huang-ti nei-ching": The Structure of the Compilation; the Significance of the Structure*, Ph. D. diss., University of California, Berkeley, 1988.

Keightley, David N. *Sources of Shang History: The Oracle-Bone Inscriptions of Bronze Age China*. Berkeley: University of California Press, 1978.

Kern, Martin. *Die Hymnen der chinesischen Staatsopfer: Literatur und Ritual in der politischen Repräentation von der Han-Zeit bis zu den Sechs Dynastien*. Stuttgart: Steiner, 1997.

——. ed. *Text and Ritual in Early China*. Seattle and London: University of Washington Press, 2005.

——. *The Stele Inscriptions of Ch'in Shih-huang: Text and Ritual in Early Chinese Imperial Representation*. New Haven: American Oriental Society, 2000.

Knechtges, David R. *The Han Rhapsody: A Study of the Fu of Yang Hsiung (53B. C. -A. D. 18)*. Cambridge: Cambridge University Press, 1976.

——. *The Hanshu Biography of Yang Xiong (53 B. C. -A. D. 18)*. Tempe: Arizona State University Press, 1981.

——. *Wen xuan, or Selections of Refined Literature*. Princeton: Princeton University Press, 1982-1996.

——. *Yang Shyong, The Fuh, and Hann Rhetoric*, Ph. D. diss., University of Washington, 1968.

Knoblock, John. *Xunzi: A Translation and Study of the Complete Works*. Stanford: Stanford University Press, 1988-1994.

Lachmann, Renate. *Gedächtnis und Literatur: Intertextualität in der russischen Moderne*. Frankfurt/M.: Sihrkamp, 1990.

——. *Memory and Literature: Intertextuality in Russian Modernism*, trans. Roy Sellars and Anthony Wall, Minneapolis: University of Minnesota Press, 1997.

Le Goff, Jacques. *History and Memory*, trans. Steven Rendall and Elizabeth Claman, New York: Columbia University Press, 1992.

——. *Storia e memoria*, Turin: Giulio Einaudi, 1997.

Ledderose, Lothar. *Ten Thousand Things: Module and Mass Production in Chinese Art*. Princeton: Princeton University Press, 2000.

Legge, James. *Li Chi: Book of Rites*, New York: University Books, 1967.

——. *The Chinese Classics*. Taipei: Southern Materials Center, 1985.

——. *The Li Ki*. Oxford: Oxford University Press, 1885.

Lewis, Mark Edward. *Sanctioned Violence in Early China*. Albany: State University of New York Press,

1990.

———. *Writing and Authority in Early China*. Albany: State University of New York Press, 1999.

Li, Wai-yee. *The Readability of the Past in Early Chinese Historiography*. Cambridge, Mass.: Harvard University Asia Center, 2007.

Loewe, Michael. *Crisis and Conflict in Han China, 104 BC to AD 9*. London: George Allen & Unwin, 1974.

———. *Divination, Mythology and Monarchy in Han China*. Cambridge: Cambridge University Press, 1994.

Major, John. *Heaven and Earth in Early Han Thought: Chapters Three, Four, and Five of the Huainanzi*. Albany: State University of New York Press, 1993.

Maspero, Henri. *China in Antiquity*, trans. Frank A. Kierman, Jr. Amherst: University of Massachusetts Press, 1978.

McLuhan, Marshall. *Understanding Media: The Extensions of Man*. New York: McGraw-Hill, 1964.

Moretti, Franco. *Distant Reading*, New York: Verso, 2013.

Nagy, Gregory. *Poetry as Performance: Homer and Beyond*. Cambridge: Cambridge University Press, 1996.

Nehamas, Alexander. & Woodruff, Paul. *Plato, Phaedrus*. Indianapolis: Hackett Publishing, 1995.

Nienhauser, William H. *The Grand Scribe's Records, Vol. II: The Basic Annals of Han China*. Bloomington: Indiana University Press, 2002.

Nora, Pierre. *Les lieux de mémoire*, Paris: Gallimard, 1984-1992.

———. *Rethinking France: Les lieux de mémoire*, translation directed by David P. Jordan, Chicago: University of Chicagao Press, 2001-2010.

Nugent, Christopher M. B. *Manifest in Words, Written on Paper: Producing and Circulating Poetry in Tang Dynasty China*. Cambridge, Mass.: Harvard University Asia Center, 2010.

Nylan, Michael. *The Five "Confucian" Classics*. New Haven: Yale University Press, 2001.

Owen, Stephen. *Readings in Chinese Literary Thought*. Cambridge, Mass. Harvard University Asia Center, 1992.

———. *Remembrances: The Experience of the Past in Classical Chinese Literature*, Cambridge, Mass.: Harvard University Press, 1986.

———. *The Making of Early Chinese Classical Poetry*. Cambridge, Mass.: Harvard University Asia Center, 2006.

Paper, Jordan. *The Spirits are Drunk: Comparative Approaches to Chinese Religion*. Albany: State University of New York Press, 1995.

Peters, Heather A. *The Role of the State of Chu in Eastern Zhou Period China: A Study of Interaction and Exchange in the South*, Ph. D. diss., Yale University, 1983.

Pfeiffer, Rudolf. *History of Classical Scholarship from the Beginnings to the End of the Hellenistic Age*. Oxford: Clarendon Press, 1968.

Pines, Yuri. *Foundations of Confucian Thought: Intellectual Life in the Chunqiu Period, 722-453 B. C. E.* Honolulu: University of Hawai'i Press, 2002.

Pulleyblank, Edwin G. *Outline of Classical Chinese Grammar.* Vancouver: University of British Columbia Press, 1996.

Qiu, Xigui. *Chinese Writing.* Berkeley: The Society for the Study of Early China and The Institute of East Asian Studies, University of California, 2000.

Rawson, Jessica. *Chinese Ornament: The Lotus and the Dragon.* London: British Museum Publications, 1984.

——. *Western Zhou Ritual Bronzes in the Arthur M. Sackler Collections.* Cambridge: Harvard University Press, 1990.

Read, Bernard E. *Chinese Medicinal Plants from the Pen Ts'ao Kang Mu A. D. 1596: 3rd Edition of a Botanical, Chemical and Pharmacological Reference List.* Taipei: Southern Materials Center, 1982.

Renfrew, Colin. *Loot, Legitimacy and Ownership.* London: Duckworth, 2006.

Russell, D. A. & Winterbottom, M. *Ancient Literary Criticism: The Principal Texts in New Translations.* Oxford: Oxford University Press, 1972.

Schaberg, *A Patterned Past: Form and Thought in Early Chinese Historiography.* Cambridge: Harvard University Asia Center, 2001.

Schimmelpfennig, Michael. *Qu Yuan's Transformation from Realized Man to True Poet: The Han-Dynasty Commentary of Wang Yi to the "Lisa" and the Songs of Chu*, Ph. D. diss., University of Heidelberg, 1999.

Schneider, Laurence. *A Madman of Ch'u: The Myth of Loyalty and Dissent*, Berkeley: University of California Press, 1980.

Schneider, Marcel. "The '*Qí yè* 耆夜' and '*Zhōu Gōng zhī qín wǔ* 周公之琴舞' From the Qīnghuá Bamboo Manuscripts: an Annotated Translation," Licentiate diss., University of Zurich, 2014.

Schwartz, Benjamin I. *The World of Thought in Ancient China.* Cambridge: Harvard University Press, 1985.

Searle, John R. *Speech Acts.* Cambridge: Cambridge University Press, 1969.

Serruys, Paul. *The Chinese Dialects of Han Time According to Fang Yen.* Berkeley: University of California Press, 1959.

Shaughnessy, Edward L. *Before Confucius: Studies in the Creation of the Chinese Classics.* Albany: State University of New York Press, 1997.

——. *I Ching: The Classic of Changes.* New York: Ballantine Books, 1996.

——. *Rewriting Early Chinese Texts.* Albany: State University of New York Press, 2006.

——. *Sources of Western Zhou History: Inscribed Bronze Vessels.* Berkeley: University of California Press, 1991.

Tambiah, Stanley J. *Culture, Thought, and Social Action: An Anthropological Perspective.* Cambridge, Mass.: Harvard University Press, 1985.

Thomas, Rosalind. *Literacy and Orality in Ancient Greece*. Cambridge: Cambridge University Press, 1995.

Tian, Xiaofei. *Beacon Fire and Shooting Star: The Literary Culture of the Liang (502-557)*. Cambridge, Mass. Harvard University Asia Center, 2007.

Timpanaro, Sebastiano. *The Genesis of Lachmann's Method*, ed. and trans. Glenn W. Most. Chicago: University of Chicago Press, 2005.

Van der Toom, Karel. *Scribal Culture and the Making of the Hebrew Bible*, Cambridge, Mass.: Harvard University Press, 2007.

Van Zoeren, Steven. *Poetry and Personality: Reading, Exegesis, and Hermeneutics in Traditional China*. Stanford: Stanford University Press, 1991.

Veyne, Paul. *Did the Greeks Believe in Their Myths? An Essay on the Constitutive Imagination*. Chicago: University of Chicago Press, 1988.

Von Falkenhausen, Lothar. *Ritual Music in Bronze Age China: An Archaeological Perspective*, Ph. D. diss., Harvard University, 1988.

——. *Suspended Music: Chime-Bells in the Culture of Bronze Age China*. Berkeley: University of California Press, 1993.

Waley, Arthur. *The Book of Songs*. New York: Grove Weidenfeld, 1988.

——. *The Temple and Other Poems*. London: George Allen & Unwin, 1923.

Walker, Galal LeRoy. *Toward a Formal History of the Chuci*, Ph. D. Diss., Cornell University, 1982.

Wallace, Anthony F. C. *Religion: An Anthropological View*. New York: Random House, 1966.

Wang, C. H. *From Ritual to Allegory: Seven Essays in Early Chinese Poetry*. Hong Kong: Chinese University Press, 1988.

——. *The Bell and the Drums: Shih Ching as Formulaic Poetry in an Oral Tradition*. Berkeley: University of California Press, 1974.

Waters, Geoffrey R. *Three Elegies of Ch'u: An Introduction to the Traditional Interpretation of the Ch'u Tz'u*, Madison: University of Wisconsin Press, 1985.

——. *Monumentality in Early Chinese Art and Architecture*, Stanford: Stanford University Press, 1995.

Watson, B. *Early Chinese Literature*. New York: Columbia University Press, 1962.

Wechsler, Howard J. *Offerings of Jade and Silk: Ritual and Symbol in the Legitimation of the T'ang Dynasty*. New Haven: Yale University Press, 1985.

Werlen, Iwar. *Ritual und Sprache: Zum Verhältnis von Sprechen und Handeln in Ritualen*. Tübingen: Narr Verlag, 1984.

White, Hayden. *Metahistory: The Historical Imagination in Nineteenth-Century Europe*. Baltimore: Johns Hopkins University Press, 1975.

——. *The Content of the Form: Narrative Discourse and Historical Representation*. Baltimore: Johns Hopkins University Press, 1990.

——. *Tropics of Discourse: Essays in Cultural Criticism*. Baltimore: Johns Hopkins University Press,

1985.

Whitfield, Roderick. ed. *The Problem of Meaning in Early Chinese Ritual Bronzes*. London: University of London, 1993.

Wu, Hung. *The Wu Liang Shrine: The Ideology of Early Chinese Pictorial Art*. Stanford: Stanford University Press, 1989.

Yates, Frances A. *The Art of Memory*, London: Routledge and K. Paul, 1966.

Yu, Pauline. *The Reading of Imagery in the Chinese Poetic Tradition*. Princeton: Princeton University Press, 1987.

Zerubavel, Eviatar. *Time Maps: Collective Memory and the Social Shape of the Past*, Chicago: University of Chicago Press, 2003.

Zhang, Hanmo. *Authorship and Text-making in Early China*, Boston: De Gruyter Mouton, 2018.

Zhou, Yiqun. *Festivals, Feasts, and Gender Relations in Ancient China and Greece*. Cambridge: Cambridge University Press, 2010.

Zumthor, Paul. *Toward a Medieval Poetics*, trans. Philip Bennet. Minneapolis: University of Minnesota Press, 1992.

［日］白川静：《詩経研究》，京都：朋友書店，1981年。

［日］池田知久：《馬王堆漢墓帛書五行篇研究》，东京：汲古書院，1993年。

［日］金谷治：《秦漢思想史研究》（修订本），京都：平乐寺书店，1992年。

［日］栗原圭介：《中国古代樂論の研究》，东京：大东文化大学东洋研究所，1978年。

［日］铃木修次：《漢魏詩の研究》，东京：大修馆书店，1967年。

［日］狩野直祯、西胁常记译注：《漢書郊祀志》，东京：平凡社，1987年。

［日］松本雅明：《詩経諸篇の成立に関する研究》，东京：开明书院，1981—1982年。

［日］田中和夫：《毛詩正義研究》，东京：白帝社，2003年。

［日］小竹武夫译注：《漢書》，东京：筑摩书房，1977—1979年。

［日］越智重明：《戰國秦漢史研究》，福冈：中国书店，1988—1997年。

［日］增田清秀：《楽府の歴史的研究》，东京：创文社，1975年。

［日］中岛千秋：《賦の成立と展開》，松山：关洋纸店，1963年。

［日］竹治贞夫：《楚辞研究》，东京：风间书房，1978年。

外文期刊及析出文献

Asselin, Mark Laurent. "The Lu-School Reading of 'Guanju' As Preserved in an Eastern Han *Fu*," *Journal of the American Oriental Society* 117 (1997): 427-443.

Assmann, Aleida. "Transformations between History and Memory," *Social Research: An International Quarterly* 75 (2008): 49-72.

Assmann, Jan. "Collective Memory and Cultural Identity," trans. John Czaplicka, *New German Critique*

65 (1995): 125-133.

———. "Communicative and Cultural Memory", in *Cultural Memory Studies: An International and Intersicplinary Handbook*, ed. Astrid Erll and Ansgar Nünning, Berlin: Walter de Gruyter, 2008, 109-118.

———. "Kollektives Gedächtnis und kulturelle Identität," in *Kultur und Gedächtnis*, ed. Jan Assmann and Tonio Hölscher. Frankfurt/M.: Suhrkamp, 1988, 9-19.

Barthes, Roland. "The Death of the Author," in *Image-Music-Text*, trans. Stephen Heath, New York: Hill and Wang, 1978, 142-148.

Baxter, William H. "Zhou and Han Phonology in the *Shijing*," in *Studies in the Historical Phonology of Asian Languages*, ed. William G. Boltz and Michael C. Shapiro. Amsterdam and Philadelphia: J. Benjamins, 1991, 1-34.

Beecroft, Alexander. "Authorship in the Canon of *Songs* (*Shi Jing*)," in *That Wonderful Composite Called Author: Authorship in East Asian Literatures from the Beginnings to the Seventeenth Century*, ed. Christian Schwermann and Raji C. Steineck. Leiden: Brill, 2014, 58-97.

Bielenstein, Hans. "An Interpretation of the Portents in the Ts'ien-Han-Shu," in *Bulletin of the Museum of Far Eastern Antiquities* 22 (1950): 127-143.

Birrell, Anne M. "Mythmaking and Yüeh-fu: Popular Songs and Ballads of Early Imperial China," in *Journal of the American Oriental Society* 109 (1989): 223-235.

Bloch, Maurice. "Introduction," in *Political Language and Oratory in Traditional Society*, ed. Maurice Bloch. London: Academic Press, 1975, 1-28.

———. "Symbols, Song, Dance and Features of Articulation: Is Religion an Extreme Form of Traditional Authority?," in *European Journal of Sociology* 15. 1 (1974): 55-81.

Boltz, William G. "Manuscripts with Transmitted Counterparts," in *New Sources of Early Chinese History: An Introduction to the Reading of Inscriptions and Manuscripts*, ed. Edward L. Shaughnessy. Berkeley: The Society for the Study of Early China and The Institute of East Asian Studies, University of California, 253-285.

———. "The Composite Nature of Early Chinese Texts", in *Text and Ritual in Early China*, ed. Martin Kern, Seattle: University of Washington Press, 2005, 50-78.

———. "Why So Many *Laozi*-s?" in *Studies in Chinese Manuscripts: From the Warring States Period to the 20th Century*, ed. Imre Galambos. Budapest: Institute of East Asian Studies, Eötvös Loránd University, 2013, 1-32.

Brashier, K. E. "Longevity Like Metal and Stone: The Role of the Mirror in Han Burials," *T'oung Pao* 81 (1995): 201-229.

Burke, Peter. "History as Social Memory", in *Memory: History, Culture and the Mind*, ed. Thomas Butler, Oxford: Blackwell Publishers, 1989, 97-113.

Chavannes, Édouard. "Les inscriptions des Ts' in," *Journal Asiatique, Neuvième Série* 1 (1893): 475-521.

Chen, Shih-Hsiang. "The *Shih-ching:* Its Generic Significance in Chinese Literary History and Poetics," in *Studies in Chinese Literary Genres* ed. Cyril Birch. Berkeley: University of California Press, 1974, 8-41.

Chou, Fa-kao. "Reduplicatives in the *Book of Odes*," in *Bulletin of the Institute of History and Philology, Academia Sinica* 34 (1962/63): 661-698.

Cook, Scott. "Consummate Artistry and Moral Virtuosity: the 'Wu xing 五行' Essay and its Aesthetic Implications," in *Chinese Literature: Essays, Reviews and Articles* 22 (2000): 113-146.

Csikszentmihalyi, Mark. "Confucius and the *Analects* in the Han," in *Confucius and the Analects: New Essays*, ed. Bryan Van Norden. Oxford: Oxford University Press, 2002, 134-162.

DeWoskin, Kenneth J. "Early Chinese Music and the Origins of Aesthetic Terminology," in *Theories of the Arts in China*, ed. Susan Bush and Christian Murck. Princeton: Princeton University Press, 1983, 187-214.

Du, Heng. "The Author's Two Bodies: The Death of Qu Yuan and the Birth of *Chuci zhangju*," *T'oung Pao* 105 (2019): 259-314.

Durand, Jean-Louis. "Ritual as Instrumentality," in *The Cuisine of Sacrifice among the Greeks*, ed. Marcel Detienne and Jean-Pierre Vernant, trans. Paula Wissing. Chicago: University of Chicago Press, 1989, 119-128.

Eberhard, Wolfram. "The Political Function of Astronomy and Astronomers in Han China," in *Chinese Thought and Institutions*, ed. John K. Fairbank. Chicago: University of Chicago Press, 1957, 33-70.

——. "Die politische Funktion der Astronomie und der Astronomen in der Han-Zeit," in *Sternkunde und Weltbild im alten China: Gesammelte Aufsätze von Wolfram Eberhard*. Taipei: Chinese Materials and Research Aids Service Center, 1970, 249-274.

Eno, Robert. "From Teachers to Texts: Confucian Collaborationism and Qin Encyclopaedism," unpublished manuscript, Warring States Working Group, 1999.

Enoki, Kazuo. "On the Relationship between the *Shih-chi* 史記, Bk. 123 and the *Han-shu* 漢書, Bks. 61 and 96," in *Memoirs of the Toyo Bunko* 41 (1983): 1-31.

Farmer, J. Michael. "A Person of the State Composed a Poem: Lyrics of Praise and Blame in the *Huayang guo zhi*," in *Chinese Literature: Essays, Articles, and Reviews* 29 (2007): 23-54.

Ford, Andrew. "From Letters to Literature: Reading the 'Song Culture' of Classical Greece," in *Written Texts and the Rise of Literate Culture in Ancient Greece*, ed. Harvey Yunis. Cambridge: Cambridge University Press, 2003, 15-37.

Foster, Christopher J. "Introduction to the Peking University Han Bamboo Slips: On the Authentication and Study of Purchased Manuscripts," in *Early China* 40 (2017): 167-239.

Foucault, Michel. "What is an Author?," in *Textual Strategies: Perspectives in Post-Structuralist Criticism*, ed. and trans. Josué V. Harari. Ithaka: Cornell University Press, 1979, 141-160.

Frankel, Hans. "The Contemplation of the Past in T'ang Poetry," in *Perspectives on the T'ang*, ed. Arthur

F. Wright and Denis Twitchett, New Haven: Yale University Press, 1973, 345-365.

Goldin, Paul R. "Xunzi in the Light of the Guodian Manuscripts," in *Early China* 25 (2000): 113-146.

——. "*Heng xian* and the Problem of Studying Looted Artifacts," in *Dao* 12 (2013): 153-160.

Harbsmeier, Christoph. "Xunzi and the Problem of Impersonal First Person Pronouns," in *Early China* 22 (1997): 181-220.

Harper, Donald. "A Chinese Demonography of the Third Century B. C.," in *Harvard Journal of Asiatic Studies* 45 (1985): 459-498.

——. "A Note on Medieval Nightmare Magic in Ancient and Medieval China," in *T'ang Studies* 6 (1988): 69-76.

——. "A Warring States Prayer for Men who Died by Weapons," unpublished manuscript.

——. "Wang Yen-shou's Nightmare Poem," in *Harvard Journal of Asiatic Studies* 47 (1987): 239-283.

Hawkes, David. "The Quest of the Goddess," in *Studies in Chinese Literary Genres*, ed. Cyril Birch. Berkeley: University of California Press, 1974, 42-68.

Henry, Eric. " 'Junzi Yue' versus 'Zhongni Yue' in *Zuozhuan*," in *Harvard Journal of Asiatic Studies* 59 (1999): 125-161.

Hervouet, Yves. "La valeur relative des textes du Che ki et du Han chou," in *Mélanges de sinologie offerts à Monsieur Paul Demiéville*, vol. 2. Paris: Presses Universitaires de France, 1974, 55-76.

Hightower, James Robert. "Ch'ü Yüan Studies", in *Silver Jubilee Volume of the Zinbun-Kagaku-Kenkyusyo*, Kyoto: Kyoto University, 1954, 192-223.

Hightower, James Robert. "The *Han-shih wai-chuan* and the *San chia shih*," in *Harvard Journal of Asiatic Studies* 11 (1948): 241-310.

Honey, David B. "The *Han-shu*, Manuscript Evidence, and the Textual Criticism of the *Shih-chi:* The Case of the 'Hsiung-nu *lieh-zhuan*'," in *Chinese Literature: Essays, Articles, Reviews* 21 (1999): 67-97.

Hulsewé, A. F. P. "The Problem of the Authenticity of Shih-chi ch. 123, the Memoir on Ta Yüan," in *T'oung Pao* 61 (1975): 83-147.

Jan, Yün-hua. "The Change of Images: The Yellow Emperor in Ancient Chinese Literature," in *Journal of Oriental Studies* 19 (1981): 117-137.

Kane, Virginia C. "Aspects of Western Chou Appointment Inscriptions: The Charge, the Gifts, and the Response," in *Early China* 8 (1982-83): 14-28.

Karlgren, Bernhard. "On the Script of the Chou Dynasty," in *Bulletin of the Museum of Far Eastern Antiquities* 8 (1936): 155-178.

——. "The Book of Odes, Kuo feng and Siao ya," in *Bulletin of the Museum of Far Eastern Antiquities* 16 (1944): 171-256.

——. "Glosses on the Book of Documents I," in *Bulletin of the Museum of Far Eastern Antiquities* 20 (1948): 39-315.

———. "Glosses on the Kuo Feng Odes," in *Bulletin of the Museum of Far Eastern Antiquities* 14 (1942): 71-247.

———. "Glosses on the Siao Ya Odes," in *Bulletin of the Museum of Far Eastern Antiquities*, 16 (1944): 25-169.

Keightley, David N. "Late Shang Divination: The Magico-Religious Legacy," in *Explorations in Early Chinese Cosmology*, ed. Henry Rosemont, Jr., *Journal of the American Academy of Religion Studies* 50 (1984): 11-34.

Kennedy, George A. "A Note on Ode 220," in *Studia Serica Bernhard Karlgren Dedicata. Sinological Studies Dedicated to Bernhard Karlgren on his Seventieth Birthday*, ed. Søren Egerod and Else Glahn. Copenhagen: E. Munksgaard, 1959, 190-198.

———. "Metrical 'Irregularity' in the *Shih ching*," *Harvard Journal of Asiatic Studies* 4 (1939): 284-296.

Kern, Martin. "A Note on the Authenticity and Ideology of *Shih-chi* 24, 'The Book on Music'," *Journal of the American Oriental Society* 119 (1999): 673-677.

———. "'Xi shuai' and Its Consequences: Issues in Early Chinese Poetry and Manuscript Studies," *Early China* 42 (2019): 39-74.

———. "Bronze Inscriptions, the *Shijing* and the *Shangshu*: The Evolution of the Ancestral Sacrifice During the Western Zhou," in *Early Chinese Religion, Part One: Shang Through Han (1250 BC-220 AD)*, ed. John Lagerwey and Marc Kalinowski. Leiden: Brill, 2009, 143-200.

———. "Du Fu's Long Gaze Back: Fate, History, Heroism, Authorship," in *Reading the Signs: Philology, History, Prognostication: Festschrift for Michael Lackner*, ed. Iwo Amelung and Joachim Kurtz, Munich: Iudicium Verlag, 2018, 153-173.

———. "Early Chinese Poetics in the Light of Recently Excavated Manuscripts," in *Recarving the Dragon: Understanding Chinese Poetics*, ed. Olga Lomová. Prague: Charles University, The Karolinum Press, 2003, 27-72.

———. "Feature Article on Mark Edward Lewis, in *Writing and Authority in Early China*," *China Review International* 7 (2000): 336-376.

———. "Lost in Tradition: The *Classic of Poetry* We did not Know," in *Hsiang Lectures on Chinese Poetry* 5 (2010): 29-56.

———. "Methodological Reflections on the Analysis of Textual Variants and the Modes of Manuscript Production in Early China," in *Journal of East Asian Archaeology* 4 (2002): 143-181.

———. "Quotation and the Confucian Canon in Early Chinese Manuscripts: The Case of 'Zi Yi' [Black Robes]," in *Asiatische Studien/Études Asiatiques* 59 (2005): 293-332.

———. "Religious Anxiety and Political Interest in Western Han Omen Interpretation: The Case of the Han Wudi Period (141-87 B. C.)," 《中國史學》10 (2000): 1-31.

———. "Ritual, Text and the Formation of the Canon: Historical Transitions of *Wen* in Early China," in *T'oung Pao* 87 (2001): 43-91.

——. "*Shi jing* Songs as Performance Texts: A Case Study of 'Chu ci' ('Thorny Caltrop')," *Early China* 25 (2000): 49-111.

——. "Speaking of Poetry: Pattern and Argument in the *Kongzi shilun*," in *Literary Forms of Argument in Early China*, ed. Joachim Gentz and Dirk Meyer. Seattle: University of Washington Press, 2015, 175-200.

——. "The 'Harangues' in the *Shangshu*," in *Origins of Chinese Political Thought: Studies in the Composition and Thought of the Shangshu (Classic of Documents)*, ed. Martin Kern and Dirk Meyer. Leiden: Brill, 2017, 281-319.

——. "The 'Masters' in the *Shiji*," in *T'oung Pao* 101 (2015): 335-362.

——. "The Formation of the *Classic of Poetry*," in *The Homeric Epics and the Chinese Book of Songs: Foundational Texts Compared*, ed. Fritz-Heiner Mutschler, Newcastle upon Tyne: Cambridge Scholars, 2018, 39-71.

——. "The Performance of Writing in Western Zhou China," in *The Poetics of Grammar and the Metaphysics of Sound and Sign*, ed. Sergio La Porta and David Shulman. Leiden: Brill, 2007, 109-175.

——. "The Poetry of Han Historiography," in *Early Medieval China* 10-11 (2004): 23-65.

Knapp, Keith N. "The Ru Reinterpretation of Xiao," in *Early China* 20 (1995): 195-222.

Knechtges, David R. "Problems of Translating Descriptive Binomes in the Fu," *Tamkang Review* 15 (1984/85): 329-347.

——. "Questions about the Language of Sheng min," in *Ways With Words: Writing about Reading Texts from Early China*, ed. Pauline Yu et al. Berkeley: University of California Press, 2000, 14-24.

——. "Riddles as Poetry: The Fu Chapter of Hsun-tzu," 周策纵主编,《文林》第 2 辑, 香港：香港中文大学出版社, 1987 年, 第 1-31 页。

——. "Ruin and Remembrance in Classical Chinese Literature: The 'Fu on the Ruined City' by Bao Zhao", in *Reading Medieval Chinese Poetry: Text, Context, and Culture*, ed. Paul W. Kroll, Leiden: Brill, 2015, 55-89.

——. "The Emperor and Literature: Emperor Wu of the Han," in *Imperial Rulership and Cultural Change in Traditional China*, ed. Frederick P. Brandauer and Chun-chieh Huang. Seattle: University of Washington Press, 1994, 51-76.

——. "The Fu in the *Xijing Zaji*,"《新亚学刊》13 (1994): 433-452.

——. "The Liu Hsin/Yang Hsiung Correspondence on the *Fang Yen*," in *Monumenta Serica* 33 (1977/78): 309-325.

——. "To Praise the Han: The Eastern Capital *Fu* of Pan Ku and His Contemporaries," in *Thought and Law in Qin and Han China: Studies Dedicated to Anthony Hulsewé on the Occasion of His Eightieth Birthday*, ed. Wilt L. Idema and Erik Zurcher. Leiden: Brill, 1990, 118-139.

Knechtges, David R. & Swanson, Jerry. "Seven Stimuli for the Prince: The Ch'i-Fa of Mei Ch'eng," in *Monumenta Serica* 29 (1970-71): 99-116.

Koerner, Joseph Leo. "The Fate of the Thing: Ornament and Vessel in Chou Bronze Interlacery," in *Res* 10 (1985): 28-46.

Kramers, Robert P. "The Development of the Confucian Schools," in *The Cambridge History of China*, vol. 1, ed. Denis Twitchett and Michael Loewe. Cambridge: Cambridge University Press, 1986, 747-765.

Kristeva, Julia. "Word, Dialogue, and Novel," in *Desire in Language: A Semiotic Approach to Literature and Art*, trans. Thomas Gora et al., New York: Columbia University Press, 1980, 64-91.

Kryukov, Vassily. "Symbols of Power and Communication in Pre-Confucian China (On the Anthropology of *De*): Preliminary Assumptions," in *Bulletin of the School of Oriental and African Studies* 58 (1995): 314-333.

Leach, Edmund R. "Ritualization in Man in Relation to Conceptual and Social Development," in *Philosophical Transactions of the Royal Society*, B, 251 (1966): 403-408.

Ledderose, Lothar. "The Earthly Paradise: Religious Elements in Chinese Landscape Art," in *Theories of the Arts in China*, ed. Susan Bush and Christian Murck. Princeton: Princeton University Press, 1983, 165-183.

Li, Wai-yee. "Concepts of Authorship," in *The Oxford Handbook of Classical Chinese Literature (1000 BCE-900 CE)*, ed. Wiebke Denecke, Wai-yee Li, and Xiaofei Tian, New York: Oxford University Press, 2017, 360-376.

———. "The Idea of Authority in the *Shih chi* (*Records of the Historian*)," *Harvard Journal of Asiatic Studies* 54.2 (1994): 345-405.

Loewe, Michael. "The Campaigns of Han Wu-ti," in *Chinese Ways in Warfare*, ed. Frank A. Kierman, Jr. and John K. Fairbank. Cambridge, Mass.: Harvard University Press, 1974, 67-122.

———. "Water, Earth and Fire — the Symbols of the Han Dynasty," in *Nachrichten der Gesellschaft für Natur- und Völkerkunde Ostasiens* 125 (1979): 63-68.

Lü, Zongli. "Problems Concerning the Authenticity of *Shih chi* 123 Reconsidered," in *Chinese Literature: Essays, Articles, Reviews* 17 (1995): 51-68.

Makeham, John. "The Formation of *Lunyu* as a Book," in *Monumenta Serica* 44 (1996): 1-24.

Maspero, Henri. "Le Ming-t'ang et la crise religieuse avant les Han," in *Mélanges chinois et bouddhiques* 9 (1951): 1-171.

Most, Glenn W. "What Is a Critical Edition?," in *Ars Edendi Lecture Series*, vol. IV, ed. Barbara Crostine et al. Stockholm: Stockholm University Press, 2016, 162-180.

Nugent, Christopher M. "Structured Gaps: The *Qianzi wen* and Its Paratexts as Mnemotechnics," in *Memory in Medieval China: Text, Ritual, and Community*, ed. Wendy Swartz and Robert Ford Campany, Leiden: Brill, 2018, 158-192.

Nylan, Michael. "A Problematic Model: The Han 'Orthodox Synthesis,' Then and Now," in *Imagining Boundaries: Changing Confucian Doctrines, Texts, and Hermeneutics*, ed. John B.

Henderson et al. Albany: State University of New York Press, 1999, 17-56.

——. "Manuscript Culture in Late Western Han, and the Implications for Authors and Authority," *Journal of Chinese Literature and Culture* 1 (2014): 155-185.

——. "Textual Authority in Pre-Han and Han," in *Early China* 25 (2000): 205-258.

——. "The *Chin Wen/Ku Wen* Controversy in Han Times," in *T'oung Pao* 80 (1994): 83-145.

——. "The *Ku Wen* Documents in Han Times," in *T'oung Pao* 81 (1995): 25-50.

Petersen, Jens Østergård. "Which Books Did the First Emperor of Ch'in Burn?On the Meaning of *Pai Chia* in Early Chinese Sources," in *Monumenta Serica* 43 (1995): 1-52.

Powers, Martin. "The Figure in the Carpet: Reflections on the Discourse of Ornament in Zhou China," in *Monumenta Serica* 43 (1995): 211-233.

Pulleyblank, Edwin G. "Chinese and Indo-Europeans," in *Journal of the Royal Asiatic Society* (1966): 9-39.

Rawson, Jessica. "Western Zhou Archaeology," in *The Cambridge History of Ancient China: From the Origins of Civilization to 221 B. C.*, ed. Michael Loewe and Edward L. Shaughnessy. Cambridge: Cambridge University Press, 1999, 352-449.

——. "Statesmen or Barbarians: The Western Zhou as Seen Through their Bronzes," in *Proceedings of the British Academy* 75 (1989): 87-93.

Riegel, Jeffrey. "Eros, Introversion, and the Beginnings of *Shijing* Commentary," in *Harvard Journal of Asiatic Studies* 57 (1997): 143-177.

Schaberg, David. "Platitude and Persona: Junzi Comments in the Zuozhuan and Beyond," in *Historical Truth, Historical Criticism, and Ideology: Chinese Historiography and Historical Culture From a New Comparative Perspective*, ed. Helwig Schmidt-Glintzer et al. Leiden: Brill 2005, 177-196.

——. "Song and the Historical Imagination in Early China," in *Harvard Journal of Asiatic Studies* 59 (1999): 305-361.

Schimmelpfennig, Michael. "The Quest for a Classic: Wang Yi and the Exegetical Prehistory of His Commentary to the *Songs of Chu*, *Early China* 29 (2004): 111-162.

Searle, John R. "A Taxonomy of Illocutionary Acts," in *Language, Mind, and Knowledge*, ed. Keith Gunderson. Minneapolis: University of Minnesota Press, 1975, 344-369.

Shaughnessy, Edward L. "A Possible Lost Classic: The *She ming, or *Command to She," *T'oung Pao* 106 (2020): 290-307.

——. "From Liturgy to Literature: The Ritual Contexts of the Earliest Poems in the Book of Poetry," 《汉学研究》13. 1 (1994): 133-164.

——. "Unearthed Documents and the Question of the Oral versus Written of the *Classic of Poetry*," in *Harvard Journal of Asiatic Studies* 75 (2015): 331-375.

Sivin, Nathan. "Text and Experience in Classical Chinese Medicine," in *Knowledge and the Scholarly Medical Traditions*, ed. Don Bates. Cambridge: Cambridge University Press, 1995, 177-204.

So, Jenny F. S. "Early Eastern Chou bronze vessels from Ch'in territory," in *Essays in commemoration of the Golden Jubilee of the Fung Ping Shan Library*, ed. Chan Ping-leung et al. Hong Kong: Fung Ping Shan Library, 1982, 415-421.

Stallybrass, Peter. "Against Thinking," PMLA 122 (2007): 1580-1587.

Sterckx, Roel. "An Ancient Chinese Horse Ritual," in *Early China* 21 (1996): 47-79.

Struve, Lynn. "Introduction to the Symposium: Memory and Chinese Texts," *Chinese Literature: Essays, Articles, Review* 27 (2005): 1-4.

Swartz, Wendy. "Intertextuality and Cultural Memory in Early Medieval China: Jiang Yan's Imitations of Nearly Lost and Lost Writers", in *Memory in Medieval China: Text, Ritual, and Community*, ed. Robert Ford Campany, Leiden: Brill, 2018, 36-62.

Takashima, Ken-ichi. "The So-called 'Third'-Person Possessive Pronoun *Jue* 氒 (= 厥) in Classical Chinese," in *Journal of the American Oriental Society* 119. 3 (1999): 404-431.

Tambiah, Stanley J. "A Performative Approach to Ritual," in *Proceedings of the British Academy* 65 (1979): 113-169.

——. "The Magical Power of Words," *MAN* n. s. 3. 2 (1968): 175-208.

Van der Loon, Piet. "On the Transmission of *Kuan-tzu*," in *T'oung Pao* 41 (1952): 353-393.

Venture, Olivier. "L'écriture et la communication avec les esprits en Chine ancienne", in *Bulletin of the Museum of Far Eastern Antiquities* 74 (2002): 34-65.

Von Falkenhausen, Lothar. "Chu Ritual Music," in *New Perspectives on Chu Culture During the Eastern Zhou Period*, ed. Thomas Lawton. Princeton: Princeton University Press, 1991, 47-106.

——. "Issues in Western Zhou Studies: A Review Article," in *Early China* 18 (1993): 139-226.

——. "Reflections on the Political Role of Spirit Mediums in Early China: The Wu Officials in the *Zhou Li*," in *Early China* 20 (1995): 297-300.

Waley, Arthur. "The Heavenly Horses of Ferghana: A New View," in *History Today* 5 (1955): 95-103.

Wheelock, Wade T. "The Problem of Ritual Language: From Information to Situation," in *The Journal of the American Academy of Religion* 50 (1982): 49-71.

Wilhelm, Hellmut. "The Scholar's Frustration: Notes on a Type of Fu", in *Chinese Thought and Institutions*, ed. John King Fairbank. Chicago: Chicago University Press, 1957, 310-319, 398-403.

Wong, Siu-kit. & Lee, Kar-shui. "Poems of Depravity: A Twelfth Century Dispute on the Moral Character of the *Book of Songs*," in *T'oung Pao* 75 (1989): 209-225.

Xing, Wen. "Guest Editor's Introduction," in *Contemporary Chinese Thought* 39 (2008): 3-17.

Yü, Ying-shih. "Han Foreign Relations," in *The Cambridge History of China, vol. 1*, ed. Denis Twitchett and Michael Loewe. Cambridge: Cambridge University Press, 1986, 377-462.

——. "Life and Immortality in the Mind of Han China," in *Harvard Journal of Asiatic Studies* 25 (1964/65): 80-122.

Zhou, Yiqun. "Virtue and Talent: Women and Fushi in Early China," in *Nan Nü: Men, Women, and*

Gender in China 5 (2003): 155-176.

［日］白川静:《金文通释》,《白鹤美术馆志》1971 年第 34 期, 第 21—22 页。

［日］成田年树:《秦代の文字資料：刻石を中心として》,《書論》1989 年第 25 期, 第 114—122 页。

［日］池泽优:《中國古代の「孝」思想の思想的意味——孝の宗教學，その五》,《社会文化史学》1993 年第 31 期, 第 12—26 页。

［日］稲畑耕一郎:《屈原否定論の系譜》,《中国文学研究》1977 年第 3 期, 第 18—35 页。

［日］釜谷武志:《賦に難解な字が多いのはなぜか：前漢における賦の讀まれかた》,《日本中國學會報》1996 年第 48 期, 第 16—30 页。

［日］釜谷武志:《漢武帝楽府創設の目的》,《東方學》1992 年第 84 期, 第 52—66 页。

［日］釜谷武志:《游仙诗の成立と展开》,《中国古道教史研究》, 京都：同朋社, 1992 年, 第 323—362 页。

［日］冈村繁:《楚辭と屈原——ヒーローと作家との分離について》,《日本中国学学报》1966 年第 18 期, 第 86—101 页。

［日］鶴間和幸:《秦始皇帝の東方巡狩刻石に見る虛構性》,《茨城大学教養部紀要》1996 年第 30 号, 第 1—33 页。

［日］鶴田一雄:《春秋・戦国时代の秦の文字について》,《書論》1989 年第 25 期, 第 101—131 页。

［日］小西升:《漢代樂府詩と神仙思想》,《中国学論集：目加田誠博士還暦記念》, 东京：大安出版社, 1964 年, 第 137—160 页。

［日］野村茂夫:《先秦における尚書の流伝についての若干の考察》,《日本中國學會報》1965 年第 17 期, 第 1—18 页。

［日］玉田继雄:《漢代における楽府の神僊歌辞と鏡銘》,《立命館文學》1981 年, 第 46—72 页。

［日］泽口刚雄:《漢の楽府における神仙道家の思想》,《東方宗教》1966 年第 27 期, 第 1—22 页。

［日］泽口刚雄:《漢魏樂府における老庄道家の思想（下）》,《東方宗教》1974 年第 44 期, 第 14—32 页。

［日］中村昌彦:《漢詩「詩賦略」編纂と辞賦文学観：その東方朔排斥の理由を中心に》,《中国文学論集》1985 年第 14 期, 第 31—51 页。

文章出处

1. 权威的颂歌：西汉郊庙歌辞

"In Praise of Political Legitimacy: The *miao* and *jiao* Hymns of the Western Han," *Oriens Extremus* 39.1, 1996, pp. 29-67.

2. 作为表演文本的诗：以《小雅·楚茨》为个案

"Shi jing Songs as Performance Texts: A Case Study of 'Chu ci' ('Thorny Caltrop')," *Early China* 25, 2000, pp. 49-111.

3. 出土文献与文化记忆:《诗经》的早期历史

The essay is a combination of two publications in English:

"Early Chinese Poetics in the Light of Recently Excavated Manuscripts," in *Recarving the Dragon: Understanding Chinese Poetics*, ed. Olga Lomová, pp. 27-72, Prague: Charles University-The Karolinum Press, 2003.

"The Odes in Excavated Manuscripts," in *Text and Ritual in Early China*, ed. Martin Kern, pp. 149-193, Seattle: University of Washington Press, 2005.

4. 西汉美学与赋体的生成

"Western Han Aesthetics and the Genesis of the Fu," *Harvard Journal* of Asiatic Studies 63.2, 2003, pp. 383-437.

5.《司马相如列传》与《史记》中"赋"的问题
"The 'Biography of Sima Xiangru' and the Question of the Fu in Sima Qian's Shiji," *Journal of the American Oriental Society* 123.2, 2003, pp. 303-316.

6. 汉史之诗:《史记》《汉书》叙事中的诗歌功能
"The Poetry of Han Historiography," *Early Medieval China* 10-11.1, 2004, pp. 23-65.

7. 作为记忆的诗:《诗》及其早期阐释学
《作为记忆的诗:〈诗〉及其早期诠释》,《国学研究》16, 2005, 第329—341页。

8. 出土文献与苏格拉底之悦:《国风》解读的新挑战
"Excavated Manuscripts and Their Socratic Pleasures: Newly Discovered Challenges in Reading the 'Airs of the States'," *Études Asiatiques/Asiatische Studien* 61.3, 2007, pp. 775-793.

9.《毛诗》之外:中古早期《诗经》接受研究
"Beyond the Mao Odes: Shijing Reception in Early Medieval China," *Journal of the American Oriental Society* 127, 2007, pp. 131-142.

10. 来自群山的宣告:秦始皇刻石碑文探论
"Announcements from the Montains: The Stele Inscriptions of the Qin First Emperor," in *Conceiving the Empire: China and Rome Compared*, ed.

Fritz-Heiner Mutschler and Achim Mittag, pp. 217-240, Oxford: Oxford University Press, 2008.

11. 说《诗》:《孔子诗论》的文理与义理

"Speaking of Poetry: Pattern and Argument in the *Kongzi shilun*," in *Literary Forms of Argument in Early China*, ed. Joachim Gentz and Dirk Meyer, pp. 175-200, Seattle: University of Washington Press, 2015.

12.《诗经》的形成

"The Formation of the Classic of Poetry," in *The Homeric Epics and the Chinese Book of Songs: Foundational Texts Compared*, ed. Fritz-Heiner Mutschler, pp. 39-71, Newcastle upon Tyne: Cambridge Scholars, 2018.

13. 早期中国诗歌与文本研究诸问题：从《蟋蟀》谈起

"'Xi shuai' and Its Consequences: Issues in Early Chinese Poetry and Manuscript Studies," *Early China* 42, 2019, pp. 39-74.

14. "文化记忆"与早期中国文学中的史诗：以屈原和《离骚》为例

"Cultural Memory and the Epic in Early Chinese Literature: The Case of Qu Yuan 屈原 and the *Lisao* 離騷," *Journal of Chinese Literature and Culture* 9.1, 2022, pp. 131-169.

15. 超越本土主义：早期中国研究的方法与伦理

"Beyond Nativism: Reflections on Methodology and Ethics in the Study of Early China," in *At the Shores of the Sky: Asian Studies for Albert Hoffstädt*, ed. Paul W. Kroll and Jonathan A. Silk, pp. 83-98, Leiden: Brill, 2020.